BERNHARD TRECKSEL

Nebeljäger

Bernhard Trecksel

Nebeljäger

Roman

blanvalet

MIX
Papier aus verantwortungsvollen Quellen
FSC® C083411

Verlagsgruppe Random House FSC® N001967

1. Auflage

Dieses Werk wurde vermittelt durch die AVA international GmbH
Autoren- und Verlagsagentur, München.
www.ava-international.de
Redaktion: Peter Thannisch
Umschlaggestaltung und -illustration: Isabelle Hirtz, Inkcraft
Karte: © Jürgen Speh
HK · Herstellung: sam
Satz: Vornehm Mediengestaltng GmbH, München
Druck und Bindung: CPI books GmbH, Leck
ISBN 978-3-7341-6112-4

www.blanvalet.de

I. Fennek

Der Archont war nicht in Panik, weil sie ihn verfolgen konnte, obschon sie tot war. Es war nicht die Tatsache, dass sich der Boden unter seinen Füßen wie ein endloses Band verhielt, gegen das er anrannte. Oder dass ihr Kopf auf den Schultern pendelte, der schlanke Hals nicht mehr als ein klaffender Schlitz.

Die Furcht lag auch nicht darin begründet, dass sie noch zu rennen vermochte, während er nicht vorankam. Immerhin war sie ermordet worden, und er lebte. Nein, die Panik rührte daher, dass sie seinen Namen rief.

Dass sie noch sprechen konnte, war ebenso unmöglich wie der Rest dieses Irrgartens aus endloser Dunkelheit. Denn sie war mausetot. Er musste es wissen. Mehr als dreißig Zoll geschärften, nackten Stahls hatten diese Wirkung, zog man sie einem Menschen durch die Kehle. Die Erinnerung an das Geräusch, mit dem sich das Fleisch geteilt hatte, das Kratzen der Schneide an ihren Nackenwirbeln – sie war zu frisch.

Und doch waren es nicht diese Sachverhalte, die ihn so hart trafen. Es war die Tatsache, dass sie gegen jede Logik noch hinter ihm seinen Namen rief, und das mit diesem zerschnittenen, weit aufklaffenden Hals.

»Onkel! Onkel! Bleib doch stehen!«

Es waren lockende, gedehnte Worte von einer unwirklichen Qualität. Er blieb nicht stehen. Das hatte er bislang nicht getan, und auch diesmal hatte er es nicht vor.

Auf einer Ebene seines Bewusstseins war ihm absolut klar, dass das unmöglich war – diese Ebene wusste, dass er träumte. Nacht für Nacht den gleichen Traum. Aber es half nichts. Sie würde noch zweimal nach ihm rufen, dann wäre der andere da. Absolut zuverlässig.

Es kam, wie es in den letzten Nächten gekommen war. Die massige Gestalt verstellte ihm den Weg. Er tauchte ab, wurde im Nacken gepackt, schrie und zappelte, schlug um sich. Es half nichts.

»Ich war dein Freund!«, brüllte Fennek dem Riesen ins Gesicht.

»Du warst mein Freund!«, sagte der Riese völlig unberührt.

»Warum habe ich dich getötet?« Greskegard schrie es.

»Warum hast du mich getötet?«, wollte der Riese wissen.

»Das hast du nicht verdient«, sagte Fennek. Ruhiger, gefasster. Das Schlimmste lag hinter ihm. Gleich würden sie ihn ermorden. Sie würde hinter ihm auftauchen. Morven, seine Nichte. Sie würden es gemeinsam zu Ende bringen. Und er würde erwachen. So war es immer. So würde es wieder sein. Er hoffte, dass es so sein würde.

»Das hatte ich nicht verdient!«, klagte der Riese.

Sie war jetzt hinter ihm. Er spürte ihre Hände an seinem Hals, ihren Atem im Nacken. Hörte das Blubbern, mit dem die Luft aus dem Schnitt in ihrer Kehle entwich.

»Es tut mir leid!«, rief Fennek. Er wusste, dass es nichts bringen würde.

Es würde passieren. Ihre Finger würden sich um seinen Hals legen. Erst Morvens lange, schlanke Hände, danach Sanftlebens Pranken. Vier Hände, die seine Gurgel umklammern würden. Die Luft würde ihm knapp werden, dann kämen der Schmerz, die Todesangst – und das Erwachen.

Es geschah nicht. Sie trat hinter Fennek hervor und neben Sanftleben. Der Riese und die junge Frau blickten beide mit einem Hohnlächeln auf ihn herab, ihre Augen polierte Murmeln. Sanftleben ließ Greskegard fallen. Hart kam er auf. Wie auf ein vereinbartes Signal hin drehten sich beide um. Stierten in die Finsternis. Und gingen …

Der Archont von Fomor schreckte hoch, das Herz in seiner Brust ein frenetisches Hämmern gegen seine Rippen. Wie in jeder Nacht brauchte er einen Moment, um sich zu orientieren. Wie in jeder Nacht seit dem zweiten Fall des Titanen Fomor war er schweißgebadet.

In der Zitadelle war es ganz still. Seitdem Fomor, der Gottriese des Erdelements, seinem Gefängnis in den Tiefen unter der Penta entstiegen war, empfand Fennek so gut wie jede durchschnittliche Geräuschbelastung als Stille. Er hörte nicht mehr so gut wie früher. Die Wenigsten in der Penta Fomor taten das.

Langsam erhob sich der Archont, schwang die Beine über den Rand seiner prunkvollen Bettstatt. Seine nackten Füße fühlten den kalten Marmor unter den Karstlöwenpelzen, die den Boden bedeckten. Im Palast war es so kühl, dass Fenneks Atem Wölkchen bildete. Die Kälte ließ seinen erhitzten Körper zittern. Der Eisenwinter hatte begonnen.

Es war so dunkel, dass Greskegard kaum die Hand vor Augen sehen konnte. Er kam schwankend auf die Beine, eine Hand an das eiskalte Mauerwerk gestützt, die andere im Dunkel nach dem Klingelzug tastend. Er fand ihn. Zog daran. Nichts. Kein Geräusch.

Verwirrt und immer noch im Limbus von Schlaftrunkenheit und den Nachwehen seines Albtraums gefangen, zog

Fennek mehrfach an der Kordel. Nichts geschah. Niemand kam, niemand antwortete.

Fast hätte Greskegard nach Sanftleben gerufen.

Aber Sanftleben war tot.

Auch dies musste Fennek von allen am besten wissen – er war es gewesen, der dem Riesen das Schwert in den Hals gestoßen hatte. Er war es gewesen, der Sanftleben ermordet hatte. Seinen einzigen Vertrauten.

Vielleicht sogar den einzigen echten Freund, den er je gehabt hatte.

Ein Kloß bildete sich in seinem Hals, verwandelte Fenneks Kehle in ein eisernes Band, das sich zusammenzuziehen schien. Wieso antwortete das Gesinde nicht? Er schluckte den Kloß aus aufkeimender Trauer und Scham hinunter. Er hatte andere Sorgen.

Hatte das Volk plötzlich die Nase voll von seinem Erlöser? Dem Mann, der vermeintlich den Titanen gestürzt hatte? Dem Inquisitor der nahezu ausgetilgten Kirche des Lichtfürsten, deren Illuminarium, die Kathedrale des Ordens, unter der Leiche des Titanen begraben lag? Waren gedungene Meuchler der anderen Archonten in die Zitadelle eingedrungen? Vorbei an den Myrmidonen? Unmöglich! Oder nicht?

Im Dunkel tastete der Archont nach seinem Nachttisch, bis seine Finger den kalten Widerstand spürten. Fennek nahm die Pistolenarmbrust an sich, wollte sie aufziehen, noch bevor er nach einem Talglicht suchte. Verstört registrierte er, wie die Feuerwaffe in seinen Händen zerbröselte, als er den Lademechanismus aufdrehte. Es rieselte, als rinne feinster Sand durch seine Finger auf den Marmor.

Was geschah hier?

Erst da ging dem einstigen Inquisitor auf, dass die Kommode, die ihm als Nachttisch diente, nach Fäulnis stank, ebenso wie der Rest seines Schlafgemachs. Er berührte das Schränkchen und schrak zurück, als eine schwammige, pilzartige Masse unter seinen Fingern nachgab.

Greskegard kniff sich, um zu prüfen, ob er wach war. Der Schmerz kam dumpf bei ihm an, das Pochen einer betäubten Wunde.

»Was bei den Fünfen geht hier vor?«, raunte er. Der Rest der Pistolenarmbrust brach auseinander, Und die Fragmente fielen auf den Boden. Fennek wich vor dem Geräusch sowie der Masse, die seinen Nachtschrank bedeckte, zurück.

Er durchmaß den Raum, so schnell er sich in der Dunkelheit traute, zog an den Vorhängen, die das Rundbogenfenster bedeckten. Sie gaben mühelos nach, sanken zu Boden. Doch auch außerhalb der Zitadelle, dort, wo der künstliche Nachthimmel der Schildkuppen, die Lichter der Stadt sein sollten, war nichts. Die klamme Pranke der Panik legte sich um sein Herz, das schmerzhaft pochte.

Er träumte doch nicht nach wie vor? Davon hatte er sich doch überzeugt. War er gestorben? Hatte sein Herz im Schlaf den letzten Schlag getan? War seine Seele in dieses Unterreich aus fauliger Schwärze eingegangen? Zur Strafe für seine Taten?

Ist dies der Tod?

War dies der Ort, von dem Clach zurückgekehrt war?

»Mumpitz!«, schalt er sich. »Irgendjemand treibt seine Spielchen mit mir. Jemand, der begreifen wird, dass das ein Fehler ist, den man nur einmal begeht!«

Und wenn es doch Sanftleben ist? Er ist gekommen, um dich zu holen. Weil du ein Mörder bist. Weil du ein …

»Genug davon!«

Greskegard wandte sich mit einer Bestimmtheit, zu der er sich zwingen musste, von den Fenstern ab. Er stapfte regelrecht auf die Tür seines Schlafgemachs zu, wobei er versuchte, die modrige Nachgiebigkeit zwischen seinen Zehen zu ignorieren.

Er war nicht verwundert, als er nach der Klinke griff und statt des erhofften Widerstands nur das Zwieback-Gefühl unter seinen Fingerspitzen spürte. Ein Ruck, und er hielt die rieselnden Reste der Türklinke in der Hand.

Bevor er das Erlebte verarbeiten konnte, ächzten die Angeln. Er spürte einen Lufthauch, vernahm ein merkwürdig ersticktes Krachen, und im nächsten Moment lag die Tür als undeutlicher Umriss vor ihm auf dem Boden im Korridor vor dem Schlafgemach. Wo Myrmidonen hätten Wache stehen sollen. Was sie aber nicht taten. Staub und Sporen tanzten in der Luft.

Fennek trat in den düsteren Korridor, spürte, wie sich die flirrenden Partikel aus Fäulnis auf seine Schleimhäute legten. Auch hier war niemand. Keine Leibwächter. Kein Gesinde. Keiner seiner Ratgeber.

Er hatte genug. Fennek Greskegard hatte nicht derart viele Hindernisse überwunden, so viel verloren – ob geopfert oder ermordet –, um so eine Posse über sich ergehen zu lassen.

»Genug Eurer Spielchen, wer immer Ihr auch sein mögt! Ihr wollt meine Aufmerksamkeit? Ihr habt sie! Gratulation! Was jetzt?«

Die Antwort erfolgte prompt. Knarrend und quälend langsam tat sich die Tür zu Fenneks Schreibstube auf. Dann riss sie aus den Angeln, fiel zu Boden.

Was immer das für eine Vision war – sie war extrem akkurat. Nach dem grausamen Ableben des Balthus von Fomor und seiner Söhne hatte Fennek andere Räume für sich beansprucht. Nur zu gern hätte er die prunkvollen Thronsäle und Schreibstuben des früheren Archonten übernommen, zumal Greskegard es als sein Recht ansah. Doch er hatte davon

Abstand genommen. Der Knecht des Erdtitanen, ein Heimkehrer namens Ashavar, hatte die Menschen und den Stein auf lästerlich-grausame Weise miteinander verschmolzen. Es hatte Tage gedauert, bis sie schließlich gestorben waren. Es war den besten Arkanisten bislang nicht gelungen, die Leichen der Bedauernswerten aus den Wänden der Zitadelle zu lösen.

Fennek empfand keine Freude bei der Vorstellung, Dekrete zu erlassen oder Mahlzeiten zu genießen, während die schmerzverzerrten Fratzen der Männer wie Jagdtrophäen von den Wänden herabstierten.

Lediglich den Leichnam Balthus von Fomors hatten die Arkanisten entfernen und so herrichten können, dass ein Staatsbegräbnis machbar gewesen war.

Anonyme Tote in verschlossenen Särgen hatten bei der Aufbahrung seine Söhne verkörpert. Der Flügel, in dem sie sich tatsächlich befanden und aus dem Stein glotzten oder ihre Glieder aus den Wänden streckten, war für jeden außer Fennek gesperrt.

Die Tür zu seinem selbstgewählten Arbeitszimmer war es, die dort im Korridor lag. Dahinter ertönten Geräusche. Verstohlene Geräusche. Das Knarzen eines uralten Lehnstuhls, der unter der Last der Jahre und einer menschlichen Fracht ächzte. Wenn es denn eine menschliche Fracht war und nichts anderes.

Greskegards Puls raste, schien mit jedem Schlag gegen sein Brustbein nach oben entweichen zu wollen.

Er wollte fliehen.

Ein essigsaurer Geschmack füllte seinen Mundraum. Alles in ihm sträubte sich dagegen, sich dem zu stellen, was in dieser Sphäre von Verfall und Tod in seine Zitadelle eingedrungen war.

Oder eher: in die Zitadelle, wie sie Jahrzehnte, ja, Jahrhunderte nach Fennek Greskegard sein würde?

Es half nichts, er musste sich Gewissheit verschaffen. Tastend und darauf bedacht, in keine unangenehmen Dinge zu greifen oder zu treten, arbeitete sich der frühere Inquisitor bis zu seinem Skriptorium vor. Am Türrahmen angekommen, fasste er sich ein Herz. Er tat einen tiefen Atemzug und ignorierte all das Dreckzeug, das er dabei mit der Luft durch die Nase sog. Dann streckte er sich, nahm eine würdevolle Haltung ein und trat in den Raum.

Im Arbeitszimmer war es kaum heller als im Korridor. Doch dass er hier nicht allein war, konnte Fennek deutlich erkennen.

Wie erwartet war sein verzierter Stuhl ebenso verfault, aber auch besetzt. Eine Imitation von Mondlicht blinzelte durch Intarsien und Schnitzarbeiten in der Rückenlehne. Darunter saß eine mit einem Kapuzenumhang verhüllte drahtige Gestalt.

»Du?«, fragte Greskegard. »Das ist unmöglich! Du liegst im Kerker! Sauber fixiert!«

Die Gestalt hob den Kopf, sodass ihr Gesicht zu erkennen war. Greskegard hatte sich getäuscht. Der Fremde ähnelte dem Totenkaiser zwar, doch er sah zugleich auf subtile Weise anders aus. Es war offenkundig, dass dies ein Versuch war, wie der Nebelmacher zu *erscheinen*.

»Wer bei den Schlünden aller Höllen bist du?«

Der Fremde lächelte, entblößte eine knochenweiße Zahnsichel, so als hätte Fennek einen erstklassigen Witz erzählt, allerdings einen von der Sorte, bei der man breit grinste, statt laut loszuwiehern.

»Die Frage ist nicht, wer ich bin«, sagte der Mann. »Die Frage, die Ihr Euch stellen müsst, ist vielmehr, wer *Ihr* seid.

Und was Ihr wollt.« Seine Stimme hatte etwas von einem Dolch, der durch ein kostbares Seidentuch fährt.

»*Du* weißt also, wer ich bin?«, fragte Greskegard und pfiff auf alle Höflichkeitsform. »Dann solltest du wissen, dass eine lange Karriere hinter mir liegt, bei der ich Freunden von kryptischem Geschwätz den Wert kurzer, prägnanter Informationen verdeutlicht habe.«

Er machte eine Drehbewegung mit der rechten Hand über seiner Linken. Die Flügelmuttern von Daumenschrauben. Irgendetwas sagte ihm, dass der mysteriöse Eindringling im Dunkeln blendend sah.

»Es gibt keinen Grund für Drohungen, Fennek Greskegard.« Der Besucher hob abwehrend die Hände. »Ich bin nicht hier, um Euch zu schaden. Ganz im Gegenteil. Ich möchte Euch ein Angebot unterbreiten.«

Das Wesen – von dem Gedanken, einen Menschen vor sich zu haben, hatte sich Greskegard bei dem Sichelgrinsen verabschiedet – legte die Fingerspitzen gegeneinander.

»Du weißt, wer ich bin«, sagte er. »Du kannst irgendetwas mit der Wirklichkeit meiner Gemächer anstellen. Und wie es der Zufall so will, hast du ein Angebot für mich.«

Das Geschöpf nickte. Noch immer hatte es nicht aufgehört, auf verstörende Weise die Zähne zu blecken. Es war nicht der Totenkaiser, sondern eher eine Parodie des Attentäters. Ein Zerrbild.

»Was bist du? Welche Sphäre der Älteren Dunkelheit hat dich ausgespien? Bist du ein Dämon? Oder gar Fae?«

»Nichts von alledem«, kam die Antwort ebenso amüsiert wie umgehend.

»Dann beweise mir, dass du zumindest halbwegs vertrauenswürdig bist. Ich sehe gern, mit wem ich spreche. Beseitige diese Finsternis. Sprechen wir in meiner Schreibstube. Der echten!«

»Ich bedauere, Archont Greskegard, ich kann Eurem Wunsch nicht nachkommen. Es liegt nicht daran, dass es mir an Höflichkeit mangelt, davon dürft Ihr ausgehen. Aber nehmt mich beim Wort: Euch droht hier keine Gefahr. Ich wünsche nur, mit Euch zu sprechen.«

»Wie ist dein Name, Kreatur? Da du meinen ja kennst, wäre es nur gerecht, wenn ich deinen erfahre.«

»Namen sind Schall und Rauch, Archont.«

Fennek stieß ein Schnauben aus. Seine Neugier war geweckt. Ein Wesen solch beträchtlicher Macht wandte sich an ihn. Der Gedanke lag nahe, dass es wegen seiner erwachten Geisteskräfte war. Wegen jener Macht, über die Fennek vom Templer Solus Terbast aufgeklärt worden war, als der Inquisitor in den Zellen des früheren Archonten geschmachtet hatte.

Ebenjene Kräfte, die ihm später den Weg in die Freiheit und auf den Thron geebnet hatten.

»Ich höre«, sagte Fennek. Er beschloss, sich diese Sache durch den Kopf gehen zu lassen. Welche Wahl hatte er auch? Wenn dieses Geschöpf sein Domizil auf solch verstörende Weise verwandeln konnte, zu was mochte es noch in der Lage sein?

»Ihr seid ein Mann, der nicht nur die Bedeutung, sondern auch den Wert der Macht versteht.«

»Es hat mich viel Zeit und Mühe gekostet, diesen Thron zu erringen, falls du darauf anspielst«, entgegnete Greskegard.

Das Geschöpf neigte leicht den Kopf.

»Doch falls du annimmst, dass Macht ein Selbstzweck ist, dem ich mich unterworfen habe, muss ich dich enttäuschen«, fuhr Greskegard fort. »Ich habe nur mein rechtmäßiges Erbe angetreten.«

»Dennoch, würdet Ihr nicht zustimmen, dass es kaum einen Ersatz für wahre Macht gibt? In gewisser Weise ist es mit ihr wie mit der Nachkommenschaft. Am Anfang ist man regelrecht voll Ehrfurcht, dann mag man das Gefühl ihrer Gegenwart nicht mehr missen, und nur die Wenigsten verlangt es nicht nach mehr.«

»Wirst du mich noch länger mit deinem Fundus an Allegorien langweilen, oder kommst du zum Punkt?«

»Gewiss. Wie würde es Euch gefallen, Eure Macht nicht nur zu bewahren, sondern sie immens zu steigern?« Der Besucher neigte das Haupt. Bewusst oder unbewusst, die Geste troff vor Spott.

»Lass mich raten, Kreatur: Du kannst mir diese Dinge bieten«, sagte Fennek. »Aber – welche Überraschung – sie haben ihren Preis. Doch bin ich bereit, ihn zu zahlen? Das ist die Frage.« Fennek stieß ein höhnisches Lachen aus. »Hast du irgendeine Vorstellung, wie oft ich derartige Phrasen in meinem Leben gehört habe? Mal abgesehen davon, dass du meine Vermutung, du seist dämonischen Ursprungs, damit nicht eben abmilderst?«

Der Besucher stand langsam auf. Er legte in einer gekünstelten Geste beide Handflächen auf den Schreibtisch. Sie ruhten dort wie die Kadaver öliger Spinnen.

Fennek musste dem Drang widerstehen, sich den nächstbesten schweren Gegenstand zu greifen und darauf einzuschlagen. Sie waren nicht unansehnlich, aber aus einem ihm unbekannten Grund erwachte in dem Archonten ein Ekel, den er kaum zu bändigen vermochte. Er musste an Morvens Hände denken, wie sie sich um seinen Hals legten …

»Ihr seid ein kluger, ein vorsichtiger Mann, Archont Greskegard. Ich bin überzeugt, Ihr werdet die richtige Entscheidung treffen, wenn Ihr das Angebot vernommen habt.«

Fennek schenkte sich eine Antwort. Nach außen hin zeigte er eine Mischung aus Erbostheit und abgeklärter Langeweile, doch in seinem Inneren rumorte es. Was war dieser Besucher? War er auf eigenen Wunsch hier? Oder auf das Geheiß eines anderen? Und wenn ja, auf wessen?

Solus Terbast hatte ihn gewarnt, dass hinter den Heimkehrern ohne deren Wissen noch eine andere Macht stand. War dies einer ihrer Vertreter?

Er ließ die Rechte ungeduldig kreisen, ein Mann in einer Machtposition, für den Zeit etwas ungeheuer Kostbares war. »Fahr schon fort!«

Der Besucher deutete eine süffisante Verbeugung an. »Wie Ihr wünscht, Archont Greskegard. Es geht um das, was in Euren Zellen schmachtet. Das Geschöpf, das einst den Namen Clach trug.«

»Der Totenkaiser.« Das also war es. »Was, beim Lichtfürsten und den Ränken der Sharis, willst du mit ihm?«

»Ihr haltet das Wesen gefangen, verstümmelt und fixiert. Es nützt Euch nichts mehr, Ihr seid am Ziel Eurer Wünsche und Träume. Ihr könnt es ebenso gut aufgeben.«

»Woher weißt du davon? Nicht einmal meine Myrmidonen sind eingeweiht, wer in den Tiefen meines privaten Kerkers schmachtet. Wer … *was* bist du?«

Das Wesen grinste erneut. Die verstörende, bleiche Sichel eines Mondes, aus der Dunkelheit unter der Kapuze gestanzt. »Nun beleidigt Ihr meine Intelligenz, Archont. Lasst mich nur so viel preisgeben: Jene, die ich repräsentiere, werden Euch und Euren neu gewonnenen Status nicht nur sichern, sondern Euch zudem sukzessive mit mehr Macht ausstatten. Mehr Einfluss und Befehlsgewalt, als Ihr Euch zu träumen wagt, darauf habt Ihr mein Wort.«

»Dein Wort.« Fennek ließ die Phrase noch einmal stumm über seine Zunge wandern. »Was sollte mir das Wort eines Geschöpfes wert sein, das meine Seele in ein solches Albtraumreich entführt? Eines Wesens, das ich nicht kenne? Geschweige denn, ihm vertraue?«

»Vertrauen«, höhnte der Besucher. »Sollte ein Mann in Eurer Position nicht über solch kruden emotionalen Konzepten stehen?«

»Würdest du mir dein Wort geben, wenn ich über diese Begriffe erhaben wäre?«, konterte Fennek.

»Gut gegeben. Also was sagt Ihr? Haben wir einen Handel?«

»Denkst du nicht, dass ein solches Unterfangen unter weniger makabren Umständen glaubwürdiger wäre?«, fragte der Archont. »Erfolgversprechender? Warum kommst du nicht bei Tag in meine Zitadelle? Ich halte nach dem alten Brauchtum jede Woche eine Audienz am Markttag ab. Warum bringst du keine Verträge? Besiegelungen irgendeiner Art?«

Der Besucher nahm wieder Platz und legte die überlangen Fingerspitzen erneut aneinander. Die Aura von spöttischem Humor durchzog nun ein Unterton der Geschäftsmäßigkeit.

»Du wirst zugeben müssen, dass solch ein Angebot wie deins selbst unter den besten Umständen fischig wirkt«, fuhr Fennek fort und brach zur Untermauerung seiner Worte ein Stück aus seinem Schreibtisch, ohne sich auch nur im Mindesten anstrengen zu müssen. Die Platte aus kostbarem Hartholz zerbröselte zwischen seinen Fingern zu dicken Flocken. »Und dies hier sind – sollte ich das tatsächlich noch sagen müssen – wohl kaum ideale Umstände. Ich weiß gern, mit wem ich einen Handel abschließe. Und ich lasse mich dafür ungern aus dem Bett reißen, nur um in … wo immer das hier auch sein mag, zu erwachen.«

»Ihr lehnt ab, Archont?«, fragte der Besucher. Unter der Frage harrte ein solch lauernder Unterton, dass ein Frösteln

Greskegard so schlagartig überkam wie bei einem Sprung in ein Eisbad.

»Ablehnen würde nahelegen, dass ich über den Charakter und den Inhalt deiner Aussage bewusst nachgedacht hätte, Kreatur. Was nicht der Fall ist.«

»Was soll das heißen?«

»Ich habe mich kaum mit der inhaltlichen Ebene deiner Aussagen befasst, denn diese Vision von Verfall und Verdammnis ist mir Warnung genug. Sei ehrlich: Hältst du diese Fäulnis, die hier alles durchdringt, für eine gute Verhandlungsbasis?«

»Ihr begeht einen Fehler, Archont Greskegard«, zischte der Besucher. »Einen, dessen Tragweite Ihr nicht im Ansatz ermessen könnt. Wir sind keine Macht, die Ihr gegen Euch wissen wollt.« Seine Fassade höflichen Amüsements bröckelte nicht mehr – sie fiel mit einem Mal von ihm ab und gab die Dunkelheit darunter preis.

»Der Verfall, der uns umgibt …«, begann Fennek.

»Nicht mehr als ein Versprechen des Kommenden, dessen seid Euch gewiss. Ist diese Absage Euer letztes Wort?«

»Das ist sie. Ich habe mir den Weg zur Spitze nicht erkämpft, damit mir Dienstherren irgendwelche Brosamen hinwerfen, solange ich nur den artigen Köter gebe. Diese Zeiten sind vorbei.«

»Ihr seid ein Narr. Ein Wort von uns, und Ihr werdet …«

»Nichts werde ich!« Fennek erfüllte seine Worte mit dem Donner seiner vor einigen Monaten zum Leben erwachten Talente. Den Skarabäus, den er genutzt hatte, brauchte er nicht mehr, um seinen Willen zu fokussieren.

Jedes Wort, jede nuancierte Silbe traf den Fremden und die Vision mit der Kraft von Hammerschlägen. Putz und Schimmel rieselten von der Decke.

»Das war ein Fehler«, keuchte der Besucher.

»Ein Fehler deiner Meister war es, nicht um eine Audienz bei mir zu ersuchen, sondern mich an diesen Ort zu entführen. Und noch dazu einen Lakaien zu schicken, der eine Reaktion wie diese ja erzwingen muss! Wer immer deine Hintermänner sind, Kreatur, sie verstehen nicht viel davon, wie wir Menschen denken oder empfinden.«

»Ihr …«

Fennek hob gebieterisch die Hand und brachte das Wesen zum Schweigen. »Aber ihr größter Lapsus war es, in mir jemanden zu sehen, der sich erpressen und bedrohen lässt. Du gaukelst mir vor, ich hätte eine Entscheidungsgewalt in diesem Gespräch. Doch kaum folge ich meinem Instinkt und lehne ab, macht der Honig in deinen Worten Drohungen Platz. Ein schwerwiegender Fehler, Kreatur.«

»Du wirst von diesem Ort niemals entkommen, du anmaßender Wurm«, krächzte das Geschöpf.

»Oh, im Gegenteil«, sagte Fennek. »Ich werde diesen Ort kraft meines Willens vernichten, wenn mir der Sinn danach steht. Das hat mein Ausbruch eben unter Beweis gestellt.«

Er erwachte. Es gab keinen Übergang, alles geschah nahtlos. Fennek fühlte sich wie gerädert, als er sich unter einem Stöhnen erhob und den Blick durch das Schlafgemach schweifen ließ.

Seidene Kordelzüge, intakter Marmor. Vor drei Herzschlägen hatte er noch in einer fauligen Version seiner Heimstatt gestanden. Hier befand er sich wieder umgeben von all dem Luxus, an den er sich nur allzu rasch gewöhnt hatte.

»Was bei allen Höllen …?«, raunte er.

»Ich hoffe, Majestät haben wohl geruht?«, erklang die Stimme seines Leibdieners, der in diesem Moment eintrat.

»Könnte ich nicht behaupten, Atkins.« Mit einer hastigen Bewegung befreite sich Fennek von dem mittelgroßen Ozean aus Decken, Kissen und Überwürfen, mit denen seine Schlafstätte bedeckt war. Er sprang auf, hastete an dem überraschten Domestiken vorbei und steckte den Kopf zur Tür hinaus.

Zwei überraschte Augenpaare musterten ihn durch die Sichtschlitze zweier schwarzer Schaller. Die schwergerüsteten Myrmidonen verneigten sich so ruckhaft und synchron, dass es beinahe komisch wirkte. Zumal Greskegard lediglich ein Nachtgewand aus dünner Seide trug.

»Habe ich mein Schlafgemach heute Nacht verlassen?«, fragte der Archont.

»Nein, Eure Majestät«, sagte der Ranghöhere der Elitesoldaten. »Zu keinem Moment.« Seine Züge auf der unteren Hälfte seines Gesichts, die unter dem Helm hervorlugten, verhärteten sich. Wachsam spähte er in alle Richtungen. Zufrieden damit, dass Fennek keiner direkten Gefahr ausgesetzt war, wandte er sich seinem Potentaten wieder zu. »Ist etwas vorgefallen, Eure Majestät? Benötigen Majestät unsere Unterstützung?«

»Ich war nicht hier draußen? Nicht ein einziges Mal?«

»Eure Majestät haben Sein Gemach nach Beginn Seiner Nachtruhe nicht ein einziges Mal verlassen.«

Greskegard ließ seine verwirrten Leibgardisten stehen. Zurück im Schlafzimmer wusch er sich, bevor er sich von Atkins ankleiden ließ.

»Was liegt für heute an?«, fragte Greskegard beiläufig und ohne Interesse, um der nagenden Stille im Raum etwas entgegenzusetzen. Innerlich raste er, vermochte die Fülle seiner Gedanken kaum zu ordnen. Wer steckte hinter dieser Vision – wenn es denn eine gewesen war? Warum dieses Angebot?

Sicher, weil man ihn fürchtete, doch konnte das der einzige

Grund sein? Fomor war zwar keineswegs in einem desolaten Zustand, doch voll verteidigungsfähig war die Penta längst noch nicht. Wenn man ihn fürchtete, warum versuchte man kein Attentat auf sein Leben?

»Vielleicht, weil man mich noch braucht. Mich und meine Kräfte«, raunte Fennek. Er hatte nicht vergessen, was Solus Terbast ihm damals gesagt hatte, als er in der Zelle geschmachtet hatte.

»Wie meinen Eure Majestät?«, fragte Atkins, der Fenneks Kommentar auf sich bezog.

»Audienztag. Wunderbar.« Fennek rollte mit den Augen. »Ich kann es kaum erwarten …«

Falls Atkins den Ton bitterer Ironie in Greskegards Worten vernahm, so war er weise genug, nicht darauf zu reagieren.

Der Weg von den Gemächern in den Thronsaal der Zitadelle war labyrinthisch und kostete einige Minuten. In den letzten Monaten, als das, was von der Kirche des Lichtordens übrig war, seine Ansprüche geprüft hatte, war kein Tag vergangen, an dem er nicht dort hatte sitzen müssen.

Jetzt zog es ihn nur noch bei Audienzen dorthin – oder besser: Andere nötigten ihn dazu, sich dort aufzuhalten.

Es waren schweigsame Minuten. Die meisterhaft ausgebildeten Myrmidonen der Svartbucht und der flüsternden Küste waren für viele unangenehme Talente berüchtigt. Das Führen erbaulicher oder zumindest halbwegs erträglicher Konversation war allerdings nicht ihre Stärke.

Etwas, das Fennek seit Sanftlebens unrühmlichem Ableben *(Mord. Ich habe ihn ermordet.)* mehr als alles andere fehlte.

Der barbarische Folterknecht war keine Leuchte der verfeinerten Konversation gewesen – das Bild, wie der Koloss mit abgespreiztem Finger zwischen adeligen Vetteln Tee schlürfte, stahl sich zwischen Greskegards Gedanken, und ein Kichern entfuhr ihm. Jedoch war Sanftleben ein formidabler Zuhörer gewesen, der sich selbst nur dann mitgeteilt hatte, wenn es etwas Bedeutsames zu sagen gab.

Was hatte ihn nur geritten? Er hatte in seinem Leben dermaßen viele abscheuliche Taten begangen, dass es ein Dutzend Mal für den Scheiterhaufen langte. Bereut hatte er nur drei davon: die traumatisierte Frau eines unbedeutenden Adeligen, den er selbst unter Drogeneinfluss regelrecht geschlachtet hatte, in den Kerker geschickt zu haben … dass er seine Nichte Morven ermordet hatte … und dass er Sanftleben das Schwert in den Hals gestoßen hatte.

Die Landadelige hatte der Archont mittlerweile begnadigt.

Für Morven hatte er nichts mehr tun können.

Und Sanftleben? Fennek hatte bestattet, was nach den Kämpfen in der Zitadelle von dem Koloss übrig gewesen war. Er hatte ihn nach der Sitte der Stämme, die den feisten Folterknecht einst verstoßen hatten, verbrennen und in alle Winde verstreuen lassen.

Der Hals wurde Greskegard eng, wenn er nur daran dachte, welches Opfer sein Zorn gefordert hatte. Die Reue legte einen Kragen aus Stahlseilen um sein Herz.

Der einzige echte Freund, den er je gehabt hatte, gestorben durch seine Hand. Sanftleben mochte eine abstoßende, plumpe Kreatur gewesen sein. Doch er war auch stets loyal gewesen, hatte es nie, nicht ein einziges Mal, schlecht mit dem letzten Spross der ermordeten Greskegards gemeint.

Für diese hündische Treue hatte der Koloss den ultimativen Preis bezahlt. Den Tod durch die verräterische Hand eines Mannes, den er verehrt hatte. Durch die Klinge seines Lebensretters.

Fennek konnte den schweren Stoßseufzer nicht unterdrücken, der sich aus seiner Brust stahl. Er spürte die Blicke seiner hinter und neben ihm schreitenden Myrmidonen. Sie waren voll Sorge um seinen Zustand, denn das gehörte zu ihren Aufgaben. Sie versuchten zu erkennen, ob der Laut von einer Vergiftung oder der Einflussnahme irgendeines Feindes auf ihren Schutzbefohlenen herrührte.

Bevor einer von ihnen fragen konnte, winkte Greskegard unwirsch ab. Er war regelrecht froh, als sie den kleinen Audienzsaal erreichten.

»Es mag nur ein Schwein sein, Eure Majestät, doch es ist alles, was uns geblieben ist«, sagte der Bauer mit so viel Inbrunst, wie er sich angesichts der einschüchternden Umgebung getraute.

Umringt von schwer bewaffneten Wächtern, teuren Wandteppichen und derartigen Unmengen an sonstigem Prunk wirkte der Bursche in seinem ungewaschenen Kittel nicht nur äußerst fehlplatziert, er beschmutzte den Ort regelrecht mit seiner Anwesenheit. Er war die Kakerlake auf der festlich gedeckten Tafel. Unwürdig kroch er auf einer Matte vor dem Thron aus halbblindem Marmor.

»Nur ein Schwein«, murmelte Fennek.

In seinem Handgelenk spürte er den dumpfen Schlag, als die Spitze seines Schwerts durch Sanftlebens Doppelkinn stieß. Die Augen des geprellten Bittstellers zu seinen Füßen waren Spiegelbilder jener verblüfften Überraschung, mit der Sanftleben auf das Schwert in seinem Hals reagiert hatte.

»Ein Schwein hat er verloren«, sagte der Archont. »Wir werden sehen, dass er zwei neue erhält.« Ohne weitere Erklärungen stand er auf und verließ den Saal.

2. Clach

Die Dunkelheit kam und ging. Ein stetiger Rhythmus ohne erkennbare Kadenz oder System. Der Wechsel hatte nichts mit dem sich wiederholenden Tanz von Nacht und Tag zu tun. Er war eher wie die Gezeiten, das Spiel von Ebbe und Flut – nur ohne deren Vorhersehbarkeit.

Und wie jemand, der ertrunken war, dümpelte der Totenkaiser auf der Oberfläche und versank immer wieder darin.

Die Phasen des Erwachens wurden von Desorientierung und einer unvertrauten Angst begleitet. Die Phasen der Dunkelheit und des Vergessens begrüßte Clach.

Sie erinnerten ihn an den Schlaf, den er schon seit – wie lange? Monaten? – nicht mehr gebraucht hatte. Lange bevor er hier gelandet war. Immer wenn ihn die Finsternis mitriss und an ihren schattigen Busen presste, spürte er Frieden, fühlte Ruhe einkehren.

Erwachte der Totenkaiser und dämmerte aus den Gestaden dieses seligen Vergessens empor, erwartete ihn die Realität. Kälter, unnahbarer und von mehr Schmerzen beherrscht, als es sein Dasein zu Lebzeiten je gewesen war. Der Totenkaiser war ein Gefangener.

Es hatte damit begonnen, dass er gestorben war. Nicht allegorisch, nicht metaphysisch, sondern wahrhaftig gestorben.

Das Problem war, dass in der Dämmerwelt nicht alle Toten tot blieben. Einige kamen zurück.

Sie nannten sich Heimkehrer, waren die Kinder der Erzmagi. Zaubermächtige Halbgötter eines besseren Zeitalters, vor den Tagen des Nebels. Und sie dürsteten nach Rache. Ursprünglich war Clach zurückgekehrt, um diese Verschwörung aus dem Jenseits zu verfolgen und ihre Meister, die Titanen, zu vernichten.

Beim Kampf um die Zitadelle der Penta Fomor war er verwundet worden. Er hatte die Essenz des vierarmigen Giganten attackiert, den Wirtskörper der Titanenseele tief im Inneren des Gottriesen. Clach hatte Ashavar, den Sohn des Erzmagiers Vortigern, verschlungen – und damit die Essenz des Titanen. Der Gottriese war zusammengebrochen und hatte einen Teil der Penta unter sich begraben.

Doch die Anwandlungen des Totenkaisers von Altruismus und Heldenmut blieben nicht unbestraft. Die Überflutung mit der Macht eines Gottriesen hatte ihn in die Besinnungslosigkeit gestürzt. In ein Koma, das sich sein alter Feind Fennek Greskegard zunutze gemacht hatte.

Der Inquisitor hatte Clach Arme und Beine abgetrennt und ihn mit den magischen Nadeln des Zauberers Dirth gelähmt. Danach hatte er den Attentäter in die Tiefen der Kerker unter der Zitadelle von Fomor verfrachtet.

Fennek war jetzt Archont der Penta, so viel hatte Clach seinen Äußerungen entnehmen können. Anfangs war der frischgebackene Potentat noch im Kerker des Attentäters aufgetaucht. Er hatte den Totenkaiser verhöhnt, das Ende ihres Katz-und-Maus-Spiels gefeiert.

Jetzt, da Fennek Greskegard auf dem Thron einer der Pentae, der letzten fünf Großstädte der Dämmerwelt, saß, schien sein Interesse an Tändeleien merklich abgenommen zu haben.

Clach hatte keine Vorstellung davon, wann Seine Majestät das letzte Mal hier unten gewesen war.

So blieb Clach, der sich sein Leben lang – und im Tode – nur auf seine eigenen Fähigkeiten verlassen hatte, allein mit seinen Gedanken. Es war keine angenehme Erfahrung für den Meisterattentäter.

Zwar war er an das lange Warten gewöhnt wie kaum ein Zweiter. Ein Assassine musste Monate, manchmal Jahre aufwenden, um den entscheidenden Schlag gegen eine Zielperson zu führen. Diese Untätigkeit war jedoch etwas anderes. Sie ging nicht nur mit einer nie gekannten Hilflosigkeit einher, sondern ließ jemandem, der es gewohnt war zu handeln, unerwünscht viel Zeit zum Nachdenken.

Es machte einen Unterschied, ob man ein Opfer beschlich, sich monatelang als Mitglied des Gesindes ausgab, nur um unvermittelt zuzuschlagen, oder ob man von magischen Nadeln durchbohrt wie ein exotischer Schmetterling auf einem Marmorquader verschimmelte. Noch dazu durch Pochen und Phantomschmerzen in den Stümpfen fehlender Gliedmaßen daran erinnert, dass man verkrüppelt, in einen Rumpf verwandelt worden war.

In seinem Zustand konnte Clach diese Wunden unmöglich regenerieren. Sein Körper war zu erstaunlichen Dingen fähig. Vor allem seit die Seele eines Gottriesen in seiner Brust röhrte wie ein nie abkühlender Schmelzofen. Aber eine Handvoll verzauberter Nägel und der Allmachtsanspruch eines Autokraten schoben auch solchen Gewalten einen Riegel vor.

Clach hätte geschnaubt, wäre er in der Lage gewesen, auch nur einen Laut von sich zu geben. Fennek war auf Nummer sicher gegangen und hatte eine der Nadeln in der Kehle des Totenkaisers verankert. So war an Sprechen nicht zu denken. Sollte Clach den Verstand verlieren, wäre er nicht einmal zu

Selbstgesprächen fähig. So blieb ihm nur abzuwarten, zu grübeln und wegzudämmern. Nur um dann immer wieder zu warten. Ein Teufelskreis.

Als er diesmal an die Oberfläche zurücktrieb, war etwas anders, das spürte er. Da war ein äußerer Impuls. Etwas, das ihn geweckt hatte.

Die Finsternis barg für die Augen eines Heimkehrers keine Geheimnisse. Wo die Augen der Menschen versagten, sah der Totenkaiser blendendes Weiß und Abstufungen von Grau. Die Farben waren schon lange einem Prisma monochromer Abstufungen gewichen.

Clach sondierte die Kerkerwände, das glühende Leben des Mooses an der Decke, die Auren der Asseln und Hundertfüßer, die darin hausten. Die Präsenz des Totenkaisers zog alles an, was in der Dunkelheit wimmelte.

Er blickte unverwandt auf den nackten Fels, der schon viel zu lange die einzige Form von Himmel war, die den Attentäter überspannte. Doch in Clachs Augenwinkel erstrahlte ein machtvolles Leuchten. Dort verharrte jemand, dessen Seele vor unterdrückter Kraft loderte. Fennek Greskegard.

Wie lange steht er schon dort und beobachtet mich?

»Wir sind weit gekommen, du und ich«, sagte Greskegard.

Spürte er, dass Clach erwacht war? Der frischgebackene Potentat erhielt keine Antwort. Das hielt den einstigen Inquisitor nicht davon ab fortzufahren.

»Ich wette, du sinnst auf Rache. Stell dich hinten an.«

Was willst du hier, altes Reptil? Du hast doch, wonach es dich verlangte.

»Die anderen sitzen mir im Genick. Wusstest du das? Das Gefüge der Pentae und so weiter. Alles war bis zu Fomors Erwachen im Gleichgewicht. Damit hat es sich nun. Unser Export von Leder und Häuten leidet unter Engpässen. Die anderen Archonten halten mich für einen Emporkömmling.«

Ein Stoßseufzer. Zähneknirschen. Das Auflodern unterdrückter Wut ließ Fennek noch heller erstrahlen.

Clach hätte den Blick des Archonten gern erwidert, ihn spüren lassen, wie wenig ihn das Thema interessierte. Doch er bezweifelte, dass der ehemalige Inquisitor im Dunkeln sehen konnte, auch wenn er im Kampf auf Fomors Rücken übernatürliche Fähigkeiten offenbart hatte. Und zwar ganz ohne seinen arkanistischen Skarabäus.

Clach hegte keinen Zweifel daran, dass der Archont mittlerweile begriffen hatte, dass er ein Magier war. Doch Fenneks magische Kraft schien auf Befehlserteilung und das Brechen des Willens seiner Gegner beschränkt.

»Ja, einen Emporkömmling schimpfen sie mich! Mich! Den Mann, dem dieser Thron zusteht. Es scheint, wir mussten beide unsere Lektion lernen, Totenkaiser. Manchmal ist ein Thron nur ein Stuhl, und die Verpflichtungen hören nicht auf, wenn man ihn innehat, sie nehmen urplötzlich zu. Und manchmal ist der Tod eben nicht die ultimative Grenze. So wie in deinem Fall.«

Fennek trat näher, bis die Spitzen seiner Schuhe an den Steinblock stießen, auf dem der Totenkaiser lag. Sein Gesicht schwebte direkt über dem von Clach. Hätte er zumindest das Haupt bewegen können, es wäre dem Attentäter ein Leichtes gewesen, Fennek den Kehlkopf mit den Zähnen herauszureißen.

Doch auch wenn der Totenkaiser es vermocht hätte, es hätte wenig Sinn gehabt, solange er nicht frei war, keinen Weg gefunden hatte, sich seiner Fesseln zu entledigen.

»Es würde dir in dieser Lage nichts nützen, mich zu töten, nicht wahr?«, sagte Greskegard, als hätte er Clachs Gedanken gelesen. Sie kannten einander zu lange. Zu gut. »Wir sind tief unter der Zitadelle, in Bereichen noch unter den Kerkern für

Ketzer und magiebegabte Gefangene. Ein Ort, den nur das Blut eines Archonten öffnen kann. Das behaupten zumindest meine Arkanisten. Wenn ich hier sterbe, wenn mein Herz an Altersschwäche versagt, ich auf den Stufen ausrutsche und mir den Hals breche oder du mich tötest, wirst du auf ewig hier festsitzen, gefangen mit deinen Gedanken. Und glaub mir, ich weiß, wie schlimm das ist.«

Er strich im Dunkeln über die Brust seines prunkvollen Brokatmantels. Clach sah, dass Fennek unbewusst an Fusseln zupfte, auf einen Punkt in der Finsternis neben sich starrte.

Er sucht Sanftleben. Deine Reue kommt etwas spät, alter Fuchs. Hättest ihm kein Schwert in die Strosse rammen sollen. Töten hat es so an sich, dass es unumkehrbare Konsequenzen zeitigt. Meistens jedenfalls, dachte der Totenkaiser grimmig.

Fennek wandte sich ab, ging mit hängenden Schultern davon, bis nur noch ein schwacher Glanz seiner Macht von der Tür an die Augen des Totenkaisers herandrang. Clach konnte hören, wie die Schuhsohlen des Inquisitors über massive Steinplatten schlurften, bis er sich im Türrahmen ein letztes Mal umdrehte.

»Wenn sie weiter in diesem anmaßenden Ton zu mir sprechen – zu mir, nicht *mit* mir –, werde ich Verwendung für dich haben. Ich habe jetzt, was ich brauche. Und du alle Zeit der Welt, um nachzudenken. Du könntest mich vernichten, wenn ich dich freiließe. Es wäre dir ein Leichtes, das weiß ich. Aber was bist du noch ohne mich? Die Welt hat sich verändert, Totenkaiser! Die Dienerin deiner Göttin ist fort, die Kirche des Lichtfürsten hat einen Schlag erlitten, nun, da ihr Hochtempel nur Asche und Staub und der Glaube der Menschen in allen Pentae schwer erschüttert ist. Gemeinsam könnten wir mehr erreichen denn als Feinde.«

Er ging – und mit ihm Clachs Bewusstsein.

Als der Totenkaiser dieses Mal erwachte, überkam ihn eine erneute Phase der Furcht und der Verwirrung. Gefühle, die er zu Lebzeiten nicht gekannt hatte. Seit Clach ein Heimkehrer war, hatten diese Befindlichkeiten mehr und mehr Raum beansprucht. Er wusste noch nicht zu sagen, ob ihm dieses fremdartige Empfinden unrecht war. Doch in Ludhov hatte es ihn in arge Bedrängnis gebracht.

Er hatte einem wehrlosen Kind gegen die kannibalischen Krieger eines Diadochen zur Seite gestanden. Und sich damit erst dem Zauberer Dirth und der Gefangenschaft ausgeliefert. Clach war nur mit knapper Mühe und Not entkommen.

Anatomie und Giftmord waren zwei Kerndisziplinen seiner Zunft. So wusste der Totenkaiser, dass Gefühle und Emotionen auf dem Gefüge von Säften und Dünsten im Körper beruhten. Im Tod hatte Clachs Körper jedoch die Fähigkeit verloren, Blut und Säfte zu transportieren. In seinen Adern stockte eine schwarze, teerartige Masse. Die Essenz der Titanenmagie. Vom Ungleichgewicht der Vorgänge in einem menschlichen Gehirn befreit, entwickelte der Totenkaiser jedoch als Nicht-Toter schleichend jene Gefühle, die ihm von Kindesbeinen an versagt und stets ein solches Geheimnis für ihn gewesen waren.

In den Phasen seiner Desorientierung überkamen ihn Furcht und Selbstzweifel. Wäre er in dieser Lage gewesen, hätte er sich anders entschieden? Hätte er Fahlsangs Drängen, als Heimkehrer in die Dämmerwelt zurückzukehren, nicht stattgegeben?

Er schalt sich einen Narren. In der Unterwelt von Scathach wäre Clach auf der Strecke geblieben und von den ewig hungernden Titanen auf die gleiche Weise verschlungen worden wie jeder, der das Pech hatte zu sterben. Er war auf eine pervertierte und ganz und gar unmenschliche Weise noch am

Leben. Ein Heimkehrer. Nicht-tot. Alles, was er tun musste, war, sich zusammenzureißen und durchzuhalten.

Kontrolle. Disziplin.

Er würde einen Weg aus diesem Kerker finden. Er hatte sich sein Leben lang – und darüber hinaus – auf seine Fähigkeiten, seine Ausbildung und sein Geschick verlassen können. Warum sollte es diesmal anders sein? Alles, was er tun musste, war durchzuhalten.

Ich habe mich Ormgair Steinviper anvertraut, habe mich geöffnet, einem anderen Menschen erlaubt, mir zur Seite zu stehen. Hat mich ja weit gebracht …

Aber es war nicht Ormgairs Schuld, dass der Totenkaiser gefangen worden war, das musste Clach sich eingestehen. Nach dem, was er sich aus Fenneks machttrunkenen Monologen bei dessen Besuchen bei ihr unten zusammenreimen konnte, war der Ambossbarbar Geschichte, beim Kampf gegen Ashavars Marmorgestalt und dem Kollaps des Gottriesen tödlich verletzt und in die Tiefe gestürzt.

Ihn hat unsere Zusammenarbeit ebenfalls weit gebracht, dachte Clach und spürte den Stich der Verbitterung.

War es nicht der Totenkaiser gewesen, der den alten Wolf im Stich gelassen hatte, um Pavosa Moreno in Argas zu stellen? Es war stets so gewesen, dass er allein am besten arbeitete. In diesem Fall, gegen eine solche Übermacht, wäre eine Allianz nicht das Schlechteste gewesen. Ormgair hatte das erkannt. Doch Clachs Zaudern, sein Misstrauen gegenüber den Menschen hatte diesen Verbündeten, diesen aufrichtigen Mann, das Leben gekostet. Ein seltsames Gefühl von Reue stahl sich zu Clachs widersprüchlichen Empfindungen.

Den Totenkaiser hatte sein Vorgehen hierhergebracht. Hätten sie Fennek angegriffen, wie Ormgair es vorgehabt hatte, sie hätten sich gemeinsam Ashavar und seiner nicht-toten

Brut zuwenden können. Stattdessen hatte Clach auf seinem Alleingang bestanden – und wie Fennek ihm mitgeteilt hatte, war er nun zum ersten Mal absolut auf sich gestellt. Früher hatte es zumindest den Tempel gegeben. Damit war es vorbei.

Die Todesbotin war fort, der Tempel durch Greskegard und dessen Spießgesellen geschleift, Clach bewegungsunfähig und zur Tatenlosigkeit verdammt in einem arkanistisch abgeschirmten Kerker gefangen.

Er wollte flüchten. In seiner Brust brauste eine unstoffliche Macht, die das Vorstellungsvermögen überstieg. Doch er konnte sie nicht einsetzen, und so verrottete er hier.

Sicher kannst du hier liegen und in Rückschau mit deinem Schicksal hadern. Du hast nicht nur allen Grund dazu, sondern dafür alle Zeit der Welt. Zumindest so lange, bis die überlebenden Heimkehrer dich hier aufspüren – oder die Totenhand. Es wird ein schönes Wiedersehen für deinen alten Freund Òrdag und dich. Wenn auch ziemlich einseitig. Nach dem, was du mit ihnen gemacht hast, werden sie sich Zeit mit dir lassen. Aber davon hast du hier unten ja genug …

Clach kämpfte gegen die aufkeimende Panik an, die Verzweiflung, und suchte den Strom der ihm unbekannten Gefühle niederzukämpfen. Er griff nach Fomors Reserven, bündelte seine Willenskraft. Wenn die Heimkehrer – und somit er – die Erben der Magick der Erzmagi waren, musste es einen Weg geben, diese Kräfte zu lenken. Eine Möglichkeit, Dirths Nadeln zu neutralisieren.

Clach versenkte sich in sich selbst, tauchte in die Dunkelheit in seinem Inneren ein. Er verband sich mit ihrer Essenz, wie er es getan hatte, als er sein Pferd Stille erweckt und sich aus Dirths Gefangenschaft in Ludhovs Kerkern befreit hatte.

Es half nichts. Gegen die Macht einer Nadel war er angekommen, doch ein Dutzend davon in seinem Leib hielt ihn komplett immobil. Mehr noch. Als die arkane Magie der

Artefakte seine Versuche registrierte, steigerte sie den Druckschmerz ins Unerträgliche. Er kam sich vor wie ein neugeborenes Kätzchen, das mit einem Mühlstein zu Tode gequetscht und gleichzeitig dabei ertränkt wurde.

Als der Totenkaiser spürte, dass es nicht mehr ging, beendete er seine Anstrengungen. Doch Aufgeben kam nicht infrage. Nicht mehr. Nicht hier. Wenn er sich schon nicht befreien konnte, so musste er für die Eventualität gerüstet sein, dass jemand anders den Fehler begehen würde, seine Fesseln zu lösen. Früher oder später.

Clach begann damit, Konzentrationsübungen durchzuführen, mit denen er seit den ersten Tagen der Ausbildung gelernt hatte, seinen Geist zu klären. Wie er selbst gesagt hatte: Er hatte alle Zeit der Welt. Er würde diese Zeitspanne und seine Unsterblichkeit nutzen, um das zu tun, was er am besten konnte: Pläne schmieden und sich mit der ererbten Geduld des geborenen Killers vorbereiten. Auf den Zeitpunkt, wenn der Sirenengesang seines Handwerks, seiner Berufung, erklang. Sobald er freikam, würde das Töten beginnen.

3. Ormgair

Er hatte die Steppe anders in Erinnerung. Die Heide, das nasse Gras, die Form der Felsen, die Art und Weise, wie sich der Tau in glitzernden Facetten auf alles legte. Es mutete unwirklich an. Die Gerüche schenkten ihm einen Frieden, den er aus Geschichten kannte. Empfunden hatte er ihn nie, doch er wusste instinktiv, was dieser Frieden bedeutete.

»Das ist es«, sagte Ormgair Steinviper. »Ich bin tot.«

Er hatte keine Vorstellung, wie er hierhergelangt war, wann der Übergang stattgefunden hatte. War er im Sturz gestorben? Den Wunden erlegen, die Ashavar ihm beigebracht hatte? Oder war es der Aufschlag gewesen?

Er erinnerte sich dunkel an die Kopfsteine der Stadtling-Enklave Fomor. Wie sie auf ihn zugerast waren.

Dann war da der Acair gewesen, der Vaterfluss der Steppen, von den Wassern des Sees Saoghal gespeist. Er floss an dieser Stelle durch die Penta. War Ormgair hineingestürzt? Ertrunken? Oder lebte er doch noch?

Wie er so dastand, den milden Wind auf der Haut, der ihm die Bartzöpfe zauste, ging Ormgair auf, was anders war. Auf den ersten Blick sah er aus wie immer, wenn er sich so betrachtete. Doch das stimmte nicht. Seine Hände waren makellos, die Haut nicht runzelig. Sie war frei von Altersflecken.

Er ging einige Schritte zu einer Pfütze stehenden Wassers.

Studierte seine unscharfe Reflexion. Er war jung, stand in der Blüte seiner Kraft. Der Mann, der er gewesen war, bevor die beißende Krankheit seine Knochen verdreht und seinen Körper gekrümmt, bevor das Alter sich seiner bemächtigt hatte.

Bei dem Anblick musste Ormgair unwillkürlich grinsen. Er hatte vergessen, dass es eine Zeit gegeben hatte, in der auch er stattlich ausgesehen hatte. Oder hatte es diese Zeit nie gegeben? War er im Tode zu einem Idealbild seiner selbst geworden?

Langsam wandte er sich zum Gehen, blickte über die Heide, in deren Zentrum er stand. Eine endlose Weite fliederfarbenen Idylls, das vom Wind in sanfte Schwingungen und hypnotische Muster versetzt wurde.

Die Heide flüsterte, rauschte unentwegt. Ormgair schloss die Augen, sog das Gefühl dieses Friedens ein. Er erinnerte sich verschwommen der Dinge, die ihn an diesen Ort gebracht hatten – wenn es denn ein Ort war. Doch sie bedeuteten nichts. Nicht mehr.

Gemächlichen Schrittes begann er zu gehen, verfiel in einen leichten Trab, um letztendlich zu rennen. Er genoss das Gefühl, wie seine Lunge brannte, wie das Leben durch seine Adern rauschte, der Schweiß auf seiner Stirn im kühlenden Gegenwind verdunstend, der seinen Körper erquickte.

Diese Ausdauer! Diese Kraft!

Er machte erst halt, als er ausgepumpt war. Er musste Meilen gelaufen sein, ohne es gemerkt zu haben. Er war nicht einfach nur jünger, er schien eine Inkarnation von Jugend und Stärke geworden zu sein. Wie eines der Wappentiere der Stadtlinge, wie ein Hirsch oder Wolf, mit einem Vorrat nie versiegender Ausdauer gesegnet, die sich nach einer kurzen Pause regenerierte.

Es erinnerte an den Effekt der Waffe. Des Schwertes. Morvens. Wo war sein Schwert?

Als er sich umblickte, ging ihm auf, dass er einen Hügel erklommen hatte. Aus einigen Mannshöhen blickte er auf das ihn umgebende Idyll.

Erst da wurde ihm das Offenkundige bewusst. Es gab keinen Nebel, kein Zwielicht. Der Himmel war von einem satten Blau, das ihn an die Geschichten seines Großvaters erinnerte. Von einem Ort, den dieser »Meer« genannt hatte.

Stattdessen schien der Nebel dort oben zu hängen, am Firmament. In Zusammenballungen, die etwas vom Inhalt geplatzter Röhrichtkolben hatten, trieb das, was Ormgair für den Nebel hielt, vor der azurblauen Endlosigkeit dahin.

Sahen Wolken ohne den Nebel so aus? Sie überquerten Berge und Täler am Horizont im Osten. Die strahlende Sonne, die nichts von der bleichen Münze an sich hatte, die der Dämmerwelt nur einen Abglanz von Licht spendete, ließ diese Wolken Schatten werfen. Gemächlich wanderten sie über die endlose Heide.

In diesem Moment sah er die Gestalt. Sie hob sich trotz der unfassbaren Entfernung deutlich von der sie umgebenden Landschaft ab. Es war eine Frau. Ihr Körper war massig und doch von einer kämpferischen Ausstrahlung, die das Fett Lügen strafte. Ormgairs Herz tat einen Satz. Er kannte diese Frau. Mehr noch, er hatte sie geliebt – bevor Fennek Greskegard und sein Knecht, der verräterische Ambosskrieger Sanftleben, sie in ihrer Taverne getötet hatten. Um ihn, Ormgair Steinviper, zu bestrafen.

Es kam kein Zorn in ihm auf. Nicht mehr. Nicht hier. In diesem Seinszustand waren Leben und Tod unbedeutend geworden. Sie wartete dort am Horizont auf ihn. Die Wirtin, die ihn in seiner elenden Stunde aufgebaut hatte. Damals, nachdem der Totenkaiser ihn im Stich gelassen hatte. Die ihm seinen Zweck gezeigt hatte.

»Branka«, raunte Ormgair.

Trotz der Entfernung hatte die Gestalt ihn gehört. Sie winkte ihm einladend zu. Wartend. Sie würde ihn mit sich nehmen in dieses Land, in dem nichts als Frieden und Glückseligkeit auf ihn wartete. Dinge, die er früher verabscheut und verlacht hätte, nach denen er sich aber nun stärker sehnte denn je. Ein unerklärliches Gefühl, eine Mischung aus unerträglicher, den Bauch kitzelnder Freude und der Wehmut eines letzten Abschieds, schäumte in ihm über.

»Das ist sie nicht, das weißt du, oder?«

Die Stimme war ihm fast ebenso vertraut wie Branka, auch wenn er ihre Besitzerin weitaus weniger lange gekannt hatte.

»Bist du es wirklich?«, fragte Ormgair.

»Ich bin mir ziemlich sicher«, sagte Morven. »Sicherer noch, als ich es zu Lebzeiten war. Mittlerweile weiß ich, wer ich bin. Was ich bin.«

Langsam drehte sich Ormgair um. So als könnte eine zu hastige Bewegung die Seifenblase, den Traum, dass sie lebte, zerplatzen lassen.

Morven lächelte ihn an. Ein strenges Gesicht mit hohen Wangenknochen, ein etwas zu dünner Mund, blitzende Augen eingerahmt von Haaren mit der Schwärze von Rabenfedern. Sie schien in einem sachten Licht zu glimmen, die Strahlen der Sonne glitzerten auf ihrer Plattenrüstung, tanzten auf dem polierten Stahl wie auf der Oberfläche der sommerlichen Seen, die sie beide umgaben. Ihr Waffenrock war so blendend weiß, dass ihm der Anblick Tränen in die Augen trieb.

»Hat das Schwert dich freigegeben?«, fragte Ormgair. »Konntest du deinen Kerker verlassen?«

»Das alles hier ist nicht wirklich, ist dir das klar?«, wiederholte sie. Morven machte ein betrübtes Gesicht. »Es ist, was sie uns sehen lassen, damit wir uns ohne Widerstand in ihren Schlund stürzen.«

Ormgair stutzte. »Wen meinst du damit?«

»Die Titanen. Oder wie immer diese Wesen heißen mögen. Bevor das Schwert mich rief, als Onkel Fennek meine Kehle durchschnitt, stürzte ich ihnen ebenso entgegen wie du jetzt. Mein Großvater stand dort, wo du Branka siehst. Nicht in dieser Steppe, aber an einem Ort, der mir etwas bedeutet hat. Er rief mich. Verkündete, wie stolz er auf mich sei, und streckte mir die Hand entgegen. Ich wollte nach ihr greifen. Alles in mir schrie danach. Doch eine andere Macht zog an mir, zog mich so sicher zu Fennek Greskegard zurück, als wäre ich eine Ertrinkende und er der Strudel. Es war schrecklich.«

»Da hat die Klinge dich fortgerissen und in sich eingesperrt …«, hauchte Ormgair.

Der elegische Frieden in ihm, das Gefühl, nach all den Qualen und all dem Leid endlich zu Hause angekommen zu sein, wich einer Vorahnung. Blankes Grauen breitete sich in ihm aus. Es kroch auf Klauenhänden aus seinem Unterbewusstsein hervor und bahnte sich mit Macht den Weg in sein Denken.

»Das alles ist eine Lüge?«, fragte der alte Wolf schließlich. Seine Stimme drohte zu brechen.

Morven nickte. Der trauervolle Ausdruck auf ihrer Miene sprach Bände. Ormgair fand ihn unerträglich. »Nichts davon ist echt. Es dient nur dem Zweck, dich einzulullen, deine letzten Skrupel, deine unbewussten Ängste vor dem Tod zu lindern, damit du freiwillig weitergehst. Eine perfide Illusion.«

»Was bedeutet, dass ich noch lebe. Wie kann das sein? Ich bin gestürzt. Und ich weiß noch genau, dass ich deine Klinge – dass ich dich! – oben auf der Spitze der Zitadelle fallen ließ, als Ashavar meinen Körper verheert hat.«

»Das hält mich nicht davon ab, dich an diesem Ort aufzusuchen. Im Moment sind wir uns ähnlich. Ich bin einst gestorben und in einer Zwischenwelt im Inneren des Schwertes geblieben. Du treibst ebenso in einer Zwischenwelt. Die Entscheidung, was mit dir geschieht, obliegt am Ende dir – ich bin nur hier, um dich zu warnen.«

Sie deutete zum Horizont.

»Das dahinten ist nicht die Branka, die wir beide kennen. Und dort wartet nicht das Firmament auf dich, an das du dein Leben lang geglaubt hast. Dort gibt es nichts als ewige Dunkelheit und Vergessen.«

Morven schlang die Hände um den Körper, und Ormgair fröstelte. Es kam nicht oft vor, dass man einer Toten dabei zusah, wie sie sich fürchtete.

»Ich kann diesen Sturz unmöglich überlebt haben«, sagte er. »Ich weiß, dass ich in den Tod gefallen bin.«

»Genau genommen«, sagte die junge Frau, »bist du in den Acair gestürzt. Du hast dir bei dieser Höhe auf der Wasseroberfläche etliche Knochen gebrochen. Weil du auf mich verzichten musst, brauchen deine Verletzungen Wochen zum Heilen. Keiner deiner Leute weiß, ob du überleben wirst oder nicht.«

»Wieso bin ich nicht schon längst tot?«, fragte Ormgair.

»Aus zwei Gründen«, sagte Morven. »Erstens bist du zäher als die meisten Menschen. Das liegt nicht nur an deiner Art oder dem Volk, dem du entstammst. Du trägst seit vielen Wochen das Schwert. Es hat uns auf eine Weise verändert, die wir beide nicht einmal im Ansatz begreifen. Dich und mich.«

Ormgair antwortete nicht. Er kehrte Morven den Rücken, ließ seinen Blick über die Landschaft schweifen und richtete ihn dann auf den Punkt am Horizont, an dem Branka stand. Oder was immer es war, was sich dort aufhielt.

Sie schwiegen.

Der Wind rauschte, die Heide flüsterte. Der Geruch der Brache, der sachte Hauch des sterbenden Sommers, erfüllte ihn auf einmal mit einer sehnsüchtigen Wehmut. Als er sich zu Morven umdrehte, ging ihm auf, woran ihn ihr Anblick erinnerte. Die Haare im Wind, der Wappenrock und der blitzende Stahl.

»Wie eine der Baen'sidhe«, sagte er.

»Hmm?«, fragte Morven.

»Du siehst wie eine der Maiden aus, die die Titanen senden, um die Krieger nach dem Schlachtentod an das Firmament zu führen. Dorthin, wo glorreiche Kämpfer ewig leben.«

»Das ist, woran ihr Ambosskrieger glaubt? Für so etwas zieht ihr in die Schlacht? Werft euer Leben, die Zeit mit euren Familien weg?«, fragte sie.

Trotz des Unglaubens, des Abscheus, der deutlich darauf zu lesen stand, fand er ihr Gesicht berückend. Es hatte etwas von der Landschaft, die sie beide umgab. Morven war keine klassische Schönheit, doch wie sie so dastand, spiegelte sie alles wider, wofür er gelebt hatte.

Sie war Zoll für Zoll ein Huskarl der Titanen, der noblen Götter des Krieges, so wie er sie sich zeitlebens vorgestellt hatte.

Eine Erwählerin der Toten.

So dachte er, obwohl sie ihm gerade aufgezeigt hatte, für welch hohle Phrasen er sein Leben lang gekämpft hatte. Und wie absurd es war. Er hatte sein Dasein geführt, um schließlich eines gewaltsamen Todes zu sterben.

»Dieses Denken hat lange mein Leben bestimmt«, sagte Ormgair. »Es hat mich zusammengehalten, mich durch die schwersten Zeiten getragen. Das – und mein Verlangen nach Rache an den Mördern meines Stammes.«

»Du bist noch nicht fertig, noch nicht am Ende«, erwiderte sie.

»Du hast es selbst gesagt: Ich liege im Sterben.«

Ormgair ging in die Hocke. Er riss etwas Heidekraut aus, bis er Boden sehen konnte. Er wühlte die Erde auf, zerrieb sie zwischen den Fingern und roch daran wie schon Tausende Male zuvor. Der alte Barbar studierte die Krume, die unter seinen Fingern zerbrach, spürte die feinen Wurzeln. »Was ist das zweite?« Er hob den Blick, blinzelte in die Sonne und betrachtete Morvens Gesicht.

Sie zog eine Augenbraue hoch, und er fügte hinzu: »Du hast gesagt, dass mich zwei Dinge am Leben halten. Was ist das zweite?«

Sie blieb ihm die Antwort schuldig. Nun war sie es, die den Blick auf den Horizont richtete. Ormgair erhob sich, kniff die Augen zusammen und folgte ihrem Beispiel. Er konnte sehen, dass etwas mit dem Horizont geschah. Die Welt begann sich aufzulösen, zu zerfasern. Schwerelose Flocken stiegen auf.

»Sie wissen, dass ich hier bin«, sagte Morven. »Sie verlieren die Geduld mit dir, weil ihnen aufgeht, dass du dich nicht entschieden hast. Sie wollen dir den Rückweg abschneiden.«

Sie hob den Finger und deutete auf die Stelle des Horizonts, die intakt war. Branka stand nicht länger dort, sondern kam auf den Hügel zu.

»Du wirst bald von ihnen vor eine Wahl gestellt. Ich mache das schon jetzt. Willst du leben? Oder gehen?«, fragte Morven.

Wehmütig blickte der alte Karstlöwe in Richtung der sich nähernden Gestalt. Ein dumpfer Druck erfüllte seine Brust, die Melancholie war kaum zu ertragen.

»Ich glaube nicht, dass ich ihr abschlagen kann, sie zu begleiten«, sagte er. »Ich war zu lange allein …«

Morven lächelte. »Nicht mehr. Du hast mich, und das nicht erst, seit ich die Welt der Lebenden verlassen habe. Und mehr Verbündete, als du denkst. Aber du musst dich entscheiden.« Mit einem besorgten Seitenblick auf die sich nähernde Gestalt fügte sie ein »Und zwar rasch!« hinzu.

Das Wesen, das wie Branka aussah, hatte den Hügel beinahe erreicht. Es ging nicht mehr, es flackerte. Es setzte aus, und wenn es auftauchte, war es mehrere Schritte näher an die Anhöhe herangekommen.

Ormgair versuchte den Blick abzuwenden, sich wachzurufen, was Morven gesagt hatte. Dass es nur eine Illusion war. Es gelang ihm nicht. Branka war inzwischen nur noch einen Steinwurf entfernt, lächelte ihn an. Auf ihren Schultern ruhte ein Mantel aus blendendem Weiß.

»Du musst aufwachen, Ormgair«, sagte Morven. Ihre Stimme klang unendlich fern.

Hinter Branka brach die Welt ab, trieb in Schollen auseinander. Sie fingen Feuer, verschmolzen mit der endlosen Ebene aus Licht, die die Gladiatorin wie einen Krönungsmantel trug. Sie streckte ihm die Hand entgegen, öffnete flehentlich die Lippen.

»Folge mir, Nebeljäger«, sagte das Geschöpf. Ein seltsam entrückter Ausdruck glomm in den Augen der Gladiatorin. Verzückt – und ganz und gar friedlich. Ormgair wollte ihr die Hand entgegenstrecken, sie war nur noch Schritte entfernt. Etwas hielt ihn zurück.

Mit einer Willensanstrengung riss er den Blick von ihr und sah Morven an. Sie sprach nicht mehr, schüttelte nur traurig den Kopf.

Das ist sie nicht, dachte der Nebeljäger. *Sie war eine Kriegerin bis zu ihrem Tode. Was immer das auch ist, es ist nicht Branka.*

Ormgair sah, dass Morven ebenso zu verblassen begann wie die sie umgebende Landschaft. Sie war hierhergekommen, um ihn zu warnen. Helfen musste er sich allein. Es war nie anders gewesen.

»Du bist nicht echt«, sagte er zu dem Geschöpf, das wie Branka aussah. »Nichts von all dem hier ist echt!«

»Folge mir«, wiederholte das Geschöpf. »Begleite mich. Immerwährender Frieden wartet auf uns.«

Ormgair antwortete nicht. Zumindest nicht mit Worten.

Er schlug ihr mitten ins Gesicht. Mit der Faust. Dafür bedurfte es einer ungemeinen Willensanstrengung, denn er musste sich selbst überwinden. Seine Faust verschwand bis zum Ellenbogen in der teigigen Nachgiebigkeit ihres Kopfes.

Als er den Arm herausriss, klebte halbflüssiger Schatten daran. Der Sirup rann zu Boden, die Frau mit dem klaffenden Loch im Gesicht begann zu schmelzen. Das sie umgebende Licht wurde schlagartig zu absoluter Schwärze, ins Negativ verkehrt.

Jetzt war Ormgair es, der in einem winzigen Lichtkreis stand, während die Dunkelheit von allen Seiten auf ihn zukroch.

Er war ein verirrter Wanderer, der in einen Sumpf geraten war. Nur dass dieser Sumpf aus Finsternis seine Beine zu erklimmen begann, statt dass der Nebeljäger versank.

Was an Lebenswillen in Ormgair war, brüllte er heraus. Er kannte diese Schwärze, diese absolute Abwesenheit von Licht und Hoffnung. Dies war der Nicht-Ort, an den ihn der Schamane der Kreen am Anfang dieses letzten Abenteuers geschleudert hatte. Kurz bevor Ormgairs Stamm vernichtet worden war. Die Domäne der Titanen.

Scathach.

»Dieser Ort hat keine Macht über mich. Ihr habt keine Macht über mich. Euer Geschwätz von Frieden hat euch verraten.« Mit Macht schlug er um sich. »Das ist ein Ende für einen Stadtling!«, rief der Nebeljäger. Er legte den Kopf in den Nacken, blickte zum Himmel empor. Richtete ihn auf die Stelle, von wo er Morvens Stimme gehört hatte.

»Ich muss aufwachen. Ich muss aufwachen! Wach auf! Wach verdammt noch mal auf!«

Er tat es. Nur um es im selben Augenblick zu bereuen.

Ormgair Steinviper hatte das Gefühl, in einen Zuber gefallen zu sein, der zu gleichen Teilen mit rostigen Klingen sowie Eiszapfen gefüllt war. Die Dunkelheit um ihn war noch da, aber jetzt war sie weltlichen Ursprungs.

Seine Augen waren verbunden. Es fühlte sich an, als steckte ein Dolch in seiner linken Augenhöhle.

Der Rest seines Körpers wurde von Händen fixiert. Das Erwachen in seinem eigenen Leib war keine Illusion, daran konnte es diesmal nicht den geringsten Zweifel geben. Schmerzen waren ein Signal, dass man noch lebte – und bei diesen Schmerzen musste Ormgair quicklebendig sein.

Er wollte um sich schlagen, sich gegen die Mächte, die ihn hielten, zur Wehr setzen. Das setzte Schmerzen frei, irgendetwas riss – ob es Verbandszeug war oder etwas in seinem Körper, hätte der Nebeljäger nicht zu sagen vermocht. Es war einerlei, er wollte aus dieser Dunkelheit heraus.

Stimmen drangen an sein Ohr, verzerrt und wütend. Seine Hand riss los, er traf etwas – traf jemanden – im Gesicht. Die Nase brach, Knorpel und Nachgiebigkeit. Eine Stimme trat im Chor hervor. Der Getroffene fluchte näselnd, brüllte einen Befehl.

»Haltet ihn verdammt noch mal fest!«

Irgendwoher kannte Ormgair die Stimme. Auch die Sprache war bekannt. Es dauerte einen Augenblick, bis ihm aufging, dass es ein Dialekt des Amboss war. Die Leute, die ihn hielten, waren Mitglieder der Stämme.

»Beruhige dich, alter Narr! Du bist im Zelt der Weisesten aller Eulen. Haltet ihn, bis er sich beruhigt hat!«

Der Nebeljäger kämpfte gegen die Panik an, zwang sich zur Ruhe. Er hörte auf, um sich zu schlagen. Der Druck auf seinen Körper ließ nach.

Ormgair ließ sich zurücksinken, spürte eine Rolle aus Tuch im Nacken. Ein Kissen. Er roch Felle, würzige Kräuter, Schweiß und Waffenöl. Er war unter seinesgleichen. Er war im Amboss.

Ormgair versuchte zu sprechen, doch nur ein Krächzen drang aus seiner Kehle. Er setzte abermals an, doch als er die Lippen teilte, spürten sie den Rand einer hölzernen Trinkschale.

Die Gier, der Durst waren unerträglich. Dennoch zwang er sich, in kontrollierten Schlucken zu trinken. Erst dann versuchte er, noch einmal zu sprechen.

»Wo … Wo bin ich? Es ist dunkel.«

»Kopfverbände«, grollte die Stimme, deren Besitzer er den Nasenstüber verpasst hatte. »Du bist zäher als ein Höhlenbär, Greis.«

Ormgair brauchte einige Sekunden, um das Organ einzuordnen.

»Ask'uir Fangbrecher«, raunte Ormgair. »Haben du und deine Krieger mich gerettet, Huskarl?«

»Von denen, die in die Stadt Fomor aufbrachen, kamen nur wenige zurück. Das Erwachen des Titanen hat viele Leben gefordert – nicht nur von den Stadtlingen, sondern auch von den Kriegern, die dich begleitet haben«, sagte Ask'uir.

Der Nebeljäger hörte ein ledriges Scharren, spürte einen Lufthauch an seinem Gesicht. Ein Kettenhemd klirrte. Fangbrecher musste sich im Schneidersitz neben Ormgairs Kopf auf den Boden gesetzt haben.

»Der Bärenjarl? Der Pferdelord? Was ist mit den Weisen Frauen und Sehern, die wir vor den Mauern zurückließen?«, fragte Ormgair.

Ein Knacken. Ein neuerlicher Fluch durch zusammengepresste Zähne. Der Huskarl hatte seine Nase gerichtet.

»Weder Skaighe noch Tho'Kat haben überlebt. Ihre Stämme ergehen sich in diesem Moment in Streitigkeiten, wer ihre Nachfolge antreten wird«, sagte er.

»Und wenn ich dich nicht im Kampf besiegt hätte, wärst du jetzt ebenfalls darum bemüht, die Rangfolge im Bärenstamm zu klären. Dir einen Namen zu machen, der dich zum Jarl erhebt«, fügte Ormgair hinzu.

Er hörte Metall und Leder scharren. Pelze knirschen. Fangbrecher zuckte mit den Achseln.

»Es ist, wie es ist«, sagte er. »Keiner von uns kann sein Schicksal widerrufen oder umkehren, keiner von uns kann sich erheben, wenn sein Faden durchtrennt ist – außer dir, so scheint es.«

»Wie habt ihr mich gefunden?«, fragte Ormgair.

»Als die Überlebenden zurückkehrten, erinnerten meine Krieger und ich uns an unseren Schwur, dir nach unserem Gang auf drei Schilde zu folgen. Egal, wohin. Gegen den Rat und den Willen vieler brachen wir zur Penta auf. Wir fanden dich im Acair treibend vor der Stadt. Als wir dich aus dem Wasser fischten, sahst du mehr tot als lebendig aus. Viele deiner Knochen waren zerschmettert.«

Ormgair hörte, wie Fangbrecher seine Worte dadurch unterstrich, dass er etwas aus einer hölzernen Schüssel nahm. Es krachte, als er einen Geflügelknochen brach. Die Reste einer Mahlzeit der Besitzerin dieses Zeltes vielleicht. Knack!

»Ich sag's dir gleich, dann weißt du Bescheid«, sagte Fangbrecher. »Eins deiner Augen ist hinüber.«

»Ich müsste tot sein«, stellte der alte Nebeljäger fest. Er nahm die Neuigkeit lakonisch auf. Was war ein Auge bei all dem, was er schon verloren hatte?

»Ein paarmal warst du es«, sagte der Huskarl. »Es war knapp, aber sie hat dich nicht gehen lassen.«

»Sie?«

»Die Geisel. Das bildschöne Weib der Stadtlinge, das mit dir hier ankam. Du weißt schon, die, um die wir beide gekämpft haben. Sie meinte, deine Zeit wäre noch nicht gekommen. Sie hat in den Wochen seit deiner Ankunft am Thingplatz viel mit der Mutter aller Eulen gesprochen.«

»Aslaugh und die Todesbotin haben die Köpfe zusammengesteckt?«, fragte Ormgair. Das konnte nichts Gutes bedeuten. Vielleicht war tot zu sein nicht das Schlimmste.

»So ist es, Greis. Beide Weiber haben all ihre Heilkunst aufgewendet, um dich zu retten – und scheinbar noch mehr.«

»Was soll das heißen?«, wollte Ormgair wissen.

»Das fragst du sie besser persönlich«, sagte Fangbrecher. »Aber sie hat vielen hier eine Heidenangst gemacht. Sie ist eine mächtige Völva«, fügte er hinzu. Er raunte das letzte Wort.

Ormgair mochte es ihm nicht verdenken. Wie alle Ambosskrieger empfand auch er einen Heidenrespekt vor der Seidrkunst, der Macht der Zauberer und Seher.

»Ich bezweifle, dass du ihr damit gerecht wirst«, sagte Ormgair. »Sie ist mehr als das.« Er schickte sich an, sich aufzusetzen, und befingerte seine Verbände.

»Hältst du das für weise?«, fragte Fangbrecher. Er legte seine Hand auf Ormgairs Brust, doch der wischte die riesenhafte Pranke kurzerhand beiseite.

»Bah! Ich hab meine Zähne noch, ich brauche weder eine Amme noch ein letztes Geleit«, grollte Ormgair. »Wenn du nicht willst, dass ich hier liegen bleibe und vor Langeweile den Strohtod sterbe, nimmst du deine Finger von meinem Leib!«

»Die Weisen Frauen haben mir befohlen, auf dich achtzugeben«, wagte Fangbrecher einen weiteren Versuch.

»Und genau das tust du. Du verhinderst, dass ich der schlimmsten aller Wunden zum Opfer falle – dem Müßiggang. Jetzt nehmen du und deine Krieger eure Hände von mir, oder wollt ihr euren Eid entehren?«

Ormgair spürte, wie der Widerstand von seinem Körper fiel. Seine Hüter zogen sich zurück. Er machte sich ein zweites Mal daran, sich zu erheben. Es gelang ihm, seinen Oberkörper in die Höhe zu schieben. Wellen von Schmerz und Übelkeit schlugen über ihm zusammen, doch er kämpfte sie nieder.

Seine Fortschritte wurden rasch geahndet. Noch während der alte Nebeljäger versuchte, sich an einem Pfosten emporzuschieben und die Verbände um seinen Kopf zu lösen, raschelte das Leder des Zelteingangs. Schritte eilten auf ihn zu, unterbrochen vom *Tock-Tock-Tock* eines Stabs.

»Wer hat ihm das gestattet?«, erklang eine wütende Stimme. Sie war weiblich, und bei ihrem Klang dachte Ormgair sofort an das Knarren gebeugter Baumstämme im Winter, an die Ewigkeit und an die Endlichkeit.

Woran er nicht dachte, war, dass die Älteste der Weisen Frauen, die Mutter aller Eulen, ihrer Heilkunst mit Gewalt den nötigen Nachdruck verlieh. Zielsicher pikte ihn ihr Stock, verfehlte die schwersten Verwundungen und tat doch weh genug, dass er protestierend niedersank.

»Verfluchter Ochse!«, schimpfte Aslaugh. »Man fragt sich als Frau, egal, ob man in der Blüte steht oder mit einem Bein im Reich des Todes, was sich die Titanen dabei gedacht haben mögen, euch Männer auf diese Weise zu erschaffen.«

»Ich habe nicht …«, hob Ormgair an, doch kam er nicht weit.

»Weht euch ein kaltes Windlein ausnahmsweise in die Därme statt immerdar aus ihnen heraus, und euch läuft deshalb ein wenig die Nase, so klagt ihr Mannsbilder. Ihr wimmert, dass man meinen möchte, ihr buhlt um die Gunst der Böen des Nordens. Beim kleinsten Wehwehchen, beim leisesten Husten beschwört ihr, dass ihr im Sterben liegt«, wetterte Aslaugh.

»Ich wollte nicht …«, sagte Ormgair. Ein weiterer Stüber mit dem Stock, gefährlich nahe an seinen empfindlichsten Teilen.

»Hey!«, begehrte er kraftlos auf.

»Doch wehe, wehe, ihr ›Krieger‹ seid wahrhaftig verletzt. Wehe, ihr ringt mit dem Tode, während euch das Gekröse aus Wanst, Arsch und Rippen quillt«, sagte Aslaugh. »Dann hält euch nichts auf eurem Lager. Ihr windet euch und zappelt, dass keine Naht hält, egal, ob aus Katzendärmen oder Sehnen. Nein, ihr müsst aufstehen und zeigen, wie tapfer ihr seid.«

»Ich vertue hier meine Zeit«, sagte Ormgair, »Ich muss aufstehen. Morven. Ich brauche Morven. Ich habe Schwüre zu erfüllen. Die Heimkehrer …«

»… können warten!«, sagte Aslaugh.

Die Mutter aller Eulen hörte auf, den Nebeljäger zu misshandeln. Sie drückte ihn mit erstaunlicher Kraft auf sein Lager. Kurz darauf presste sich eine Schnabeltasse zwischen Ormgairs Zähne. Ein scheußlich bitterer Sud füllte seinen Mund. Widerwillig schluckte er die Medizin.

Wärme kroch in seine Glieder. Er vermeinte zu sehen, wie Morven in die Dunkelheit unter seinen Kopfverbänden trat und lächelte. Aslaughs Stimme vertrieb diesen Zauber mit der Klangfarbe einer verrosteten Säge.

»Ihr seid für ihn verantwortlich. Ihr seid seine Huskarls! Wenn er aufsteht, wird er sterben. Es wird ein ehrloser Tod auf dem Lager sein, nicht in der Schlacht. Ihr habt es in der Hand. Lasst ihn sich nicht noch einmal bewegen.«

»Ich bin so oder so des Todes, Mutter aller Eulen«, grollte Ormgair. »Was ich in den letzten Monden für die Stimme alter, müder Knochen hielt, ist ein Krebs. Er nagt an meinen Gebeinen. Jede Stunde, die ich hier liege, ist eine, die ich nicht zurückerhalte.«

Ormgair versuchte, angesichts der Schläge, die sie ihm vor seinen Kriegern verpasst hatte, und des würdelosen Allgemeinzustands so viel Ernst und Bedeutsamkeit in seine Stimme zu legen, wie er nur vermochte.

»Hasenscheiße!«, sagte Aslaugh.

Ormgairs Mund klappte auf und verweilte einige Zeit in dieser Position. Er versuchte, etwas Sinnvolles zu erwidern. Doch selbst wenn sie ihm nicht auf diese Weise den Wind aus den Segeln genommen hätte, so hätte er klein beigeben müssen. Von seinem Magen aus breitete sich Wärme in seinem geschundenen Körper aus.

»Ich verspreche dir etwas, Ormgair Steinviper: Jede Stunde, die du hier liegen bleibst, gibt dir zwei zurück für das, was auf dich zukommt. Also halt den Mund und tu das einzig Richtige. Schlaf!«

Genau das tat er. Er träumte von Morven und dem Augenblick, in dem er die Finger seiner rechten Hand um ihren Griff legen würde. Die Linke konnte er dazu nicht benutzen. In seinem Traum brach sie den Hals des Mörders und Usurpators. In seinem Traum tötete er Fennek Greskegard.

Wieder und wieder und wieder.

4. Solus

Der Besucher ließ seinen Blick über die verwaisten Gebäude schweifen. Der allgegenwärtige Nebel behinderte ihn nicht, denn seit seiner Heimkehr von den Gestaden des Todes sah er die Welt in scharfen Kontrasten, und der Nebel tat dieser Fähigkeit keinen Abbruch, entstammte er doch derselben Quelle.

Überall erblickte er nur Zerstörung. Der Wind strich durch hohle Fensteröffnungen und über Palisaden. Nahezu alles war vom Feuer geschwärzt. Schnee wirbelte durch Rippenkästen, wo die Toten des Kampfes gefallen waren. Sie bedeckten den Boden wie Spreu. Augenhöhlen gähnten ins Leere.

Die Befiederung von Pfeilen tanzte im Spiel mit den fallenden Flocken im Wind. Die Dachstühle der Häuser lagen offen. Auch sie gaben ihre Rippen der Witterung preis.

Alles wiederholt sich, dachte der Besucher.

Er trug die Vollplatte eines Tempelritters der Kirche des Lichtfürsten. Ein fußlanger Überwurf sowie Schwert und Schild vervollständigte das Bild. Einem aufmerksamen Beobachter teilten der makellose Zustand der Gewandung sowie die pedantisch gepflegte Rüstung einiges über Gesinnung und Geisteshaltung des Trägers mit.

Ein blonder, militärisch kurzer Haarschnitt und ein kantiges Gesicht, das nur den Hauch eines Bartschattens trug, legten Zeugnis von Disziplin und Überzeugung ab.

Der Wanderer verweilte bei einer Scheune und betrachtete die Gerippe. Pferde, Schafe und anderes Getier, die länglichen Schädel zu einem letzten Grinsen erstarrt.

Es war ein Massaker gewesen.

»Kampf« war ein unpassendes Wort für das Gemetzel, das sie in Ludhov angerichtet hatten. Der Meister war kein Freund der Menschen. War es nie gewesen, selbst zu Zeiten, da das Wesen, das jetzt die Hülle des Templers Solus Terbast spazieren führte, einen anderen Namen getragen hatte.

Nein, der Meister hatte Pläne. Der Meister … Solus ließ sich den Begriff im Kopf umhergehen. Ließ ihn über seine Zunge wandern, hauchte ihn in den Wind. Sehr behutsam. Nahezu unhörbar.

Vortigern. Der Tyrann von Khael.

Der mächtigste aller Erzmagi, der Einzige der Fünf, der einen Notfallplan gehabt hatte, falls er den Titanensturm nicht überleben sollte. Sein Intellekt und seine Skrupellosigkeit wurden nur noch von seiner endlosen Gier nach Macht übertroffen.

Einst, in einem anderen Zeitalter, hatte er einen Jungen adoptiert. Einen Jungen, mit dem es das Schicksal nicht gut gemeint hatte. Es war ein Schäfersbursche gewesen, zufrieden mit seinem Dasein. Ein Junge, dessen Unwissenheit wahrlich ein Segen gewesen war.

Dann waren die Mörder gekommen, die Ankläger. Die Familie des Jungen hatte am Galgen gestrampelt, und der Ort, an dem sie ihr Leben lebten, hatte sich in etwas verwandelt, das auf kuriose Weise den Überresten von Ludhov glich.

Die Mörder hatten auch den Schäfer aufknüpfen wollen, doch Vortigern war erschienen. Er hatte den Burschen befreit. So hatte die Ausbildung des Wesens begonnen, das sich jetzt, über ein halbes Jahrtausend später, Solus Terbast nannte.

Schon in sterblichen Tagen hatte Solus gewusst, dass der Meister ihn keineswegs aus Menschenfreundlichkeit aus den Händen des Mobs befreit hatte.

Nein, der Meister hatte Solus' Talent für Magick erkannt. Vortigern hatte Solus eine Aufgabe gegeben, ihn mit Akribie auf den Tag der Rückkehr vorbereitet. O ja, Vortigern hatte gewusst, dass keiner der Erzmagi ihren Konflikt überleben würde. Zu gewaltig waren die Kräfte, die sie entfesselten. Zu ruchlos war ihr Umgang mit der Macht.

Was sollte man von jenen erwarten, die ihre eigenen Kinder den Ansprüchen nach Macht und Geltung unterwarfen. Wie bei jedem Krieg, jedem Konflikt – im Großen wie im Kleinen – war es der Nachwuchs, der die Zeche der Eltern zahlte. Nur kannte die Verkommenheit der Erzmagi keine Grenzen. Sie hatten ihre Kinder als Gefäße für die Essenz der Titanen bereitgestellt. Eine perverse Symbiose herbeigeführt.

Solus schüttelte den Kopf, klärte seinen Geist. Er musste vorsichtig sein. Nicht nur bei dem, was er dachte, sondern *wo* er es dachte und auf *welche Weise*. Vortigern hockte spinnengleich in einem mentalen Netz. Jeder Gedanke, jede unbedachte Äußerung konnte einen Signalfaden auslösen.

Solus wollte um jeden Preis vermeiden, dass der Meister Verdacht schöpfte. Der Templer betrieb sein eigenes Spiel. Er verspürte keinerlei Verlangen, Vortigerns Launen länger als nötig ausgeliefert zu sein. Er konnte auf eine Jahrhunderte umfassende Erfahrung als scheinbarer Lakai zurückblicken, hegte jedoch keinerlei Interesse, diese ungeliebte Tradition fortzuführen.

Er legte den Kopf in den Nacken, schaute in das endlose Grau des Nebels und die ab und an hindurchblinzelnde Sonne. Ihr Blick war kraftlos, das Auge einer Sterbenden. Der

Wind fegte eisig über das Land, konnte das allgegenwärtige Titanenblut aber nicht verwirbeln.

Wie viele Menschen hatte Solus seit seiner Heimkehr getötet? Wie viele Mitwisser und Gefahren für die Sache der Titanen ausgeschaltet? An den Händen mancher klebte Blut – seine badeten darin.

War er besser als die Tiere, die seine Familie für Land und Besitz gemordet hatten? Besser als der Meister, der die Welt einst verbrannt hatte und noch immer danach gierte, die Titanen zu versklaven?

Er richtete den Blick auf die Überreste von Tieren und Menschen. Auf die Mahnmale ihrer Sterblichkeit. Es lag ein Frieden in der Tatsache der Endlichkeit, den die meisten Sterblichen in ihrer Furcht nicht ermessen konnten. Wahrlich, er war weit gekommen seit dem Tag, da ihn derbe Hände mit einem Strick um den Hals neben die Leichen seiner Familie hängen wollten. Nicht viele in seiner Lage hätten sich in so eine Situation zurückgewünscht und das »Geschenk« der Befreiung aus den Klauen des Mobs als Bürde betrachtet.

Doch Solus war nicht wie viele. Er war einzigartig auf eine Weise, die er selbst mehr verabscheute als alles andere.

Er war der erste der Heimkehrer. Vortigerns Agent, die Rückversicherung des Meisters, Unsterblichkeit zu erlangen und den unirdischen Verstand der Titanen zu täuschen. Ein halbes Jahrtausend lang hatten diese kosmischen Schrecken angenommen. Das Wesen, das sich jetzt Solus Terbast nannte, würde ihnen treu dienen. Sie nahmen es noch immer an.

Die mentale Sendung seines Meisters traf ihn unvermittelt. Der Ruck des Bauern an der Kette seines Hofhundes, wenn dieser nicht spurte.

+Tuháth. Komm zu mir. Es ist an der Zeit. Er hat lange genug zappelt, sehen wir zu, dass er sich nützlich macht.+

»Ich komme, Meister«, sagte Solus. Mit einer Willensanstrengung unterdrückte er jede weitere Lautäußerung und den unstillbaren Drang, mit den Zähnen zu knirschen. Er atmete, ohne es zu müssen, ein. Sog die eisige Luft durch seine Nase, nahm die Vielzahl der Gerüche wahr. Zentrierte seinen Geist.

Mit einem Ruck löste der Templer Blick und Denken von dem morbiden Tableau des Ortes. Sein Umherstreifen wich einer zielgerichteten Bewegung. Aus dem Denker war ein Soldat geworden.

Solus hielt auf Ludhovs Zentrum zu. Die Ringpalisade, die die Enklave des Diadochen umgab, war in einem vorherigen Konflikt von einer angreifenden Streitmacht zerstört worden.

Häuser standen dicht an dicht, bildeten wehrhafte Forts. Auf ihren Dächern waren hier und da die Überreste von Ballisten oder anderen Artilleriewaffen zu erkennen.

Genutzt hatten sie Ludhovs Einwohnern nichts.

Der Angriff einer verfeindeten Diadochin, nur Monate vor der Ankunft des Meisters, war verheerend für die Verteidigung der Enklave gewesen. Der Eisenwinter hatte Einzug gehalten. Ausgehungert, unterbesetzt und von den Spuren der Schlacht gezeichnet, hatte Ludhov dem Erzmagus nichts entgegenzusetzen gehabt. Nicht dass eine kerngesunde und wehrhafte Stadt die Mittel gehabt hätte, ein Geschöpf wie Solus aufzuhalten, geschweige denn den Tyrannen von Khael.

Solus hielt auf das größte der Forts zu, eine trutzige Befestigungsanlage, die sich an den Fuß des Turms seines Meisters schmiegte. Vortigerns Zitadelle ragte auf, als wolle sie die Unterseite der Wolkengebirge aufspießen. Das zyklopische Gebäude glich einem Streitkolben aus poliertem, dunklem Glas. Die Gemäuer zu seinen Füßen wirkten wie vergessene Würfel, von unachtsamen Soldaten neben dieser Waffe liegengelassen.

Durch ein geborstenes Torhaus betrat der Templer den Innenhof der Trutzburg. Er durchmaß ihn mit raschen Schritten. Solus hielt auf eine Bodenluke zu. Sie war einer von zahlreichen Wegen in das Labyrinth von Tunnels und Gängen unter Ludhov.

Hier hatten die Marodeure gehaust, die Truppen des Diadochen, und ihren abartigen Neigungen gefrönt. Sie waren Kannibalen gewesen. Eine Speisegewohnheit, die sie mit vielen der Heimkehrer teilten. Die meisten von Solus' Art waren zu eitel, um die sie beherbergenden Körper verfallen zu lassen. Beziehungsweise ließ es ihre Mission, die Pentae der Menschen zu infiltrieren und Schlüsselpositionen zu besetzen, nicht zu. Das Fleisch und Blut von Lebewesen erhielt die Struktur ihrer Leiber.

Solus war, nicht nur, was diesen Punkt betraf, einzigartig. Er hatte sich nie herablassen müssen, sich auf solche Weise zu nähren. Die Art, auf die der Meister ihn für seine Mission vorbereitet hatte, verhinderte dies.

Die Marodeure von Ludhov hatten keine solch zwingenden Bedürfnisse. Die Entschuldigung, aus der Unterwelt der Titanen in fremde körperliche Hüllen gefahren zu sein, galt für sie nicht. Sie waren Abschaum gewesen, und beinahe bereute es der Templer, erst von ihren Entartungen erfahren zu haben, als Vortigern und er sie erschlagen und verbrannt hatten.

Er musste ein Lächeln bei der Vorstellung unterdrücken, dass er den Bürgern dieses verderbten Orts so etwas wie Frieden gebracht hätte, hätte er sie von ihren kannibalischen Oberherren befreit. Nun, frei waren sie jetzt auch.

Der Gedanke, der kurze Anflug von schwarzem Humor, besserte seine Laune. Statt die Bodenluke im Innenhof mithilfe seiner telekinetischen Kräfte aufzuschmettern, deutete er eine spöttische Verbeugung in Richtung des hölzernen Rechtecks an und zog mit den Händen am Eisenring.

»Wenn Ihro Gnaden eintreten mögen«, sagte er zu niemand Bestimmtem.

Ein Kichern stahl sich über seine Lippen. Der Geruch von Moder, Erde und Salpeter stieg ihm in die Nase. Und da war der Geruch nach altem Blut, von altem Leid, der jeden daran erinnerte, dass er im Begriff war, einen Ort zu betreten, dem man besser fernblieb. Zu gleichen Teilen vereinte dieses Gangsystem Gefängnis, Nekropole und Schlachthof.

Solus sprang in die Tiefe und folgte den Gängen, ohne eine Fackel aus einer der Halterungen an den Wänden zu nehmen. Seine Sinne benötigten solche Hilfsmittel nicht, sie waren in der Dunkelheit heimisch.

Er folgte Korridoren aus Backstein mit der Konsistenz von Schwämmen und bahnte sich den Weg durch Gänge aus blanker Erde, an deren Decke sich Wurzelwerk kräuselte. Blindes Gewürm streckte den Kopf aus dem Erdreich, fingerdicke Würmer und Hundertfüßer, die von der Präsenz des Heimkehrers angezogen wurden wie Motten vom Licht.

Andere Gänge wiesen Mauerwerk auf, das nicht von den Erbauern Ludhovs, sondern aus einer früheren Zeit stammte. Dies waren die Überreste der Gebäude, die einst Vortigerns Zitadelle umgeben hatten. Ihre Mauern waren von Bodensalzen und alchemischen Prozessen in Verbindung mit der Feuchtigkeit aufgebläht.

Nach einigen Minuten erreichte der Templer sein Ziel.

Es war ein Labor, die Studierstube eines Magiers. Bis unter die Decke war sie mit Gerätschaften der Alchemie, ausgestopften Tieren und Folianten gefüllt. Solus war in den vergangenen Wochen öfter hier unten gewesen, um Vortigern Gesellschaft zu leisten.

Nicht dass der Meister ein solch krudes Refugium benötigt hätte. Nein, sein Turm war für solche Belange mehr als ausreichend. Ihre Anwesenheit hier diente einem anderen Zweck.

Dieser reichte Solus kaum bis zur Brust, hatte einen birnenförmigen Körper mit überlangen Armen und war untersetzt. Der Mann trug ausreichend Körperfett vor sich her, dass sich die Frage stellte, warum die Marodeure von Ludhov die Gestalt vor dem einsetzenden Winter nicht geschlachtet hatten.

Die Antwort war simpel. Sie konnten es nicht. Dies war das Labor von Dirth. Ein selbst ernannter Magus, der sich nach dem Tod des Diadochen von Ludhov und dem Besuch des Totenkaisers an diesem Ort zum Herrscher gekrönt hatte.

Seine Amtszeit war von kurzer Dauer gewesen. Der letzte Herrscher von Ludhov zierte jetzt eine anatomische Liege, an die er mit robusten Metallschellen fixiert worden war. Bis auf einen Lendenschurz war der Zauberer nackt. Lange Nadeln mit kugeligen Köpfen, Totenschädeln nachempfunden, ragten an neuralgischen Punkten aus seinem Fleisch.

Er gab ein jämmerliches Bild ab. Fettige Haarsträhnen ruhten auf seinem Schädel. Es wirkte, als habe irgendein Witzbold auf dem Markt einen Tintenfisch gekauft und auf einem am Pranger Stehenden hinterlassen.

Die Gestalt vor ihm war … anders. Auch sie war von geringer Größe. Jedoch war sie bis zur Unkenntlichkeit mumifiziert und in eine kostbare Robe aus purpurnem Samt gehüllt. Das Gesicht unter der Kapuze war keines. Eine Moorleiche, die sich erhoben zu haben schien.

In den letzten Monaten war das Wenige an Fleisch, das einst die Hülle des Nebelmachers Hermodes gewesen war, zu Leder geworden. Unter der Kapuze grinste ein Totenschädel, dessen Inneres von einem kränklichen Licht erfüllt wurde.

In blakenden Flammen ergoss es sich aus den Augenhöhlen und tauchte den nur von einer magischen Fackel erhellten Raum in harte Kontraste. Knochenfinger umklammerten einen reich verzierten Stab aus rußfarbenem Metall. Modelle von Himmelskörpern aus Messing kreisten um die Spitze.

»Ah, Vasall. Welche Ehre, dass du uns mit deiner Anwesenheit beehrst.«

Vortigerns Stimme bildete einen Gegensatz zu seiner Erscheinung. Der Bass darin, die Mehrstimmigkeit, ließ den Raum bei jedem Wort erzittern. Solus spürte, wie die Stimme in seinem Bauchraum widerhallte – sie war nicht nur telepathisch, sondern auch telekinetisch verstärkt. Er mochte sich nicht ausmalen, was es für einen Sterblichen bedeutete, seit Wochen unter einer solchen akustischen Folter zu leiden.

»Der gute Dirth hier und ich, wir sprachen über den Wert von Loyalität«, sagte der Erzmagus.

Solus trat neben Vortigern, während der Tyrann von Khael sich seinem Gefangenen zuwandte. Der konnte sich zwar nicht bewegen, doch dem Blick seiner Augen war deutlich zu entnehmen, dass ihn das Grauen umklammert hielt. Solus Terbast war überzeugt, dass es nicht nur daran lag, dass der Erzmagier ein Untoter war.

»Wahrlich, Lakai, du hast mich beeindruckt und dir meinen Respekt verdient«, sagte Vortigern. »Es kommt nicht oft vor, dass rückgratloses Gewürm sein wahres Potenzial entdeckt. Wer weiß? Möglicherweise wäre dein Plan eines Tages gelungen. Bedauerlich, dass du in diesem an Magie armen Zeitalter geboren wurdest.«

Dirth gab einige seltsame Geräusche von sich. Das mochte mit der Nadel zu tun haben, die durch seine Zunge gebohrt war.

»Tuháth, wärest du so gut?«, fragte Vortigern.

Solus tat einige Schritte auf den Gefangenen zu und zog ihm das Artefakt unsanft aus dem Mund.

»Du sagtest?«, fragte Vortigern.

Dirths Stimme war ein atemloses, Unterwürfigkeit verströmendes Hecheln. Obschon er sich keinen Millimeter rühren konnte, klang er, als hätte er einen Langstreckenlauf absolviert.

»Meister, ich …«, hob Dirth an.

Vortigern brachte ihn mit einer Handbewegung zum Schweigen. »Du wolltest den Umstand nutzen, dass ich noch nicht erwacht bin. Du wolltest in meinen Turm eindringen, dir sämtliche arkanen Geheimnisse einverleiben, mich usurpieren und mich während der Desorientierung meiner Wiedergeburt mit den neu gewonnenen magischen Kräften vernichten. Habe ich etwas vergessen?«

Der untote Erzmagus neigte den Kopf. Atrophierte Sehnen knirschten, Staub rieselte. Das Feuer in den Augenhöhlen schwoll bedrohlich an. Erhellte den Raum.

»Hast du gedacht, dass wir uns so hintergehen lassen? Dass ein einzelner Mann, egal über welche Möglichkeiten er verfügt, sich mit unserer Sache messen kann? Uns verraten?«, fragte Solus. »Falls ja, bist du ein größerer Narr, als ich angenommen hatte.«

Dirths Blick flog zwischen den beiden Gestalten hin und her. Er suchte nach einem Ausweg. Hinter der Furcht loderte Hass auf Solus. Zorn darüber, dass dieser Dirth noch tiefer in Vortigerns Gunst sinken ließ.

Solus verspürte einen Anflug sadistischer Befriedigung. Er lächelte und kniff dem Mann mit seinem Panzerhandschuh in die Wange. Der verdrehte vor Schmerzen die Augen.

»Meister, es ist ja nur, dass der Totenkaiser hier war. Ein Wesen, wie ich ihm noch nie begegnet bin. Er war ein Heimkehrer, aber keiner von Euren, Solus.« Es war offenkundig, dass er auf den Templer zu zeigen versuchte. Die Nadeln verhinderten dies. So wurde aus der Bewegung ein Zucken der linken Schulter, gefolgt von Schmerzstöhnen, als die Nadeln ihre Wirkung taten. »Ich … ich war in Panik, suchte einen Weg, unsere Sache zu verteidigen!«, stammelte Dirth.

»Wirklich, Meister Dirth, du musst vorsichtiger sein«, spöttelte Solus. »Am Ende verletzt du dich.«

Bevor er oder Dirth noch ein Wort äußern konnten, hob Vortigern die Hand. Solus spürte, dass sich Kraft im Raum zusammenballte. Nur ein Quäntchen, ein geringer Bruchteil der Mächte, über die der Erzmagus gebot. Ein Lufthauch, hinter dem ein Sturm ruhte.

Sämtliche Nadeln in Dirths Körper vibrierten. Sie lösten sich, standen einige Sekunden wie Libellen zwischen Solus und dem gefesselten Verräter in der Luft. Schlagartig sirrten sie auf Vortigern zu, bündelten sich eigenständig und bohrten sich in die Oberfläche eines Labortisches.

»Genug jetzt davon«, befahl Vortigern: »Wir haben zu tun. Lass dir eines gesagt sein, Dirth: Ich kann den Machthunger und die Gier eines Mannes respektieren. Ich fürchte sie nicht, ebenso wenig wie Verrat. Diese Dinge sind der Preis, den ein Herrscher zahlt. Die Ehrlichen, die Tugendhaften sind es, die man fürchten sollte. Jene, die sich unkorrumpierbar zeigen.«

Unvermittelt spürte Solus Vortigerns skelettierte Hand auf der Schulter.

»Nimm meinen guten Tuháth hier. Er ist der folgsamste Vasall, den ich je hatte, je haben werde. Ohne zu hinterfragen, führt er jeden meiner Befehle wortgetreu aus. Er hat den Tod überwunden, um mir zu dienen. Auf mein Geheiß hintergeht er Götter! Ist er fantasielos? Vielleicht. Mangelt es ihm bei seinem Vorgehen an Kreativität? Ohne jeden Zweifel. Aber fürchte ich, dass er mich je betrügen wird? Nein, denn dafür braucht man Ideale, Wünsche und den Willen zur Macht.«

Solus musste alle Willenskraft aufbringen, um die Aufwallung des Hasses nicht nur von seinem Gesicht, sondern auch aus seinen Gedanken zu verbannen.

War dies ein Test? Führte ihn Vortigern aufs Glatteis? Oder glaubte der Tyrann, was er da sagte? Hatte Solus sein Spiel über die Jahrhunderte so vervollkommnet, dass er ein Geschöpf wie den Meister getäuscht hatte?

Mit einer Willensanstrengung ließ er sein Gesicht unbewegt, klärte seinen Geist. Solus entging nicht, dass Dirth ihm forschend in die Augen blickte, ein verräterisches Blitzen suchte. Er wurde enttäuscht.

»Man braucht Visionen, Dirth. Ich sehe, dass du deine nicht verloren hast«, sagte Vortigern. Seine skelettierte Klaue verließ den überlangen Ärmel seiner Robe und deutete auf die Nadeln. »Nehmen wir diese Erfindung. Ein beachtlicher Fortschritt auf dem Gebiet der Energieleitung und der Kontrolle der Chakren. Eine Spielerei, zugegeben, doch nützlich. Und eine anerkennenswerte Leistung für dieses triste Zeitalter und seine ganz und gar degenerierte Menschheit.«

Der Tyrann von Khael drehte die Finger der linken Hand um eine Winzigkeit. Dirths Fesseln schnappten auf, der krötenartige Mann fiel zu Boden. Für einen Augenblick starrte er auf seine geschundenen Gelenke. Dankbar sah er zu Vortigern auf.

»Ich danke Euch, Herr. Ich werde Euch nicht enttäuschen«, heischte Dirth.

Der Tyrann legte die Hand auf den Kopf des Magiers. Solus entging nicht, wie dieser angewidert das Gesicht verzog, als die mumifizierte Gliedmaße zwischen seinen fettigen Strähnen ruhte.

Innerlich kochte der Templer-Heimkehrer, doch er durfte sich nichts anmerken lassen. Er sah, was hier vorging. Ob ihm der Tyrann vertraute oder nicht, der Meister hatte wie Solus eigene Pläne geschmiedet, die er selbst mit seinem treuesten Lakaien nicht geteilt hatte. Pläne, in denen diese fette Amphibie eine wie auch immer geartete Rolle spielte.

Offenbar trachtete der Meister danach, sie beide gegeneinander auszuspielen. Dafür zu sorgen, dass sie um seine Gunst rangen. Es war ein Spiel, das Solus nur allzu gut aus seinen Lebzeiten kannte. Er hatte es als Adoptivsohn mit den leiblichen Kindern des Erzmagiers spielen müssen. Rasch hatte er gelernt, was der Meister in seinen Untergebenen schätzte – und was nicht.

Um sich durch sein Grübeln nicht zu verraten, wandte sich Solus einem der Labortische zu. Er ergriff ein zerknülltes Gewand, das darauf lag. In einer verächtlichen Bewegung bewarf er Dirth damit.

»Hier. Zieh dich an!«, sagte er. »Der Anblick deiner Missgestalt ist kaum zu ertragen.«

Dirth zog eine Grimasse. Er stand auf, streckte die Arme über den Kopf und schlüpfte in die Robe. Solus fand, dass sich der Anblick nicht verbessert hatte, und sagte das auch. Dirth rieb sich die schmerzenden Gelenke. Er belauerte Solus mit angesäuertem Blick.

»Die Fronten wären somit geklärt, mein lieber Dirth«, sagte Vortigern. »Wir wissen jetzt, wo wir stehen. Solltest du also noch einmal versuchen, meiner Agenda auf so selbstlose Weise zu helfen, mach dir zuvor eine Tatsache bewusst: Der Tod ist für mich keine Grenze. Ich respektiere ihn nicht. Er hat keinerlei Macht über mich. Vergiss das nie! Du wirst mir dienen. Ob im Tode oder im Leben, liegt ganz bei dir.«

Der untote Erzmagus strich seine Robe glatt und reckte den Kopf vor, aus dem Schatten seiner Kapuze heraus. Auf diese Weise enthüllte er das volle Ausmaß seines Zustands.

Dirth erbleichte, das Höllenfeuer aus Vortigerns Augen tanzte über sein Gesicht. Er sackte in sich zusammen und nickte eifrig.

»Gut. Schön, dass wir einander verstehen.« Vortigern kicherte. »Kommen wir zu Wichtigerem. Vor deiner kleinen Hilfsaktion hatte ich dich damit betraut, als mein Vermittler, meine Stimme mit unseren Knechten zu sprechen. Wie ist der Stand der Dinge?«

Dirths Gesicht hellte sich auf. Er räusperte sich, ging zu einem Beistelltisch hinüber und füllte eine Karaffe mit Wasser. Falls er sich an dessen abgestandenem Geschmack störte, ließ er es sich nicht anmerken. Er trank in gierigen Schlucken. Dabei ging er sichtlich die Folge seiner Erörterungen durch, plante den Kurs dessen, was er sagen wollte.

Solus machte sich eine geistige Notiz. Er mochte diese Kreatur verachten, doch ihr Verstand, das Organisationstalent und die aufgeweckten Augen behielt er im Hinterkopf.

Es mochte sein, dass sich Solus immun gegen Vortigerns Versuche zeigte, sich gegen Dirth ausspielen zu lassen. Dies musste umgekehrt keineswegs der Fall sein. Das Letzte, was der Erste der Heimkehrer brauchen konnte, war, unter Beobachtung eines Magiers zu stehen, der ihn bei erstbester Gelegenheit an den Meister verraten würde.

Nachdem er geendet hatte, stellte Dirth das Glas in einer theatralischen Geste auf das Tischchen und drehte sich zu seinem Meister und dessen Vasallen um.

»Es ist, wie Ihr vorausgesehen habt, Herr«, sagte Dirth. »Die Stämme des Amboss sind zerstritten. Noch bevor unser … Euer Plan in Kraft treten konnte, hat dieser alte Barbar den Grundstein der Zwietracht gesät.«

»In der Tat?«, fragte Vortigern.

»Unsere Verbündeten berichten uns, dass er vor Monaten

auf einem Thing sprach. Er nahm einige der Stammesfürsten mit nach Fomor. Sie überlebten die Wiedergeburt des Titanen nicht.«

»Als wir zuletzt sprachen, hast du gemeint, auch er habe nicht überlebt«, sagte Vortigern.

»Unsere Verbündeten haben uns mitgeteilt, dass das nicht mehr der Wahrheit entspricht«, sagte Dirth. »Scheinbar hat Ormgair Steinviper den Sturz in die Tiefe überstanden.«

»Ha!« Solus konnte sich ein gepresstes Lachen nicht verkneifen. »Schwerer totzukriegen als eine Schabe, der alte Knochen.«

Der Tyrann von Khael neigte den Kopf und betrachtete seinen Vasallen. »Mein lieber Tuháth. Höre ich da etwa Bewunderung?«

»Was Ihr hört, Meister, ist Respekt«, sagte Solus. »Das, was der alte Knabe vollbringt, nötigt mir Achtung ab. Ich bin beeindruckt, wie sich dieser Wolf allen Gegnern widersetzt und immer auftaucht, wenn man am wenigsten mit ihm rechnet.«

»In der Tat. Beeindruckend.« Vortigern knirschte mit den Zähnen. Sie glitten in dem verwesten Mund wie Meißelspitzen übereinander. »Er hat sich als hartnäckig erwiesen. Er vereint all die Qualitäten in sich, die wir an den Almharach als nützlich empfanden. Schon in meinen Tagen waren sie unsere bevorzugten Krieger. Nicht zuletzt habe ich ihn erwählt … auf dein Anraten, mein lieber Dirth, wenn ich mich recht entsinne?«

Der Magus vollbrachte das Kunststück, noch ein Stück zu schrumpfen.

»Meister, ich konnte nicht ahnen, dass ein zweiter Erzmagus ebenso auf ihn einwirken würde wie Ihr. Ihr sagtet mir, die anderen fünf wären vernichtet.« Dirth vollbrachte das Kunststück, ehrlich getroffen auszusehen. Vielleicht war er es.

»Es ist also meine Schuld?«, fragte Vortigern. Er klang amüsiert.

Der sterbliche Magier rang nach Worten.

»Gemach, Dirth, gemach.« Der Tyrann von Khael machte eine beschwichtigende Geste. Sie verfehlte ihre Wirkung. Er sah zu grässlich aus. »Du konntest in der Tat nicht wissen, dass der Barde und sein verfluchtes Schwert auf den Plan treten würden. Selbst ich muss einräumen, dass ich Fahlsang unterschätzt habe. Ich brauchte schließlich einen Almharach, der das volle Potenzial seines kriegerischen Volkes in sich trägt. Du hast es löblich entfesselt, indem du deine Lakaien auf den Stamm dieses Ormgairs gehetzt hast.«

»Zu viel des Lobes, Meister. Ich habe auf die alten Rivalitäten zwischen seinem Stamm und den Kreen gesetzt«, sagte Dirth.

Solus verspürte den Drang, die Schärfe seines Schwertes am Wanst des Magiers zu erproben.

»Bedauerlicherweise gelang es mir nicht, ihn davon abzubringen, das verhexte Schwert und den Totenkaiser zusammenzuführen«, fügte Dirth hinzu.

»Ja, in der Tat, das hätte sich beinahe als Problem erwiesen«, sagte Vortigern. Er schritt zu einem Lehnstuhl und setzte sich. Auf seinem provisorischen Thron wirkte er auf Solus noch mehr wie ein König der Toten. Wie der Holzschnitt abergläubischer Vorstellungen des personifizierten Endes, vergleichbar mit den Darstellungen der Sharis in ihrer Gestalt als Schnitterin. Es fehlte nur noch die Sense.

»Aber ansonsten hat sich dein Vorgehen als nützlich erwiesen«, sagte Vortigern. »Du konntest die Träume des Almharach betreten, was an sich schon bemerkenswert ist. Ihre Willensstärke ist legendär.«

»Ich bin ein drittklassiger Oneiromant, Meister. Traummagie ist nicht meine Stärke. Mein Verbündeter, der Schamane der Kreen, hat Ormgair Steinviper vor seiner inszenierten Flucht vor berittenen Kriegern mit einer verhexten Arznei betäubt. Dies wäre so oder so geschehen, wollten sie ihm doch das Geheimnis entreißen, wo sich das Lager seines Stammes befindet. Danach war es simpel, Zugang zu seinen Träumen zu erhalten. Ich habe tagelang aus der Ferne seine Selbstzweifel genährt – den Wilden gegen jede Logik nach dem Totenkaiser suchen lassen. Er nennt mich den ›Listigen‹.« Dirth kicherte.

»Das ist ja alles schön und gut«, erboste sich Solus, den getreuen Diener seines Herrn gebend. »Aber hättest du dabei nicht versagt, Kröte, wäre dieser Clach gestorben. Der Meister hätte ihn im Augenblick des Todes beseelen können. So müsste unser Herr jetzt nicht sein Dasein in dieser unwürdigen Hülle fristen. Er geböte über eine Hülle mit Fähigkeiten, die ihm angemessen wäre. So war es von langer Hand vorbereitet. Deine Einmischung hat den Inquisitor gewarnt, der Wahnsinnige hat die Templerin mit einer Hexenklinge getötet – und Clach wurde für den Meister nutzlos. Drei Wirte, ruiniert durch dich!«

Solus baute sich vor Dirth auf, bohrte einen gepanzerten Finger in das Schwammgewebe. »Dein Versagen hat uns Jahrhunderte gekostet – ganz zu schweigen davon, dass sowohl die Titanen als auch die Heimkehrer in Aufruhr sind. Der Gottesmörder hat zwei von uns vernichtet und damit die Wachsamkeit der Gottriesen von Scathach erhöht.«

»Das mögt Ihr so sehen, Erster der Heimkehrer«, presste Dirth hervor. Mit sanftem Druck entfernte er den Finger, schob ihn zur Seite. »Ich habe minuziöse Vorbereitungen getroffen, die Vorzeichen gedeutet. Ich habe endlose Verhandlungen mit Dämonen und unreinen Geistern der Älteren

Dunkelheit geführt. Ormgair Steinviper war die beste Wahl unter Tausenden. Trotz seines Alters. Mehr als ein Mann. Eine Naturgewalt, zum Kämpfen geboren. Ich habe ihn mit Vorsicht und Sorgfalt behutsam auf die Fährte des Totenkaisers gesetzt – so, wie Ihr es mir aufgetragen hattet, Meister. Der einzige Jäger, der eine Beute wie diesen Clach nicht nur aufspüren, sondern stellen konnte!«

»Genug des Geplänkels!« Vortigern ließ eine Knochenfaust auf die Armlehne des Stuhls krachen. »Euer Geplärre und Eure Schuldzuweisungen ermüden mich. Fehler wurden gemacht. Für mich ist unerheblich, von wem. Was für mich erheblich ist, ist, dass jeder weitere vermieden wird. Ich frage dich, Dirth: Stehen die Almharach bereit?«

»Dass sie sich jetzt entzweien, ist nur in Eurem Sinne, Meister. Die Kreen und ein halbes Dutzend weiterer Stämme stehen in unseren Diensten. Ich habe tunlichst darauf geachtet, dass keiner davon von den Heimkehrern unterwandert ist. Damit sind sie leicht zu kontrollieren. Wenn der Zeitpunkt gekommen ist, werden sie sich erheben und die restlichen Barbaren hinwegfegen, ohne zu ahnen, dass sie in Wahrheit für Euch streiten. Ich habe die von Euch geforderte Rückversicherung getroffen. Sie sind mit Nebelsteinen ausgestattet. Die Heimkehrer haben einige der anderen Stämme unterwandert. Alles steht also bereit für einen Bürgerkrieg.«

Mit Nebelsteinen? Solus hatte sich sofort wieder unter Kontrolle. Wofür brauchten Barbaren des Amboss solche Artefakte? Sie waren doch immun gegen das Titanenblut. Welche Pläne verfolgte der Meister?

»Ausgezeichnet.« Vortigern legte die Fingerspitzen aneinander. Es klackerte wie ein hölzernes Kinderspielzeug. »Was ist mit den Arkanisten?«

»Sie hungern seit Jahrhunderten nach der Anerkennung,

die dieses Zeitalter ihnen verwehrt. Sämtliche Hochmeister stehen bereit, ihre Logen und Zirkel sind seit dem Tag Eures Todes auf Eure Rückkehr vorbereitet. Die unteren Ränge dienen ohnehin nur; sie werden die Befehle nicht hinterfragen, wenn es beginnt. Die Arkanisten gieren danach, eine neue Ära der Magie einzuläuten. Ihr Prior, Indomit, brennt darauf, sich uns zu beweisen.«

Dirth grinste triumphierend. Er ließ keinen Zweifel daran, dass er einer derjenigen war, denen es genauso ging.

Vortigern wandte den Blick zu Solus. »Die Heimkehrer und die Neue Macht?«

»Ahnen nicht, welche Rolle sie spielen, bis es zu spät sein dürfte. Doch sie sind in Aufruhr. Die Legende vom Gottesmörder lässt ihnen keine Ruhe. Clach …«

»… ist tot«, unterbrach ihn Dirth. »Der Totenkaiser wurde vom Archonten Greskegard vernichtet. Hunderte Zeugen haben gesehen, wie er den mit dem Zauberschwert zerstückelten Kadaver des Mörders aus der Zitadelle geschleift hat. Wir sollten uns jetzt darauf konzentrieren, wie wir die Heimkehrer mit genau dieser Tatsache beruhigen.«

Solus musste sich zusammenreißen, um über diese ebenso unfreiwillige wie unerwartete Schützenhilfe seitens des Magiers nicht zu jubeln. Der Narr spielte seinen Plänen in die Hände. Er schwieg, statt darauf hinzuweisen, dass es weitaus schwieriger war, einen Heimkehrer zu vernichten, als es den Anschein hatte. Sollten der Meister und Dirth denken, dass der Totenkaiser ausgeschaltet war – es würde Solus' Plänen nur helfen.

»Sehr gut«, sagte der Tyrann von Khael, ohne Clachs angeblichen Tod zu hinterfragen. »Dann kennst du deine Aufgabe, Tuháth. Du wirst die Heimkehrer beruhigen, ihre Ängste zerstreuen. Es ist unabdingbar, dass sie für den letzten Akt mit ebensolcher Bereitschaft in ihren Untergang gehen wie Ashavar. Sie alle haben bei meiner Gottwerdung ihre Rolle zu spielen.«

Als Heimkehrer fühlte sich Solus über Konzepte wie Furcht erhaben. Er hatte immerhin dem Tod getrotzt. Dennoch überlief es ihn, als er die Beiläufigkeit hörte, mit der Vortigern die endgültige Vernichtung seines eigenen Sohnes, seines Fleisches und Blutes, hinnahm.

Ja, sie zu begrüßen schien.

»Ich werde Kontakt aufnehmen, so schnell ich kann, Meister«, sagte der Heimkehrer. »Der Chor hat sich stets als verlässliches Mittel erwiesen.«

»Es wird diesmal eine Abweichung geben, Tuháth.« Vortigerns Stimme hatte etwas Lauerndes. »Du wirst ein Treffen anberaumen, zu dem die verbliebenen Gefäße der Pentae erscheinen werden, ebenso wie einige von dir verlesene Heimkehrer der niederen Titanen. Jene, die Einfluss haben und das Gehör eures Bundes finden.«

»Ihr wünscht, dass ich sie körperlich treffe, Meister?«, fragte Solus. Diesmal gelang es ihm nicht, seine Verwirrung zu verbergen.

»Gibt es ein Problem mit dieser Anordnung, Vasall?«

»Kein Problem, Herr. Es ist nur unvorhergesehen.«

»Es geht darum, Vertrauen zu schaffen«, sagte Vortigern. »Wir müssen die Heimkehrer in Sicherheit wiegen. Du hast sie in all den Jahren zusammengehalten. Ihren Willen gebündelt. Jetzt fällt dir die Aufgabe zu, Zweifel zu zerstreuen. Wenn sie zu misstrauisch sind, wird der Plan scheitern. Wiege sie in die trügerische Sicherheit, die vor Fomors Erwachen herrschte.«

»Ashavars und Dochàthis Tod waren also lediglich … nennen wir es Rückschläge?«

»Wenn du es so nennen möchtest. Am Ende bleibt es sich gleich. Du trägst die Essenz der Fünf, die ich während des Krieges raubte. Noch bevor die anderen Erzmagi meinem Plan zustimmten, unseren Streit um das Erringen der Göttlichkeit mithilfe der Titanen auszufechten, habe ich deine Seele vorbereitet. Die Splitter der Essenz der Pentae, die ich vor so langer Zeit in dir verankert habe, machen dich zum Ersten der Heimkehrer.«

Solus reckte sich und gab sich alle Mühe, eine Aura würdevollen Diensteifers auszustrahlen. »Ich existiere nur, um Euch zu dienen, Meister.«

»Tuháth. Mein Agent, lange bevor du Diener der Titanen wurdest. Was immer du sagst, die Heimkehrer vertrauen dir. Überzeuge sie. Die Details interessieren mich nicht, von einem abgesehen: Ich will, dass euer Treffen im Wildbann stattfindet, dicht genug am Endwinter, damit ich euch beobachten kann. Und zwar ohne Gefahr zu laufen, dass die Titanen mein Wirken bemerken. Dehne ich meine Hellsicht zu weit aus, verrate ich meine Präsenz.«

»Wie Ihr befehlt, Meister.« Solus zog sein Schwert, ließ sich vor Vortigern auf ein Knie sinken und stützte sich darauf. »Es wird geschehen.«

»Natürlich wird es das«, sagte der Tyrann von Khael. Er tätschelte den Kopf des Ritters, als würde er seinen Jagdhund loben.

Abrupt stand der untote Erzmagus auf und ging an Solus und Dirth vorbei auf die Tür des Labors zu. »Ihr werdet mich beide nicht enttäuschen, davon bin ich überzeugt.«

Das Geschöpf, das vor einer Ewigkeit ein unbedarfter Schäfer gewesen war, blickte ihm nach und fühlte nichts.

5. Clach

Das ziellose Gleiten, der Wechsel zwischen Vergessen und den Phasen des Erwachens hatte sich verändert. Wenn die Finsternis ihn verschlang, nahm Clach als letzten Gedanken den Willen zur Veränderung mit. Zog sie sich zurück, begann er damit, aktiv an seiner Befreiung zu arbeiten.

Es waren diese beiden Dinge, die in der Dunkelheit und Stille dieses Ortes sein Dasein bestimmten. Er erwachte, konzentrierte sich und lenkte seinen Willen, um sich von den Nadeln zu befreien. Nach einer Zeit, die einzuschätzen ihm schwerfiel, glitt er in die Umarmung der Schwärze zurück.

So wiederholte sich das Spiel tagein, tagaus (wie er annahm).

Wann immer er bei Bewusstsein war, lenkte Clach seine geistige Kraft auf die Artefakte. Er stellte sie sich vor, ihre Länge, ihre Beschaffenheit. die an Totenschädel erinnernden Knäufe am Griffstück. Er versuchte, sie mit reiner Geisteskraft zu bewegen.

Als er nach einer Weile merkte, dass er damit keinen Erfolg hatte, suchte er nach der Macht des Nebels in sich und mühte sich, sie freizusetzen. Als es ihm gelang, war er nicht sicher, ob die Überraschung oder die darauffolgende Enttäuschung stärker waren.

Ein winziger Schleier aus Dunst wand sich aus den Tiefen seines Körpers empor. Das Scheinfüßchen aus Brodem schien aus einem seiner Ohren zu kommen. Es driftete wie Moordunst an seiner Schläfe vorbei vor seine Augen.

Auf Clachs Blick hin wanderte es geschickt zu einer der Nadeln und umschlang sie. Es gelang ihm, den Fremdkörper um den Bruchteil eines Zolls zu bewegen. Doch reichten Kraft und Masse des Nebels nicht aus, um Resultate zu liefern.

Fennek Greskegard hatte sein Leben damit verbracht, Ketzer, Abweichler und Hexenmeister aller Couleur zu jagen. Es war kaum verwunderlich, dass er die Nadeln Dirths nicht nur verstanden hatte. Er hatte ihre ursprüngliche Konstruktion scheinbar erheblich verbessert.

Er hat sie umgebogen, sie nicht wie Nadeln in mich getrieben, sondern wie Haken.

Egal, wie der Totenkaiser sich mühte, abgeschnitten von der Außenwelt, lahmgelegt durch die Artefakte und isoliert in der Finsternis, gab es für ihn keinen Weg, sich aus eigener Kraft zu befreien.

Alles, was ihm blieb, war die Vorbereitung auf den Moment, in dem jemand töricht genug wäre, seine Fesseln zu lösen.

Er mochte zu Lebzeiten einer der besten Attentäter gewesen sein, und sein Dasein als Heimkehrer hatte die Tugenden von Disziplin und Geduld sogar noch verstärkt. Doch die Gefangenschaft begann erheblich an Clachs Nerven zu nagen. Er konnte sich des Gefühls nicht erwehren, dass seine Frustration über kurz oder lang die Oberhand gewinnen würde.

Sollte es ihm wider Erwarten doch gelingen, wie durch ein Wunder freizukommen, stand er vor der nächsten Hürde: Fennek hatte ihm mit Morvens Runenklinge die Glieder abgeschlagen. Clach zweifelte nicht daran, dass er selbst solche Wunden regenerieren konnte, doch nicht in diesem Kerker. Dies war ein geheimes Gefängnis für Erzketzer und Zauberwirker aller Art.

Eine Kammer aus Basalt und Basalith, mit arkanistischen Runen durchwirkt, die jeden Fluss der Ätherkräfte unterbanden. Zumindest, solange diese Mächte nicht in Gegenständen konzentriert waren. Ein Blitzableiter für Zauberkräfte aller Art.

Es lag Ironie darin. Er, der todlose Heimkehrer, würde aller Wahrscheinlichkeit nach in diesem Grab noch seinen Gedanken nachhängen, während sich die Dämmerwelt längst in den Klauen der Titanen befand. Vergessen von der Zeit, würde er in seinem eigenen Kopf wahnsinnig werden.

Er stieß ein Schnauben aus, die einzige Lautäußerung, zu der er fähig war. Bevor der Totenkaiser mit seinem Schicksal hadern konnte, verschlang ihn die Finsternis.

»Ich habe in den letzten Wochen viel nachgedacht. Ich versuche herauszufinden, wann es angefangen hat. Unsere Jagd, meine ich. Ich sollte mich erinnern, wann ich die erste Zeugenaussage gehört, das erste Dokument gefunden habe, in dem du erwähnt wirst.«

Clach erwachte beim Klang der Stimme.

Er stellte fest, dass Licht in die Kammer zurückgekehrt war, schmerzhaft und hell. Seine Sinne rochen die vertraute Mischung aus nachlässiger Körperhygiene und dem argasischen Waffenöl einer Pistolenarmbrust, noch bevor er Greskegards schnarrendes Organ vernommen hatte. All das ruhte unter einem anderen, extremen Geruch.

Auch den kannte der Totenkaiser nur zu gut.

»Du kannst über die Geldaristokratie aus Argas sagen, was du willst, Totenkaiser. Wie man Schnaps brennt und Wein keltert, davon verstehen sie was.«

Greskegard unterdrückte einen Rülpser und kam näher. Wobei »torkeln« der bessere Ausdruck gewesen wäre. Er verharrte direkt neben Clach. Nicht dass es einen Unterschied gemacht hätte. Was die taktischen Optionen des Totenkaisers betraf, hätte Greskegard in der Zitadelle der Penta Gawr oder am Strand der Blut-Tiden stehen können und nicht nur eine Handbreit entfernt.

»Ich meine, noch mehr als der Mord an meiner Schwester und dem Rest meiner Familie, noch mehr als die Explosion war es dieser Moment, der unser Verhältnis begründet hat. Dennoch kann ich mich beim besten Willen nicht daran erinnern. Du etwa?«

Der Totenkaiser richtete den Blick auf Greskegard, soweit ihm dies mit den Nadeln in den Schläfen möglich war.

»Ah ja, wie unaufmerksam von mir.« Kurzerhand zog Fennek die Nadel heraus, die Mund und Zunge des Totenkaisers lähmte.

Clach erwartete, dass jeder Teil seines Gesichts mumifiziert und unbrauchbar war. Umso verwunderter war er, als er feststellte, dass sein Kiefer nicht nur nicht schmerzte, sondern sich sein Mund sofort mit Speichel füllte.

»Überrascht? Frag *mich* erst. Hier liegst du, seit Monaten in meiner Gewalt, und doch verfällst du nicht. Frisch wie der junge Morgen! Ich mutmaße, dass es etwas mit der Essenz des Titanen zu tun hat, die du verschlungen hast.« Fennek hielt eine Weinflasche in die Höhe, schwenkte sie vor Clachs Augen. »Einen Schluck?«

Der Totenkaiser bewegte den Kiefer leicht, ließ die Gesichtsmuskeln spielen. Zwei, drei schmatzende Geräusche, und zumindest sein Mund fühlte sich nicht mehr wie ein Gefängnis an.

»Nicht?« Greskegard verzog das Gesicht. »Ich hatte noch nie etwas für Abstinenzler übrig. Ich vertraue keinem, der seine Sünden nicht vor sich herträgt.«

»Du vertraust niemandem«, stellte der Attentäter fest.

Der frischgebackene Archont hob die Schultern in einer Geste hilfloser Resignation. »Touché.« Sein Blick ging in die Ferne, wässrig und entrückt. »Eine alte Angewohnheit, die ich dir verdanke. Dir und meinem Freund, dem guten Schwager.«

Clach schenkte ihm ein freudloses Lächeln. »Gib nicht mir die Schuld, Inquisitor. Niemand straft das Schwert, höchstens verurteilt man die Hand, die es führt.«

Greskegard antwortete nicht.

Er ging zu einer Wand, die außerhalb von Clachs Sichtfeld lag. Es scharrte. Als er zurückkehrte, hatte der einstige Inquisitor einen Stuhl dabei. Er setzte sich ihm breitbeinig gegenüber. »Da wären wir jetzt. Nur du, ich und die Mauern. Habe ich dir je erzählt, was ich machen wollte? Wie ich meine Zeit gestalten wollte, sollte mir wider Erwarten der Titel des Archonten zufallen? Beziehungsweise im naheliegenderen Fall, dass mir der Thron nicht zu eigen würde?«

Der Totenkaiser schwieg. Er hatte das Mitteilungsbedürfnis seiner Mitmenschen nie begriffen, als Lebender ebenso wenig wie als Nicht-Toter. Aber gegen seinen Willen musste er sich eingestehen, dass ihn die Antwort interessierte.

»Der Nebel ist ein seltsames Ding, nicht wahr? Die einen Tiere holt er sich, die anderen hausen darin unbeschadet. Doch nur sehr wenig von dem Getier, das die Sonne liebt, kann in der Kälte seiner Umarmung bestehen. Ich wollte Bienen züchten.« Fennek nahm noch einen Schluck. Er hob die Flasche und schüttete am ausgestreckten Arm einen Schluck auf die Steinplatten des Kerkers. »Auf dich, alter Freund«, sagte Greskegard.

Der Totenkaiser konnte sich des Eindrucks nicht erwehren, dass nicht er gemeint war.

»Es war nur ein paar Monate, bevor du meine Sippe ausgelöscht hast. Ich hielt mich in der Sommerresidenz unserer

Familie auf. Nicht die, die du eingeebnet hast, sondern unser Haus am Südrand von Argas.

Meine Berater belächelten anfangs meine Interessen für die Imkerei, erkannten sie jedoch schlussendlich als Erziehung in Sachen Staatskunst an. Der Bienenvater hieß Drosian. Ein beachtlicher Mann – obschon ich sein Dienstherr war, war doch er der Meister.« Fennek richtete den Blick nach oben, und nach einem stillen Trinkgruß auf den Mann goss er noch einen Schluck auf die Steine.

»Führt das irgendwohin, oder ist dies eine Foltermethode, die du ersonnen hast, Archont?«, ätzte der Totenkaiser. »Es ist nicht so, dass ich nicht genug Zeit hätte, deinen Ausführungen zu lauschen, aber in diesem Tempo sind sie ermüdend.«

»Ein Meister seines Faches, dieser Drosian. Er wusste alles über diese Insekten. Er hat mir erklärt, was ihre Tänze bedeuten. Eine faszinierende Spezies. Und so unerlässlich. Wusstest du, dass wir ohne sie keine Blumen oder Früchte hätten? Wir hätten nichts mehr zu fressen außer anderen Lebewesen und dem götterverreckten Nebel.«

»Essen stand auf meiner Agenda nie weit oben«, sagte der Totenkaiser.

»Weil du ein Abstinenzler bist.« Ein mildes Lächeln lag auf Fenneks Zügen. »Als wahrer Hedonist begriff ich, dass ich auf so viele Freuden verzichten müsste, gäbe es die Bienen nicht. Ich spürte eine instinktive Verbindung zu ihnen. Sie beeindruckten mich. Wusstest du, dass sie krepieren, wenn sie einen Menschen stechen? Unsere Haut ist so weich, und ihre Stachel haben Widerhaken. Ein bisschen, als würden wir uns unsere Fäuste ausreißen. Dennoch zögern sie nie, nicht nur einen Augenblick, wenn sie damit ihren Stock schützen können.«

»Was wird das? Willst du mit diesem Gleichnis an meinen

Gemeinsinn appellieren? Oder möchtest du ein Experiment wagen? Schauen, ob man einen Heimkehrer einzig durch Langeweile vernichten kann?«, fragte Clach.

»Als er mir beigebracht hatte, was er wusste, gab mir Drosian drei seiner Völker in speziellen Kisten mit. Er wollte sicherstellen, dass sie auf jeden Fall lebend ankommen.«

Greskegard knirschte mit den Zähnen, als ihm aufging, dass sich die Flasche ihrem Ende näherte.

»Wir fuhren also nach Norden, zurück nach Fomor. Nach einigen Tagen der Reise hielt der Kutscher und klopfte. Als ich mich nach dem Grund erkundigte, deutete er nach draußen und erzählte mir, dass er Zerstreuung auf der langen Fahrt für mich gefunden hätte. Ganz so, wie ich es in meinem jugendlichen Überschwang angeordnet hatte.«

»Lass mich raten«, sagte Clach. »Du hast dort draußen irgendeine abgeschmackte Moral gefunden, die am Ende deiner Ergüsse auf uns wartet?«

»Du machst dich, Totenkaiser«, sagte Fennek. »Nein wirklich, so fühllos, wie du dich immer gegeben hast, bist du nicht. Ein derart feinsinniger Humor, das Gespür für den richtigen Zeitpunkt, um solch eine Retorte vom Stapel zu lassen – das geht nicht, wenn man ein Klotz ist. Wo war ich stehen geblieben?«

»Draußen vor der Kutsche. Der Sinn deines Besuches hier. Zerstreuung. Etwas, das ich übrigens auch gebrauchen könnte.«

»Ah ja.« Der Archont ließ den Blick einmal mehr in die Ferne schweifen. »Kein Dutzend Schritte neben der Straße war das Schlammloch. Oder Treibsand oder so etwas, ich bin da kein Experte. Und mittendrin brüllt – wie ein angestochener Bär – dieser Almharach. Selbst für einen Ambossbarbaren war dieser Fettsack von beeindruckender Statur. Weißt du, warum sein Volk ihn so nahe der Straße zum Tode verurteilte?«

»Er hat einen hilflosen Mann an einen Steintisch fixiert und ihn zu Tode geschwätzt?«, fragte Clach, dem sein Part in dieser einseitigen Unterhaltung allmählich Spaß zu machen begann.

»Er ist in einem Duell gegen seinen Bruder angetreten, um die Führung ihres Stammes zu erringen. Er hat verloren. Statt ihn zu töten, hat besagter Bruder ihn verbannt – ein Urteil, dem der Koloss sich fügte. Er kam weit, doch fingen ihn die Häscher seines Bruders ein. Sie rasierten dem Riesen den Schädel kahl und warfen ihn in dieses Sumpfloch.«

Fennek seufzte und nahm einen Schluck.

»Der Jarl wollte nicht riskieren, dass der Konkurrent doch noch irgendeinen Winkelzug fand, der ihm die Rückkehr und Ansprüche auf den Thron gestattete. Doch er war nicht ertrunken. Sie waren weggeritten, bevor der Sumpf ihn verschlingen konnte.«

»Das Loch war nicht tief genug«, folgerte Clach.

»Beeindruckend – in jeder Hinsicht«, sagte Fennek, und der Totenkaiser war unsicher, ob der Archont von dem Barbaren sprach oder ihn meinte.

Fenneks Blick verlor sich nach wie vor in der Ferne. »Ich stieg aus und ging mit meinem Kutscher und meinen Leibwächtern zu dem Loch hinüber. Den Rest kennst du. Nachdem ich meinen Leibwächtern gegen ihren Rat befohlen hatte, den Riesen herauszuholen, erkannte ich seinen Nutzen, gab ihm einen Namen. Er nahm es hin, weil er mir sein Leben schuldete. Er nahm alles hin. Der gute alte Sanftleben.«

»Ich bin nicht sicher, ob ich folgen kann«, sagte der Attentäter. »Was haben die Bienen mit deinem fetten Schatten zu tun? Den ich im Übrigen als vieles bezeichnen würde, doch selbst mit meinen eher laxen Moralvorstellungen ging er nicht unbedingt als ›gut‹ durch.«

»Sie waren tot. Alle drei Völker krepiert, weil ich die Kutschentür aufgelassen hatte. Jeder weiß, dass die Sommer auf der Steppe alles andere als warm sind. In den Kästen konnten sie die Lufttemperatur nicht mit den Flügeln beeinflussen. Sie sind eingegangen, weil ich meinen Willen haben wollte. Um ein Leben zu retten, habe ich tausende beendet.«

»Ein wahrer Archont«, sagte Clach ohne Spott. »Balthus von Fomor hat auch nur versucht, sein Leben zu retten und dafür Dutzende beendet, als er mich anheuerte. Er wusste, dass er gegen die Konkurrenz aus seiner Familie nicht würde ankommen können. Du warst sein geringstes Problem.«

»Das dachte ich«, sagte Fennek Greskegard. »Doch ich kam ins Grübeln. Tatsächlich habe ich festgestellt, dass ein Dasein auf dem Thron mir noch mehr Zeit zum Nachdenken lässt als mein früheres Amt. Ich bin zu dem Schluss gekommen, dass es nicht nur im Allgemeinen keine Zufälle gibt. Auch was das Schicksal meiner Familie und meiner Person betrifft, beginnt sich allmählich ein Muster abzuzeichnen.«

Der Totenkaiser war bei diesen Worten ehrlich überrascht. Sie erinnerten ihn an die letzten Wochen seines Lebens. Vor seinem Ende hatte er einer Intrige nachgespürt, in deren Mittelpunkt er sich wiederfand und die in seinem Ableben gemündet war.

Auch wenn Clachs Gesicht nur für eine Sekunde ein Erkennen gespiegelt hatte, so genügte der Augenblick Greskegard.

»Ich sehe, du weißt, was ich meine«, sagte der Archont. »Mir will scheinen, wir sind in etwas hineingeraten, das unser beider Horizont übersteigt.«

»Sprich nur für dich, alter Mann«, entgegnete der Totenkaiser. »Ich für meinen Teil habe vor, der Sache auf den Grund zu gehen.«

»War mein Tod damals beschlossene Sache? Als du meine Familie auslöschtest, war mein Name darunter?«, fragte Fennek.

Der Attentäter sah keinen Nutzen mehr darin, nach der Vernichtung der Kirche ihre Geheimnisse zu hüten. Keinen bis auf einen einzigen.

»Schenk mir die Freiheit, und die Dinge, die ich weiß, sind dein«, sagte er und meinte es so. »Du hast nichts mehr davon, mich festzuhalten. Was willst du noch mit mir?«

»Ich habe tatsächlich erwogen, dich freizulassen«, sagte der Archont und schüttelte den Kopf. »Aber ich weiß einfach nicht, was du bist. Ein Heimkehrer, ja. Was ist das? Denn deinesgleichen scheint ebenso Jagd auf dich zu machen wie du auf sie. Daher noch mal meine Frage: War mein Tod beschlossene Sache? Hat Balthus dich explizit auf mich angesetzt, und meine Familie war nur ein Begleitschaden? Oder war der Auftrag allgemeiner gefasst?«

Clach zögerte einige Augenblicke. Er sah jedoch keinen Nutzen darin, den Mann, der seine Freiheit in der Hand hielt, mehr als nötig zu verärgern.

»Ich habe nicht sämtliche Details im Kopf«, sagte der Totenkaiser. »Im Laufe der Jahre waren es so viele Ziele. Doch ich entsinne mich noch gut, dass es keineswegs um dich ging. Als ich erfuhr, dass du als einziges Mitglied der Familie deiner Schwester nicht am Tatort und mir entgangen warst, erstattete ich dem Tempel Bericht. Ich wollte die Scharte auswetzen, keinen Makel in meiner Historie – schon gar nicht am Anfang meiner vielversprechenden Laufbahn. Der Archont war zufrieden, das ließ er mir persönlich ausrichten. Dass du noch am Leben warst, schmälerte nicht den Erfolg meiner Mission.«

»Daher dein Spiel«, sagte Greskegard. »Ich jage den Mörder meiner Schwester, meiner Familie – und er führt mich beinahe ein halbes Leben an der Nase herum wie einen Lastochsen.«

Clach sagte nichts dazu. Er hatte andere Gründe gehabt. Unterhaltsamere Gründe.

»Es steckt mehr hinter all dem, was hier geschieht. Nicht nur ich und meine Familie wurden benutzt, auch du. Ebenso wie dein haariger Freund aus der Wildnis«, fuhr der Inquisitor fort. »Es war kein Zufall, dass Morven und ich aufeinandertrafen, davon bin ich heute überzeugt.«

»Morven?« Clach hob eine Augenbraue. Hatte er den Namen schon einmal gehört? War es von Belang? Dann fiel ihm die Runenschrift auf Ormgairs Schwert wieder ein. Ormgairs Erzählung. »Wer ist das?«, fragte er dennoch.

»Meine Nichte«, sagte Fennek. Er hob den Wein ein weiteres Mal an, überlegte es sich angesichts des niedrigen Flüssigkeitsstandes jedoch anders. »Ich habe sie getötet. Sie war zur falschen Zeit am falschen Ort – zumindest dachte ich das. Möglicherweise war unser Zusammentreffen beabsichtigt.«

»Das Schwert«, sagte Clach. »Die Runen auf Ormgairs Klinge haben sich zwischen unseren Begegnungen verändert.«

»Es ist ihr Name, der darauf prangt. In einer Kirchensprache, deren Wurzeln bis in die Zeit der Priesterkaiser zurückgehen. Ein Dialekt der Runen, wie sie auch die Ambosskrieger während des Titanensturms und bis heute verwendeten. Es ist interessant, dass sich der Name geändert hat. Die Waffe hieß einst Fahlsang – ich habe dem nicht viel Bedeutung beigemessen. Ich spüre, nein, ich weiß, dass meine Nichte und diese Klinge eins geworden sind.«

Clach kam ins Grübeln. Hatte Fahlsangs Macht das Schwert einfach nur leer zurückgelassen, sodass es eine unverbrauchte Seele beherbergen konnte? Oder steckte mehr dahinter?

»Fahlsang«, sagte der Archont. »Ich musste eine Weile überlegen, aber dann fiel es mir ein. Er ist ›Das bleiche Lied‹. Der Barde. Der Name des sechsten Erzmagus aus den vergessenen Schriften des Titanensturms.«

Greskegard betrachtete Clachs Gesicht. Der Totenkaiser verzog keine Miene. Er war vorbereitet.

»Wie du meinst«, sagte Greskegard. »Wusstest du, dass einer der deinen mich zweimal aufgesucht hat? Einmal hat er versucht mich zu töten – beim zweiten Mal gab er mir Ratschläge, wie ich aus der Gefangenschaft des Archonten kommen könnte.«

»Einer der meinen? Du solltest mich lange genug kennen, alter Mann, um zu wissen, dass ich alleine arbeite. Es gibt keine ›meinen‹. Von wem also sprichst du?« Wenn der Totenkaiser eine Schwäche hatte, so war es die Neugier.

»Du willst mir sagen, der Name Solus Terbast wäre dir nicht vertraut? Du möchtest, dass ich glaube, dass ihr nichts miteinander zu tun habt?«

Fennek nahm einen letzten, tiefen Schluck. Dann pfefferte er die Flasche in die Ecke des Kerkers. Er schenkte dem Totenkaiser ein wissendes Lächeln. Clach blickte in die Miene eines Mannes, der dabei war, Zusammenhänge zu erschließen.

»Mich interessiert ebenso sehr wie dich, was hier los ist, alter Fuchs. Wie du vorhin selbst sagtest: Ich habe die Essenz eines der Titanen verschlungen, was hilft es, diesbezüglich zu lügen? Doch was diesen Namen betrifft, so kann ich dir nicht mit Hinweisen dienen, wer das ist. Ich nehme an, dass es sich um einen Heimkehrer handelt?« Clach schenkte dem Archonten ein verschwörerisches Lächeln. »Denk nach, alter Mann:

Was hätte ich davon, einer der ihren zu sein, wo sie doch Diener der Titanen sind?«

»Tja, was hättest du davon?« Der frühere Inquisitor legte eine Hand unter das Kinn, und sein Zeigefinger tippte in schöner Regelmäßigkeit gegen seine Lippen. »Wenn ich das nur wüsste. Gräme dich nicht, Totenkaiser. Ich werde es erfahren, und dann wird sich zeigen, wo du stehst und welche Rolle du spielst.«

»Meine eigene«, sagte Clach. »Stets nur meine eigene. Ich habe kein Interesse an einer anderen. Glaube mir: Ich bin genauso interessiert daran wie du, diese Sache aufzuklären.«

Fennek Greskegard nickte langsam. Er erhob sich. »Erinnerst du dich noch an dein Gambit in Gawr? Damals, vor acht Jahren?«

»Du meinst, als ich dir nach dem Mord an der Komtesse Gildywh den lokalen Gildenmeister des Tempels und seine Lakaien überließ?«, fragte Clach.

Fennek nickte. »Du hast sie mit der Garotte geköpft, eine für dich unübliche Methode. Wie ich später herausfand, weil in der Unterwelt dieser Penta allgemein bekannt war, dass Gildemeister Damast die Technik zur Perfektion gebracht hatte und sie allen anderen Varianten vorzog. Er hatte schließlich auch ein gutes Motiv: Gildywhs Ehemann war einer der verborgenen Meister der Korona des Lichtordens und genoss das Vertrauen des Archonten seiner Stadt. Wer hätte damit rechnen können, dass er selbst den Mord an seiner Frau in Auftrag gegeben hatte? Ich räucherte diesen Zweig des Tempels aus – und nahm damit gut ein halbes Dutzend deiner stärksten Konkurrenten aus dem Spiel. Damals begriff ich erst wirklich, was ein Bauernopfer ist.«

Bevor Clach antworten konnte, griff Greskegard in sein Gewand und trieb ihm die Nadel durch Wangen und Zunge.

Der Totenkaiser nahm den Schmerz hin. Er ließ nicht zu, dass sein Gesicht auch nur die geringste Regung zeigte. Doch er konnte nicht vereiteln, dass seine Augen den Zorn über diese Behandlung offenbarten.

»Sei dir gewiss, Totenkaiser, dass wir beide in diesem Spiel für dieselbe Rolle vorgesehen waren. Wir sind das Bauernopfer höherer Mächte. Doch sollten wir nicht verzweifeln. Sie scheinen um unsere Gunst zu ringen. Irgendeinen Zweck haben wir noch zu erfüllen. Ich will verdammt sein, wenn ich es dieser Frist überlasse, mir unsere Feinde zu enthüllen. Nutze du die Zeit zum Nachdenken. So viel Ruhe wie hier unten, dir über deine Prioritäten klar zu werden, wirst du nie mehr bekommen.«

Schwankend verließ der Archont die Kammer. Mit ihm ging das Licht. Doch die Dunkelheit war jetzt nicht mehr leer. Unzählige Fragen trieben darin.

6. Fennek

Der Archont verließ den geheimen Zellentrakt und machte sich an den Aufstieg. Was für eine törichte Idee es gewesen war, Clach gegenüber den Angetrunkenen zu mimen, der zu viel redete. Um den Totenkaiser zu überzeugen, hatte Greskegard mehr als einen zur Brust nehmen müssen. Wunden aus der Vergangenheit klafften wie frisch geschlagen.

Er biss die Zähne zusammen und konzentrierte sich auf die Treppen. Er musste die sentimentalen Gedanken unter Kontrolle bringen, bevor sie ihn übermannten.

»Hör auf mit dem Gewinsel. Die Milch ist verschüttet, getan ist getan«, zischelte Fennek durch zusammengebissene Zähne hervor. Er quälte sich die Stufen hinauf, geriet unweigerlich ins Grübeln, während er vom Gleichmaß der Bewegung und des Schnaufens eingelullt wurde.

Wir sind keine Macht, die Ihr gegen Euch wissen wollt. Das hatte sein nächtlicher Besucher gesagt. Ein Besucher, der über gewaltige Kräfte verfügte und der eine oder mehrere Parteien repräsentierte.

Sie wussten, dass er Clach in den Tiefen eines Geheimkerkers gefangen hielt.

Waren es die Heimkehrer? Oder spielte jemand anderes ein Spiel mit ihm? Der Totenkaiser war entwaffnend ehrlich gewesen, doch er war ein Meister der Manipulation. Jedes

Wort konnte eine perfekt auf Fenneks Gesichtsausdruck und Erwartungshaltung abgestimmte Lüge gewesen sein.

Kannte Clach Solus Terbast wirklich nicht? Warum wusste der Heimkehrer-Templer hingegen so genau über den Totenkaiser Bescheid? Es gab definitiv zu viele Fragen und kaum Antworten, fand Fennek Greskegard.

Als er in der Zelle ankam, die den Eingang zum Geheimtrakt verbarg, wurde der Archont bereits erwartet. Noch während das steinerne Schott hinter ihm sank, wurde Fennek der beiden Männer gewahr, die ganz den Eindruck machten, als hätten sie ihm aufgelauert.

Der eine war massiv wie ein Kleiderschrank und von Kopf bis Fuß in eine nachtfarbene Vollplatte gehüllt. Das Schmuckwerk der Rüstung offenbarte den Rang eines Hauptmanns der Myrmidonen. Der Nachfolger des unglücklichen Waleran, ein kompetenter Leibwächter, der auf den Namen Gram hörte.

Bei Fenneks Ankunft nahm er den Helm, einen Schaller, der die Mundpartie frei ließ, ab. Das Gesicht darunter war ebenso zerschlagen und vernarbt wie die Lippen, das Haar vom Kopfschutz platt gedrückt.

»Majestät!« Gram verneigte sich und salutierte, indem er seine Faust auf die Brustplatte krachen ließ. Fennek bekam dank des übermäßigen und frühen Weingenusses die Auswirkungen des klangvollen Manövers nach dem anstrengenden Aufstieg in seinem Kopf zu spüren.

»Hauptmann«, krächzte Greskegard. Er nickte dem Anführer seiner Garde zu und rieb sich die Schläfen.

Der zweite Mann, der aus Grams Schatten trat, trug eine abgewetzte Robe aus Kammwolle und einen Zwicker im eulengleichen Gesicht. Auf seiner Brust prangte ein Emblem, das eine Kerze zeigte, die inmitten eines Kreises von vier Ketten gehalten wurde.

Der Mann hieß Reyland. Er war der Arkanist der Zitadelle des Archonten – und dass er sich persönlich hier herabbegeben hatte, ließ nichts Gutes erahnen.

»Majestät«, krähte Reyland. »Eure Anwesenheit im Turm der Winde ist vonnöten. Die Archonten verlangen, Euch umgehend zu sprechen.«

»So so, verlangen sie das«, sagte Fennek.

Falls Reyland bemerkte, dass der Tonfall des Potentaten von den unterkühlten Gestaden der Taiga zum Flüstern eines sich anbahnenden Eissturms übergegangen war, ließ er es sich nicht anmerken. Er schien keinerlei Gespür für Ironie oder Zynismus zu besitzen.

»In der Tat, Majestät. Es scheint sich um eine bedeutsame Zusammenkunft zu handeln, wenn mir dieser Kommentar gestattet ist.«

»Meint Ihr?«, fragte Greskegard. »Die Archonten der anderen Pentae, die Herrscher der bekannten Welt, berufen eine Konferenz ein, und Ihr nehmt an, der Anlass sei bedeutsam? Das wäre mir im Traum nicht in den Sinn gekommen.«

Gram gab einen schnaubenden Laut von sich, der keinen Zweifel an der Verachtung ließ, die er gegenüber dem Arkanisten empfand.

Reylands Miene blieb unbewegt. »In der Tat, Sire«, sagte er dienstbeflissen. »Mir wurde aufgetragen, mich zu eilen und Euch umgehend zu kontaktieren.«

Der alte Mann war konsequent in seiner Ignoranz, das musste Fennek ihm lassen.

»Magister Reyland, ist Euch nie die Idee gekommen, dass ich in dieser Stadt der Archont bin? Und dass es damit mir zufällt, Euch Befehle zu erteilen? Nicht den anderen Archonten?« Fennek schenkte seinem arkanistischen Berater ein Lächeln, gegen das der Zahnwald eines Hais nichts war.

Reyland erbleichte, als er endlich verstand. »Verzeiht, Majestät, ich wollte ja nicht … Ich konnte ja nicht …«

»Schon in Ordnung«, sagte Greskegard. »Wenn mich die Elite derer ruft, die in unserer Karikatur einer Welt noch als Respektspersonen durchgehen, will ich sie nicht warten lassen. Für Euch habe ich eine andere Aufgabe, Reyland.«

»Ich lebe, um zu dienen, Meister. Was kann ich tun?«

»Ihr könnt in die Küche eilen, bevor Ihr mir nachfolgt. Bringt Rollmops, klares Wasser und eine Schale Brühe. Ich habe einen scheußlichen Kater.« Damit ließ der Archont seinen Berater stehen.

Reylands Gesichtsausdruck bekam etwas Tragisches.

Gram kniff ihn in die Wange, tätschelte sie und folgte dem Potentaten in einem Abstand, der ihm gestattete, Greskegard zu schützen. Der Meisterarkanist zockelte dem Duo erst hinterher, als er die Fassung wiedergewonnen hatte.

Der Weg in den Turm der Winde war noch beschwerlicher als der aus dem Kerker. Als Greskegard in der Spitze des Basaltspeers angekommen war, prustete und schnaubte er. Seine Gewänder waren von Schweiß durchtränkt. Gereizt stapfte er an zwei Wächtern vorbei durch das Portal, das ins Innere der Kommunionskammer führte.

Der Raum war mit Bahnen aus Samt ausgekleidet. Der Geruch von Leder und Ozon erfüllte die Kammer, gepaart mit den Dünsten kostbarer Öle und des Pergaments. Im Hintergrund tummelten sich Protokollanten. Gerätschaften aus Kupfer und Messing nahmen den Großteil der Wände ein.

In der Mitte stand ein Ohrensessel. Der Tisch davor hatte die Form eines Fünfecks. Ein ausladendes Marmorgefäß mit der gleichen geometrischen Form stand darauf. Es erinnerte an ein Taufbecken oder Vogelbad.

Fennek nahm Platz. Er gab Reyland und dessen Helfern ein Zeichen. Sofort stimmten sie rituelle Gesänge an. Der Meister der Hofarkanisten zog an Hebeln, drehte an Kristallen und Gemmen auf einem Schaltpult. Er gab sich redlich Mühe, den routinierten Bewegungen den Nimbus bedeutsamer Rituale zu verleihen.

Greskegard wusste genug über die legalen Zauberwirker. Ihm war klar, dass das Brimborium nur Eindruck schinden sollte. Doch es verfehlte diesen Zweck.

Das Wasser in dem Becken verfärbte sich. Die Flüssigkeit verwandelte sich in einen Spiegel aus Quecksilber. Das Metall waberte. Es teilte sich, so als zöge jemand Drähte über und durch seine Oberfläche. Schließlich blähte sich das Material auf. Die auf diese Weise entstandenen Zonen drehten sich unabhängig voneinander, bis sie zur Ruhe kamen.

Das Fünfeck zerfiel zu fünf kleineren. Sie wölbten sich in ihrem Marmorgefängnis wie die Facettenaugen eines Käfers und zeigten Bilder, formten Fenster in die Ferne. Eines blieb leer.

Vier schummrige Räume ähnlich Fenneks bildeten den Hintergrund. In jedem davon thronte eine herrschaftliche Gestalt in einem Prunksessel.

Es waren drei Männer sowie eine Frau:

Eisenstoltzh, Archont und Minenmeister der Penta Balor, bärtig und fast so riesig wie ein Ambosskrieger.

Sokun, der Handwerksmeister der Arkanistenmetropole Gawr, ein verschlagener Geist hinter den Zügen eines Hauslehrers.

Demiurg, die Milanenkönigin der Karawanen-Penta Menoit, ebenso schön wie geschäftstüchtig.

Rashoud idi Farun, der Herrscher von Argas.

Bei der Vorstellung, welchen Anblick er bot, konnte Fennek

ein Schmunzeln nicht unterdrücken. Der Kontrast zwischen den Gewändern des argasischen Archonten mit Seidenburnus und Turban und der Verfassung, in der sich Greskegard befand, war erheblich. Er war vollkommen derangiert nach der Unzahl der Stufen, die er auf dem Weg vom Kerker bis hierhin zurückgelegt hatte, die Haare wirr, das Gewand von Schweißflecken gezeichnet.

»Meine Herren, meine Dame«, sagte Fennek und verbeugte sich tiefer, als nötig gewesen wäre, um ungesehen nach Luft schnappen zu können.

»Inquisitor.« Rashoud idi Faruns Tonfall ließ keinen Zweifel an der Verachtung, die er für den frischgebackenen Archonten Fomors empfand. »Es freut uns, dass Ihr bei all den Sorgen der Penta Fomor noch Grund zum Lächeln habt. Es lässt uns hoffen, dass Vernunft und Ordnung in ihre Gestade zurückgekehrt sind.«

Da waren sie, die unverhohlenen Spitzen. Fennek entgingen weder die ungehörige Anrede noch dass der Archont von Argas jedwede besitzanzeigende Formulierung unterließ, die markieren könnte, dass Fomor Fenneks Penta war.

Fennek schenkte dem Quartett der Potentaten ein kühles Lächeln. »Habt Dank, Archont. Ja, in *meiner* Penta gehen die Aufräumarbeiten gut voran, und allmählich kehrt so etwas wie Normalität ein.«

»Sehr gut.« Demiurg erwiderte sein Lächeln, was zumindest im Ansatz den Versuch einer Höflichkeit darstellte. »Wir waren in Sorge, als wir die ersten Flüchtlinge an Unseren Toren empfingen. Abgekämpft und gezeichnet flehten sie Uns um Gnade an.«

»Ich denke, wir haben die Ereignisse rund um das Erwachen des Titanen Fomor ausreichend erörtert«, sagte Fennek. »Und ich bin überzeugt, die verehrten Herren und die Dame haben eigenes … nennen wir es ›Personal‹ hier vor Ort stationiert und wissen um den Stand der Dinge?«

»In der Tat.« Sokun rückte seinen Zwicker zurecht. »Es kann keinen Zweifel daran geben, dass sich die Dinge so abgespielt haben, wie Ihr uns mitgeteilt habt, Archont Greskegard. Doch diese Ereignisse sind mitnichten der Grund für diese … dieses …«

»Tribunal?«, half Fennek ihm aus. Er fand, dass es ihm diesmal besser gelungen war, Verbitterung und Zorn aus seiner Stimme herauszuhalten.

»Genau das«, dröhnte Eisenstoltzh. »Lasst Euch eines gesagt sein: Ich habe für Euch nichts übrig. Ihr mögt auf einem Thron sitzen, sicher. Doch was mich betrifft, seid Ihr ein Usurpator. Ihr habt Euch dieses Privileg erschlichen – jetzt werdet Ihr dafür geradestehen.«

Fennek spürte, wie ihm die Magensäure den Hals emporstieg. Noch bevor er Inquisitor geworden war, hatte er Männer für weniger bestraft. Als er das Kirchenamt innehatte, hatte er Menschen für solche Äußerungen schrecklich leiden lassen. Jetzt war er Archont – er wollte verdammt sein, wenn er sich als einer der fünf Herren dieser Welt so behandeln ließ.

»Aber, aber, lieber Castor«, tadelte Demiurg und machte eine beschwichtigende Geste in Richtung von Eisenstoltzh. »Ich denke, wir haben den guten Archonten Greskegard in den letzten Konferenzen eingehend geprüft und unsere Standpunkte klargemacht. Sollten wir nicht zum eigentlichen Diskussionspunkt kommen?«

»Eine ausgezeichnete Idee«, stimmte Rashoud idi Farun ihr zu. »Genug des Geplänkels, Castor. Bringt Eure Beschwerde vor, auf dass sie standesgemäß protokolliert und festgehalten werde. Wir möchten diese Sache nicht länger hinziehen, als sie ohnehin schon dauert. Einige von uns haben Geschäfte zu verrichten.«

»Das mag stimmen«, sagte Castor Eisenstoltzh, der Herr von Balor. Sein ohnehin grollender Tonfall sank um eine Oktave. »Genau darum geht es ja. Baut Ihr Euren Wein an, Falkenauge – vom Saufen versteht Ihr was. Hier geht es um solidere Dinge als Datteln und Rosinen. Es geht um Eisen! Um Erz.«

»Eisen?«, fragte Fennek, der merkte, wie ihn die Geduld verließ. Diese Scharade ermüdete ihn. »Was könnte ich mit Eurem Eisen zu tun haben?«

»Was Ihr mit meinem …!?« Der Herr von Balor schnappte nach Luft. »Ihr fragt allen Ernstes, was Ihr mit meinem Eisen zu tun habt?« Er warf die Hände in einer Geste der Resignation in die Luft. Sein Bärengesicht bekam eine rötliche Färbung und sah dabei alles andere als komisch aus. »Ist Euch möglicherweise entfallen, dass meine Sklaven beim Abbau meiner Bunterze Vitriol zutage fördern?«

»Welches Ihr wiederum benutzt, um Erze wie Kupfer aus dem Gestein zu lösen. Und?« Fennek konterte mit einer kreisenden Handbewegung unverhohlener Langeweile. Er war des Geplänkels müde. »Noch mal, was habe ich damit zu tun?«

»Habt Ihr die Handelsketten studiert, als Ihr Eure Amtsgeschäfte angetreten habt?«, schaltete sich Demiurg ein, bevor Eisenstoltzh aus der Haut fahren konnte. Sie hielt ein Weinglas in der Hand und schwenkte es. Sie hatte Fennek nicht angesehen, als sie ihre Frage stellte, sondern starrte in die rubinrote Flüssigkeit. Dann aber schaute sie abrupt auf, und ihr Blick bohrte sich in seine Augen.

»Es wird Euch nicht entgangen sein, dass ich mitnichten der Usurpator bin, für den einige der Herrschaften mich zu erachten scheinen«, sagte Greskegard. »Ich wurde zeitlebens und von frühester Jugend an auf meine Rolle als einer der infrage kommenden Thronerben vorbereitet.« Die letzten Sätze presste er durch die Zähne.

Fennek hatte genug davon, sich wie ein Pennäler abkanzeln zu lassen. Vielleicht war es an der Zeit, ein persönliches Treffen mit den Archonten anzuberaumen. Ihnen einen Vorgeschmack dessen zu geben, wozu er fähig war. Er machte sich eine geistige Notiz für die Zukunft, um Privataudienzen mit jedem dieser arroganten Pinsel zu ersuchen.

Sokun von Gawr öffnete den Mund, um etwas zu sagen, doch Fennek überrollte ihn. »Was ich damit sagen möchte: Selbstredend wurde ich auch in den Grundlagen des Equilibriums unterwiesen. Ich bin mir des nötigen Kräftegleichgewichts in unserem Handelssystem bewusst. Daher frage ich mich, worauf Ihr hinauswollt, Archont von Balor.«

Der Angesprochene hatte die Finger um die Kante seines Tisches gekrallt. Er übte solchen Druck aus, dass die Knöchel hervortraten. Trotz des stattlichen Vollbarts war deutlich zu sehen, dass die Kiefermuskeln des Baloraners arbeiteten. Als er zu sprechen anhob, war für jeden zu hören, wie er um Kontrolle rang.

»Die Grundlagen scheint Ihr in der Tat zu beherrschen, Inquisitor«, kam ihm der Archont von Argas zuvor. Falls er Eisenstoltzhes Zorn fürchtete, war er schlecht darin, ihn nicht auf sich zu ziehen. »Hier jedoch geht es um Feinheiten.«

»Genauer gesagt geht es darum, dass ein Viertel des Vitriols keine Verwendung in meinen Minen findet, sondern an Euch geht«, knurrte der Baloraner.

»An mich?« Greskegard brauchte die Überraschung nicht zu spielen, denn davon hatte er nichts gewusst. Er versuchte einen anderen Kurs – nicht dass dieser ihn von der Idee mit den Einzelgesprächen abgebracht hätte. Doch momentan war Fingerspitzengefühl gefragt. »Ihr müsst entschuldigen, meine Herren, meine Dame – ich war in den letzten Monaten beschäftigt damit, mein Volk zu Verstand zu bringen und die Überreste eines Gottriesen zu beseitigen. Eines Titanen, der, wie ich einmal mehr anmerken möchte, die einzige Kathedrale des Lichtordens in meiner Penta unter sich begraben hat.«

»Das ist nicht alles, was er unter sich begraben hat«, sagte Demiurg. »Unsere Quellen berichten uns, dass ein Großteil des Gerbereiviertels ebenso zerstört wurde.«

»Um das herauszufinden, bedurfte es keiner Spione.« Fennek musste sich ein höhnisches Lächeln verkneifen. »Dafür reicht ein Blick aus meinem Fenster auf die Narbe, die mitten in meiner Stadt klafft wie die Furche einer Dreikupferhure!«

Aus dem Augenwinkel bemerkte Greskegard, wie Protokollanten und Leibdiener ebenso erbleichten wie sein Hofarkanist. Keiner von ihnen schien es gewohnt zu sein, dass ein Archont derartige Vergleiche zog, und das noch in Gegenwart anderer Herrscher.

Doch Sokun, der bislang vor allem durch Zurückhaltung geglänzt hatte, warf den Kopf in den Nacken und ließ ein Wiehern hören, das in absolutem Gegensatz zu seiner Erscheinung stand. Sämtliche Gesichtsprojektionen auf dem flüssigen Metall wandten sich ihm zu.

Demiurg hatte die Fingerspitzen an ihre Wangen gelegt, so als fürchtete sie, sie könnten vom Knochen rutschen. Der Archont von Gawr rieb die Tränen mit den Knöcheln aus seinen Augen.

Eisenstoltzh' Gesicht hatte die Farbe reifer Trauben angenommen. »Das Vitriol«, ächzte der Archont von Balor, »ist für Eure Fertigung. Man schwärzt damit das Leder.« Er sprach gefährlich langsam, ein Mörder und Söldner, der einem Dorftrottel etwas zu erklären versuchte. »Im Austausch dafür erhalten wir einen erhöhten Anteil Fleisch und Getreide. So war es schon immer. Sklaven sind hungrig – ihre Arbeit ist nicht eben angediehen, das zu ändern!«

»Hungrige Sklaven kommen auf Ideen«, stimmte Greskegard zu.

»Ich sehe, Ihr begreift das Problem, Inquisitor«, sagte Rashoud. Der Archont von Argas lächelte milde bei diesen Worten. Fennek verspürte den unstillbaren Drang, die Hände in das Flüssigmetall zu stoßen und aus der Ferne den Hals des Argasiers zu wringen, bis diesem die Augen aus den Höhlen quollen.

»Es reicht!«, knurrte Eisenstoltzh. »Ihr habt mir gesagt, wir würden diesen anmaßenden Wurm auf Kurs bringen! Stattdessen höre ich mir jetzt seit Minuten dieses Geschwätz an von ihm und von Euch. Wo bleibt mein Fleisch, Usurpator? Und vor allem, wo bleibt mein Leder? Ohne Leder keine Peitschen, keine Treibriemen für meine Pumpen, keine Geschirre für die Zugtiere! Die Minen stehen irgendwann unter Wasser! Die Nachtmutter soll dich holen!«

»Was Castor sagen will«, hauchte Demiurg, »ist, dass Ihr Kreisläufe durcheinanderbringt, die seit Jahrhunderten eingespielt waren. Wir sind in Sorge.«

»Das ist ganz und gar nicht, was ich sagen will!«, polterte der Baloraner, und diesmal wurde er nicht unterbrochen. »Was ich sagen will, ist dies: Du lieferst, und zwar rasch und in vereinbarten Mengen. Es wird keine weiteren Warnungen, Verzögerungen oder irgendwelche Stundungen geben. Lieferst du nicht, werde ich Maßnahmen ergreifen.«

»Maßnahmen?« Greskegard presste die Lippen zusammen und musterte die vier Gesichter, die ihn aus dem Metall anblickten. »Maßnahmen«, wiederholte er und kaute das Wort. Jetzt war es an ihm, die Fassade des höflichen Miteinanders abzulegen. »Ich habe eher den Anschein, Ihr droht mir mit Krieg. Ist es nicht das?«

Hätte der Archont von Balor Fennek in dessen Dienstzeiten erlebt, er hätte gewusst, dass dieser spezielle Tonfall des Inquisitors vor allem Ketzern und Unerwünschten vorbehalten war.

Menschen, die auf Greskegards Streckbank gelandet waren.

»Wir betreten gefährliches Terrain«, hob der ewig gemäßigte Sokun an – nicht dass Fennek die Strategie dahinter nicht durchschaute. Der Archont von Gawr war längst im Bilde. Es konnte kein Zweifel geben, dass die vier sich zuvor abgesprochen hatten.

»Betreten! Von wegen«, schnaubte Castor Eisenstoltzh. »Wir reiten längst im Sturm darüber hinweg, die Lanzen gesenkt. Balor hat diesen thronräuberischen Wurm und seine Machenschaften lange genug geduldet und ihm gestattet, unsere Wirtschaft zu gefährden.«

Er richtete den Blick auf Greskegard. »Du lieferst, was du mir schuldig bist – oder Balors Sklavenheere werden euch hinwegfegen. Ich ersäufe deine Domäne in Schwertern und werde an deiner statt den erstbesten fomorischen Schweinehirten auf den Thron setzen. Der versteht wenigstens etwas von Viehwirtschaft.«

Was gesagt werden sollte, war gesagt, das spürte Fennek. Vier Augenpaare richteten sich erwartungsvoll auf ihn. Die Gesichter der drei anderen Archonten waren angespannt, hatten etwas Lauerndes. Die Miene des Baloraners troff vor Geringschätzung.

Greskegards Geduld war am Ende. Er wusste, dass klein beizugeben aus diplomatischer Sicht die bessere Wahl gewesen wäre. Seine neu gewonnene Herrschaft zu gefährden, indem er sein Reich nur Wochen nach Amtsantritt mit Krieg überzog, war kaum der rechte Weg zur Machterhaltung.

Doch er war es leid, sich herumschubsen zu lassen – und er wusste genau, was für eine Art Mensch er mit Castor Eisenstoltzh vor sich hatte. Er würde diesem Halbstarken in Gestalt eines Gewaltherrschers nicht gestatten, ihn zu traktieren, während Haie um sie kreisten und auf ein Zeichen der Schwäche warteten.

Doch die Fassung verlieren würde er auch nicht. Er entschloss sich zu einer anderen Taktik.

»Wie weit seid Ihr mit Euren Ermittlungen, meine Dame, meine Herren?«, fragte Greskegard.

Bevor der Herrscher von Balor zu einer Tirade ansetzen konnte, fragte ibi Farun: »Ermittlungen?«

»Oh, Ihr wisst schon, nichts Herausragendes. Lediglich erwachende Titanen, die Neue Macht, eine Verschwörung im Schatten, die meine Penta fast vernichtet hätte …«

»Stopft ihm jemand endlich das Lügenmaul?«, röhrte der Archont von Balor.

»Ihr wolltet, dass ich meine Pflichten ernst nehme, Castor«, sagte Greskegard. »Dann werdet Ihr zugleich die Euren wahrnehmen. Ihr scheint vergessen zu haben, was der Titel Archont impliziert! Auf wen sich unsere Familien zurückberufen.«

»Ihr anmaßender …«

»Nein, Ihr seid der anmaßende Narr. Unsere Vorväter haben diese Welt aufgebaut, nachdem die Verheerungen des Titanensturms vorüber waren. Doch alles, woran ihr vier denkt, sind eure Stadtsäckel und Pfründe. Ich habe euch vor Monaten, noch in meiner ersten Amtshandlung, sämtliche Informationen zukommen lassen. Alles, was ihr brauchtet, um euch dieser Verschwörung in den Weg zu stellen, um sie ans Tageslicht zu befördern.«

»Inquisitor, Ihr werdet verstehen, dass wir derlei Reden nicht gewohnt sind«, sagte der Archont von Argas. »Es ist Castors Geduld zu verdanken, dass Eure Metropole nicht längst bis über beide Ohren in seinem Heer versinkt.«

»Inquisitor ... Ihr sagt es, Rashoud! Mein altes Amt«, sagte Fennek. »Ihr lasst keine Gelegenheit verstreichen, mich daran zu erinnern, was ich Eurer Meinung nach bin. Ein Emporkömmling, ein Hexenrichter, der einen Thron gegen jedes Recht in Beschlag genommen hat. Darf ich euch vier daran erinnern, dass nicht ich es war, der beschlossen hat, einen Titanen wiederzubeleben?«

»Seht Ihr, Archont, das ist das Problem: Das wissen wir nicht«, sagte Demiurg. »Wir haben keine Spur Eurer Verschwörer gefunden – und einige aus unserem Kreis sind überzeugt, dass es sich bei Euren Schilderungen bestenfalls um inhaltslose Behauptungen handelt. Zumindest, was die Hintergründe betrifft. Niemand leugnet, dass Fomor wirklich in Eurem Vorgarten liegt – und nur ein Narr würde diese Wirklichkeit nicht fürchten.«

»Und die anderen?«, fragte Greskegard. Seine Stimme kam ihm merkwürdig tonlos und dünn vor, ein hauchzarter Schleier, der sich um den Zorn gelegt und ihn in Unglauben verwandelt hatte.

»Die anderen«, sagte Sokun beschwichtigend, »haben den Verdacht geäußert, dass es sich bei Euren Behauptungen um eine Kriegslist handeln könnte. Eine, die unsere Ressourcen sowie unsere Aufmerksamkeit auf einer Schnitzeljagd nach vermeintlichen Verschwörern bindet. Während Ihr in der Zeit Euren Blick auf unsere Throne richtet. Es sind uns Gerüchte zu Ohren gekommen.«

Bevor Fennek fragen konnte, polterte Castor los: »Einen Scheiß sind uns Gerüchte zu Ohren gekommen. Einen Scheißdreck. Gerüchte, dass ich nicht lache. Tatsachen!«

»Ihr stellt meine Geduld auf eine harte Probe, Castor«, sagte Fennek. Aus seinem Mund klang der Vorname des anderen Potentaten wie der Fluch eines Mannes, der in Hundescheiße getreten war.

»Ich gebe einen Dreck auf Eure Geduld, Thronräuber. Und ihr anderen hört endlich auf, um diese Kanaille herumzuscharwenzeln. Euch geht nur der Arsch auf Grundeis, weil seine verfluchte Stadt die größten Herden hat und die Kornkammer unserer Tage geworden ist. Weil wir Winter haben. Wäre Wonnesommer, hätten wir ihn längst beseitigt! Hör mir genau zu, Reptil.«

»Oh, seid versichert, das tue ich«, sagte Fennek. Er ertappte sich dabei, dass er die unter seinen Gewändern versteckte Pistolenarmbrust befingerte. »Ich höre jedes Wort – und werde keines davon vergessen. Ich bin ein ausgezeichneter Zuhörer, das könnten Euch viele Leute bestätigen.« Er ließ das »wenn sie noch lebten« ungehört verklingen.

»Das will ich hoffen«, knurrte der Herr von Balor. »Sokun, wenn Ihr mir den Gefallen tun wollt und es ihm sagen könntet? Ich habe keine Lust mehr, mit dieser Blindschleiche mehr als nötig zu verkehren – ich fühle mich beschmutzt. Als hätte ich eine Dirne gehabt, die sich die Krabben eingefangen hat.«

Fennek ließ die wunderbare Gelegenheit einer Anmerkung über Castors Stammbaum, dessen Mutter oder die Wahl seiner Freizeitgestaltung ungenutzt verstreichen. Stattdessen richtete er den Blick auf den Herrn der Penta Gawr.

Sokun rückte seinen Zwicker zurecht und fuhr leidenschaftslos fort: »Vor einigen Wochen erschienen Flüchtlinge aus Eurer Stadt in Gawr. Darunter waren einige Kriminelle, wie uns rasch aufging. Gebrandmarkte, Gesetzlose und anderer vogelfreier Abschaum, der nach einer Flucht aus dem Kerker stank. In mehrfacher Hinsicht.«

»Einige dieser Leute wussten Interessantes zu erzählen«, fügte Demiurg hinzu. »Unabhängig voneinander, räumlich getrennt und in unterschiedlichen Städten – manche davon verschlug es zu uns nach Menoit.«

»Und nach Argas«, sagte Rashoud. »Die Verwegeneren aus dieser Gruppe flohen selbst in meine Domäne. Jetzt stellt Euch vor, was sie alle berichtet haben.«

Dass keiner von ihnen nach Balor geflohen ist aus Furcht, sich bei Castors Mutter die gleichen Läuse einzufangen wie er?, dachte Fennek.

»Erleuchtet mich«, sagte er stattdessen.

»Sie alle trugen uns zu, dass sie kurz vor den Ereignissen in Eurer Penta von einem Kerkermeister befreit worden waren«, erklärte der Archont von Argas. »Sie gaben zu, ihn ermordet zu haben, und berichteten einstimmig, dass der Mann unter einem Bann stand.«

»Einem Zauberbann«, konkretisierte Demiurg, »den Ihr über den Wärter verhängt habt.«

Greskegard hatte das Gefühl, auf einem Teppich zu stehen, der ihm mit einem Ruck unter den Füßen fortgezogen wurde.

Sie wissen es! Sie wissen alles – noch bevor du das volle Maß deiner Fähigkeiten erreicht hast. So viel zu den Treffen unter vier Augen mit jedem von ihnen.

»Du siehst blass aus«, stellte der Archont von Balor fest. In seinen Augen loderte ein wölfisches Feuer. »Ist dir nicht wohl, Usurpator? Oder sollte ich lieber *Magier* zu dir sagen?«

Reiß dich zusammen. Wenn du jetzt Schwäche zeigst, werden sie dich vernichten.

»Das ist lächerlich«, sagte Fennek. »Ein paar Kriminelle, die nach dem Aufstieg des Titanen aus meinen Kerkern entkommen, tischen euren inkompetenten Gesetzeshütern ein Ammenmärchen auf. Ihr saugt diesen Dreck natürlich auf wie Muttermilch, gibt er euch vieren doch Handhabe gegen mich. So vergeltet ihr es mir also, dass ich euch vor der Bedrohung durch die Heimkehrer warnte.«

»Versteht uns nicht falsch, Herr Greskegard«, sagte Sokun. »Wir sind besorgt. Entweder Ihr seid, wer Ihr zu sein vorgebt, dann sind unsere Gesellschaften entweder unterwandert, oder Ihr belügt uns schlicht, um nach Macht über unsere Pentae zu streben. Doch vielleicht seid Ihr auch der Drahtzieher hinter diesen Ereignissen. Was ähnlich schlimm wäre. In diesem Fall hätte mein geschätzter Freund Castor wohl recht, wenn er Euch einen Magier nennt. Als Inquisitor solltet Ihr wissen, welches Schicksal Euch erwartet, sollte sich dies bewahrheiten.«

»Unsere Arkanisten haben uns sehr nachdrücklich vor Euch gewarnt, Inquisitor«, sagte der argasische Archont. »Davor, welche Gefahr von Euch ausgeht, solltet Ihr wirklich auch ohne Euer Artefakt über Gedankenkräfte wie Telepathie gebieten.«

Greskegard stutzte. Woher wussten die Arkanisten aus Argas, dass die Basis seiner Fähigkeiten in dem Kleinod lag, das er besessen hatte? Er hatte nur wenigen von diesem Artefakt berichtet und dafür Sorge getragen, dass die meisten Mitwisser für immer schwiegen. Woher also nahmen Arkanisten, noch dazu aus einer anderen Penta, solches Wissen?

Steckt der Archont des Südens selbst dahinter?

Er würde diese Sache weiterhin verfolgen müssen. Noch während die anderen weitersprachen, gab Fennek einem der Anwesenden einen Wink, ihm Pergament und Federkiel zu bringen. Desinteressiert hörte er zu, während er sich eine Notiz machte, diese Erkenntnis zu verfolgen.

Jemandem war ein Lapsus unterlaufen, der Folgen haben würde.

»Bedauerlicherweise sind uns die Hände gebunden«, sagte Demiurg. »Die Kontrakte unseres hohen Amtes schützen auch euch. Außerdem ist die Inquisition der Korona durch den Verlust der Kathedrale so gut wie ausgelöscht. Es gibt nur noch ein paar wandernde Hexenrichter, die nicht der Erwähnung wert sind und kaum so töricht sein dürften, sich gegen einen Archonten zu stellen. Es fehlt uns schlicht an Ermittlern.«

»Abgesehen davon, dass wir den höherrangigen Hexenrichtern wohl kaum einen Freibrief auf einen der unseren ausstellen würden, Usurpator hin oder her. Ehe wir uns versehen, hätte die Kirche ihre Domäne ausgeweitet und würde uns auf die Finger schauen. Und klopfen. Nein, die Archonten müssen um jeden Preis unantastbar bleiben.« Rashoud nippte an einem Glas Tee, in dem Eiswürfel und Minzblätter trieben.

Es war eine günstige Fügung für die Archonten, dass das kirchliche Zentrum des Lichtfürsten ohne Kopf und Arme dastand. Die Herrscher würden alles in ihrer Macht Stehende tun, um ein Wiedererstarken entweder zu vereiteln oder Marionetten einzusetzen.

»Ein hübscher Zufall, nicht wahr?«, fragte Eisenstoltzh. »Der Titan, deiner Schilderung nach von einer unbekannten, geheimnisvollen Macht erweckt, begräbt zufälligerweise die einzige Institution unter sich, die dir gefährlich werden könnte.« Er knirschte mit den Zähnen. »Bei aller Verachtung, die ich für dich empfinde, das hast du fein eingefädelt. Respekt.«

»Ich habe keine Ahnung, wovon Ihr sprecht.« Fennek fühlte sich, als hätte ihn jemand bis zum Hals in Eiswasser getunkt und vergessen, ihn herauszuholen. Gleichzeitig kam es Greskegard so vor, als hätte er seinen Leib verlassen, stünde buchstäblich neben sich.

»Natürlich habt Ihr die nicht«, höhnte Rashoud ibi Farun von Argas. »Ebenso wenig, wie Ihr hinter der Entführung und dem Verschwinden der Hohepriesterin steckt, die man die Todesbotin nennt, auch wenn das einige überlebende Meuchler des Sharis-Kultes behaupten. Sie ist angeblich eine Halbgöttin mit großen übernatürlichen Gaben. Eine formidable Beraterin für jemanden mit frisch erwachten arkanen Kräften.«

»Ihr mögt mächtig sein, Fennek Greskegard von Fomor, doch wir sind zu viert.« Von Sokuns großväterlicher Fassade war nichts mehr übrig. »Vier Pentae, vier Heere. Ich brauche Euch nicht zu sagen, was es für eine der Pentae nach dem Konkordat bedeutet, wenn die anderen ihr Ressourcen und Exporte versagen. Und vielleicht sogar eine Belagerung einleiten.«

Greskegard wusste, wann es besser war, sich vorerst geschlagen zu geben. Er hatte ein Leben lang Erfahrung darin. Er gab sich jedoch resignierter, als er war. Der Archont von Fomor hatte noch ein paar Asse im Ärmel. »Dazu besteht keinerlei Notwendigkeit. Was wird von mir erwartet?«

»Beweist uns, dass Ihr vertrauenswürdig seid. Liefert die benötigten Materialien an Balor. Sorgt dafür, dass die Handelskette des Equlibriums funktioniert. Zeigt keinerlei expansionistische Interessen, dann haben wir keinen Grund, gegen Euch vorzugehen. Stimmt das, Castor?« Demiurg richtete den Blick auf den Herrn der Erzpenta.

»Soll mir reichen«, sagte Eisenstoltzh gepresst. »Danke der Weisheit der anderen, Wurm. Ginge es nach mir, ich hätte deine Penta bis auf die Grundfesten geschleift und jeden dort, der kein Fleisch, Leder oder Getreide herstellt, zur Arbeit in meinen Minen verdammt. Dich eingeschlossen.«

»Wie nobel von Euch«, sagte Fennek. »Eine Frage hätte

ich allerdings – danach werde ich mich sofort daranmachen, die von Euch geforderten Aufgaben in die Tat umzusetzen.«

Die vier Archonten sahen beschwichtigt aus. Castor Eisenstoltzh strahlte. Das selbstzufriedene Grinsen entstellte seine Züge.

Fennek schwor sich, es aus der Welt zu tilgen, egal, wie die Situation am Ende ausgehen mochte. Die Archonten würden bezahlen für das, was sie ihm heute angetan hatten – auf die eine oder andere Weise. Aber für den Herrn von Balor war ein spezieller Platz in der Hölle in Fenneks Herzen reserviert.

»Wir hören«, sagte der Archont von Argas. Im Gegensatz zu Castor begnügte er sich mit derselben gönnerhaften Herablassung, die jeden Kontakt zwischen ihm und Fennek prägte.

»Es ist nur eine … eine Detailfrage, die mir keine Ruhe lässt. Ich hoffe, dass ihr Herren und die Dame sie einem bescheidenen Jagdrichter der Korona beantworten könnt.«

»Archont Greskegard, bitte.« Demiurg sah *beinahe* ehrlich aus, wie sie versuchte, Fennek einen Rest Würde bewahren zu lassen. »Solche Förmlichkeiten sind nach dem heutigen Tage und den ausgetauschten Worten kaum noch nötig. Fragt uns, was Ihr wissen wollt.«

Fennek deutete eine Verbeugung an, während er sich zugleich ausmalte, wie Castor Eisenstoltzh auf seinen Befehl hin seine eigene Familie mit einem rostigen Messer in Streifen schnitt.

Er schloss den Gedanken in seinem Inneren ein, hegte ihn wie ein Samenkorn, das gedeihen und Früchte tragen sollte.

»Was möchtet Ihr erfahren?«, fragte Sokun, wieder ganz Scholar und Staatsmann.

»Hat mein Schwager, Balthus von Fomor, in Euren gemeinsamen Konferenzen, egal, ob persönlich oder in diesen Kammern, Euch je vor der Neuen Macht gewarnt?«, fragte Greskegard.

7. Solus

In einer Welt, die sich Wunder verbat und in der Hoffnung als Illusion galt, war der Wildbann eine Unmöglichkeit.

Während der Großteil des Kontinents gegen den Biss des Winters focht, stand dieser Teil der Wildnis nach dem Titanensturm in voller Pracht. Unbeugsam in seiner Schöpfungsmacht, doch absolut widernatürlich. Das Auge sah an diesem Ort nichts als Grün.

Der Wildbann war eine Kathedrale der Natur. Baumriesen erhoben sich, als wollten sie den Himmel herausfordern. Ihre Stämme waren so dick, dass ein Dutzend Männer sie nicht umfassen konnte. Sie waren wie Säulen, die das immergrüne Dach dieses Hochtempels stützten.

Das Unterholz wucherte so dicht, dass man selbst ohne den allgegenwärtigen Nebel keine zehn Schritte weit sehen konnte. Mannsgroße Farne bogen sich unter der Last des Morgentaus.

Der blonde Krieger trug eine Plattenrüstung. Der Überwurf seiner Rüstung war fleckig von Pflanzensäften. Dornen hatten das Gewand zerrissen.

Solus Terbasts Sinne gingen in einer Vielzahl von Düften unter, die über ihn hereinbrachen. Der Hauch von Moder, die Wohlgerüche unbekannter Pflanzenarten. Die noch gehaltvolleren Dünste von Würgeranken und Orchideen, die in den

Kronen der Bäume wucherten und deren Pollen flirrend zur Erde sanken.

Ein Konzert aus Fiep-, Kreisch- und Brülllauten erfüllte die Luft. Ab und an wurde es in der Ferne vom Röhren von etwas Gigantischem unterbrochen. Die Wildnis hielt dann für einen Moment den Atem an.

Wohin Solus auch sah, pulste das Leben. Die Luft war ein Orkan aus Pünktchen und Funken, in dem Samenkapseln und eine Myriade glühender Insekten schwebten. Wo immer Panzerstiefel bis zum Knöchel in moderndes Laub einsackten, quollen Tausendfüßler, Asseln und anderes Getier hervor wie Wundeiter. Die Tiere spürten, was Solus war. Dunkel und Tod zogen jene an, die aus Dunkel und Tod Leben schöpften.

Im Unterholz raschelte es unablässig, wenn Kleintiere von seiner Anwesenheit aufgescheucht davonstoben. Der erste der Heimkehrer hatte keinen Blick für sie.

Er hatte überhaupt keinen Blick für die Schönheit dieses gefährlichen Ortes. Es ekelte ihn vielmehr an, dieses Gewimmel, all dieses klebrig-feuchte organische Leben.

Die Erzmagi haben uns als Opferlämmer für ihre Pläne geschlachtet – doch nicht alles ist schlimm daran, tot zu sein, dachte Solus.

Vor den Tagen seines Todes mochte er nur ein Schäferbursche gewesen sein. Doch schon damals hatte er den Tieren und ihren primitiven Bedürfnissen wenig abgewinnen können. Er hatte den Beruf nicht gehasst. Nur ein Idiot verachtete eine Tätigkeit, die es einem Mann erlaubte, den eigenen Gedanken nachzuhängen. Mit dem Himmel über dem Kopf, den Wind um die Nase, fernab vom Schmutz und Elend der Städte.

Doch die Tiere, auf die er aufpassen musste, die hatte er schon immer verachtet. Die stinkende Wolle. Der Kot, der überall herumlag. Die animalische Sexualität, der jedwede Kultur abging.

»Schafe und Menschen«, sagte Solus. »Jemand möge mir den Unterschied zeigen.«

Er stieß ein raues Lachen aus, das sich in der schwangeren Luft an den Bäumen brach. Eine Gruppe allgegenwärtiger Raben protestierte und flog auf.

Es war noch nicht lange her, dass er die Verteidigung der Penta Fomor mithilfe eines alten Zauberstabs beschädigt hatte. Während der Nebel eindrang, waren die Einwohner der äußeren Bezirke um ihr Leben gerannt. Im verzweifelten Versuch, der grauen Flut zu entgehen, hatten sie direkt vor seinen Augen ihre schlechtesten Eigenschaften offenbart. Männer wie Frauen hatten andere unterschiedslos niedergetrampelt, um sich in Sicherheit zu bringen. Kinder waren unter den Opfern gewesen.

In den Bezirken, in denen absehbar war, dass der Nebel noch eine Weile brauchen würde, hatten einige alte Händel mit verhassten Nachbarn geklärt. Andere hatten das Hab und Gut ihrer Mitmenschen geplündert. Sie bereicherten sich an dem, was die Verzweifelten auf ihrer Flucht zurückließen.

In den Tagen nach dem endgültigen Fall des Titanen übertrafen diese Leute sich gegenseitig in ihrer Schlechtigkeit. Im Klima der Unsicherheit waren Panik und Gewaltverbrechen an der Tagesordnung. Die tröstende Hand des Lichtordens fehlte. Verzweiflung hatte sich unter den Bewohnern der Penta wie ein Flächenbrand ausgebreitet.

Es gab dennoch Keimzellen der Hoffnung und Vernunft. Hier und dort hielten Mitglieder der Herde zusammen, bildeten Gruppen zum Schutz der Schwächeren. Bürgerwehren, die sich die Verteidigung ihrer Werte auf die Fahnen geschrieben hatten. Priester, die die Gläubigen um sich scharten.

Letztendlich war es aber der eisernen Faust des frisch gekürten Archonten zu verdanken, dass Ordnung einkehrte und die Stadt zur Normalität zurückfand.

Fennek Greskegard. Solus zog eine Wand aus Selbstkontrolle um seine Gedanken. Es war ihm zum Instinkt geworden, so vorzugehen, wann immer sein Verstand in Bereiche abdriftete, die seine Pläne betrafen. Der Heimkehrer konnte nicht riskieren, dass der Meister von seiner Verbindung zu Greskegard erfuhr.

Es war Solus gewesen, der dem Jagdrichter einen Teil der Geheimnisse der Vergangenheit offenbart hatte. Gerade so viel, dass der Inquisitor misstrauisch werden musste und ins Grübeln kam.

Er hatte auch Greskegard mit der Nase darauf gestoßen, dass dieser zur Ausübung seiner Kräfte nicht auf den Goldkäfer angewiesen war. Dies hatte dazu geführt, dass der Hexenrichter und sein Leibwächter dem Kerker des Archonten hatten entfliehen können.

Der Erste der Heimkehrer hatte nicht immer die Maske des Tempelritters getragen. Sie war nur ein Werkzeug gewesen, um Morven nahezukommen, und bislang hatte er keinen besseren Körper für seine Seele gefunden. Doch bevor er Solus Terbast gewesen war, hatte Tuháth viele andere Gestalten innegehabt.

Eine davon war ein gefallener Arkanist gewesen, bei dem ein gewisser Inquisitor ein gewisses Artefakt erworben hatte. Den Goldkäfer. Dieser Schachzug war Teil der Pläne des Meisters. Vortigern hatte bereits auf dem Höhepunkt des Titanensturms etliche Gegenstände vorbereiten lassen. Sie dienten dazu, die Kräfte der Zauberer späterer Generationen zu erwecken.

Nicht geplant war, dass der Erste der Heimkehrer dafür gesorgt hatte, dass Greskegard zu früh von diesen Kräften erfuhr und damit für die Pläne Vortigerns nutzlos geworden war. Für Solus' Pläne allerdings mochte sich Fennek als

Geschenk der Götter erweisen. Vorausgesetzt, Solus konnte diese Pläne in die Tat umsetzen – denn es gab einen Faktor, eine Entwicklung, die der Templer-Heimkehrer in dieser Form nicht erwartet hatte.

»Der Wald. Der verfluchte Wildbann«, murmelte er. Dass der Meister ihn an diesen Ort beordert hatte, war gänzlich unerwartet.

Ich soll sie hier treffen. Die drei, die übrig sind, nachdem der Totenkaiser Ashavar und Dochàthi ausradiert hat. Die Frage ist nur: Warum?

Angeblich wollte der Meister seine Kräfte schonen. Er mochte sich seinen Feinden nicht zu früh verraten, indem er seinen Geist über den Kontinent sandte, um das Treffen zu beobachten. Der Wildbann lag nahe genug an Ludhov, um Vortigerns Hellsicht gefahrlos bis hierher ausdehnen zu können.

Steckte noch etwas anderes dahinter? Wenn ja, was?

Es gab Unabwägbarkeiten. Der Meister hielt scheinbar Trümpfe im Ärmel, die er selbst vor seinem vermeintlich treuesten Diener verbarg. Dass die Kreen Nebelsteine besaßen, ein Stamm jener Ambossbarbaren, mit denen Ormgair Steinviper verfeindet gewesen war, war so ein Aspekt.

Wofür brauchen Almharach Nebelsteine?

Die Titanin Gawr hatte zu Beginn des Krieges ihren Schutz über die Hünen des Amboss ausgesprochen. Als Lohn für die Treue, die die Barbaren gegenüber den Mächten des Ungeformten bewiesen hatten – und aus Pragmatismus.

Keiner der Erzmagi wollte in ihrem Wettstreit seine mächtigsten Truppen, die Krieger der Heide, an die Verletzungen verlieren, die die Titanen im Kampf erlitten hatten. Jeder wusste, dass das Blut der Gottriesen verheerende Auswirkungen auf Menschen hatte.

Der Wildbann ist, was von Gawrs Leib übrig ist. Als sie zusammen-

brach, bahnte sich Soma, das reine Leben, die fünfte der elementaren Gewalten, den Weg aus ihr.

War es Zufall, dass Solus das Treffen der Heimkehrer nach Vortigerns Willen hier anberaumen sollte? Sicher nicht. Die Frage war nur, welche Gründe der Meister für so eine Anordnung haben mochte.

Etwas schreckte Solus aus seinen Gedanken. Sein Kopf ruckte umher. Etwas stimmte nicht.

Warum ist es plötzlich so still?

Dem Ersten der Heimkehrer blieb keine Zeit, den Gedanken zu verfolgen. Zu seiner Rechten ertönte ein Knacken. Etwas Massiges hielt auf ihn zu. Etwas, das perfekt getarnt war. Eine flinke Bewegung und doch wuchtig wie ein fallender Baumriese.

Augenblicklich sprang Solus beiseite. Die blitzartige Reaktion war seine Rettung.

Die Luft war schlagartig klatschnass. Holzspäne sirrten, und der Gestank von Harz breitete sich aus. Der Heimkehrer kam in einer Rolle auf, die Hand am Griff des Zweihänders und die freie Hand in einer Abstandsgeste von sich gestreckt.

Ohne Hast taxierte Solus das Monstrum, das sich vor ihm auftürmte. Neben ihm brach der armdicke Baum an der Stelle entzwei, an der ein Prankenhieb ihn zerfetzt hatte.

Das Untier war beinahe so groß wie eine Scheune und pulste für Solus' Blick vor Mordlust. Es wies entfernte Ähnlichkeit mit einem Bären auf. Statt eines Fells war der massige Leib jedoch von Platten aus Borke bedeckt. Es hatte zu viele Sehorgane, die entfernt spinnenartig aussahen.

Sie richteten sich wie die Pfeilspitzen eines Trupps Bogenschützen auf Solus' Gesicht. Eine bösartige Intelligenz glomm in den bernsteinfarbenen Augen. Das Ungetüm stank wider Erwarten nicht. Es roch nur nach Wald, eins mit der Wildnis.

Gemächlich zog der Erste der Heimkehrer den Zweihänder. Der Schimmer der kraftlosen Morgensonne blitzte auf der Klinge. Der Bär richtete sich auf die Hinterbeine auf. Kiefer klafften, hinter denen sich jedem natürlichen Wuchs spottende, zusätzliche Zahnreihen in einer Faltschachtel aus Innenkiefern zeigten. Speichel troff. Das Monstrum brüllte, und die Welt ging unter.

Es war nur ein einzelnes Tier, doch sein Gebrüll hatte die Kraft einer Herde. Das Dasein im Wildbann musste die Kreatur auf widernatürliche Weise verändert haben. Ihr Trompeten ertönte nicht nur akustisch, sondern hämmerte auf den Geist des Heimkehrers ein.

Solus wand sich am Boden, der Zweihänder entglitt seinen Fingern. In seinem Kopf explodierte etwas. Das Röhren des Bären wollte kein Ende nehmen, es schien Ewigkeiten zu dauern. Als es abriss, warf die Bestie sich ohne Vorwarnung nach vorn und holte aus.

Sichelklauen schossen vor. Solus Terbast konnte sich mit Mühe zur Seite rollen. Der Boden neben ihm wurde aufgerissen. Ein Pflug war nichts gegen diese Kraft. Solus kroch auf sein Schwert zu.

Es ist ein Telepath, dachte der Erste der Heimkehrer und bereute seinen Fehler in derselben Sekunde.

Kaum dass ein klarer Gedanke Solus' Geist erfüllte, brüllte der Bär auf. Er preschte vor, holte aus. Die Rückhand traf den Templer gegen die Brust.

Der Schlag war lässig geführt wie eine Ohrfeige, trotzdem traf er Solus mit gewaltiger Wucht. Rippen splitterten, er flog wie ein Spielzeug durch die Luft, die Welt drehte sich, und ein bitterer Geschmack füllte seinen Mund.

Er versuchte, sich aufzurichten, doch die Bestie ließ ihm keine Zeit, setzte nach. Blech ächzte, als die Pranken einen Ankerpunkt in den Spalten seiner Rüstung fanden.

Als wäre er nicht mehr als ein Lachs, schmetterte das Bärenmonster seinen Körper zwischen den Tatzen hin und her. Als wöge der Schwergerüstete nichts. Es suchte nach einem günstigen Winkel für einen Biss, schob Solus über den Waldboden.

Die Welt verlor jede Kontur, wurde zu einem Wirbel aus Grün und Braun und Tatzenhieben.

Solus' Wangenknochen brachen. Er hob die Hände schützend vor das Gesicht.

Augenblicklich schlossen sich mächtige Kiefer um seinen Unterarm. Sie übten ungeheuren Druck aus, und mit einem Geräusch, als trete jemand auf ein Bündel gefrorener Äste, wurden die Knochen zermalmt.

Mit zertrümmertem Arm hing Solus zwischen den Kiefern der Bestie, die ihn schüttelte wie der Terrier die Ratte. Der Arm des Heimkehrers riss ab, während Solus in die andere Richtung davonflog. Er schmetterte wie ein Geschoss durch Farne und Jungbäume, bevor eines der Mammutgewächse seinen Flug bremste.

Sein unbehelmter Kopf grub sich in Holz. Etwas schien sich gegeneinander zu verschieben wie Eisplatten. Solus vermochte nicht zu sagen, ob es die Baumflanke war oder sein Schädelknochen. Er sah doppelt und dreifach.

Das Ungetüm setzte nach. Noch während Solus aufzustehen versuchte, traktierte es ihn mit Bissen und Hieben. Ihnen auszuweichen wurde immer schwieriger. Nach zwei, drei weiteren Prankenhieben ließ der Angriff für einen Herzschlag nach.

Bevor der Heimkehrer reagieren konnte, kehrten die Attacken mit Macht zurück. Der Bär hatte sich aufgerichtet und ließ sich fallen. Die Rüstung ächzte unter dem Gewicht, überanstrengtes Metall riss.

Wenn er nichts tat, würde er sterben. Zurückgerissen nach

Scathach. Zurück in die Dunkelheit der Unterwelt, dort, wo sich die Essenzen der Titanen gegen ihre Ketten stemmten und nichts als Grauen wartete.

Der Gedanke verlieh Solus Kraft. Er versucht eine andere Taktik. Schlagartig hörte er auf, sich zu wehren, stellte sich tot.

Es war nicht leicht, eine Kreatur zu täuschen, die Gedanken lesen konnte. Doch das überraschende Ausbleiben jeder Gegenwehr trug Früchte. Für einen Augenblick ließ der Sturm aus Prankenhieben und Bissen nach. Mehr brauchte der Heimkehrer nicht. Sein verbliebener Arm schoss vor. Die Kraft des Nicht-Toten trieb ihn mit Wucht gegen den Kopf der Kreatur.

Borkenpanzerung splitterte, dann fühlte Solus seinen Panzerhandschuh etwas umgreifen, das sich wie ein Bündel roher Eier ausnahm. Er trieb die Finger hinein, schloss die Faust und riss mit aller Kraft seines übernatürlichen Körpers.

Mit einem überraschten Laut wankte der Bär einen Schritt zur Seite. Ein Geräusch, das quengelnd klang. Solus nutzte die Atempause, um auf magische Weise einige der Blutungen zu stillen.

Einarmig und gebrochen stemmte er sich am Stamm des Baumes hoch, den Panzerhandschuh glitschig von Blut und dem Augenwasser des Bären.

Falls das Ungetüm durch die Wunde mitgenommen war, zeigte es dies nicht. Drohend richtete sich der Bär zu voller Größe auf. Ein Leuchtturm aus Zorn und Klauen, der sich über einem Krüppel erhob. In der Flanke des Tierschädels klaffte ein Loch, der Knochen seiner Augenhöhle schimmerte in nassem Rot.

Diesmal war Solus vorbereitet. Er warf sich zur Seite, als das Monstrum erneut angriff. Die Bestie jagte an ihm vorbei und krachte mit solcher Gewalt gegen den Baum, dass die Krone gut hundert Schritt über ihnen zitterte. Holz und Blätter fielen wie im Sturm.

Benommen schüttelte der Bär den Kopf.

Solus war neben ihm, den Mund voll Blut und sein Kopf ebenso wattig wie der seines Gegners. Er konnte die Hitze des Tiers spüren. Seine Mordlust erfüllte die Luft, Moschus und heiße Borke. Der Heimkehrer ließ einen Hagel von Schlägen auf die Flanke der Bestie niederprasseln.

Jeder Fausthieb des Nicht-Toten hatte die Kraft eines Rammbocks und hätte Ziegel pulverisiert. Eine Rippe, dick wie der Spanten eines Kriegsschiffs, brach unter seiner Faust. Der Bär röhrte, wirbelte herum. Er versuchte, den Quälgeist mit den Zähnen zu zerfetzen.

Als das Ungetüm das Maul zum Biss aufriss, tänzelte der Heimkehrer zur Seite. Seine Faust schnellte vor. Der Kiefer der Kreatur gab unter dem Schlag nach, brach, doch sie merkte es nicht mal. Unbeeindruckt versenkte sie die Fänge in Solus' Oberkörper. Zähne mit der Länge von Dolchen stanzten Rüstungsblech, drangen tief ein.

Solus wurde in die Höhe gerissen, hieb verzweifelt auf den Schädel des Monsters ein.

Er hatte sich nicht auf die Kräfte der Titanen in sich besinnen wollen. Die Gottriesen spürten, wann immer ein Heimkehrer sie einsetzte. Doch jetzt blieb ihm keine Wahl, wenn er nicht sterben wollte. Der Bär schickte sich an, ihn endgültig zu Tode zu schütteln.

Verzweifelt sog der Erste der Heimkehrer so viel Luft in die Lunge, wie er konnte. Er besann sich auf die Macht des Feuers, hauchte die Luft über den Schädel des Bären aus. Sie fing Feuer wie brennbares Gas, umhüllte Borke und Fleisch mit der Hitze eines Schmiedefeuers.

Aus dem Brüllen des Bären wurde ein Kreischen, als sich sein Kopf in eine Fackel verwandelte. Er ließ von seinem Peiniger ab, und hart stürzte der Heimkehrer auf den von Wurzeln durchzogenen Boden, doch es gab ohnehin kaum etwas, das nicht gebrochen war.

Der Borkenbär rollte einige Schritte entfernt über den Boden, erstickte die Flammen mit Laub, rieb sich an Bäumen und stieß gequälte Laute aus.

Solus Terbast versuchte aufzustehen, doch es misslang. Zu viel in diesem Körper war verheert. Zersplittertes Gebein mahlte. Die Organe, in denen die Kraftquelle gespeichert war, die schwarze Essenz der Titanen, waren durch die schiere Macht der Kreatur zerdrückt worden.

Solus dämmerte davon.

Sein Kopf dröhnte, als er wieder zu sich kam. Es konnten nur wenige Herzschläge vergangen sein. Der Bär, kaum mehr als ein grünbrauner Fleck vor noch mehr Grün, hatte die Flammen zur Gänze erstickt.

Während ihm ein Gemisch aus Blut und schwarzem Schleim aus dem Mund rann, verdoppelte der Heimkehrer seine Anstrengungen. Jeder Schritt war eine Qual. Es kam ihm wie eine Ewigkeit vor, bis er schließlich die verbliebene Hand um den Griff des Zweihänders legen konnte.

Hinter ihm bebte die Erde. Die Atemzüge des Bären, rasselnd und von animalischem Zorn verzerrt. Die Bestie stampfte auf ihn zu. Solus blieb nichts übrig, als auf dem Hintern gegen den nächsten Baum zu rutschen, den Zweihänder umklammernd.

Noch zehn Schritte.

Der Schädel des Ungetüms grinste vom Feuer gezeichnet, der zerschmetterte Unterkiefer baumelte im Rhythmus der Bewegungen.

Noch sechs Schritte.

In den verbliebenen Augen lag Hass, der unbedingte Wille zu töten.

Noch vier.

Solus verkantete Griff und Parierstangen der Klinge in den Wurzeln des Baumriesen. Er bündelte seine Gedanken, richtete sie gezielt auf die Bestie.

Komm und hol mich!

Was noch an Vorsicht und Misstrauen in dem Geschöpf gewesen sein mochte, verflog.

Es zog den Kopf zwischen die Schultern und warf sich mit einem heiseren Brüllen nach vorn. In diesem Augenblick kauerte sich Solus zusammen und riss das Zweihandschwert an der Schneide in die Höhe.

Dann schlug der Bär ein. Eine Pranke verfehlte ihr Ziel. Zwei Monster brüllten. Dann nichts als Stille.

Es hatte einige Zeit gedauert, sich unter dem Kadaver hervorzuarbeiten, die Suche nach seinem abgerissenen Arm sogar noch länger. Jetzt stand Solus neben der Kreatur. Sein Blick pendelte zwischen ihr und seinem Arm hin und her.

Die Nahtstelle zwischen seinem Körper und dem Unterarm war schwarz und teerartig. Der Phantomschmerz war stark, sein Leib hatte noch nicht begriffen, dass er seinen Arm zurückbekommen hatte. Nicht dass es bei den übrigen Schmerzen in seinem Körper noch etwas ausmachte.

Zu knapp. Ein, zwei Verletzungen mehr, und dieser Wirtskörper wäre ebenso nutzlos gewesen wie der Haufen zerfetzten Metalls, der zu seinen Füßen lag. Die Rüstung hatte vorerst ihren Dienst getan. Der Bär hatte das Blech zerschnitten wie Seidenpapier. Wo seine Klauen das Metall nicht aufgeschlitzt hatten, hatten die Zähne und das Körpergewicht Teile herausgerissen oder verbogen.

Bevor er aufbrach, würde Solus ein weiteres Mal auf die Kräfte der Titanen zurückgreifen und den Plattenpanzer mithilfe der Elemente instand setzen müssen.

»Es ist nett, dass du an Proviant gedacht hast. Aber das hier ist etwas übertrieben, findest du nicht? Wir sind gerade mal zwei Dutzend.«

Die Stimme war weiblich und hatte einen rauchigen Klang. Das Timbre einer Frau, die es gewohnt war zu bekommen, was sie wollte.

»Akasha«, sagte Solus. Er drehte sich nicht um. Das musste er nicht. Er spürte die Anwesenheit der anderen wie eine wärmende Decke, die Gegenwart ihres telepathischen Chors. Sie alle standen hinter ihm, hatten das Kunststück vollbracht, hier aufzutauchen, ohne dass er es bemerkt hätte. Er schrieb es der Macht des Wildbanns zu.

»Ein Ochse hätte es auch getan«, sagte Akasha.

Solus lächelte. Nun drehte er sich endlich zu der Gruppe von Neuankömmlingen um. Es waren zwei Dutzend, die zwischen den Bäumen standen. Er kannte sie alle – und sie ihn.

Solus verbeugte sich vor ihnen – eine Geste, die mit zahlreichen Respektsbekundungen seitens der Versammelten beantwortet wurde. Ein Duo stand ihnen vor.

Akasha hatte sich für ihre Heimkehr einen Körper gewählt, der der Schönheit aus den Tagen, an denen sie alle noch gelebt hatten, in nichts nachstand. Eine atemberaubende Rothaarige mit porzellanweißer Haut und feinen Zügen. Die Schöne trug ein Wams aus Kalbsleder, eine enganliegende Hose aus dem gleichen Material und Schaftstiefel. Bis auf ein Kurzschwert war sie unbewaffnet.

Neben ihr stand Duthric. Der stechende Blick war unverkennbar. War er schon zu Lebzeiten ein grobschlächtiger Mann gewesen, doch das übertraf er noch im Nicht-Tod.

Solus hatte keine Ahnung, was einen Heimkehrer verleiten konnte, einen derart fettleibigen Körper als Gefäß zu erwählen. Mit seiner Halbglatze, den drei Kinnen und dem sich spannenden Gewand wirkte sein Kamerad auf ihn wie der Vater aller Schweine. Noch dazu, wo seine Augen in unverhohlener Gier zwischen dem blutigen Kadaver des Riesenbären und den Kurven seiner Begleiterin irrlichterten.

Solus breitete die Arme in einer herzlichen Geste aus. »Ich habe euch nicht kommen hören.«

»Wir hatten günstige Winde.« Duthric grinste über den eigenen Scherz.

Solus war klar, dass der Heimkehrer, der die Macht des Titanen der Luft barg, sie hierherbefördert hatte. Er selbst hatte den Wald auf traditionelle Weise zu Pferde erreicht.

Solus hasste es, die Kräfte der Titanen zu nutzen, wenn es nicht absolut unumgänglich war. Er verachtete es, von ihnen abhängig zu sein – ein Gefühl, das seine Geschwister nicht zu teilen schienen.

»Dies ist nicht der Ort, den wir vereinbart hatten«, stellte Akasha fest.

»Als du nicht aufgetaucht bist, waren wir in Sorge«, entgegnete Duthric. »Im Chor war von dir nichts zu hören. Wir mussten annehmen, dass du das Bewusstsein verloren hast. Im besten Fall.«

Solus warf die Arme mit einem resignierten Lächeln in die Höhe und bereute es augenblicklich, als sein Körper ihm die Bewegung mit Schmerzen dankte. »Sagen wir mal so: Ich hatte nicht mit diesem Überraschungsgast gerechnet.«

»Scheint dir schön zugesetzt zu haben, das Mistvieh.« Duthric pfiff anerkennend durch die Zähne. Er ließ seine teigige Hand ein paarmal auf die Flanke des Borkenbären klatschen, so als stünden sie auf einem Viehmarkt und er wäre dabei, den Wert eines Rennpferdes zu erwägen. »Meine Fresse, was für ein kapitaler Brocken. Ich wäre gerne bei eurem Kampf dabei gewesen.«

Er ließ den Blick über das Areal schweifen, betrachtete die Verwüstungen und schüttelte den Kopf. Auch die anderen kamen näher. Sie bildeten einen Halbkreis vor Solus, hielten respektvollen Abstand.

»In der Tat. Ein würdiger Gegner«, sagte Akasha. »Der Wildbann ist ein gefährlicher Ort – selbst für unseresgleichen.«

»Die Dunkelheit in mir muss das Tier angezogen haben.« Solus klang nicht überzeugt, weil er es nicht war. Warum war die Bestie nicht geflohen, als er Feuer gegen sie eingesetzt hatte?

»Was uns zu einer anderen Frage bringt«, sagte Akasha. »Warum genau ein Treffen hier, wo wir doch alle wissen, dass dieses Reich unserer Mutter Gawr – gepriesen sei ihr Name – voller Bestien ist, die selbst uns gefährlich werden können?«

Solus hatte die letzten Tage damit verbracht, sich zu überlegen, was er den anderen als Grund angeben konnte. Er wollte um jeden Preis verhindern, dass sie misstrauisch wurden.

»Der Gottesmörder ist der Grund«, behauptete er. »Der verfluchte Totenkaiser. Ich bin überzeugt, dass der Chor kompromittiert ist, seit dieser Bastard Ashavar und Dochàthi vernichtet hat. Ich wollte mit euch sprechen, ohne dass uns der feige Mörder unserer Geschwister belauschen kann. Oder besser: seine Verbündeten. Er selbst scheint aus dem Rennen zu sein.«

»Und das können wir hier?«, fragte die Heimkehrerin. Der Zweifel zeichnete sich zwar nicht auf ihren Zügen ab, doch Solus konnte die Vibrationen ihrer Stimme problemlos zuordnen.

»Nirgendwo floss das Titanenblut freier, nirgends hat die Essenz unserer Väter und Mutter mehr Veränderungen in der Welt bewirkt als hier«, sagte der Erste der Heimkehrer. Er trat gegen den Kadaver. »Dieser Moloch hier war zum Beispiel ein Telepath. Ich bin mir sicher, dass die Magie dieses Ortes verhindert, dass starke Energien herausdringen.«

»Also gut«, brummte Duthric. »Was wolltest du besprechen, Erster? Wir sind deinem Ruf gefolgt.«

»Ich hätte zuvor eine Frage.« Solus ließ den Blick über die Versammelten schweifen, auch wenn er längst bemerkt hatte, wer fehlte. »Wo ist Egidia?«

»Sie ist nicht bei dir?«, fragte Duthric überrascht.

»Siehst du sie hier irgendwo?«, entgegnete Solus.

Akasha verschränkte die Arme vor der Brust. »Sie ist verhindert«, sagte sie knapp.

Solus und Duthric blickten sie verständnislos an.

Auch die übrigen Heimkehrer wurden unruhig. Jemand räusperte sich. Füße scharrten. Die Versammelten wichen Solus' Blick aus.

»Verhindert«, sagte der Erste der Heimkehrer. »Was genau habe ich mir darunter vorzustellen? Es sollte ihr doch leichtfallen, sich eine gewisse Zeit loszureißen und uns hier zu treffen.«

»Scheinbar nicht.« Akasha schüttelte den Kopf. »Sie sagte mir, die Väter und Mutter hätten eine Aufgabe für sie. Eine geheime Mission, wenn man so will.«

»Seit wann haben wir Geheimnisse voreinander?« Duthric zog die Brauen zusammen. Die teigige Masse seines Gesichts wabbelte.

Akasha zuckte hilflos mit den Achseln.

»Du hast Egidia einfach gehen lassen, nachdem sie dir so etwas mitgeteilt hat?«, fragte Solus. Es irritierte ihn, dass die anderen Geheimnisse vor ihm hatten. Noch dazu im Auftrag der Titanen. Er bemühte sich, den Zorn darüber nicht allzu sehr durchklingen zu lassen. »Und das nur Monde, nachdem dieser Schlächter zwei aus unserem Kreis für immer vernichtet hat?«

»Was sollte ich deiner Meinung nach tun, Erster?« Akashas Augen sprühten Smaragdfeuer. »Sie an den Haaren hierherschleifen? Sie ist nicht meine Sklavin! Und deine ebenfalls nicht, wie ich anmerken möchte.«

»Du hättest mir Bescheid geben können«, sagte Solus.

Einige der Versammelten pflichteten ihm bei.

»Sicher. Wenn ich dich hätte erreichen können …« Akasha war kurz davor gewesen, Solus mit seinem verhassten wahren Namen anzusprechen. Gerade noch rechtzeitig hatte sie sich bremsen können. Das schlechte Gewissen stand ihr im Gesicht geschrieben.

Ein gutes Zeichen, fand Solus. Sie hatte noch Respekt vor ihm. Noch war er der Anführer ihres Kreises.

»Wo warst du eigentlich?«, fragte Duthric. Er riss ein Stück Rinde von einem Baum. Sofort krochen Asseln, Engerlinge und Gewürm über seine Hand. Gedankenverloren schob er sie sich in den Mund. Sie platzten hörbar zwischen seinen Zähnen. Säfte rannen über seine Fettkinne.

»Wir haben versucht, dir Bescheid zu geben«, ergänzte Akasha. »Doch weder im Chor noch körperlich warst du zugegen.«

»Nicht nur Egidia hat ihre Geheimnisse«, wiegelte Solus ab. »Aber wenn ihr es wissen müsst: Ich habe den Endwinter erkundet, die ältesten Stätten der Macht abgesucht. Der Verlust der Stäbe hat uns schwer getroffen.«

Die Versammelten murmelten. Erneut zustimmendes Nicken.

»Du dachtest, du würdest dort oben im Norden Rohmaterialien finden?«, fragte Duthric. Er sah den Ersten der Heimkehrer beeindruckt an. »Du hast die letzten Monde in der Einsamkeit des ewigen Eises verbracht?«

»Ich habe getan, was nötig war. Ich treffe Vorbereitungen für die Umsetzung eines Plans.« Die Lüge kam Solus ganz leicht über die Lippen. Er war es seit Jahrhunderten gewohnt, den Meister zu betrügen, seine eigenen »Geschwister« um den Finger zu wickeln, war keine Herausforderung, er durfte es nur nicht übertreiben.

»Ein neuer Plan«, raunte Akasha. »Du meinst, wir können das Werk vollbringen, selbst nachdem unsere Geschwister vernichtet wurden?«

Solus setzte das selbstzufriedene Lächeln auf, das die Heimkehrer in solchen Situationen von ihm erwarteten. Langsam, wissend nickte er.

»Fantastisch!«, rief Duthric aus. »Wann geht es los?«

Bevor Solus antworten konnte, schnitt ihm Akasha mit einer entschiedenen Handbewegung das Wort ab. Er ließ es ihr durchgehen.

»Was ist mit dem Gottesmörder?«, fragte sie. »Wer sagt uns, dass dieser verfluchte Clach sich nicht einmischen wird?«

Solus breitete die Arme aus, so als wolle er nicht nur die Anwesenden, sondern die Welt umarmen. Sein Grinsen wurde noch breiter, troff vor Selbstzufriedenheit.

»Das dürfte ihm schwerfallen«, sagte der Erste der Heimkehrer. »Oder habt ihr in der letzten Zeit etwas von ihm gehört?«

»Willst du etwa sagen …?«

»Dass ich ihn vernichtet habe, Duthric? Nein, mit derlei guten Nachrichten hätte ich kaum gewartet, bis wir uns von Angesicht zu Angesicht hier begegnen.«

»Was dann?«, fragte Akasha.

»Etwas, das ähnlich gut ist – solange wir uns darauf einstellen, dass wir nicht absolut sicher sein können, dass der Chor nicht belauscht wird. Jemand anders hat dem Dasein dieses Schlächters ein Ende gesetzt. Das ist zumindest, was viele Quellen behaupten.«

Duthric nickte langsam. »Ich hatte Gerüchte gehört, dass er vernichtet sei. Der Archont von Fomor soll ihn erschlagen und in Stücke gehackt haben. Ironischerweise an jenem Abend, da das Leben unseres Bruders Ashavar endete.«

»Davon sprach ich«, sagte Solus Terbast. »Ich hatte noch nicht viel Zeit, seit ich aus dem Norden zurück bin, und nur wenig Gelegenheit, mit den Menschen zu sprechen. Doch selbst unter den Leuten in den Reichen der Diadochen haben sich diese Gerüchte herumgesprochen. Es könnte genug dran sein, dass wir unseren Plan in die Tat umsetzen können, ohne dass wir dieses Mal Gefahr laufen, dass sich der Assassine einmischt.«

»Und falls die Gerüchte nicht stimmen?«, fragte Akasha. Der Zweifel in ihrem Blick war augenfällig.

»Im günstigsten Fall ist der Totenkaiser vernichtet. Im allerschlimmsten ist er in Unfreiheit. So viele Leute berichten unabhängig voneinander, dass Archont Greskegard die Zitadelle mit einem zerstückelten Kadaver verließ, einem Leichnam, auf den Clachs Beschreibung passt. Für uns und unsere Pläne ist er mit höchster Wahrscheinlichkeit kein Problem mehr.«

»Doch bevor du sichergehen kannst, dass er wirklich ausgeschaltet ist, willst du, dass wir uns nur körperlich treffen. Damit er uns nicht belauschen kann, falls er in Gefangenschaft noch in unserem Chor mithören kann«, fasste Duthric zusammen. Auch er grinste breit. »Ganz schön gerissen.

Allein, dass du dich dazu der Aura des Wildbanns bedienst. Ein guter Einfall!«

»So ist es«, log Solus. »Deshalb ist es so wichtig, dass jeder von euch – von den Trägern der Pentae bis hin zu den Verbündeten der niederen Titanen – seine Anweisungen nur noch bruchstückhaft erhält.«

»Du willst jedem nur ein Stück deines Plans verraten?«, fragte Akasha. »Ich nehme an, dass du damit einem Debakel wie mit Dochàthi vorbeugen willst?«

»Wenn jeder nur den Teil des Plans kennt, der ihn persönlich betrifft, wird es kein zweites Moreno-Malheur geben«, erklärte der Erste der Heimkehrer. »Falls der Gottesmörder nicht vernichtet sein sollte und ihm einer von euch in die Hände fällt, kann der- oder diejenige nicht viel verraten.«

»Gesetzt dem Fall, du bist nicht derjenige, dem er sich zuwendet«, warf die Heimkehrerin ein. Sie sah Solus forschend in die Augen. Ihm entging nicht, dass sie aufhörte, die Arme zu verschränken. Er las ihre Geste als Zeichen schwindenden Misstrauens. Sie öffnete sich.

»Dieses Risiko werde ich eingehen müssen«, sagte Solus. »Sollte es der Fall sein, so bin ich wohl derjenige, der ihm am längsten widerstehen kann. Keiner von euch hat mehr Erfahrung als ich, Folter und langwierige Qualen zu erdulden.«

»Doch weiß auch keiner von uns, wie der endgültige Plan aussieht, sollte der Bastard dich vernichten«, gab Duthric zu bedenken.

Solus legte ihm beruhigend eine Hand auf die Schulter. »Sei unbesorgt, alter Freund. Für den Fall meiner Vernichtung habe ich vorgesorgt. Sollte dies geschehen, werdet ihr beide sämtliche Informationen erhalten. Meine Agenten sind überall in den Städten der Menschen.«

Das war eine dreiste Lüge, doch seine nach Hoffnung gierenden Kameraden sogen sie auf wie Nektar.

»Wie erfahren *wir* von unserem Anteil an den Plänen?«, meldete sich eine Stimme aus der Menge derer, die die Anker der niederen Titanen in sich trugen.

»Oh, seid gewiss«, sagte Solus. »Ich werde euch alle persönlich aufsuchen und euch ins Bild setzen. Wenn ich mit jedem von euch in seiner Stadt von Angesicht zu Angesicht gesprochen habe, wird es keine Probleme mehr geben, das verspreche ich euch.«

8. Fennek

»Es wird allmählich zur Gewohnheit«, sagte Fennek, und seine Stimme hallte von den feuchten Wänden wider. Der Geruch von Salpeter, Urin und menschlichem Elend in den Kerkern war allgegenwärtig.

»Majestät?«, fragte Gram. Der Soldat trug eine Rolle aus schwarzem Stoff unter dem Arm.

»Ich bin zu oft hier unten, Gram. Viel zu oft.«

»Wünschen Majestät umzukehren?«, fragte der Hauptmann der Myrmidonen.

»Wären wir dann hier?« Fennek blieb im Korridor zwischen blakenden Fackeln stehen, zog eine Augenbraue hoch und verkniff die Lippen. »Du bist eher der wörtliche Typ, hmm, Gram?«

»Ich bin, was Majestät benötigen«, sagte Gram.

Ich mag dich jetzt schon lieber als deinen Vorgänger, dachte Fennek.

Beim Gedanken daran, wie Sanftleben und er mithilfe der Fae Rubica den früheren Hauptmann der Garde Waleran übertölpelt hatten, musste er lächeln.

Es war wenige Monate her, und doch kam es Greskegard vor wie eine Ewigkeit.

Fennek seufzte geistesabwesend und setzte seinen Weg fort. Sie waren nicht weit entfernt von Clachs Kammer. Gram ließ keine der Stahltüren aus den Augen. Jedes Mal, wenn

Fennek hier hinabstieg, begleitete er ihn, weil er es hier für zu gefährlich für den Archonten hielt.

Fennek fand dies amüsant. Immerhin war er der Grund, warum diese Kerker randvoll mit Gefangenen waren. Er und Sanftleben hatten im Laufe der Jahre einige der übelsten Wirker gefangen. Hinzu kamen jene, die anderen Inquisitoren in die Hände gefallen waren. Nahezu alle waren Aufrührer und Ketzer.

Es gab Entomanten, die mit Gedankenkraft Insektenschwärme kontrollieren konnten. Oder Elementaristen, die eine der fünf Materien des Lebens beherrschten. In einer dieser Zellen ruhte Tistra, die Heresiarchin von Balor. Sie hatte einst eine Unzahl von Minensklaven in mörderischen Aufständen angeführt. Die Frau war eine Muse, die ihr Charisma verstärken konnte, um die Massen aufzuwiegeln. Um Versprechungen zu machen, die sie nicht einzuhalten brauchte. Ihre Stimme genügte.

Diese Kerker quollen über vor jenen, die man nicht hinrichtete aus Sorge, dies könnte ungeahnte Kräfte freisetzen. Daher hielt man sie an diesem Ort gefangen. Ließ sie lebenslang in speziellen Zellen darben. Hinzu kamen echte politische Gefangene, die dem Adel und seinen Zielen im Weg gestanden hatten.

Fennek war an keinem davon interessiert. Er war wegen einer anderen Beute hier. Er rief seine Erinnerung ab, folgte den sinnverwirrenden Gängen ohne Anstrengung, Gram an seiner Seite. Nach einer Weile standen sie vor einer Zellentür, die sich in nichts von den anderen unterschied.

»Ozelot Urdith«, las Gram vor, nachdem er mit seinem Panzerhandschuh Staub von einem Schild gewischt hatte.

»Die Geißel der Gemiedenen Nekropolis von Argas«, hauchte Fennek, der den Rest vorlas.

»Die drei Schädel, Majestät?«, fragte Gram und wies auf die Symbole, die in die Plakette geprägt waren.

»Deuten auf erhöhte Sicherheitsmaßnahmen hin«, sagte Fennek. »Einer für gefährliche Wirker, zwei Totenschädel für wahre Bestien …«

Es bestand keine Notwendigkeit weiterzusprechen. Greskegard konnte erkennen, wie sich Gram mühte, seine Anspannung zu verbergen. Die Hand des Hauptmanns ruhte am Schwertgriff. Obwohl er ahnen musste, warum sie vor dieser Tür standen, weiteten sich seine Augen, als er den Schlüssel in der Hand seines Archonten sah.

»Weißt du, Gram, es hat Vorteile, ich zu sein«, sagte Greskegard. »Nimm nur diese Zellen. Lediglich der Hierarch der Koronapriester, die Meisterin der Templer, der Archont von Fomor und hochrangige Inquisitoren wie ich haben einen Schlüssel. Um eine zu öffnen, braucht es zwei.« Grinsend förderte Greskegard noch einen Schlüssel zutage. »Jetzt bin ich beides, Archont *und* Inquisitor – das vereinfacht die lästige Bürokratie.«

»Majestät?« Grams Gesicht war aschfahl, obwohl er ein Elitesoldat war, gedrillt, Ängsten zu widerstehen. Ihm war anzusehen, wie er litt. Auch wenn Fennek annahm, dass er eher Furcht um seinen Archonten verspürte – und was ein Scheitern in dieser Richtung für seine Ehre bedeuten mochte.

Gram schluckte. Sein Adamsapfel tanzte. »Majestät, was für ein Geschöpf ist dieser Urdith?«

»Ozelot? Oh, kein Geschöpf. Er ist ein Mensch wie du und ich. Sieht man von einem haarfeinen Unterschied ab: Er ist der beste Nekromant dieses Zeitalters.« Versonnen schob Fennek die Schlüssel in die Schlösser und legte die Finger an die Schlüsselblätter. »Er ging Sanftleben und mir vor einigen Jahren ins Netz.«

»Darf ich fragen, Majestät, was dieses Scheusal getan hat? Soweit ich unterrichtet bin, ist ein Nekromant doch ein Totenbeschwörer? Ich mutmaße, dass er die Penta Argas mit einer Armee von Untoten in seine Gewalt zu bringen versuchte?«

Der Archont hielt in der Bewegung inne. Er hatte Gram nicht für jemanden gehalten, der seiner Neugier nachgab. Ein wenig erinnerte ihn der Hauptmann an Sanftleben.

»Du interessierst dich wirklich dafür, nicht wahr?«, fragte Greskegard.

»Vor allem, um Euch besser dienen zu können, Majestät«, antwortete Gram. »Ich möchte den Mann und die Gefahr, die möglicherweise von ihm ausgeht, einschätzen können.«

»Nun, in einigen Minuten wirst du erfahren, warum wir hier sind. Eine gesunde Neugierde ist nichts Falsches, schon gar nicht bei dem Hauptmann meiner Garde. Im Gegenteil, es verrät mir, dass du einen wachsamen Geist hast. Ich begrüße das.«

»Hat er, Majestät?«, fragte Gram.

»Hat er was?«, erwiderte Fennek, der einräumen musste, dass er sich im Oberhaupt seiner Garde getäuscht hatte, was den Punkt mit der Konversation betraf.

»Hat er eine Armee von Untoten ausgehoben, Sire? Um Argas zu unterjochen?«

»O nein, nichts derart Prosaisches. Nein, nein, Ozelot Urdith ging gerissener vor. Dies brachte ihm den zweifelhaften Ehrentitel ein, den du dort lesen kannst.«

»Die Geißel der Gemiedenen Nekropolis von Argas.«

»Der Ort, an dem die Reichen und Mächtigen der Penta Argas – seien sie adelig, reiche Bürger oder Mitglieder des Klerus – ihre Toten bestatten. Ozelot fand sie alle, erbrach die Siegel ihrer Krypten und tat das Undenkbare.«

Beim Anblick von Grams Gesicht musste Fennek unwillkürlich lächeln. Es war deutlich zu erkennen, wie sehr den Soldaten das Thema faszinierte, die Jagd auf gefährliche Zauberwirker.

Die Myrmidonen waren die perfekten Soldaten, von Kindesbeinen an gedrillt. Sie mussten rasch erwachsen werden, wurden durch Unmenschlichkeit abgehärtet und durch Alchemagie unfruchtbar gemacht. Diese Menschen besaßen kaum Vorstellungen von der Welt außerhalb der Zitadellen, in denen sie dienten.

Ihre Unkenntnis in diesen Dingen wurde nur noch davon übertroffen, wie wenig sie vom Liebesleben und anderen Freuden des Daseins verstanden. Myrmidonen waren Kindersoldaten in den Leibern von Erwachsenen. Wer mochte ihnen da verdenken, dass sie wie zu groß geratene Kinder an den Lippen eines Geschichtenerzählers hingen?

»Er schändete ihre Gebeine? Er entriss ihnen die Seelen?« Gram vergaß beinahe, »Majestät« anzuhängen.

»Mitnichten«, sagte der Archont. »Er sprach mit ihnen. Betrieb Konversation.«

Gram verzog das Gesicht. »Er … sprach mit ihnen, Majestät? Worüber?«

»In der Tat, er sprach mit ihnen. Was das Inhaltliche betrifft, wird deine Neugierde bald gestillt werden.«

Fennek drehte die beiden Schlüssel. Ein Klackern von Seilzügen, Kontergewichten und Zahnrädern erklang. Herzschläge später kreischte Metall, als armdicke Bolzen aus der Mauer in ihre Heimstatt im Inneren der Stahltür zurückgezogen wurden.

Vorsichtig schob sich Gram vor den Archonten und drückte die Tür auf.

Der Hauptmann hatte noch nie gesehen, wie Erzketzer

und Wirker inhaftiert wurden. Im Gegensatz zu den mundanen Gefangenen wie Volksverhetzern hingen sie nicht nur von den Wänden, während ihnen ihr Unflat die Beine herabrann.

Dort stand ein massiger Quader, dessen Rahmen von Metallstreben gebildet wurde. Im Prinzip unterschied sich das Objekt nicht von den Aquarien, in denen sich der Adel seltene Meerestiere hielt, je gefährlicher, desto prestigeträchtiger.

Ganz genau wie hier, dachte Fennek und lächelte.

Der Kubus war mit einem Harz gefüllt, das Bernstein ähnelte. Ein unscheinbarer Mittzwanziger mit dunklen Haarsträhnen ruhte darin. Er lag nackt und in einer fötalen Haltung da, war mit schmerzverzerrtem Gesicht versteinert.

Fennek schnippte mit den Fingern, und Gram holte das Bündel hervor, das er für den Archonten mitgebracht hatte. Eine Samtrobe mit Kapuze diente als Rolle, in der ein Hammer und ein Meißel aus einem verzauberten Halbedelstein eingeschlossen waren.

Der Hauptmann rollte das Gewand aus. Er nahm ohne nachzudenken das Werkzeug zur Hand, wie Fennek anerkennend feststellte. Gram trat an den Harzblock heran – seine dienstbeflissene Eile konnte den Zweifel in seinem Blick nicht übertünchen.

»Sire, es ist meine Pflicht, Euch vor den Risiken dieser Handlung zu warnen. Ich ersuche Euch, was immer Eure Sorgen sein mögen, vielleicht finden wir einen anderen Weg?«

»Gram, ich nehme deine Einwürfe zur Kenntnis. Aber glaube mir, von diesen Dingen verstehe ich mehr als du. Weit mehr.«

Mit diesen Worten deutete Fennek auf vier neuralgische Punkte des Harzquaders. Er gab Gram zu verstehen, was dieser zu tun hatte.

Gram schlug mit dem Hammer zu, und der Meißel grub sich in den Kubus. Mit dem ersten Schlag nahm das Material die Farbe trüben Urins an, mit dem zweiten wurde es blind, und Spinnweben aus Rissen überzogen die Oberfläche. Hieb drei und vier ließen es schließlich auseinanderbröckeln.

Fennek bedeutete Gram, dass er zurücktreten solle. Kaum dass das Harz seinen Verbund verlor und in Stücke zerfiel, veränderte es sich. Es zerfloss und umspülte ihre Schuhe und Panzerstiefel. Langsam zersetzte es sich, wurde zu Dunst.

Zurück blieb der Nackte. Die Überreste seines Gefängnisses umschlossen seine Haut wie der Käsefilm eines Neugeborenen. In diesem Zustand hatte er mehr Ähnlichkeit mit einer Kaulquappe als mit einem Menschen.

Urdith hustete eine gefühlte Ewigkeit und stützte sich auf die Handflächen, den Kopf gesenkt, die Haarsträhnen im Gesicht. Er spie Schleim und undefinierbare Dinge aus.

»Ozelot Urdith«, sagte Fennek. »Es ist ein Weilchen her, Freund.«

Greskegard reichte dem Burschen eine Feldflasche. Der Hauch eines Zögerns, bevor Urdith gierig trank. Dies löste erneute Hustenanfälle aus. Der Archont gab dem Gefangenen Zeit, sich zu erholen und zu sammeln.

»Inquisitor«, keuchte Urdith schließlich. Er rang sich ein kaltes Lächeln ab. »Seid Ihr hier, um mich zu begnadigen?«

»Genau das ist der Fall«, sagte Fennek. Grams Augen weiteten sich voller Unglauben, doch er hatte sich rasch wieder unter Kontrolle. »Ich will dir ein Angebot unterbreiten«, fuhr Greskegard fort. »Ein einmaliges, wie ich hinzufügen möchte.«

»Wenn ich ablehne …?«

»Wanderst du zurück in den Quader. Und wirst für alle Zeit vergessen. Kooperierst du, schenke ich dir etwas, das in diesen Tagen niemand sonst bekommt.«

»Die Freiheit?«, fragte der Nekromant.

»Sei nicht töricht. Niemand in diesem Leben ist frei, bis sein Herz zu schlagen aufhört – es sei denn, er begegnet im Tode deinesgleichen. Nein, etwas Besseres. Eine zweite Chance«, sagte Fennek.

Der Totenbeschwörer kaute einige Sekunden auf seiner Unterlippe. Dann nickte er.

Gebadet und in höfische Gewänder gekleidet, bot Ozelot Urdith einen wesentlich angenehmeren Anblick. Er war kein übermäßig gutaussehender Mann, dafür umso charismatischer. Der Wirker fläzte sich auf einem der Kanapees in Greskegards Turmzimmer. Zwischen all den Bücherregalen, dem Sekretär und dem Schreibtischmonstrum wirkte der Nekromant wie Inventar.

Urdiths Finger strichen über den Samt seiner Gewänder. Er nahm sich die vierte oder fünfte Birne aus einer Schale. Der Erzketzer biss mit Genuss in das Obst und tupfte sich abwechselnd mit einer Serviette das Kinn.

»Aufgefeifnet«, verkündete er mit vollem Mund. »Ganf aufgefeifnet!«

»Freut mich, dass dir meine sündhaft teuren Importe aus Argas munden«, ätzte Greskegard.

Gram, der hinter Fenneks Schreibtisch zur Linken seines Archonten stand, sah aus, als warte er nur auf ein Zeichen, um Ozelot Urdiths Kopf für immer von dessen Rumpf zu trennen.

»Wirklich«, schmatzte der Nekromant. »Ihr verwöhnt mich. Ich könnte hundert von den Dingern essen und wäre nicht satt. Nicht nach all der Zeit in dieser Hölle!«

Er leckte sich die Finger und machte Anstalten, nach der vorletzten Birne zu greifen. Da bemerkte er den Blick der beiden anderen Männer im Raum. Seine Augen wanderten zwischen Fenneks Gesicht, Grams Waffenhand und Fenneks Fingerspitzen hin und her, die einen Rhythmus auf der Schreibtischplatte klopften.

Greskegard trommelte einen bekannten Todesmarsch.

»Puh! Vielleicht bin ich aber auch schon satt«, erwog der Bursche. »Ja, wenn ich es mir so überlege, hatte ich genug. Kommen wir zum Geschäftlichen, ich habe Eure Zeit lange genug vergeudet, Inquisitor.«

»Majestät!«, verbesserte Gram. Er knurrte, seine Augen verschossen Brandpfeile auf den Ketzer.

»Natürlich. Bitte verzeiht, Majestät.« Urdith verbeugte sich, doch das spöttische Gehabe des Nekromanten ließ die Ehrbezeugung wie blanken Hohn wirken.

»Kommen wir zum Wesentlichen, jetzt, da ich deine ungeteilte Aufmerksamkeit genieße«, sagte Greskegard.

»Die habt Ihr, Majestät.« Ozelot sah aus, als wolle er noch etwas sagen, klappte den Mund jedoch zu, als Gram einen Schritt auf ihn zu machte.

»Mein guter Hauptmann Gram hier ist kein Bewunderer deines Tuns.« Fennek legte eine Hand auf den gepanzerten Unterarm des Kriegers. »Er denkt, es war ein Fehler, dich zu befreien. Dass ich es bereuen werde. Wirst du mir einen Anlass zur Reue geben, mein lieber Ozelot?«

Diesmal schwieg Urdith und schüttelte nur den Kopf.

»Antworte, wenn dein Archont mit dir spricht, Wurm!«, bellte Gram.

Greskegard musste sich ein Grinsen verkneifen.

»Nein, Eure Majestät«, sagte Ozelot. »Gestatten Eure Majestät mir eine Frage?«

»Ich gestatte.« Fennek blickte aus dem Fenster hinter Urdith auf die Allee des Triumphs hinab, eine Prachtstraße voller Statuen früherer Archonten und Kirchenmänner. Einer der vier Arme des Titanen Fomor hatte sie unter sich begraben.

Wenigstens muss ich die hasserfüllten Fratzen jetzt nicht mehr selbst abreißen lassen, sinnierte Fennek, der sich einst geschworen hatte, genau dies zu tun. Er hatte seine tote Nichte just diese Allee hinuntergetragen. Es war erst einige Monde her, fühlte sich aber an wie in einem anderen Leben.

»Was genau ist meine Aufgabe?«, fragte der Nekromant.

Fennek bedeutete ihm, sich zu erheben und umzudrehen. Der Mann folgte der Anweisung und sah aus dem Fenster. Es dauerte einige Sekunden, in denen Greskegard seinen Rücken betrachtete.

Da taumelte der Nekromant zurück, als habe ihn ein Balken an der Stirn getroffen. Er deutete nach draußen, sein Blick flatterte zwischen dem Fenster und dem Archonten hin und her.

»Das ist … Das ist … Ist das etwa, was ich denke?«, stammelte er.

»Fomor? Der Titan des Erdelements? Einer der Pentae der Erzmagi? Ja«, sagte Fennek. »Daher sind deine Dienste vonnöten. Angesichts solcher Entwicklungen begreifst du, warum mich deine Sperenzchen mit totem Fleisch kaltlassen. Selbst mein guter Gram hier sieht ein, dass verzweifelte Zeiten ebensolche Maßnahmen erfordern.«

Ozelot nickte. Er setzte sich auf das Sofa und bewegte sich wie ein Mann mit Vergiftungssymptomen. Er kaute auf der Unterlippe, während es hinter seiner Stirn arbeitete.

»Sprechen wir über die Toten«, sagte Fennek.

Greskegard beobachtete die Vorbereitungen seines frisch erkorenen Lakaien. Aufgrund des Halbdunkels in der Kammer gestaltete sich das ausnehmend schwierig. Lediglich ein paar Kerzen spendeten Licht, während der Nekromant in nachtfarbenen Gewändern herumfuhrwerkte.

Der Steinblock eines Sarkophags dominierte den niedrigen Raum, geziert von einer Deckelplatte, die einen überlebensgroßen Ritter zeigte. Der Marmorkämpe ruhte, die Hände um den Schwertgriff geklammert, unter einem Drachenschild.

Die Talglichter dienten nicht dazu, die Krypta zu beleuchten. Ozelot Urdith hatte sie in einem geometrisch perfekten Fünfeck um das steinerne Monument ausgerichtet, das die Kammer beherrschte.

Sie stammten aus der Asservatenkammer der Inquisition. Kerzen aus dem Körperfett von Menschen.

Schwärzeste Magie.

Hinter Fennek scharrte Gram unruhig mit den Panzerstiefeln. Was hier geschah, gefiel dem Myrmidonen nicht.

Greskegard betrachtete seinen Hauptmann. Fröstelnd stand er da und beobachtete, wie der Schwarzkünstler mit Knochenkreide und einem Lineal Verbindungen zwischen den Kerzen zog und arkane Symbole kritzelte.

Es prickelte in Fenneks Nacken.

»Ich bedarf des Namens des Verblichenen«, sagte der Nekromant überflüssigerweise. Die Kartuschen und Plaketten an der Krypta gaben allzu beredt Auskunft, wer hier ruhte.

»Balthus. Balthus von Fomor.«

Überrascht wandten sich Fennek und Ozelot Gram zu. Der schien nicht gemerkt zu haben, dass er den Namen geraunt hatte. Scham und Schuldgefühle auf seinem Gesicht konnte er diesmal nicht verhehlen.

»Du wirst mir doch nicht sentimental werden, guter Gram?«, fragte Fennek.

»Verzeiht, Sire. Es ist nur, die Umstände sind mehr als

außergewöhnlich. Das Grab unseres früheren Archonten und dann dieser Ketzer. Bestraft mich, Majestät, wenn ich meine Grenzen überschreite. Aber Euch zu schützen kann bedeuten, Euch vor Euch selbst zu beschützen …«

Fennek tat einen Schritt auf den Hauptmann seiner Garde zu. Gram straffte sich. Greskegard widerstand dem ersten Impuls, den Mann zu tadeln. Stattdessen nickte er.

»Ihr seid ein guter Mann, Hauptmann«, sagte er ungewohnt förmlich und war überrascht, dass er auf einmal einen Kloß im Hals hatte. »Ein loyaler Vasall und aufrichtiger Soldat. Falls es Euch zu viel wird, entbinde ich Euch für die Dauer dieser Mission von Euren Pflichten.«

Du bist nicht mehr du selbst, dröhnte Sanftlebens Stimme in seiner Erinnerung. *Es ist meine Pflicht, auf dich aufzupassen! Du hast dich verändert, Fennek!*

Greskegard vertrieb die Stimme des Kolosses aus seinem Geist. Er mochte sich an Sanftleben versündigt haben, aber er wollte verdammt sein, wenn er nun, da er den Thron errungen hatte, andere bestrafte, die ihm helfen wollten. Jene, die an seiner Regentschaft ehrliches Interesse hegten.

Und doch wusste Fennek, dass er sich belog. Er empfand Ekel vor dem Menschen, zu dem er geworden war.

Gram sah aus, als habe er Zuckerbrot und Peitsche zugleich erhalten.

»Ich weiche nicht von Eurer Seite, Sire«, sagte er knapp.

»Du hast ein Anrecht zu erfahren, was hier geschieht. Nicht nur, damit du vorbereitet bist. Hilf unserem Gedächtnis auf die Sprünge, Ozelot: Warum genau habe ich dich gejagt?«, fragte Fennek.

»Weil ich mich modischer kleide, als statthaft ist? Wegen meines unverschämt guten Aussehens? Oder meines Charmes, der mir die Herzen öffnet? Oder weil ich versucht habe, zu den Reichen und Schönen zu gehören? Mir den Platz zu nehmen, der mir im Leben gebührt?«, fragte der Nekromant und fügte ein halbherziges »Majestät« hinzu.

Er unterbrach seine Arbeiten nicht. Urdith hockte mit dem Rücken zu seinen Begleitern auf dem Boden und salbte die Zeichen des Beschwörungskreises mit Öl. »Nur waren meine Methoden möglicherweise etwas unkonventioneller als die anderer Höflinge.« Er kicherte leise.

»Du zollst dir zu wenig Anerkennung«, sagte Fennek. »Wie bescheiden von dir und im Höchstmaß ungewöhnlich.« Er wandte sich Gram zu. »Der gute Ozelot hier, für ihn waren die Leiber der Toten nur Mittel zum Zweck. Es waren ihre Seelen, die ihn begeisterten.«

Greskegard schmunzelte über sein Wortspiel.

»Ich wollte nur mein Stück vom Kuchen abhaben, Sire«, maulte der Nekromant.

»Du wolltest Macht über den gesamten argasischen Adel«, widersprach Fennek über die Schulter hinweg. »Gesichert hat er sie sich durch Erpressung«, fuhr er an Gram gewandt fort. »Er hat die Toten nach der Schmutzwäsche der Lebenden befragt, nach dunklen Familiengeheimnissen und verbotenen Gelüsten gewühlt, nach Flecken auf der Brokatweste geschnüffelt. Auf diese Weise hat der gute Ozelot hier nicht nur ein Vermögen an Schweigegeldern eingefahren, sondern wurde zu einem wandelnden Widerspruch: Er war der angesehenste Mann in Argas und zugleich der am meisten verachtete.«

»Per Aspera ad astra, Majestät«, sagte Ozelot Urdith und hob die Achseln.

»Durch das Raue zu den Sternen?« Fennek schnaubte. »Davon kann in deinem Fall kaum die Rede sein.«

Gram sah aus, als wolle, müsse er ausspeien und nur

sein Diensteifer hielte ihn zurück. Falls dies möglich war, so war der Erzketzer noch tiefer in seiner Achtung gesunken.

»Sire, ich bitte Euch!« Ozelot deutete spöttisch eine Verbeugung nach argasischer Hofsitte an. »Was Ihr verachten mögt, ist eine Kunst, eine hohe Wissenschaft. Die Kenntnis von den Paraphernalia, von Mathemagie. Der profunde Einsatz der Astronomie und Astromantie …«

»Genug davon!«, schnitt Fennek ihm das Wort ab. »Verschone uns, Ozelot.«

»Wie Majestät wünschen. Tragen Majestät das Artefakt bei sich?«

Fennek gab Gram ein Zeichen. Der Hauptmann ließ Urdith keine Sekunde aus den Augen, begab sich zum Aufgang der Krypta und stieß einen Pfiff aus.

Einer der Myrmidonen kam die Treppe herunter. Er hielt ein versiegeltes Paket in den Panzerhandschuhen. Der Gesichtsausdruck des Soldaten ließ keinen Zweifel an dem Ekel, den er empfand. Er wirkte, als müsse er ein Bündel Giftschlangen abliefern.

»Sie ist echt«, raunte Ozelot.

»Was hast du erwartet, Totenbeschwörer?« Fennek verzog höhnisch die Lippen. »Nur weil ich ein höheres Amt innehabe, habe ich mein Handwerk nicht verlernt.«

»Ist es eine von meinen eigenen?«, wollte Ozelot wissen.

»Spielt das eine Rolle?«, fragte Greskegard.

»Nein. Nennen wir es einen Anflug von Nostalgie«, sagte der Nekromant.

»Nennen wir es belanglose Zeitschinderei«, gab der Archont zurück.

Grams Gesicht war nicht minder angewidert als das seines Untergebenen. Er rammte dem Totenbeschwörer das Paket mit Wucht in die Arme. Man sah ihm an, wie froh er war, es los zu sein.

»Obacht!«, raunzte der Nekromant. »Solche Kleinodien sind unersetzlich. Sie zu fertigen erfordert Zeit und Aufmerksamkeit. Seit die Leute nur noch enthaupten und der Strick aus der Mode ist, wird es immer schwieriger.«

Ehrfurchtsvoll stellte er das Paket auf den Sockel einer Statue neben der Grabplatte und begann damit, es auszupacken. Als er fertig war, sah man im Halblicht eine Scheußlichkeit.

»Was beim Schwert des Lichtfürsten ist das?«, entfuhr es Gram.

Es war eine Hand. Die Hand eines Mannes, haarig und pechschwarz. Am Gelenk abgetrennt und aufrecht stehend. Halb geöffnet, als würde sie einen Reichsapfel halten. Aus jeder der Fingerspitzen ragte ein Docht aus rotem Wachs in die Höhe.

»Eine Ruhmreiche Hand«, sagte Greskegard. »Dabei handelt es sich um ein machtvolles schwarzmagisches Artefakt.«

»Eigentlich soll sie Wünsche erfüllen. Der Geist ihres Trägers haftet noch daran und stellt seine Macht aus dem Jenseits zur Verfügung.« Ozelot klang, als würde er aus einem Lehrbuch zitieren.

»Es ist die Hand eines zum Tode Verurteilten«, übernahm Fennek. »Genauer gesagt, die Hand eines Gehängten. Jeder entzündete Finger der Kerze steht für einen Wunsch, den der gebundene Geist erfüllen muss. Körpertalg, Schuppen, Speichel, Sperma und noch unappetitlichere Teile des Toten wurden alchemagisch damit verbunden. Sie verhindern, dass der Geist des Delinquenten in das Paradies des Lichtfürsten eingehen kann.«

Oder eher nach Scathach, bei all dem, was wir jetzt wissen, dachte Fennek. *Wenn nur die Hälfte dessen wahr ist, was dieser Templer, die*

Titanenkultisten und der Totenkaiser an Wissen preisgegeben haben, können wir uns die Sache mit dem Paradies des Lichts oder dem Schlummer der Sharis abschminken, sobald wir abtreten.

Vielleicht war dies nicht das Schlechteste. Er dachte an seinen wiederkehrenden Albtraum. An Morven und Sanftleben. Er verspürte kein gesteigertes Verlangen nach einem Wiedersehen.

»Du denkst, dass dein System funktioniert?«, fragte Greskegard. »Dass du mit der Ruhmreichen Hand Balthus hierher beschwören und ihn zwingen kannst, meine Fragen zu beantworten?«

Der Totenbeschwörer nickte eifrig. »Es wird funktionieren. Ich habe das schon öfter gemacht. Es vereinfacht den Prozess bei unwilligen Geistern immens. Wir benutzen den gebundenen Geist des Delinquenten als Fokus, als Verbindungstunnel ins Jenseits. Die Formel, die ich ersonnen habe, zwingt den Geist aus dem Artefakt in die Vergessenheit und bindet den frisch beschworenen Geist in das Artefakt. So wird er zum neuen Bewohner der Hand. Das Problem ist, dass die Anker in der Welt der Lebenden – Gewebe, Fingernägel und so weiter – nicht die des neuen Geistes sind. Bedenkt also, Sire, dass Ihr nur fünf Fragen zur Verfügung habt. Eine für jeden Finger, daher stellt sie weise. Der Knecht ist danach wieder frei.«

»Ich werde deine Hinweise beherzigen«, sagte Greskegard. »Beginnen wir!«

Ozelot verneigte sich. Er nahm ein arkanistisches Feuerzeug zur Hand und entzündete die Dochte der Ruhmreichen Hand. Dann trat er gemessenen Schrittes in den Beschwörungskreis, direkt zu Füßen des Sarkophags. Abrupt riss der Nekromant die Arme hoch und intonierte einen Singsang.

Feuerschalen loderten auf, und milchblaue Flammenzungen leckten empor, tauchten Gesichter und Körper der Anwesenden in harte Kontraste.

Ein beißender Dunst breitete sich aus. Der Gestank war bestialisch, ein Gemenge aus Schwefel und einer Komponente, die eher Gefühl als Geruch war. Eine Verzweiflung, so tief, dass die Anwesenden dem Drang widerstehen mussten, sich an Ort und Stelle die Haare zu raufen und die Gewänder zu zerreißen.

Das wenige Licht, das die Kerzen spendeten, verwandelte sich, wurde irgendwie schmutzig. Flecke tanzten über die Wände, die wie Ölpfützen wirkten. Im Zusammenspiel mit den harten Schatten der blauen Feuerbecken bildeten sie einen Reigen der Formlosigkeit.

»Wir rufen dich, Balthus von Fomor!«, rief Ozelot. »Spreng das Gefängnis, das deine Seele hält, wo auch immer du sein magst!«

Als Nächstes sank die Temperatur in der Krypta. Raureif kroch an den Wänden empor, an den Schuhen der Anwesenden. Wie alle Gebäude der Zitadelle lag auch die Grabkammer unter dem Schutz der Nebelkuppel der Penta, die auch im Winter für eine gleichbleibend milde Temperatur sorgte. Doch auf einmal wurde es bitterkalt. Fennek und seine Begleiter stießen Atemwölkchen aus.

»Die Welt der Schatten lass zurück, die Welt des Fleisches ruft nach dir. Du kannst dich meiner Macht nicht widersetzen, Balthus. Sie befiehlt dem Tod, dich freizugeben! Sharis hat keine Macht über dich. Ich allein beherrsche dein Wohl und Wehe, Geist! Erscheine!«

Urdith intonierte Formeln in der alten Hochsprache. Nicht zum ersten Mal bemerkte Fennek, wie sehr der Formelkanon der Wirker und ihre Sprache den Ritualen der Nebelmacher ähnelten. Mit Sicherheit war dies kein Zufall.

Die Kerzen verloschen schlagartig, nur die Feuerschalen und die Finger der Ruhmreichen Hand loderten. Ein unirdisches Brausen und Heulen erfüllte die Krypta, ein machtvoller Wind, der Haare und Kleider der Gruppe flattern ließ. Gram stellte sich schützend vor Fennek.

»Er ist hier!«, rief Ozelot, und im gleichen Moment riss der Sturm ab und wurde von einer unnatürlichen Stille ersetzt. Die Stimme des Nekromanten klang, als spräche er in einen Blecheimer. Bedächtig schritt er aus dem Beschwörungskreis.

Gegen die Finsternis war deutlich zu erkennen, wie sich die Flammen aus den Feuerbecken erhoben. Sie verließen die Schalen und verschmolzen in der Mitte des Kreises zu einem Ball aus kaltem Licht. Er vibrierte, Wellen liefen über seine Oberfläche. Fennek bekam eine Gänsehaut.

»Wo bin ich?«, fragte die unverkennbare Stimme des früheren Archonten. Jedem der Worte ging gegen jede Natur ein gedehntes Echo voraus, das sie in die Länge zog. Die Flammenkugel zitterte und verformte sich im Rhythmus der Stimme.

»Schwager?«, fragte Fennek, der Gram sanft beiseiteschob.

»Keine Fragen ohne die Hand, keine Informationen ohne Gegenleistung«, mahnte Ozelot. »Die Toten reisen schnell, aber sie lügen und feilschen noch viel besser. Er wird einen Körper verlangen. Verbietet es, Majestät.«

»Fennek? Ich kann so nicht mit dir sprechen. Die Dunkelheit. Scathach. Ah, so kalt. Fürchterliche Angst. Es gibt nichts hier. Nichts. Kein Licht. Nur endlose Abwesenheit von allem und ihren Hunger.«

Fennek bemerkte die Verwunderung in Ozelots Gesicht bei den Schilderungen der Unterwelt. Auch den Archonten überlief es dabei eiskalt, aber er war sich sicher, dass der Nekromant aus anderen Gründen so verwirrt und erstaunt reagierte.

Hatten die Geister früher, vor Urdiths Einkerkerung, ein anderes Dasein nach dem Tod beschrieben? Und wollte Fennek wirklich eine Antwort auf diese Frage? Der Eindruck, dass die Paradiese eine Lüge waren, verdichtete sich. Er verwarf den Gedanken und konzentrierte sich auf das Hier und Jetzt.

»Ich bin es, Balthus«, sagte Greskegard. »Ich habe dich gerufen.«

Er sah die Ruhmreiche Hand an und erinnerte sich, was Ozelot ihm bereits Stunden vor dem Ritual aufgetragen hatte.

»Fünf Fragen habe ich, fünf Antworten fordere ich«, gebot Fennek formelhaft.

»Gib mir warmes Fleisch, in das ich mich kleiden kann«, gurrte der Geist. Er klang lüstern.

Grams Hand wanderte zum Schwertgriff. Ozelot bedeutete ihm, dass alles in Ordnung sei, doch der Wächter sah nicht überzeugt aus.

»Gib mir einen Leib, auf dass wir sprechen können«, lockte das Phantom erneut.

»Nein«, sagte Fennek. »Unser Wille bindet dich. Die Hand bindet dich. Du wirst dich fügen!«

»Verdammt sollst du sein, Fennek Greskegard, du Krämerseele!«, fauchte der Geist. »Ich habe dich immer verachtet.«

Greskegard ließ sich nicht provozieren. Er hatte geduldig gewartet und lange überlegt, was er erfahren wollte. Er stellte seine erste Frage.

»Stell dich hinten an, aber ich warne dich. Die Schlange derer, denen es ebenso geht, ist lang. Schwager, wieso hast du die Familie deines Weibes, meine Familie, ausrotten lassen?«

Gram fuhr zusammen, als aus der Ecke der Krypta bei dem Altar ein unwirkliches Kreischen zu vernehmen war. Der kleine Finger der Ruhmreichen Hand krümmte sich und zerbröselte.

»Ah«, raunte das Phantom, »immer auf den Punkt, nicht wahr? Kein langes Drumherumgerede!«

»Beantworte die Frage, Geist, bei Schatten, Flamme und meinem Willen! Ich verlange es!« Ozelots Augen waren milchweiß wie die eines Blinden, und er ballte die Hände zu Fäusten. Die Flammenkugel reagierte augenblicklich. Sie schien Schmerzen zu leiden.

»Damals kam er zu mir«, sagte das Phantom. »Ich saß noch nicht lange auf dem Thron. Indomit, der Prior der Arkanistengilde, war so jung wie ich, und wie ich war er frisch eingesetzt und durfte zum ersten Mal von der Macht und der Herrschaft kosten. Er war es, der mir befahl, deine Familie zu töten.«

»Indomit? Er befahl dir?«, schnaubte Fennek. »Der Bastard war doch auch dein Meister, bevor du gefallen bist?«, fragte er an Ozelot gewandt.

Der Nekromant lächelte, was ihm mit dem Weiß seiner Augen etwas Verstörendes verlieh. »Er war *einer* meiner Meister«, sagte er. »Bevor ich *aufgestiegen* bin.«

»Ein Narr warst du«, höhnte das Gespenst. »Unter seiner Ägide hättest du es weit bringen können. Du hast ja keine Ahnung, wem er dient.«

Greskegard brachte Ozelot mit einer Handbewegung zum Schweigen, bevor dieser aufbegehren konnte. »Wem dient er denn?«, fragte der Archont.

Mit einem Knistern erlosch der Ringfinger der Ruhmreichen Hand und zerbröckelte.

»Hast du es dir immer noch nicht zusammengereimt, Cousin? Die Anzeichen seiner Rückkehr waren doch so deutlich zu lesen. Ich habe mich mit einem Teufel eingelassen – und dafür bekommen, was ich verdient habe.«

»Lass das kryptische Geschwätz, Schemen!«, befahl Greskegard. »Die Hand bindet dich, beantworte die Frage.«

»Wie du wünschst, Fennek. Doch die Antworten werden dir nicht gefallen«, hauchte das Phantom.

»Lass das meine Sorge sein, Balthus. Das Leben ist nichts als eine Aneinanderreihung unerwünschter Antworten.«

»Deine Familie starb, damit ihre Macht sich sammeln konnte. Ebenso wie mein geliebtes Weib. Und ultimativ auch meine Tochter.«

Der Geist legte eine Kunstpause ein, zweifelsohne um seine Peiniger zu einer Zwischenfrage zu verleiten.

Doch Fennek ging nicht darauf ein.

»Morven«, klagte das Phantom. »Ich weiß jetzt, dass du sie getötet hast. Ihre Macht hätte auf dich übergehen müssen, denn das ist der Fluch eures Blutes. Der Totenkaiser war jenseits von Leben und Tod, darum warst du der Letzte. Doch du hast sie mit einer Runenklinge getötet, die die Macht absorbierte, die sie ausmachte.«

»Du sprichst noch immer in Rätseln. Ich kann nicht behaupten, dass mir dies zusagt!«

»Ich stellte Nachforschungen an«, fuhr der Lichtball ungerührt fort. »Über Indomit. Ließ ihn verfolgen. Er traf einen Mann, nur Wochen nachdem ich getan hatte, was er und sein Meister verlangten. Nachdem ich die Familie meiner Frau auslöschte, dich ins Exil verbannte und dir eine Aufgabe gab, die dich vom Thron fernhalten sollte. Es war ein gefallener Arkanist. Ich fragte mich, was der Meister dieser Zunft mit einem gefallenen Aussteiger zu bereden hätte.«

»Eine gute Frage«, meinte Fennek.

»Man trug mir zu, dass es dieser Ketzer, dieser niedere Arkanist war, der seinem Zunftmeister Indomit Anweisungen erteilte, nicht umgekehrt. Er ließ sich in dieser Nacht Dinge von Indomit aushändigen. Artefakte.«

Greskegard spürte, dass sich ein Klumpen in seinen Eingeweiden zusammenballte. Etwas, das nur aus kalten Vorahnungen, Unglauben und Dingen, die man nicht wissen wollte, bestand. Er ballte die Hände zu Fäusten, so sehr, dass die Fingernägel Blut aus den Handflächen treten ließen.

»Eines davon war ein goldener Skarabäus. Dein Name fiel, Fennek. Indomit nannte seinen so unpassenden Kontaktmann den ›Ersten der Heimkehrer‹. Jahre bevor mir dieser Begriff von meinen Spionen und dir zugetragen wurde, war es in den Straßen gefallen, weißt du?«

Gram trat vor. Er musste Fennek stützen, der das Gefühl hatte, seine Knie bestünden mit einem Mal aus Froschlaich. Der Myrmidone hielt seinen Herrn am Arm, und Fennek lehnte sich an den Sarkophag des Mannes, dessen Seele ihn einige Schritte entfernt verhöhnte.

»Ist dir nicht wohl, Schwager? Soll ich aufhören?«, spottete der Geist. »Dafür ist es jetzt etwas zu spät, findest du nicht? Aufhören konnte ich auch damals nicht. Mein Stern stieg. Meine Macht wuchs. Meine Frau war das nächste Opfer, das Indomit und sein unbekannter Meister verlangten.«

Fennek wollte nichts mehr hören. Er hatte mit dem Schwert in der Hand vielen Schrecken getrotzt, doch diese Worte machten ihm mehr Angst als seine eigenen Kräfte oder das Erwachen der Titanen.

»Mein Weib«, fuhr der Geist mitleidlos fort. »Der Erste der Heimkehrer war dabei, als Indomit Gehorsam im Namen des Meisters verlangte. In der Gestalt eines gefallenen Arkanisten stand der Erste schweigend dabei und sah mich mit seinen toten Augen an. Da war ich, der mächtigste Mann der Welt, auf dem besten Wege, Herr aller Pentae zu werden, und fürchtete mich vor einem abgehalfterten Straßenhändler. Vor einem, vor dem der Meister aller Magierhandwerker genauso katzbuckelte wie ich. Und immer, immer marterte mich die

Frage: Warum mein Weib? Warum ihre Familie? Warum nicht mein verdammter Taugenichts von einem Schwager? Warum nicht du, Fennek?«

Das Phantom gab einen gequälten Laut von sich.

»Am Ende noch meine geliebte Tochter«, fuhr das Phantom fort. »Ich hatte sie in dem Kloster des Lichtordens vor der Welt und diesem Monster versteckt, war dir das klar? Sie hätte es nie verlassen dürfen. Doch eines der Wesen, einer dieser Heimkehrer, befahl in Gestalt eines Haushofmeisters seinem Herrn, Falcatt, meine Morven als Leibwächterin anzufordern. Das war ihr Untergang.«

Der Geist ließ ein lang gezogenes Seufzen vernehmen.

»Noch Wochen vor ihrem Tod besuchte ich das Kloster heimlich, beobachtete meine Morven aus der Ferne. Dabei sah ich ihren Kameraden, mit dem sie trainierte. Und er sah mich. Ein Tempelritter. Blond, gutaussehend. Solus Terbast.«

»Er führt einen Zweihänder?«, murmelte Greskegard. Es knirschte. Zu spät begriff er, dass er eine Frage vergeudete. Es war ihm gleich. Die Vorahnung hielt ihn in einem erbarmungslosen Klammergriff.

»Das tat er. Es waren die Augen«, sagte das Phantom. »Es war ein anderer, weitaus jüngerer Mann, der dort mit meiner Tochter trainierte, wo ich sie sicher wähnte. Doch in den Augen lag etwas, das ich wiedererkannte. Ein anderer Mann und doch dasselbe Geschöpf wie vor Jahrzehnten in meinem Thronsaal.«

»Der Erste der Heimkehrer«, flüsterte Fennek.

»Ein und derselbe wie der, der dir dereinst deinen Skarabäus verkaufte«, sagte der Geist. »Um dich vorzubereiten. Um das latente Talent zu stärken und zu wecken, das von all deinen toten Verwandten auf dich, mein Weib und unser ungeborenes Kind Morven übergegangen war. Und auf Clach.«

»Es war kein Zufall, dass du den Totenkaiser angeheuert hast, um alle zu töten«, sagte Fennek.

»Es gibt keine Zufälle«, erklärte Balthus. »War das nicht stets dein Motto, Schwager? Ihr alle, mein Weib, meine Morven, du und dieser verfluchte Nebelmacher – ihr seid über Umwege miteinander verwandt. Eine einzige Familiengeschichte steht hinter all diesem Leid. Ihr seid Nachfahren Tholans, des Sohnes von Vortigern. Alle Nebelmacher sind das auf die eine oder andere Weise. Im Gegensatz zu den Wirkern und Arkanisten tragen sie das Erbe wahrer Magick in sich, nicht nur den Funken, den man für mindere Zauber braucht. So viel habe ich mir über die Jahre zusammengereimt oder von meinen Spionen erfahren, die Indomit beobachtet haben.«

»Aber warum?«, fragte Fennek. »Zu welchem Zweck?«

Ein weiteres Knirschen. Nur noch der Daumen war übrig.

»Das habe ich nie erfahren«, sagte Balthus. »Als mir aufging, dass der Erste der Heimkehrer eigene Ziele verfolgte, die sich von denen der neuen Macht, der Titanen, unterschieden, begriff ich etwas. Dass ich niemals Erzarchont aller Pentae werden würde. Als du den Körper meines ermordeten Kindes zu mir brachtest, war mir klar, dass in Wahrheit du dahintersteckst.«

»Du hast mich begnadigt.« Fennek straffte sich. Zwang sich, die Furcht und das Grauen über diese Entwicklungen in Brennstoff für seinen Verstand zu verwandeln, wie er es zeitlebens getan hatte.

»Ich nahm an, du würdest dich all dem in den Weg stellen. Dass du irgendwie aus der Formel des Tyrannen gefallen seist«, sagte der Geist. »Ebenso wie Clach und Morven. Als du mir berichtet hast, dass dich dieser Solus Terbast angegriffen hatte, hoffte ich, du würdest die Entwicklung der Ereignisse stoppen können.«

»Solus Terbast«, sagte Fennek. »Er war es, der mir später den Schlüssel zur Freiheit verriet. Ich scheine doch einen Wert für ihn bekommen zu haben. Er war es nach meinen Recherchen auch, der deine Tochter befreite, nachdem sie dem Heimkehrer Ashavar in die Hände gefallen war. Egal, wohin ich sehe, erblicke ich die Hand dieses Vortigern-Lakaien. Solus Terbast dient dem Tyrannen von Khael über das Grab hinaus.«

Nur dass Solus mir gestanden hat, dass er seinen Meister betrügen würde, dachte Greskegard. *War das auch nur ein Ränkespiel? Ist er dem Erzmagus treu ergeben?*

»Nur Clach ist ein unbeschriebenes Blatt«, sagte er. »Niemand schien ihn auf seiner Rechnung zu haben.«

»Soweit ich dies ermitteln konnte, ist er ein Bastard. Ausgesetzt, da seine Existenz für die Greskegards eine Schande bedeutet hätte«, sagte der Geist.

Sieh an, der Totenkaiser und ich sind also über Ecken verwandt. Das erklärt, warum es uns stets zueinander hingezogen hat wie die Fliege zum Leimpapier. Wir haben eine mystische Verbindung.

»Und ganz zufällig ist er von der Straße in die Arme des Tempels der Sharis geraten.« Fennek verzog das Gesicht. »So wie deine Tochter von dir in den klösterlichen Schutz des Lichtordens geführt wurde. Ein Geschöpf, geschaffen für das Dunkel und von der Todesbotin selbst ausgebildet, das andere der Unschuld des Lichts anvertraut. Wenn das nicht nach einem rituellen Hintergrund riecht, der eines Erzmagiers würdig ist, lege ich mein Amt nieder und begnadige sämtliche Erzketzer, die ich einkassiert habe.«

»Ich brauche kaum jemandem zu sagen, was es für die Welt bedeutet, wenn der Tyrann von Khael wahrhaftig zurückkehren kann, oder?«, fragte Ozelot Urdith, und seine Stimme klang dünner als die des Phantoms.

»Ich habe so den Verdacht, dass er bereits zurück ist.« Fennek hatte einen Finger nachdenklich an die Lippen gepresst. »Balthus, was sagt dir ein Wesen, das einem Meuchler ähnelt und uns in unseren Träumen besuchen kommt? Kennst du es?«

Die Ruhmreiche Hand zerfiel zu Staub, violette Nebel stiegen an ihrer Stelle auf.

»Ja«, hauchte das Phantom. »Es hat mich besucht, wenn Indomit anderweitig beschäftigt war. Es übertrug mir Aufgaben. Ich sollte Vergünstigungen für die Arkanisten erlassen, für das Ableben gewisser Leute sorgen, die dem Geheimnis zu nahegekommen waren … solche Dinge. Sind deine Fragen damit beantwortet, Schwager? Ist deine Neugierde gestillt?«

»Ja, ich gebe dich frei. Ich habe zwar einen Haufen neuer Fragen, aber die Antworten darauf hole ich mir anderswo.«

»Danke«, wisperte das Phantom und verflüchtigte sich.

Fennek wandte sich Ozelot Urdith zu. »Wir sprachen über zweite Chancen, Nekromant, erinnerst du dich?«

»Sire?«, fragte der Totenbeschwörer.

»Wie es aussieht, wird bald eine Stelle als Prior aller Arkanisten dieser Welt frei«, versetzte Fennek. Von grimmiger Entschlossenheit erfüllt, schritt er aus der Krypta.

Er kam nur einige Schritte weit, als ihm aufging, dass Ozelot nicht folgte. Fennek wandte sich um.

»Sire«, sagte der Nekromant. Er stand wie angewurzelt neben dem Sarkophag. »Etwas stimmt nicht. Da ist eine Präsenz.«

»Drück dich klarer aus, mein guter Ozelot. Was für eine Präsenz? Wo ist sie?«

»In mir«, sagte Urdith, und seine Augen wurden so schwarz wie die Nacht.

9. Ormgair

Das Raubtier sah den Thingplatz aus der Ferne. Mit jedem Schritt, den es und seine Begleiter taten, kam der heilige Ort aller Stämme näher. Es war so eisig, wie man es von einem Abend im Eisenwinter erwarten durfte. Das Nordlicht wiegte sich hinter vereinzelten Löchern im Nebel. Die Luft biss nasskalt, aus dem Himmel fielen wattige Schneeflocken.

Der Geruch der Feuer und der Körper tanzte in der Brise. Und obwohl der Körper des Raubtiers solch scharfe Sinne gar nicht hatte, nahm es jede Nuance des Hauchs der Ambosskrieger wahr.

Der Boden und die Heide lagen unter einer weißen Decke, die im Licht des sterbenden Tages glitzerte. Bald würde der Schnee dampfen von dem köstlichen Rot, das fließen würde. Das Raubtier würde dafür sorgen.

Es war nicht allein. Es hatte drei Begleiter dabei, doch es erkannte keinen Einzigen von ihnen, obschon es sein Leben mit ihnen verbracht hatte. Es kannte auch nicht ihre Namen oder ihre einstigen Berufungen für den Stamm des Pferdejarls. Der Pferdejarl war tot, und es war gut so. Es gab nur noch das Rudel.

Der Seher hatte seinen Nutzen davon gehabt, dass der Pferdejarl bei einem Aufstand gegen den Erdmeister Fomor gestorben war. Viele Kameraden des Menschen, der jetzt das Raubtier war, rangen um die Führung des Stammes. So konnte sich der Seher darum kümmern, dass der Wille der Titanen durchgesetzt wurde.

Das Raubtier und sein Rudel waren mit einer Aufgabe betraut. Sie gab ihrem Hier und Jetzt, ihrem Dasein im Moment, einen Sinn. Den Sinn, heißes Rot zu vergießen und des Pochens ihrer Herzen in der Taufe des Kampfes.

Der müde alte Wolf mit den zerschlagenen Knochen, der alles beleidigte, wofür das Raubtier und sein Rudel standen, wofür die Krieger des Amboss standen – er musste sterben. Zu lange verweigerte er sich dem Willen der Titanen. Dem Willen der Natur, dem sich alles dereinst fügen musste. Zu lange klammerte sich dieser Greis an ein Leben, das nur das Hexenschwert ihm gewährte.

Die Titanen wollten, dass der alte Mann dem Gesetz von Zahn und Klaue folgte. Dass er seinen Platz in den Reihen der Ahnen einnahm und zum Firmament emporfuhr, wie es seine Pflicht war.

Einen der Heimkehrer der Titanen hatte der alte Mann vor einigen Monden auf dem Thingplatz vernichtet. Ein Frevel. Es durfte keinen zweiten geben. War der Nebeljäger erst einmal fort, stellte das Schwert keine Gefahr mehr dar.

Im Moment war er abgezehrt, angreifbar und musste auf die Klinge verzichten. Die ideale Beute. So hatte es der Heimkehrer dem Seher erklärt – und der Seher dem Raubtier in Worten, die es nach seiner Verwandlung noch begreifen konnte.

Das war vor zwei Nächten gewesen, als das Raubtier noch einen Namen gehabt hatte. Als das Raubtier ein Geschöpf aus dem Stamm des Pferdejarls mit einem weniger würdigen Daseinszweck gewesen war.

Das war gewesen, bevor der Seher und seine Häscher Krieger der Kreen gefangen und ihre Haut genommen hatten. Jene Haut, die das Rudel jetzt statt seiner eigenen Hülle trug, durchdrungen von der Macht und dem Willen des Sehers.

Bereit zuzuschlagen. Bereit, das heiße Leben zu vergießen. Doch noch nicht. Noch nicht. Das Raubtier wusste, dass der Zorn an seinen simplen Gedanken nagte, nach nichts mehr verlangte als erlösender Befreiung. Dass die Wut sich reinwaschen und salben wollte im Fluss aus Rot, den das Rudel über seine Ufer treten lassen würde.

Doch die Befehle des Sehers waren eindeutig: Schlagt erst zu, wenn der Alte in eurer Reichweite ist!

Die Häute, die das Rudel trug, würden es wie das Tun der Kreen erscheinen lassen – lebenslange Erzfeinde des Greises, wie das Raubtier wusste.

Das Rudel näherte sich dem Eingang der Zeltstadt. Die Gerüche der Kochfeuer, Tiere und Latrinen drohten, die Sinne der Bestie zu überwältigen.

Das Innere des Raubtiers zuckte vor Unruhe. Es nahm die Welt durch einen Schleier aus Rot wahr, der immer dichter, von Herzschlag zu Herzschlag unüberwindlicher wurde. Die Bestie im Inneren des Raubtiers rüttelte an den Ketten, nahm mit jedem Augenblick mehr vom Verstand ihres Gefäßes an. Der Mund war trocken, Hände und Fußspitzen des Raubtiers kribbelten.

Es war nicht mehr weit bis zum Zelt des alten Mannes.

»Heda, Kreen – ich sehe euch!«, rief eine Stimme. »Von der Jagd zurück?« Es war ein Ambosskrieger des Bärenstammes, der mit zwei Kameraden Wache hielt. Er trug seine Pelze so wie das Raubtier seine fremde Haut. Axt und Rundschild lagen griffbereit beim Feuer.

»Wir … sehen euch«, knurrte das Tier mit Mühe. Es spürte, dass die Lippen der Stimme nur schwer folgten. Muskeln und Haut waren zu verschieden, weil sie zwei Männern gehörten.

Der Wachmann winkte ab und setzte sich. Das Raubtier und sein Rudel gingen vorbei.

»Verfluchte Kreen-Hunde«, sagte der Barbar des Bärenstamms, als er das Rudel außer Hörweite glaubte. »Die Pocken über sie, sage ich! Nicht genug, dass unser Jarl tot ist und sich die Fürsten um die Stammesherrschaft balgen. Seit Monden schon sitzen wir hier am Thingplatz statt in unseren Winterhöhlen. Und das mit solcher Nachbarschaft!«

Das Raubtier war kein Kreen. Es war nur noch im entfernten Sinne menschlich. Die Worte des Wächters trafen es nicht, während es über den verschneiten Boden schritt.

Was hingegen heiß wie ein glühender Draht in seine Ohren schnitt, war die Aggression in den Worten, die geäußerte Herausforderung.

Das Raubtier fühlte, wie sich sein Mund mit Schaum füllte, während sich die Hände öffneten und schlossen und der Hunger nach dem Rot unerträglich wurde.

Doch der Zwang des Meisters war so unüberwindlich wie eine Mauer aus Stahl. Das Raubtier knurrte die Rudelkameraden an, ihren Blutdurst zu bezähmen.

Das Rudel hielt Abstand von den Feuern und den Gruppen der Zelte der verschiedenen Stämme. Zielgerichtet strebte es dem See zu, der den Mittelpunkt der Zeltstadt bildete.

Die Wasser waren gefroren und nur von der umgebenden Winterheide unterscheidbar, wo der Wind den Schnee verweht hatte. In der Mitte des Sees lag die Insel, auf der sich die Monumente und der Thingplatz befanden.

Dort, bei den Behausungen der Seher, erhob sich das Lager, in dem sich der alte Mann erholte.

Dort stand das Zelt, in dem er sterben würde.

Das Rudel, das für einen Beobachter wie eine weitere Gruppe Ambossbarbaren aussah, wechselte die Gangart, wurde schneller. Die Krieger liefen mit den ausholenden Bewegungen jagender Wölfe, hielten auf die Jurte zu, die der Seher ihnen beschrieben hatte. Der Geruch des alten Mannes kam von dort.

Das Raubtier stieß ein Knurren aus. Die Ambosskrieger hatten keine Wachen aufgestellt, obwohl der Thingplatz ein heiliger Ort war. Eine Nachlässigkeit. Viele von ihnen würden deswegen sterben und den Blutdurst des Raubtiers laben, nachdem der Greis sein Leben ausgehaucht hatte.

Holz und Metall klapperten, als das Rudel seine Waffen bereitmachte, Schwerter, Äxte und Hämmer. Jetzt, da sie das Ziel erreicht hatten, konnten das Raubtier und seine Kameraden alle Vorsicht fahren lassen. Sie preschten mit Macht vor.

Mit einem Heulen hastete das Raubtier voran. Die Bartaxt hob sich und ging mit dem Reißen von Leder und Stoff nieder. Das Rudel zwängte sich durch den Spalt ins Innere der Behausung, die Waffen bei den Händen und bereit, jeden zu zerfetzen, der sich im Inneren aufhielt.

Das Zelt war leer.

Einzig der Geruch des alten Mannes haftete an seiner Schlafstätte.

Ein Jaulen ungläubiger Frustration kam über die Lippen des Raubtiers. Die Rudelkameraden stimmten ein. Doch es war zu spät, um die Jagd zu beenden oder auf die neuen Umstände zu reagieren.

Der Zorn der Berserker war freigesetzt.

Brüllend und blutigen Schaum vor den Mäulern schlugen die Tobsüchtigen auf das Inventar des Zeltes ein. Holz und Elfenbein splitterten.

Das Rudel entlud seine Raserei. Es war das Raubtier, der

Anführer, der das Geräusch von draußen hörte und als Erster durch den Schlitz in der Zeltwand zurück ins Freie stürmte.

Der Schmerz eines Pfeils erblühte in seiner Schulter, nicht mehr als ein ablenkendes Jucken und ein müder, blasser Blitz in seinem Geist. Es folgten zwei weitere. Mit einem Aufheulen brach das Raubtier die Fremdkörper ab, die aus seinem Leib ragten.

Vor sich sah und roch es die Gestalten, die sich in seinem fiebrigen Gehirn zu nicht mehr als flackernden Schemen zusammensetzten. Schemen, in denen das köstliche Rot floss. Das Einzige, was die schmerzende Wut im Inneren des Raubtiers zu lindern vermochte, salzig und heiß und unendlich duftend.

Viele Schemen, die das Rudel töten würde.

Töten, töten, töten.

Neuerlicher Schmerz, noch mehr Bisse von hölzernen Insekten im Fleisch des Raubtiers.

Weiter, weiter, immer weiter!

Etwas traf das Raubtier in der Flanke, größer und massiger als der Körper des Berserkers. Das Raubtier registrierte dumpf, dass bei dem Angriff etwas in seinem Inneren zerbrach.

Es fauchte und schlug mit seiner Bartaxt zu. Funken stoben, loderten schmerzhaft hell auf. Die Beute hatte den Schlag pariert. Schmerz im Arm, ausreichend, dass er den roten Schleier zerbrach.

Ask'uir Fangbrecher ließ seine mächtige Zweihandaxt wirbeln. Er grinste breit, fühlte sich lebendig. In der Eiseskälte glühte sein Gesicht. Feine Blutstropfen sprenkelten den Schnee vor dem Zelt.

Doch der Berserker der Kreen schien den Schnitt nicht

wahrzunehmen und stürmte ungerührt weiter vor, hieb erneut mit seiner Axt zu.

Einmal mehr lenkte der Huskarl den Schlag ab. Eine Serie stürmischer Hiebe war die Antwort, jeder mit mehr Macht ausgeführt als der vorige.

Der Krieger des Bärenstamms spürte, wie ihn die Wut der Attacken in die Defensive drängte. Er riskierte einen Blick auf seine Männer. Sie hatten Mühe mit ihren Gegnern, schienen die Situation jedoch unter Kontrolle zu haben.

Noch.

Der kurze Blick war ein Fehler. Die Axt traf Fangbrechers Rumpf. Stahl schrammte über Stahl, als das Blatt der Waffe über seine Rüstung schrammte. Ask'uir heulte auf.

Sein Ringpanzer hatte dem Hieb widerstanden, doch die Metallglieder hatten sich schmerzhaft durch das Unterwams ins Fleisch gepresst. Ein oder zwei Rippen waren wohl gebrochen.

»Kreen-Ratte!«, heulte Fangbrecher auf. Er ließ die Zunge durch die Lücke gleiten, wo die Vorderzähne fehlten. Ein Geschenk von Ormgair Steinviper und die Erinnerung an eine Lebensschuld. Eine Ehrenschuld.

Ask'uir versuchte gar nicht, diesem Feind mit Tritten und ausgefeilten Manövern beizukommen. Er parierte Hieb um Hieb, tänzelte im Kreis um den Berserker.

Die Augen des Kreen fieberten unter einer Fellkapuze, roter Schaum rann auf seine Brust. Er warf sich brüllend nach vorn, schlug blindwütig und mit Macht zu.

Ask'uir war gezwungen, auf das Fenster für den Angriff zu warten. Er hoffte, dass es bald kam. Seine Arme wurden mit der Zeit unter den unerbittlichen Attacken taub, und er war zu schwerfällig, um einem solchen Feind auszuweichen. Ebenso wenig konnte er seine überlegene Reichweite ausspielen.

Er kassierte einen weiteren Treffer. Ein scharfer Schmerz, als das Axtblatt seines Gegners den Weg in seinen Oberschenkelmuskel fand. Der Blutgeruch stand in der eisigen Luft. Augenblicklich hatte er Auswirkungen auf den Berserker. Sie winselten wie eine Schar Kettenhunde.

Fangbrecher biss die Zähne zusammen. Das Fenster war gekommen. Der Kreen riss die Axt aus der Wunde und holte erneut aus. Es dauerte nur einen Herzschlag, doch das genügte.

Fangbrechers Zweihandaxt beschrieb einen Bogen. Das Rauschen der Luft, dem das befriedigende Gefühl des Treffers folgte. Das Axtblatt brach den Kreen auf wie Jagdwild.

Der ließ sich von der tödlichen Wunde nicht beirren. Noch während Fangbrecher seinen Streich zu Ende führte, sprang er vor.

Ask'uir taumelte nach hinten, konnte die Axt nicht hochbringen. Wie ein bösartiges Kind hing der kleinere Mann an seiner Brust. Er erklomm ihn, versuchte, Fangbrecher den Hals durchzubeißen.

Mit einem Aufschrei ließ der die Axt fallen. Zu spät, der Berserker hatte ihn aus dem Gleichgewicht gebracht. Ask'uir schlug hart auf dem Eis des Sees auf. Sein Hinterkopf hämmerte gegen das Innere seines Helms.

Sterne tanzten vor seinen Augen. Da gruben sich die Zähne des Rasenden in das Fleisch der Halsbeuge, suchten nach der Schlagader.

Fangbrecher packte den Kerl am Kragen, riss ihn zurück und rammte seinem Gegner die Stirn ins Gesicht. Die Nase des Kreen platzte unter Ask'uirs Helmschutz. Seine Zähne wurden regelrecht zersplittert, waren jetzt noch scharfkantiger.

Er ließ nicht los.

Fangbrecher schmeckte Blut. Ob seines oder das des anderen, wusste er nicht. Die Schmerzen machten ihn wahnsinnig, doch der Berserker hing an ihm wie eine Klette.

Von der Seite rammte jemand einen Speer durch den Rasenden, doch noch immer gab der Kreen Fangbrecher nicht frei.

»Stemmt ihn hoch!«, brüllte dieser.

»Skitja! Zieht ihn doch hoch, Männer!«, rief jemand.

Hände ergriffen den Speer, hebelten den Wahnsinnigen von Fangbrecher weg. Der Schmerz ließ nach. Er wurde zu Zorn.

Ask'uir stemmte sich in die Höhe, verdrehte dabei das Handgelenk des Angreifers, sodass es brach. Der Kreen musste loslassen. Der Bärenkrieger packte den kleineren Mann an der Kehle, ergriff mit der anderen Hand den Speer, riss den Todgeweihten in die Höhe und ließ ihn herabkrachen. Knochen brachen. Er trat mit Genuss in die Rippen des Kreen.

»Mich beißen willst du, Hundsfott?«, brüllte Fangbrecher und schleifte den noch immer um sich Schlagenden über das Eis zum Rand des Gewässers. Dorthin, wo die Kinder bei Tag angelten. Runde Löcher klafften dort in der Eisdecke.

Eingeweide entrollten sich hinter ihnen wie nassgraue Schlangen, färbten den Schneestaub. Es dampfte. Der Gestank hob sich von der Sauberkeit der Kälte ab.

»Trinken willst du?«, röhrte der Bärenkrieger. »Ha! Sauf dich tot! Aber nicht an meinem Blut!« Er führte den Rasenden am Speer wie ein Dompteur, stieß den Kopf des Kreen in eines der Eislöcher, und der Berserker verschwand unter der Schicht aus Eisbruch und Schneematsch.

Wasser sprühte, die gebrochenen Arme des Rasenden ruderten. Seine Beine zuckten, er versucht Halt auf der Eisfläche zu finden. Vergebens.

Fangbrecher ignorierte die Bemühungen seines Gegners.

Der Speer ruckte in seinen Händen wie ein Tier, Erschütterungen eines Lebens im Todeskampf gingen durch den Schaft und ließen ihn tanzen. Ask'uir setzte dem Todgeweihten den Stiefel in den Nacken und presste den Kopf der zappelnden Gestalt unter Wasser.

Die Bewegungen erlahmten, ließen nach.

Stille.

»Verfluchter Sohn einer Hündin«, knurrte Fangbrecher. Er stützte sich schwer auf den Speer und ließ den Blick über das Areal vor den Zelten der Ältesten schweifen.

Schnee und Eis dampften, vier reglose Körper lagen in ihrem Blut. Es rann über das Eis, der Wölbung der Insel folgend.

Einer der Toten war Chohail, ein Gefährte seit Ask'uirs Kindertagen. Fangbrecher ging zu dem abgetrennten Kopf des alten Freundes. Er musste bei dem Anblick gegen die Tränen ankämpfen. Behutsam hob er ihn auf und legte das Haupt des Waffenbruders zu dem Körper.

Die Huskarls zogen die Leichen der Kreen von ihren eigenen Gefallenen weg.

»Ein Angriff! Hier! Am Thingplatz!«, grollte ein Krieger namens Eigil und spie auf einen der getöteten Angreifer. »Den verfluchten Kreen ist nichts heilig!«

»Die Pocken über sie! Skitja!«, fluchte ein anderer Krieger. »Fangbrecher, du musst das den Völpen zeigen! Oder wenigstens einem der Heiler!« Der Krieger deutete auf die Wunde an Ask'uirs Hals.

»Diesen Kratzer?« Fangbrecher trat näher, um die Toten zu inspizieren. »Das ist nichts«, spielte er die schmerzende Verletzung herunter.

»Meinen Vaterbruder hat mal einer gebissen«, warnte Eigil. »Hat keinen halben Tag gedauert, da hat ihn das Stinkfleisch geholt.«

»Schon gut, schon gut, ihr klagt wie alte Weiber. Die Geisel soll sich die Wunde ansehen, zufrieden? Ihre Heilkunst ist mächtig.«

»Ich würde mir lieber *ihre* Wunde ansehen.« Der Krieger, der ausgespien hatte, grinste. Vom Hochgefühl des Kampfes erfüllt, griff er sich in den Schritt und vollführte einen obszönen Tanz.

Fangbrecher stieß ein drohendes Grollen aus. »Das hatten wir schon. Mir wurde bei ihrem Anblick auch die Rute hart. Alles, was es mir eingehandelt hat, war, dass mir der alte Wolf den Grind aus dem Schädel geklopft hat. Es ist Ormgairs Geisel, und ihr Hunde werdet ihr den Respekt zollen, den sie verdient!«

Fangbrecher tat einen Schritt auf den anderen Bärenkrieger zu. Doch er kam nicht weit. Hinter ihm ertönte ein Blubbern. Der Huskarl fuhr herum. Der ersäufte Anführer der Kreen war tiefer in das Eisloch gerutscht. Kopf voran schickte sich der Leichnam an, in der Tiefe zu versinken.

»Was ist denn da los?«, fragte Eigil.

Ask'uirs Blick folgte dem Fingerzeig. Der Huskarl deutete auf den Rand des Eislochs. Die Pelze und die Lederrüstung des Kreen versanken aus irgendeinem Grund nicht mit.

Ask'uir eilte hinzu, so rasch es seine Wunden erlaubten. Doch er war zu langsam. Der Körper des Toten glitt in diesem Moment unter das Eis.

Die anderen folgten Fangbrecher zu der Stelle. Als sie am Eisloch angekommen waren, begriffen sie, was geschehen war. Die Ausrüstung und die Kleidung des Kreen lagen um das Loch herum wie eine Schlangenhaut. Die Leiche hatte sie abgestreift.

Sie waren nicht das Einzige, was der Körper zurückgelassen hatte, als ihn die Schwerkraft unter Wasser gezogen hatte.

Einer der Männer bückte sich und hob an, was am Eisloch lag – und stieß einen Schrei aus.

»Skitja! Das ist seine Haut!«

»Hat sich gehäutet wie eine Natter«, brummte Ask'uir.

Hinter der durchsichtigen Wand trieb der Tote mit dem Rücken nach oben. Er war von fleischigem Rotweiß. Mit einem Quietschen hinterließ der Gehäutete einen Schmierfilm unter der Eisdecke. Das Blut seiner Muskelpartien vermengte sich mit dem Wasser, sodass es aussah, als würden aus dem Körper rote Wolken qualmen.

»Braucht ihr mehr Beweise?«, fragte Fangbrecher und wandte sich von dem widerwärtigen Anblick ab.

»Für was?«, fragte Eigil, der bedeutend schlechter darin war, die Furcht vor diesem übernatürlichen Ereignis zu verbergen.

»Dafür, dass der alte Wolf noch eine Zukunft hat, ehe sein Faden durchtrennt wird. Ein machtvolles Schicksal erwartet ihn. Unsere Schwüre an ihn werden uns doppelt und dreifach zur Ehre gereichen. Er wird es noch weit bringen in seinem letzten Winter. Ebenso wie jene, die ihm folgen.«

»Du meinst …?«

»Ich meine, dass ein Mann, den seine Feinde so fürchten, dass sie ihn als bettlägerigen, bewusstlosen Krüppel noch töten wollen, jemand ist, mit dem man rechnen muss. Ich bin gespannt, was denen als Nächstes einfällt.«

»Du glaubst, dass sie noch einen Versuch unternehmen werden, ihn zu vernichten«, stellte der Krieger fest, den Fangbrecher zuvor gemaßregelt hatte.

»O nein, das glaube ich nicht«, grollte Ask'uir. »Ich *weiß* es. Jetzt sind sie gewarnt. Beim nächsten Mal wird es anders kommen. Beim nächsten Mal wird es nicht beim Versuch bleiben.«

Fangbrecher schob die Häute zur Seite, die verhinderten, dass die Wärme aus dem Zelteingang entwich. Im Inneren herrschte schummriges Halbdunkel. Bis auf das Knistern des Torffeuers und die unregelmäßigen Atemzüge des alten Wolfs war es still. Es roch nach Kräutern und Arzneien, nach Moosen – und nach Krankheit.

Er ging zu einem der Zeltpfeiler und lehnte seine Axt an den Holzstamm. Ask'uir wärmte seine Hände an dem Feuer, bis das Leben in sie zurückgekehrt war.

»Wie ist sein Zustand?«, fragte er. Er konnte Ormgairs Körper nur mit Mühe ausmachen. Die Dunkelheit auf der anderen Seite des Schlafsacks war zu intensiv, mehr als den Glanz zweier Augen sah er nicht.

»Unverändert«, sagte die Stimme. Sie war die Essenz der Weiblichkeit, anschmiegsam und verlockend. Fangbrecher konnte sich ihrer Wirkung kaum entziehen. »Du bist verletzt«, stellte die Stimme fest.

»Es ist, wie du gesagt hast. Sie haben ihren Streich gewagt – wir haben ihn vereitelt.«

»Für dieses Mal.« Die Frau erhob sich, eine einzige fließende Bewegung in der Dunkelheit. Es erinnerte Fangbrecher an eine Riesenspinne, die sich entfaltete.

Die dunkelhaarige Schönheit schritt mit der Eleganz einer Pantherin auf ihn zu. Bis auf eine Decke aus Ziegenfell war sie nackt. Der Duft ihres Körpers stieg ihm in die Nase, betörender als jedes Parfüm. Er spürte seine Wunden, die gebrochenen Rippen, kaum noch.

Sie war nur halb so groß wie er, und doch fühlte sich Fangbrecher in ihrer Gegenwart schmächtig. Ihr milchweißer Leib war mit derart vielen Tätowierungen winziger Raben, Totenschädel und Inschriften bedeckt, dass die Haut schwarz wirkte.

Die Augen wirkten nicht schwarz – sie waren es. Es waren seelenlose Pfuhle mit der Farbe von Obsidian. Fangbrecher hätte alles getan für einen huldvollen Blick aus diesen Augen. Alles. Bei ihrem Anblick erwachte eine dunkle Leidenschaft in ihm. Seine Lenden pochten schmerzhaft, doch er war zu besorgt, um seiner Gier nachzugeben.

»War noch etwas?«, fragte die Todesbotin. »Du wirkst verwirrt auf mich. Und normalerweise weckt meine Anwesenheit andere Gefühle in dir als Verwirrung, nicht wahr?«

Sie legte eine zierliche Hand auf seine Brust. Ihre Finger fuhren die Scharten im Rost nach oben ab, die der Axthieb des Kreen auf dem Ringpanzer hinterlassen hatte. Sie erreichten seine Halswunde.

»Setz dich dort herüber, Fangbrecher. Ich kann an diesem Ort ohnehin nur wenig tun, außer mich von euch begaffen zu lassen. Da kann ich mich zumindest ein wenig nützlich machen.« Sie zog sich von ihm zurück, bevor er auf falsche Gedanken kommen konnte.

»Was meinst du damit, Frau?«, fragte Ask'uir. Der Blick seiner Augen glitt unverhohlen über jede Rundung, über straffe Haut.

»Nicht, woran du denkst, du lüsterner Narr«, kicherte die Hohepriesterin. »Ich werde deine Wunde behandeln, also setz dich.«

Die Todesbotin war die Geisel des Mannes, dem sich Fangbrecher und seine Huskarls verschrieben hatten. Solange ihr Dienstherr bewusstlos war, hatte er das Kommando. Dennoch bewegten sich seine Beine auf ihren Befehl hin ohne eigenes Zutun. Er folgte der Anweisung, ohne eine Sekunde zu zögern.

Die Todesbotin schlenderte zu einem Medizinbeutel in der Ecke und kramte darin.

Fangbrecher riss seinen Blick mit Mühe los. Er studierte Ormgair Steinviper, um sich ein Bild von seinem Zustand zu machen. Der Atem des alten Mannes ging flatternd, die Gesichtshaut war wächsern.

»Also«, fragte sie, »was wolltest du mir mitteilen? Etwas an dem Angriff hat dein Misstrauen erweckt.«

Er hatte sich längst daran gewöhnt, dass diese Völpe, diese Weise Frau der Stadtlinge, diese »Halbgöttin«, wie Ormgair sie genannt hatte, die Menschen zu durchschauen vermochte, egal ob diese Leute Stadtlinge oder Ambosskrieger waren.

»Die Toten trugen falsche Häute«, sagte er, als sie hinter ihn trat.

Sie begann damit, seine Wunden auszuwaschen, hielt jedoch inne, als sie seine Worte vernahm. »Falsche Häute? Alle?«

»Ja. Sie waren zu viert. Keiner von ihnen war, was er zu sein vorgab.« Fangbrecher brauchte seine Verachtung nicht zu spielen, seine Stimme und das angewiderte Schnauben ließen keinen Zweifel daran, was er empfand. Seine Furcht vor dem Übernatürlichen machte ihn aggressiv. Er schämte sich dafür.

»Das sind besorgniserregende Neuigkeiten. Als was – oder wer – traten sie auf?«

»Sie sahen aus wie Kreen. Ich nehme an, es waren keine. Weißt du etwas?«

»Wissen ist zu viel gesagt«, antwortete die Todesbotin. »Ich habe Befürchtungen – und jetzt trägst du mir Bestätigung zu, Ask'uir.«

»Was für Befürchtungen?«, fragte Fangbrecher. Er biss die Zähne zusammen, während sie seinen Oberschenkel nähte.

»Die schlimmsten. Mein Verstand ist immer noch umnebelt. Die Täuschungen der Heimkehrer haben auch vor mir nicht haltgemacht.«

»Also steht mehr hinter den Ereignissen, und der alte Mann hat beim Thing damals die Wahrheit gesagt.« Fangbrecher deutete mit dem Kinn in Ormgairs Richtung. »Es macht Sinn. Es gibt nur einen Grund, warum ein Seidrmann oder eine Völpe die Haut von vier Kriegern stehlen und sie anderen Kriegern auflegen würde. Noch dazu vier Baeresarks, die so oder so vom Pilzgift den Verstand verlieren würden.«

Die Todesbotin nickte. »Niemand kann sie in einem solchen Zustand befragen, wenn sie in Gefangenschaft geraten. Und niemand kann sie ohne Haut und Gesichter als die erkennen, die sie sind. Doch wäre die Täuschung gelungen, hätten vier aus dem Stamm der Kreen den letzten der Tanleigh ermordet. Das wäre den Heimkehrern gerade recht.«

»Und es wären noch einige mehr durch die Hand der vermeintlichen Kreen gefallen«, fügte Fangbrecher mit düsterer Miene hinzu. »Sie hätten nicht aufgehört und damit jeden Verdacht bestätigt, den Ormgair gegen sie beim Thing vorbrachte. Sehr bequem.«

Die Todesbotin wandte sich seiner Halswunde zu. Sie wusch sie aus, zerkaute einige Kräuter und gab sie in eine Flüssigkeit. Dann rieb sie den Brei in das Fleisch. Es brannte höllisch.

Sie schwiegen einige Zeit, versuchten, das Besprochene zu verarbeiten. Gerade als Ask'uir anhob, etwas zu fragen, wurde die Zeltplane zur Seite geschlagen. Einer von Fangbrechers Bärenkriegern hielt sie auf, damit Aslaugh eintreten konnte.

Die Vettel war alt wie die Welt, so kam es Fangbrecher vor. Dennoch hielt sie sich aufrecht wie eine alte Erle, die weder Sturm noch Zeit brechen konnten. Tatsächlich hatte ihr Antlitz mehr Ähnlichkeit mit Borke als mit Haut.

»Dein Zweites Gesicht lässt die Weisesten unserer Stämme beschämt zurück, Mädchen«, sagte die Alte. Sie beugte sich über Ormgair, roch an seinen Verbänden und prüfte deren Sitz.

Die Todesbotin verbeugte sich. »Es ist das Geschenk der Mutter.«

»Was immer deine hellseherische Gabe am Ende ist«, sagte Aslaugh, »sie hat Steinviper das Leben gerettet. Keiner von uns Sehern und Völpen hat den Angriff kommen sehen. Es scheint, die Titanen haben sich von uns abgewandt. Sie sind zornig, weil wir zugelassen haben, dass der Letzte der Tanleigh einen ihrer Vertreter getötet hat und daran beteiligt war, den Vater der Erde zu stürzen.«

Die alte Hexe rang mit den Händen, legt die fleckigen Glieder um ihren Stock. Sie drückte derart zu, dass ihre Knöchel wirkten, als könnten sie jederzeit aus der Pergamenthaut hervorbrechen.

»Mit der Gunst eurer Titanen hat das nichts zu tun.« Die Todesbotin schüttelte den Kopf. »Es sind größere Dinge im Gange. Wir hatten darüber gesprochen, dass ich mich nicht an alles erinnern kann.«

Fangbrecher räusperte sich. Er entstammte einer Kultur, die Frauen von den Schlachtfeldern verbannt hatte, damit sie sich um ihren Nachwuchs kümmerten und dem Mann dienten. Zumindest war es das, was die männlichen Almharach sich gern einredeten.

In Wahrheit wusste ein Mann, welche Belange ihn etwas angingen und welche nicht. Ein Gespräch zweier Weiser Frauen zu stören, lenkte Aufmerksamkeit auf einen Krieger, die nicht gut sein konnte. Beim Gedanken daran, welche Schmerzen ihm Aslaughs Stock bereiten würde, wenn er auf seinen verwundeten Körper herabfuhr, knirschte Ask'uir mit den Zähnen. Dennoch fühlte er sich verpflichtet, etwas zu sagen.

»Ich denke, sie hat recht«, sagte er. »Das ist bereits das zweite Mal, dass die Heimkehrer versuchen, den alten Wolf einen Kopf kürzer zu machen.«

»Wenn das alles ist, was du beizutragen hast, Ask'uir Fangbrecher, dann schweige besser. Oder möchtest du uns als Nächstes erzählen, dass Fische im See leben, dass Frauen zu jedem Mond bluten oder dass deinesgleichen mit der Rute denkt? Ich war dabei, als deine Mutter deinen käsigen Leib ins Leben gepresst hat, und als ich dich zum ersten Mal greinen hörte, wusste ich bereits: Da kommt einer, der sein Maul nicht wird halten können, wenn es besser für ihn wäre.«

Aslaugh schüttelte tadelnd den Kopf, aber das Lächeln auf der faltigen Kluft ihrer Lippen und der Schalk in ihren Augen ließen sie gutmütiger wirken als ihre Worte. Statt ihn zu schlagen, tippte sie nur kurz seinen Stiefel mit dem Stock an und machte eine aufmunternde Geste.

»Sprich schon«, sagte sie, »bevor ich meine Meinung ändere.«

Fangbrecher spürte, dass er bei ihren Worten errötete. Warum mussten die verfluchten Weiber immer so offen von den Geheimnissen des Lebens und ihres Mondbluts sprechen, wenn er in der Nähe war? Er kam sich plump und tollpatschig vor. Gerade noch hatte er Mann gegen Mann Berserker bekämpft, jetzt war er wie ein Kind.

Gegen seinen Willen bewegte sich Fangbrechers Mund: »Was ich damit sagen will, Mutter aller Eulen: Sie werden sich mit diesem Versuch nicht begnügen. Wir haben sie aus unseren Verstecken in den anderen Zelten beobachtet. Sie stürmten wie toll in das Zelt, noch bevor die Wut sie wirklich erfasste. Sie konnten noch denken, trotzdem riskierten sie den Zorn seiner Runenklinge und stürzten ohne Vorbereitung drauflos.«

»Du meinst, sie wissen, dass er das Schwert nicht mehr hat?«, fragte die Todesbotin.

»Entweder sie haben es herausgefunden oder sie konnten es spüren oder ein Auftraggeber hat es ihnen gesagt. Am Ende ist es gleich. Tatsache ist, sie wissen, dass er schutzlos ist. Und sie fürchten ihn, sonst könnten sie einfach warten, bis er stirbt.« Fangbrecher verzog das Gesicht.

»Stattdessen riskieren sie, dass er nicht nur zum Märtyrer wird, sondern dass sein Tod die Dinge, die er vor eurem Thing gesagt hat, bestätigt«, hauchte die Todesbotin. »Nein, sie nehmen dies nicht nur in Kauf, sondern senden auch noch Mörder, die wie Mitglieder eines von Ormgair verhassten Stammes aussehen, um die Kreen zu belasten.«

»Die Heimkehrer gewinnen doppelt. Sie vernichten einen Feind, den sie fürchten, und stiften Unfrieden zwischen den Stämmen«, sagte Aslaugh. Die Vettel verkniff das Gesicht.

»Ich bin überzeugt, dass sie in den kommenden Tagen ihre Anstrengungen verdoppeln werden. Mindestens eine Völpe oder ein Seidrmann der Stämme hilft den Nicht-Toten mit mächtiger Zauberkunst. Die Mörder waren nicht nur Berserker, sie waren Hautwandler.« Ask'uir ballte die Faust in einer abergläubischen Geste gen Himmel.

»Ich stimme Fangbrecher zu«, sagte die Todesbotin. »Ihr habt mir in den letzten Wochen größte Ehre erwiesen. Obschon ich nur eure Geisel bin, habt ihr meinen Rat angenommen und mir Gehör geschenkt.«

»Weil dein Mund Wahrheit kundtut, Mädchen«, sagte Aslaugh, »gleichwohl welchen Göttern du dienen magst.«

Bei dieser Anrede lächelte die Todesbotin versonnen, und Ask'uir war sich sicher, den Grund zu kennen. Das Geschöpf vor ihm mochte wie eine junge Frau aussehen, doch das war es beileibe nicht. Höchstwahrscheinlich war die Mutter aller Eulen für die Todesbotin das Mädchen, nicht umgekehrt.

»Ihr müsst mir noch einmal vertrauen, wenn ich euch sage, dass wohl mehrere eurer Stämme von den Heimkehrern unterwandert sind«, fuhr die Todesbotin fort. »Solche Zauberkunst …«

»… wie das Erschaffen von vier Hautwandlern ist nicht zu bewerkstelligen, wenn nicht mehrere Weise Frauen oder Seher an der Tat beteiligt sind«, unterbrach Aslaugh sie. »Ich weiß. Du sagst uns nichts Neues, liebes Kind.«

Jetzt brauchte Fangbrecher nicht mehr auf sein Bauchgefühl zu hören. Es war offenkundig, wie sehr diese Anrede die Geisel belustigte. Der Bärenkrieger wusste, dass sie nicht nur die Priesterin der Todesgöttin der Stadtlinge war, sondern auch das Oberhaupt einer ihrer Mördergilden. Ormgair hatte es ihm verraten.

Das schöne Weib war ebenso wenig ein »liebes Kind«, wie ein ausgewachsener Karstlöwe ein Kätzchen war. Fangbrecher hoffte sehr, dass Aslaugh diese tödliche Schönheit nicht unterschätzte.

»Gibt es nichts, was wir tun können, um meinen Jarl zu schützen? Nichts, außer auf den nächsten Angriff zu warten und zu hoffen, dass wir mit Macht zurückschlagen können?«, fragte er.

»Doch, da gibt es etwas«, sagte die Todesbotin. »Ich könnte etwas tun. Ich verfüge über Möglichkeiten, doch wollte ich bisher davon keinen Gebrauch machen. Nicht außerhalb meines Tempels.«

»Dein Tempel ist geschleift, all deine Mordkrähen sind vom Wind verweht oder des Todes«, sagte Aslaugh. »Dennoch zögerst du, deine Kraft einzusetzen?«

»Es ist nicht meine Macht«, widersprach die Todesbotin, und auf einmal lag Stahl in ihrer Stimme. »Es ist das Geschenk der Mutter, und ich möchte es nicht missbrauchen. Es ist ungleich kostbarer, seit Sharis nach dem Krieg verschwunden ist. Außerhalb des Tempels sind meine Kräfte nur ein Abglanz – und ich bin mir sehr sicher, als Geschöpfe, die vom Tod gekostet haben, spüren diese Heimkehrer, wenn ich sie benutze. Daher habe ich bislang gezögert. Außerdem fehlten mir wichtige Informationen.«

»Und dieses Wissen hast du jetzt?«, fragte Aslaugh. Mit einem Ächzen und unter allerlei beunruhigenden Geräuschen ihres Körpers schickte sie sich an, sich zu setzen.

Fangbrecher erhob sich, um ihr zu helfen, doch sie winkte ab. Langsam nahm sie im Schneidersitz gegenüber der Todesbotin Platz und deutete auf ein Trinkhorn. Es stand in einem Ständer abseits von Ormgairs Schlafplatz. Fangbrecher reichte es ihr und goss ihr nach einem fragenden Blick Skech ein.

Die Alte nahm einen Zug von dem Honigschnaps und streckte Ask'uir wortlos das Horn entgegen. Er wollte es zurückstellen, doch sie schüttelte den Kopf.

»Nachfüllen«, blaffte sie. »Und dann nimm dir auch einen Schluck, Ask'uir Fangbrecher vom Stamm des Bären, Huskarl des Letzten der Tanleigh. Ich habe so das Gefühl, wir beide werden ihn brauchen.«

Er gehorchte, weil er klüger war, als die meisten ihm zutrauten. Außerdem konnte Fangbrecher einen Schluck Skech nach dem harten Kampf gegen die Berserker gut vertragen.

Er bot der Todesbotin einen an, war aber nicht überrascht, als sie ablehnte. Seit sie hier angekommen war, hatte sie weder gegessen noch getrunken.

Schließlich setzte auch Ask'uir sich.

»Ich habe den Kundschaftern gut zugehört in den letzten Tagen«, sagte die Todesbotin. »Und nicht nur ihnen. Auch denen aus euren Stämmen, die ausgezogen sind, um an den üblichen Plätzen mit den Pfeffersäcken Fomors Handel zu treiben. Sie alle haben Kunde aus der Penta mitgebracht, die zusammengenommen ein Bild ergibt.«

»Kunde?«, fragte Aslaugh. Ihr Blick leuchtete vor Neugierde.

Es hatte einen Grund, dass man diese uralte Völpe die Mutter aller Eulen nannte, rief sich Fangbrecher ins Gedächtnis.

»Am Abend der Konfrontation auf den Schultern des Erdtitanen Fomor, jener Schlacht, nach der wir Ormgair verwundet fanden, wurde Fennek Greskegard Archont. Ihr wisst, wer das ist?«, fragte die Hohepriesterin.

Beide nickten. »Ormgair hat uns von ihm berichtet«, sagte Aslaugh und machte eine ungeduldige Handgeste. Fahrt fort, besagte sie.

Die Todesbotin neigte höflich den Kopf. »Dieser Fennek Greskegard war zugegen, als der Titan zusammenbrach. Er kämpfte dort oben, doch nicht nur gegen Ormgair und die Heimkehrer, sondern gegen Clach.«

Fangbrecher schenkte ihr einen fragenden Blick. Der Name war ihm nicht geläufig.

»Der Totenkaiser. Der ›Cyning der Toten‹, wie ihr ihn nennt«, sagte die Todesbotin.

»Ah«, machte Ask'uir, dem dieser Name durchaus ein Begriff war.

»Wir wissen, dass dieser Greskegard Ormgairs Klinge an sich genommen hat. Du verrätst uns damit nichts Neues«, sagte Aslaugh. »Was hat das mit dem Cyning der Toten zu tun?«

»Er hat versucht, mich zu warnen. Doch damals ignorierte ich seine Worte, weil ich unter dem Bann der Heimkehrer stand.« Die Todesbotin machte ein säuerliches Gesicht.

»Auch jetzt habe ich das Gefühl, dass ich noch nicht alle Antworten auf diese Rätsel kenne. Noch immer entfleuchen mir Dinge, noch immer enthalten die Knechte dieser Monstren mir Gedanken vor und blenden meinen Geist.«

Aslaugh nickte.

»Der Totenkaiser und das Schwert befinden sich beide in der Gewalt Fennek Greskegards«, sagte die Hohepriesterin. »Ich hege Zweifel an der Version der Erzählung, nach der der Archont Clach mit der Klinge erschlagen haben soll. Die beiden verbindet ein Band, sie kennen sich seit Jahren.«

»Morven«, brummte Fangbrecher. »Das Schwert heißt Morven, so steht es in den Runen der alten Sprache entlang der Blutrinne.«

»Das ist kein Zufall. Es ist der Name der Tochter des früheren Archonten, Balthus von Fomor«, sagte die Todesbotin.

»Ich verstehe noch immer nicht, wie die Tatsache, dass sich sowohl die Klinge als auch dieser Clach in der Gewalt des Jarls von Fomor befinden, uns helfen soll.« Aslaugh nahm noch einen Schluck und funkelte die Todesbotin über das Trinkhorn hinweg spitzbübisch an.

»Ormgair braucht die Klinge, wenn er überleben soll. Deine Erfahrung als Heilerin sagt dir, dass er dem Grabe näher ist als dieser Welt. Nun, meine Seele, die dem Tod stets näher war als dem atmenden Fleisch der Lebenden, sagt mir dasselbe. Er braucht sein Schwert – der Totenkaiser könnte es ihm bringen.«

»Der Totenkaiser – falls er noch lebt – ist Meilen entfernt, irgendwo in der Methalle eures Jarls Greskegard versteckt«, gab Ask'uir zu bedenken. »Wir sind einmal dort eingedrungen, doch ich bezweifle, dass es noch einmal gelingen kann. Nicht, nachdem einige der Stämme in der Penta gemordet und geplündert haben. Die Stadtlinge sind gewarnt. Du hast gesagt, dass dieser Greskegard ein ebenso verschlagener wie listenreicher Mann ist.«

Er stand auf und goss sich und der Mutter aller Eulen Skech nach. Die Hitze breitete sich in seinem Magen aus und begann, seinen Kopf in Watte zu hüllen. Die Schmerzen verblassten langsam.

»Niemand sagt, dass ihr dorthin gehen sollt«, erklärte die Todesbotin, »noch, dass überhaupt jemand gehen muss.«

»Du sprichst in Rätseln. Nicht dass ich ein gutes Rätsel nicht zu schätzen wüsste, aber vielleicht kommst du zum Punkt?«, verlangte Aslaugh.

»Ich habe in den letzten Wochen meine Sinne ausgestreckt«, sagte die Todesbotin. »Ich habe nach Clach gesucht. Als Heimkehrer ist er in gewisser Weise wie ich, gefangen zwischen der Welt der Lebenden und der Toten. Ich habe ihn nicht gespürt und ging davon aus, dass er vernichtet sei, als ich es schließlich bemerkte.«

»Was bemerkte?«, rutschte es Fangbrecher heraus. Er legte sich eine Hand auf den Mund, als ihn Aslaugh tadelnd ansah.

»Dass jemand den Schleier zwischen der Welt der Lebenden und der Toten zerrissen hat – mitten in Greskegards Palast. Für meine Augen ist es so, als hätte man am Horizont eine Flamme entzündet. Ich bin mir sehr sicher, dass auch die Heimkehrer und ihre Herren das Aufblitzen nekromantischer Kräfte bemerkt haben.«

»Du meinst, jemand hat die Toten beschworen?«, fragte die Völpe.

Die Todesbotin nickte mit einem wissenden Lächeln auf den perfekten Lippen. Ask'uir konnte die Augen kaum davon losreißen.

»Wo immer ein Tor für die Toten ist«, sagte die Halbgöttin, »dorthin kann ich schreiten.«

Für die Ohren des Bärenkriegers klang es wie ein Gebet oder eine rituelle Formel.

»Du willst meditieren und deinen Geist dorthin entsenden«, stellte Aslaugh fest.

»Wenn mein Meisterschüler Clach noch in der Festung ist, hinter Schutzzeichen angekettet, kann mein Geist ihn vielleicht erreichen«, sagte die Todesbotin. »Er ist ein Geschöpf beider Welten.«

»Und ein Tunnel zwischen Diesseits und Jenseits wurde von den närrischen Stadtlingen aufgerissen«, führte die Mutter aller Eulen den Gedanken zu Ende.

»Vielleicht kann ich ihn von seinen Fesseln befreien – oder ihm zumindest einen Weg zeigen, wie er es selbst tun kann.« Ein Feuer schien in den Augen der Halbgöttin zu glimmen. »Wenn mir das gelingt, kann er das Schwert finden und es zu Ormgair bringen. Der alte Wolf hat mir bei meiner Entführung mitgeteilt, dass er und der Totenkaiser bereits zusammengearbeitet haben.«

»Gemeinsam könnten wir die Pläne der Heimkehrer zunichtemachen.« Aslaugh schmatzte auf ihrem Zahnfleisch und rieb sich nachdenklich das Kinn. »Es könnte gelingen.«

»Vorausgesetzt, der Cyning der Toten ist wirklich in der Gewalt dieses Greskegard«, sagte Fangbrecher. Der Blick, mit dem ihn die beiden Frauen bedachten, ließ ihn schrumpfen. Wann lernte er endlich, sein loses Mundwerk zu halten?

»Wir müssen uns nur einer Tatsache bewusst sein«, sagte die Todesbotin. »Mein Ritual ist keine Nekromantie, entstammt einer würdigeren Quelle. Doch es zapft dieselben Energien an, die in der Zitadelle entfacht wurden.«

»Man wird bemerken, was du tust«, befürchtete Aslaugh.

»Ja. Unsere Gegner sind dann gewarnt. Die Heimkehrer werden höchstwahrscheinlich Maßnahmen ergreifen, um

Clach aufzuhalten. Und ihre Spitzel hier dürften ebenfalls bemerken, was geschieht.« Die Todesbotin rieb sich die Augen, eine verstörend menschliche Geste, wie Ask'uir fand. »Doch ich sehe keine andere Möglichkeit, Ormgair zu helfen.«

»Wir werden sie würdig empfangen!« Fangbrecher prostete der Geisel mit seinem Horn zu.

Aslaugh nickte. »Allein, dass sie noch immer versuchen, den letzten Tanleigh zu töten, sollte uns Grund genug sein, es zu versuchen. Tu, was du tun musst, mein Kind.«

»Du siehst kein Sakrileg darin, dass du und die deinen sich gegen die Titanen stellen?«, fragte die Todesbotin. »Es sind eure Götter, gegen die wir vorgehen.«

»Wir Almharach waren stets treue Gefolgsleute der Titanen. Doch eines sind wir nicht: törichte Knechte. Unfreie, die sich alles gefallen lassen. Statt offen mit uns zu sprechen, haben sie widernatürliche Geschöpfe in unserer Mitte verborgen, die Gift in die Ohren Unbedarfter träufeln.« Die Vettel nahm einen nachdrücklichen Zug aus ihrem Methorn.

»Vielleicht fanden sie aber auch nur einige der Stämme würdig genug, ihnen zu dienen?«, gab die Todesbotin zu bedenken.

»Und sie schleichen deshalb im Schatten herum wie Stadtlinge? Wenn es so wäre, wie wir immer geglaubt haben, wenn tapfere Männer von den Baen'sidhe ans Firmament geführt werden, warum kommen einige von ihnen als verschlagene Halbtote zurück?« Fangbrecher merkte erst jetzt, wie zornig er geworden war. Doch er konnte sich nicht zügeln. »So wie Skoltik, der Earl der Tibraich. Oder was auch immer dieses Ding mit Skoltiks Aussehen war, das damals unseren Thingplatz entweiht hat.«

»Wir haben Skoltiks Verwandlung alle bezeugt. Selbst vor einem Thing hat dieses Geschöpf gelogen und sich verstellt, statt zu den Stämmen zu sprechen«, stimmte Aslaugh zu.

»Ich sehe, wir sind uns einig«, sagte die Todesbotin.

»Das sind wir, mein Kind.« Ächzend erhob sich Aslaugh. Als ihr Ask'uir diesmal den Unterarm anbot, um zu helfen, nahm sie dankbar an.

Sie schwankte leicht, als sie stand. Der Bärenkrieger vermutete, dass es etwas damit zu tun hatte, dass sie mehr Skech intus hatte als er.

»Triff deine Vorbereitungen«, sagte sie. »Ich spreche mit den anderen Weisen Frauen und mit den Sehern. Vielleicht kann ich Zeit schinden und die Spitzel lange genug beschäftigen, damit du deine Aufgabe ungestört erledigen kannst.«

»Und falls nicht, stehen meine Männer und ich bereit«, brummte Fangbrecher mit mehr Selbstbewusstsein, als er empfand.

Er ergriff seine Zweihandaxt. Sie kam ihm in dieser Welt wandelnder Toter, von Berserkern mit der falschen Haut und erwachenden Titanen klein und unbedeutend vor.

10. Zusammenkunft

Clach wehrte sich mit Macht gegen den Schlummer. Er wusste nicht, wie lange schon, doch er zwang seinen Geist, die Dunkelheit zurückzudrängen.

Er hatte viel Zeit zum Nachdenken gehabt. Mittlerweile war der Totenkaiser überzeugt, dass die Artefakte für seinen immer wiederkehrenden unheiligen Schlaf verantwortlich waren. Die Nadeln hielten ihn nicht nur, sie störten aktiv seine Konzentration.

Doch Clach hatte seit – was? Tagen? – daran gearbeitet, diese Macht zu brechen. Er war jetzt bereits seit geraumer Zeit bei Bewusstsein, und mit jedem Augenblick, der verstrich, spürte er seine Kräfte zurückkehren.

Vor einer Weile – es mochten ein, zwei Tage gewesen sein – hatte er eine Macht gespürt, eine Aufwallung nekromantischer Energien, so monumental, dass sie durch diese verzauberten Mauern bis zu ihm vorgedrungen waren.

Clach hatte sich zudem gründlich mit der Person auseinandergesetzt, die diese Artefakte erschaffen hatte. Er hatte die Lage, in der er sich befand, betrachtet wie einen weiteren Auftragsmord. Nur dass diesmal Dirth das Ziel war, der Schöpfer dieser Nadeln.

Dies hatte Clach geholfen, der Wirkweise der Artefakte auf die Schliche zu kommen. Sie waren wie ein Draht, der in

Fleisch schnitt. Wie das Netz einer Spinne, das zu einer umso tödlicheren Falle wurde, je mehr sich die Beute wehrte.

Das war sein Fehler gewesen. Er hatte sich im Netz dieser Nadeln verfangen, wenn man so wollte.

Seit Clach glaubte, begriffen zu haben, wie deren Mechanismus funktionierte, ließ ihre Macht über ihn mehr und mehr nach.

Der Totenkaiser richtete den Blick auf den Stumpf seines Oberarms, in dem eine der Nadeln steckte. Er versuchte nicht länger, sie mithilfe des Nebels oder anderer Kräfte aus seinem Körper zu ziehen.

Stattdessen übte er Druck aus, im Rhythmus mit den durch die Artefakte fließenden Energien, und seine Geduld wurde belohnt. Triumphierend beobachtete er, wie die Nadel in seinen Körper einsank, als sich das Scheinfüßchen aus Nebel um den Schädelknauf legte und zudrückte.

Clach widersetzte sich nicht, sondern fädelte das Artefakt mit der Beständigkeit einer Näherin durch sein Fleisch. Die Spitze des Widerhakens trat seitlich aus der Schulter aus, stückweise folgte der Rest. Ein befriedigendes Klimpern ertönte, gefolgt von einem kurzen Moment des Hochgefühls.

Der Totenkaiser wandte sich den anderen Blockaden zu. Schließlich fiel die letzte der magischen Hürden zu Boden.

Clach seufzte, als der perfide Haken Zunge und Mund verließ und an seinem Brustkorb herabkullerte. Er ließ den Kiefer arbeiten, bewegte ihn hin und her. Er spürte, wie das erkaltete Fleisch sich daran gewöhnte, der Imitation von Leben zu folgen.

»Jetzt zum nächsten Schritt«, sagte der Totenkaiser, nur um auszuprobieren, ob alles funktionierte. »Wer sich bewegen will, braucht Gliedmaßen.«

Er konzentrierte sich auf die Kräfte in seinem Inneren,

die Selbstheilung eines Heimkehrers. Er erwartete, dass sich Fleisch, Knochen und Knorpel bilden würden, wie es schon bei einigen Verletzungen seines Leibes der Fall gewesen war.

Er wurde enttäuscht.

Die Regeneration der Glieder war scheinbar auch für einen Heimkehrer eine Grenze, die er nicht so einfach überschreiten konnte.

Der Totenkaiser war jedoch sicher, dass er sie überwinden konnte, indem er Menschenfleisch verzehrte. So taten die anderen es, um sich dem Verfall zu widersetzen, wie Fahlsang ihm einst erklärt hatte. Mit Muskelfleisch, Blut und Körperfett als Rohmaterial konnte sein Leib regenerieren, was verloren gegangen war.

»Das habe ich auch immer gedacht«, erklang eine Stimme hinter der Steinplatte, auf der Clach lag. Der Totenkaiser fuhr zusammen. Wann war er je so schreckhaft gewesen?

»Das ist eine Begleiterscheinung, wenn man gestorben ist«, sagte die Stimme. Es lag eine fürchterliche Finsternis und Leere in ihr, obschon sie jung und kraftstrotzend klang.

»Das mit den Gliedmaßen – oder dass man schreckhaft wird?«, fragte Clach, um Zeit zu gewinnen. Er brauchte eine Strategie.

»Beides«, sagte die Stimme.

Und du benötigst keine Strategie. Wäre ich hier, um dir zu schaden, du wärest längst vernichtet, fuhr der Sprecher in Clachs Gedanken fort.

»Ein Heimkehrer«, knurrte Clach. »Ich habe nicht bemerkt, wie du dich genähert hast.«

»Das freut mich. Es dürfte ein Nebeneffekt dieses Ortes sein«, sagte der Fremde. »Denkst du, du bist der Einzige von uns, der Tricks auf Lager hat? Ich mache das hier schon etwas länger als du, weißt du?«

Der Besucher trat näher. Panzerstiefel rasselten, Kettenglieder und Platten aus Stahl klirrten. Dann stand der Unbekannte über ihm. Ein Tempelritter mit schiefem Lächeln und von blendendem Aussehen.

»Kennen wir uns?«, fragte Clach.

Der Templer-Heimkehrer grinste. »Solus Terbast. Es ist mir eine Ehre. Ich würde dir die Hand geben, aber nun ja …« Er deutete auf die Stümpfe, und sein Grinsen wurde noch eine Nuance schelmischer.

Dieser Namen … War dies nicht das Geschöpf, das versucht hatte, Greskegard zu ermorden? War da nicht etwas gewesen, das der Inquisitor in einem seiner betrunkenen Monologe zu Clach gesagt hatte?

»Wie bist du hier heruntergekommen, ohne dass Greskegard dich bemerkt hat?«, fragte der Attentäter, der sich seiner Lage in diesem Augenblick mehr als bewusst war. »Ihr dürftet doch noch eine Rechnung offen haben.«

Er legte einen schützenden Panzer um seine Gedanken. Dieser Heimkehrer war ein unbekannter Faktor, eine Eventualität, auf die er sich einstellen musste. Clach hasste es, wenn so etwas passierte.

»Immer auf den Punkt, was, Totenkaiser? Was wäre ich für ein Heimkehrer, wenn ich keinen Menschen narren könnte – selbst wenn es so ein verschlagener Kerl ist wie dieser Inquisitor. Mit ihm fertigzuwerden ist beinahe so, als wollte man eine Natter mit einer Mistgabel festpinnen. Doch am Ende ist auch er nur ein Sterblicher – noch zumindest.«

Der Neuankömmling trat um die Platte herum in Clachs Gesichtsfeld und musterte ihn brüsk.

»Du bist hinüber. Wahrscheinlich würde ich dir einen Gefallen tun, wenn ich diese Hülle zerstörte. Aber ich bezweifle, dass die Titanen dich gehen lassen würden, wenn du in Scathach ankommst.«

»Das stimmt, sie dürften die eine oder andere Rechnung mit mir offen haben. Doch noch schlimmer wäre es, wäre ich ihr Knecht. Sie sind nicht die Dienstherren, die Fehler verzeihen, nicht wahr?« Clach lächelte seinerseits. Es war eine Geste ohne jede Empathie.

»Sie sind nicht meine Dienstherren«, sagte Solus Terbast unterkühlt.

»Du bist freigiebig mit Informationen«, stellte der Totenkaiser fest. »Noch dazu, wo sie überall ihre Spione haben und mit Sicherheit mitbekommen werden, was du sagst.«

»Dir sollte klar sein, dass dieser Ort versiegelt ist.« Solus breitete die Arme aus und drehte sich langsam im Kreis. An den Stellen der Mauern, auf die er deutete, glommen bläulich Runen auf. »Niemand hört uns hier. Wir sind ungestört.«

»Ich habe zu Lebzeiten keinen besonderen Wert auf Gesellschaft gelegt – im Tode ist das nicht anders«, entgegnete der Totenkaiser. Er musste sich eingestehen, dass das nicht stimmte. Jede Abwechslung von der Einsamkeit war ihm willkommen.

Der Besucher setzte eine Miene gespielter Enttäuschung auf. »Ach komm! Willst du mir etwa sagen, du bist nicht neugierig, welche Rolle ich in all dem hier spiele? Was ich von dir möchte? Du wärest der Erste, dem es so ginge.«

»Ich nahm an, der einzige Grund, warum ich noch nicht vernichtet wurde, ist der, dass dich deine Meister darauf angesetzt haben, mich doch noch für eure Sache zu gewinnen.«

»Unsere Sache!« Der Templer prustete. »Welche wäre das wohl?«

»Ich habe bislang nicht darüber nachgedacht. Bislang fand ich die Herangehensweise deiner Meister recht durchschaubar und – offen gestanden – ziemlich langweilig. Beinahe klischeehaft. Die Vernichtung der Welt. Das Ende von allem, die gesamte Schöpfung zu nichts reduziert. Ich habe mich daher eher darauf konzentriert, euch zu jagen und zu vernichten. Eine Welt, die ich in Jäger und in Beute einteilen kann, ist eine Sache, mit der ich umgehen kann.« Clach hob die Schultern, soweit es ihm seine Fesseln und sein Zustand gestatteten.

Der Besucher legte den Panzerhandschuh auf Clachs Hüfte, ließ ihn auf zwei Fingern am Oberkörper des Leichnams heraufwandern, als wäre die Hand ein Bergsteiger an einem Cliff. Der Totenkaiser legte den Kopf schief, zu verblüfft von dieser seltsamen Geste.

Als seine Finger auf der Schulter angekommen waren, sagte Terbast: »Du hast Dochàthi übel zugerichtet, bevor du sie ermordet hast. Und Ashavar ebenso.«

Die Hand rutschte unvermittelt von der Schulter des Totenkaisers. »Es hat mir gefallen«, sagte der Templer.

»Mich zu befummeln?«, fragte Clach. »Ich wusste, dass ihr dekadente und abartige Kreaturen seid. Ich nahm nur nicht an, ihr würdet in eurer Verkommenheit so weit gehen, euch an gefesselten Krüppeln zu vergreifen.«

»Wie du meine Geschwister ausgelöscht hast, meine ich. Du glaubst nicht, wie zornig ich in den ersten Wochen nach Ashavars endgültigem Ende auf dich war. Ich habe mir so lange gewünscht, ihm meine Faust erst in und dann durch den Kopf zu treiben. Der weinerliche Drecksack war so eine durch und durch lästige Kreatur. Zu Lebzeiten ebenso wie jenseits der Grenzen. Und da kommst du daher und machst meinen Traum zunichte.« Terbast wandte sich unvermittelt ab, ging einige Schritte durch den Raum und warf in einer theatralischen Geste die Arme empor. »Hast du eine Vorstellung davon, wie es ist, Jahrzehnte in der Gegenwart einer Kreatur wie Ashavar zu verbringen? Die Unterwelt ist mitnichten eine Hölle wegen der Leere oder der ewig hungrigen Titanen. Sie ist ein Albtraum, weil man seine nervige Verwandtschaft dort weder final loswerden noch ihr aus dem Weg gehen kann.«

»Ich habe eine konkrete Vorstellung, was du meinst«, knurrte Clach. »Einige Minuten mit dir in dieser Kammer verdeutlichen deinen Standpunkt eindrucksvoll. Was Vortigerns Sohn betrifft – Ashavar geht nicht auf mein Konto. Das war Ormgair Steinviper.«

»Der Kerl wird mir immer sympathischer!« Terbast lächelte. »Du hast mir einige Probleme bereitet, Totenkaiser«, fügte er hinzu.

»Inwiefern? Wann hätten sich unsere Wege je gekreuzt?«

»Oh, vielleicht haben sie das das eine oder andere Mal«, sagte Terbast geheimnisvoll. »Wenn ich von Problemen spreche, meine ich, dass du meinem schauspielerischen Können alles abverlangt hast. Ist dir klar, wie schwierig es ist, den vor Zorn rasenden Taktiker zu geben? Den, der seine Pläne durch den Totenkaiser durchkreuzt sieht, wenn man gleichzeitig jubeln möchte bei dem, was du getan hast? Die Titanen, die Heimkehrer, der Meister – hast du eine Vorstellung, wie anstrengend es ist, sie alle zu belügen?«

»Du hast mir immer noch nicht gesagt, was du von mir willst«, stellte Clach fest. »Ich nehme kaum an, dass du mich in deine Ränke einweihen willst. Und an Konversation bin ich nicht interessiert, du offenbar nicht an meiner Vernichtung. Zumindest gibst du das vor. Was könntest du von mir wollen?«

»Oh, hatte ich das nicht gesagt? Ich bin hier, um dich zu befreien.« Terbasts Miene wurde schlagartig todernst. »Ich dachte, das hätte ich erwähnt.«

»Das muss dir entfallen sein«, sagte Clach. »Doch spar dir die Mühe. Ich bin nicht daran interessiert, als Knecht der Titanen zu enden. Mich aus Dankbarkeit für meine Errettung auf deine oder irgendeine Seite zu schlagen.«

»Sie fürchten dich.« Der Templer ging langsam um die Felsbahre herum. Sein spöttisches Gehabe war einer entrückten Stimmung gewichen. »Sie nennen dich den ›Gottesmörder‹. Niemand weiß, wo der Name herkommt – sie mögen sich für Götter halten, doch du und ich wissen, dass sie weit davon entfernt sind. Fremdartige Kreaturen, unfassbar mächtig? Ja, das sind sie. Doch Götter? Wohl kaum.« Terbast schnaubte.

»Du musst es wissen. Du bist ihr Knecht.«

»Ich bin nicht … ihr … Knecht!«, blaffte Terbast, und Clach konnte sehen, wie seine Aura sich mit mörderischen Energien vollsog wie ein Schwamm. Eine Korona aus Hass ließ den Templer auflodern.

»Ich bin nicht ihr Knecht«, sagte er nach einer Atempause ruhiger.

Clach deutete ein Achselzucken an. »Wenn du es sagst.«

Da haben wir deinen Schwachpunkt, dachte der Totenkaiser und achtete darauf, seine Gedanken zu verschleiern.

»Du bist nicht gut darin, dein Gegenüber zu lesen, oder, Attentäter?«, fragte Solus.

»Gut genug, um so lange als jemand anders durchzugehen, bis ich zuschlagen kann. Aber du hast recht, ich habe Nachholbedarf, wenn es um diese Dinge geht.«

Clach setzte ein tausendfach einstudiertes Lächeln auf, das seine Wirkung, ein Gegenüber zu beruhigen, nie verfehlt hatte. »Warum ist dir an meiner Befreiung gelegen, Solus Terbast? Was führt dich hierher?«, fragte er in einem versöhnlichen Tonfall, der ebenso falsch war wie seine Miene.

»Es sind mächtige Siegel, die dich hier binden«, sagte Terbast. »Ich nahm an, dass du nicht vernichtet seist, konnte mir aber nicht sicher sein.«

Er machte einige Schritte in Richtung des Ausgangs, stand jetzt mit dem Rücken zu Clach im Raum.

»Bis du diese Erschütterung gespürt hast, die vor einiger Zeit durch diese Zitadelle ging«, sagte der Totenkaiser. »Ein nekromantisches Ritual, wie ich annehme.«

»Deine Versuche, dich zu befreien, waren dünnblütig. Aber sie waren von einer gewissen Dauerhaftigkeit – und ich hatte meine Fühler seit einigen Monden nach dir ausgestreckt. Wollte wissen, ob Fennek dich vernichtet hatte. Ich konnte es mir nicht vorstellen. Als sich das Fenster öffnete, als die Grenzen zwischen dieser Welt und dem Jenseits für einen Augenblick hauchfein wurden, hat dies die Siegel deines Gefängnisses für einige Herzschläge geschwächt.«

»Ich frage mich, was der alte Fuchs getan hat.« Clach merkte, dass er tatsächlich neugierig war und das Ganze nicht nur als Vorwand nutzte.

Fennek war stets ein ausgewiesener Feind derer gewesen, die er jagte. Der Inquisitor hatte die Austilgung von magischem Unwesen, Abweichlern und Mördern stets als Berufung betrachtet. Über Greskegards Motive konnte Clach nur rätseln, doch er nahm an, dass es ein Versuch war, die Auslöschung seiner Familie zu sühnen, indem er die Welt von Wirkern befreite.

»Er hat sich der Dienste eines Meister-Nekromanten versichert«, sagte eine Stimme hinter Clach.

Es war die Stimme von Fennek Greskegard.

Terbast wirbelte herum. Dann stapfte er an Clachs Tisch vorbei aus dessen Gesichtsfeld. Der Totenkaiser hörte Metall schrammen, als die Finger des Heimkehrers die Wände absuchten.

»Versteckte Linsen aus Bergkristall«, fluchte Terbast.

»Arkanistische Fenster«, erklang die Stimme des Archonten. Sie war diffus, ohne Quelle, selbst für die Ohren der Heimkehrer. Ein metallisches Rumpeln verkündete, dass sich an einem Punkt hinter Clach eine Gruppe schwerer Riegel geschlossen hatte.

Er hörte Terbast dorthin hechten. Frustrierte Faustschläge und das Geräusch hochdichten Felsens, der der Kraft eines Heimkehrers standhielt.

»Dieser geheime Zellentrakt wurde von den ersten Archonten und ihren Inquisitoren geschaffen«, schnarrte Fenneks Stimme. »Damals hatte man noch andere Möglichkeiten. Ich befürchte, Fomors Haut ist zäher als deine Fäuste, Solus Terbast.«

»Eine Falle. Nicht schlecht, Fuchs. Gar nicht schlecht.« Clach spürte, wie sich ein aufrichtiges Grinsen auf sein Gesicht stahl. Er war verwundert. Früher hätte ihn die Zuspitzung der Ereignisse überrollt, doch man wurde scheinbar entspannter, wenn man das Ruder aus der Hand gegeben hat.

»Diese Zellen waren und sind den gefährlichsten Kriminellen ihrer Zeit vorbehalten. Sie wurden einst erbaut, um echte Magi zu fangen.« Ein Rumpeln unterstrich die Ausführungen des Inquisitors.

Clachs feines Gehör vernahm das Rauschen von Flüssigkeiten. Seilzüge und Mechanismen arbeiteten hinter den Mauern.

Terbast tauchte im Blickfeld des Totenkaisers auf. Er stapfte durch den Raum wie ein waidwundes Tier. Ein Panther, der die Grenzen seines Käfigs abmaß in der Hoffnung, entkommen zu können.

Clach spürte die Magie, noch bevor er sah, wie sich Entladungen aus ockerfarbener Energie um die Fäuste des Templers sammelten. Er holte aus, um die Eingangstür zur Zelle mit der Macht des Erdelements aufzusprengen.

»Davon würde ich abraten, Terbast«, warnte Fennek. »Dem Stahl sind Meteoreisen und Basalit beigemischt. Alles hier ist so gebaut, dass es auch gewaltigen Energien widersteht. Die Wucht deines Schlages würde auf dich zurückgeworfen und dir jeden Knochen zerschmettern.«

»Du bluffst!«, rief Terbast, doch der Templer-Heimkehrer hielt im Schlag inne. Seine noblen Züge waren verzerrt. Ob vor Hass, Angst oder einem Gemenge davon, hätte Clach nicht zu sagen vermocht.

»Denk nach, Kreatur. Dieser Trakt liegt in der Haut eines Titanen, der vor Monden zusammenbrach. Stell dir vor, was für ungeheure Kräfte dabei frei wurden.«

»Und?«, bellte Solus.

»Siehst du nur einen Riss im Gestein dieser Wände?«, fragte der Totenkaiser unvermittelt. »Klemmt eine Tür auch nur leicht, hat sich nur ein Rahmen verzogen? Oder hat sich ein Zahnrad im Öffnungsmechanismus verschoben? Fennek hat recht, das Material ist unzerstörbar.«

Terbast ließ die Faust sinken. Erkenntnis trat auf sein Gesicht, und die Entladungen um seine Fäuste verloschen.

»Habt ihr Heimkehrer angenommen, Fennek Greskegard wäre nach Monaten auf dem Thron nicht auf euer Kommen vorbereitet?«, erscholl es aus den verborgenen Öffnungen. »Wisst ihr, das Narrenquartett, das die anderen Pentae zu beherrschen glaubt, betitelt mich in seiner Herablassung als kleinen Inquisitor und übersieht dabei, dass es für dieses Amt mehr braucht als nur einflussreiche Verwandte.«

»Zum Beispiel die Neigung, andere mit trunkenem Geschwätz und selbstverliebten Monologen zu Tode zu quälen«, murmelte Clach.

»Was hast du jetzt vor, Sterblicher?«, fragte der Templer-Heimkehrer. »Dir muss klar sein, dass du dir mit diesem Verhalten nicht meine Gunst erkaufst.«

»Wir sprechen, das ist alles«, drang es aus den Mauern.

»Überzeugt mich, was du zu sagen hast, schenke ich dir die Freiheit, Solus Terbast. Ich habe nicht vergessen, dass du mir die gleiche Ehre erwiesen hast, als ich in Balthus' Zellen gedarbt habe.«

»Dennoch hast du mich hier mit dem Totenkaiser eingesperrt. Eine merkwürdige Art, deine Dankbarkeit zu zeigen. Abgesehen davon, was hält mich davon ab, die Runen zu beschädigen, sodass ich meinesgleichen rufen und die Hölle auf dich und deine Zitadelle herabregnen lassen kann?«

»Wenn du denkst, ich würde mich auf ein Konstrukt wie Loyalität verlassen, kennst du mich schlechter, als ich gehofft hatte«, drang es aus dem Mauerwerk.

»Er müsste nur Sanftleben fragen, um mehr über deine einzigartige Einstellung zum Thema Loyalität zu erfahren, nicht wahr?«, sagte Clach. Er wollte den Inquisitor aus der Reserve locken, damit er einen Fehler beging. Keine leichte Aufgabe, wie der Totenkaiser wusste.

Ein wütendes Schnauben ertönte, dann wieder Fenneks Stimme: »Dieser Raum hat unzählige Zuflüsse. Ein Hebelzug von mir, und er füllt sich mit einer Flüssigkeit, die jeden, den sie umhüllt, bewegungsunfähig macht. Sie härtet innerhalb von Augenblicken zu einem Harz mit mystischen Eigenschaften aus. Ich bin mir sicher, du wirst einige der Kuben in den anderen Räumen bemerkt haben, als du hier eingedrungen bist, Heimkehrer.«

»Dann haben wir jetzt wohl ein Patt, Fennek Greskegard«, rief Solus.

»Du hast merkwürdige Vorstellungen von diesem Spielkonzept«, antwortete Greskegard. »Was könnte an deiner Lage für ein Patt sprechen? Denn so, wie ich das sehe, bist du vollkommen in meiner Gewalt. Ich halte sämtliche Trümpfe in der Hand.«

»Alle, bis auf einen, Archont. Einen Trumpf habe ich hier drinnen bei mir. Was hält mich davon ab, den Totenkaiser zu vernichten?«

Clach schwieg.

»Du bluffst«, entgegnete der Archont. »Du wolltest ihn eben noch befreien. Ich habe eure Unterhaltung mit Genuss verfolgt, ich ach so dummer Sterblicher, der ich bin.«

»Ich habe gelogen«, behauptete Solus. »Ich wollte nur an die Geheimnisse des Totenkaisers gelangen.«

»Mir scheint, ich muss meinen Standpunkt verdeutlichen«, sagte Greskegard.

Ein unschönes Kreischen von Metall und Stein erklang. Mehrere Löcher von der Größe eines Flaschenbodens öffneten sich in den Wänden. Einige Öffnungen gähnten auf Knöchelhöhe, die gleiche Anzahl hatte sich parallel knapp unterhalb der Decke der Zelle aufgetan. Moos und Staub fielen zu Boden.

Terbast hatte es bemerkt. Wie ein Mann, der nicht begreifen konnte, dass er gerade eine Ohrfeige bekommen hatte, starrte er auf die Wände.

»Wie ich sagte, Solus Terbast«, verkündete Fennek, »ich mache keine deiner Machtproben mehr mit. Dafür steht zu viel auf dem Spiel, das habe ich begriffen. Du wirst mir helfen, die letzten Lücken zu füllen – oder ich zeige dir die Konsequenzen deines Handelns auf.«

Ein kurzes Rauschen war zu hören, dann sprudelten Strahlen einer bernsteinfarbenen Brühe aus den Öffnungen. Binnen Herzschlägen lagen die Löcher auf Knöchelhöhe unter dem Spiegel der Substanz. Abrupt rissen die Fontänen ab.

Solus Terbast wirkte mehr denn je wie ein Panther. Er fauchte, als stünde er bis zu den Knöcheln in Säure. Der Totenkaiser erkannte, dass die Flüssigkeit dem Heimkehrer prompt die Kraft zu entziehen begann.

»Du wirst dieses Zeug augenblicklich abpumpen, du anmaßender sterblicher Wurm!«, presste der Templer durch die Zähne hervor.

»Du bist nicht in der Lage, Forderungen zu stellen«, entgegnete Greskegard unbeeindruckt.

Auch Clach musste sich eingestehen, dass das wenige der Substanz, das unter seinem Körper den Raum füllte, bereits an ihm zu zehren begann. Er spürte die Müdigkeit zurückkehren.

Die Müdigkeit!

»Die Nadeln waren nicht der Grund für meinen Dämmerschlaf«, stellte Clach fest.

»Applaus, Totenkaiser«, höhnte Greskegard. »Das Quaderharz war das Erste, was ich an dir erprobte, während du noch außer Gefecht warst. Ich hatte Monde, um seine mystischen Eigenschaften und Auswirkungen auf deinesgleichen zu erforschen.«

»Während ich annahm, Dirths Nadeln wären für die magische Tide verantwortlich, die mich immer wieder in Schlaf versetzte und erwachen ließ«, murmelte der Attentäter.

»Die Nadeln hielten dich, das ist wahr, aber du hättest dich ihrer weitaus zeitiger entledigen können.«

Der Totenkaiser wusste, dass der Inquisitor noch nie der Gelegenheit hatte widerstehen können, sich im Licht seiner eigenen Pläne zu aalen. »Das Zeug fließt in den Wänden«, murmelte Clach. »Und meine Müdigkeit …«

»… hing vom Stand, der Dichtigkeit und der Menge des Harzes ab, das dich umgab«, erläuterte Greskegard. »Nachdem mein Nekromant für mich den Ritus vollzog, war es für mich ein Leichtes, die Reaktion dieses Raums und deines Kadavers auf die schwarzmagischen Energien des Rituals auszuloten. Die nötigen Kenntnisse offenbarte mir mein Wirker. So war mir klar: Wenn der Totenkaiser Verbündete oder Feinde hat, würden sie sich auf den Weg zu ihm machen.«

»Vor allem, wenn du die Siegel einer solchen Zelle in ihrer Stärke von deinen Arkanisten dimmen lässt«, sagte Terbast tonlos. Auch er hatte begriffen.

»Ihr seid mir in die Falle gegangen, Heimkehrer«, sagte Fennek Greskegard. »Und euer einziger Weg hier heraus besteht darin, mir kompromisslos zu gehorchen.«

11. Enthüllungen

Es war das kurze, überwältigende Gefühl, inmitten eines Sturms zu verharren. Entladungen tasteten über die Wände des Raums, leckten über die Flüssigkeitsschicht auf dem Boden. Der Gestank von Ozon vermengte sich mit dem alchemischen Dunst des Materials. Augenblicklich gerann die Brühe. Binnen zwei Herzschlägen war sie wie Eis erstarrt.

Der Effekt war fatal. Der Totenkaiser spürte, wie die Kraft aus ihm herausfloss. Mit einem Schlag waren Antriebslosigkeit und Mattigkeit zurück.

Terbast hatte Fenneks Aktion noch übler getroffen, denn er steckte mit den Füßen im Harz fest. Er zog seinen Zweihänder und stützte sich auf die Parierstangen, damit er, wenn er das Bewusstsein verlor, nicht umkippte und sich dabei die Fußgelenke brach.

»Du verfluchter Hund!«, keuchte er.

»Man gab mir schon schlimmere Namen, Solus Terbast«, drang Fenneks Stimme aus den Mauern. »Dachtest du, ich hätte die Hinweise nicht entdeckt? Die Spuren des Massakers an der Stadtmauer? Das Feuer, kurz bevor sich der Nebel an den Bewohnern des Viertels satt fraß? Die Leichen der Soldaten? Genau in der Gegend, deren Nebelschild nur Wochen zuvor von Ormgair Steinvipers Schwert beschädigt worden war? Denkst du, mir ist entgangen, dass jemand zwei Stadtwächter getötet und ihre erweckten Leichen für den Diebstahl eines Zauberstabes missbraucht hat?«

Terbast schnaubte.

Clach hatte Mühe, die Schilderungen in seinen Wissensstand über die Heimkehrer einzugliedern. Die magische Müdigkeit machte jeden klaren Gedanken unmöglich. Dunkelheit senkte sich über seinen Geist, und als er die Augen wieder aufschlug, hatte sich der Raum verändert.

Schwer gepanzerte Myrmidonen standen im Raum. Fennek Greskegard stand am Eingang und hielt respektvoll Abstand zu Terbast. Über den Rücken des Archonten ragte der Griff einer riesigen Klinge hinaus, die Clach kannte: Ormgairs Bastardschwert Morven, das jemand von Fenneks Größe, wenn überhaupt, nur als Zweihänder benutzen konnte. Die Klinge wirkte an dem einstigen Inquisitor wie ein Richtschwert. Mit dieser Waffe konnte man einen Heimkehrer mühelos vernichten.

»So haben sie Fomor erweckt, Totenkaiser«, sagte der Archont. »Man hat uns beide auf eine Weise genarrt, die du nicht zu ermessen in der Lage bist.«

»Was hast du vor?«, fragte Solus Terbast. Seine Stimme war ein wattiges Lallen. Er wirkte, als stünde er unter Drogen.

»So viele Menschen sind deinetwegen gestorben, Kreatur«, sagte Fennek.

»Als würde dir das etwas bedeuten!«, höhnte der Templer.

»Zugegeben.« Greskegard lächelte sein Haifischlächeln, das in scharfem Kontrast zu der wirren Erscheinung des Archonten stand. »Ihr Heimkehrer habt mir gewaltigen Ärger bereitet. Seit Wochen schlafe ich kaum. Die Details ließen mir keine Ruhe. Dauernd fragte ich mich, was ich übersehen hatte.«

»Konntest du nicht ein Glas Milch trinken wie jeder andere

Sterbliche, um deine Schlafprobleme in den Griff zu bekommen?«, fragte der Heimkehrer.

»Witzig, Solus Terbast – oder wie immer du heißen magst. Ob dir wohl noch nach Scherzen zumute ist, wenn ich dir verrate, was ich alles herausgefunden habe? Eure mächtigste Waffe war die Unwissenheit eurer Feinde, Heimkehrer. Aber ich habe mir ein Bild der Lage verschafft. Oder eher, jemand anders hat es.«

»Wer hätte dich einweihen sollen, wo doch niemand außer uns etwas weiß?« Solus Terbast hielt inne, und der Totenkaiser war sich sicher, dass er sich die Antwort ebenso wie Clach gerade zusammengereimt hatte.

»Meine Verwandtschaft«, sagte Fennek. Seine Miene war todernst.

Clach sah nur den Rücken des Templers, doch der sank in sich zusammen. Solus Terbast war mächtig, der Erste der Heimkehrer. Doch das Harz ließ ihm keine Kraft, ließ auch keinerlei mentale Disziplin mehr zu, um seinen Geist länger abzuschirmen und seine Gefühle zu verbergen.

Clach konnte spüren, wie dem Templer-Heimkehrer die Felle wegschwammen. Die Tatsache, dass es Greskegard in die Falle gegangen war, erschütterte das Geschöpf.

Dennoch bemühte sich Terbast verbissen, seine Scharade des Desinteresses aufrechtzuerhalten. »Wer sollte das sein?«

»Ein betrogener Mann – und sein ermordetes Kind«, sagte Fennek. »Ich habe mit Balthus von Fomor gesprochen – und mit seiner Tochter, meiner Nichte Morven.«

»Nekromantie«, raunte Clach.

»Zwei Fliegen mit einer Klappe«, sagte Fennek. »So schwächte ich die Mauern zwischen den Welten, um Terbast anzulocken – doch die so gestellte Falle war nur ein Nebeneffekt.«

»Ich habe diese Klinge gesehen«, sagte der Totenkaiser mit ruhiger Stimme. »Ormgair hat mir einiges über ihre Bewohnerin erzählt. So wie ich ihn verstanden habe, ist sie das Gegenteil von Abschaum wie dir oder mir, alter Fuchs. Sie ist keine gewissenlose Mörderin. Ich bezweifle, dass sie sich mit dir ohne Gegenwehr gemein machen würde.«

»Hast du ihren Willen gebrochen, Magier?«, murmelte Solus.

Der Totenkaiser war über die Anrede nicht überrascht. Er hatte gesehen, was Fennek beim Kampf auf der Zitadelle mit einigen Ambosskriegern angestellt hatte, ganz ohne den verzauberten Goldkäfer, den der Inquisitor früher dafür benötigt hatte.

»Das musste ich nicht«, sagte Greskegard. »Ich hatte Hilfe.«

»Von einem Nekromanten?«, höhnte Terbast. »Das ist die Klinge des Barden Fahlsang, die du da trägst, Archont. Geschaffen in einem Zeitalter der Wunder. Ich bezweifle, dass irgendein Wirker, noch dazu ein Schwarzkünstler, den Willen einer solchen Zauberklinge brechen könnte. Selbst dir und deiner Macht dürfte das schwerfallen.«

»Ich brauchte sie nicht zu zwingen«, sagte Greskegard. »Nicht, da doch so vielen ein schrecklicher Tod droht.«

»Jetzt bist du es, der in Rätseln spricht, Fennek«, sagte Clach.

»Ich spreche von der einen Sache, die jeder Mensch begreift, weil sie so tief in unserer Natur verankert ist. Ich spreche von Krieg.«

»Krieg?«, fragte Terbast.

»Krieg«, bestätigte Greskegard. »Ich bin mir sicher, das ist eine Konsequenz, die die Heimkehrer bedacht haben. Als sich Fomor erhob, brach die Warenkette zwischen den Pentae auseinander. Dass er vernichtet wurde, ändert daran nichts.«

»Die anderen Archonten sitzen dir im Genick«, wiederholte Clach den Inhalt ihres Zwiegesprächs von Fenneks angetrunkenem Besuch im Keller.

»Ja. Doch das ist nicht der kommende Krieg, von dem ich spreche«, sagte Greskegard zum Totenkaiser. Der Archont zog mit zwei Händen die perlmuttfarbene Klinge und legte die Schneide mit Bedacht auf dem Bernsteinboden ab.

»Hast du vor, mich zu vernichten?«, schnaubte Solus Terbast. »Falls ja, dann bringen wir es hinter uns, Fennek Greskegard. Wie ich sagte, du hast eine merkwürdige Art, deinen Dank zu zeigen.«

»Ich muss in Erfahrung bringen, wo deine Loyalitäten liegen, Erster der Heimkehrer«, entgegnete Fennek Greskegard. »Mir fehlt die Zeit für Sperenzchen, drum frage ich dich direkt: Wem dienst du?«

Der Templer-Heimkehrer hob an zu sprechen, doch Fennek schnitt ihm mit einer entschiedenen Geste das Wort ab.

»Bevor du mir irgendein Schlangengift in die Ohren träufelst, bedenke dies: Bei meiner Befreiung hast du angedeutet, dass deine Loyalität nicht mehr bei deinem Meister liegt. Erst hast du zwar versucht, mich zu töten, dann jedoch ging dir auf, dass ich dir noch nützlich sein könnte. Wähle deine Worte weise, denn wenn sie mich nicht überzeugen, werden es deine letzten sein.«

Greskegard klopfte mit sanfter Hand gegen das Schwert. Der Stahl sang unter seinen Fingern wie ein gespannter Draht.

»Es geht mir nicht oft so, dass ich in einer angespannten Situation nicht nur hilflos bin, sondern über die wenigsten Informationen verfüge«, gestand der Totenkaiser.

Die beiden, der Archont und das Templer-Ding, ignorierten ihn, sehr zu Clachs Verärgerung.

»Du bist wahrhaft der misstrauischste Schakal, den ich kenne, Fennek Greskegard«, sagte Solus.

»Das muss in der Familie liegen«, antwortete der Archont. Er neigte leicht den Kopf. »Also? Ich warte auf deine Antwort, Erster der Heimkehrer.«

Familie? Clach war sicher, dass eine ganz besondere Bedeutung hinter diesem Wort steckte.

Das Wenige, was Terbast an Barrieren gegen den Totenkaiser aufrechterhalten hatte, verpuffte. Resigniert ließ der Templer die Schultern sinken und lehnte sich noch schwerer auf das Schwert.

»Ich schulde den Heimkehrern und ihren titanischen Meistern keinerlei Loyalität«, sagte er schließlich.

»Und dein wahrer Meister?«, fragte Fennek.

Clach musste sich eingestehen, dass er nicht begriff, was vorging.

»Wahrer Meister?«, fragte der Attentäter.

»Der Totenkaiser weiß es noch nicht«, sagte Fennek Greskegard und schielte mit einem Auge zu Clach. »Bis vor einigen Stunden ging es mir nicht anders. Doch jetzt bin ich im Bilde. Sag es ihm, Solus Terbast. Und sage mir, ob du ihm dienst oder nicht. Wie ich vorhin verlangte: Fülle die letzten Lücken.«

Fennek hob die Klinge. Ihre Runen brannten in Clachs Augen.

»Ich diene Vortigern nicht, ich verachte ihn«, knurrte der Erste der Heimkehrer. »Ich hasse, was er mir angetan hat. Ich hasse, was er der Welt angetan hat – und was er ihr noch antun wird!«

Die Emotionen, die von Terbast ausgingen, waren so machtvoll, dass sie den Totenkaiser wie Hammerschläge trafen. Er spürte, dass jedes Wort der Wahrheit entsprach, und er erkannte den Sinn hinter dieser Wahrheit, wenngleich ihm klar war, dass Terbast noch immer Dinge vor ihm und Greskegard verbarg.

»Das muss ein Scherz sein«, sagte Clach. »Das ist nicht euer Ernst. Das kann nicht euer Ernst sein. Vortigern? Der Tyrann von Khael?«

»Nenn seinen Namen nicht«, sagte Solus Terbast. »Selbst hier nicht. Er spürt es, wenn sein Name genannt wird. Jedes Wort ist wahr.« Trotz der Gefahr durch das Zauberschwert drehte er seinen Oberkörper, soweit es ihm das erstarrte Harz erlaubte, und blickte den Totenkaiser unverwandt an. »Jedes Wort ist wahr. Er war es von Anfang an.«

»Die Erzmagi sind vernichtet«, sagte Clach voller Unglauben.

»Und Tote erheben sich nicht, um als unseresgleichen zurückzukehren«, antwortete Terbast. »Nebel kann keine Leichen fressen, geschweige denn sie bewegen. Die Magick war nie fort, sie hat nur geschlummert! Was denkst du, wo das Schwert herkommt, Totenkaiser? Glaubst du, Fahlsang der Barde hätte seine Meisterschüler geopfert und ihre Lebensenergie in dieser Klinge konzentriert, wenn er nicht angenommen hätte, dass das Schwert eines Tages gebraucht würde?«

»Um in den richtigen Händen das Ende seines Bruders herbeizuführen«, sagte Fennek, »des Tyrannen. Jenes Erzmagiers, der von Anfang an alle gegeneinander ausgespielt und seine Vorkehrungen für einen Krieg getroffen hat. Einen Konflikt, der sich lange nach dem Titanensturm abspielen würde, wenn nicht nur die vier anderen Erzmagi und ihre Pentae-Titanen, sondern auch die Götter beseitigt wären. Der Tyrann von Khael hat all dies geplant. Von Anfang an.«

Clach sah erst Terbast an, dann Fennek, und schließlich glitt sein Blick über die Myrmidonen. Er hörte ihre Herzen rasen, roch den Angstschweiß, den selbst diese Schlächter verströmten.

»Nur angenommen, was ihr sagt, entspräche der Wahrheit«, fragte der Totenkaiser, »was haben all die Andeutungen über Familie zu bedeuten? Was hast du vor, alter Fuchs?«

»Ich habe ein Angebot für dich«, sagte Fennek und sah Clach unverwandt an. »Genauer gesagt habe ich ein Angebot für *euch*.«

Greskegard steckte das Schwert weg und gab einem der Palastwächter mit einem Schnippen ein Zeichen. Der Mann stapfte aus dem Raum. Nach kurzer Zeit kehrte er mit einem Bündel aus Tuch zurück. Er brauchte beide Arme, um es zu tragen. Greskegard bedeutete dem Mann, das Paket auf dem Boden abzulegen.

»Ich weiß, dass zwischen uns böses Blut herrscht«, sagte er zu den beiden Gefangenen. »Doch wie ich finde, nicht genug, um angesichts eines Feindes wie des Tyrannen von Khael kleinliche Streitigkeiten in den Vordergrund zu stellen.«

»Du willst, dass wir zusammenarbeiten«, lallte Solus Terbast.

»Ist das so schwer vorstellbar?«, fragte Fennek. Er schlug den Stoff beiseite.

»Das ist eine interessante Perspektive«, sagte der Totenkaiser beim Anblick des Inhalts und meinte es so. In dem Bündel befanden sich seine Gliedmaßen, bleich und unbekleidet.

Keines der Körperteile war verfallen. Die Schnittstellen waren von der schwarzen Essenz abgedichtet, die ein Heimkehrer statt normalen Bluts in seinem Körper hatte. Sein Dolch und das Krummschwert, der Talwar des Erzmagiers abd Masr, lagen dazwischen.

»Ich schenke dir die Freiheit«, sagte Fennek. »Euch.«

»Was springt dabei für dich heraus, Greskegard?«, fragte Solus.

»Dasselbe, was ich erhalten hätte, wärst du in einigen Wochen bei mir aufgetaucht«, sagte der Archont. »Du bist es gewesen, der mir den Skarabäus verkauft hat. Du warst es, der meine magischen Kräfte vor der Zeit weckte.«

»Und warum hat er das getan?«, fragte Clach erstaunt.

»Eigentlich, weil der Tyrann Magier vorbereiten wollte, infiziert mit der Macht der Magick durch Artefakte. Das war Solus' Auftrag. Doch in Wahrheit gab er mir den Skarabäus, weil er einen Verbündeten gegen seinen Meister wollte. Eine Marionette, einen Magier unter seiner Kontrolle, der ihm beisteht gegen die Macht der Heimkehrer und des Tyrannen von Khael. Ist das nicht offensichtlich?«

»Mir fehlen die Informationen, um das beurteilen zu können«, sagte Clach.

»Alles zu seiner Zeit, Totenkaiser«, entgegnete Greskegard. »Du wirst einiges erfahren, und das Wenigste wird dir gefallen.«

»Was springt für dich dabei heraus, alter Fuchs?«, wiederholte der Attentäter die Frage, die Solus eben gestellt hatte.

Fennek breitete die Arme aus und drehte sich langsam im Kreis. Die Geste schloss alles ein. »Dass ich meinen Thron behalten kann? Dass es noch eine Welt gibt, in der ich Herrscher sein darf? Der Tyrann wird alles vernichten. Und das, nachdem ich Jahre geopfert habe, um zu erlangen, was rechtmäßig mein ist!«

»Der Tyrann hat vor, ein Gott zu werden«, sagte Solus. »Er wird diese Welt seiner Apotheose opfern.«

»Auf welche Weise?«, fragte Clach.

»Ich weiß es nicht.« Der Templer zuckte mit den Schultern, was einen neuerlichen Schwächeanfall zur Folge hatte.

»Das ist auch ohne jeden Belang«, fand Fennek. »Wichtig ist, dass es nicht so weit kommt. Diesen Feind stoppe ich nicht mit Soldaten. Nicht, wenn er hinter den Kulissen die Fäden zieht und sich ein Krieg zusammenbraut, der meine Penta bedroht.«

»Was hielte dich davon ab, es dem Tyrannen gleichzutun, wenn er aufgehalten ist?«, wollte der Totenkaiser wissen. »Wir kennen deinen Machthunger, alter Fuchs.«

Fennek schwieg eine Weile lang. Clach war sich nicht sicher, doch es machte den Anschein, als sei Greskegard der Gedanke tatsächlich noch nicht gekommen.

»Wahrscheinlich nichts«, gab der Archont schließlich zu. »Außer dass ich jene, die sich das nehmen, was ihnen nicht zusteht, stets mit Verachtung betrachtet habe. Wenn dir das nicht reicht, Totenkaiser, bedenke, wen und was ich ein Leben lang gejagt habe. Ich habe aus erster Hand mitbekommen, welchen Schaden es anrichten kann, wenn Menschen mithilfe unkontrollierbarer Schöpfungskräfte nach der Macht greifen.«

»Was aber nicht heißt, dass du nach dem Ende dieser Ereignisse, dieses Krieges, nicht nach der Staatsgewalt über die anderen Throne streben würdest, wie ich annehme«, mutmaßte Solus.

Greskegard antwortete nicht, sondern schenkte den beiden ein blutleeres Lächeln. Er blickte die Heimkehrer gespannt an. Wartete auf weitere Fragen.

Der Totenkaiser war noch nicht sicher, ob ihm die Lage behagte. Doch was er hier vor sich sah, war die Möglichkeit, seine Freiheit wiederzuerlangen.

»Ich nehme dein Angebot an«, entschied er schließlich. »Das, was du vorhast, deckt sich mit meinen Zielen. Ich habe den Titanen ihre Sterblichkeit aufgezeigt – Zeit, dass ich zu Ende bringe, was ich begonnen habe.«

»Ausgezeichnet!« Greskegard gab seinen Männern einen

Wink. Sie trugen eine Bahre herein und drapierten die Gliedmaßen des Totenkaisers darauf. Einer begann damit, Clach loszuschnallen.

Greskegard wandte sich Solus Terbast zu. »Was ist mit dir?«

»Warum sollte ich nicht die erstbeste Gelegenheit nutzen, dich zu vernichten, Archont? Du hast mich tödlich beleidigt, mich geschwächt und angreifbar gemacht.«

»Ich würde dies nicht zulassen«, erklärte der Totenkaiser. »Wenn Greskegard den Titanen ein Dorn im Auge ist, scheint er wichtig zu sein. Er hat noch eine Rolle zu spielen.« Clach blickte Solus forschend an, studierte seine Körperhaltung, suchte nach verräterischen Signalen.

»So liegt dir plötzlich etwas an dieser Welt, Totenkaiser? Lange nachdem du sie verlassen hast?«, fragte der Templer. »Du wirst doch nicht sentimental werden, Attentäter?«

Doch, dachte Clach hinter seinem Schild aus Willenskraft. *Irgendwie schon, befürchte ich.* Seine widerstreitenden Gefühle machten ihm zu schaffen.

»Ganz und gar nicht«, behauptete er jedoch. »Ich sehe nur eine Möglichkeit, meine Aufgabe zu Ende zu führen, und ergreife sie.«

»Genug des Geplänkels«, drängte Greskegard. »Zeit ist kostbar – aus Gründen, die ich erläutern werde, wenn wir aus dieser Zelle hinaus sind. Ein letztes Mal, Terbast: Wirst du dir mein Angebot anhören?«

»Ich habe nicht vor, dir zu schaden«, gestand Solus. »Warum sonst hätte ich dir damals helfen sollen? Für mich hat sich am Status quo nichts geändert. Ich will mir dein Angebot anhören, Archont, jetzt, da mein Zorn verraucht ist.«

Greskegard hatte Wort gehalten. Die Ausrüstung des Totenkaisers war wiederhergestellt. Er trug den Säbel des Magiersultans an seinem Gürtel und den Dolch, den Greskegards Leute wiedergefunden hatten, in einer Scheide. Zudem lag ein kostbarer Umhang aus grün-schwarzem Samt um seine bleiche Gestalt. Er fühlte sich nicht länger nackt und ausgeliefert und genoss das Gefühl, auf eigenen Beinen zu gehen. Die Phantomschmerzen an den Nahtstellen seiner Gliedmaßen waren lästig, doch der Gefangenschaft in einem ausbruchssicheren Kerker auf jeden Fall vorzuziehen.

Der Totenkaiser verließ das Ankleidezimmer. Ein Leibdiener des Archonten ging gemessenen Schrittes vor ihm her durch das Gewirr der Gänge, nicht ahnend, was für eine Kreatur er in seinem Rücken hatte.

Die Korridore der Zitadelle waren reich verziert, und an den Wänden hing eine Vielzahl von Gobelins. Prächtige Gemälde zeigten Mitglieder der Höfe in brüchiger Ölfarbe. Der Marmorboden hatte ein Schachmuster. Es roch für die Sinne des Totenkaisers bis auf einen Hauch von Staub extrem rein.

Der Lakai blieb vor einer Holzpforte stehen und verneigte sich derart tief, dass er seine Schuhspitzen zu küssen drohte.

Clach trat in Greskegards Schreibstube. Ein Ort, an den er sich augenblicklich erinnerte.

Vor einigen Jahren, die ihm aber wie ein Jahrhundert erschienen, hatte er in dieser Kammer den Auftrag von Balthus von Fomor erhalten, die Familie von dessen Frau auszulöschen.

Jetzt stand der Totenkaiser abermals einem Archonten gegenüber, hätte sich jedoch nie träumen lassen, dass es Fennek Greskegard sein würde.

Der frühere Inquisitor saß in einem Lehnstuhl an einem

riesigen Schreibtisch. Ihm gegenüber lümmelte Solus Terbast, das gepanzerte Bein über einer Stuhllehne baumelnd.

»Setz dich, Totenkaiser«, sagte Greskegard. »Ich hoffe, es ist so weit alles zu deiner Zufriedenheit? Wer hätte gedacht, dass wir einander je unter solchen Umständen gegenübersitzen würden.« Er ließ sich von einem Mundschenk Wein eingießen, ohne den Heimkehrern etwas anzubieten.

Der Totenkaiser verkniff sich eine Bemerkung und nickte.

In aller Knappheit berichtete Greskegard den beiden, was er in den letzten Tagen erfahren hatte. Wie er sich der Hilfe des Nekromanten Ozelot Urdith versichert hatte, um mit Balthus zu sprechen. Dass er auf diesem Wege erfahren hatte, dass sowohl der Totenkaiser als auch Fennek lang geplante Rollen in einem Spiel gespielt hatten. Und höchstwahrscheinlich nur noch existierten, weil sie aufgrund der Umstände aus ihren Mustern ausgebrochen waren.

»Habe ich irgendetwas vergessen, Solus Terbast?«, fragte der Archont.

Der Templer-Heimkehrer schüttelte den Kopf. »Nichts Wesentliches. Es ist wahr. Zumindest in Teilen. Balthus wusste nicht alles. Es stimmt, dass dein Körper ursprünglich den Wirt für den Meister stellen sollte. Für Morven und den Totenkaiser schien er andere Pläne zu haben, doch er weihte mich nicht in alles ein.«

Clach konnte nicht verhehlen, dass es sein ausgeprägtes Ego störte, nur eine Statistenrolle in einem perfiden Spiel des allmächtigen Zauberers zu haben. Zudem war da noch diese andere, ähnlich gravierende Enthüllung.

»Verwandt.« Er kaute auf dem Wort herum. »Du, Morven und meine Wenigkeit.«

»Und der Meister«, ergänzte Terbast und zeigte ein Grinsen, das Clach ihm nur zu gern aus dem Gesicht geschnitten hätte.

»Ich kann nicht eben behaupten, dass mir das gefällt«, sagte der Totenkaiser. »Doch bislang ergibt alles, was du berichtet hast, einen Sinn.«

»Nicht alles habe ich allein herausgefunden«, sagte Greskegard. »Solus hat in den letzten Monaten einige Andeutungen gemacht. Und dann wäre da noch mein Besuch.«

»Besuch?«, fragte Solus. Es war für Clach offensichtlich, dass die Erwähnung einer bislang unbekannten Partei den Templer-Heimkehrer noch mehr verwirrte als ihn.

Greskegard antwortete nicht, sondern zog an einer Kordel hinter dem Schreibtisch. Eine Tür öffnete sich, und eine Gestalt trat in den Raum. Es war ein Mann unbestimmten Alters in kostbaren schwarzen Gewändern, dessen ebenso nachtfarbenes Haar um seine Züge floss.

Als der Totenkaiser in die Augen des Neuankömmlings blickte, traf es ihn wie ein Schlag. Da war ein Erkennen, obwohl er den Mann noch nie in seinem Leben gesehen hatte. Diese Augen. Es waren die des Mannes, aber es lag der Ausdruck einer anderen Person darin. Der Langhaarige war besessen.

»Ich darf vorstellen: Ozelot Urdith, der Meister-Nekromant und mein persönlicher Wirker, seit ich erfahren habe, dass den Arkanisten nicht mehr bedingungslos zu trauen ist.« Fennek setzte ein säuerliches Lächeln auf. »Obschon er momentan nicht er selbst ist, könnte man sagen. Stellt Euch bitte vor, Gnädigste.«

»Das wird nicht nötig sein«, sagte der Neuankömmling mit einer sanften, katzenhaften Stimme.

Clach stellten sich die Nackenhaare auf. »Herrin?«

»Ich bin es, Erster meiner Todbringer. Und – zumindest in Fomor – wohl auch mein letzter. Greskegard hat unsere Kirche in dieser Stadt geschleift.« Es lag kein Zorn in diesen Worten.

Der Totenkaiser nahm die Nachricht vom Untergang des Tempels mit einer Mischung aus Ungerührtheit und eigentümlicher Nostalgie hin. An dem Ort war ihm nie viel Gutes widerfahren, doch hatte man ihn dort ausgebildet.

»Als Ozelot für mich Balthus von Fomor beschwor, schlug er damit eine Bresche in die Mauern zwischen dieser Welt und der nächsten«, sagte Fennek. »Dabei fuhr etwas in ihn hinein. Ich war drauf und dran, meinen Männern zu befehlen, den offensichtlich Besessenen niederzumachen, als sie sich zu erkennen gab.«

»Ich will eure Wiedersehensfreude nicht trüben, aber könnte mir jemand sagen, wer verflucht noch mal das ist?«, fragte Terbast.

Beim Klang seiner Stimme wandte sich der Nekromant zum ersten Mal dem Templer-Heimkehrer zu.

Der Effekt war verblüffend. Der Totenkaiser sah, wie aus dem fragenden Blick des Neuankömmlings ein Weiten der Augen wurde, auf das ein Wiedererkennen folgte. Die sprichwörtlichen Schuppen fielen dem Besessenen von den Augen. Mit einem Seitenblick auf Terbast erkannte Clach, dass es dem Templer umgekehrt genauso ging. Beide sahen sich nicht zum ersten Mal, schienen aber bis gerade keine Erinnerungen aneinander gehabt zu haben.

»Du?«, fragte der Templer-Heimkehrer.

»Die Todesbotin«, sagte Clach. »Ihr kennt euch?«

Bei Terbasts Reaktion auf seine Herrin beschloss der Totenkaiser, dass es weise war, die Hand an der Klinge zu belassen.

»Solus Terbast war der Heimkehrer, der zugegen war, als Ashavar in Gestalt des Haushofmeisters Rodamir mein Gedächtnis veränderte«, kam es aus dem Munde des Nekromanten. »Er war es, der dich auf den Moreno-Kontrakt ansetzte, Clach.«

»Was dazu führte, dass du damit begonnen hast, Nachforschungen anzustellen, Totenkaiser. Ebenso wie ich«, sagte Greskegard.

»Und was wiederum darin endete, dass verschiedene Kräfte zusammenwirkten«, erläuterte Solus Terbast, »die zufällig zum Tod einiger meiner geliebten Geschwister führten«, fügte er mit einem Lächeln hinzu.

Clach bezweifelte, dass irgendetwas von diesen Ereignissen Zufall gewesen war, doch er behielt es für sich. Er konnte Solus Terbast nach wie vor nicht einschätzen, bezweifelte aber, dass ein Geschöpf wie er etwas Positives im Schilde führte.

»Wieso bist du in diese Hülle gefahren, Herrin?«, fragte der Totenkaiser. »Hat Fennek dich ebenfalls getötet?«

»Greskegard hat mich als Geisel genommen«, sagte die Hohepriesterin, »doch getötet hat er mich nicht. Ich befinde mich unter den Kriegern des Amboss.«

Bevor jemand nachhaken oder eine Ergänzung machen konnte, begann der Besessene zu erzählen. Davon, wie Greskegard die Festung des Sharis-Kultes angegriffen und die Todesbotin verschleppt hatte. Davon, wie es Ormgair Steinviper gelungen war, sie zu befreien. Und schließlich, wie sein verheerter Körper zu den Riesen des Amboss gebracht worden war.

»Ormgair war eine Kraft, mit der man rechnen musste«, sagte Clach.

»Das ist er immer noch«, entgegnete der Totenbeschwörer.

»Er lebt?«, fragte Clach ungläubig.

»Kaum noch«, warf Fennek ein. »Doch so sehr ich dies begrüßen mag, können wir nicht zulassen, dass er stirbt.«

»Greskegard, du hast vorhin gesagt, du hättest Morven nicht zwingen müssen, dir ihre Geheimnisse preiszugeben. Du warst es, die mit ihr gesprochen hat, nicht wahr, Herrin?«, fragte Clach.

»Ja. Und jetzt, da auch die letzte meiner Erinnerungen zurückgekehrt ist, glaube ich, dass ich zu begreifen beginne«, sagte der Besessene. »Mit dem, was Fennek und Morven mir berichtet haben, und da der Erste der Heimkehrer hier vor mir sitzt, ergibt sich ein Bild.«

»Lass uns daran teilhaben«, bat der Totenkaiser.

»Das werde ich«, versicherte der Besessene. »Doch nicht hier und nicht zu dieser Zeit. Nicht, bevor ich nicht einige Dinge in Erfahrung gebracht habe.«

»Gib dir keine Mühe, Totenkaiser. Noch bevor sie ihre Enthüllung durch dieses Wiedersehen mit Terbast hatte, gab sie zu, etwas zu wissen. Einen Verdacht zu haben. Doch sie hat ihn nicht mit mir geteilt.« Versonnen schwenkte der Archont sein Trinkgefäß, beobachtete dabei den Wein, wie er im Pokal kreiste. »Aber sie hat mir klargemacht, wie wichtig das Bündnis ist, von dem ich im Kerker sprach. Andernfalls würdet ihr nicht hier sitzen, sondern euer Zuhause wäre ein gemütlicher Block aus antimagischem Harz.«

»Können wir ihm trauen?« Clach sah den Templer-Heimkehrer an.

Terbast lächelte und deutete eine spöttische Verbeugung an.

»Das ist nicht die Frage, Totenkaiser«, sagte die Todesbotin durch den Mund des Besessenen. »Die Frage lautet eher: Können wir es uns erlauben, unseres durchaus angebrachten Misstrauens wegen einen Verbündeten gegen die Macht eines Erzmagus zu verlieren?«

»Was tun wir, jetzt, da das geklärt ist?«, fragte Solus. »Welchen Plan haben wir, um den Meister zu stoppen?«

Statt eine Antwort der Todesbotin abzuwarten, erhob sich Fennek, ging zum Hauptmann seiner Myrmidonen und ließ sich das Runenschwert aushändigen.

»Damit beginnen wir«, sagte er. »Mit einem Botendienst. Ormgair braucht das Schwert, oder er stirbt.«

Mit diesen Worten legte er die Klinge auf den Tisch und sah Clach an. Alle Blicke richteten sich auf den Totenkaiser.

Der Stahl sang unhörbar.

12. Clach

Die Klinge wog weniger, als er erwartet hatte. Dennoch lastete sie schwerer auf ihm, als es der Fall hätte sein sollen.

Es war nicht das Gewicht des Stahls, das dem Totenkaiser zu schaffen machte. Wie auch – er war stark genug, um eine Kutsche zu werfen.

Es war das, wofür die Klinge stand. Die Bedeutung, die sie hatte.

Alles stirbt, dachte Clach.

Das war der Lauf der Dinge. Auch für die Arbeitsweise des Totenkaisers, für seine Neigung, die Dinge stets allein zu erledigen, gab es ein Ende.

Es gab keinen Grund für Clach, an den Worten der Todesbotin zu zweifeln. Ormgair Steinviper war schwer gezeichnet – nur Morven und die Macht der Halbgöttin hielten ihn im Diesseits.

Der Totenkaiser war sich noch nicht sicher, was er von dieser Entwicklung halten sollte. Einerseits begrüßte er es, dass der alte Karstlöwe den Kampf gegen die Titanen – und mit Sicherheit auch gegen Greskegard – noch nicht beendet hatte. Andererseits liefen für Clachs Geschmack bereits viel zu viele übernatürliche Kreaturen herum, die ihre eigentliche Lebensspanne weit überschritten hatten und dem Tod damit vorenthielten, was ihm zustand.

Der Attentäter war nie ein besonders religiöser Vertreter des Kults und die Kirche der Sharis für ihn immer Mittel zum Zweck gewesen. Sie hatte ihn einst von der Straße aufgelesen – und offenkundig nicht zufällig, wenn man Greskegards Ausführungen Glauben schenken durfte.

Nichtsdestotrotz hatte er nach seiner Ausbildung die Möglichkeiten geschätzt, die ihm seine Mitgliedschaft unter den Meuchlern des Tempels geboten hatte.

Der andere Grund, warum es dem Totenkaiser alles andere als genehm war, genau jetzt mit diesem Schwert auf seinem Rücken in Richtung der Ambossheide aufzubrechen, waren die ihn im Übermaß plagenden Fragen.

Es gab zu viele quälende Lücken im Gesamtbild, um unbeschwert über seine neu gefundene Freiheit in die Welt zu ziehen. Nicht zuletzt, weil er diese Freiheit nicht aus eigener Kraft errungen hatte, sondern sie ihm von seinem alten Häscher gnädig gewährt worden war.

Der Totenkaiser hasste es, anderen etwas schuldig zu sein. Es war eine Abhängigkeit. Eine Schwäche.

War dies, was jene, die mit Gefühlen gestraft waren, als »Scham« bezeichneten? Fühlte es sich so an, wenn man sich für etwas schämte? Waren solche Emotionen jetzt sein Schicksal?

Fahlsang hatte Clach gewarnt, dass die »Heimkehr« alles andere als leicht werden würde. Der Erzmagus hatte nur zu erwähnen vergessen, dass zu diesen Komplikationen das Erwachen bislang verborgener und lästiger Gefühle gehörte.

Das war nicht nur ein Hemmnis.

Das war eine Gefahr.

Ist so etwas möglich? Kann jemand aus dem Nichts ein Gewissen hervorbringen?

Konnten Tote den Klammergriff des Grabes sprengen?

Andererseits: Konnten sich Gottriesen aus der Erde erheben und Stadtteile unter ihrem Leichnam begraben?

Der Totenkaiser klärte seinen Geist mit einem unwirschen Kopfschütteln, so als wäre er ein Hund und die Gedanken nicht mehr als lästige Flöhe.

Die Todesbotin hatte ihm Antworten versprochen, sobald er das Lager der Barbaren erreichte. Bis dahin musste er sich in Disziplin üben. Auf seine Gelegenheit warten.

Und hoffen, dass Solus Terbast bis dahin keine seiner zweifelsohne geplanten Ränke in die Tat umsetzt, dachte Clach grimmig.

Er hatte die Stadt vor einigen Minuten hinter sich gelassen. Einsam marschierte er durch das Zwielicht des morgendlichen Nebels. Die Kargheit des Winters verstärkte die Trostlosigkeit noch.

Das Schwert auf seinem Rücken war extrem lang, der Totenkaiser hingegen kein großer Mann. Er trug es stark abgewinkelt, damit die Spitze der Scheide nicht konstant wie eine Pflugschar durch den Schnee glitt.

Nachdem er eine Weile schweigend durch die frostige Ödnis gewandert war, drehte sich der Totenkaiser um. Der Blick des Heimkehrers durchstieß den Nebel, als wären weder der Brodem noch die endlos fallenden Flocken vorhanden.

Er konnte den halb in sein Erdloch zurückgesunkenen Kadaver des Gottriesen Fomor durch den geschwächten Schild der Penta ausmachen. Dessen Schultergelenk und ein Teil des Rückens ragten über den Giebeldächern der Penta auf.

Ich habe das getan, dachte der Totenkaiser. Er spürte eine der Emotionen, die er bereits zu Lebzeiten gekannt hatte. Ein feines Rieseln auf seinem Rücken. Prickeln in seiner Brust, das von einem inneren Feuer zehrte. Stolz.

Seid unbesorgt. Ihr anderen kommt auch noch dran.

Der Gedanke erfüllte ihn mit einer Vorfreude, die nur ein Wolf ermessen konnte, der am Ende seiner Jagd die Fangzähne in das noch schlagende Herz eines Hirsches graben würde.

Die Freude der Jagd, die Lust am Töten, an der Meisterschaft dieses komplexesten aller Handwerke. Welcher Mann, welche Frau konnte schon von sich behaupten, Geschöpfe wie diese vernichtet zu haben?

Noch in tausend Jahren würde man davon erzählen. Und Clach würde da sein, verborgen in den Schatten, und diesen Erzählungen lauschen. In dem Wissen, dass er es gewesen war, der die Schreckensherrschaft der Gottriesen beendet hatte.

Und dann? Was kommt danach?

Die Frage kam zu abrupt. Ein unerwünschter Gast, der auftauchte und das sorgfältig aufgestellte Spielbrett seines Gastgebers zerstörte.

Was kam danach? Der Gedanke hatte etwas Beängstigendes. Sollte es ihnen gelingen, die Titanen aufzuhalten – ihnen? Wann hatte er je so gedacht? –, welche Beute würde sich dann noch als seiner würdig erweisen?

Schon bevor er die erste der fünf Essenzen, das Blut des Titanen Fomor, zu sich genommen hatte, war er nahezu jedem gewöhnlichen Kämpfer überlegen gewesen. Wie würde es erst sein, wenn die Seelenessenzen von fünf Gottriesen in seiner Brust zu einem Schmelztiegel kosmischer Energien verschmolzen?

Es half nichts, solch müßigen Gedanken nachzuhängen. Clach beschloss, sich vorerst auf das Hier und Jetzt zu konzentrieren.

Er beschleunigte seine Schritte, genoss den Rhythmus, mit dem das jungfräuliche Weiß und die Harschdecke darunter unter seinen Stiefeln knirschten.

Hier und dort strebten verwaiste Gehöfte aus dem Nebel zwischen den Tannen in die Höhe. Koben und Umzäunungen ragten als bizarre Eisgebilde aus dem Schnee. Dächer waren unter ihrer Last eingesunken. Kamine, aus denen Rauchwolken von der Anwesenheit eines Heims und der Sicherheit einer Familie künden sollten, waren erkaltet.

Als der Titan erwacht war und sich die Kunde bis zu jenen entlegenen Orten verbreitete, an denen man sein Kommen nicht mit eigenen Augen gesehen hatte, war Panik ausgebrochen.

In gewisser Weise war Clach dankbar dafür, dass er Fomor nur als Teilausschnitt von der Spitze der Zitadelle aus gesehen hatte. Von den Unzähligen, die das Pech hatten, den Gottriesen vom Boden aus zu erblicken, waren viele nicht mehr bei Verstand.

Wirtschaft und Handwerk der Penta Fomor hatten einen vernichtenden Schlag hinnehmen müssen – die Handwerker und Lederer, die der Nebel nicht gefressen hatte, waren ihrem Wahn erlegen. Oder zumindest nicht in der Lage zu arbeiten.

Der Totenkaiser beneidete Fennek nicht um sein Amt. Dem frischgebackenen Archonten oblag es, alles, was ein halbes Jahrtausend lang wie ein Uhrwerk funktioniert hatte, wiederaufzubauen. Dabei musste er den verbliebenen Bürgern noch klarmachen, wie wichtig es war, dass sie blieben. Dass ihre von unfassbaren Mächten erschütterte Welt wieder ein sicherer Ort war.

Kurz: Greskegard musste lügen und betrügen wie noch nie. Doch der Totenkaiser bezweifelte, dass dem Inquisitor von einst dies Probleme bereitete.

Einer Eingebung folgend bog Clach an einem Wegweiser ab und folgte dem Seitenpfad der Handelsstraße einige Minuten, bis er auf einem Gehöft stand.

Der Attentäter stapfte an den Stallungen vorbei zu dem, was auf der bescheidenen Anlage als Haupthaus gelten mochte. Er drückte die Klinke nach unten und übte Druck auf die Tür aus, als er spürte, dass das Schloss Widerstand leistete und sich der Rahmen verzogen hatte.

Die primitive Konstruktion hatte seiner Kraft nichts entgegenzusetzen. Tageslicht und Schneeflocken fielen ins Innere. Staub bedeckte den Boden, die Möbel waren mit Kartoffelsäcken oder anderem grobem Stoff abgedeckt.

Clach tat einen Schritt, hielt jedoch in der Bewegung inne. Einer Eingebung folgend zog er das Bein zurück.

Seine überscharfen Instinkte hatten die gespannte Bärenfalle knapp hinter dem Spiel der Tür in der Dunkelheit bemerkt, lange bevor seine Augen sie wahrgenommen hatten.

Offenbar wusste man sich hier draußen gegen Plünderer und Briganten zu helfen, auch wenn man sein Eigentum längst aufgegeben hatte. Die Leute planten wohl, irgendwann zurückzukehren.

Menschliche Hoffnung war etwas, das Clach seit jeher fasziniert hatte.

Menschen gaben einfach nicht auf, waren unbeugsam unter den widrigsten Umständen. Das war es unter anderem auch, was die Jagd auf dieses Besondere aller Wildtiere so spannend machte. Mit dem Mut der Verzweiflung kämpften jene, die am wenigsten besaßen und doch am meisten zu verlieren hatten, gegen das Unvermeidliche.

Der Totenkaiser stieg über die Falle hinweg und stand in dem Lichtrechteck, das die Tür in die Dunkelheit des Raumes stanzte.

Es roch nach Räucherfleisch, überlagert von der mildfruchtigen Würze von Pfeifentabak, die in das Holz eingezogen war. Der Geruch von Pferd und Stall mischte sich darunter. Die Düfte waren blasse Abdrücke. Wenn Menschen von Gespenstern sprachen, meinten die meisten damit solche Überbleibsel, die ein Bild von denen zeichneten, die einst hier gelebt und alles geteilt hatten.

Clach ließ den Blick über den Küchentisch und dessen gedrechselte Beine schweifen. Seine Augen wanderten über Schränke, Anrichten und einen Tellerschrank an der Wand. All dies war einst mit Liebe und Sorgfalt getischlert und verziert worden.

Abgesehen davon, dass die Fliehenden den Inhalt mitgenommen hatten, vermittelte das Mobiliar den Eindruck, dass es seinen Eigentümern am Herzen lag. Manches davon wirkte dermaßen alt, dass es sich zweifellos um Erbstücke handeln musste.

Der Totenkaiser schloss die Tür und durchmaß den Raum. Beinahe augenblicklich drangen die Geräusche des Winters nur noch gedämpft an seine Ohren. Hier und da pfiff der Wind allerdings durch Ritzen in den Holzwänden.

Dennoch fiel es leicht, sich vorzustellen, wie Menschen hier lebten. Wie sie sich in ihrer Behaglichkeit und der trügerischen Sicherheit ihres Heims aneinanderdrängten.

Mit einer Geste, die an Ehrerbietung grenzte, legte Clach seine Handschuhe aus feinstem Marderleder auf die Lehne eines Stuhls. Er hob ihn leicht an, damit das Geräusch, die Dissonanz, nicht die Musik der Stille zerriss, während er ihn zurückzog.

Der Totenkaiser setzte sich an den Tisch der Leute, die einst hierher zurückkehren wollten. Lebten sie noch? Hatten die Härten ihres Exodus ihre Leben gefordert?

Clach wusste selbst nicht zu sagen, was er hier tat, aber es kam ihm zugleich unendlich richtig vor. Und doch irgendwie unpassend.

Wie oft war er der Dieb in der Nacht gewesen. Der Todbringer, der die heilige Unversehrtheit von Heim und Herd geschändet hatte.

Er war im Laufe seiner Karriere in so viele Häuser eingedrungen, dass er sich die Einwohner bildlich vorstellen konnte. Der Patriarch der Familie, der Vater, der pfeiferauchend in diesem Schaukelstuhl in der Ecke saß, einen Pelz auf den Knien. Er erzählte den beiden Kindern auf dem Boden eine Geschichte. Etwas Heroisches vielleicht, mit Rittern und Monstern, die einen Kampf ausfochten. Oder eine Schöpfungsgeschichte. Vielleicht gewitterte es, und er erzählte seinen Sprösslingen ein Gleichnis, das ihnen die Furcht vor Spiel von Blitz und Donner nahm.

Clach erinnerte sich nur zu gut an all die Nächte, in denen er in einem Müllfass oder unter einer Brücke gekauert hatte. Hunderte Schritte über ihm hatte der Zorn des Sturmes getobt, hatten Blitze wie die Pranken eines Teufels über den Nebelschild Fomors geleckt. In diesen Nächten war er nicht der Totenkaiser gewesen. Nur ein verwirrter Junge, dem die unterkühlten, schwachen Wellen gedämpfter Furcht wie die Furien aller Höllen vorkamen.

Der Totenkaiser setzte seinen gedanklichen Rundgang durch das Zuhause dieser Menschen fort.

Die Frau des Bauern stand während der Geschichtsstunde dort bei dem Kessel, der an Ketten über den Kamin hing. Ein munteres Feuer prasselte. Sie rührte gedankenverloren in einer dünnen Suppe, beleuchtet vom orangeroten Schimmer der Glut. Immer wenn sie dachte, ihr Mann würde es nicht bemerken, warf er einen Blick auf ihre kleine Familie und lächelte.

Clach war trotz seiner Jugend bereits ein schwerreicher Mann gewesen, als er noch unter den Lebenden weilte. Dafür hatten seine zahllosen Kontrakte gesorgt. Er hatte mehrere Häuser besessen.

Doch keines davon war jemals ein Heim gewesen.

Jetzt saß er hier, ein Sendbote des Todes, dazu verdammt, vergessene und verwaiste Stätten als Schemen zu besuchen.

Nicht die Dünste von Küche und Heim waren die wahren Gespenster hier. Sie waren alte Freunde, die auf die Rückkehr derer warteten, die ein Recht hatten, hier zu sein.

Das einzige Gespenst an diesem Ort war er.

Früher hatte er sich von denen, die er jagte, durch seinen Wunsch nach Perfektion und dem Kitzel der Jagd bewusst abgesondert. Er hatte sich eingeredet, anders zu sein als sie. Wichtiger. Weniger wertlos.

Jetzt war es anders. Jetzt war er ein Phantom, das unter Toten wandelte und selbst diesen nichts brachte als das Ende. Früher war er allein gewesen. Jetzt war er einsam.

Dies wurde ihm an diesem Ort erst bewusst. Selbst nach Wochen in der Isolationskammer – dort hatte es keinen Gradmesser gegeben, an dem sich seine Einsamkeit offenbaren konnte.

Es gab kein anderes Geschöpf wie ihn auf der Welt.

Sicher, da waren die anderen Heimkehrer. Doch die waren Knechte der Titanen. Durch ihr telepathisches Netzwerk, den Chor, und einen geeinten Zweck miteinander verbunden.

Doch der Totenkaiser war von Fahlsang, dem sechsten, vergessenen Erzmagier, zurückgesandt worden. Clach focht seinen Kampf allein. Nachdem er die Seele des Erdtitanen Fomor und seines Gefäßes Ashavar verschlungen hatte, war ihn dieser Sieg teuer zu stehen gekommen. Er war ins Koma gefallen, und nur deshalb hatte Greskegard ihn gefangen nehmen können. Auch den Kampf gegen die falsche Pavosa Moreno in Argas hatte er nur mit Mühe entscheiden können.

Doch war dies Grund genug, ein Bündnis mit einem Erzfeind einzugehen und sich in die Wildnis zu begeben, um einem greisen Barbaren sein Runenschwert zu bringen?

Er stand auf und legte in einer Geste stummer Andacht die Hände auf den Tisch.

Wollte Clach nicht, dass die ganze Welt so aussah wie dieser Landstrich, mussten die Titanen, ihre Heimkehrer und Vortigern aufgehalten werden. Es würde sonst niemanden mehr geben, der von den unfassbaren Fähigkeiten des Totenkaisers und seiner Jagd auf die fünf künden konnte.

»Das können wir unmöglich zulassen«, murmelte er.

Das Haus ächzte unter dem Ansturm des Winters. Der Wind heulte um die hölzernen Wände. Clach verließ das Anwesen und verkeilte die Tür im Rahmen. Die Bärenfalle ließ er gespannt. Dann machte sich der Attentäter auf den Weg zurück zur Handelsstraße. Er schritt unter den Eispanzern der Bäume entlang, die wie die Klauen urzeitlicher Tundra-Monster aus dem Schnee ragten.

Es würde nicht schwer werden, sich zu den Barbaren zu begeben. Auch nicht besonders zeitraubend, sobald er erst einmal reiten konnte. Mochte auch kein gewöhnliches Ross den Nebelmacher tragen – auf Stille konnte er zählen.

Clach hatte das Streitross eines unglücklichen Ritters in Besitz genommen. Dies lag schon einige Monde zurück. Er spürte, dass das Pferd ebenso treu wie stumm auf ihn wartete. Das Geschöpf hatte eine endlose Ausdauer, da Nebel statt Blut durch seine Adern rann, und eine ebenso nie versiegende Geduld.

Von gewöhnlichen Pferden hielt Clach nichts. Er hatte diese Tiere im Leben nicht gemocht – jetzt, da er ein Nicht-Toter war, beruhte diese Abneigung auf Gegenseitigkeit. Pferde und die meisten anderen höheren Säugetiere fanden die Präsenz eines Heimkehrers unerträglich.

Oder zumindest meine, dachte Clach.

Er wusste nicht, ob die Knechte der Titanen Techniken kannten, mentale Übungen oder Befehle, die es ihnen gestatteten, Tiere unter ihren Willen zu zwingen.

Bevor Clach sein fahles Ross zu sich rief, wollte er einen gehörigen Abstand zur Zivilisation gewinnen, zu den anderen Heimkehrern – und zur Totenhand.

Der Attentäter hatte nicht vergessen, dass die Knechte der Titanen dieses Quintett von Assassinen zu einem Scheinleben erhoben hatten. »Falsche« Heimkehrer, Simulakren, die sich wie Hetzhunde an Clachs Fersen geheftet hatten.

Den Heimkehrern würde nicht entgehen, dass Clach einen Ruf aussandte, darum wollte er so weit wie möglich von seinen Feinden entfernt sein.

Nein, es war nicht das Problem, zu Ormgair zu gelangen. Die Schwierigkeit bestand darin, dem todkranken Barbaren begreiflich zu machen, warum Fennek Greskegard leben musste und warum es unerlässlich war, dass auch der Archont lebte. Seine Soldaten mussten den Heimkehrern Steine in den Weg legen, selbst wenn es nur als Ablenkung geschah.

Greskegard verlangte, dass der Barbar ihn in Ruhe ließ. Das war die Voraussetzung für seine Mithilfe. Eine Unmöglichkeit, hatte Ormgair nach Morvens Tod doch geschworen, den Inquisitor zu erschlagen.

Die Aufgabe, mit der Clach sich konfrontiert sah, war es, das Vertrauen des Barbaren zu gewinnen. Dem knorrigen Wilden den Sachverhalt begreiflich zu machen. Ihm vor Augen zu führen, dass er seine Rache an Fennek vorerst vergessen musste.

Es war das erste Mal, dass sich der Totenkaiser der Aufgabe gegenübersah, etwas zu gebären, statt es zu töten. Und wenn es nur ein vorübergehendes Bündnis war. Clach empfand diese Herausforderung entmutigender als den Kampf gegen Gottriesen.

Der Totenkaiser kam am nächsten Tag gut voran. Er ließ die Penta und ihre bewohnten Ausläufer hinter sich. Die Wildnis zwischen den fünf Zentren der Zivilisation war im Winter noch trister, menschenleer und derart verschneit, dass von der Handelsstraße nichts mehr zu sehen war. Nur die überscharfen Sinne des Heimkehrers verrieten ihm, dass unter der Schneedecke Kopfsteinpflaster und erfrorenes Moos schlummerten.

Der Totenkaiser durchmaß ein winziges Wäldchen, das nordwestlich der Handelsstraße lag. Diese beschrieb eine Biegung Richtung Süden, aber Clach hatte nicht vor, in Richtung der Penta Gawr zu marschieren.

Als die Tannen und Kiefern hinter ihm zurückblieben, breitete sich der Amboss in seiner ganzen verzweifelten Einsamkeit vor Clach aus.

In den letzten Tagen des Titanensturms hatten an diesem Ort die erbittertsten Schlachten stattgefunden. Die Erzmagier, ihre Pentae-Festungen und Legionen geringer Titanen waren hier aufeinandergeprallt und hatten Kräfte entfesselt, die Kontinente hätten zerreißen können.

Millionen hatten dieses Land mit ihrem Blut getränkt. Die Verwüstung war so allumfassend gewesen, dass fünfhundert Jahre nach dieser Schlacht eine unheilbare Narbe zurückgeblieben war. Eine Brache, in der nur die härtesten Geschöpfe bestanden. Sie war für jede Art von Landwirtschaft oder Besiedelung unbrauchbar.

Sah man einmal von den Ambosskriegern ab.

Der Totenkaiser bildete sich ein, die endlosen Legionen all der Toten flüstern zu hören, die unter der eisverkrusteten Heide des endlosen Schnees ruhten.

Sie alle, Stadtbewohner und Barbaren, ja, selbst die fremdartigen Titanen, waren mit Hoffnungen und Zielen in den Krieg gezogen.

Am Ende hatten sie alle die gleiche Rechnung erhalten. All das wegen fünf Magiern, die mit der jeweiligen Rolle, die ihnen das Dasein zugedacht hatte, nicht zufrieden waren.

Es lag eine Ironie darin, dass die Geschichte sich wiederholte. Fenneks Gegenspieler, die Archonten, waren keine Erzmagi. Dennoch waren auch sie mehr als bereit, ihre Untergebenen in einem Krieg zu verheizen.

Der Totenkaiser schüttelte den Kopf. Es war an der Zeit, auch dem letzten dieser Ränkeschmiede ein Ende zu bereiten.

Clach streckte seine geistigen Fühler aus. Er sondierte, suchte nach Stille und rief sein Nebelross, ihm mit aller Hast entgegenzueilen.

Der Totenkaiser spürte ein Drängen, aber es war nicht das Verlangen, die Klinge abzuliefern. Vielmehr hatte es mit dem Letzten in ihrem Bunde zu tun. Der Erste der Heimkehrer, Solus Terbast. Clach war sich nicht sicher, ob dessen Beteuerungen, auf derselben Seite zu stehen wie er und Fennek, nicht nur Lippenbekenntnisse waren.

Hatte so jemand eine Seite? War es nicht vielmehr so, dass Terbast – oder wie immer sein Name wirklich lauten mochte – ein Geschöpf ohne Allianzen war?

Genau das war es, was dem Totenkaiser Sorge bereitete. Zudem quälte ihn das nagende Gefühl, unter dem Einfluss der Nägel und der Isolation etwas vergessen zu haben.

Etwas, das so offenkundig auf der Hand lag, dass Clach überzeugt war, nur die Hände danach ausstrecken zu müssen.

Doch die Verwirrung, die widerstrebenden, ungekannten Emotionen lähmten sein Denken. Sie machten ihn reizbar und unkonzentriert. Es half nichts. Er musste mit der Todesbotin und Ormgair sprechen. Vielleicht erlangte er auf diesem Weg Klarheit.

Also machte der Totenkaiser sich auf in die Ödnis.

Der weiße Ozean verschlang erst den einsamen Wanderer und dann dessen Spuren.

13. Solus

Von all seinen Fähigkeiten, all den Kräften, die ihm seit der Heimkehr zuteilgeworden waren, hasste er keine so sehr wie den Gestaltwandel. Verwandlung und Zurückverwandlung in eine menschliche Gestalt, noch dazu in voller Rüstung, kosteten nicht nur Zeit. Es schmerzte höllisch, die Materie in ihre Bestandteile aufzulösen und neu zusammenzufügen.

Solus Terbast wusste, dass es in Fällen wie diesem eine Notwendigkeit war.

Als Nebel war er über das Land geflogen, vorwärtsgetrieben von jenen Winden, die er heraufbeschworen hatte. Als Erster der Heimkehrer gebot Solus als Einziger über alle fünf Elemente. Feuer, Wasser, Erde, Luft und Soma, die Essenz des Lebens, unterwarfen sich seinem Willen. Doch diese Vielfalt hatte ihren Preis. All seine Kräfte waren schwächer ausgeprägt als die der anderen Nicht-Toten, die nur über ein Element geboten.

Hier, im Süden Aehves, war das Mikroklima mild. Weinberge und Olivenhaine lagen brach, doch von Schnee und Sturm war weit und breit nichts zu sehen.

Solus fügte seinen Körper auf der Spitze eines der Weinberge zusammen. Es war eine laue Nacht. Jenseits der Nebelgrenzen prangten Sterne, die die Sterblichen dieser Welt seit Jahrhunderten nicht mehr gesehen hatten.

Der Templer-Heimkehrer wanderte Hügel und Weinberge hinunter. Nach der Kälte des Nordens, die den Körper einer Leiche träge machte, war der milde Winter in diesen Breiten eine Wohltat.

Nicht zum ersten Mal verfluchte das Geschöpf, das sich jetzt Solus Terbast nannte, was Vortigern ihm angetan hatte. Wie gern hätte es die laue Luft auf seiner Haut gespürt, auf dem Rücken liegend, auf einem dieser Weinberge, einen Grashalm zwischen den Zähnen. Sterblich in einer Welt voller Wunder, zum Himmel und seinen Myriaden Lichtern aufblickend. Voller Fragen und von Neugierde getrieben, was dort oben sein mochte.

Nach der Wiedergeburt durch Vortigern hatte sich Solus von solchen Träumen verabschieden müssen. Sein Fleisch war kalt wie der Stahl, mit dem er sich gerüstet hatte. Wärme nahm er nicht mehr wahr, Kälte, wenn sie seinen Körper negativ beeinflusste.

Zu seiner Linken sowie seiner Rechten erhoben sich vertrocknete Reben. Der Erste der Heimkehrer breitete die Arme aus und streifte mit den Panzerhandschuhen durch das Weinlaub. Er genoss das Knistern, den Geruch des Verfalls, der sich ausbreitete.

Vor ihm erhob sich die Schildkuppel von Argas. Er konnte die Dächer aus Goldblechen und die Zwiebeltürmchen der Krone des Südens nicht sehen. Ein unangenehmer Nebeneffekt der Heimkehr war, dass Nebelschilde undurchsichtig wurden.

Doch das war auch nicht weiter tragisch. Im Laufe der Jahrhunderte war er oft hier gewesen, hatte wie alle Knechte der Titanen ein umfangreiches Netzwerk an Dienern und Agenten eingerichtet.

Während er die Handelsstraße entlangflanierte, hing Solus

seinen Gedanken nach. Es war ihm nicht schwergefallen, Lippenbekenntnisse für die Allianz abzulegen. Fraglos erwartete der Totenkaiser nichtsdestotrotz ein falsches Spiel. Er wäre nicht der Mann, nicht das Geschöpf, für das Solus ihn hielt, wäre es anders.

Doch es würde ihm nichts nützen. Im Moment war Clach ein bedeutsamer Aktivposten. Eine Tötungsmaschine, die Solus' Fähigkeiten noch übertraf. Dass Fennek Greskegard diesem Meister-Assassinen Ormgair Steinviper zur Seite stellte, war ein Glücksfall.

So barg ihr Unterfangen einen beträchtlichen Ausblick auf Erfolg. Bloß war Solus kein Freund von Unabwägbarkeiten. Der Zufall oder Fügungen des Schicksals waren nichts, worauf sich ein Geschöpf wie er verließ.

Und ich bin mir sicher, dass auch der Totenkaiser ähnlich operiert, dachte Solus.

Umso wichtiger war es, dass Solus dem Heimkehrer-Attentäter zuvorkam. Er war ohnehin verwundert, wie leicht es Greskegard gelungen war, Clach zu überreden, mit dem Schwert in die Steppe zu verschwinden.

Solus schrieb es der Wirkung der Nägel und der magiehemmenden Zelle zu, dass der Verstand des Totenkaisers nicht mit der üblichen Präzision arbeitete.

Mangelernährung konnte es nicht sein, in dieser Hinsicht glichen sich die beiden Heimkehrer. Weder Solus noch der Totenkaiser waren auf Menschenfleisch angewiesen, um dem Verfall von Körper und Geist entgegenzuwirken. Während Vortigern dafür Sorge getragen hatte, dass Solus über eine unendliche Zeitspanne funktionieren konnte, ohne zum Kannibalen zu werden, loderte in Clach die Seele eines Gottriesen, die ihm bis ans Ende der Zeitalter Kraft und Energie gab.

Solus erreichte das Torhaus. Es ragte hoch auf, ein ausladender Bau mit Minaretten. Hinter dem Nebelschild und der Brustwehr patrouillierten Armbrustschützen.

Seit Greskegards kleinem Umsturz scheint man hier ungewöhnlich nervös zu sein, dachte Solus. Er konnte nur hoffen, dass dies seine eigene Mission nicht negativ beeinflusste. Nicht dass er nicht in die Penta hätte eindringen können, wenn er gewollt hätte.

Er lächelte, als er würdevoll in den Sichtbereich der Wache vor das Torhaus schritt.

Der Truppführer war ein untersetzter Mann mit einem Backenbart. Solus gab ihm mit einer geheimen Geste zu verstehen, dass er einer der Anführer der neuen Macht war, und augenblicklich signalisierte der Sergeant seinen Männern, das Ausfalltor in dem Fallgatter zu öffnen.

Eine Verkleidung als Templer der Korona hatte ihre Vorteile. Ein Ritter des Lichtfürsten war ein Grund zur Hoffnung in diesen harten Zeiten.

Die Soldaten wirkten regelrecht erleichtert, als der Templer-Heimkehrer die Stadt betrat. Der Sergeant salutierte und hieß den Lichttempler willkommen, doch sein Blick wirkte fahrig. Er schien zu wissen, dass er keinen Menschen vor sich hatte.

Der Heimkehrer mochte ihm seine Furcht nicht verdenken.

Der Truppführer bedeutete Solus mit einer respektvollen Geste, ihn ins Torhaus zu begleiten. Den erfasste eine ungute Vorahnung.

Im Inneren vergewisserte sich der Offizier mit zwei Blicken in Nebenräume, dass sie ungestört waren. Er setzte sich und goss sich Wein in einen Zinnbecher. Er bot auch Solus etwas an.

Dieser hob ablehnend die Hand und nahm dem Soldaten gegenüber Platz. »Was gibt es, Sergeant? Ich habe eilige Geschäfte.«

»All Heil der Neuen Macht!«, sagte der Truppführer mit so viel Leidenschaft, dass er wie eine Karikatur wirkte.

Solus erwiderte den Gruß halbherzig.

»Ihr seid Solus Terbast, Herr?«, fragte der Sergeant unsicher.

»Zumindest in letzter Zeit«, sagte Solus. »Was soll die Fragerei?«

Angesichts von Solus' Tonfall erbleichte der Soldat. Sein Adamsapfel hüpfte. Solus' überscharfe Ohren nahmen wahr, wie das Blut durch die Adern des Truppführers rauschte. Das Herz des Mannes raste.

»Ich bin ein treuer Diener der Neuen Macht«, sagte der Sergeant. »Ich kenne alle Regeln unserer Zunft und habe sie stets befolgt. Ich weiß, dass ein Knecht nicht das Recht hat, an den wahren Meistern zu zweifeln – noch diese mit einem Verdacht zu belegen.«

Solus lehnte sich nach vorn und legte die Fingerspitzen aneinander. Worauf wollte der Kerl nur hinaus?

»Und?«, fragte er und gab sich redlich Mühe, seine Stimme nicht zu bedrohlich klingen zu lassen.

»Ich habe etwas gehört, das mich besorgt, Herr.« Mittlerweile rannen dem Mann Sturzbäche von Schweiß über das Gesicht.

Der Templer-Heimkehrer bedeutete dem Sergeanten zu sprechen.

Als der geendet hatte, sprang der Heimkehrer mit einer solchen Vehemenz auf, dass Tisch und Sitzmöbel davonflogen. Das Herz des Soldaten setzte hörbar aus, doch da war das Monster schon aus dem Torhaus und auf der Straße.

Das Kopfsteinpflaster flog unter Solus dahin. Es war mitten in der Nacht, und nur noch wenige Sterbliche waren unterwegs. Es dauerte nur Minuten, bis er sein Ziel erreicht hatte.

Der Brandgestank lag noch immer über allem. Das Moreno-Anwesen war nichts mehr als eine entkernte Ruine seit dem Kampf zwischen dem Totenkaiser und Dochàthi, der falschen Pavosa Moreno. Die Flammenkräfte der Heimkehrerin hatten mit Macht gewütet.

Holz war zu Asche verbrannt, Marmor geborsten und Sand zu Glas geschmolzen, wo die Königin des Feuers ihren Zorn gegen den Totenkaiser geschleudert hatte. Die weitläufigen Parkanlagen, die an exotischen Tieren nicht arme Menagerie, die Gewächshäuser und Anbauten – alles war der Feuersbrunst zum Opfer gefallen. Nur noch Knochen lagen in den Käfigen.

Aus dem Anwesen der einflussreichen Familie war binnen Stunden ein Geisterhaus geworden. Ein gemiedener Ort.

Solus blieb abrupt am Rand des Gutes stehen. Er knirschte bei dem Anblick mit den Zähnen. Doch seine Wut entsprang weder den Verwüstungen noch dem Tod der Heimkehrerin. Er hatte die Spuren entdeckt.

Es war, wie der Sergeant gesagt hatte. Sie waren zu zweit, beide waren Männer, und sie waren zügig ausgeschritten. Aus Furcht, dass ihnen jemand zuvorkam.

Menschen hatten menschliche Schwächen, auch wenn sie als Heimkehrer zurückkehrten. In jeder Gruppe gab es Individuen, die bereit waren, die anderen zu verraten, um ihre eigenen Ziele voranzutreiben.

Niemand wusste dies besser als der Erste der Heimkehrer. Schließlich war er der größte Verräter von allen. Wahrscheinlich war dies der Grund für seinen enormen Zorn, für die Wut, die ihn von innen heraus verschlang.

Doch vielleicht war es noch nicht zu spät. Möglicherweise konnte sich Solus auf die Konstante des Verrats weiterhin verlassen. Immerhin waren sie zu zweit, doch nur einer konnte diesen besonderen Preis für sich einfordern. Sie würden sich gegenseitig zerfleischen, wenn ihnen das klar wurde.

Der Templer-Heimkehrer musste sich zwingen, nicht in Raserei auf das Anwesen zu stürmen. Stattdessen ging er mit behutsamen Schritten, von einem unmerklichen Polster aus Luftmagie gedämpft, auf die Ruine des Haupthauses zu. Die Spuren führten direkt durch den Haupteingang ins Innere. Es konnte keinen Zweifel geben, dass die Eindringlinge genau wussten, um was es hier ging.

Solus spürte nichts von ihrer Anwesenheit. Er musste annehmen, dass die beiden, wenngleich sie niedere Heimkehrer waren, begriffen hatten, wie man seine Stimme vor dem Chor verbarg.

Solus hielt sich seit Tagen vor den anderen verborgen. Seit er beschlossen hatte, Clach und Fennek einen Besuch abzustatten, hatte er die Maskierung nicht fallen lassen. Die Eindringlinge würden nicht ahnen, was sie traf, bis es zu spät war.

Außer es gibt nur noch einen, weil er über den anderen triumphiert hat. Außer wenn einer vollbracht hat, weswegen ich hergekommen bin. Dann ist er mir mühelos gewachsen.

Solus musste sich zwingen, nicht lautstark zu fluchen. Ein anderer Heimkehrer, der nicht in Solus' Berechnungen auftauchte, von Machtgier getrieben, mochte sich als Problem erweisen.

Es kostete keine Mühe, den Zugang in die Unterwelt von Argas zu finden. Die Eindringlinge hatten deutliche Spuren hinterlassen.

Die stählerne Kellertür war nicht mehr als ein Schlackehaufen. Die Störenfriede hatten den Schutt beiseitegeräumt und den geschmolzenen Block mit reiner Körperkraft aus dem Rahmen gerissen. Er lag neben der Kellertreppe an einem Mauerrest.

Die Dunkelheit jenseits der Tür war absolut. Doch vor den Augen des Templer-Heimkehrers konnte sie ihre Geheimnisse nicht verbergen. Die Spuren der beiden prangten wie ein Menetekel in Staub und Asche.

Solus löste die Hände vom Griff seines Zweihandschwertes und zog seine Zweitwaffe, einen Dolch aus Blaustahl, gekrümmt wie der Mond und schärfer als ein chirurgisches Instrument. Solus wusste, dass der beste Weg, einen Heimkehrer zu neutralisieren, darin bestand, ihn in Stücke zu schneiden.

Die Tiefen des Komplexes waren von den Flammen weitestgehend verschont geblieben. Der Rauch hatte dennoch Schäden angerichtet. Ruß bedeckte die Wände. Der Gestank war ähnlich beißend wie zwischen den Trümmern der Ruine.

Solus folgte dem Verlauf der Gänge, die Clach einst genommen hatte. Der Weg zum Privatmuseum des Moreno-Patriarchen, wie Solus ihn damals im Chor durch Dochàthis Augen gesehen hatte. Dahinter lag der geheime Zugang, der zu den Katakomben führte. Zu dem wahren Geheimnis, das dem Totenkaiser bei seinem Besuch entgangen war.

Die Besorgnis nagte an Solus, ein Zustand, der ihm weder vertraut war noch gefiel. Er versuchte, die Balance zwischen Eile und einem geräuschlosen Vorgehen zu finden. Auf diese Weise bahnte er sich den Weg durch die Korridore, bis er die Tür erreichte.

Dahinter lag der Ausstellungsraum. Das Tor, dessen Blutschloss Clach mit Pavosas Lebenssaft geöffnet hatte, war unverändert, soweit Solus dies erkennen konnte.

Bücher und unschätzbare Kostbarkeiten waren dem Qualm zum Opfer gefallen. Das meiste davon lag auf dem Boden. Das Privatmuseum war leidenschaftslos durchwühlt worden. Exponate waren aus ihren Vitrinen gerissen, Schriftstücke sondiert und weggeworfen worden.

Steckten menschliche Plünderer dahinter oder seinesgleichen? Der Erste der Heimkehrer wusste es nicht.

Er trat ein.

Solus spürte die Bewegung mehr, als dass er sie sah und handelte instinktiv. Er riss die Dolchhand in die Höhe und warf sich zugleich nach vorn.

Stahl prallte auf Stahl. Von der anderen Seite der Tür kam ein zweiter Hieb.

Keine Zeit für Paraden!

Er beschrieb eine Rolle vorwärts, die Kraft des Heimkehrers trieb seinen schwergerüsteten Körper über den Boden.

Solus hörte, wie sich das Schwert hinter ihm in den Boden grub. Er sprang aus der Hocke auf und wirbelte herum.

Keine Sekunde zu früh. Einer der beiden rannte mit erhobenem Kurzschwert auf ihn zu. Der Templer-Heimkehrer warf seinen Dolch mit aller Macht. Es krachte, als die Spitze das Kettenhemd durchstieß und den Gegner mit Macht zurückschleuderte. Als hätte Solus keinen Dolch geworfen, sondern eine Speerschleuder abgefeuert, nagelte der Stahl den Gegner an die Mauer.

Der andere ließ ein Axtblatt vorzucken.

Solus riss die Unterarme empor. Der Hieb prallte schmerzhaft auf die Armschienen, schnitt in das Metall und das darunterliegende Fleisch.

Die Angriffe ließen nicht nach, doch beim fünften oder sechsten Treffer verkeilte sich die Klinge im Stahl.

Der Moment, auf den Solus gewartet hatte.

Die Sohle seines Stiefels traf das Brustbein des Angreifers, Rippen brachen, und der zweite Gegner flog davon, grub sich in ein Bücherregal.

Das verschaffte Solus nur Augenblicke. Doch die genügten, um den Zweihänder zu ziehen.

Er ließ die Klinge um seinen Körper wirbeln. Seine Kraft verlieh dem Manöver etwas von einem Wirbelsturm.

Die Angreifer blieben ebenfalls nicht untätig. Der, welcher den Fußtritt kassiert hatte, rappelte sich auf, eine groteske stiefelförmige Grube in seinem Oberkörper. Der andere zog unter Lauten der Qual den Dolch aus seiner Brust und dem dahinterliegenden Mauerwerk. Schwarzes Blut sickerte aus dem Stich, versiegelte die Wunde, während sich der Brustkorb des anderen wie ein Ballon ausdehnte und die Verletzung heilte.

»Habe ich euch also gefunden«, knurrte Solus. »Makab und Liskh. Ich hätte es mir denken können.«

»Sieht eher so aus, als hätten wir *dich* gefunden, Erster«, sagte Makab. Er war als grobschlächtiger Klotz mit struppigem Bart in diese Welt zurückgekehrt. Mit der Rechten umklammerte er eine Holzfälleraxt. Es war nicht schwer zu erraten, welchen Beruf die Hülle des Heimkehrers ausgeführt hatte.

Liskh, drahtig wie ein Schakal, hatte grausame Augen und von Ekzemen verkrustete Wangen. Er umklammerte ein Kurzschwert, das von Scharten und Flugrost übersät war. Das Kettenhemd, das er trug, war in ähnlich heruntergekommenem Zustand wie sein Träger.

»Jeder Hund hat seinen Tag«, sagte Solus. »Und ihr Tölen habt euch gedacht: Warum sollten wir den Mächtigen die Hand lecken, wenn wir auch unser Stück vom Kuchen haben können. Es genügt also nicht, dereinst als Gefäße der Meister zu fungieren?«

»Wir haben uns einfach gefragt, was hier passiert ist. Damals. Mit Dochàthi und so weiter. Irgendjemand muss ja diese ganze brachliegende Macht abbekommen!«

»Ja! Und du hast schließlich schon mehr als genug davon«, grunzte Makab. Er tat einen unsicheren Schritt auf Solus zu.

»So viel habe ich mir schon zusammengereimt«, sagte der Erste der Heimkehrer. »Ich stelle mir dabei eine andere Frage: Wer hat wohl diese beiden tumben Aasfresser drauf gebracht, eigenständig zu denken? Wer hat euch den Wink gegeben?«

Statt zu antworten, schoss Makab brüllend auf Solus zu. Er schwang die Axt, ließ die Schneide wuchtig herabfahren.

Der Erste der Heimkehrer parierte mühelos und schickte sich an, den Angriff zu beantworten.

Da war Liskh bei ihm. Das Kurzschwert stieß genau in die Lücke vor, die Makabs Manöver geöffnet hatte. Zwei-, drei-, viermal hob und senkte sich der Stahl.

Solus' Plattenrüstung bot vor den kraftvollen Hieben eines Heimkehrers keinen Schutz. Sie stanzten tiefe Wunden in sein Fleisch. Er taumelte. Makabs Axtblatt grub sich knirschend in die Schulter des Templer-Heimkehrers.

Solus knurrte, während Blitze vor seinen Augen tanzten. Er musste etwas tun. Instinktiv riss er den Kopf nach hinten, um einem nach seinem Hals zielenden Schwerthieb zu entgehen.

Er riss den Schädel mit aller Macht nach vorn. Die Stirn traf Makab mitten ins Gesicht, während dieser sich abmühte, die Axt zu befreien. Ein Gefühl breiiger Nachgiebigkeit – und der größere der Heimkehrer taumelte zurück. Ein Gurgeln blubberte aus dem Krater hervor, der eben noch sein Antlitz gewesen war.

Liskhs Kurzschwert vergrub sich einmal mehr in Solus' Eingeweiden. Kurz entschlossen packte der den Unterarm des Kleineren. Der Templer drückte zu, legte seine unbändige Kraft in seinen Griff.

Liskhs Handgelenk wurde regelrecht zermalmt. Mit einem überraschten Ausruf ließ der die Waffe fallen. Er starrte auf den ruinierten Strauß aus Knochensplittern. Dann begriff er, was gerade geschehen war. Seine Augen wurden riesig.

Er suchte mit Blicken den Boden ab, wollte seine Klinge wieder aufheben, doch der Templer war schneller. Der Zweihänder beschrieb einen Kreis, traf den Mann, als dieser im Begriff war, sich zu bücken. Der Hieb rasierte ihm das Schädeldach über den Ohren ab. Es kullerte wie eine behaarte Holzschüssel über den Boden.

Liskhs Beine zitterten, gaben nach. Mit einem dümmlichen Gesichtsausdruck sackte er zusammen. Seine Hände betasteten die plane Schnittkante, wo ein Viertel seines Kopfes fehlte. Sein Mund bebte, öffnete und schloss sich, während Speichel seine Lippen benetzte.

»Wisst ihr, was uns Erwählte von euresgleichen unterscheidet, Emporkömmling? Ihr mögt euch den einen oder anderen Trick angeeignet haben. Ihr mögt sogar gelernt haben, wie ihr eure Präsenz vor einem von uns verschleiern könnt …« Solus tat einen Schritt auf den tödlich Getroffenen zu. »Aber wir Erstgeborenen, wir Kinder der Erzmagi … Wir wissen, wie man weiterkämpft, wenn es hart wird!«

Der Zweihänder zuckte vor, durchstieß Liskhs Brustkorb. Solus pinnte ihn wie ein Insekt an den Boden. Er hob den Fuß und zermalmte den Kopf seines Gegners, leerte ihn unter seinem Stiefel. Schlagartig lag Liskh bewegungslos.

Makabs Gesicht war so weit regeneriert, dass er sehen konnte. Beim Anblick von Liskhs Schicksal brüllte er auf und warf sich nach vorn. Diesmal war Solus vorbereitet. Er tänzelte aus dem Weg und schlug nach der Rückseite von Makabs Oberschenkeln. Der Zweihänder beschrieb einen Halbmond, und Makab ging zu Boden wie ein gefällter Baum, seine Beine vom Ballast seines restlichen Körpers befreit.

Der Verstümmelte fluchte. Bevor er die Beinstümpfe umklammern oder auch nur einen Zentimeter kriechen konnte, trieb Solus mit aller Macht den Zweihänder durch den Rücken des Heimkehrers bis zum Heft in die Steinplatten.

»Ihr habt keine Ahnung, in was für eine Lage ihr mich gebracht habt, oder?«, fragte Solus.

»Hu… Hundsfott!« Makabs Stimme war ein Blubbern. Die schwarze Essenz der Titanen rann in dickflüssigen Fäden über seine Zähne und aus seinen Mundwinkeln.

»Jetzt muss ich euch vernichten – und das bringt alle unsere Pläne in Gefahr. Ihr hattet also wahrhaftig vor, die Titanen zu betrügen.«

Solus musste sich zwingen, nicht zu grinsen. Diese Scharade, so lästig all dies war, bereitete ihm Spaß. Er, der treue Diener der Titanen, der zwei Verräter bestrafte. Nicht dass die Lüge lange vorhalten würde, da machte er sich keine Illusionen.

Ein nasses Gurgeln entrang sich Makabs Kehle, das ein Schnauben oder Lachen sein mochte. »Wir sind uns ziemlich sicher, dass es eher du bist, der uns hintergehen will«, stellte er fest.

»Ich? Nein, ich bestrafe nur zwei Verräter, die ich an diesem Ort ertappt habe.«

Aber eigentlich kann ich euch schlecht zu den Titanen zurücksenden und sie so vor meinen Plänen warnen, nicht wahr?, dachte Solus. *Andererseits, welche Wahl habe ich? Ich müsste wissen, was Clach damals mit Dochàthi gemacht hat, um sie zum Schweigen zu bringen.*

»Wer hat euch angeheuert?«, fragte er. »Wer hat euch von diesem Ort berichtet? Wer ist der Ränkeschmied, der die Herren hintergeht und euch beiden offenbart hat, welches Geheimnis sich hier verbirgt?«

»Krepieren sollst du!« Makab spie aus. »Von mir erfährst du nichts.«

»Irrtum«, sagte Solus. »Das habe ich längst. Niemand im Chor außer den verbliebenen fünf Höheren und dem Ersten der Heimkehrer wusste, wo sich die Essenzen der Pentae verbergen. Haltet Ihr uns für so dumm, dass wir das Fußvolk in solche Details einweihen? Also muss einer der drei es euch gesagt haben.«

Oder Vortigern spielt noch ein Spiel, von dem ich nichts weiß, dachte Solus.

Der Templer-Heimkehrer stellte seinen Fuß auf den Rücken des Holzfällers und zog die Klinge heraus.

»Sag den Vätern und Mutter, dass ich dich zurückgeschickt habe. Dich und den anderen Verräter. Sollen sie darüber befinden, was mit euresgleichen zu tun ist. Du nützt mir nichts mehr.«

Mit diesen Worten schlug der Erste der Heimkehrer Makab den Kopf von den Schultern. Er ging zu Liskh und köpfte auch diesen, nur um sicherzugehen.

Der Zorn kam mit Macht. Er überrollte Solus wie eine Flutwelle. Der Templer-Heimkehrer stampfte brüllend durch das Museum, hieb entzwei, was immer ihm vor das Schwert kam.

»Nein, nein, nein!«

Er zertrat Regale, zerstreute Bücher, schmetterte seine Fäuste gegen Wände aus massivem Granit, bis entweder Stein oder Knorpel nachgaben.

Schließlich beruhigte sich Solus.

Er setzte sich auf eines der wenigen Möbel, die intakt geblieben waren. Erwog seine Möglichkeiten. Zähneknirschend musste er sich eingestehen, dass der Moment der Wahrheit gekommen war. Der Punkt, auf den alle Pläne zuführten, wenn auch früher als erhofft.

Der Augenblick, Farbe zu bekennen, war da.

Er hatte diesem Ort sein Geheimnis rauben wollen, ohne dass jemand gewusst hätte, wer hier gewesen war. Im besten Fall hätten sowohl Vortigern als auch die verbliebenen Titanen Clach für den Täter gehalten.

Nun musste es eben so sein.

Wer hatte die beiden Heimkehrer auf diesen Ort angesetzt? Nur Solus, Ashavar und die anderen Träger der Essenzen der fünf Pentae, der größten Titanen, wussten, wo die Refugien der jeweils anderen lagen.

Den Heimkehrern niederer Geburt, denen, die keine Kinder der Erzmagi, sondern nur die Nachkommen »normaler« Magier waren, hatte niemand von den Ritualkammern in den Kadavern der Pentae berichtet.

Doch wer war der Verräter, und welches Spiel trieb er? Unwillkürlich musste Solus Terbast an den Kampf im Wildbann denken. An den Angriff der von Lebensmagie verzerrten Spottgeburt eines Bären, die über ihn hergefallen war.

Daran, dass Egidia nicht zu dem Treffen im Wald erschienen war.

Doch trug ein solches Vorgehen ihre Handschrift?

Es waren stets Ashavar, Akasha und Solus gewesen, die ein Händchen für Verschwörungen und Intrigen bewiesen hatten.

Duthric war eher wie ein stumpfes Instrument. Ein Hammer. Schnörkellos und direkt in seinem Vorgehen, kriegerisch und offen im Kampf.

Dochàthi war zu Lebzeiten und im Nicht-Tod ganz Hedonistin gewesen, immer zufrieden, solange ihre unstillbaren Gelüste Nachschub erhielten. Egal, in welcher Form.

Und Egidia? Sie war vergeistigt, schien immer in anderen Sphären zu schweben.

»Sie war die Einzige von uns, die noch irgendeine Form von Sinn im Tun unserer Eltern gesehen hat«, raunte Solus.

Er hatte mit den anderen nicht mehr gesprochen in den letzten Tagen des Krieges, als die Erzmagi sie alle in Gefäße verwandelt hatten.

Doch war es damals, Monate vor dem Krieg, nicht Egidia gewesen, die sie an ihre Pflicht als Kinder der Erzmagi erinnert hatte? Daran, dass sie alle noch eine Rolle beim Aufstieg ihrer Eltern spielen würden?

Die Tochter der Erzmagierin Hesshern war nach ihrer Mutter geraten. Es war passend, dass sie und die Titanin des Lebens verschmolzen worden waren. Doch welches Spiel trieb Egidia? Solus musste sich eingestehen, dass er noch immer einfach zu wenig wusste.

Es wurde Zeit, dies zu ändern. Doch Antworten würde er nur im Wildbann erhalten – einem Ort, an dem Egidia ihm durch die Macht Gawrs um Welten überlegen war. Das nächste Mal würde sich nicht bloß *ein* Bär auf ihn stürzen, sondern ein Dutzend.

Nein, wozu hatte er das neue Bündnis geschmiedet?

Er musste Greskegards Interesse und vor allem des Totenkaisers auf den Wildbann lenken. Sollten sie doch die Kämpfe und Risiken auf sich nehmen. Er würde seine Antworten erhalten, ohne sich weiter in Gefahr zu bringen.

Nicht dass das noch eine Rolle spielte. In wenigen Minuten würde Solus dem Moreno-Anwesen sein größtes Geheimnis entreißen. Danach würde sich alles ändern. Die Karten lagen dann auf dem Tisch, zumindest was die Titanen anging. Vortigern konnte er sicher noch eine Weile hinhalten. Die Gottriesen würden begreifen, dass sie verraten werden konnten. Ob durch Egidia oder Solus spielte keine Rolle mehr.

Alles hing davon ab, wann jemand von der anderen Seite aufbrach, um den Heimkehrern in der lebenden Welt von dem zu berichten, was hier vorgefallen war. Das mochte morgen passieren – oder erst in einem Monat.

Der Templer erhob sich und wischte seine Schwertklinge am Umhang eines der Toten ab, bevor er die Waffe auf dem Rücken verstaute. Danach wandte er sich einem der Regale zu, die er zerschlagen hatte.

Durch den Spalt im Holz drang ihm die Wärme entgegen. In der Ferne vernahm er das Blubbern flüssigen Gesteins.

Es war eine lange Wanderung in die Tiefe. Die Lavahöhlen, die Adern des drachenköpfigen Titanen Argas, waren weit verzweigt. Graue Tunnel, die kein Ende nahmen. Glattgeschmolzen von der Hitze aus dem Herzen der Erde, die Argas als Blut diente.

Solus Terbast wusste genau, wohin er sich wenden musste. Schließlich hatte er sein Ziel im Rumpf des Titanen erreicht.

Zwei, drei Schläge später war die Trennwand aus dem steinernen Fleisch des Gottriesen zerschlagen, und vor ihm lag ein kreisrunder Raum, jener Punkt, wo die Transmutationskammer unter der Zitadelle von Argas und der Titanenkörper ineinander übergingen. Eines der Artefakte befand sich dort, mit dem die Erzmagier ihre Kinder mit den Pentae verschmolzen hatten.

Gleißendes Licht fiel aus dem Raum in die Korridore hinter Solus. Es ging von einem Schemen aus reinem Feuer aus, einer androgynen Gestalt, die in Fötushaltung im Zentrum der Kammer schwebte. Sie strahlte unglaubliche Hitze aus und pulste im Rhythmus eines schleppenden Herzschlags. Der Puls eines Titanen, aus der Unterwelt in dieses Gefäß übertragen.

Der Templer-Heimkehrer tat einen Schritt auf die Gestalt zu und spürte, wie die Energien über seine Gesichtshaut leckten.

»Hallo, Dochàthi! Sei mir gegrüßt, Vater Argas!«, begrüßte Solus das Zwitterwesen aus Magierkind und der Essenz des Feuertitanen. Er deutete spöttisch einen Kratzfuß an und lüpfte eine imaginäre Mütze in dem Wissen, dass weder der Wirtskörper noch der Geist des Titanen ihn hören oder sehen konnten. Clach hatte Dochàthi vor Monden vernichtet, und der Titan konnte die sterbliche Welt ohne sie weder manipulieren noch wahrnehmen.

Solus setzte einen Fuß vor den anderen und streckte die Hände in Richtung der glosenden Wesenheit aus. Er spürte die hier brachliegende unfassbare Macht wie Elmsfeuer auf seiner Haut. Sein totes Fleisch bekam eine Gänsehaut, sein Leib prickelte von der Stirn bis in sein unbrauchbares Glied, und er spürte, wie er vor Gier, vor unsterblichem Hunger beinahe verging.

»Wie fühlt ihr beide euch an diesem so schönen Tage, an dem das Ende seinen Anfang nimmt?«, fragte er und bleckte die Zähne. »Wisst ihr, Kämpfe und Verrat machen mich immer fürchterlich hungrig.«

14. Clach

Die Monate in der Taigakälte des Nordens hatten Stille nicht gutgetan. Das Kriegsross war nach seinem Ableben zu einer Eismumie verfallen. Der Schädelknochen zeichnete sich unter dem verbliebenen Fleisch ab, die Zähne schauten hervor wie Fänge.

Dennoch hätte Clach Stille gegen kein anderes Reittier getauscht. Der Nebel trieb die Kreatur vorwärts. Sie ermüdete nie, ließ sich von nichts aufhalten.

So wurden Ross und Reiter zum Teil des Nebels wie Eisstaub, den der Wind vor sich her über die Heide trieb. Die Landschaft flog nur so an ihnen vorüber. Keiner der beiden benötigte Rast oder Schlaf.

Landmarken und Merkmale verschmolzen bei dieser Geschwindigkeit. Clachs zeitlose Natur ließ die Stunden in einer Art geistiger Umnachtung dahinschmelzen.

Nur ab und zu legte er eine Rast ein, eher dem Instinkt geschuldet, um die Umgebung zu prüfen. Die Anhaltspunkte zu suchen, die ihm die Todesbotin genannt hatte. Jene Hinweise, die ihm offenbarten, wie er zum Thingplatz kommen würde.

Vereinzelt ragte bräunliches Heidekraut aus dem Schnee, der sich wie eine plane Leinendecke über allem erstreckte. Böen strichen mit solcher Vehemenz über die Landschaft, dass die fallenden Flocken von der Seite kamen. Die Luft roch nicht, sie schnitt.

Der Totenkaiser und sein fahles Ross waren zwei Phantome, in diese Ödnis verbannt. Wenn es so etwas wie das Ende aller Tage gab, eine Endzeit, so stellte Clach sie sich vor. Das Leben unter einem Tuch aus Kälte begraben, weit und breit keine Menschenseele zu sehen.

Gewannen die Titanen, würde die karge Welt, die er kannte, dagegen wie ein blühendes Paradies wirken. Eine erstarrte Ödnis von der Hand dieser Götzen, frei von allem Leben. Der Amboss war nur der Vorgeschmack auf eine solche Zeit. Sollte Clach dann noch existieren, wäre er dazu verdammt, für alle Zeit darin zu wandern.

Der Gedanke erfüllte ihn mit Sorge.

Die Schwertscheide steckte hinter seinem Sattel. Einer Eingebung folgend zog er einen Handschuh aus, schob ihn unter seine Achselhöhle und legte die Hand auf die Scheide.

Er sah seine Finger, nicht die mumifizierten Fremdkörper der letzten Monate. Gepflegt und mit der Farbe von Tempelmarmor. Als er die Waffenhülle berührte, spürte er ein leichtes Prickeln. Mittlerweile hatte er sich daran gewöhnt, dass es Kräfte gab, die ihren Willen und ihre Gefühle nur durch Geisteskraft offenbarten.

Es war Morvens Sorge, die er spürte. Sorge, weil sich ein Krieg anbahnte. Sorge um die Menschen. Um eine Zukunft, die wahrhaftig enden konnte.

»Wir werden es nicht dazu kommen lassen«, sagte der Totenkaiser und war sich nicht sicher, ob er damit Morven beruhigen wollte oder seine eigenen Befürchtungen. Er schwang sich in den Sattel und preschte vorwärts. Nur noch Meilen, bis er sein Ziel erreichen würde.

Auf einer Anhöhe brachte er Stille zum Stehen. Der Thingplatz war eine Insel, bedeckt von uralten Monumenten und Dolmen und von einem gigantischen Lager umfriedet. Man mochte schon eher von einem Heerzug sprechen. Dicht an dicht drängten sich die Zelte, der Rauch der Kochfeuer vereinigte sich mit dem wabernden Nebel.

Der Totenkaiser betrachtete das Areal. Er studierte es auf Schwächen und auf taktische Fehler. Ein solches Vorgehen war zu seiner Natur geworden, auch wenn er mit friedlichen Absichten kam.

Das Gelände war gut bewacht. Ambosskrieger hockten an Feuerstellen, die an besonders angreifbaren Punkten errichtet waren. Dort lagen Waffen, Bögen und Wurfspeere griffbereit. Sicher waren die Bögen gut gefettet und somit gegen die Kälte geschützt.

Im Inneren des Lagers sah er ebenfalls unzählige der Barbaren. Jeder, vom Jungen bis zum Greis, war in irgendeiner Form bewaffnet, gerüstet und wirkte aus anderen Gründen wehrhaft.

Wenn ich mich dort unten ungehindert bewegen will, werde ich am besten gar nicht erst gesehen, dachte Clach.

Das Letzte, was er riskieren wollte, war unnötiges Blutvergießen bei denen, die er rekrutieren sollte. Er beschloss, bis zum Einbruch der Dunkelheit zu warten. Selbst wenn der Nebel für die Ambossbarbaren ebenso undurchsichtig war wie für Stadtbewohner.

Wie so oft in solchen Fällen wurde ihm die Entscheidung abgenommen.

Sie schlugen zu, als der Totenkaiser von Stilles Rücken glitt. Der Attentäter hörte schlagartig ihren rasenden Puls, der dem Überfall vorausging.

Der Schnee explodierte und spie einen Trupp Krieger aus. Die Waffen zum Angriff erhoben, umstellten sie Stille. Clach verfluchte sich. Er wusste zu wenig über die Ambosskrieger, außer dass sie das Leben in der Brache gemeistert hatten. Sie mussten sich eine Art Schutzraum unter dem Schnee gegraben haben. Sie bewachten den Thingplatz von der Anhöhe aus.

Jetzt sah der Totenkaiser sich einem halben Dutzend der Giganten gegenüber. In jeden von ihnen hätte Clach anderthalbmal hineingepasst. Ihre Hände umklammerten Äxte und Speere.

Der Heimkehrer zeigte ihnen seine leeren Hände. Die Situation durfte nicht außer Kontrolle geraten.

Einer der Barbarenkrieger grunzte etwas, das der Totenkaiser als Beleidigung erkannte, selbst wenn er die Sprache nicht verstand. Der Rest der Giganten verfiel in derbes Gelächter.

Bedrohlich kamen sie näher und bildeten einen Halbkreis. In diesem Augenblick schrie einer der Krieger auf. Erregt deutete er auf Stille, auf den qualmenden, beinahe fleischlosen Schädel des Nebelrosses.

»Draughr!«, raunte der Anführer.

Untoter. Clach kannte das Wort, hatte Ormgair es benutzen hören.

Der Koloss hob die Waffe zum Schlag, machte aber keinen Schritt auf den Totenkaiser zu. Die eben noch so sicheren Waffenhände zitterten unmerklich, die Lippen, die gerade noch gelacht hatten, waren zu Strichen zusammengepresst.

Die Krieger tauschten unsichere Blicke.

Derjenige, der bemerkt hatte, dass Stille nicht mehr lebte, deutete auf Clach. Dem Kerl war aufgegangen, dass der Attentäter nicht atmete. Kein Wölkchen kondensierte vor Clachs Gesicht, während die der Barbaren regelrecht zu qualmen schienen.

Der Totenkaiser erwog, diesen Mann als Ersten zu töten, falls es dazu kam. Er hatte bereits zu Lebzeiten nichts für Klugscheißer übrig.

Ihm war klar, dass das Einzige, was sie von einem Angriff abhielt, die Angst vor seiner übernatürlichen Erscheinung war. Hier draußen, in der Unwirklichkeit ewigen Zwielichts, war die Welt der Geister und Feen für diese Menschen real. Illusionen, Legenden und stoffliche Wirklichkeit verschmolzen bei einem Leben im Nebel.

Sie hatten allen Grund, so zu denken. Diese Tage hatten auch dem Letzten bewiesen, dass alle Legenden wahr waren. Götter erhoben sich aus ihren Gräbern und die Toten wandelten über die Welt.

Clach war nicht der beste Diplomat. Er versuchte, aus ihrem Zögern seinen Vorteil zu ziehen. Mit aller Vorsicht, den Blick stetig auf den Anführer gerichtet, griff er Morvens Schwertscheide. Er achtete sorgfältig darauf, die Hülle am untersten Ende zu berühren, sodass es nicht aussah, als wolle er die Waffe ziehen.

Bekämen die Krieger den Eindruck, er wolle sie angreifen, würden sie sich auf ihn stürzen. Vorsichtig bot er die Schwertscheide auf den flachen Handtellern dar. Unverwandt blickte er dem Anführer in die Augen.

»Ormgair Steinviper«, sagte der Totenkaiser. »Ormgair. Das Schwert ist für Ormgair von den Tanleigh«, wiederholte er betont.

Die Krieger tauschten erneut Blicke, und die Furcht auf dem Gesicht des Anführers machte vorsichtiger Neugierde Platz. Und da war noch etwas anderes.

Der Totenkaiser war nie der Beste gewesen, wenn es darum ging, Mimik und Verhalten der Menschen zu verstehen. Schon gar nicht bei einer Kultur, von der er so gut wie nichts wusste. Doch wenn er den Schnee nicht mit Blut tränken wollte, blieb ihm keine Wahl, als diesen Riesen mit Vertrauen zu begegnen.

»Ormgair Ormsteini aeth eain Vaeinja dhijn?«, fragte der Anführer. Er lächelte. Die anderen entspannten sich etwas.

»Ormgair Steinviper, ja«, sagte der Totenkaiser. »Ein Verbündeter. Dies ist sein Schwert. Ich bin hier, um es ihm zu bringen.«

Clach kam sich bei diesen Worten töricht vor. Weder konnte er gut mit Menschen umgehen, noch verstand er diese Sprache. Sein altes Ich hätte diese Versammlung längst mit einer Rauchbombe verlassen oder diese Hunde sie mit Giftdolchen attackiert.

Dein altes Ich hätte sich gar nicht erst ertappen lassen, du Narr, schalt er sich.

»Eth Ormgairi Sverdhu sin? Ken egh ser?«, fragte der Anführer.

Clach begriff, dass der Mann die Klinge sehen wollte, doch etwas hielt ihn davon ab, der Forderung Folge zu leisten. Das Schwert vibrierte unmerklich in seiner Scheide. In den Gedanken des Assassinen formte sich ein einziges Wort, und er war sich nicht sicher, ob er es dachte oder Morven.

Kreen.

Augenblicklich erinnerte er sich an Ormgairs Bericht. Daran, welcher Stamm für die Abschlachtung seines Clans verantwortlich war.

Der Totenkaiser zog die Schwertscheide zurück. Der Anführer lächelte noch immer aufmunternd, doch auch eine unnahbare Kreatur wie Clach bemerkte den Glanz in seinen Augen. Man musste die Menschen nicht begreifen, um ihre niedersten Instinkte zu verstehen. Die waren etwas, womit sich der Totenkaiser auskannte.

»Ich bringe das Schwert zu Ormgair«, sagte er, um einen freundlichen Tonfall bemüht.

Der Tod hatte das Wenige, was an Sanftheit und Menschlichkeit noch in seiner Stimme lag, unwiederbringlich zerstört. Den Männern zu sagen, dass die Klinge für Ormgair bestimmt war, war ein Fehler gewesen. Bisher hatte Furcht sie zurückgehalten, doch jetzt wollte ihr Anführer das Schwert.

Er bellte Befehle und gab den Kriegern ein Zeichen, den Totenkaiser nicht aus dem Ring zu lassen. Dann machte er einen Schritt auf Clach zu.

Ein anderes Signal brauchte der Assassine nicht. Die in den Monaten in Fenneks Kerker aufgestaute Frustration brach sich Bahn.

Er lenkte ein Quäntchen der Finsternis des Heimkehrers in sein Gesicht, in seine Augen und spürte, wie sie sich mit absoluter Dunkelheit füllten. Dabei ließ er ein Zischen wie ein Reptil hören.

Die Barbaren zögerten. Unter normalen Umständen wäre dies ihr Tod gewesen. Doch Clach hatte nicht vor, mit dem Lebenssaft von einem Dutzend Ambosskrieger benetzt in das Lager zu reiten. Sie waren nicht seine Feinde.

Er ließ einen winzigen Bruchteil der Kraft des Erdtitanen in sich frei, lenkte ihn in seine Fäuste. Zufrieden spürte er, dass sie hart wie Marmor wurden.

Der Anführer hatte ihn erreicht, sein Schwert fuhr zum Schlag nieder.

Clach tauchte unter dem Hieb ab. Sein Gegner bewegte sich viel zu langsam.

Der Totenkaiser schoss vor, öffnete seine beiden Handflächen zur *Motte über dem Grab*, einen Stoß, der mit den Handtellern ausgeführt wurde. Clach spürte, wie Rippen unter seinem Hieb nachgaben. Die unfassbare Körperkraft des

Nicht-Toten und seine Marmorhände katapultierten den Barbaren mehrere Schritte davon. Er schlug in den Schnee wie ein gefällter Baum.

Das ließ die anderen aus ihrer Erstarrung erwachen. Hiebe prasselten nieder, doch Clach tanzte hindurch. Ohne sein Krummschwert zu bemühen, schlug er mit Handkanten und bloßen Fäusten zu, und jeder Hieb erfolgte mit unmenschlicher Präzision.

Zudem bewegte sich der Totenkaiser zu geschwind für das menschliche Auge. Speerspitzen und Schwerter stießen ins Leere. Knochen brachen, Knorpel gab nach. Er parierte einen Schwerthieb, indem er die Klinge mit der bloßen Hand auffing und seinem Kontrahenten mit der anderen Faust das Kinn zertrümmerte.

Doch bei aller Geschwindigkeit musste Clach darauf achten, seine Gegner nicht zu erschlagen. Diese Präzision erforderte Konzentration. Sie lenkte ab.

Hinter sich hörte der Totenkaiser das unverkennbare Flüstern von Stahl wie Seide im Wind. Statt sich umzudrehen, um nachzuprüfen, was er längst wusste, warf sich Clach zur Seite.

Morvens Klinge teilte die Luft dort, wo er eben noch gestanden hatte. Der nächste Hieb erfolgte sofort.

Jetzt behinderten ihn die Steinhände – Morven konnte er damit nicht packen, sie würde ihn in Stücke schneiden. Der Totenkaiser riss mit Mühe den Krummsäbel in die Höhe und parierte, bevor ihn das Bastardschwert der Länge nach gespalten hätte. Funken stoben. Der Atem des Winters auf dem Plateau trug den Stahlgesang über Meilen.

Der Anführer der Kreen war verletzt, doch keineswegs besiegt. Beide Hände umklammerten Morvens Griff. Er grinste breit. So standen sich die Kontrahenten in einem Ring aus stöhnenden Kriegern gegenüber.

Die Klinge schimmerte wie Perlmutt, doch Clach sah, dass die Runen nicht glühten. Morven weigerte sich, dem Kreen zu dienen und ihm übernatürliche Kräfte zu verleihen.

Ein weiterer Hieb folgte, der Totenkaiser parierte.

Er wusste, dass die Klinge für seinesgleichen auch ohne Runenmacht tödlich war, vor allem in den Händen eines erfahrenen Kämpfers. Ein einziger Treffer konnte die Entscheidung bringen. Clach ließ die Energien wieder frei, die seine Fäuste gehärtet hatten. Er brauchte geschmeidige Finger.

Mit der freien Hand zog er den Dolch, ließ diesen und das Krummschwert wirbeln. Er wob einfache Muster in der Luft, um die Muskeln zu lockern. Der Biss des Winters hatte seinen Gliedern einen Teil ihrer natürlichen Geschmeidigkeit geraubt.

Dem Kreen entging nicht, dass Clach Respekt vor Morvens Klinge hatte. Doch er war nicht so töricht wie seine Kameraden, dieses Geschöpf zu unterschätzen. Der Barbar war ein hervorragender Kämpfer, doch dem Totenkaiser an Geschwindigkeit unterlegen, und das wusste er.

Der Ambosskrieger zog ein Beil aus seinem Gürtel und signalisierte Clach, dass auch er den Kampf mit zwei Waffen beherrschte.

Während sie einander belauerten und nach einer Öffnung in der Deckung des jeweiligen Gegners suchten, riss der Barbar unvermittelt den Fuß hoch. Clach reagierte rasch, dennoch klatschte ihm der Schnee ins Gesicht.

Eine Bewegung in dem Vorhang aus Kristallen, ein scharfer Schmerz in seiner Flanke, das Knacken von Knochen.

Morvens Runenstahl schrammte über die Rippen des Totenkaisers. Er hieb zur Seite aus, doch der Kreen war schon aus seiner Reichweite getänzelt.

Er hatte das Gefühl, dass seine Seite in Flammen stand. Immer noch bemüht, den Schnee aus den Augen zu bekommen, hörte er den nächsten Angriff kommen. Morven sang, als sie die Luft zerteilte.

Clach duckte sich, doch der Gegner hatte mit diesem Manöver gerechnet. Das Beil grub sich mit fürchterlicher Wucht in das Brustbein des Assassinen.

Er spürte, wie sein Körper in die Höhe gerissen wurde. Ohne Bodenkontakt hatte sein unnatürlich leichter Kadaver den Kräften eines Ambosskriegers nichts entgegenzusetzen.

Es folgte ein Herzschlag des Stillstands, dann sauste die Luft an ihm vorbei, als die Reise Richtung Boden ging. Mit aller Macht schmetterte ihn der Kreen in den Schnee, pinnte den Assassinen mit Fuß und Beilhaupt fest. Dann holte er zum tödlichen Streich gegen den Kopf des Heimkehrers aus.

Der Totenkaiser lag ganz still. Ihre Blicke begegneten sich. Clachs Augen zuckten in die Richtung, in die er ein mentales Kommando abgesetzt hatte.

Der Krieger folgte dem Fingerzeig. Seine Augen weiteten sich. Ohne einen Ton stieg Stille auf die Hinterbeine, und ein Vorderhuf traf den Kreen gegen die Stirn.

Der Riese taumelte einen Schritt zurück, während ein Spinnennetz aus Blutfäden über sein Gesicht rann. Langsam blickte er nach unten, starrte begriffsstutzig auf Eingeweide, die im Schnee dampften. Erst da bemerkte der Kreen, dass Clach stand und sein Krummsäbel blutig war.

Mit Schaum auf den Lippen sank der Barbar auf die Knie und kippte mit dem Gesicht in den Schnee. Er zuckte, dann lag er reglos da.

Clach stieß einen Fluch aus. Der Schaden war angerichtet.

Er konnte bereits eine Gruppe Krieger sehen, die auf Pferden aus dem Lager auszog, um zu prüfen, was auf dem Hügel vor sich ging.

Dem herannahenden Trupp Barbaren die Situation erklären

zu wollen, noch dazu, ohne ihre Sprache zu beherrschen, war ebenso zum Scheitern verdammt, wie in dieser Lage einfach zu fliehen. Seine Spuren im tiefen Schnee würden die Gegner zu ihm führen. Nein, der Totenkaiser musste verschwinden. Und zwar so, dass ihn niemand fand. Er wandte sich den Verwundeten zu. Kurzerhand schlug er die stöhnenden Gestalten bewusstlos. Dann hob er Morven auf, verstaute die Klinge wieder in ihrer Scheide.

Clach ließ den Blick über die Umgebung schweifen. Die Tannen und Kiefern mit ihrer Schneelast. Die Anhöhe, auf der er stand. Das Leichentuch aus Weiß, das die Landschaft erstickte. Keiner der Orte kam als Versteck für ihn oder das Schwert infrage. Selbst im dichtesten Nebel konnte ein Idiot seinen Spuren im knietiefen Schnee folgen. Insbesondere die Ambosskrieger, denen das Weiß nur knapp bis über die Knöchel reichte und sie kaum behinderte.

Der Schnee. Clachs Blick fiel auf Stille.

Mit einem geistigen Kommando sandte der Totenkaiser das Nebelpferd davon. Dann eilte er durch das Chaos der Kampfspuren, immer in den Fußabdrücken seiner kolossalen Gegner, hin zu jener Stelle, an der sie aus dem Boden gebrochen waren.

Das Schneeloch war eine Senke in dem Plateau, mannstief und mit Decken ausgelegt. Der Totenkaiser lüftete eine der Pelzdecken am Rand des Grubenbodens und schob Morven kurz entschlossen darunter.

Die Kreen hatten eine Tranlampe hier unten, die schwaches Licht spendete und die isolierende Wärme des Iglus unterstützte. Es roch alles andere als angenehm; der Gestank von Fell, von ungewaschenen Körpern und ihren Ausdünstungen erfüllte die warme Luft. Eisstaub und Dampf ergossen sich wie Miniaturwasserfälle in die Grube, wo Wärme und Kälte aufeinanderprallten.

Diese Mischung aus Isolierung, Lampenwärme und der Hitze der Körper hatte die Wände antauen und wieder gefrieren lassen und sie so stabilisiert. Etwas, das Clach zum Vorteil gereichte.

Er zückte den Dolch und schnitt behutsam ein Loch in die vereiste Wand. Als er fertig war, steckte er die Waffe zwischen seine Zähne und legte den Eisdeckel direkt vor das Loch. Sodann schob er sich mit den Füßen voran in die Seitenwand der Schneegrube. Auf diese Weise drückte er sich mit übermenschlicher Kraft wie ein Nagel hinein, bevor er den Dolch mit äußerster Vorsicht in die Mitte der herausgeschnittenen Eisplatte bohrte. So hob er den Deckel an, zog ihn passgenau vor das Loch und hielt ihn mit dem Dolch an Ort und Stelle.

Er musste nicht lange warten. Das Stampfen und Schnauben der Pferde erfüllte die Luft. Die Geräusche und Gerüche waren für Clachs Sinne so deutlich, dass sie in seinem Kopf zu einem Bild verschmolzen. Auf diese Weise konnte er wahrnehmen, wie die große Gruppe von Ambossbarbaren abstieg. Er hörte, wie sie die Verwundeten untersuchten. Wie sie sich unterhielten. Sie luden die Bewusstlosen auf ihre Pferde. Aber da war noch ein anderes Geräusch. Ein Knistern, eine leichte Spannung in der Luft. Als Stadtbewohner kannte der Totenkaiser dieses Phänomen nur zu gut. Es waren Nebelsteine, die diese Kriege entweder an ihren Pferden oder ihren eigenen Körpern befestigt trugen.

Seltsam. Seit wann brauchten die Hünen des Amboss Nebelsteine? Jedes Kind wusste, dass sie gegen die toxischen Auswirkungen des Titanenbluts immun waren.

Schwere Atemzüge, frischer Geruch nach Waffenöl, Pelz und Leder. Einer der Krieger war in die Grube gesprungen. Er blickte sich im Inneren um, und Clach registrierte, dass der

Ambossbarbar auf die Wand zuhielt. Irgendetwas war ihm aufgefallen.

Innerlich fluchte der Totenkaiser. Er machte sich bereit. Wenn sich der Eisdeckel auch nur eine Handbreit bewegte, würde er den Mann durch ihn hindurch erstechen.

In diesem Moment rief einer der Almharach mit aufgeregter Stimme. Sofort hastete sein Kamerad aus der Grube nach oben. Wie erwartet hatten sie die einzige Spur entdeckt, die vom Tatort wegführte.

Sie erklommen ihre Pferde, dem Klang nach gigantische Brachenriesen, das wohl einzige Tier außer vielleicht einem Bullen oder einem Höhlenbären, das die Kraft aufbrachte, einen Ambosskrieger zu tragen.

Der Totenkaiser hörte, wie sie davonstoben, Stilles Hufabdrücken im Schnee nach. Sollten sie. Das nicht-tote Pferd verfügte über eine unendliche Ausdauer und hatte einen großen Vorsprung.

Clach wartete einige Minuten, um ganz sicherzugehen, dass er auch wirklich allein war und keine weiteren unangenehmen Überraschungen auf ihn warteten.

Dann verließ er das Eisversteck, um es danach wieder spurlos zu verschließen. Er zog Morven hervor und verstaute das Schwert auf seinem Rücken. Nach kurzer Überlegung nahm Clach auch zwei der Pelzdecken mit. Sie waren alt und aus Fuchs- und Hasenfellen zusammengenäht, Winterpelze, die eher die Farbe von abgestandenem Urin hatten. Sie würden dort draußen dennoch eine bessere Sichtdeckung bieten als Clachs pechschwarzer Umhang.

Der Totenkaiser sprang aus dem Loch. Schnee fiel in die Grube und auf den sie umgebenden Kampfplatz. Bald würden alle Spuren der Auseinandersetzung darunter verschwunden sein.

Das galt auch für seine Fußabdrücke, die auf das Lager zuführten. Clach beschloss, sich an den Rand des Thinglagers zu schleichen. Im Schnee würde er auf den Einbruch der Dunkelheit warten.

Er warf einen Blick auf den Kreen, dessen Augen blicklos in den Himmel starrten und ebenso gefroren wie seine Eingeweide. Auch er begann bereits, unter dem Schnee zu verschwinden. Ein weiterer Einwohner für das Reich des Totenkaisers.

Clach ging neben dem toten Barbaren in die Hocke und schloss ihm die Augen. Selbst dann, wenn er Gewalt vermeiden wollte, schien sie ihm auf dem Fuß zu folgen.

Er schlug die Pelze um seinen Körper und hielt sie mit einer Hand unter dem Kinn zusammen. Solcherart wanderte er im Osten von der Anhöhe hinunter in die entgegengesetzte Richtung, in die Stille davongaloppiert war.

Der Totenkaiser machte einen großen Bogen um den Thingplatz und achtete darauf, ausreichend Abstand zu halten. Die Wahrscheinlichkeit war hoch, dass die Ambosskrieger ihren heiligen Ort mit weiteren solchen Posten gesichert hatten. Clach hatte nicht vor, noch einmal einer solchen Gruppe in die Arme zu laufen. Sein Kampf gegen die Kreen hatte das Lager mit höchster Wahrscheinlichkeit ohnehin bereits in Alarmbereitschaft versetzt.

So stapfte Clach durch die weiße Einöde, darauf bedacht, sich möglichst klein zu machen. Er setzte einen Fuß vor den anderen, froh über die unnatürliche Leichtigkeit seines Körpers, seit er ein Nicht-Toter war.

Der Totenkaiser bezweifelte, dass selbst die an diese Umgebung angepassten Barbaren noch in der Lage waren, im Nebel und bei dem dichten Schneefall weiter als eine Armeslänge zu sehen. Sobald es dunkel wurde, konnte er es wagen, direkt unter der Nase der Wachposten ins Lager zu schleichen.

In diesem Moment überkam ihn das Gefühl. Es war wie ein Schlag, wie etwas Beißendes in der Nase, nur dass es sich in seinem Gehirn abspielte. Der Totenkaiser hielt inne, fuhr herum und starrte zum Horizont mit dem unbestimmten Gefühl, von dort beobachtet zu werden. Seine Hände fuhren zu den Waffen. Die Falkenaugen des Heimkehrers suchten nach der Bedrohung, von der das Gefühl ausging, doch selbst er konnte nichts sehen. Hatten ihn vielleicht die Hexer der Ambosskrieger aufgespürt? Seher oder Weise Frauen ein Ritual gewirkt, um den Mörder des Kreen zu finden?

Der wirbelnde Schnee behinderte auch Clachs Sicht. Er meinte für den Moment eines Herzschlags, eine Gruppe Reiter durch die Sturmwolken des Horizonts galoppieren zu sehen, deren zerfetzte Gewänder vom Wind gepeitscht wurden.

War das die Wilde Jagd, von der furchtsame Bauern in Sturmnächten sprachen?

Eindruck und Sorge gingen so schnell, wie sie gekommen waren. Ob das, was der Totenkaiser gesehen und gespürt hatte, Wirklichkeit gewesen war oder nicht, er musste in dieser Lage ohnehin wachsam sein, um keinen der Wachposten in die Arme zu laufen.

Nach einer weiteren Stunde der Wanderung änderte Clach die Richtung. Er hielt direkt auf die Lichter des Thingplatzes zu, die er nur aufgrund seiner ungewöhnlichen Natur bereits aus der Ferne erkennen konnte. Die Dunkelheit senkte sich herab.

Am Rand des Lagers, zwischen verkrüppelten Tannen, grub sich der Totenkaiser ein und ließ sich einschneien.

15. Ormgair

Er versuchte, sich an die Wasseroberfläche zu kämpfen. Dieses letzte Aufbäumen leitete das Finale ein. Ormgair wusste das mit Gewissheit.

Er legte, was er an Kraft hatte, in diesen Kampf. Er wollte aufwachen, den Völkern des Amboss klarmachen, wie bedeutsam die kommenden Wochen sein würden. Die Finsternis des Todes griff mit Klauen nach ihm, band ihn mit Ketten aus Blei. Er drohte, unwiederbringlich zu versinken.

Ormgair streckte die Hand aus, und seine Finger legten sich um ein Objekt, zylindrisch, vertraut. Kraft und Wärme fluteten in seinen Leib, in seine Seele. Der Barbar hatte nie Kinder gehabt, und doch musste dies das Gefühl sein, das ein Vater empfand, der seine Tochter im Arm hielt. Ein Mann, der die Zukunft in Händen hielt. Schmerzen und Müdigkeit wichen. Ein dumpfes Pochen blieb als Gradmesser weiterer geborgter Zeit zurück.

Ormgair Steinviper öffnete das verbliebene Auge.

Aslaugh stand über seinem Lager, auf ihren Stecken gestützt. Ihr zahnloser Mund streckte sich zu einem Lächeln.

»Willkommen zurück«, sagte sie.

Vorsichtig setzte sich Ormgair auf. Das Zelt war dunkel bis auf ein einziges Talglicht. Der alte Karstlöwe konnte die Umrisse von Fangbrecher ausmachen. Der Gigant des Bärenstamms stand mit verschränkten Armen da und betrachtete Ormgair.

»Wie?«, fragte Ormgair.

»Das soll er dir selbst sagen«, antwortete ihm Aslaugh.

Ormgair konnte das Missfallen in ihren Zügen sehen. Aslaugh spitzte die Lippen, als wollte sie ausspucken. Ihr Blick war in die Dunkelheit des Zelts hinter Ormgair gerichtet. »Ich bin mir sicher, ihr habt einiges aufzuholen«, sagte sie.

»Ich bleibe hier«, verkündete Ask'uir Fangbrecher. »Ich habe gelobt, meinen Jarl zu verteidigen und …«

»Halt den Mund und beweg dich, du Tölpel«, blaffte die Weise Frau. »Wenn das Geschöpf ihn töten wollte, hätte es ihm wohl kaum das Schwert gebracht, also mach dich nicht lächerlich!«

Das Geschöpf? Wovon sprach sie? Verwirrt sah Ormgair, wie Fangbrecher und die Mutter aller Eulen die Jurte verließen.

»Sie mag mich nicht besonders, habe ich den Eindruck«, sagte jemand.

Langsam wandte sich Ormgair der Dunkelheit zu. Fangbrecher hatte gar nicht den alten Barbaren betrachtet, sondern in die Finsternis neben ihm gestarrt. Ein Schemen hockte dort. Ormgair brauchte die Gestalt nicht zu sehen, um zu wissen, um wen es sich handelte. Die Stimme wie ein Dolch, der durch Seide glitt, genügte vollauf.

»Cyning der Toten«, sagte Orgmair. »Verdanke ich dir meine Erweckung?«

»Zum Teil, alter Mann«, sagte Clach.

Ormgair war alles andere als bei Kräften. Dennoch stemmte er sich in die Höhe.

Er schaffte vier Schritte bis zur Zeltplane. Er öffnete sie für einen Moment, um frische Luft einzulassen. Er konnte den

Geruch des Verfalls und der verbrannten Kräuter nicht mehr ertragen.

Der Luftzug trug Schneeflocken in das Zelt. Ormgair sog die Luft ein, liebkoste den Schmerz, den die Kälte mit sich brachte. Er genoss das Gefühl, Morven in seiner Hand zu halten. Dies war etwas anderes als das Dämmern in der Finsternis zwischen Leben und Tod. Dieser Schmerz ließ einen Mann wissen, dass er noch existierte.

»Der alte Mann versohlt dir gleich den Arsch, Bursche«, sagte der Barbar mit dem Rücken zu seinem Besucher. Doch in Wahrheit grinste Ormgair. Clach hatte ihm das Schwert gebracht. Er hatte ihm sein Leben gebracht.

Ormgair Steinviper ließ die Zeltplane fallen und benutzte Morvens Waffenhülle als Gehhilfe. Beim Lager angekommen, setzte er sich. Es war umständlich, dauerte länger als gewohnt, doch letzten Endes hockte er vor dem Cyning der Toten im Schneidersitz auf dem Boden.

»Was meinst du damit, zum Teil, Clach? Du hast die Klinge hergebracht? Man hat mir berichtet, ich hätte sie im Kampf gegen den Steinernen verloren.«

»So war es«, antwortete Clach. »Es ist viel geschehen, seit wir beide auf den Zinnen der Zitadelle gegen den Heimkehrer gekämpft haben.«

Ein Mädchen trat ein und brachte Schalen mit Trockenfleisch, einem zähen Wurzelbrei, Krüge mit Wasser und einen Schlauch Ale. Eine der Holzschalen enthielt Beeren. Sie glänzten, waren groß wie Weintrauben und von gelblicher Farbe. Das Mädchen stellte alles vor Ormgair ab und ging. Ihr war anzumerken, wie unwohl sie sich angesichts seines Besuchers fühlte.

Ormgair ließ sofort einige der sauren Beeren in seinem Mund verschwinden. Er wusste um ihre stärkende Wirkung. Er überlegte kurz, ob er Clach etwas davon anbieten sollte. Doch dann fiel ihm ein, dass der Cyning der Toten kein Mensch mehr war.

Mit Genuss machte sich der Barbar über das Essen her. Solch karges Mahl war das Einzige, was die Brache im Winter hergab. Für einen Mann, der von der Schwelle des Grabes ins Leben zurückgekrochen war, schmeckte es wie ein Festmahl.

»Ich kann zuschauen, wie das Leben in deine Hülle zurückfließt«, sagte Clach. »Ebenso wie ich vor nicht mal einer Stunde dabei zusehen konnte, wie es aus dir herausrann. Dieses Schwert ist schon beachtlich, Fahlsang hat ganze Arbeit geleistet. Abgesehen davon, wie zäh du bist. Das mit dem Auge … steht dir.«

»Morven und ich gehören zusammen«, grunzte Ormgair mit vollem Mund und überging die Bemerkung über sein Auge. Er spülte den Brei mit verwässertem Ale hinunter.

Der alte Karstlöwe spürte, dass das, was der Cyning der Toten sagte, stimmte. Mit jedem Herzschlag gewann er an Kraft. Doch er wusste, dass das Ende trotzdem nicht fern war. »Ich stehe in deiner Schuld, Clach. Du hast uns zusammengeführt, mich und sie.«

»Wie ich sagte, das war ich nicht allein.«

»Du erwähntest etwas in dieser Richtung«, sagte der Barbar, nachdem er den Bierschlauch abgesetzt hatte. »Erzähl mir, Cyning der Toten, was sich ereignet hat. Ich bin begierig auf Neuigkeiten.«

»Dir wird nicht alles gefallen, was ich zu berichten habe«, sagte Clach. Seine Augen schimmerten im Zwielicht jenseits des Talglichts, als bräche sich Mondlicht darin.

»Glaub mir, das Letzte, was mich umbringen kann, sind schlechte Neuigkeiten. Ich habe in den vergangenen Monden so viele davon erhalten, dass es für drei Leben reicht. Berichte mir, was geschah, nachdem ich von der Zitadelle fiel.«

Ihm entging nicht, dass Clachs Schemen in der Finsternis resigniert mit den Schultern zuckte.

»Wie du willst«, sagte der Cyning der Toten. »Aber bedenke, dass es sich nicht schickt, den Überbringer schlechter Kunde zu töten. Hasse die Botschaft, nicht den Boten. Du weißt schon. Doch ich denke, in meinem Fall ist es für das Töten eh zu spät. Für den Hass … nun, wir werden sehen.« Und so berichtete der Cyning der Toten, während Ormgair zu Kräften kam.

Clach erzählte, wie er Ashavars Essenz verschlungen und damit die Macht Fomors in sich aufgenommen hatte. Wie Fennek ihn gefangen genommen hatte, was er im Kerker erlebt hatte, von der Todesbotin und wie er Teil eines Bündnisses mit Greskegard und Solus Terbast geworden war, mit dem Geschöpf, das Morven einst nach ihrer Schändung aus der Gefangenschaft durch Ashavars Lakaien befreit hatte.

Von dem Pakt, der dazu geführt hatte, dass er hier saß und Ormgair das Schwert bringen konnte.

Ormgair knirschte mit den Zähnen. Er ballte die Hände zu Fäusten, öffnete und schloss sie immer wieder. Er spürte Zorn in sich aufsteigen. Zorn darüber, dass der Mann, der ihm Morven genommen hatte, derselbe war, dessen herablassende Gnade ihm das Schwert zurückgegeben hatte. Fennek Greskegard.

Der Barbar hatte einst geschworen, den früheren Inquisitor zu töten. Für ihn hatte sich daran nichts geändert.

»Ich wusste, dass es dir nicht gefallen würde«, sagte Clach. »Du darfst mir glauben, auch für mich ist es eine Umgewöhnung. Ich habe in den letzten Monaten mehr gesprochen als in meinem restlichen Leben, mehr Zeit mit Menschen verbracht als je zuvor. Ich arbeite gern allein – doch selbst ich habe erkennen müssen, dass ich Teil von etwas Größerem bin.«

»Greskegard muss bezahlen«, grollte der Barbar.

»Das wird er. Doch im Moment ist er wichtig. Er ist jetzt Archont, er hat Soldaten, Geld, Einfluss. Er hat mich nur unter der Bedingung freigelassen, dass du gelobst, ihn in Ruhe zu lassen. Nicht dass mich das jetzt noch zu scheren braucht. Mach daraus, was du willst.«

»Ich brauche nichts von seinem Zeug«, sagte Ormgair. »Ich will nichts davon!«

»Es geht um nichts weniger als das Ende der Welt, wie wir sie kennen«, erklang es vom Zelteingang.

Die Todesbotin betrat die Jurte, eingehüllt in dicke Pelze, die sie eher wegen der Wirkung ihres Körpers auf die Menschen trug als gegen die Kälte.

Ormgair sah, wie der Cyning der Toten das Haupt beugte, als sie eintrat. Hinter ihr humpelte Aslaugh durch die Öffnung. Beide Frauen setzten sich zu ihnen.

»Du wolltest die Aufmerksamkeit der Stämme gegen eine Bedrohung, die uns alle betrifft«, krächzte die Weise Frau. »Du hast sie. Wir alle haben die Berichte gehört, die aus der Penta zu uns drangen.«

»Du verkörperst das Ideal aller Völker dieser Brache«, sagte die Todesbotin. »Du hast mich als Geisel vor das Thing gezerrt. Dir das Recht erstritten, dort zu sprechen. Du hast Krieger in die Penta Fomor geführt. Die Ereignisse dort sollten den Stämmen offenbart haben, wie wichtig deine Enthüllungen sind. Dein Kampfgeist könnte sie jetzt einen.«

»Wenn es dir gelingt, ihre kleinlichen Nachfolgestreitigkeiten zu beenden«, fügte Aslaugh hinzu. »Viele Jarls sind auf der Strecke geblieben. Andere halten das Erwachen und die Vernichtung Fomors für einen Ruf zu den Waffen aufseiten der Titanen. Wir sind ein zersplittertes Volk. Hier geht es um mehr als Clans und Sippen.«

Ormgair entging nicht, wie sie dem Cyning der Toten einen Blick voller Abscheu zuwarf. Für sie war er die Verkörperung all dessen, wogegen eine Heilerin kämpfte. Eine Frau wie sie hatte ihr Dasein dem Leben, dem Gebären und Erhalten gewidmet. Noch mehr als jeder Krieger des Amboss bildete Clach das genaue Gegenteil. Er war ein Draugar, ein Wiedergänger. Ein Toter, der umging, um zu töten.

»Es geht um so viel mehr«, sagte die Todesbotin geheimnisvoll.

Der Cyning der Toten hatte bislang geschwiegen. Erst nachdem er alle Stimmen vernommen hatte, ergriff er das Wort: »Es muss wohl so sein. Selten gab es eine bizarrere Zusammenkunft.«

»Umstände wie diese erfordern außergewöhnliche Lösungen«, meinte die Todesbotin.

»Jetzt fehlen nur noch Solus und Greskegard, dann wäre der muntere Reigen komplett«, spottete Clach.

»Wäre Solus hier, würde sein Meister noch eher von dieser Zusammenkunft erfahren als ohnehin schon«, gab Aslaugh zu bedenken.

»Er ist also wirklich zurück? Vorti…«

Bevor Ormgair weitersprechen konnte, legte ihm die Todesbotin einen Finger auf die Lippen. »Nennt den Namen nicht. In einem Namen liegt immer Macht. Vor allem in einem Namen wie seinem.«

Ormgair legte seine Pranke um das Handgelenk der Todesbotin. Ihr Unterarm verschwand darin, als er ihre Finger sanft von seinem Gesicht löste.

»Er ist also zurück?«, fragte der Barbar.

»Er war nie fort«, erklärte Clach. Er berichtete, was Greskegard mithilfe des Nekromanten herausgefunden hatte. »Alles hat einen Sinn. Von Anfang an waren diese Ereignisse gewissenhaft geplant. Dass man mich der Shariskirche überantwortete. Dass man Morven in ein Kloster steckte. Die Manipulation des Archonten. Greskegards Artefakt. All das war Teil eines Plans, mit dem der Erzmagier zum Gott aufsteigen will.«

»Er hat die Almharach nur benutzt«, sagte Aslaugh mit tonloser Stimme. »Unsere Lebensart, unsere Kultur – für ihn und die anderen waren wir nur Mittel zum Zweck. So lange, bis Ormgair uns die Augen geöffnet hat, indem er uns die Ereignisse in Fomor offenbarte.«

»Nur einer hat kommen sehen, was er plante«, sagte der Cyning der Toten. »Ich lasse seinen Namen ungenannt. Er war der sechste Erzmagier. Sie nannten ihn den Barden.«

»Sie verhöhnten seine Menschlichkeit. Er gab sein Leben und das seiner Schüler, um die Pläne des Tyrannen empfindlich zu stören«, ergänzte die Todesbotin.

Auf Ormgairs fragenden Blick hin, was sie damit meinte, deutete die Schönheit auf Morvens Klinge. Die beiden alten Barbaren sahen sich an. Dann trat Begreifen auf ihre Züge.

»Er hat das Schwert vorbereitet, um die Pläne der Fünf zu stören. Irgendwie hat der Barde kommen sehen, was geschehen würde.« Die Todesbotin strich sachte mit dem Zeigefinger über die Schwerthülle.

»Der Listige. Natürlich!«, grollte Ormgair.

Alle Gesichter wandten sich ihm zu.

»Ein Geschöpf, das mir erschien, nachdem mich der Seher der Kreen in eine unnatürliche Dunkelheit geschleudert hat. Es setzte mich auf Clach an, wollte, dass ich ihn töte. Während es seine Spielchen mit mir trieb, beharrte es, dass ich keinesfalls das Schwert zum Einsatz bringen dürfe.«

»Doch Ormgair durchbohrte mich damit«, erläuterte Clach. »Ich stürzte in die Unterwelt von Scathach. Dort verlieh mir der Barde, was ihm an Macht geblieben war, und sandte mich zurück. Als seinen persönlichen Heimkehrer. Als sein Gegenstück zu dem Tempelritter Solus, der dem Tyrannen dient.«

»Der zumindest *vorgibt*, ihm zu dienen«, gab die Todesbotin zu bedenken.

»Dieser Listige, wie Ormgair ihn nennt«, sagte der Cyning der Toten, »er ist auch Fennek erschienen.«

»Das macht keinen Sinn.« Aslaugh ließ die Faust in die Handfläche klatschen. »Wenn alles so ist, wie Clach berichtet, ist Greskegard als Gefäß für die Seele des Tyrannen nutzlos geworden, jetzt, da dieser Mann weiß, dass er ein Zauberwirker ist.«

»Nicht nur Zauberwirker«, warf die Todesbotin ein, »sondern ein echter Magier.«

»So oder so, Kindchen«, sagte Aslaugh. »Warum weiter auf den Archonten der Stadtlinge einwirken und damit riskieren, von ihm, einem Magier, enttarnt zu werden?«

Ormgair sah, wie Clachs Schemen in der Finsternis bedächtig den Finger an die Lippe legte.

»Es könnte zwei Gründe haben«, sagte die Todesbotin. »Entweder will er Fennek durch Manipulation als Verbündeten auf seine Seite ziehen …«

»Etwas, das bei einer Natter wie Fennek sehr fraglich scheint«, grollte Ormgair.

»Oder jemand, von dem wir bislang noch nichts wissen, spielt sein eigenes Spiel«, ergänzte Clach.

»Mir würde es ja genügen zu erfahren, was das eigentliche Spiel des Tyrannen ist«, versetzte Aslaugh, »bevor wir uns mit den Ränken von einem befassen, den wir bislang noch nicht einmal kennen.« Sie nahm sich ein Stück Trockenfleisch. Es verschwand zwischen Lippen, die sich von der Speise kaum unterschieden. Schwelgerisch lutschte die Alte auf dem gewürzten Fett herum.

»Vielleicht kann ich da helfen«, sagte die Todesbotin.

Ormgair spürte, dass ein schweres Gewicht in ihren Worten lag. Auch die anderen blickten die Halbgöttin des Sharis-Kultes fragend an.

»Wir alle entsinnen uns, wie es begonnen hat, ja?«, fragte sie. »Wir sind auf demselben Stand?«

»Damit, dass die Heimkehrer unsere Gesellschaften unterwandert haben?«, fragte Aslaugh.

»Ja, das spielt auf jeden Fall eine Rolle, aber das meine ich nicht.« Die Todesbotin tat einen langen Atemzug. »Alles begann mit dem Vergessen.«

Der Cyning der Toten nickte. »Das stimmt. Meine Neugier war erst geweckt, als mir aufging, wie viele Leute sich nicht mehr an meine Taten erinnerten. Selbst an mir nagte das, wenn auch nicht so schlimm.«

»Unser Disput im Thronsaal des Tempel der Sharis«, sagte die Todesbotin. »Ich konnte dir nicht glauben, was du sagtest, weil selbst ich von diesem gelöschten Gedächtnis beeinflusst war.«

»Fennek hat sich auch erst eingeschaltet, als er begriff, dass der Auftragsmord an Pavosa Moreno nur einen Tag nach der Tat schon wieder vergessen worden war«, entgegnete der Attentäter.

»Auch uns hat man auf diese Weise genarrt«, sagte Aslaugh. »Das Thing, bei dem Ormgair sprach … einer unserer Jarls gab sich als Heimkehrer zu erkennen, doch erst nachdem Ormgair ihn überführt hatte. Erst dann ging uns auf, dass der Mann schon seit vielen Monden tot war, obwohl viele Krieger sein Ende bezeugt hatten.«

»Ja. Ich weiß jetzt, wer dafür verantwortlich ist. Zumindest in meinem Fall«, sagte die Todesbotin. »Solus Terbast hat mir einen Besuch abgestattet. Er gab sich unseren Leuten gegenüber als Gläubiger aus, kannte die notwendigen Riten. Er suchte eine Audienz mit mir.«

»Er war es, der dich meine Taten vergessen ließ?«, fragte Clach.

»Ja, aber das war nicht alles. Es war ein angenehmer Nebeneffekt für die Heimkehrer, dass wir uns nicht mehr erinnern konnten, welche Morde in Auftrag gegeben worden waren. So vernichteten wir mit Dutzenden Kontrakten die Feinde der Neuen Macht.«

»Ein Nebeneffekt?« Die Stimme des Cynings der Toten vollbrachte ein Kunststück, das Ormgair schon öfter bei ihm aufgefallen war: Clach klang sowohl neugierig als auch bedrohlich. Es trieb dem alten Barbaren einen Schauer über den Rücken.

Die Todesbotin nickte. Auf Ormgair wirkte sie wie jemand, der aus langem Schlaf erwacht war.

»Ja«, sagte sie. »Auch wenn dies sicher zu den Plänen der Heimkehrer gehörte, so ließ mich Solus ganz persönlich etwas Bestimmtes vergessen. Etwas, das mir seit deiner Rückkehr aus Argas nach dem Moreno-Kontrakt im Kopf herumgegeistert ist, Clach. Doch immer wenn ich versuchte, nach diesem Wissen zu greifen, entzog es sich mir.«

Die anderen schwiegen. Keiner unterbrach die Halbgöttin. Aslaughs Hände tippten mit den Fingern auf einer Schüssel. Beiläufig registrierte Ormgair, dass sich seine Hände um Morvens Griff krallten. Das Schwert ruhte auf seinen Oberschenkeln.

»Ich weiß nicht, was der Tyrann vorhat. Doch ich weiß, dass mich Solus diese eine Sache für ihn hat vergessen lassen. Für den Erzmagus. Sie fiel mir wieder ein, als ich meinen Körper verließ, um dich zu befreien, Clach. Als ich mein fleischliches Gefängnis zurückließ, öffnete das meinen Verstand. Solus' und Greskegards Berichte taten den Rest. Ich habe Solus' Ketten gesprengt.«

Ihre entrückte Art brachte Ormgair an die Grenzen seiner Geduld. Ihm lief die Zeit davon, und er wollte endlich handeln. »Nun sag schon, Mädchen! Was war es? Was hast du vergessen?«

»Nicht nur ich«, sagte die Todesbotin. »Auch Solus selbst. Daran erinnere ich mich jetzt genau: Er suchte mich damals im Thronsaal auf, angeblich um die Liste der Aufträge für die Neue Macht zu kontrollieren. Dann befahl er mir, einen bestimmten Ort für immer zu vergessen. Und während mein Gedächtnis wie auf Eisschollen davontrieb, beobachtete ich ihn und sah, dass es ihm genauso erging. Seine Augen waren in die Ferne gerichtet, und während wir beide uns vergaßen, stolperte er davon. Er sprach dabei mit seinem Meister.«

»Mit dem Tyrannen«, sagte Aslaugh.

»Ja«, bestätigte die Hohepriesterin der Sharis. »Er nannte ihn beim Namen, zu sehr in geistiger Entrückung, um auf Details und Vorsichtsmaßnahmen zu achten. Der Erzmagus wirkte auf den Verstand des Ersten der Heimkehrer ein.«

Der Cyning der Toten lugte im Dunkeln unter seiner Kapuze hervor, seine Augen blitzten. »Ich kenne das von Fennek. Ich war dabei, als er auf der Zitadelle einer Gruppe Ambosskrieger Befehle erteilte. Es war irgendeine Form von Gedankenkontrolle.«

»Was für ein Ort war es?«, hakte die Mutter aller Eulen nach. »Welchen Ort hat er dich vergessen lassen, Kindchen?«

»Einen Ort der Macht, bedeutsam wie kein zweiter. Ein Hochtempel der Sharis, der wie alle ihre Zentren unterirdisch gelegen ist und daher während des Titanensturms zwar beschädigt, aber nicht verwüstet wurde. Auf dem Höhepunkt des Krieges ist jemand dort eingebrochen. Dinge wurden gestohlen.«

»Nicht nur irgendwelche Dinge«, sagte Clach. »Reliquien des Todes. Heilige Opferdolche.«

Die anderen blickten ihn erstaunt an. Die Augen der Todesbotin weiteten sich. Die Augen eines jahrhundertealten Geschöpfes, das Ormgair gegenüber oft genug behauptet hatte, dass nichts mehr es überraschen könnte.

»Woher weißt du von den Dolchen?«, fragte sie.

»Als ich im Turm des Tyrannen im Norden war, sah ich seine Erinnerungen. Eine Art Tagebuch, auf Kristallen festgehalten. Ich erlebte, wie die Erzmagi ihre Kinder mit den Titanen verschmolzen. Da ist so eine Art Ritualkammer in Fomors Festung. Die Lehrlinge des Tyrannen ermordeten seinen Sohn in einem der Rituale. Sie machten ihn zu Fomors Gefäß. Dabei setzten sie die Dolche unseres Kultes ein.«

»So also banden sie die Titanen an die Welt«, grollte Aslaugh.

»Ich weiß nicht, ob es bei allen gleich ablief. Es kam mir schon in der Vision seltsam vor, dass sich der Tyrann der Riten der Shariskirche zum Binden der Titanenseelen bediente.«

»Wo lag der Ort?«, fragte Aslaugh. »Euer geheimer Hochtempel, wo befand er sich?«

Die Todesbotin antwortete nicht.

Ormgair glaubte, den Grund für ihr Schweigen zu kennen. »Komm schon! Wenn unsere Feinde davon wissen, kann es nicht so schlimm sein, *uns* den Aufenthaltsort zu verraten, Mädchen.«

»Das ist es nicht«, sagte die Todesbotin. »Ihr müsst erst begreifen. Ich nehme nicht an, dass es bei eurem Volk Karten gibt?«

Es klatschte leicht, als eine Pergamentröhre auf die Pelze des Zeltbodens flog. Sie rollte ein Stück, bis sie gegen Ormgairs Knie stieß. Die anderen blickten in die Finsternis auf den Werfer.

Unter der Kapuze blitzte ein Grinsen auf.

»Was?«, fragte Clach in gespielter Betroffenheit. »Das Museum der Morenos war voller feiner Dinge. Ich habe einiges davon mitgenommen. Denkt ihr, ich reite als lebenslanger Stadtmensch und Kind der Unterwelt ohne Karte in die Ödnis des Nordens? Nur weil ich untot bin, bin ich nicht dämlich. Pavosa war die Karte wichtig. Darauf ist der Turm des Tyrannen verzeichnet. Und noch so einiges mehr.«

Die Todesbotin öffnete die wasserdichte Hülle und entrollte die Karte. Sie nahm vier Schüsseln und stellte sie auf die Ecken. Als sie fertig war, streckte sie die Hand in Richtung der Dunkelheit aus.

Mit dem Griff voran legte Clach ihr ein Stilett in die Hand.

»Seid ihr mit Karten vertraut?«, fragte sie die beiden Barbaren.

Ormgair und Aslaugh verneinten.

Die Todesbotin deutete mit der Spitze der Waffe auf den Verlauf der Reichsstraße, die die Pentae miteinander verband.

»Pentae ist ein altes Wort aus der Sprache der Priesterkaiser. Es kann ›fünf‹ bedeuten. Oder auch ›Hand‹ oder ›Stern‹«, sagte sie. Sie tippte mit der Spitze an jede der Stellen, wo die Fünfstädte lagen. »Er hat uns alle betrogen, seit dem ersten Tag des Sturms. Der Tyrann hat die anderen Erzmagi ebenso hintergangen wie die Titanen, die Heimkehrer, selbst seinen Knecht Solus. Er ist gerissen!« Mit diesen Worten begann sie, Linien zwischen den Städten zu ziehen, die Straßen zu ergänzen.

Ormgair sah, dass sie ein Muster bildeten. Es erinnerte an einen fünfzackigen Stern. Da waren Verbindungsstriche, die ihrerseits Rechtecke und Dreiecke ergaben.

Die Todesbotin schnitt seltsame Zeichen in das Pergament.

»Es war ein Ritual«, sagte sie. »Alles, vom Diebstahl der Dolche über die Schaffung der Wirtskörper für die Titanen bis hin zu den Manipulationen. Dass er Sorge dafür trug, dass einer seiner Nachfahren ein Diener des Todes wurde, während eine andere Nachfahrin in einem Kloster des Lichtordens untergebracht wurde.«

»Leben und Tod«, raunte Clach. »Licht und Dunkelheit. Da sind eine Menge Energien im Spiel.«

»Alles ist ein ewiger Kreislauf«, stimmte Aslaugh zu. »Das ist das Wunder des Lebens, die Macht des Ungeformten. Alles ist im Wandel. Auf den Winter und die Finsternis des Sterbens folgen Sommer und Licht.«

»Das Leben steht im Mittelpunkt von allem«, erklärte die Todesbotin. »Das fünfte Element. Magier nennen diese Essenz Soma. Die rohe Macht der Lebenskraft. Und immer wenn Leben und Tod, Licht und Dunkel beieinanderliegen, werden Kräfte frei.«

»Rituale, die in unseren Tagen vergessen sind, die auch wir nicht mehr durchführen, wurden einst zu Zeiten des Gleichgewichts von Licht und Dunkel abgehalten«, hauchte Aslaugh. Die Alte war bleich geworden. »Hexensabbate zum Beispiel.«

»Das Äquinoktium. Die Tag- und Nachtgleiche. Zwei Termine von okkulter Bedeutsamkeit«, sagte Clach. »Zumindest in den Tagen, als Sonne und Sterne noch klar erstrahlten.«

»Woher weißt du von solchen Dingen?«, fragte Ormgair. Ihm schwirrte der Kopf.

Der Cyning der Toten zuckte mit den Schultern. »Lebe lange genug als Lehrling bei einem Arkanisten, und du schnappst so einiges auf.«

Die Todesbotin deutete auf das Sternsymbol. »Zauberer nennen dieses Fünfeck auch Pentagramm.«

»Der Drudenfuß«, flüsterte Aslaugh. »Das Zeichen der Abwehr und der Bannung der Älteren Dunkelheit. Damit vertreibt man Albträume, Teufel und Dämonen.«

»Ja«, bestätigte die Todesbotin. »Es ist auch ein Symbol perfekter Architektur, steht für fünf Tugenden des Rittertums, und bei den Arkanisten repräsentiert es fünf Kernelemente der stofflichen Welt des Menschen.«

»In diesem Fall ist es ein Opferkreis«, raunte Clach.

Die Todesbotin nickte. Sie holte aus und bohrte das Stilett in den Mittelpunkt zwischen die Fünfstädte, ins Herz des Reiches.

In den Wildbann.

»Wo Leben und Tod beieinanderliegen, werden Kräfte frei«, wiederholte Aslaugh. »Mutter Gawr, die Herrin aller Lebenskraft, brach dort zusammen.«

»Dort stand der Hochtempel«, verkündete die Todesbotin und deutete auf die Klinge. »Mitten in dieser Gegend, die jetzt ein Wald unfassbarer Größe ist.«

»Ein Tempel, den du vergessen solltest«, pflichtete Clach bei. »Ja, es war alles ein einziges Ritual. Er hat die Titanen geopfert, ihre Tode vor fünfhundert Jahren diesem Plan geweiht. Ebenso wie alle, die im Titanensturm fielen. Die Soldaten, die Erzmagi, alle.«

»Und Morven und dich hat er zu Verkörperungen gemacht, Clach«, erklärte die Todesbotin.

»Der Lichtfürst und die Todesgöttin, dargestellt durch zwei Nachfahren, den Tempeln von Tag und Nacht aus freien Stücken hergegeben. Du, ein Straßenkind, das Sharis adoptierte. Morven, vom eigenen Vater dem Herrn des Lichts geweiht.«

»Wenn das stimmt, was ihr sagt«, grollte Ormgair, »hat er alles, was er braucht?«

»Ich befürchte, ja.« Die Todesbotin legte die makellose

Stirn in Falten. »Das Blut der beiden wurde vergossen. Morven und Clach sind geopfert worden, gestorben, wenn auch anders, als der Tyrann erwartet haben dürfte. Er hat eine Welt geschaffen, die im Zwielicht liegt. Eine ewige Tagundnachtgleiche, wo Dunkelheit und Sonne stets machtlos sind.«

»Ist sein Hexenwerk vollbracht?«, fragte Aslaugh. »Was hat er vor?«

»Das, was er schon vor einem halben Jahrtausend wollte«, sagte die Todesbotin. »Nur dass ihm diesmal keine vier Erzmagier und deren Titanenknechte im Weg sind.«

»Er will ein Gott werden«, sagte Clach.

Ormgair sah, wie die anderen begriffen und angesichts der ungeheuerlichen Erkenntnis erbleichten.

»Was braucht er noch?«, fragte der Barbar. »Ist er schon aufgestiegen zum Firmament?«

»Er hat seine Vorbereitungen getroffen.« Die Todesbotin schluckte. »Alle Paraphernalien sind bereitet, die Spielsteine für das Finale aufgestellt. Wenn er sich die Macht des Lebens mit dem Wildbann untergeordnet hat, gibt es nur noch eins, was ihm fehlt.«

»Was? Was ist es?«, fragte der alte Karstlöwe.

»Jede Menge Tote«, sagte Clach. »Genug, um die gesamte Lebenskraft der Titanin Gawr in Dunkelheit und Tod aufzuwiegen.«

»Und auf diese Weise das absolute Gleichgewicht zu schaffen. Die perfekte Harmonie zwischen Licht und Dunkel, Sonne und Tod.«

»Was heißt jede Menge?«, fragte Ormgair. »Geht es etwas genauer?«

Es wurde still im Zelt. Jeder kam für sich zu der Erkenntnis, bevor der Cyning der Toten sie laut aussprach.

»Alle«, sagte Clach. »Er wird alles opfern, was lebt.«

16. Clach

»Die Heimkehrer tragen seinen Krieg aus, ohne dass sie es wissen«, sagte die Todesbotin. »Durch Solus hat er sie von Anfang an manipuliert.«

»Dieser Stern dort, der die Pentae verbindet …« Ormgair tippte auf die Zeichen auf der Karte. »Selbst ein Tor wie ich kann erkennen, dass das ein Zauberzeichen ist. Wollt ihr mir allen Ernstes erzählen, die Stadtlinge haben davon seit so vielen Menschenaltern nichts bemerkt? Wie ihre Städte angeordnet sind? Dass der Nebel das Blut säuft?«

»O doch«, antwortete Aslaugh. »Es gibt eine Zunft in euren Städten, die von all diesen Dingen wissen muss und doch nie etwas offenbart hat.«

Der Totenkaiser nickte. »Die Arkanisten … Sie müssten so etwas im Gegensatz zu einem Laien sofort bemerken.«

»Und doch haben sie geschwiegen«, grollte Ormgair. »Viele Zeitalter lang haben sie nichts dazu gesagt.«

»Sie sind Pariah«, sagte Clach. »Die Pentae brauchen sie und ihre Schilde wie die Luft zum Atmen, doch die Arkanisten werden seit den Tagen des Titanensturms wie Dreck behandelt.«

»Grund genug, auf Rache zu sinnen. Vor allem, wenn man einen Gönner im Jenseits hat, der nur darauf wartet, zurückzukehren und seine Pläne zu vollenden«, ergänzte die

Todesbotin. »Er kann unmöglich die Gedächtnisse so vieler Wirker gelöscht haben. Es dürfte ihn ein beträchtliches Maß an Macht gekostet haben, mich und Solus derart lange zu blenden.«

»Ich will ja nichts sagen«, hakte Ormgair ein, »aber kontrollieren eure feigen Zauberwirker nicht die Schilde all eurer Städte, Pferde und Kutschen?«

Draußen erklang ein Geräusch. Sie blickten auf. Bevor jemand etwas sagen konnte, hob Clach die Hand, um Ruhe zum Lauschen zu haben. Die Herzschläge und Stimmen der anderen blendeten seine Sinne.

Die Zeltplane wurde beiseitegerissen, und ein Ambosskrieger torkelte hinein. Er kam zwei Schritte weit, bevor er zusammenbrach. Sein Bart war getränkt von Blut und Giftschaum, wo der Griff eines Wurfmessers aus seiner Kehle ragte. Er versuchte, etwas zu sagen, doch er war tot, bevor sein Gesicht auf dem Boden aufschlug.

Clach stand auf, Krummsäbel und Dolch lagen in seinen Händen.

Auch Ormgair schob sich in die Höhe, schützte Aslaugh und die Todesbotin mit seinem Körper.

Kampflärm ertönte, Alarmrufe gellten.

Zur Linken von Clach riss Stoff. Er blickte in die Richtung und sah, wie sich eine Dolchklinge den Weg durch die Zeltplane bahnte.

Zugleich erhaschte er über sich eine Bewegung. Clach stieß die Todesbotin zur Seite, als ein Schemen nachtvogelgleich von der Deckenplane fiel.

Zwei Dolche gruben sich in den Boden, wo die Hohepriesterin gestanden hatte. Gift zischte, als es Pelze und Leder auflöste.

Der Angreifer war blitzschnell. Er schraubte sich gegen die

Schwerkraft in die Höhe, kugelte Gelenke aus und wieder ein und setzte sich augenblicklich zur Parodie eines Menschen zusammen.

Die Kreatur vor dem Totenkaiser war eine Gliederpuppe. Die Spottgeburt eines Assassinen. An den Gelenken sah Clach Metallfäden wie bei Schauskeletten. Der Gestank von Verwesung war unerträglich, das Fleisch von Frost geschwärzt.

Die zweite Kreatur bahnte sich den Weg. Sie war einst eine zierliche Frau gewesen. Sie drang durch den Schnitt in der Seitenwand ein, hockte über dem vergifteten Ambosskrieger und ließ die Dolchklingen übereinanderschaben. Metall sirrte.

Beide Kadaver verbargen ihr Leichengrinsen unter Kapuzen und einem Mundschutz. Clach erkannte sie dennoch, ebenso wie die Todesbotin.

»Die Morlàmh?«, flüsterte sie.

Ormgair warf dem Totenkaiser einen fragenden Blick zu, Morven kampfbereit in den Händen. Doch die Kreaturen gingen nicht zum Angriff über.

Clach deutete ein Kopfschütteln an.

Nicht jetzt. Noch nicht.

Ormgair hielt das Schwert umklammert, doch er wartete auf das Zeichen des Totenkaisers.

Der Kampf draußen tobte mit unvermittelter Heftigkeit. Schwerter sangen im Wind, Barbaren heulten.

Der Eingang öffnete sich. Ein hochgewachsener Mann in der Kluft eines Meuchlers trat ein. Doch ihm haftete nur noch die Fäulnis der anderen beiden Gestalten an.

Sein Blick schweifte über die Anwesenden. Er steckte seine Dolche weg, zog das Tuch von seinem Gesicht und schlug die Kapuze zurück.

Sein Antlitz hatte etwas von einem Falken, Lidstrich zierte

die Augen, der Schatten eines Bartes lag auf hohen Wangen. Eine stolze Nase und ein Hautton, der zwischen Sonnenbräune und olivfarben schwankte, verrieten die Herkunft aus Argas.

»Tariq Adjali?«, fragte die Todesbotin. »Was hat dieser Aufruhr zu bedeuten?«

Der Neuankömmling deutete eine spöttische Verbeugung an. »Verzeih mir, Tochter der Nachtmutter. Du darfst gehen, du wirst nicht mehr gebraucht.« Er deutete auf den Ausgang.

»Was fällt dir ein, so mit mir zu sprechen, Todbringer? Hast du vergessen, wen du vor dir hast, Tariq?« Zorn verzerrte das Gesicht der Hohepriesterin.

»Das ist nicht Tariq«, sagte Clach. Er ließ den Neuankömmling und seinen Begleiter keine Sekunde aus den Augen. »Das ist Ordàg, Anführer der Totenhand. Oder besser, er war es. Jetzt ist er ein Lakai der Heimkehrer.« Die letzten Worte spie Clach regelrecht aus.

»Ordàg?«, fragte die Todesbotin.

»Zugegeben, ich sehe nicht mehr aus wie früher, Herrin«, spöttelte der Assassine. »Aber lass mich dir versichern, ich bin besser als je zuvor. Meine Meister haben dafür Sorge getragen.«

»Deine Meister sind nicht mehr«, knurrte Ormgair. Er ließ Morven eine gemächliche Mühle um sein Handgelenk beschreiben. Die Klinge rotierte, bevor seine Finger den Griff fest umklammerten. »Wenn dir danach ist, ihnen zu folgen, Lakai, brauchst du es nur zu sagen.«

»Ich habe keinen Streit mit euch«, entgegnete Ordàg. »Die beiden Alten und die Dame dürfen gehen«, befahl er seinen untoten Begleitern.

»Und bei der ersten Gelegenheit hat jede von ihnen ein Messer im Rücken«, sagte Clach. »Glaubst du, nur einer von uns fällt auf deine Tricks herein?«

Ordàg setzte eine beleidigte Miene auf. »Du kannst einem jede Vorfreude verderben, Clach. Doch genug davon. Es war eine lange Jagd, doch ich wusste, dass es sich letztendlich lohnen würde, in Ludhov zu verweilen. Irgendwann wird der faule Kerl seinen Gaul rufen, dachte ich mir. Wenn er aus seinem Versteck gekrochen kommt und ihm die Füße müde werden, braucht er sein Pferd. Also behielt ich es im Auge, und ich habe recht behalten. Doch genug jetzt. Hör auf, dich hinter Weibern und Greisen zu verstecken und stell dich.«

»Die Zeit arbeitet gegen dich, Ordàg«, entgegnete Clach. »Wie lange können deine vermoderten Knechte die Barbaren noch beschäftigen, was denkst du?«

Bei seinen Worten stießen die beiden Kreaturen ein Zischen aus. Sie waren einst von Clach in blinder Raserei zerstückelt worden – dieser Stachel saß tief in ihren Erinnerungen.

Der Anführer der Totenhand antwortete nicht. Er gab den beiden einen Wink. Wie Hunde, deren Ketten rissen, schossen sie auf Ormgair zu. Einer sprang den alten Barbaren an, der andere eilte auf die Todesbotin zu.

Clach wusste, dass die sich ihrer Haut zu erwehren wussten.

Die Todesbotin empfing ihre Gegnerin mit einem Schulterwurf, der *Tau auf den Seerosen* genannt wurde, lenkte den Schwung der Untoten um und schleuderte die Kreatur in die andere Zeltecke.

Ormgair schlug weniger elegant zu. Mit seiner Reichweite holte er den untoten Meuchler mit dem Unterarm aus der Luft. Als wäre sie in eine gespannte Kette gerannt, überschlug sie sich, und der Barbar setzte sofort mit dem Schwert nach.

Unvermittelt machte Ordàg eine Bewegung. Clach hörte das Pfeifen in der Luft. Er ließ seinen Dolch los und fing das Wurfmesser, bevor es sich in seinen Bauch bohren konnte.

Darauf hatte Ordàg gewartet. Er machte einen Satz nach vorn und verpasste Clach einen Sprungtritt in die Rippen, der den Totenkaiser von den Beinen holte und ihn davonkatapultierte. Er durchbrach die Zeltwand und landete in der vereisten Nacht. Mit einem Satz kam er wieder auf die Beine, doch der Anführer der Totenhand war bereits hinterher.

Ordàgs Dolche schossen vor wie Schlangenhäupter. Hieb folgte auf Hieb, ein Wirbel aus Metall, von endloser Ausdauer angetrieben.

Clach hatte nur den Säbel und das Wurfmesser und erwehrte sich damit seiner Haut, so gut er konnte. Aber Ordàg war der bessere Fechter und brachte dem Totenkaiser einige Schnitte bei.

Clach verbiss sich den schwachen Schmerz, den er empfand.

Aus dem Inneren des Zeltes ertönte ein Aufschrei. Ormgair rief etwas, und mit sattem Geräusch traf sein Bastardschwert auf Fleisch.

Ordàgs Fuß schoss vor, um Clach Schnee ins Gesicht zu schleudern. Der Totenkaiser riss den Kopf jedoch zur Seite. Daraufhin wollte ihm Ordàg einen Drehtritt versetzen.

Clach ließ sich fallen, zugleich zuckte sein Säbel vor. Dessen Klinge war scharf wie ein Rasiermesser. Sie schnitt durch Fleisch, Knorpel und Knochen, zerteilte Ordàgs Knie, und der Assassine stürzte in den Schnee.

Clach setzte nach, doch der andere Heimkehrer rollte sich zur Seite, und der Talwar wirbelte nur Schneestaub auf.

Ordàg stand schon wieder, und seine Wunde war bereits verheilt.

»Mir hat man beigebracht, was es bedeutet, Heimkehrer zu sein«, knurrte der Anführer der Totenhand.

Vollkommen überrumpelt versuchte Clach aus seiner Reichweite zu gelangen, als ihn Ordàg wie ein Tier ansprang. Der Totenkaiser war zu langsam. Die Dolche des Argasiers bohrten sich in seine Brust.

Ordàg wirbelte den Totenkaiser herum, schmetterte Clach mit solcher Wucht gegen einen Findling, dass diesem schwarz vor Augen wurde. Ordàg holte erneut Schwung.

Clach schaffte es gerade noch, den Arm mit dem Wurfmesser vorzustrecken. Er ließ die Klinge los und fing den Schlag mit dem Unterarm auf. Sein Handgelenk brach auf dem schroffen Felsen wie ein Zweig. Das Knacken war in der trockenen Eisluft deutlich zu hören.

Felsen, dachte Clach. *Natürlich.*

Aus dem Zelt ertönte ein Fauchen. Ormgairs Triumphgebrüll. Morvens Runen hatten eine der Kreaturen ausgelöscht.

Clach wusste, dass Ordàg durch ein Band mit seinen Knechten verbunden war. Der Argasier heulte auf. Die Rückkopplung durch das geistige Band brachte ihn für einen Moment aus der Fassung.

Das war mehr Zeit, als Clach brauchte.

Er konzentrierte sich, zapfte Fomors Macht in sich an. Augenblicklich geschah das Gleiche mit ihm wie auf der Zitadelle mit Ashavar. Eine kühle Steifheit erfüllte seine Glieder.

»Was?«, murmelte Ordàg.

Clach war zu schwer geworden. Er glitt von den Dolchen und kam im Stehen auf, versank aber augenblicklich in den Schnee, der ihm bis zur Hüfte reichte.

Wie erwartet setzte Ordàg nach. Die Augen unter der Kapuze weiteten sich, als ihm klar wurde, dass Clachs Haut aus Marmor bestand, doch es war zu spät.

Die Klingen trafen mit Macht auf Steinfleisch – und zersplitterten.

Clach ließ den Säbel fallen und rammte Ordàg die Fingerspitzen gegen die Hüfte. *Kobrabiss.* Die ganze Energie verteilte sich auf der winzigen Fläche seiner Fingerspitzen und entlud sich in den Knochen des Heimkehrers. Er spürte, wie der Knochen nachgab.

Ordàgs Hüfte wurde bis zum Kreuz regelrecht gespalten. Er sackte in sich zusammen. Der Totenkaiser hieb ihm die Handkante gegen die Kehle, und das Genick des Assassinen brach.

Man konnte zusehen, wie Ordàg die Wunden mühelos heilte.

Clach startete eine regelrechte Angriffsserie. Er ließ ein Trommelfeuer aus Hieben auf den Anführer der Totenhand niedergehen und verwandelte Ordàgs Gesicht mit Steinfäusten in eine formlose Masse. Schwarzes Plasma tränkte den Schnee.

»Was denkst du, was du erreichst?«, höhnte Ordàg. Seine Stimme war ein Blubbern, sickerte aus zerstörtem Fleisch hervor. »Wenn du mich tötest, kehre ich einfach wieder zurück.«

»Das bezweifle ich«, sagte Clach. »Diesmal bringe ich es zu Ende. Ein für alle Mal. Diese Welt musste dich und die anderen vier lange genug ertragen.« Mit diesen Worten stieß er seinem Gegner die Hand in den Bauch und lenkte Fomors Felsenkraft nach außen, in den Leib seines Feindes.

Ordàgs verbliebenes Auge weitete sich, als er begriff. Die Versteinerung begann in seiner Bauchhöhle und setzte sich in kurzer Zeit in den Rest seines Körpers fort.

»Du … erreichst nichts …«, röchelte der Anführer der Totenhand. »Er hat … Ludhov längst verlassen, du Narr …« Die Farbe jungfräulichen Marmors kroch über seine Züge.

Clach blieb keine Zeit zu fragen, von wem er redete.

Ein letztes Knirschen, dann lag Ordàg still.

Der Kampflärm verebbte schlagartig. Die untoten Geschöpfe waren an das Schicksal ihres Anführers gebunden, sie waren Drohnen, abhängig von seiner Macht.

Ormgair stapfte aus dem Zelt in den Schnee. Der Barbar blutete aus einigen Schnittwunden und machte ein finsteres Gesicht. Morven glühte in seiner Pranke.

Die Runenschrift brannte in Clachs Augen. Der Totenkaiser deutete auf den versteinerten Ordàg. »Wärst du so gut, alter Mann?«

Ormgair grinste wölfisch. »Ich bin nicht dein Henker, Cyning der Toten. Ormgair Steinviper tötet keinen Hilflosen.« Bevor Clach etwas entgegnen konnte, fügte der alte Karstlöwe hinzu: »Aber das da ist kein Mann. Einen Toten ein zweites Mal zu erschlagen, kann man kaum als ehrlos bezeichnen.«

Er hieb zu, und Morvens Klinge verbrannte die Essenz des Nicht-Toten, als sie seinen Kopf vom Rumpf trennte. Die Schnittkante glühte, Schnee verdampfte, und Ordàgs Leib zerbröselte zu Staub, den der Wind davontrug.

Die Triumphschreie der Barbaren hallten durch die Nacht. Ordàgs Kameraden teilten offenbar sein Schicksal.

»Warum so ein langes Gesicht?«, fragte Clach, der froh war, dieses Kapitel seines Daseins beendet zu haben.

»Du solltest mitkommen«, sagte Ormgair.

Das Innere des Zeltes war verwüstet. Eine Gruppe Barbarenkrieger blickte auf Aslaugh.

Als Clach eintrat und das Blut sah, mit dem die Alte verschmiert war, wurde ihm klar, dass es für sie kein Überleben geben konnte. Nicht bei solchen Mengen. Erst da ging ihm auf, dass es nicht ihr Lebenssaft war, den er sah.

»Clach.«

Die Stimme der Todesbotin war kaum zu hören, so schwach klang sie. Clach eilte zu den blutigen Pelzen zu Aslaughs Füßen und ließ sich auf ein Knie nieder.

»Es geht zu Ende«, sagte die Weise Frau, als sie seinen Blick auffing. Sie erhob sich und scheuchte die vom Kampf gezeichneten Barbaren aus dem Zelt. Dann nickte sie dem Totenkaiser grimmig zu und trat selbst hinaus.

»Sie waren einfach zu schnell.« Die Todesbotin schluckte. Ihr Atem war ein Hecheln, ihre Zähne glänzten rosa. Ein tiefer Schnitt klaffte in ihrem flachen Bauch, und weiter oben hatte sie einen dreieckigen Einstich.

Clach erkannte sofort, dass Aslaugh recht hatte. Der Dolchstoß hatte die Lunge durchbohrt, die andere Klinge die Bauchschlagader geritzt. Es blieben ihr nur noch Sekunden.

»Wir haben ihn … fürchterlich unterschätzt …«, brachte sie mühsam hervor. »Du musst … vorsichtig sein … Er weiß es …« Ihr Blick glitt an Clach vorbei, richtete sich auf Ormgair. »Erinnere dich … an unsere Vereinbarung … Nur du kannst ihm Freiheit schenken … Nimm deine Bürde an.«

Ormgair runzelte die Stirn, schwieg aber. Ein letztes Seufzen drang aus ihrer Brust. Ihr Blick brach. Es war vorbei.

»Finde Frieden im Dunkel, Tochter der Nachtmutter«, murmelte Clach, obwohl er nur zu gut wusste, dass selbst ein Wesen wie die Todesbotin nicht in die Domäne der Nachtmutter eingehen würde, und schloss ihr die Augen. »Die Titanen von Scathach werden sie verschlingen«, sagte er über die Schulter hinweg zu Ormgair.

»Der Angriff war kein Zufall«, entgegnete dieser. »Ordàg wollte dich tot sehen, ja. Aber die anderen waren hinter ihr her. Bald werden sie wissen, was wir besprochen haben, jedes Wort. Was immer wir jetzt tun, wir müssen uns beeilen. Was meinte sie, alter Mann? Was habt ihr vereinbart? Wem sollst du die Freiheit schenken?«

»Ich habe keine Ahnung«, behauptete Ormgair.

17. Solus

Nebel wallte über das Land, dichte Schwaden, die der Wind vor sich hertrieb. Er unterschied sich in Dichte und Verhalten deutlich von jenem Schleier, der seit einem halben Jahrtausend die Welt einhüllte. Dieser Nebel hastete, eilte über Hügel und durch Täler, durch Wälder und über die Heide Richtung Norden. Er barg ein Geheimnis, er war der verwandelte Körper des Ersten der Heimkehrer.

Solust Terbast war dieser Nebel, und er wurde getrieben von einem seltsamen Gemisch aus Gefühlen. Weder als lebender Mensch noch als Heimkehrer hatte er je solch einen Widerstreit in sich gespürt. Sein ganzer Körper kribbelte seit geraumer Zeit vor unterdrückter Macht. Das Feuer in ihm wollte sich Bahn brechen, aber das konnte er nicht zulassen. Die Pentae und Vortigern würden die Kraft des Feuertitanen spüren, wenn Solus auch nur einen Moment unachtsam war.

Das Hochgefühl, das er empfand, seit er Argas verschlungen hatte, wurde jedoch von Sorge überschattet. Oder war es Furcht, so wie die Sterblichen sie spürten? Der Meister war zornig. Solus kannte die Gründe nicht, doch Vortigern hatte ihn umgehend zurückbeordert. Der Erste der Heimkehrer brauchte eine überzeugende Ausrede, was er in den letzten Tagen getan hatte. Das Problem war, ihm fiel keine ein.

Er hatte überlegt, seine tagelange Abwesenheit auf den

Angriff des Bären zu schieben. Doch Vortigern würde noch misstrauischer werden, wenn Solus den Wildbann erwähnte. Was immer Egidia tat, für den Ersten der Heimkehrer stand fest, dass der Tyrann von Khael damit zu tun hatte. Vielleicht war der Borkenbär eine Prüfung für Solus' Loyalität gewesen? Vortigerns Verschlagenheit kannte keine Grenzen. Hatte er Solus aus der Reserve locken wollen? Der Templer hatte das Gefühl, von den beiden Kräften, Feuermacht und Unruhe, zerrissen zu werden. Er wollte auf irgendetwas einschlagen, schreien, sich bewegen. Zwei Tage hatte er ohne Besinnung in den Magma-Kavernen unter Argas geruht, während sein Körper Dochàthis Essenz und die des Titanen verarbeitet hatte. Er hatte zu viel verpasst. Doch wenn der Meister beschloss, seinen Knecht zu vernichten, hatte Solus ihm jetzt mehr entgegenzusetzen.

Aber der Meister war stark. Deutlich stärker als ein Heimkehrer.

Solus erreichte die Grenzen von Ludhov. Nur eine kurze Willensanstrengung war nötig, dann floss sein Körper aus Schwaden von Nebel zusammen.

Über den dicht an dicht stehenden Häusern der wehrhaften Enklave thronte der Turm. Schwarz wie die Nacht, aus dunklem Glas und geformt wie ein Zepter erhob er sich über das Zwielicht.

Auf einmal wurde Solus in Licht gebadet, als magische Kräfte Vortigerns Residenz in einen Leuchtturm verwandelten. Der Meister hatte die Katakomben also verlassen.

Das war schlecht. Sehr schlecht. Im Turm hatte der Tyrann von Khael noch mehr Kontrolle als in den unterirdischen Höhlen. Solus wusste, dass dieses Gemäuer einzig von der Macht wahrer Magick beeinflusst werden konnte. Türen und andere Öffnungen entstanden nur durch die Kraft des Willens. Durch eine Disziplin, in der sein Meister Solus um Längen überlegen war. Wenn Vortigern nicht wollte, dass Solus ging, würde er diesen Turm nicht verlassen.

Der Erste der Heimkehrer fluchte unhörbar. Er musste Vorkehrungen treffen, doch ihm blieb keine Zeit. Der Meister erwartete ihn.

Auf seltsam menschliche Weise atmete Solus einmal tief ein und schicksalsergeben wieder aus. Er konzentrierte sich, spürte, wie die Kraft seinen Körper zerriss und ihn wieder zum Urstoff des Titanenbluts, zu Nebel, zerfließen ließ.

Schwerelos glitt er durch die Luftschichten empor, bis er die Zinnen erreichte und menschliche Gestalt annahm. Die Turmspitze war von einer ringförmigen Terrasse mit Balustrade umgeben. Solus spürte die Glätte des Schwarzglases unter seinen Stiefeln.

Ein Eingang klaffte in der Wand, die ansonsten keine Fugen aufwies. Ein Viereck aus bläulichem Licht zerschnitt das Zwielicht, dahinter lag Vortigerns Refugium.

Solus setzte eine Miene des Diensteifers auf, ganz der Soldat und Lakai, den der Meister erwartete, dann schritt er durch das Tor ins Innere des Turms und blieb stehen. Hätte jemand eine unsichtbare Wand vor ihm hochgezogen, sie hätte den Heimkehrer kaum besser gestoppt als der Anblick, der sich ihm bot.

Das Skriptorium war verwüstet, überall lagen zerborstene Erinnerungskristalle. Die Spuren magischer Zerstörungen schwelten noch. Der Kristalltisch, an dem ein Erzmagier normalerweise seine Erinnerungen aufzeichnete, war gespalten. Er war der Ursprung der unfassbaren Energien. Sie bluteten als blaues Licht in die Welt.

Vortigern saß auf seinem Thron, die Skelettklauen um kugelförmige Schnitzereien gekrallt. Solus entgingen die tiefen Furchen in dem Gestein nicht. Der Erzmagus war eine Sitzmumie aus moderndem Stoff und Bandagen. Inschriften bedeckten die gelblichen Wickel. Es waren Glyphen und Zauberzeichen, die dem Verfall des Körpers entgegenwirken sollten. Vortigern pochte vor unterdrückter Gewalt. Er war nicht zornig, er *war* Zorn.

Hinter dem Thron stand Dirth, eine Hand in einer allzu selbstsicheren Geste auf die Rückenlehne des Möbels gelegt. Ein schwer zu deutender Gesichtsausdruck lag auf den Zügen des Fettsacks.

Das war nicht gut. Das war überhaupt nicht gut. Solus hätte diesen sterblichen Magier töten sollen, als er noch die Möglichkeit dazu gehabt hatte. Ein weiterer Fehler, ein weiterer Gegner, den er unterschätzt hatte.

Der Erste der Heimkehrer blieb in respektvollem Abstand vor dem Tyrannen stehen. Es war ein berechnetes Manöver, das ihn genau in der Mitte zwischen dem Thron und dem Ausgangsportal positionierte. Solus ließ sich auf ein Knie nieder, die Panzerhandschuhe darauf gelegt, und senkte den Kopf, bis das Kinn fast die Brust berührte.

»Meister. Ihr ruft und ich erscheine.«

»Dirth hat mir einen unschätzbaren Dienst erwiesen«, sagte der Tyrann. Seine üblichen Begrüßungsformeln blieben aus. »Wusstest du, Knecht, dass der Totenkaiser hier in meinem Turm war? Wusstest du, dass er Verfolger hatte? Die Totenhand, ein Assassinenkader, dem mein Sohn Ashavar ein zweites Leben schenkte. Sie wollten auch Dirth töten, doch nach Ashavars Vernichtung waren sie geschwächt. So gelang es dem guten Dirth, sie davon zu überzeugen, stattdessen für ihn zu arbeiten.«

Solus musste darum kämpfen, sich seine Verwirrung nicht anmerken zu lassen. Er wusste nicht, wie lange er seine Gedanken noch vor dem Meister verbergen konnte, wo er doch zugleich so viel Kraft darauf verwenden musste, die Urgewalt von Argas' Flamme in seiner Brust im Zaum zu halten.

»Ich bin nicht sicher, ob ich verstehe, Meister«, antwortete der Erste der Heimkehrer. »Wir sandten diese Assassinen nach Südosten, zu den Steppen der Almharach, in den Amboss.«

Solus blickte auf. Auf Dirths Gesicht stand jetzt unverhohlene Schadenfreude. Die Vorahnung des Ersten der Heimkehrer wurde zur Gewissheit, der Klumpen in seinem Magen vermengte sich mit der Essenz der Flammen zu einem ätzenden Gebräu. Er fühlte sich wieder wie ein Sterblicher, der Sodbrennen hatte vor Angst.

»Meine Lakaien beobachteten ein denkwürdiges Treffen«, sagte Dirth.

Solus hoffte, dass ihn der Meister für die Unterbrechung, für das eigenmächtige Ergreifen des Wortes, abstrafen würde. Doch er wurde enttäuscht. Vortigern blieb ganz ruhig und ließ den Magier sprechen.

»Ein wirklich denkwürdiges Treffen«, wiederholte der Fettwanst.

Zu seiner Verblüffung spürte der Erste der Heimkehrer, dass etwas über sein Gesicht rann. Es brannte sich seinen Weg von der Stirn über die Nase und tropfte dann auf das Schwarzglas.

Schweiß. Er schwitzte. Solus konnte sich nicht erinnern, wann er das letzte Mal geschwitzt hatte. Schon gar nicht vor Angst. Er musste sich beruhigen. Er durfte seine Nervosität nicht offenbaren.

»Nun, Erster der Heimkehrer, du schweigst?« Dirths wabbeliges Gesicht verzog sich zu einer höhnischen Fratze. »Es dürfte dich doch sicher interessieren, was besprochen wurde.

Und doch hakst du nicht nach? Willst du gar nicht wissen, wer sich bei den Barbaren traf und was besprochen wurde?«

»Sie wissen es!« Vortigern stand unvermittelt vor Solus. Seine Stimme war zu einem Keifen geworden. Etwas Abgründiges und Dunkles, das sonst im Verborgenen blieb, tränkte jede Silbe. »Sie wissen, dass ich zurück bin! Sie treffen Maßnahmen!«

»Wer weiß davon, Meister?« Solus blieb in seiner Rolle.

Der Tyrann von Khael musterte seinen Knecht. Ahnte er nichts von Solus' Verrat, oder spielte er eine Farce, um den Ersten der Heimkehrer in Sicherheit zu wiegen?

»Der Totenkaiser hat diesem lästigen Barbaren die Klinge gebracht. Er ist wieder bei Kräften, und der Assassine läuft frei herum.« Dirths schrille Stimme überschlug sich beinahe. »Sie scheinen sehr gut informiert zu sein.«

Der Erste der Heimkehrer musste dem Drang widerstehen aufzuspringen. Er konnte den Höhenwind im Genick spüren, der durch das offene Mauerloch in den Turm wehte.

»Ich frage mich, woher sie all diese Dinge wissen können«, sagte Vortigern. »Es scheint, die haben einen Informanten.« Das Lauernde in seiner Stimme trat nun offen zutage.

»Soll ich mich an die Suche machen, Meister?«, frage Solus.

»Du kannst mit deiner Scharade aufhören, Erster der Heimkehrer!«, bellte Dirth. »Du weißt genauso gut wie der Meister und ich, wer verantwortlich ist.«

Bevor Solus reagieren konnte, sagte der Meister: »Dieser Greskegard hat sich Macht erworben, die ihm nicht zustand. Die Verschwörer offenbarten, dass er es war, der den Totenkaiser befreite. Wer sonst sollte es gewesen sein?«

»Soll ich ihn beseitigen, Meister?«, fragte Solus.

»Wir müssen ihn aus dem Spiel nehmen, das wohl«, antwortete Vortigern. »Er entwickelt sich zum Risiko. Doch das fällt nicht in deinen Aufgabenbereich, ich habe andere damit betraut.«

»Andere?«, fragte der Erste der Heimkehrer.

»Meine Arkanisten werden dieses lästige Problem für uns beseitigen. Schließlich ist der frischgebackene Archont darauf angewiesen, dass sie sich um den Nebelschild kümmern, nicht wahr?«

»Deine anderen Schachfiguren stehen bereit? Die Almharach-Stämme, die deinem Kommando folgen, sind instruiert?«, fragte der Meister an Dirth gewandt, ohne Solus auch nur einen Moment aus dem Blick seiner feurigen Augenhöhlen zu lassen.

»Die Kreen und ihre Verbündeten wissen Bescheid, Meister. Sie tragen ihre Steine bei sich und warten nur noch auf den richtigen Moment, um loszuschlagen. Es wird ein Gemetzel werden. Die Ältesten sind auf der Insel des Heiligtums nicht bewaffnet, ein Brauch ihres Volkes.«

»Ein überkommenes Relikt ihres Aberglaubens, das wir zu unserem Vorteil nutzen werden«, sagte Vortigern. »Mit einem einzigen Hieb köpfen wir die Schlange.« In seiner Knochenfratze loderten die Flammen des Triumphs. Dann wollte er von Solus wissen: »Wie steht es um die Heimkehrer, Knecht? Hast du es geschafft, ihre Ängste zu zerstreuen?«

»Meister? Wart Ihr denn nicht dabei? Ihr wolltet doch, dass ich sie im Wildbann treffe, damit Ihr der Zusammenkunft mit Euren geistigen Kräften beiwohnen könnt.« Solus brauchte seine Verwirrung nicht zu spielen. Wieso wusste Vortigern nichts von dem Treffen im Wald?

Da begriff Solus. Langsam erhob er sich. Seine Hand ging zum Griff des Zweihänders.

»Du verfluchtes Reptil!«, knurrte der Erste der Heimkehrer.

»Wirklich bedauerlich«, sagte Dirth. »Noch einige Augenblicke länger, und ich hätte dich dazu gebracht, im Staub zu kriechen und um Verzeihung für deinen Verrat zu winseln.«

Solus trat auf den Meister zu – und durch ihn hindurch. Die Luft waberte für einen Augenblick wie ein Tümpel, in den jemand Steine warf. Dann schnalzte das Trugbild des Tyrannen wieder zusammen, nahm Form an.

»Ich habe dir versprochen, dass ich dich töten würde«, sagte Solus. »Und für gewöhnlich halte ich solche Zusagen ein.« Er machte einen weiteren bedrohlichen Schritt auf Dirth zu, hielt dann aber inne.

»Glaubst du wirklich, du kannst deine Eskapaden vor jemandem wie dem Meister geheim halten? Er hatte dich schon lange im Verdacht, unsere Sache zu hintergehen.«

Solus ließ unauffällig den Blick durch den Raum schweifen, ohne das Gesicht von Dirth abzuwenden, bis er gefunden hatte, was er suchte.

»*Unsere* Sache?« Nun war es Solus, dessen Stimme vor Hohn troff. »Du denkst wirklich, dass jemand wie der Meister noch ein Konzept wie ›wir‹ oder ›uns‹ kennt? Du bist ein größerer Narr, als ich annahm. Ich werde es genießen, dir das Fett aus deiner Kehle zu wringen, bis es dir aus den Ohren spritzt, du Kröte!«

»Der Narr bist du!«, keifte Dirth. »Dachtest du, der Meister hätte die brachliegende Macht des Feuertitanen einfach vergessen? Dachtest du, er wüsste nicht, dass du nur darauf bedacht warst, deine eigenen Vorteile zu mehren? Du törichte Kreatur hast dich Fennek Greskegard und dem Totenkaiser offenbart und damit den Grundstein deines Untergangs gelegt. Der Meister beobachtet sie alle, er hat gesehen und gehört, was sie über dich zu sagen hatten. Es waren nur Bestätigungen dessen, was er längst ahnte.«

Solus stützte sich auf den Zweihänder und lächelte kalt. »Dennoch hat er mich gewähren lassen. Warum? Hat es etwas mit seinen Plänen im Wildbann zu tun?«

Dirths Gesichtszüge entgleisten abermals, und diesmal eindeutig deshalb, weil Solus mit seiner Vermutung richtiglag.

»Es ist einerlei, ob du dir eine oder fünf Essenzen einverleibst!«, giftete der Magier. »Friss alle, die es gibt. Am Ende werden sie nur die Macht des Meisters mehren. Er wird mich reich belohnen, wenn ich ihm dein Haupt bringe, Erster der Heimkehrer.«

»Sag mir nur eins, Kröte«, wollte der Templer wissen. »Wozu brauchen Barbaren wie die Kreen Nebelsteine? Die alten Pakte und der Schutz von Gawr sollten sie doch vor dem Nebel bewahren.«

»Nichts und niemand wird dem Sturm entrinnen, den wir entfesseln werden«, sagte Dirth. »Nicht du, nicht die Barbaren des Amboss. Nur die Erwählten des Meisters erhalten den nötigen Schutz.«

»Was immer er im Wildbann auch treibt«, folgerte Solus, »es wird darin münden, dass der Schutz der Titanenmutter den Stämmen des Amboss entzogen wird.«

»Ich befürchte, dieses Geheimnis wirst du wohl mit ins Grab nehmen. In dein richtiges Grab, meine ich«, höhnte der feiste Magier. »Der Meister hat diesen Ort in eine Spektralfalle verwandelt, bevor er mir befahl, Illusionen zu weben und deinem Dasein ein Ende zu setzen. Deine Legende wird hier enden, es wird für dich nur noch den wahren Tod geben, keine Heimkehr.«

Etwas in Dirths Stimme ließ Solus aufhorchen. Ohne nachzudenken griff der Templer an seinen Gürtel. Seine Finger umfassten die gerundeten Köpfe der Nadeln in seiner Gürteltasche.

Auf einmal sprang er zur Seite und warf das Bündel ohne jede Vorwarnung. Er zielte nicht auf Dirth, der noch immer hinter dem Thron stand, sondern schleuderte die Artefakte in breiter Streuung.

Ein Blitz erschien scheinbar aus dem Nichts und schlug dort ein, wo gerade noch der Erste der Heimkehrer gestanden hatte.

Die meisten Nadeln, die Solus geworfen hatte, gingen ins Leere, das Innere des Turms war einfach zu weiträumig. Doch Dirth war massig, zwei hatten ihr Ziel gefunden. Der Unsichtbarkeitszauber und die Illusionen von Dirth hinter dem Thron und Vortigern in der Mitte des Raumes zerfielen.

Mit schockweißem Gesicht umklammerte der feiste Magus die Nadel, die in seinem linken Oberarm steckte. Die andere hatte sich in seinen Wanst gebohrt. Ein dampfender Zauberstab, den er mit dem verletzten Arm nicht mehr hochhalten konnte, fiel aus seiner Linken und rollte über den Glasboden.

»Du solltest das nächste Mal genau darauf achten, wer in deinem Labor ist und sich deine netten kleinen Spielzeuge einsteckt, Kröte«, höhnte der Erste der Heimkehrer. »Clach und Greskegard haben sich auch ein paar davon mitgenommen. Der Archont hat deine Bauweise allerdings deutlich verbessert.«

»Dir wird das Lachen gleich vergehen, untotes Gezücht!«, knurrte Dirth.

Solus hob das Schwert und tat einen drohenden Schritt auf den Magier zu. Ein Fehler!

Dirth handelte mit verblüffender Schnelligkeit und wechselte die Waffenhand. Er sprach ein Wort der Macht und riss den Stab in seiner rechten Faust nach vorn.

Eine geometrische Form an der Kristallspitze des Stabs glühte auf. Diesmal gab es keine Möglichkeit mehr auszuweichen. Instinktiv streckte Solus das Schwert vor, lenkte zeitgleich die Macht des Steinelements in all seine Glieder.

Der Blitz schlug in die Klinge ein und wanderte in Schlangen aus blauweißer Energie über Solus versteinerte Unterarme und seinen Körper. Schmerzen geißelten sein Steinfleisch. Die Hände verkrampften sich um den Griff des Schwerts, das vor Hitze glühte. Seine Muskeln zitterten unkontrolliert, seine Zähne klapperten, und sein längst verstummtes Herz schlug auf einmal wieder. All dies brachte ihn aus dem Gleichgewicht. Er sank auf ein Knie.

Hilflos musste er mit ansehen, wie Dirth ein weiteres Muster in die Luft wob und seinen massigen Körper mit einem Schild aus wahrer Magick umgab.

Solus gestand sich ein, dass er hier mit seinem Schwert deutlich im Hintertreffen war. Während er noch versuchte, die Kontrolle über seinen Körper zurückzugewinnen, hob der Magus den Stab erneut, um Solus mit einem vernichtenden Blitz niederzustrecken.

Mit Willenskraft zwang sich der Templer in die Höhe. Er widerstand der Versuchung, den Magier mit der Hitze des Argas zu vernichten. Die Titanen und ihre Heimkehrer wären sofort gewarnt gewesen, wenn er diese Macht jetzt entfesselt hätte.

Mit dem Mut der Verzweiflung warf sich Solus zu Boden, rollte sich über die Schulter ab und ergriff einen von Vortigerns Erinnerungskristallen.

In dem Moment, als Dirth ein Wort der Macht intonierte, schleuderte Solus den Kristall. Der traf auf den Schild aus reiner Magick, zerbarst daran und setzte seine eigene Magie frei. Flackerndes Licht blendete Dirth.

Auf diesen Moment hatte Solus gewartet. Während der Magus schrie und fluchte, wetzte der Templer zum Mauerloch.

Hinter ihm erklang Dirths atemlose Stimme: »Du wirst nicht entkommen! Ich versprach dem Meister deinen Kopf!«

Ein magischer Befehl folgte, und der Eingangsbereich

begann sich zu schließen. Bläulich glühende Quader erschienen aus dem Nichts, bildeten eine Mauer.

Solus verdoppelte seine Anstrengungen. Er rammte seinen Zweihänder in die Scheide und ignorierte, dass das Leder zu qualmen und zu fiepen begann. Er spurtete los und verschränkte die immer noch versteinerten Unterarme zu einem Kreuz vor seinem Gesicht. So warf er sich gegen die beinahe verschlossene Barriere.

Für einen fürchterlichen Augenblick hatte er das Gefühl, in die sich schließende Mauer eingeschlossen zu sein, dann schlug er auf der anderen Seite einer vollständig fugenlosen Mauer aus Schwarzglas auf.

Solus rollte sich ab und rannte weiter, wohl wissend, dass der Meister den Turm so erbaut hatte, dass man aus dem Inneren auf alles blicken und Zauber nach außen wirken konnte.

Hinter ihm explodierte die Terrasse, als ein Hagel aus Blitzen und Klingen aus Eis niederging. Sein Schwung trug den Ersten der Heimkehrer über die Balustrade.

Er stürzte der gefrorenen Erde entgegen. Mit Macht zwang er seinen noch immer unter Zuckungen leidenden Körper dazu, die Form zu wandeln. Im letzten Augenblick gelang es ihm – nur Schritte vom Boden entfernt.

Geschlagen und mit verletztem Stolz entschwebte der Erste der Heimkehrer als Nebelwolke in das Zwielicht und aus der Reichweite des Turms.

Der Meister wusste, dass Solus ein Verräter war – und es war nur noch eine Frage der Zeit, bis auch die Titanen und seine Heimkehrer-Geschwister gewarnt waren.

Tuháth, der Erste der Heimkehrer, brauchte dringend einen verdammt guten Plan.

18. Fennek

Fennek Greskegard legte an und schoss. Der Bolzen grub sich in die Stirn der Plastik, gesellte sich zu den drei Geschossen, die das Marmorgesicht der Nixe entstellten. Spinnwebartige Risse überzogen die Vollkommenheit.

Falls die Statue in dem Zimmerbrunnen etwas von der Entwürdigung spürte, ließ sie es sich nicht anmerken. Munter schoss das Wasser aus dem Füllhorn in den Händen und über die mit viel Liebe zum Detail gestalteten Brüsten der Marmorschönheit.

Ozelot Urdith lümmelte auf einem Lehnstuhl, die Finger vor der Brust verschränkt, und wippte auf den beiden hinteren Stuhlbeinen. Fennek rechnete seit zwei Stunden fest damit, dass der Nekromant im nächsten Moment hintenüberkippen würde. Doch irgendwie gelang es dem Totenbeschwörer, die Balance zu halten.

Fennek betrachtete die Schale mit den abgenagten Resten von Obst und Früchten auf seinem Schreibtisch. Der Nekromant besaß einen wundersamen Körper, offensichtlich in der Lage, Unmengen an Nahrung in nichts zu verwandeln.

»Ich bezweifle, dass sie ihn kriegen«, sagte Ozelot, um das Schweigen zu brechen. »Der ist längst über alle Berge. Oder … na ja, zumindest über alle Mauern.«

Fennek antwortete nicht. Stattdessen jagte er den nächsten

Bolzen punktgenau in die Unterseite von Urdiths Sitzfläche. Der Einschlag lieferte die nötige Kraft, um das Gleichgewicht des Nekromanten zunichtezumachen.

Er ging hintenüber.

Gram, der hinter Fennek aufragte, gestattete sich ein gehässiges Lachen.

»Du hast da was fallen lassen, mein guter Ozelot«, sagte Greskegard.

Urdith kam schnaubend in die Höhe. Für einen Augenblick erweckte er den Anschein, etwas sagen zu wollen. Dann fiel sein Blick auf die Pistolenarmbrust, und er überlegte es sich anders. Der Nekromant stellte seinen Stuhl auf und setzte sich.

»Worauf warten wir?«, maulte er. »Das ist doch müßig. Euer Mann hat die Zitadelle mit Sicherheit längst verlassen, Majestät.«

»Ich habe das Areal absperren lassen.« Fennek lud die Waffe nach und verpasste der Nixe einen Blattschuss zwischen die hervorstechendsten Merkmale.

»Er wird uns nicht entkommen«, verkündete Gram.

»Außer natürlich, er entkommt uns«, maulte Ozelot. »Das Areal ist gigantisch. Wer sagt uns, dass er nicht längst durch einen Geheimgang verschwunden ist?«

Fennek spürte den Drang, gereizt mit den Augen zu rollen. Doch der Sinn hinter Urdiths Worten erschloss sich ihm mit Verzögerung.

»Was hast du gesagt? Wiederhole das Letzte!«, befahl der Archont.

»Ich meinte, dass er sich durch einen Geheimgang verdrückt haben könnte.«

Fennek sprang auf und bedeutete Gram, ihm zu folgen. Ozelot trottete hinterher.

»Wohin genau gehen wir?«, fragte der Totenbeschwörer. »Irgendetwas sagt mir, dass wir nicht auf dem Weg in die Küche sind, um mehr Früchte zu holen.«

»Majestät?«, fragte Gram. »Möchtet Ihr mich aufklären, damit ich entscheiden kann, ob wir uns in Gefahr begeben?«

»Hauptmann, falls es dir nach meinem Tête-à-Tête mit den Archonten und meiner Tätigkeit als Inquisitor noch nicht aufgefallen ist«, sagte Greskegard, »ich schwebe unablässig in Gefahr.«

Der Archont schnaufte. Seine Lunge brannte. Das Herz machte sich schmerzhaft hinter Fenneks Brustbein bemerkbar. Schon wieder Treppen! Sie führten zu den Schlafgemächern des einstigen Archonten Balthus. In dem Brokatmantel schwitzte Greskegard wie ein Schwein.

Ich hoffe, ich kann meine Hände noch um Vortigerns Hals legen. Die idiotische Konstruktion dieser Festung, alles strebt in die Höhe, für alles braucht man Treppen!

»Der Kampf auf der Zitadelle«, stieß Greskegard hervor und schnappte zwischen den Wörtern nach Luft. »Das Duell … zwischen Clach und dem Heimkehrer Ashavar …«

»Ich bin nicht sicher, ob ich begreife«, sagte der Totenbeschwörer, der trotz der Jahre in dem Zauberharz besser bei Kräften war als sein Peiniger. »Mag mich jemand aufklären?«

Gram versetzte ihm auf ein Zeichen Fenneks hin einen Stoß die Treppe herauf. Endlich erreichten sie einen Raum am Fuß einer Wendeltreppe.

»Der Totenkaiser ist am Tag von Fomors Erwachen über einen Geheimgang eingedrungen«, erklärte der Archont. Ohne seine Erzählung zu unterbrechen, gab er einem Suchtrupp der Myrmidonen im Seitengang ein Zeichen, ihnen zu folgen. »Mithilfe eines magischen Wandschranks.«

»Ein Teleporter? Dieser Heimkehrer hat einen Teleporter

in Betrieb genommen?«, fragte der Nekromant ungläubig. »Es gibt doch nur noch Riten, bloße Überbleibsel der alten Macht. Niemand kann sie benutzen, geschweige denn, dass jemand über die nötige wahre Magick verfügen würde.«

»Ja. Wir leben in interessanten Zeiten, nicht wahr, Totenbeschwörer?«, schnaufte Fennek und deutete auf sich. Er war der lebende Beweis, dass die wahre Magick zurückgekehrt war.

»Weil die Arkanisten Teil der Verschwörung sind, nehmt Ihr an, dass Reyland in der Lage sei, die arkane Maschine in Betrieb zu nehmen, Majestät?«, fragte Urdith.

»Er ist der Einzige außer meinem Hauptmann Gram hier und meiner Wenigkeit, der von der Kammer wusste«, sagte Fennek. »Auf meinen Befehl hin hat er sie versiegelt.«

»Zumindest hat er das behauptet, als wir ihn noch für halbwegs vertrauenswürdig hielten«, presste Gram hervor. »Ihr habt es gehört, Männer: keine Gnade mit dem Kerl!«

Eine Bestätigung aus einem halben Dutzend Kehlen ertönte, und gepanzerte Fäuste schlugen auf Schilder und Rüstungen.

»Befehl widerrufen!« Greskegard hatte das Gefühl, dass jemand Drahtschlingen um sein Herz und seine Lunge straff zog. Er fiepte wie ein Blasebalg mit Schwindsucht. Der Archont blieb stehen, legte eine Hand an die Wand und schnappte nach Luft. Zu viele Stufen!

Gram bot ihm eine Hand.

Fennek schlug sie beiseite und schenkte ihm einen unwirschen Blick.

»Alles in Ordnung, Hauptmann«, zischte er und meinte doch das Gegenteil.

Wenn diese Geschichte vorbei ist und ich mich meiner Herrschaft noch ein wenig erfreuen möchte, muss ich aufpassen, was ich esse und trinke. Ich will ja nicht enden wie Sanftleben.

Fennek stieß ein hysterisches Kichern aus. Als er die unsicheren Blicke seiner Männer bemerkte, befahl er: »Seht davon ab, Reyland zu töten, wenn es nicht absolut unvermeidbar ist!«

Sie setzten ihren Weg fort. Zweifel nagten an Greskegard. Diese unselige Debatte mit den Archonten. Der unablässige politische Druck, all die Schritte, die er hatte einleiten müssen. Zu viel Zeit war verloren gegangen. Zu viele Möglichkeiten für die Verräter, tätig zu werden.

Fennek hatte Reyland lediglich beschatten lassen, in der Hoffnung, die Verschwörer nicht zu warnen. Genutzt hatte das wenig. Leute, die magische Artefakte wie Tarnkappen konstruieren konnten, hatten die Möglichkeiten, sich vor Spitzeln zu verbergen. Ihre Gemeinschaft war seit einem halben Jahrtausend dermaßen verzahnt, dass es unmöglich war, einen Maulwurf einzuschleusen.

Es war ein Fehler gewesen, Reyland nicht gefangen zu nehmen nach dem, was der Geist von Balthus über die Arkanisten ausgeplaudert hatte. Fennek musste sich eingestehen, dass er zumindest diese Partie verloren hatte.

Ich hätte sofort zuschlagen sollen, als sich mir die Gelegenheit bot. Es war ein Fehler, den Kerl nicht direkt einzukassieren!, dachte Greskegard.

»Hätte, hätte!«, blaffte der Archont, und seine Männer zuckten zusammen. Keiner wusste, wen er meinte. »Wenn der Hund nicht geschissen hätte, hätte er den Hasen eingeholt und wäre satt!«

»Ein blumiger Ausdruck, Majestät. Ich kann mich nicht erinnern, ihn je gehört zu haben. Woher habt Ihr ihn?«, fragte Ozelot.

Fennek antwortete nicht.

Die Wendeltreppe öffnete sich zu einem Aufgang, dahinter lag ein Vorraum mit Ruhebank. Zwei leere Rüstungen standen wie Wächter vor einer Tür. Greskegard deutete auf die Tür zum Schlafzimmer.

Der Myrmidone zog einen gewaltigen Schlüsselbund vom Gürtel, nestelte daran herum und schob einen der Schlüssel ins Schloss. Er gab seinen Männern ein Zeichen.

Sie bezogen Aufstellung vor der Tür, ihre Bastardschwerter wie Speere vorgestreckt. Gram wollte aufsperren, doch er bemerkte, dass es unnötig war. Stattdessen drückte er die Klinke nach unten, stieß die Tür mit der anderen Hand auf und trat zur Seite.

Seine Männer stürmten in den Raum, ein Aufschrei war zu hören. Fennek konnte nicht erkennen, was dort vor sich ging. Er sah über die Schultern der Palastwächter hinweg zwei Hände in die Höhe schießen, als sie jemanden umstellten.

Den Protest Grams ignorierend, drängte sich der Archont an den Myrmidonen vorbei und trat auf die Gestalt zu. Es war ein Diener, der mit Kehrblech und Eimer an der Beseitigung von Ziegeln und Geröllbrocken auf dem Boden gearbeitet hatte.

Gram packte den Mann ohne viel Federlesens am Kragen und schüttelte ihn. »Was genau wird das, Lakai?«

»Ich mache hier sauber, Herr«, sagte der Diener. Er blieb verhältnismäßig gelassen, bis er Greskegard erblickte. Da erbleichte er und schlug die Augen nieder.

»Auf wessen Anweisung reinigst du diesen Raum?«, fragte der Archont. »Ich entsinne mich, Befehl gegeben zu haben, dass er abgesperrt wird und dass das Betreten unter Androhung drakonischer Strafen verboten ist.«

Das Gesicht des Lakaien wurde weiß. Dennoch war der Mann klug genug, den Archonten nicht direkt anzusprechen und damit sein Todesurteil zu besiegeln. »Ich habe eine Anweisung von Hofarkanist Reyland und seinen Leuten erhalten.«

»Seinen Leuten?« Gram runzelte die Stirn. »Was für Leute?«

»Die anderen Arkanisten, Herr«, antwortete der Diener. »Ich soll hier saubermachen und die Handwerker das Loch in der Mauer versiegeln.«

Greskegard kam das Ganze seltsam vor. Der Mann war ihm einen Tick zu unterwürfig. Die Geschichte klang beinahe plausibel – sah man davon ab, dass jemand saubermachen sollte, bevor Maurer Dreck machten. Fennek konnte nicht genau sagen, weshalb, doch er hatte ein ungutes Gefühl bei dem Kerl.

»Wo sind sie denn hin, guter Mann?«, meldete sich Urdith hinter dem Ring aus Schwerbewaffneten höflich zu Wort.

»Sie sind auf dem Dach, mein Herr. Auf den Zinnen. Sie haben etwas von Nebelschilden gesagt«, folgte die Antwort prompt.

Was Fennek an Indizien brauchte, hatte er durch diesen Fehler des Lakaien bekommen.

»Was soll das heißen, Arkanisten sind auf den Zinnen? Ich habe Befehl gegeben, jedem den Zutritt zu verwehren!« Gram wandte sich zu seinen Männern um. »Wer hat das veranlasst?«

Sie zuckten mit den Schultern. Greskegard gab dem Hauptmann ein Zeichen, die Myrmidonen in Ruhe zu lassen. Er war sich sicher zu wissen, was sie auf dem Dach erwartete.

Der Diener war eingeweiht. Die Arkanisten hatten den Mann dagelassen, damit er die Streitkräfte, die die oberen Bereiche der Zitadelle durchkämmten, in eine Falle lockte. Bestenfalls würde Fennek mit ihnen sterben, auch wenn sie nicht wissen konnten, dass er den Trupp begleitete.

»Er gehört dazu«, sagte Greskegard. »Ich bezweifle nicht, dass sie irgendeine Teufelei auf dem Dach planen. Etwas, das mit den frisch installierten Nebelschilden für den Notfall zu tun hat.«

Das Gesicht des Lakaien verzog sich zu einem höhnischen Grinsen. Gram rammte ihm einen Panzerhandschuh in den Solarplexus, sodass dem Diener die Luft wegblieb.

»Wahrscheinlich sabotieren sie ihn – und lotsen dann weitere Truppen durch den Teleporter in die Zitadelle«, sagte Urdith. »Ich würde mehr Leute holen und hier Aufstellung nehmen lassen«, sagte er an Gram gewandt.

Fennek erwartete einen beißenden Kommentar, doch der Hauptmann erkannte die Vernunft hinter den Worten des Totenbeschwörers. Statt sich zu streiten, entsandte er einen Wächter, um Verstärkung zu holen.

»Eine Manipulation der Schilde, noch dazu, wo Euch die anderen Herrscher drohen, wäre wohl das Erste, das Eure Truppen aufs Dach lotsen würde, Majestät«, sagte der Nekromant.

»Was tun wir jetzt, Euer Majestät?«, fragte Gram. Er gab einem seiner Männer ein Zeichen, den noch immer nach Atem ringenden Diener abzuführen.

»Lasst ihn bleiben«, sagte Fennek und lächelte sein Haifischlächeln. »Sie erwarten, dass jemand dort oben auf das Dach hinaustritt und ihnen in die Falle geht. Geben wir ihnen, was sie wollen.«

Es war ein Leichtes gewesen, den Willen des Lakaien zu brechen. Obwohl sein Körper nicht für die Last ausgebildet war, trug er Rüstung, Bastardschwert und Schild eines Wächters, als hätte er nie etwas anderes getan.

Wie der Jagdhund, der dem Herrn gefallen wollte, eilte der Mann seinem Schicksal entgegen. Schwerverbrecher aus den Kerkern in ähnlicher Verkleidung stapften mit. Keiner von ihnen hatte Fenneks Befehlen etwas entgegenzusetzen. Der vermeintliche Trupp schritt auf die Tür zu, die auf das Dach hinausführte.

Greskegard und seine Einheit warteten hinter einer Gangbiegung und beobachteten, wie der Verräter und das Gesindel auf die Außentür zuhielten.

»Sie werden, was sie an Tricks und Fallen vorbereitet haben, über unsere Lockvögel entladen«, flüsterte Greskegard seinen Soldaten zu.

»Sie sind keine Kämpfer und werden versuchen, mit ihren Artefakten alles mit einem Handstreich zu entscheiden«, ergänzte Ozelot.

»Genau«, bestätigte Fennek. »Sobald das magische Trommelfeuer nachlässt, welcher Art auch immer es sein wird, stürmen wir und knöpfen sie uns vor.«

»Eure Majestät, darf ich darauf hinweisen, dass Ihr mit einem solchen Vorgehen Euer Leben riskiert?« Ein verdrossener Ausdruck lag auf Grams Miene. »Ich bin nach wie vor angehalten, Euch von dem Plan abzuraten.« Es war sein x-ter Versuch, Greskegard von diesem Vorhaben abzubringen.

»Zur Kenntnis genommen«, sagte Fennek. »Gram, ich kämpfe schon mein Leben lang gegen gefallene Wirker. Ein paar Arkanisten, die ihren Platz vergessen, schrecken mich nicht.«

»Denkt daran, was ich euch über Reyland gesagt habe«, schärfte Fennek den Männern ein. »Und gebt dem Totenbeschwörer eine Waffe. Er soll zeigen, wo er steht.«

Daraufhin rang Gram sichtlich um Fassung.

Wäre die Lage nicht so ernst gewesn, Greskegard hätte angesichts seines Gesichtsausdrucks schallend gelacht. Der Hauptmann der Myrmidonen hatte etwas von einem Bluthund im Platzregen.

Der Trupp falscher Palastwachen erreichte sein Ziel. Der Diener drückte die Klinke nach unten, und brüllend stürmten sie auf das Dach hinaus.

Blendendes Licht überflutete den Fackelschein des Korridors. Die Nacht außerhalb der Mauern versank im Lärm. Die Gewalt eines Sturms, konzentriert auf einen Punkt nur Schritte vor der Mündung des Ganges.

Donnerschläge erschütterten das Mauerwerk. Fenneks Leute öffneten den Mund, damit es ihnen nicht die Trommelfelle zerriss. Die Luft roch mit einem Mal verbrannt. Es war der Gestank versengten Fleisches.

Der Windstoß erreichte Fenneks Gruppe noch hinter der Biegung des Ganges, legte sich heiß auf ihre Gesichter.

»Jetzt«, sagte der Archont.

Grams Männer preschten los.

Der Hauptmann blieb bei seinem Archonten in der Sicherheit hinter der Gangbiegung. Er blickte Greskegard zweifelnd an.

Gram verkniff sich jeden Kommentar und ließ stattdessen Urdith nicht aus den Augen. Der Nekromant hielt ein Kurzschwert in der Hand.

Wieder erscholl Kampfgebrüll, doch diesmal gab es keine Explosionen von Licht und Lärm. Stattdessen hörte man eine zweite Partei aufschreien. Fennek stand auf und schritt den Korridor herunter.

Bestürzt folgte ihm Gram, überholte den Archonten und deckte dessen Körper, während er Urdith vor sich herschob.

Fennek sah, dass das nicht notwendig war. Augenscheinlich wollte sich der Nekromant nicht nachsagen lassen, zu wenig Eifer zu zeigen. Mit erhobenem Schwert stürmte er als Erster nach draußen.

Der Türsturz und das Innere des Rahmens waren versengt. Fettige Rußschmiere bedeckte alles, ein Fächer aus Rüstungsfetzen lag bis in den Korridor verstreut. Alles schwelte. Rauch kräuselte sich von rotglühendem Metall empor.

Sie traten durch die Tür, und das volle Ausmaß der Verwüstung offenbarte sich ihnen.

Dunst von der Farbe alten Weins und dem schweren Gestank von Metall erfüllte die Luft.

Fennek widerstand dem Impuls, die Hände vor Mund und Nase zu heben. Der Anblick kam direkt aus der Hölle. Was kein Raub der Flammen geworden war, hatten die Explosionen davongeschleudert und gegen Wände und Boden geklatscht.

Fenneks Marionetten waren mitten in ein Netzwerk aus Runenfallen gestürmt. Blitzschläge und Feuerbälle hatten sich aus den Zeichen in sie entladen. Die Umrisse der Fallen glommen unter der Kruste.

Im Hintergrund kämpften Grams Leute mit zwei Dutzend Gestalten in den Gewändern der Arkanisten. Kampfstäbe, Opferdolche und alchemagische Schutzfelder, errichtet von Amuletten oder Armreifen, kamen gegen die gedrillte Eliteeinheit und ihre Bastardschwerter zum Einsatz.

Einer der Arkanisten brüllte etwas und deutete auf Fennek. Einige der Verräter wandten sich dem Archonten zu.

Greskegard schoss dem Kerl in den Mund. Dann rannte er auf die Kämpfenden zu und glitt fast in dem erhitzten Menschenschlick aus, der die Dachplattform bedeckte. Schweiß rann ihm übers Gesicht, über Hals und Rücken.

Gram krachte neben ihm mit der Gewalt eines Streitrosses in einen der Arkanisten. Der Mann ging zu Boden, und bevor der Hauptmann oder Fennek ihm den Todesstoß versetzen konnten, hieb Ozelot dem Verräter das Kurzschwert ins

Gesicht und beendete jede Gegenwehr. Der Totenbeschwörer grinste entschuldigend, dann wurde er von der Seite angegriffen und musste sich verteidigen.

Fennek kreuzte sein altgedientes Langschwert mit dem Kurzstab eines Wirkers. Runen glommen auf der Waffe und verhießen dem Archonten einen feurigen Tod.

»Fallen lassen!«, befahl Fennek und legte ein Quäntchen Willenskraft in seine Worte.

Fassungslos musste der Arkanist mit ansehen, wie seine Hand die Klinge freigab. Er starrte Greskegard für einen Augenblick mit bebenden Lippen an. Ihre Blicke trafen sich, und der Mann begriff. Zu spät.

Der Archont stieß mit dem Langschwert zu, stemmte den Fuß gegen die Brust des Sterbenden und riss das Schwert wieder heraus.

Zwei der Feinde hatten sich von den Myrmidonen lösen können und attackierten Gram.

Dessen gewaltiges Bastardschwert wirbelte in einer unfehlbaren Geometrie des Todes. Der Hüne wob Muster in die Luft, tanzte durch beide Kontrahenten, und sein Stahl zerhieb die Waffen und die Knochen seiner Feinde.

Doch das kurze Manöver hatte den Hauptmann von seinem Schutzbefohlenen fortgeführt. Das genügte zwei Arkanisten, um sich auf Fennek zu stürzen.

Der wollte einen Befehl bellen, um beide mithilfe seiner Macht aufeinanderzuhetzen.

Doch einer seiner Gegner war schneller. Er schleuderte einen Dolch und traf Fennek an der Kehle. Schmerz erblühte in seinem Hals, ihm blieb der Atem weg.

Greskegard ließ die Armbrust fallen und langte in Panik nach seinem Kehlkopf, ging in die Knie, doch seine Finger fühlten kein Messer aus der Wunde ragen. Offenbar hatte ihn nur der Griff getroffen. Er zwang sich, ruhig zu atmen, doch die Feinde ließen ihm keine Zeit, sich zu sammeln.

Beide Verräter stürmten auf ihn ein. Fennek riss das Schwert hoch. Ein Wechselspiel aus bunten Lichtern und Dunkelheit flirrte vor seinen Augen. Sein Hals fühlte sich an wie zusammengeknüllt.

Mit Mühe konnte er die Hiebe des einen Arkanisten parieren. Der andere trat Fennek mit Wucht gegen die Schulter, sodass Greskegard auf den Rücken fiel.

Die Augen seines Gegners glommen triumphierend, als er den Dolch hob, um den Archonten zu töten.

Fennek, noch immer liegend, hieb ihm mit dem Schwert über die Unterschenkel. Der schartige, vom Rost fleckige Stahl glitt durch die Roben, als wäre der Stoff nicht vorhanden, und die Klinge biss sich in der Knochenhaut der Schienbeine fest wie in nassen Holzscheiten.

Fenneks Gegner kreischte und brach zusammen.

Der andere ließ sich davon nicht aus der Ruhe bringen und zielte mit seinem verzauberten Stock nach Fenneks Gesicht. Seine Lippen formten ein Wort der Macht, um Greskegard den Kopf von den Schultern zu sprengen.

Verzweifelt riss der Archont an seiner Waffe, doch sie hatte sich in den Unterschenkeln des Gegners verkantet.

Ein dritter Arkanist tauchte wie aus dem Nichts hinter Greskegard auf. Das war es also, das Ende.

Da trieb der Neuankömmling seinem Kameraden einen Dolch bis zum Heft ins Auge, riss die Klinge heraus, rammte sie dem Gegner in die Brust, wieder und wieder und wieder.

Der Sterbende starrte dem Verräter mit seinem verbliebenen Auge fassungslos an, während er starb. Er brach in die Knie, verspritzte sein Leben wie eine angestochene Schweinsblase auf Fennek und kippte nach hinten. Dort blieb der

Arkanist in einer absurden Pose hocken, den Kopf in den Nacken gelegt.

Greskegard fuhr herum. Erst da sah er, dass eine mörderische Schwertwunde das Gesicht seines Retters verunstaltete.

Es war der Mann, den Urdith erschlagen hatte!

Ozelot stand neben dem wandelnden Leichnam, den er erhoben hatte, und hielt Fennek eine Hand hin. Nach ein, zwei gequälten Atemzügen ging es dem Archonten besser, und er ließ sich auf die Füße helfen.

Ein Trio von Wirkern stürmte auf sie zu. Urdith schnippte und deutete mit einem Finger auf die Gegner.

Augenblicklich setzte sich der Leichnam in Bewegung, die Hände wie Klauen vor sich gestreckt.

Gram jedoch kam ihm zuvor und fiel von der Seite her über die drei Angreifer her. Sein Schwert hielt blutige Ernte. Mit jedem Hieb trennte er Gliedmaßen von einem Rumpf. Er tötete seine Gegner nicht nur, sondern hackte sie regelrecht in Stücke. Es zischte hörbar in der Nachtluft, als er einem seiner Feinde den Kopf abschlug. Das Wasserspiel aus Blut war so schnell vorbei, wie es begonnen hatte. Die wuchtigen Hiebe des Hauptmanns machten vor Urdiths Knecht keinen Halt. Auch die untote Kreatur enthauptete er mit einer tausendfach geübten Bewegung.

Plötzlich lag die Nacht still, sah man vom Klickern auskühlenden Metalls ab. Einer der verwundeten Verräter brabbelte noch. Er wiederholte immer wieder den Namen einer Frau, bis einer von Grams Männern seine Klinge in der Brust des Arkanisten vergrub und sie darin drehte.

Fennek legte die Hände auf die Oberschenkel und atmete schwer. Sein Kehlkopf schmerzte höllisch, sein Atem pfiff. Es dauerte einige Zeit, bis er sich beruhigt hatte und wieder atmen konnte.

Als er genug Kraft gesammelt hatte, um den Kopf zu heben, sah der Archont, dass die Myrmidonen Gefangene gemacht hatten. Sie bildeten einen Ring aus Schwertspitzen, der sich um zwei Gestalten schloss.

Eine Arkanistin mit kupferroten Haaren sowie Hofarkanist Reyland hielten Dolche in den Händen. Die Augen der Frau waren vor Angst geweitet.

Das Eulengesicht des Hofarkanisten hatte nichts mehr von einem Gelehrten. Eine seltsame Mischung aus der Akzeptanz des Unvermeidlichen und dem Feuer des Eiferers lag in seinem Blick.

Fennek entging nicht, wie der Alte in der Tasche seines Gewandes herumfingerte. Vielleicht Gift? Oder wollte er sich die Schlagader im Oberschenkel durchsäbeln, bevor er Greskegard in die Hände fiel?

»Packt sie!«, befahl er. »Bevor sie sich entleiben können!«

Es gab keinen Moment des Zögerns im Handeln der Palastwächter. Erbarmungslos prügelten sie mit den Seiten oder Griffen ihrer Schwerter auf die Überlebenden ein.

Beide gingen zu Boden, wanden sich vor Schmerzen. Panzerstiefel wurden auf ihre Brustkörbe gestellt, ihre Gewänder durchsucht.

Mit einem triumphierenden Lächeln baute sich Fennek über Reyland auf. »Wir beide werden uns jetzt eingehend unterhalten.«

»Was sollte Euch das bringen, Narr?«, keuchte der Hofarkanist. »Ihr seid zu spät, um uns aufzuhalten! Es ist vorbei.« Einige seiner Rippen waren gebrochen. Sein Brustkorb war deformiert, Blut lief ihm aus der Nase, und ihm waren ein paar Zähne abhandengekommen.

»Oh, im Gegenteil«, sagte Greskegard. »Es fängt gerade erst an – und wenn wir fertig sind, kehrt Ihr nach erfolgreicher Mission ins Arkanum zurück. Ihr und Euer Trupp. Na ja, zumindest Eurer Kleidung und der Passwörter nach.«

Reyland hob verständnislos den Blick.

Der Archont schaute auf die Überreste der Lockvögel und wartete, bis der Hofarkanist seinem Blick folgte und begriff.

Es war Mittag. Die Kunstsonne des Nebelschilds blinzelte an Brokatvorhängen vorbei in Greskegards Schreibstube. Der Archont blickte aus dem Turmfenster auf die Überreste des Titanen Fomor. Auf das Leben, das in den Straßen auch unter den gegebenen Umständen seinen Gang ging.

Greskegard fand, dass die Luft nach einem bedeutenden Sieg stets besser roch. Es lag eine Klarheit darin, die bei jedem köstlichen Atemzug in seinem Inneren widerhallte.

Ein bisschen wie Verliebtsein, dachte Fennek, *nur unendlich süßer.*

Sie waren direkt nach dem Kampf auf der Zinne zum Arkanum aufgebrochen. Fennek war kein Risiko eingegangen – er hatte sämtliche Myrmidonen und Hunderte konventionelle Soldaten zusammengezogen.

Als ein Trupp Wirker mit den nötigen Passwörtern an den Toren der Institution aufgetaucht war und den erfolgreichen Abschluss der Mission vermeldete, hatte man ihnen sofort geöffnet.

Es war ein Gemetzel gewesen.

Fennek hatte ein Exempel an den Arkanisten statuiert und gerade genügend von ihnen verschont, um im Notfall Nebelsteine und Schilde warten zu können. Sie schmachteten im Kerker, ebenso wie das Häuflein Elend, das von Prior Indomit übrig war.

Das Verhör des Priors hatte die ganze Nacht angedauert, doch Greskegard fühlte sich alles andere als müde.

»Werdet Ihr es ihnen sagen, Majestät?«, fragte Gram. »Den

anderen Archonten, meine ich? Werdet Ihr den Herren der Pentae mitteilen, was wir von dem Verräter erfahren haben?«

Fennek drehte sich langsam um und blickte seinen Hauptmann an, als habe der den Verstand verloren.

»Er wäre schön blöd, wenn er das täte«, sprach Ozelot Fenneks Gedanken aus. Der Totenbeschwörer war emsig damit beschäftigt, eine Mandarine zu pellen. Als er Grams finsteren Blick bemerkte, fügte er hastig hinzu: »Ähm, ich meine, Seine Majestät würde damit, meiner unwürdigen Meinung nach, einen taktischen Fehler begehen.«

»Mein guter Gram, du belastest dich schon wieder mit Dingen, die nichts mit deiner Expertise zu tun haben«, tadelte Fennek. »Das ist nicht gut. Von zu vielen Sorgen bekommt man Falten. Lass dir das von einem gesagt sein, der es wissen muss.«

»Es ist bedauerlich, dass selbst Prior Indomit nicht wusste, was genau der Tyrann von Khael im Wildbann treibt«, meinte Ozelot.

»Ich finde viel bedauerlicher, dass wir nicht wissen, was er mit all den magischen Handwerkern vorhat, die nicht mehr im Arkanum stationiert waren«, warf Gram ein.

»Er hat nicht nur viele meiner Arkanisten abgezogen, sondern auch zahlreiche aus den anderen Städten.« Fennek ging zum Tisch und goss sich Wein ein, den er Gram holen geschickt hatte. Der Archont verzichtete auf Diener und Mundschenk, bis er sicher wusste, wem von seinen Leuten er noch vertrauen konnte.

»Ich bin immer noch überzeugt, dass es die richtige Entscheidung wäre, die anderen Pentae zu warnen, Euer Majestät«, setzte Gram noch einmal an.

»Wie immer nehme ich deinen Diensteifer und deine Sorge um das Wohlergehen aller Städte zur Kenntnis, Hauptmann.«

Fennek leerte den Kelch in einem Zug. Erst jetzt merkte er, wie durstig er war. »Doch meine geehrten Mitregenten haben ihre Spione! Nur setzen sie diese lieber ein, um mich zu bespitzeln, als auf ihre eigenen Knechte aufzupassen?«

»Sie werden ohnehin erfahren, was hier vorgefallen ist«, gab Ozelot zu bedenken. »Unser Sturm auf das Arkanum kann denen, die Euch im Blick behalten, Majestät, kaum entgangen sein.«

»Da habt Ihr wohl recht, Prior Urdith«, sagte Fennek. Es war gut, denen, die einem treu ergeben waren, beizeiten einen Knochen hinzuwerfen. »Was schlagt Ihr vor?«, fragte er seinen frisch gekürten Meister-Arkanisten.

Ozelot beugte das Haupt in gespielter Bescheidenheit. Er schenkte Gram dieses Lächeln, mit dem ansonsten der Mungo die Schlange bedachte.

Greskegard entging die Rivalität zwischen den beiden nicht. Ebenso wenig übersah er, dass sich der Hauptmann bemühte, seinen Unglauben über die Ernennung im Zaum zu halten. Der Mann war treu, wie Sanftleben es einst gewesen war, kannte aber seinen Platz.

Folgsam wie ein Mastiff, dachte Greskegard. *Bedauerlich, dass du nicht ein bisschen mehr wie er sein konntest, alter Freund.*

Er prostete auf das Wohl des Toten.

Der Nekromant nahm an, ihm selbst gelte der Salut, und erwiderte den Trinkgruß.

»Setzen wir alles daran, die Spione der anderen Archonten ausfindig zu machen und sie auszuschalten«, riet Urdith. »Sie müssen Boten schicken oder die Stadt verlassen, um die Potentaten zu warnen, Majestät. Riegeln wir alles ab, beschlagnahmen Pferde und verschärfen die Ausgangssperre.«

»Ihr habt den Prior gehört, Hauptmann«, sagte Fennek. »Sorgt dafür, dass die Vorschläge umgesetzt werden.«

Gram salutierte und verließ die Schreibstube.

Als der Hauptmann die Tür geschlossen hatte, fragte Urdith: »Plagt Euch nicht Euer Gewissen, Majestät? Mit dem, was wir erfahren haben, könntet Ihr die anderen Pentae retten und Zehntausende Leben bewahren.«

»Das könnte ich«, sagte Greskegard. »Doch sagt mir, Prior: Wenn eine Stadt über Schilde verfügt und über die Handwerker, um sie zu warten und Nebelsteine zu bauen – an wen wird sich das Volk der Pentae in der Not wenden?«

»Wenn es noch ein Volk gibt, Majestät«, gab Urdith zu bedenken.

»Das gibt es«, antwortete Greskegard. »Die Einwohner der Penta Fomor, die ihrer Heimat treu geblieben sind. Und ihrem Archonten.«

»Der der Alleinherrscher der bekannten Welt werden könnte, wenn es stimmt, was der Prior uns … berichtet hat.« Der Nekromant grinste breit, schnalzte mit der Zunge und widmete sich mit sichtlicher Vorfreude seiner Mandarine.

Man muss dem Burschen eines lassen – er hat Geschäftssinn und den Instinkt zu überleben. Entweder er ist ein Meister der Täuschung, oder er hat wirklich aus seiner Strafe gelernt.

»Ganz genau.« Fennek langte über den Tisch hinweg, nahm seinem Untergebenen die Frucht weg und biss hinein. Saft rann ihm in den Kragen. »Ganz genau.«

19. Ormgair

Sie standen auf dem Brandplatz in der Kälte abseits des Thinglagers. Der Wind peitschte die Flammen des Scheiterhaufens. Mit jeder Bö züngelte das Feuer auf, wurden Funken in den Nachthimmel geschleudert. Glutflocken umtanzten Ormgair, den Totenkaiser und Fangbrechers Bärenkrieger.

Die, die den Angriff der Totenhand überlebt hatten.

Von der Gestalt auf dem Meiler war kaum etwas zu erkennen. Ein menschenähnlicher Umriss inmitten von Holz und Dung, die bis zur Brusthöhe gestapelt worden waren. Der Wind fachte das Feuer mit solcher Gewalt an, dass die Leiche schon nach knapp einer Stunde verzehrt war.

Die Hitze spannte Ormgairs faltige Gesichtshaut, doch er nahm es hin. Er hatte in seinem Leben schon vor zu vielen Scheiterhaufen gestanden.

Insbesondere in den letzten Monden.

Zu viele waren gestorben – seinetwegen und wegen der Untaten anderer. Früher hätte der Barbar eine solche Erkenntnis mit einem Achselzucken abgetan. Doch er war ein anderer Mann geworden. Einst hatte er nichts gekannt als die Glorie des Kampfes, des Todes in der Schlacht. Diese Dinge waren nun sinnlos, profan und ohne Bedeutung.

Das Herz seiner Kultur war eine Lüge, von Monstern und Kriegstreibern gewoben. Die Wurzeln all dessen, was er glaubte, waren verfault. Um das zu erkennen, hatte Ormgair eine enttäuschte, nach Anerkennung strebende Templerin aus dem Volk der Erzfeinde aller Stämme treffen müssen, die ihm die Augen geöffnet hatte. Seit er Morven kannte, waren ihm die Plattitüden offenbar.

Es gab nur das Hier. Das Jetzt. Die Zeit mit denen, die ein Mensch liebte. Nur ein Narr strebte nach einem Lohn, der im Jenseits wartete, und vernachlässigte die, die ihm etwas bedeuteten.

Nun stand er hier, in der Ödnis, und sah, wie ein weiterer Mensch – oder was auch immer die Todesbotin gewesen war – von den Flammen verzehrt wurde. Die Hohepriesterin gesellte sich zu dem endlosen Reigen auf der anderen Seite. Zu Ormgairs Stamm, zu seiner Liebe Branka, zu Morven.

Er hingegen war immer noch hier, war ganz allein, ein totgeweihtes Überbleibsel eines Mannes. Zusammengehalten von ein paar Racheschwüren und dem Wunsch, die zu bestrafen, die seinem Stamm Unrecht angetan hatten.

Der Biss des Windes brannte in dem verbliebenen Auge, mit dem er unverwandt in die Hitze starrte. Ormgair redete sich ein, dass es Feuer und Eis waren, die die Tränen fließen ließen.

Die Böen zerrten an den zerfetzten Pelzen. Sein Kettenhemd schien noch älter zu sein als sein Träger. Ormgairs Kilt knatterte wie ein Segel. Der alte Nebeljäger drehte den Kopf nach links, wo der Cyning der Toten kniete.

Clach flüsterte, seit der Meiler brannte. Der Wind hatte die Kapuze von seinem Kopf gerissen, sodass Ormgair sehen konnte, wie sich der Mund des Assassinen bewegte. Es mochten Gebete sein, die die Seele der Todesbotin zu ihrer dunklen Mutter sandten. Vielleicht waren es auch Racheschwüre. Wer wusste schon, was in einem Geschöpf wie Fahlsangs Heimkehrer vorging?

Der Barbar musterte den Stadtling. Die Fäulnis, der Zerfall seines Fleisches waren seit dem Kampf auf den Zinnen gewichen. Clachs Haut hatte die Farbe frisch polierten Marmors. Der Wind ließ das kurz geschnittene Haar des Assassinen wie ein Weizenfeld schwanken, sein Umhang wirbelte umher, als wäre er von Eigenleben erfüllt. Er war kein Mensch mehr, das war offenkundig.

Die Bärenkrieger und Ormgair stießen mit jedem Luftholen Atemwölkchen aus.

Clach hingegen war eins mit der Kälte. Unvermittelt erhob der Cyning der Toten sich. Welche Zwiesprache er auch mit der Hohepriesterin gehalten hatte, sie war vorüber. Ormgair neigte ein letztes Mal das Haupt vor dem Scheiterhaufen, bevor er sich Clach zuwandte.

Die Züge des Assassinen glichen einer Maske, die nichts von seiner Stimmung preisgab.

In seinen Augen brannte nichts, was einst in Ormgair gelodert hatte. Kein Durst nach Rache, kein Verlangen nach Vergeltung.

Der Attentäter wirkte so kalt wie das Land, das sie beide umgab. Doch unter der Fassade arbeitete es. Sie mussten beide aufpassen, dass die Leere, die Hoffnungslosigkeit sie nicht verschlangen.

»Gehen wir zurück?«, fragte Ormgair.

Der Cyning der Toten schwieg, folgte ihm jedoch. Das Prasseln der Flammen blieb hinter ihnen zurück.

Fangbrecher und seine Eidkrieger fielen hinter ihnen in ihr Tempo ein, hielten aber respektvollen Abstand zu Clach.

»Hast du einen Plan, Cyning der Toten?«, wagte der Barbar einen erneuten Versuch. »Oder brichst du auf eigene Faust auf?«

»Wir gehen gemeinsam«, sagte der Attentäter.

Ormgair war überrascht. Er hatte nicht mit einer Antwort gerechnet.

»Das Ziel unserer Reise wird dir nicht gefallen«, sagte Clach.

»Das Ziel meiner Reise ist vorherbestimmt, seit ich geboren bin«, entgegnete Ormgair. »Seit ich weiß, was an meinen Knochen nagt, steht es fester denn je. Du willst, dass wir die Schlange aufsuchen.«

Clach blieb stehen. Überraschung lag mit einem Mal auf seinen Zügen. »Woher weißt du das?«

»Ich mag alt sein, Cyning der Toten, aber der Kalk hat mir nicht das Hirn zerfressen. Deine Fähigkeit, die Menschen um dich zu unterschätzen, kennt keine Grenzen.«

Clach zuckte mit den Schultern, und sie setzten ihren Weg fort. Sie schwiegen einige Zeit.

»Ich hatte dich gewarnt, dass es dazu kommen wird«, durchbrach der Cyning der Toten die Monotonie ihrer knirschenden Stiefeltritte im Schnee.

»Ich hatte mich darauf eingestellt, dass es so kommen wird«, widersprach Ormgair. »Doch vielleicht müssen wir uns der Schlange nicht anvertrauen. Mein Volk ist zahlreich vertreten. Wenn wir uns vor dem Thing offenbaren, könnten wir die Stammesfürsten ein weiteres Mal überzeugen. Erheben die Stämme ihre Waffen, wird selbst ein Geschöpf wie der Tyrann erzittern. Noch ist er kein Gott. Gemeinsam werden wir ihn stürzen.«

Clach antwortete nicht. Er neigte stattdessen den Kopf, lauschte mit angestrengter Miene.

Da hörte auch Ormgair, welche Geräusche der Wind an sie herantrug. Pferde wieherten, Kampfschreie erfüllten die Nacht, Feuer prasselte im Heulen der Böen – aus der Richtung des Thingplatzes.

»Das dürfte schwer werden.« Clach spurtete ohne Vorwarnung los. Die Dunkelheit und der Nebel verschluckten ihn.

Ormgair hatte Mühe mitzuhalten. Er sank bis zu den Knien ein, wo der frisch gefallene Schnee den Pfad zum Brandplatz vereinnahmte. Das Alter und seine müden Knochen taten ihr Übriges.

Fangbrecher und die Eidkrieger trabten neben Ormgair her. Sie bedachten ihn mit sorgenvollen Blicken.

»Geht schon! Ihr könnt es euch nicht leisten, auf einen Greis zu warten«, sagte der alte Karstlöwe.

Sie zögerten.

»Geht endlich!«, bellte der Nebeljäger.

Ask'uir und seine Männer beschleunigten ihre Schritte und rannten in Richtung des Thingplatzes.

Ormgair wollte knurren, sich selbst antreiben, doch ihm fehlte der Atem dazu. Er hechelte, stieß kraftlose Flüche aus. Sterne tanzten vor seinen Augen, und die Brust wurde ihm eng.

Als er es nicht mehr aushielt, legte er die Hand um Morvens Griff. Kraft und Zuversicht kehrten augenblicklich in seinen Körper zurück.

Doch Ormgair machte sich nichts vor. Er war wie ein greiser Stadtling, der auf eine Krücke angewiesen war. Ormgairs Krücke mochte eine Schneide haben, war aber nichtsdestotrotz sein einziger Halt. Der Barbar schüttelte beim Laufen heftig den Kopf, um diese Gedanken zu vertreiben. Er hatte Besseres zu tun, als mit sich und seinem Alter zu hadern. Es mochte sein, wie es war – noch lebte er.

Der Nebeljäger erreichte die Baumgrenze des Wäldchens in der Nähe des Thingplatzes.

Der Nebel blieb dem Lager auf verstörende Weise fern. So offenbarte sich das ganze Spektakel.

Das Lager stand in Flammen. Menschen und Pferde rannten hier wie dort. Manche brannten. Waffen klirrten. Krieger brüllten.

Ormgair konnte mühelos bis zum Thingplatz sehen. Ihm entgingen die Körper nicht, die zwischen den Dolmen lagen. Die grauen Haare, die Roben und zerbrochenen Geweihstäbe inmitten von all dem Blut. Der Schnee war im nächtlichen Schein der Feuer um die Insel schwarz wie Öl, so viel Blut tränkte ihn. Seidrmänner, Heiler, Weise Frauen – unterschiedslos hatten die Angreifer sie niedergemacht.

Erst jetzt begriff Ormgair, warum er alles so deutlich erkennen konnte. Erst jetzt realisierte er, dass es keine Angreifer gab. Keine Angreifer von außen zumindest.

»Verräter«, knurrte er. »Seid verdammt!«

Die Schlächter waren Barbaren verschiedener Stämme. Sie hatten den heiligen Thingfrieden gebrochen. Ormgair sah Krieger der Winterspeere aus dem Lager der Hundert Klauen, sah Jäger der Thursean und der Kreen. Sie fielen wie Schakale über die anderen Stämme her, töteten und schändeten, was ihnen unter die Hände kam.

Einige waren auf Pferden unterwegs, doch die meisten Trupps durchstreiften zu Fuß das Lager. Sie lieferten sich Kämpfe mit Widerstandsnestern, umzingelten ihre Feinde.

Sie alle trugen Nebelsteine der Stadtlinge an ihren Rüstungen und an den Schabracken ihrer Pferde. Es waren so viele, dass die sich überlappenden Schutzkuppeln das Thinglager vom Nebel freihielten.

Ormgair sah, wie eine Gruppe Kreen Aslaugh und einige Mädchen vor sich hertrieb. Die Flucht der Weisen Frau und ihrer Schützlinge endete an einer der wenigen Jurten, die noch nicht in Flammen standen. Pfeile und Wurfspeere ragten aus den Tierhäuten.

Die Greisin schob die Mädchen hinter sich, hob drohend ihren Stab. Gemächlich stiegen die Reiter von ihren Brachenriesen.

Ormgair erkannte die Art, wie sie sich hielten, selbst aus dieser Entfernung. Sie wollten sich mit ihrer Beute vergnügen. Er zögerte nicht länger. Geduckt pirschte der Nebeljäger heran. Zelte und das allgemeine Chaos aus Dunkelheit und lodernden Flammen gaben ihm Sichtschutz.

Mit Morven in der Pranke erreichte der Nebeljäger die Rückseite des Zeltes. Er konnte die Kreen vorn hören. Ihr lüsterner Tonfall ließ keinen Zweifel daran, welches Schicksal sie den Mädchen zugedachten, wenn sie mit Aslaugh fertig waren.

Bevor Ormgair näher heranpirschen konnte, nahm er aus dem Augenwinkel eine Bewegung wahr. Etwas berührte sein Handgelenk. Er holte mit der Waffe aus – und konnte seinen Arm im letzten Augenblick bremsen.

Der Cyning der Toten war aus dem Chaos aus Flammen und Finsternis neben ihm entstanden, so schien es. Clach zog Mundschutz und Kapuze zurück und grinste, den Blick auf die Klinge geheftet, bis Ormgair sie herunternahm.

Es fiel dem Barbaren schwerer als gedacht. Er wollte töten. Dort vorn waren seine Erzfeinde.

Clach schüttelte den Kopf, als er die Kampfeslust in Ormgairs Augen lodern sah.

»Was ist? Bist du von Sinnen?«, zischte der Nebeljäger.

»Wir erreichen hier nichts mehr«, flüsterte der Cyning der Toten. »Du hast das Lager von außen gesehen.« Er verhüllte seine Züge wieder, sie verschwanden im Schatten seiner Kapuze.

Ormgair wusste, dass Aslaugh und ihre Lehrlinge sterben würden, wenn er blieb und Clach weiter zuhörte. Die Zukunft seines Volkes, seine Seele, würde sterben. Doch ein anderer Teil von ihm wusste, dass der Cyning der Toten recht hatte. Ormgair hatte das Lager gesehen. Er wusste, dass sie versagt hatten. Ihre Feinde hatten die Initiative ergriffen.

»Sei verdammt!«, presste der alte Barbar durch die Zähne. Er drückte sich an Clach vorbei, schlich zur Vorderseite des Zeltes.

Als er über seine Schulter blickte, sah er den Zwiespalt in dem Wenigen, was die Kapuze von Clachs Marmorzügen freigab. Der Assassine seufzte. Er zog Dolch und Krummsäbel und deutete mit der Spitze einen Rundkurs um die andere Seite des Zeltes an.

Ormgair nickte und schenkte dem Heimkehrer einen dankbaren Blick. Sie würden die Schlächter in die Zange nehmen.

Der Nebeljäger lugte aus der Hocke um die Krümmung der Jurte, darauf bedacht, nicht von anderen Gruppen entdeckt zu werden.

Zwei der Kreen hielten Aslaugh zwischen sich, während ihr ein Dritter von hinten den Dolch an die Kehle drückte. Sein Gesicht war vor Mordlust verzerrt, der Feuerschein flackerte einen Tanz auf den Zügen des Kriegers. Er hielt den Kopf der Alten mit der freien Hand so, dass sie sehen musste, was mit ihren Schülerinnen geschah.

Die anderen Krieger warfen die Mädchen auf Stapel von Pelzen, auf Baumstämme und andere provisorische Sitzlager und befingerten die Schnüre ihrer Hosen. Es war nicht schwer zu erraten, was folgen sollte.

Einige der Mädchen knurrten oder versuchten, ihre Peiniger zu beißen, was ihnen brutale Schläge ins Gesicht oder schmerzhaft verdrehte Brüste einbrachte. Andere bedachten ihre Meisterin mit flehenden Blicken, während man sie auf den Bauch rollte und ihnen die Pelze und Kleider zerriss.

Aslaughs zahnloser Mund arbeitete. Ihr Gesicht war grau wie Herdasche, und Schweiß stand auf ihrer Stirn.

Ormgair kannte diesen Zustand. Ihr Herz versagte bei dem Anblick. Sie hatte nicht mehr lange. Doch er wollte wenigstens die Mädchen vor dem bewahren, was Morven durchgemacht hatte.

Der Eingang der Jurte flog auf, die Nacht schien zu erwachen, so als zwängte sich eine riesige Fledermaus oder ein Rabe mit gespreizten Flügeln durch die Öffnung und packte zu. Die Alte und der Kreen, der sie festhielt, waren von einem Augenblick zum anderen verschwunden. Der Cyning der Toten hatte sie in das Zelt gerissen, so rasch und mit solcher Kraft, dass Ormgairs Blick kaum folgen konnte.

Die meisten der Kreen waren zu erregt, um zu bemerken, was geschehen war. Die beiden Schakale, die die Weise Frau festgehalten hatten, starrten für einen Augenblick verdutzt auf ihre leeren Hände und tauschten einen verwirrten Blick.

Da wuchsen auch schon die Griffe zweier Wurfdolche wie von Zauberhand aus ihren Ohrmuscheln, und sie brachen zusammen.

Bei dem Geräusch blickten einige der Vergewaltiger auf.

Ormgair spurtete los. Er erwischte einen der Kreen, dem das Glied aus der Hose hing, und stieß ihm den Stahl direkt in die Genitalien. Er riss die Klinge aus seinem Opfer und stieß den Schänder mit einem Tritt zwischen seine Kumpane. Dort wälzte er sich mit Lauten im Schnee, die nur ein sterbender Mann von sich geben konnte, während das heiße Leben aus seinem gefällten Baum schoss.

Erst da begriffen sie, dass etwas ihnen die Kontrolle über die Lage genommen hatte.

Mehr Zeit blieb ihnen nicht.

Ormgair war mitten unter ihnen, und Morven spaltete den

Ersten von der Schulter bis zur Hüfte, als jemand dem alten Karstlöwen in die Flanke fiel.

Der Nebeljäger schlug ungelenk zu und hieb dem Angreifer den Unterkiefer sauber vom Gesicht. Dem Kreen blieb keine Zeit, auch nur in Schock zu verfallen.

Das halbnackte Mädchen, dem sich der Schänder gewidmet hatte, war aufgesprungen. Sie riss das Schwert des Vergewaltigers aus seiner Scheide und hackte auf ihn ein. Sie war keine Kriegerin, und ihre Hiebe waren mit Wut, aber ohne Kontrolle oder Können geführt. Ihr Peiniger starb langsam.

Die anderen fassten sich, schlossen einen Halbkreis um den im Feuerschein aufragenden Greis mit dem blutigen Halbmond in seinen Pranken und dem blitzenden Eisauge.

Da spie die Nacht etwas noch Finstereres aus. Ein Nachtvogel in der Größe eines Menschen klatschte von der Seite gegen einen der riesenhaften Kreen, und der Krieger ging zu Boden.

Ormgair sah einen Metalldraht aufblitzen. Clachs Umhang schloss sich in einer Umarmung dunkler Schwingen um die obere Hälfte des Ambossriesen. Etwas knirschte.

Die Gegenwehr des Hünen erlahmte schlagartig, da war der Assassine schon in die Nacht entschwunden. Aus dem Halsstumpf des Kreen schoss dampfendes Blut, und fassungslos starrten die Überlebenden auf ihren Kameraden, dessen Kopf fehlte. Die Pferde wieherten panisch. Ein Kreen deutete auf eines der Zelte.

Auf der Spitze der Jurte hockte der Cyning der Toten. Wie ein Wasserspeier thronte er dort und hielt das Haupt des Kreen am Bart, während dickes Blut auf das Zelt tropfte.

Einer der Verräter brüllte etwas von Dämonen. Zweien gingen die Nerven durch. Sie stürmten davon. Der Assassine sprang vom Zelt wie ein Habicht vom Arm des Falkners und setzte ihnen nach. Während die Kreen versuchten, ihre Furcht zu bändigen, wagte Ormgair einen Ausfall.

Er stieß mit der Klinge nach dem, der noch in Clachs Richtung blickte, und schlitzte ihm den Bauch auf. Noch bevor der Mann merkte, dass ihm die Därme aus dem Wanst quollen, hackte Ormgair dem Nächsten die Klinge ins Brustbein.

Die anderen kamen zur Besinnung, doch es war zu spät.

Der alte Karstlöwe war mitten unter ihnen. Er sah die fliehenden Mädchen. Es waren ihre Körper, aber sie trugen die Gesichter der Mitglieder seines Stammes. Männer und Frauen. Kinder. All jene, die die Kreen geschändet und ermordet hatten.

Morvens Rachedurst beflügelte Ormgairs Hiebe. Im Herzen der Templerin gab es eine besondere Hölle für Vergewaltiger und jene, die Wehrlosen ihren Willen aufzwangen. Wie ein Berserker hieb der Nebeljäger seine Feinde in Stücke.

Der Cyning der Toten gesellte sich hinzu.

Nicht ein Mann entkam. Sie alle fanden ihr Ende unter Clachs Dolch und der rasiermesserscharfen Schneide des Krummsäbels.

Als es vorbei war, rauschte das Blut in Ormgairs Ohren. Sein Atem ging nur noch stoßweise, sein Mund war von einem sauren Geschmack erfüllt. Die Luft roch nicht mehr nach Feuer und den Pferden, die durchgegangen waren. Sie stank nach Blut und dem Inhalt der Leiber, die ringsum lagen.

Ormgair und der Cyning der Toten suchten Schutz zwischen den Zelten, bevor sie von einer anderen Gruppe erspäht werden konnten. Der Barbar zog einen Dolch, um die Zeltwand aufzuschneiden und die Jurte zu betreten.

»Nicht mehr nötig«, sagte Clach. »In dem Zelt lebt niemand mehr.«

»Aslaugh?«, fragte Ormgair. Sein Mut sank.

»Sie hat es nicht überlebt«, sagte der Assassine. »Ihr Herz hat der Belastung nicht standgehalten.«

Ormgair spürte, wie frischer Zorn in ihm aufwallte. Gerade erst hatte er sich an den Kreen abreagiert, jetzt konnte er es nicht erwarten, noch mehr von ihnen zu töten. Eine ganze Welt von ihnen zu entvölkern, bis sein Durst gestillt war. Sie bezahlen zu lassen für das, was sie getan hatten.

»Wo gehst du hin?«, fragte Clach.

»Auf die Jagd«, antwortete Ormgair. »Diese Kerle sind Kreen. Es würde mich nicht wundern, wenn sie hinter allem stecken. Der Medizinmann, ihr Hexer, heißt Isibroth. Ich werde ihn mir vorknöpfen.«

»Was glaubst du, erreichst du hier? Was denkst du, wird passieren, selbst wenn es dir gelingt, dich durch ihren Widerstand bis zu ihm durchzuhacken?«, fragte der Cyning der Toten.

Der alte Barbar blieb stehen, drehte sich aber nicht zu Clach um. Ihm entging nicht, dass eine Art Tadel in der Stimme des Attentäters lag, egal, wie gefühlskalt diese klingen mochte.

»Hast du vergessen, was wir beschlossen haben?«, fragte der Assassine.

»Natürlich nicht. Aber hier geht es um einen Eid, den ich geleistet habe. Darum, jene bezahlen zu lassen, die mich, die unser ganzes Volk verraten haben.«

»Was denkst du, warum sie diesen Moment dafür gewählt haben? Denkst du, ein paar Pelzhosenträger wie die Kreen wären allein auf die Idee gekommen, euren heiligsten Ort zu entweihen, indem sie hier einen Krieg anfangen? Hast du dir die Thinginsel angesehen?«

»Alle unsere Schamanen und Seher wurden erschlagen, alle unsere Weisen Frauen«, sagte Ormgair. Er hörte, wie seine Stimme bebte, doch er konnte nichts dagegen tun. Zorn und

Trauer legten sich wie stählerne Hände um sein Inneres, pressten und drückten und zerrten.

»Eine klassische Strategie, um einen Feind zu besiegen, ist, ihm den Kopf abzuschlagen, die Schlange zu enthaupten. Der Tyrann steckt hinter diesem Angriff, davon bin ich überzeugt. Wer sonst sollte etwas davon haben, eure spirituelle Führung zu zerstören? Euch die Seele zu nehmen?«

»Wie kannst du da so sicher sein?«, fragte Ormgair.

»Warst du es nicht, der mir bei unserer Begegnung in meinem alten Tempel sagte, dass die Kreen Nebelsteine besäßen und dass dich das sehr verwundert habe?«, entgegnete der Assassine. »Warst du es nicht, der bei unserem privaten Thing mit Aslaugh und der Todesbotin meinte, dass dir ›Der Listige‹ erst erschienen sei, nachdem dich dieser Isibroth gefangen und in die Dunkelheit geschleudert hatte?«

Egal, wie sehr sich Ormgair auch anstrengte, er konnte die Tatsache nicht leugnen, dass etwas an Clachs Worten einen Widerhall in ihm auslöste.

Damals, lange bevor er das Schwert gefunden hatte, hatte sich Ormgair schon gewundert, wozu die Schakale der Kreen Nebelsteine gebraucht hatten. War der Tyrann von Khael nicht ein Geschöpf, das außerhalb der Norm dachte? Hatte er sie und die anderen Verräter für seinen Plan mit den Artefakten der Stadtlinge ausgerüstet? Brauchten die Ambosskrieger urplötzlich Schutz vor dem Nebel?

Ormgair ließ die Schultern sinken. »Was für ein Mann wäre ich, wenn ich vor meinem Feind flöhe?«, fragte er, noch immer mit dem Rücken zu Clach.

»Ein Mann, der den nächsten Tag erlebt. Ein Mann, der eine Schlacht aufgibt, um den Krieg zu gewinnen«, sagte Clach. »Wenn du hier stirbst, war alles umsonst. Du weißt, dass ich recht habe, ich kann es dir ansehen. Ich höre deinen

Puls. Deine Gedanken beruhigen sich, weil du weißt, dass das, was ich sage, Sinn ergibt.«

»Ich wäre ein Feigling«, sagte der Barbar, ohne zu empfinden, was seinen Mund verließ. Es waren Phrasen, um sich zu rechtfertigen und seine Würde zu bewahren. Die Entscheidung war längst gefallen, und beide wussten das.

»Du wärest ein Mann, der die Opfer all dieser Leute ehrt. Aslaugh, die Todesbotin, Fahlsang … sie alle haben ihr Leben gegeben, weil sie überzeugt waren, dass wir zusammenarbeiten müssen, um den Tyrannen aufzuhalten. Sein bester Weg, dich davon abzubringen und zu verhindern, dass du dein Volk einen kannst, war dieser Angriff. Er will, dass du hier kämpfst. Dass du hier stirbst, damit seine Lakaien ihm dein Schwert bringen. Er fürchtet die Waffe. Er fürchtet dich. Unser Bündnis jagt ihm eine Heidenangst ein.«

»Das stimmt«, murmelte Ormgair. Langsam wandte er sich zum Totenkaiser um.

»Egal, wie mächtig wir sind, wir sind nur zu zweit, aber hier kämpfen Heere deines Volkes. Und auch wenn ich den Gedanken amüsant finde, mich ihnen zu stellen und meine Macht zu erproben, erinnere ich dich an deine Worte in meinem Tempel damals.«

»Du vergisst, dass ich ein alter Mann bin«, sagte Ormgair. Doch er grinste, weil er sehr wohl ahnte, worauf der Cyning der Toten hinauswollte.

»Du kannst einen meisterhaften Lügner nicht belügen«, entgegnete Clach. »Du weißt genau, was ich meine. Du sagtest damals, dass nichts und niemand einen Bund wie den unseren stoppen könnte. Ich habe dir noch am selben Tag den Rücken gekehrt und bin nach Argas gegangen, weil ich es gewohnt war, allein zu arbeiten.«

»Und?«

»Das war ein Fehler«, gab Clach zu. »Einer der wenigen, die ich je vor anderen einräumen werde. Bilde dir also gern etwas darauf ein.«

»Die Kreen?«, fragte Ormgair mit bebender Stimme.

»Werden bezahlen. Wenn ihr Schutzpatron erst aus dem Weg geräumt ist, wirst du sie dir vorknöpfen. Wir werden es gemeinsam tun. Wir werden ihnen die Konsequenzen ihres Handelns offenbaren. Die Klinge wird ihr Lehrmeister sein.«

»Für einen meisterhaften Lügner bist du ganz schön durchschaubar«, meinte Ormgair. »Wir wissen beide, dass auf mich nur noch ein Schicksal wartet.«

»Das mag sein. Aber dann werde ich noch da sein. Ich werde sie hetzen, bis sie die Bewegungen ihres eigenen Schattens als Hölle der Ungewissheit empfinden. Sie werden nirgends sicher sein. Der Tod wird nicht ihr Begleiter sein, er wird der Hund an ihren Fersen sein«, sagte Clach.

Der Totenkaiser grinste wölfisch. Er streckte Ormgair die Hand entgegen, so wie ihm der Barbar vor Monden im Tempel die seine angeboten hatte. »Das Ende wartet auf jeden von uns, Ormgair Steinviper. Nun ja, beinahe zumindest. Ein Grund mehr, uns zu beeilen, damit du nicht den Spaß verpasst.«

Ormgair warf einen letzten Blick auf die Verwüstungen. Er prägte sich den Anblick in dem Wissen ein, dass er seine Heimat nie mehr wiedersehen würde. Dies war nicht nur das Ende eines Stammes, wie es vor vielen Monden bei den Tanleigh gewesen war. Dies war das Ende einer Ära seines Volkes. Er hatte die Almharach warnen, die Ambosskrieger gegen ihre Götter einen wollen. Doch nun hatte er erfahren, dass jemand anders – etwas Anderes – im Hintergrund die Fäden zog.

Ormgair erkannte, dass er seine Rache bekommen würde. Vortigern steckte hinter allem.

Der Nebeljäger ergriff den Unterarm des Cynings der Toten und schüttelte ihn im Kriegergriff.

»Gehen wir«, sagte der alte Karstlöwe. »Schlagen wir einer alten Schlange den Kopf ab.«

20. Solus

Im Schankraum herrschte ein einziges Chaos. Tische waren zerschlagen, die Scherben von Schüsseln und Trinkgefäßen lagen auf dem Boden. Ein Stuhl ragte aus einem Fenster, das Ölpapier war zerrissen. Die anderen Sitzmöbel lagen kreuz und quer verstreut.

Einzig das Knistern des Feuers im Kamin war zu hören, ansonsten herrschte Stille. Der Fuhrknecht war als Erster gestorben, noch vor den anderen Besuchern. Er hatte partout Streit gesucht – und ihn in einem Tempelritter gefunden. Er war wütend auf die Kirche gewesen, auf die Lügen über die Titanen. Über den Tod seiner Familie in dem Haus, das wie der Rest des Stadtteils unter Fomors Arm begraben lag.

Solus hatte das verstanden. Er hatte den Fuhrknecht zu seiner Familie geschickt.

Der Wirt hatte nur helfen wollen. Er war eingeschritten. Sein Pech.

Danach war es eskaliert. Die Frau des Wirts hatte nicht mehr aufgehört zu schreien und zu plärren. Solus' Kopf hatte so geschmerzt, dass er das Geräusch hatte abschalten müssen. Sie hatte nicht auf seine Bitten gehört, leise zu sein. Götterverreckte Sterbliche und ihre Schwächen!

Die Tochter hatte er nicht mehr gehen lassen können. Sie hatte Hilfe holen wollen, und dann wären noch viel mehr zu Schaden gekommen. Sie war jung und hübsch gewesen, er hatte bedauert, sie töten zu müssen.

Beinahe. Solus hatte nicht zulassen können, dass sie die Stadtwache verständigte. Die Soldaten waren überall in der Stadt damit beschäftigt, die Aufstände einzudämmen. Zumindest jene, die nicht selbst mitmachten. Er wollte nicht noch mehr Aufsehen.

Die Gruppe Plünderer, die vorhin da gewesen war, hatte er nur mit einem Wink seines Schwertes und einem Zwinkern eines seelenlosen Auges vertrieben.

Der Archont hatte sich mit seinen Truppen in der Zitadelle vergraben. Uneinnehmbar und unerreichbar für Normalsterbliche.

Die Stadt fiel langsam, aber sicher ihren Ängsten zum Opfer, zerfleischte sich selbst. Der Angriff auf das Arkanum war nicht unbemerkt geblieben. Ebenso wenig wie die Abwesenheit der städtischen Magierhandwerker.

Nach dem Erwachen des Titanen war dies der Tropfen gewesen, der das Fass zum Überlaufen gebracht hatte. Trupps von Marodeuren zogen durch die Straßen. Manche gaben sich den Anstrich von Bürgerwehren, andere plünderten, wieder andere waren religiöse Eiferer. Die Übergänge waren fließend, manche waren all das auf einmal.

Solus Terbast hatte einen Ort gesucht, an dem er nachdenken und sich neu ordnen konnte. Fenneks Angriff auf das Arkanum erschwerte dies, aber das Handeln des Archonten eröffnete Solus auch neue Möglichkeiten.

Dirths Lakaien hatten in Fomor keine Macht mehr. Und damit war der Meister quasi blind, was Solus' Anwesenheit in der Penta betraf.

Der Erste der Heimkehrer ließ den Blick über die Toten schweifen. Seine Pläne waren aus dem Ruder gelaufen. Gewaltig aus dem Ruder gelaufen. Eine Zeitlang hatte er sich der Illusion hingegeben, die Lage unter Kontrolle zu haben. Er befand sich auf einer Vorstufe zur Allmacht, und doch hatte er den Geschmack des Scheiterns auf der Zunge. Er schmeckte so schal wie das abgestandene Bier auf dem letzten noch stehenden Tisch, an dem Solus Terbast saß.

Er genehmigte sich noch einen Schluck. Seine Brüder und Schwestern fraßen Leichen, diese ghulischen Kreaturen. Wer also wollte Solus verwehren, abgestandenes Ale zu trinken?

Seine Brüder und Schwestern …

Wie vom Donner gerührt fuhr der Erste der Heimkehrer auf. Sein Stuhl kippte nach hinten, klatschte in der Stille auf Sauerkraut und Kartoffelpüree, die sich mit erstarrtem Blut vermengten. Etwas davon spritzte auf seine Panzerstiefel.

Seine Geschwister! Da war immer noch die eine Sache, die Solus nicht verstand. Warum hatte der Meister die Heimkehrer durch den Ersten in den Wildbann zitieren lassen, wenn dort doch das Zentrum seines geheimen Planes lag?

»Weil er sie nicht nur einschätzen wollte, wie er behauptet hat«, sagte Solus. Die Leichen blieben ihm eine Erwiderung schuldig. Ebenso wie die Fliegen, die auf blicklosen Augen hockten. Sie hielten jetzt Tafel in diesem entvölkerten Reich der Riesen und ließen sich durch Worte nicht von ihrem Vergnügen ablenken.

Solus betrachtete das Ungeziefer. So wie die Insekten auf den Leichen umherwuselten, bedeckten die Menschen Thetis und den Kontinent Aehve. Gab es etwas an der stofflichen Welt, das nicht von Aasfresserei und Trieben geleitet wurde? Wo war die Transzendenz? Wo blieb das Streben nach Höherem?

Der Erste der Heimkehrer stapfte durch den Schankraum. »Er wollte sie nicht nur studieren – er wollte einen echten

Kontakt zu ihnen. Für was?« Er blickte das an, was vom Schankwirt und seiner Familie übrig war. »Vorhin wart ihr doch noch so redselig und voller guter Ratschläge! Und jetzt, hmm? Nichts?«

Der Erste der Heimkehrer ging hinter den Tresen und füllte seinen Krug nach. Er stellte ihn auf dem polierten Zedernholz ab und setzte sich auf einen Hocker, von dem aus er die Tür im Blick hatte. Der Meister hatte sie sehen wollen – Akasha, Duthric und die anderen. Doch warum im Wildbann? Außer natürlich ...

»Außer er hat vor, sie zu opfern. Sich ihrer Kräfte zu bemächtigen!« Solus verspürte den Impuls, sich vor die Stirn zu schlagen. »Er könnte sie markiert haben, damit er auch ohne mich, ohne den Verräter, den Weg zu ihren Refugien findet. Er weiß, wo die Titanenseelen schlummern, wo die Ritualkammern liegen. Er braucht aber noch den Tod ihrer jetzigen Körper, um an die Macht der Titanen zu gelangen.«

Wo sich Akasha und Duthric aufhielten, wusste der Tyrann nicht. Oder besser, er *hatte* es nicht gewusst. Sie waren bei Solus im Wildbann gewesen. Wenn es dem Meister gelungen war, die Macht der Titanin Gawr zu kontrollieren, weil er deren Heimkehrerin zu einer Marionette gemacht hatte, gebot er nun über die Geschöpfe dieses verfluchten Waldes.

»Sporen, Parasiten und Kleintiere. Welcher Tote spürt schon, wenn sich ein Blutsauger mehr unter taube Haut gräbt? Der Bastard hat uns mit Zecken oder Pilzen markiert!«

Solus' Faust ging mit Gewalt auf den Tresen nieder. Putz rieselte und das Holz wurde gespalten.

Der Erste der Heimkehrer sprang auf. Er ging auf sein Zimmer und entkleidete sich, bevor er seinen Körper vor den Spiegel stellte.

Die noble Blässe und das perfekte Relief seiner Muskeln

wiesen Schandflecke auf. Überall waren schwarze Stellen, wo die Essenz der Titanen Wunden gekittet, Knochen gerichtet und Gliedmaßen wieder mit dem Körper vereinigt hatte.

Die Flanke seines Schädels unter den blonden Haaren zierte eine ausladende Schwärze, wo Fenneks Lakai Sanftleben Solus einen Scheitel mit dem Streithammer gezogen hatte. Über seinem Herzen prangte eine Narbe von einem Pfeilschuss von Ashavars Gesetzlosen.

Solus schnaubte. Diese Bastarde. Wären sie nicht tot, er würde sie erschlagen.

Er musste nicht lange suchen. Der Parasit hatte sich zwischen seinen Beinen eingegraben, an der empfindlichsten Stelle eines Mannes. Insofern dieser Mann noch echte Nerven besaß, die Schmerzen übermittelten.

Vollgesogen steckte das Insekt wie eine Holzschraube in seinem Fleisch. Es glühte leicht und gab einen melodiösen Summton von sich.

Solus nahm das Geschöpf zwischen die Finger. Ein Zögern, dann drehte er es behutsam aus dem Fleisch. Es zappelte, ganz aus Chitinsegmenten und schnappenden Mundwerkzeugen bestehend. Der Hinterleib des blutverschmierten Dings leuchtete wie ein Tropenfisch.

Das Zucken widerte den Ersten der Heimkehrer an, und Solus begriff, wie sich Menschen fühlten, die sich vor Spinnen ekelten.

Kurz erwog er, das Insekt zu vernichten.

Stattdessen zog er einen Panzerhandschuh aus. Er biss sich in die Hand, bis totes Blut floss. Er leerte sein Ale, ließ den Lebenssaft in den Zinnkrug rinnen und warf den Parasiten hinterher.

Das Tier quiekte wohlig und suhlte sich in dem Gemenge aus Blut und Titanenessenz, dann beruhigte es sich.

Solus schloss den Deckel des Krugs. Er erinnerte sich nur zu gut an Akashas und Duthrics Besuch im Wald. An den Borkenbären. Er hatte den Angriff für einen Test gehalten. Es war keine Prüfung gewesen.

»Nicht schlecht, Meister, nicht schlecht«, raunte Solus.

Er kleidete sich wieder an, rüstete sich und gürtete sich den Zweihänder auf den Rücken.

Mit dem Befehl, in den Wildbann zu ziehen, hatte man sie alle auf einem Haufen versammelt. Und während sie neben dem Kadaver plauderten, taten die Geschöpfe der Nacht, was sie immer taten, wenn Heimkehrer in der Nähe waren. Sie quollen aus dem Boden und unter Borke hervor und vergruben sich im Fleisch.

»Sie trinken das Blut, und es treibt sie an. Nährt sie mit unserer Kraft – die der Meister von überall her aufspüren kann. Wie bei einer Ritualpuppe. Jeder von uns hat einen Blitzableiter für Zauberkraft in seinem Fleisch stecken.«

Wenn der Meister sein Ritual der Gottwerdung vollzog, würde er die Macht der Titanen über den Umweg durch die wiedergeborenen Körper ihrer Heimkehrer verschlingen. Ohne dass er wie Solus oder Clach in die Ritualkammern vordringen und die echten Körper der Magierkinder verschlingen musste, um an die Titanenseelen zu kommen.

»Er braucht keinen Finger zu krümmen und benutzt ihre neuen Körper wie Schröpfgläser. Wie Blutegel, die die Macht der Titanen aus den Körpern in den Kammern in die Heimkehrer-Körper fahren lässt. Alles durch das Blut und unsere wahren Namen verbunden. Und somit fährt es in dich, Meister. Du Sohn der tausend Höllen, du hast uns alle getäuscht. Nichts hast du dem Zufall überlassen!«

Ein hasserfülltes Grinsen stahl sich auf das Gesicht des Ersten der Heimkehrer und verzerrte seine Züge. Dann riss er den Kopf in den Nacken und lachte, bis ihm zu seiner Verblüffung schwarze Tränen kamen.

Dieser gerissene alte Schakal.

Doch Solus Terbast wusste jetzt, dass es sehr wohl einen Weg gab, die Dinge für sich zum Besseren zu wenden. Er musste den anderen nur zuvorkommen und Akasha und Duthric vernichten, bevor es Clach oder dem Meister gelang.

»Der Totenkaiser …«, sinnierte der Erste der Heimkehrer.

Clach war ein Heimkehrer, so wie Solus. Er bezweifelte, dass die spezielle Insektenbrut, mit der man sie im Wildbann markiert hatte, wählerisch war. Solange das Krabbeltier nur von einem Heimkehrer zehrte, würde es seiner Aufgabe nachkommen.

Solus musste auf einen günstigen Augenblick warten. Er konnte dem Pakt zwischen Greskegard, dem Totenkaiser und dem Barbaren die Treue vortäuschen. Er würde Clach in einem unbeobachteten Augenblick diese hungrige Überraschung verpassen und hatte auf diese Weise beides. Einen Mitstreiter, der dem Meister gefährlich werden konnte, und eine Möglichkeit, den Totenkaiser zu vernichten. Der Attentäter hatte nur einen Körper: den, in dem er erwacht war.

Das hatte Clach Solus voraus, dessen eigener Leib längst vernichtet war. Der Attentäter hatte seinen Körper noch, war dadurch aber noch anfälliger für ein solches Ritual. Sein wahrer Name und der Name der Hülle, die er bewohnte, waren dieselben.

Wenn sie den Meister besiegten und Clach wider Erwarten überlebte, stellte das Insekt eine bequeme Möglichkeit dar, ihn aus dem Weg zu räumen. Vielleicht konnte Solus es so hinbiegen, dass Fennek Magick auf Clachs Käfer richtete und so den Willen des Attentäters brach.

Alles, was der Erste der Heimkehrer noch zu tun hatte,

war, die Essenzen seiner beiden mächtigsten »qGeschwister« zu verschlingen, um Clach und Vortigern gewachsen zu sein.

Keine leichte Aufgabe, doch machbar. Solus würde ihnen einen Besuch abstatten müssen, bevor der Attentäter sich an sie erinnerte.

Solus schnappte sich den Bierkrug und stolzierte die Treppe zum Schankraum hinunter. Unten angekommen schüttete er sich den Inhalt des Krugs in die Hand. Augenblicklich begann die Kreatur zu quieken, und ihr Hinterleib flackerte. Mit schnappenden Kieferzangen rollte die Made auf der Handfläche aus Stahl umher. Angewidert betrachtete Solus die Kreatur, die gewiss nicht in dieser Form in der Natur vorkam.

Er zögerte einen Augenblick. Wer wusste schon, wann der Meister seinen Plan in die Tat umsetzte. Es konnten Wochen vergehen oder nur Stunden.

»Ich muss das Risiko eingehen«, sagte Solus. »Ich muss mich so verhalten, mich so bewegen, wie er erwartet.«

Dem Ersten der Heimkehrer war klar, dass der Meister ihn von Anfang an durchschaut hatte. Er hatte gewusst, dass sich Solus an der Essenz Dochàthis gelabt hatte. Somit war Vortigern sicher, dass Solus die anderen Heimkehrer verschlingen würde, um sich gegen seinen Meister wehren zu können.

Der Erzmagier würde sich in dem Gefühl sonnen, dass sich sein abgefallener Heimkehrer erst an der Macht seiner Geschwister labte, bevor der Meister sie ihm entriss. Es machte Sinn. So sparte Vortigern Kräfte, während er sich auf sein letztes Ritual konzentrierte.

Solus neigte den Kopf zur Seite, ergriff das Insekt und setzte es an der Stelle auf seinen Körper, wo Hals und Schulter ineinander übergingen.

Es wanderte, geleitet von einem unbändigen Instinkt, über

Solus' Brustkorb, bis er es aus dem Blick verlor. Schließlich hatte das Krabbeltier sein Versteck an der intimen Stelle erreicht. Ein kurzer tauber Druck, den er nur bemerkte, weil er darauf achtete, dann hatte sich die Kreatur erneut vergraben.

Der Erste der Heimkehrer erschauderte bei dem Gedanken daran, wo sich das Gezücht zwischen Duthrics Fettgebirgen eingenistet haben mochte. Oder welches Versteck es gewählt hatte, um der Zuwendung und Pflege, die Akasha ihrem Körper schenkte, zu entgehen.

Der Meister würde spüren, wenn diese Kreaturen starben, sobald sich Solus der Essenz seiner Geschwister bemächtigt hatte. Etwas sagte dem Heimkehrer, dass Vortigern dies als Startsignal für das Finale betrachten würde.

Solus band den Zinnkrug an seinen Gürtel. Sobald er das zweite seiner Opfer verschlungen hatte, würde er augenblicklich die Made aus seinem Fleisch reißen und in dem Blut aufbewahren. Bis der Moment gekommen war.

Der Erste der Heimkehrer ließ die verwüstete Schankstube hinter sich zurück.

Er trat auf die Straße.

Fomor war nie eine leise Stadt gewesen. Doch dafür, dass so viele ihrer Einwohner tot waren, auf der Flucht oder sich versteckten, war dieser frühe Morgen laut.

Hier und da hallten Schreie durch die Stadt. Solus konnte das ganze Panorama mit seinen Sinnen einsaugen.

Die Stadt starb.

Die, die in ihr hausten, unterschieden sich nicht von den Fliegen und Grabkäfern, die einem Leichnam innewohnten.

Er hörte flehentliche Rufe nach Göttern, die diese Welt längst vergessen hatten.

Er vernahm Drohungen, mit zitternder Stimme und vorgehaltenem Messer gegen eine Übermacht von Plünderern ausgestoßen, um die eigene Familie zu schützen.

Irgendwo rief jemand ein Gebet, dann krachte ein Gebäude ein.

Das Klacken von Absätzen hallte durch eine Gasse, verfolgt von nackten Füßen.

Da waren ebenso tapfere wie vergebliche Worte aus dem Mund von jemandem, der versuchte, die zur Ordnung zu rufen, die nichts mehr verachteten als den verlässlichen Zustand der Dinge. Jene, die das Chaos liebten, die sich darin suhlten und gediehen.

Die Glocke eines der Außentempel klingelte und verstummte abrupt, als eine Messerklinge ihr Ziel im Leib des Küsters fand.

Die Penta Fomor versank in Anarchie. Die Schankstube hinter ihm war nicht mehr als ein Spiegel dessen, was sich in größerem Maßstab in den Straßen und Häusern ereignete.

Der Erste der Heimkehrer sog die Dynamik und Verzweiflung dieses Ortes auf, denn sie war Balsam für seine nichttote Existenz.

Er konzentrierte sich, richtete seine Gedanken nicht auf den Chor, sondern nur auf Akasha und Duthric aus. Es dauerte nicht lange, dann spürte er ihre Gegenwart.

Meintest du nicht, du wolltest dich nur noch persönlich und in Einzelgesprächen mit uns auseinandersetzen? Wer sagt uns, dass du wirklich du bist?, fragte Akasha.

Duthric schwieg, aber Solus spürte, dass er zugegen war.

Ich brauche nicht daran erinnert zu werden, was ich gesagt habe, schnappte der Erste der Heimkehrer. *Doch wenn du möchtest, dass ich dich wie unsere gewöhnlichen Geschwister behandle, soll mir das recht sein.*

Meiner Treu, was sind wir aber heute empfindlich, sagte Duthric.

Solus lauschte genau auf den Tonfall der beiden, auf verräterische Gedanken. Hatten die beiden niederen Heimkehrer, die er in Argas' Labyrinth getötet hatte, Warnungen in die Welt der Sterblichen übermitteln können? Wussten Akasha und Duthric um seine Sünden? Solus konnte nichts vernehmen, doch das musste nichts bedeuten. Diese Heimkehrer waren ebenso wie er Meister der Täuschung.

Die Situation hat sich geändert, brach der Erste der Heimkehrer das Schweigen. *Ich muss mit euch reden. Von Angesicht zu Angesicht.*

Solus beschloss, das Wagnis einzugehen. Er wusste, dass sich Nachrichten unter den Nicht-Toten langsam verbreiteten. Vielleicht waren die beiden noch nicht gewarnt.

Zwei der Minderen sind verschwunden, sagte Duthric. *Jemand setzt uns zu. Weißt du etwas darüber?*

Halbe Ehrlichkeit war oftmals besser als eine Lüge.

Solus sendete die Entsprechung eines Nickens in ihre Unterredung.

Ich musste sie vernichten. Sie waren wie tollwütige Hunde, sagte der Erste der Heimkehrer.

Vernichten!? Akashas Gedanken hatten etwas von einem sich anbahnenden Sturm. *Wir haben einander geschworen, uns niemals zu verraten. Alle von uns. Die Väter und Mutter haben es zur Voraussetzung für unsere Heimkehr gemacht. Sie …*

Die Minderen waren dabei, Dochàthis Essenz zu verschlingen. Argas zu vernichten, unterbrach er sie. Er ließ die Aussage wirken. Der Schock seiner beiden Geschwister stand fühlbar zwischen ihnen.

Sie haben ihre Ritualkammer gefunden? Duthric war fassungslos.

Ich habe sie niedergemacht, bevor sie Schaden anrichten konnten, sagte Solus.

Was schlägst du vor, sollen wir jetzt tun? Das große Ziel ist in Gefahr. Wenn andere von den Kammern erfahren … Unsere echten Körper ruhen dort. Die Essenzen der Väter und Mutters. Wie sollen wir sie schützen?, fragte Akasha.

Ich habe einen Plan, beruhigte Solus sie.

Wie sieht der aus?, wollte Duthric wissen.

Gemach, antwortete der Erste der Heimkehrer. *Nicht jetzt. Nicht, wo wir nicht wissen, wer uns bespitzelt und verrät. Ich werde euch aufsuchen – wir werden die zur Rechenschaft ziehen, die uns unterschätzt haben.*

Wann?, fragte Akasha.

Ich komme noch heute Abend zu dir, sagte Solus.

Der Erste der Heimkehrer kappte das geistige Band zwischen ihnen und zog sich aus dem Chor zurück.

Seine letzten Worte waren eine Lüge. Er würde loseilen und schon bald bei Akasha sein, ohne sich ihr zur offenbaren.

Sie – und auch Duthric – würden zeitnah nach ihren Körpern sehen wollen. Sichergehen, dass mit ihren Essenzen alles in Ordnung war. Solus würde ihnen folgen und zuschlagen, sobald sich die Chance dazu bot.

Er ging die Straße hinunter in Richtung des Stadttors.

Der Erste der Heimkehrer hatte den Köder ausgeworfen. Jetzt musste er nachschauen, ob die beiden angebissen hatten. Dann musste er ihn nur noch einholen, bevor andere in seinen Gewässern fischten.

21. Clach & Ormgair

Der Totenkaiser wusste, dass er allein schneller vorangekommen wäre. Ormgair hatte zwar nun zwei Pferde, sodass er wechseln konnte, aber keines von ihnen war so schnell wie Stille.

Die Feuer und der Lärm blieben bald hinter ihnen zurück. Die vereinzelten Trupps der verräterischen Stämme, die dem Duo nachgesetzt hatten, waren keine Herausforderung gewesen. Immerhin hatten sie Ormgair sein Ersatzpferd gebracht. Er hatte den Nebelstein mit verächtlicher Miene von dem Beutepferd gerissen und fortgeschleudert. Nun ritt er schweigend ein Stück hinter dem Totenkaiser.

So blieb Clach Zeit zum Nachdenken. Als er am Rand des Lagers zugesehen hatte, wie das Feuer den Körper der Todesbotin verschlang, hatte er einen Entschluss gefasst. Doch er wusste nicht, ob ihm die Zeit blieb, ihn in die Tat umzusetzen.

Er hatte lange darüber nachgedacht, welche Gründe Fennek Greskegard für sein Bündnis mit ihnen hatte. Clach war zu der Überzeugung gelangt, dass der Archont so aufrichtig handelte, wie man es von dem alten Fuchs erwarten durfte. Fennek war nur am Erhalt der Macht interessiert, auf die er so lange hatte verzichten müssen.

Solus Terbast war ein Problem. Für ein Geschöpf wie den Totenkaiser, das es gewohnt war, jede Handlung bis ins

Detail zu planen, stellte der Erste der Heimkehrer ein Risiko dar, auch nachdem Solus offenbart hatte, wer – und *was* – er war. Fennek hatte einige Lücken gefüllt, die Solus bei seinen Schilderungen gelassen hatte. Dennoch konnte Clach ihn nicht wirklich einschätzen.

Nein, Solus Terbast verfolgte eigene Ziele. Er musste doch wissen, welche Gefahr die Allianz zwischen ihnen beiden – Ormgair mit dem Runenschwert und der Gottesmörder – für ein Geschöpf wie ihn darstellte.

Einen solchen Pakt zu riskieren, der solch unbändige Kräfte zusammenführte, konnte nur einen Grund haben: Die Befreiung Clachs war eine Notwendigkeit gewesen, eine Teilvoraussetzung für das Gelingen seines Plans. Jedoch konnte Solus auf keinen Fall zulassen, dass der Totenkaiser frei in den Städten herumstreifte und dabei die Ritualkammern der anderen Pentae fand.

Jetzt war Clach an den Nebeljäger gebunden. Denn wenn er Ormgair ohne Begleitung zu Greskegard sandte, würde der Barbar den Archonten töten. Doch sie brauchten Greskegard, seine Arkanisten, Soldaten und Mittel, wollten sie mit Erfolg zu Vortigern vordringen. Wenn auch nur, damit Clach die nötige Ablenkung hatte, um auf verstohlenen Pfaden zum Erzmagier zu gelangen.

Solus Terbast brauchte den Totenkaiser also noch, musste ihn jedoch lange genug außerhalb der Pentae beschäftigen, damit er seine eigenen Ziele vorantreiben konnte. Während Clach an der Seite des alten Barbaren durch die eisige Einöde ritt, schmiedete Solus Pläne zum Wohl oder Wehe seiner Geschwister.

Es gibt noch eine schlimmere Möglichkeit. Was, wenn er dich aus dem Weg haben wollte, damit er eben diese endgültig aus der Gleichung nehmen kann? Im Kerker hat er angedeutet, dass er sie alle gegeneinander ausspielt.

Es kann eine Lüge gewesen sein, um dein Vertrauen zu gewinnen. Es kann aber auch stimmen.

Clach erinnerte sich, wie Solus ihn gemustert hatte. Worüber sie gesprochen hatten. Wie der Totenkaiser war der Erste der Heimkehrer einzigartig. Er unterschied sich ebenso von den übrigen Heimkehrern wie diese von den Menschen. Fahlsang hatte Clach ohne jede Mitwirkung der Titanen in die Welt zurückgeschickt. Der Totenkaiser war nach seinem Tod die Schöpfung eines Erzmagus. Bei Solus und Vortigern war es nicht anders gewesen. Der Erste der Heimkehrer war ebenso das Produkt eines mächtigen Zauberers.

Vielleicht habe ich ihn auf Ideen gebracht, dachte der Totenkaiser. *Wenn er von den Ritualkammern weiß, und das ist anzunehmen, konnte er sich alles zusammenreimen. Fomors leere Ritualkammer, meine Bewusstlosigkeit. Der Kampf auf der Zitadelle und seine Konsequenzen. Dass ich Ashavars wahres Ich verschlungen habe.*

Clach zügelte Stille. Der Eiswind zerrte an seiner Kleidung. Sein Umhang knatterte wie ein Feldbanner, der Attentäter thronte auf seinem Totenross wie der Schnitter, einen Finger an die Lippen gelegt und in Gedanken versunken.

»Was ist los?«, fragte Ormgair.

»Es wäre ein zwingender Grund, mich für einige Zeit aus dem Weg zu schaffen«, raunte Clach. »Aber dieses Vorgehen würde mich gleichzeitig lange genug in der Gleichung belassen, damit ich helfen kann, den Tyrannen zu besiegen.«

»Du musst schon lauter sprechen, der götterverreckte Wind heult!«, brüllte Ormgair in den Reigen der Schneeflocken. »Tausend Baen'sidhe singen ihr Klagelied über den Verrat an den Stämmen der Brache!«

Langsam wandte Clach den Blick und betrachtete den Barbaren. Seine abgemagerte, in Pelze gehüllte Gestalt war von Schnee verkrustet. Wölkchen verwirbelten vor seinem Gesicht, der Atem dampfte. Eiszapfen glitzerten an der Nasenspitze und in den Bartzöpfen.

In gewisser Weise waren sie sich ähnlich, dieser Mensch und der Totenkaiser. Ormgair sprach dauernd davon, dass er dem Tod geweiht war. Er realisierte nicht, dass er die Schwelle bereits mit einem Fuß überschritten hatte. Er war dem Tod näher, als er sich eingestehen wollte. Nur das Schwert hielt ihn am Leben. Morven und der Todgeweihte ergaben zusammen einen vollständigen Krieger.

Die perfekte Symbiose.

»Dieser Terbast«, rief Clach. »Er wollte mich aus der Stadt haben, und ich weiß jetzt, warum.«

Ormgair nickte grimmig. Clach wusste nicht, ob das bedeutete, dass sich der Barbar eigene Gedanken zu diesem Punkt gemacht hatte. Vielleicht war es eine menschliche Reaktion, mit der der Barbar ihn seiner Aufmerksamkeit versichern wollte.

»Das ist gut«, stellte der alte Wolf fest. »Noch einer mehr, der für seinen Verrat bezahlen wird. Mehr Feinde, mehr Ehre.« Er grinste.

Clach war überzeugt, dass der Elan gespielt war. Die Kultur dieses Mannes wurde zwei Dutzend Meilen hinter ihnen dem Erdboden gleichgemacht. Nur Monate nachdem der Barbar erfahren hatte, dass sein Volk von den Titanen missbraucht worden und er todkrank war. Man musste kein großer Kenner der menschlichen Natur sein, um zu begreifen, dass das nicht spurlos an Ormgair vorbeiging.

Der sprang aus dem Sattel und stapfte durch den Schnee, damit sie sich unterhalten konnten. Als er ein Stück Dörrfleisch aus einem Lederbeutel zog, bot er gewohnheitsmäßig Clach ein Stück an. Der Totenkaiser lehnte ab, und der alte Wolf zuckte mit den Achseln und ließ es in seinem Mund verschwinden.

Er kaute, spülte mit Wasser nach und bewahrte einen Teil der Wegzehrung für den Geschmack in seiner Wange auf.

»Was denkst du, hat er vor?«, fragte er, als er sein karges Mahl beendet hatte.

»Du erinnerst dich, was ich mit Ashavar getan habe? Und was für einen wunderbaren Trick es mir im Kampf mit der Totenhand ermöglicht hat?« Der Totenkaiser hob die Fäuste, die vor kurzem noch aus Stein gewesen waren.

Ormgair nickte knapp.

»Es gibt vier weitere Elemente neben Stein«, fuhr Clach fort. »Eines davon habe ich unbewacht zurückgelassen. Die Seele eines Mädchens, die vor einem halben Jahrtausend mit dem Feuertitanen Argas verschmolzen wurde.«

»Diese Pavosa Moreno, die du getötet hast«, folgerte Ormgair. »Du hast dir den echten Körper der in ihr Wohnenden nie vorgeknöpft.«

Jetzt war es an Clach, beeindruckt zu nicken. Er musste sich abgewöhnen, Menschen – insbesondere die aus dem Amboss – zu unterschätzen. Ormgair hatte es genau erfasst.

»Terbast hatte genug Zeit, ohne meine Einmischung in Fomor und den anderen Pentae zu tun und zu lassen, was er wollte.«

»Du befürchtest, er könnte sich die Seelen der Titanen einverleibt haben?«, fragte der Barbar.

Clach nickte. »Er könnte jetzt bedeutend stärker sein als ich und auf eine Gelegenheit warten, uns hinwegzufegen. Wir können ihm nicht trauen.«

»Können wir *dir* trauen?« Ormgair hob eine eisverkrustete Augenbraue.

»In meinem Fall kennt ihr zumindest meine Motive«, antwortete Clach. »Ihr wisst, dass ich danach strebe, die zu jagen, die mir eine echte Herausforderung bieten.«

»Das ist es, was du *sagst*«, räumte Ormgair ein. »Doch ist das auch wirklich der Grund, warum du all dies tust?«

»Ich bin mir nicht sicher, ob ich dir folgen kann«, behauptete Clach.

»Wenn es dir nur um die Jagd ginge, hättest du mich verrecken lassen können. Morven hätte dir einen guten Dienst erwiesen, selbst wenn sie dir ihre Kräfte verweigert hätte. Diese Schneide hat Ashavars Unleben beendet.«

Clach war sich unsicher, was er darauf antworten sollte. Die Welt der Gefühle verunsicherte ihn. War da etwas wie Loyalität zu Ormgair? Zu ihrer Sache? Sicher, er hatte sich eingeredet, wegen der drohenden Gefahr durch Vortigern an der Seite anderer zu kämpfen, doch war dies der wahre Grund?

Bin ich der Einsamkeit überdrüssig, die mir einst so selbstverständlich war?

Clach betrachtete seinen Schicksalsgefährten.

Er wird bald nicht mehr da sein, dachte der Totenkaiser. *Möglicherweise wird niemand mehr da sein außer mir, wenn all das hier vorüber ist.*

Der Gedanke beunruhigte ihn, er wühlte etwas in seinem Inneren auf, das Clach nicht kannte. Seine Schultern zitterten leicht, doch er konnte sich nicht erklären, warum. War dies, was die Menschen empfanden, wenn Gedanken an Tod oder Isolation sie überkamen?

»Wir sollten weiterreiten«, sagte Clach, der froh war, dass seine Gewänder seine Züge verhüllten. So fühlte es sich also an, was die Leute Einsamkeit nannten. Es war die Hölle.

»Was wird mit der Welt geschehen, wenn ihr sämtliche Titanen verschlungen habt?«, fragte Ormgair. Er machte keine Anstalten, auf sein Pferd zu steigen.

»Was meinst du?«

»Die Elemente. Einige der Völker des Amboss glauben, dass die Körper der Titanen Anker sind. Auch Aslaugh und die Todesbotin haben im Zelt gesagt, dass die Elemente die Welt in ihren Angeln halten. Geschaffen aus dem Ton, dem Lehm der Schöpfung, wenn man so will. Wenn du und dieser Solus alle fünf verschlungen habt, wenn ihr Funke verloschen ist, was geschieht mit der Welt?«

»Ich befürchte, diese Geschichte kennt nur ein Ende«, sagte Clach und konnte nicht verhindern, dass das bisher unbekannte Gefühl der Traurigkeit seine Stimme färbte. Hinter seinem Brustbein flatterte es, und trübe Gedanken machten sich in seinem Kopf breit. »Das absolute Ende.«

Für alles außer mich?

»Also kämpfen wir nicht, um zu verhindern, dass alles untergeht. Wir wollen nur nicht, dass der Tyrann noch dafür belohnt wird«, fasste Ormgair ihre Lage zusammen.

Clach schüttelte unwirsch den Kopf, um die unerwünschten Gefühle loszuwerden. Er wollte klar denken, doch es gelang ihm nur leidlich.

»Ich habe mir meine eigenen Gedanken gemacht«, sagte Ormgair. Er hatte das Kopfschütteln offenbar missverstanden. »Ich glaube, es hat einen Sinn, dass wir auf diese Weise Seite an Seite kämpfen, du, Morven und der alte Ormgair Steinviper.«

»Du wirst mir doch jetzt nicht mit Bestimmung oder etwas in der Art kommen. Fahlsang wollte mich auch erst mit so etwas einwickeln, bis ich ihm gesagt habe, was ich von diesen Dingen halte. Wir wissen beide, dass Menschen mit Klinge und Willen ihre eigene Legende erzählen.«

»Etwas lässt mir keine Ruhe«, sagte der Barbar. »Du hast selbst gesagt, dass man dich und Morven in eure Tempel gesteckt hat, wäre eine Art Ritual.«

»Und?«

»Morven hat mir erzählt, dass es Solus war, der sie befreit hat. Ashavar wollte sie nie töten, sondern geschändet zu ihrem Vater senden.«

Clach setzte sich im Sattel auf. Sein Geist klärte sich. Er spürte, dass der Nebeljäger an einer Sache dran war. »Du meinst, der Tyrann wollte unsere Körper gar nicht als Gefäße für seine Rückkehr, wie Fennek erzählt hat? Wie kommst du darauf?«

»Du selbst hast gesagt, dass das Ritual, das Zauberzeichen, das die Städte verbindet und dessen Mitte der Wald ist, eine Art Falle darstellt. Eine Macht, die etwas im Inneren gefangen hält. Was, wenn das Zeichen gar nicht nur dazu da ist, die Macht der Titanen und aller Seelen im Nebel zu fassen? Was, wenn da noch etwas anderes ist?«

Clach meinte zu begreifen, worauf der Barbar hinauswollte. »Die Macht der Lebenstitanin liegt im Inneren des Fünfecks, doch die Stadt Gawr liegt auf einer der Spitzen des Sterns. Die Mitte des magischen Zeichens ist nicht dazu da, die Macht der Titanin zu binden.«

»In der Mitte liegt noch etwas anderes«, war Ormgair überzeugt. »Etwas in diesem Wald ist so bedeutsam, dass der Tyrann alles gegen uns aufgeboten hat, als ihm klar wurde, dass wir uns diesem Geheimnis nähern.«

»Umso wichtiger, dass wir uns beeilen«, meinte Clach. »Mit scheint, du hast recht. Wie bist du darauf gekommen?«

»Man wird nicht so alt wie ich, ohne ein bisschen weiser zu werden, Cyning der Toten. Ich habe zugehört, als ihr gesprochen habt. Und ich habe nachgedacht, während wir ritten.«

Ormgair schwang sich in den Sattel. Sie ritten los.

»Über Rituale und Magick?«, hakte Clach nach.

»Darüber, was mein Zweck in dieser Welt ist. Warum wir

uns begegnet sind, du, Morven und ich. Selbst die Schlange Greskegard«, räumte Ormgair ein. Er musste lauter sprechen, während sich ihre Pferde voneinander entfernten.

Clach schüttelte den Kopf. »Bist du zu einem Ergebnis gelangt?«

»Das kann man so sagen«, sagte der Alte mit einem geheimnisvollen Lächeln. In seinem verbliebenen Auge blitzte es schelmisch. Er hatte etwas von einem der vergessenen Götter aus der Zeit der Priesterkaiser. Einem alten Gott der Schlachten und des Nebels, wie er da auf seinem Pferd thronte. Das Ersatzpferd lief an der Seite seines Reittiers, und im Nebel wirkte es für Clachs scharfe Augen für einen Moment so, als ritte Ormgair ein Ross mit acht Beinen.

»Am meisten habe ich über eine Sache nachgedacht«, rief der Nebeljäger, »deinen Ehrentitel.«

»Der Totenkaiser?«

»Den meine ich nicht«, sagte Ormgair. »Ich spreche von dem anderen.«

Bevor Clach nachhaken konnte, preschte der Barbar an ihm vorbei.

Sie staunten nicht schlecht, als sie einige Tage später die Handelsstraße erreichten. Der Nebel schien zu leben, so viele Schildkugeln waren darin unterwegs. Sie zogen in Kolonnen und Karawanen Richtung Süden. Etwas schien sie vor sich herzutreiben, die Eile war spürbar.

Clach konnte nicht durch die Schilde sehen, aber das musste er auch nicht. Er konnte hören, was im Inneren vor sich ging. Kinder plärrten, besorgte Mütter versuchten, sie zu trösten. Husten, Weinen, das Gebell von Hunden. Dies waren Flüchtlinge. Menschen, die die bittere Kälte auf sich nahmen und ins Ungewisse flohen.

»Die Stadtlinge verlassen Fomor«, stellte Ormgair fest.

»Nützen wird es ihnen nichts«, meinte Clach. »Keine der Pentae wird auf lange Sicht Schutz bieten, wenn der Tyrann sein Werk beginnt.«

»Ich rieche Feuer, doch die Penta Fomor ist noch einen Tag entfernt.«

Clach blickte sich um. Die Schilde der Trecks mochten sich wie Perlen auf einer Schnur die Straße entlangfädeln, Kugeln, die ihren Inhalt vor seinen Augen verbargen. Doch dafür bot der Nebel keinen Schutz vor Clachs Blick. Hier war es Ormgair, der schlechter sah. In der Ferne brannten vereinzelte Häuser und Gehöfte. Daher stammte der Geruch nach Feuer.

Der Nebeljäger und Clach ritten weiter, hielten einige Schritte Abstand zur Handelsstraße, folgten aber ihrem Verlauf. Es dauerte nicht lange, bis sie auf eine Gruppe Plünderer stießen.

Der Totenkaiser wollte sie passieren, doch Ormgair wies darauf hin, dass sie erfahren konnten, was die Menschen scharenweise aus Fomor vertrieb, wenn sie die Täter belauschten.

Der Attentäter und sein barbarischer Begleiter pirschten an die Schutzkuppeln der Gruppe heran. Aus der Deckung eines Straßengrabens heraus beobachteten sie das Geschehen. Eine Gruppe aus knapp drei Dutzend Gesetzlosen hatte eine provisorische Straßensperre errichtet.

Einige der Gauner trugen die Rüstungen und Gewänder der Straßenwächter des Lichttempels. Die Mitglieder des Trupps lagen schwer verwundet oder tot zwischen ihren Pferden auf den Kopfsteinen. Die Straßenwächter der Kirche hatten ihrer Pflicht nachkommen wollen, doch die Briganten waren ihnen überlegen gewesen.

Ein Haufen Beute kündete davon, dass sich die Bande nicht als Wegelagerer verdingte, sondern die Flüchtlinge mit Erfolg erpresste. Abseits der Straße lagen Münzbeutel, Unmengen an Lebensmitteln wie etwa ganze Schinken sowie Kleidung. Es gab Schuhe, Geschmeide, Säcke mit kostbaren Gewürzen oder Silbergeschirr. Einige der Erpresser zählten die Beute, andere lungerten herum und soffen Wein aus Schläuchen. Die Stimmung war ausgelassen.

Der Totenkaiser und Ormgair blieben einige Minuten und lauschten den Unterhaltungen der Briganten, bevor sie sich wieder tiefer in den Schutz des Nebels zurückzogen. Sie erklommen ihre Pferde und machten sich davon.

Erst in gehörigem Abstand sprachen sie. Das flache Land trug Stimmen trotz des Brodems weit, und sie wollten zeitraubende Kämpfe vermeiden.

»Ich frage mich, was in die Schlange Greskegard gefahren ist, die Hexenmeister der Stadtlinge zu überfallen«, sagte Ormgair.

Die Banditen hatten sich darüber ausgelassen, dass ein Archont, der den Verstand verloren hatte, das Beste war, was ihnen passieren konnte.

»Ich wage zu bezweifeln, dass der alte Fennek einfach so die Sicherheit der Stadt gefährdet und seine Arkanisten in den Bau steckt«, meinte Clach. »Er wird einen triftigen Grund haben.«

»Dann ist es, wie Aslaugh und die Todesbotin vermutet haben«, schlussfolgerte der Nebeljäger.

»Die Arkanisten sind mit dem Tyrannen im Bunde«, stimmte der Totenkaiser zu. »Von Anfang an wussten sie Bescheid. Der Erzmagus muss geplant haben, dass das Titanenblut, der Nebel, die Welt überziehen wird. Er hat den Arkanisten mit Sicherheit Pläne für die Kuppeln und die Steine gegeben, die ihre Dienste in diesen frühen Tagen für die Archonten unentbehrlich machten.«

»So hatten eure Stadtling-Hexer von Anfang an einen Dolch am Hals eurer Mächtigen«, sinnierte Ormgair. »Einen, den man erst heute, so viele Jahre später wirklich sieht. Mich wundert, dass keinem eurer verschlagenen Herrscher dies klar geworden ist.«

»Es ist wie in der alten Zeit, in den Tagen der Priesterkaiser, noch vor dem Aufstieg der Erzmagi«, sagte der Totenkaiser. »Damals hielt man Sklaven. Die alten Texte berichten, dass jeder sie übersah. Sie waren wie Möbel oder Türen. Eine Notwendigkeit, die so zur Gewohnheit geworden war, sodass niemand mehr darüber nachdachte.«

»Bis sie einem klarmacht, wie sehr sie gebraucht wird«, antwortete Ormgair düster. »Weil sie den Feind draußen hält.«

Clach antwortete nicht. Er legte ein Tempo vor, dass Ormgair gerade noch mithalten konnte. Nach einiger Zeit lenkten sie ihre Pferde auf die Handelsstraße, als die Ströme der Fliehenden nachließen.

Wo sie auch entlangkamen, sahen sie Spuren des Zerfalls der zivilisierten Welt. Es waren nicht nur die Ambosskrieger, die einander zerfleischten. Immer wieder stießen sie auf Menschen oder Tiere, die man tot oder zum Sterben an der Straße zurückgelassen hatte.

Doch sie sahen auch Leute, die einander halfen, die beschädigte Karren aus dem Schnee zogen, die Essen teilten und einander anderweitig unterstützten. Menschen, die aufeinander achtgaben.

Frauen und Kinder drängten sich aneinander, während eine Gruppe wehrhafter Männer mit Werkzeugen in den Händen einen schützenden Ring um ihre Lieben und ihren wenigen Besitz bildeten. Alte und die Kleinsten wurden, in Decken gewickelt, auf Karren transportiert.

Die Gruppe hörte nur das Hufklappern der beiden Phantome, konnte sie im Nebel aber nicht sehen. Hunde bellten, die Männer streckten Forken und Beile vor.

»Vielleicht ist noch nicht alles verloren«, brach Ormgair nach einigen Stunden ihr Schweigen. »Noch immer gibt es Stämme, Familien und Sippen, die zusammenhalten und sich dem Grauen stellen. Nicht alle Stadtlinge sind so schwach und feige, wie ich immer dachte. Ich muss zugeben, dass ich mich geirrt habe.«

Clach antwortete nicht. Sie waren nur noch Minuten von Fomor entfernt, als er den Rauch sah. Er hing für seine nichttoten Augen deutlich sichtbar über dem Horizont. Er sah auch das Rot der Flammen. Der Anblick versetzte ihm einen Stich, wie er ihn nur einmal in seinem Leben empfunden zu haben glaubte.

Mit einem Mal war er wieder jung. Sehr jung. Die Wärme seines Heims war dahin, er lag auf der Straße, in der Kälte. Er war so hungrig, dass es wehtat. Er klagte, weil er sich nach seiner Familie sehnte. Jemand schlug ihn und nahm ihm das Wenige, was er noch gehabt hatte. Er war allein und würde es immer sein.

Diese Erinnerungen daran, wie er auf der Straße gelandet war, krochen aus den tiefsten Tiefen seines Unterbewussten empor. Es war der Rauch, mit dem sie nach oben stiegen.

Neben ihm zügelte der Nebeljäger seinen Brachenriesen. Er kniff sein verbliebenes Auge zu, versuchte zu erspähen, was Clach dort betrachtete.

»Warum stehen wir?«, fragte er schließlich.

»Tu mir einen Gefallen«, bat der Totenkaiser. »Gib mir ein paar Minuten allein und warte hier auf mich.«

»Du bist schon einmal genau auf dieser Straße im Nebel verschwunden«, sagte Ormgair. »Unweit von hier sogar, wenn ich mich recht entsinne.«

»Diesmal komme ich zurück«, antwortete Clach. »Du hast mein Ehrenwort.« Er trieb Stille an und schoss an seinem verdutzten Begleiter vorbei in Richtung des Landwegs davon.

Er hörte das raue Lachen aus der Ferne, das Prasseln der Flammen. Es krachte, als der Dachstuhl einsank und das Feuer ihn verschlang. Jemand johlte.

Das brennende Haus kam in Sicht. Clach sah die Gestalten, die davorstanden. Sie hatten nichts vorgefunden, was sie an sich bringen konnten, also brannten sie das Haus nieder. Aus Zorn, aus Gier, aus Freude an der sinnlosen Zerstörung. Jenes Gebäude, in dem der Totenkaiser unlängst gesessen und sich gefragt hatte, wie es wohl gewesen sein mochte, dort zu leben.

Nicht das Haus, dachte Clach, *das Heim.*

Hass wallte in ihm auf, wie er ihn nie zuvor empfunden hatte. Der Krummsäbel lag in seiner Hand, bevor er sich bewusst dazu entschieden hatte, ihn zu ziehen. Dann fuhr der Tod mitten unter das Raubgesindel.

22. Fennek

»Sind wir so weit?«, fragte Greskegard. Er konnte es kaum erwarten, ein weiteres Mal mit den Archonten zu konferieren. Er hoffte, dass sein frisch gekürter Prior ohne ein Dutzend Arkanisten die Anlage bedienen konnte.

Urdith nickte. »Die Apparatur funktioniert, wie sie soll, ganz ohne das Brimborium der Handwerker, Majestät.« Der Nekromant betätigte die Hebel. Wie beim letzten Mal sammelte sich Quecksilber, und Gestalten auf ihren Sitzmöbeln formten sich in dem Rahmen.

Das Fünfeck, das Castor Eisenstoltzh zeigen sollte, blieb leer. Greskegard war nicht überrascht. Castor hatte andere Probleme, nach allem, was Greskegard so gehört hatte. Er kicherte.

Die Archonten in den Sichtfenstern sahen müde und abgehärmt aus. Fennek kannte den Grund nur zu gut.

Rashoud idi Faruns prächtige Kleidung wirkte ungepflegt, Sokun hatte Tränensäcke unter den Augen, und Demiurgs Schminke war verlaufen.

Fennek hatte sich ausnahmsweise in Schale geschmissen. Er trug einen Mantel, der mit Hermelinfell abgesetzt war, hatte sich für dieses Treffen gebadet und sogar salben lassen.

»Ihr seid kaum zu erkennen, meine Dame, meine Herren«, sagte er.

»Ein paar Schwierigkeiten bei der alchemagischen Übertragung«, wiegelte idi Farun ab. »Nichts, was Euch belasten müsste, Archont.«

Fennek entging nicht, dass ihn der Herr von Argas, der sonst keine Gelegenheit ausließ, ihn zu degradieren, ohne Aufforderung mit Titel ansprach. Selbst wenn die drei Potentaten in dem Fünfecktisch vor seinem Lehnstuhl nicht derart ausgesehen hätten, wäre dies Greskegard niemals entgangen.

»Dennoch, meine lieben Kollegen«, sagte Fennek, »ihr seht müde aus. Ist euch dreien nicht wohl?«

Er wollte sich die Hände reiben. Er wollte aufspringen, durch den Raum hüpfen und jauchzen. Das Wohlgefühl, diesen Emporkömmlingen ihre Medizin zu schmecken zu geben, ließ sich mit nichts vergleichen. Es war so viel schöner, als er es sich ausgemalt hatte.

In diesen Tagen, in denen mir mein Volk wegläuft und sich die Zeit der Menschheit dem Ende neigt, muss einem Mann zumindest ein Vergnügen gestattet sein, oder nicht?

»Wie geht es denn meinem guten Freund Castor?«, fragte Fennek. »Ich sehe ihn nicht? Es wird doch nichts vorgefallen sein? Gerade in Anbetracht der tiefen Beziehungen unserer Städte bereitet mir seine Abwesenheit Sorge.«

»Eisenstoltzh hat gewichtige Verpflichtungen«, kam es einen Tick zu überzeugend, zu früh von Sokun. »Er ist im Augenblick unabkömmlich.«

Weil ihm seine Sklaven ausbrechen und mit den Arkanisten gemeinsame Sache machen, dachte Fennek. *Weil seine Penta brennt.*

»Oh, wie bedauerlich«, sagte der Archont. »Ich hoffe doch, es ist nichts Ernstes? Vielleicht sollte ich ihm meine Unterstützung anbieten. Doch genug des Vorgeplänkels, meine Dame, meine Herren. Ich bin überzeugt, ihr habt Gründe für diese Unterredung. Was kann ich für meine edlen Mitstreiter tun?« Greskegard grinste unverhohlen.

»Nun, es ist so«, druckste Demiurg. »Es gibt da eine Situation. Nur eine Kleinigkeit, doch Eure Hilfe wäre in dieser Sache von Nutzen.« Sie hob beschwichtigend die Hände, um herunterzuspielen, was Fennek längst wusste. Bis auf eine Minderheit hatten sich die Arkanisten in den Pentae als Verräter erwiesen. Die Lage in den anderen Fünfstädten geriet außer Kontrolle.

»Was kann ich tun?«, fragte Greskegard und setzte eine Unschuldsmiene auf.

»Euch ist sicher zu Ohren gekommen, dass es gewisse … nun, nennen wir es einmal Unruhen in den Pentae gibt?«, fragte Sokun.

»In *euren* vier Pentae«, log Fennek. Er rammte seinen Gegenübern den verbalen Dolch mit Genuss zwischen die Rippen. Dann drehte er ihn in der Wunde. »In meiner Stadt geht alles den gewohnten Gang.«

Demiurg machte ein Gesicht, als habe ihr Fennek einen Tritt verpasst. Sokun sagte nichts mehr. Idi Farun knirschte mit den Zähnen, beherrschte sich jedoch rasch, als er Fenneks forschenden Blick bemerkte.

Greskegard beschloss, dass die Welt zu weit heruntergekommen war, um sich eitlen Spielchen hinzugeben. Es war an der Zeit, die Netze einzuholen und den Fang nach Hause zu bringen, bevor diese traurigen Gestalten erneut Oberwasser bekamen.

»Ihr braucht also Hilfe. Wo ist Eure Großmannssucht? Wo sind Eure hochtrabenden Reden?«, fragte er. »Es ist keine zwei Wochen her, da mahntet Ihr mich an dieser Stelle an. Respekt, Konsequenzen, all das … Ihr habt mich schikaniert und beleidigt. Drohtet mir offen mit Krieg. Nun, Ihr habt ihn.«

»So steckt Ihr hinter den Revolten der Arkanisten?«, fragte

Sokun. »Ihr seid der Meister, von dem sie unter der Folter sprechen?«

»Mitnichten. Denkt Ihr, ein Mann mit meinem Sinn für Taktik hätte Euch am Leben gelassen? Nein, nein«, sagte Fennek, »mit dem Aufstand der Magierhandwerker habe ich nichts zu schaffen.«

»Wir erhalten Berichte aus Fomor«, sagte Demiurg. »Ihr habt Krieg gegen Eure Arkanisten geführt. Es geht Euch also nicht besser.«

»Oh, im Gegenteil«, erwiderte Fennek. »Während ihr alle mich mit eitlen Drohungen und Schande beworfen habt, bin ich den Dingen auf den Grund gegangen. Ich habe mir genug loyale Helfer bewahrt und zeitgleich die Verräter ausgemerzt, bevor sie zum Problem werden konnten.«

»Der Prior. Ihr habt ihn in Eure Gewalt gebracht?«, fragte Sokun. Seine Stimme erinnerte Fennek eher an eine Spitzmaus mit Schwindsucht als an einen Gewalthaber.

»Ich bin im Bilde. Doch Ihr, Freund Sokun, dürftet ja die meisten Probleme haben. Erinnert Uns, seid so gut: Wie viele Arkanisten hat es in Gawr?«, fragte Greskegard. »Ah, richtig, zu viele, um euch noch zu retten, nicht wahr?«

Der Herrscher von Gawr wurde so bleich, dass es ins Graue umschlug.

»Doch viele sind fort?«, fragte Fennek. »Aus all euren Pentae? Haben sich davongemacht?«

»Woher wisst Ihr …?«, setzte idi Farun an.

»Ich weiß es eben.« Das Haifischlächeln auf Fenneks Gesicht war zurück.

»Wieso habt Ihr uns nicht gewarnt?«, winselte Sokun. »Wenn Ihr frühzeitig handeln konntet, wieso habt Ihr uns nicht auch einen solchen Zeitvorteil verschafft?«

Fennek war verdutzt. Wie konnte ein so kluger Mann so

töricht sein? War es notwendig, das Offensichtliche auszusprechen?

»Ist euch allen nie der Gedanke gekommen, dass die Behandlung, die ihr mir habt angedeihen lassen, mich eventuell erzürnt haben könnte?«, fragte Fennek. »Dass ich euch vier verachte? Und – noch weitaus entscheidender – dass mir euer aller Untergang nützt?«

»Thront nicht so selbstzufrieden auf Eurem hohen Ross, Archont«, sagte Demiurg. »Wir wissen, dass auch Fomor Probleme hat. Eure Bürger rennen Euch davon. Flüchtlinge ziehen durchs Land.«

»Unwürdige verlassen meine Penta«, entgegnete Fennek. »Jene, die nicht für die glorreiche Zukunft geschaffen sind, die ich für die Fünfstädte anstrebe.«

»Was denkt Ihr, wird geschehen, wenn die Arkanisten ihren Aufstand zu Ende führen?«, fragte idi Farun. »Sie werden uns vernichten – uns alle und die Städte. Bestenfalls. Kein Stein wird mehr auf dem anderen bleiben. Wie könnt Ihr so einen Zustand anstreben? Seid Ihr von Sinnen?«

»Ganz im Gegenteil. Wundert ihr euch gar nicht über die Hintergründe dieser Aufstände? Interessiert es keinen von euch, warum sich eure Arkanisten davongemacht haben?«, fragte Greskegard. »Nein«, gab er selbst die Antwort, »mit solchen Kleinigkeiten plagen sich Menschen eures Geblüts nicht herum. Weil ihr nichts begreift.«

»Dann erklärt es uns, Emporkömmling«, forderte Demiurg und warf die geheuchelte Etikette ab.

»Sie begeben sich ins Herz des Wildbanns. Dorthin, wo alles begann und alles enden wird. Das habe ich aus dem Prior herausgekitzelt. Wäret ihr weise, ihr hättet diese Dinge längst herausgefunden und Truppen dorthin entsandt. Doch ihr wart einzig darauf konzentriert, mich der Lächerlichkeit preiszugeben. Nun werdet ihr für euren Hochmut bezahlen.« Fennek beugte sich in seinem Lehnstuhl nach vorn, sodass sein Gesicht das Fünfeck in den Räumen der anderen ganz ausfüllte.

»Es sind noch Unzählige in den Pentae«, wimmerte Sokun. »Nicht nur in meiner Stadt, auch in den anderen. Was wollen sie? Warum sind sie zurückgeblieben, wenn ihre wahren Absichten doch im Wildbann liegen?«

»Selbst das könnt ihr euch nicht zusammenreimen?«, spottete Fennek. »Wie erbärmlich.« Er rutschte wieder auf seinem Stuhl nach hinten, legte die Fingerspitzen gegeneinander und setzte ein kühles Lächeln auf. »Eure Schilde … Die Verräter warten nur auf den richtigen Moment. Der Prior hat es mir unter der Folter gestanden. Wenn das Signal erfolgt, werden die Schilde fallen. In allen Pentae außer der meinen.«

Fassungslos starrten sie ihn an. Sokun verschwand aus seinem Bildausschnitt und übergab sich hörbar.

»Ihr … Ihr wusstet dies und habt uns nicht gewarnt?« Idi Faruns Unterlippe bebte. »Das ist unser Untergang. Das Ende der Welt. Ihr habt den Verstand verloren, Inquisitor. Irgendwann während Eurer gefährlichen Tätigkeit seid Ihr wahnsinnig geworden.«

»Ihr irrt Euch, Rashoud. Meine Gedanken sind so klar wie nie zuvor. Ein Krieg tobt. Ein Krieg, der euer aller Vorstellungskraft übersteigt. Ja, es könnte das Ende der Welt sein, doch das werde ich zu verhindern wissen. Aber es wird das Ende der Welt sein, wie ihr sie *kennt*. Und der Beginn eines neuen, eines besseren Zeitalters.«

»Das Equilibrium … das Konkordat … was ist damit?«, fragte Demiurg. »Es gibt so viel, das Fomor ohne uns nicht produzieren kann. Wenn unsere Städte fallen, wie wollt Ihr die Eure erhalten?«

»Aber eure Städte fallen doch gar nicht«, sagte Fennek mit tödlicher Ruhe.

Der Schock konnte nicht mehr tiefer gehen. Die drei waren über den Punkt hinaus, an dem er ihnen noch Angst machen konnte. Da saßen sie, drei unfassbar mächtige Potentaten und doch zum Untergang verdammt.

»Ihr habt die Flüchtlinge selbst erwähnt«, sagte Fennek. »Doch es gibt gar keine. Zumindest sind die meisten nicht echt. Ich habe Wellen von ihnen entsandt, seit ich weiß, dass die Arkanisten Verräter sind. Ein paar geduldete Aufstände in Fomor, um das Bild zu vervollständigen und meine Feinde in Sicherheit zu wiegen. Jetzt sind meine Leute in euren Pentae.«

»Flüchtlinge … entsandt …«, sagte Sokun und lächelte debil. Man sah ihm an, dass er klug genug war, es sich zusammenzureimen. Er hatte Fenneks Plan durchschaut.

»Was genau dürfen wir darunter verstehen?«, fragte Demiurg begriffsstutzig. »Was soll das mit den Flüchtlingen? Habt Ihr diese Leute mit Absicht zu uns geschickt?«

»Wisst ihr, meine Freunde«, sagte Fennek, »ein seltsames Geschenk wurde mir zuteil. Kraft meines Willens kann ich die Taten anderer lenken, egal, wie mächtig sie sind. Darunter sind auch Wirker.«

»Wirker?«, fragte idi Farun.

»Wirker. Genauso wie Renegaten, Ketzer, Abweichler aller Art – die Zellen unter meiner Zitadelle waren voll davon. Dieses Potenzial konnte ich doch nicht einfach so verschwenden.«

»Ihr habt die Erzketzer entlassen?«, rief Demiurg entsetzt. »Ihr habt diesen Monstern zur Freiheit verholfen?«

»O nein, meine Liebe, für wen haltet Ihr mich? In Freiheit wären die Wirker viel zu gefährlich. Nein, ich habe sie meinem Willen unterworfen. Sie sind immer noch so unfrei, als wären sie in Harzblöcken eingeschlossen – nur dass sie jetzt meinen Befehlen folgen.«

»Diese Flüchtlingsströme habt Ihr wahrscheinlich auch mit Eurer verderbten Magick zu uns geschickt«, mutmaßte idi Farun.

»Eine Tarnung«, antwortete Fennek. »Ich musste meine Schläfer in kürzester Zeit in eure Pentae bekommen. Dort warten sie jetzt, nutzen die ihnen gegebenen Talente für Heimlichkeit, die sie über Jahre verfeinert hatten, bevor ich sie erwischte.«

»Ich verstehe nicht, was das soll«, gestand Demiurg kraftlos.

»Ich dachte, das wäre inzwischen klar«, wunderte sich Fennek. »Wenn die Schilde fallen, wenn der Feind seinen Plan in die Tat umsetzt und eure Zivilisationen vernichtet, wird der Nebel eure Pentae entvölkern. Jung oder alt, reich oder arm – das bedeutet dann keinen Unterschied mehr. Doch meine Schläfer halten sich im Verborgenen, geschützt von der Macht der besten Artefakte und Nebelsteine, die ich bei meinem Sturm auf das Arkanum erbeuten konnte.«

»Sie werden mit ihrer Macht als Wirker all die um sich scharen, die Ihr braucht, um nach dem Fall der Schilde alles in Betrieb zu nehmen«, erkannte Sokun. »Und ebenso genug Aufrührer, um zuvor das Militär niederzuringen.«

»Bravo, mein Lieber. Ihr begreift rasch.« Fennek deutete einen spöttischen Applaus an. »Eure Pentae werden Geisterstädte sein, dann werden meine Agenten und ihre Verbündeten ihre Verstecke verlassen und die Schilde wieder errichten.«

»Ohne uns, ohne unsere Soldaten, werden die verwaisten Pentae schutzlos sein. Was ist mit den Barbaren der Nebelbrachen?«, fragte Demiurg mit zittriger Stimme. »Die Riesen des Amboss werden kommen und die leeren Städte plündern. Fomor hat nicht genug Bürger, um vier weitere Pentae zu bevölkern.«

»Meine Liebe, ich hatte Euch für klüger gehalten. Balors Minen sind voller Sklaven. Man benötigt nicht einmal magische Kräfte, um jene, die in Ketten darben, davon zu überzeugen, sich gegen die Tyrannen zu erheben.« Fennek schickte sich an aufzustehen. So gern er den Ausdruck auf den fassungslosen Gesichtern noch länger genossen hätte, er wollte nicht zugegen sein, wenn das Unvermeidliche begann.

»Was denkt Ihr, wer Ihr seid, Emporkömmling?«, fauchte idi Farun. »Wie jeder Narr in einer Geschichte baut Ihr Euch triumphierend über Eurem vermeintlich besiegten Feind auf, offenbart Euch als der Bösewicht, der Ihr seid. Dann begeht Ihr den Fehler, Euren gesamten Plan herauszuposaunen.« Er wandte sich an die anderen Archonten. »Verzagt nicht, Freunde! Wir werden die Ketzer in unserer Mitte aufspüren und vernichten, jetzt, da wir gewarnt sind.«

Fennek ließ sich zurück in seinen Sessel sinken und hob einen Finger. »Tsk, tsk, tsk. Mein lieber Rashoud, Ihr begeht einen Denkfehler.«

Sokun hob den Kopf und blickte in eine Richtung außerhalb des Bildausschnitts, so als habe er ein Geräusch gehört.

»Wisst ihr, ihr drei, ich finde es schon bemerkenswert«, fuhr Fennek ungerührt fort. »Da investiert ihr all eure Zeit und Energie, in diesem sich anbahnenden Krieg die paar Arkanisten zu suchen, denen ihr noch vertrauen könnt, nur damit sie euch in vorhersehbarer Weise ermöglichen, dass ihr euch zu einer bestimmten Zeit in einen bestimmten Raum eurer Zitadellen begebt, wo ihr dann Kontakt zueinander aufnehmt.«

Auch idi Farun schien eine Art Aufruhr zu bemerken. Er

erteilte einem Myrmidonen außerhalb des Bildausschnitts den Befehl, nach dem Rechten zu sehen.

»Und das ist der Punkt«, sprach Fennek weiter. »Eure verbliebenen Arkanisten in den Konferenzkammern *sind* absolut vertrauenswürdig. Doch jeder kann so eine Robe anziehen. Insbesondere, wenn er einer der Überlebenden meines Angriffs auf den Tempel der Sharis in Fomor ist. Einer von vielen äußerst nützlichen Experten, die unter meinem Bann stehend eure Pentae infiltriert haben.«

»Kein Assassine kann es mit unseren Myrmidonen aufnehmen«, behauptete Demiurg.

»Wer sagt, dass sich diese Meuchler in eure Zitadellen geschlichen haben, um euch anzugreifen?«, fragte Greskegard. »Sie hatten andere Ziele.« Er langte unter seine Robe und förderte zwei Schlüssel zutage. »Erst vor kurzem habe ich dem Hauptmann meiner Myrmidonen gesagt, was für ein unschätzbarer Vorteil es ist, als Inquisitor und Archont in Personalunion über alle Schlüssel zu den Kerkeranlagen meiner Zitadelle zu verfügen. Ihr wisst schon, die, in denen die Wirker, Erzketzer und anderen Bestien untergebracht sind, von denen ich bereits sprach.«

Plötzlich brach ein Aufruhr in Sokuns Kammer aus. Verzerrte Schreie waren zu vernehmen, Myrmidonen zogen ihre schweren Waffen, und es kam zum Kampf. Feurige Explosionen erschütterten das Bild. Der Herr der Penta Gawr starrte mit vor Schrecken geweiteten Augen in die Richtung des Kampfes. Er wollte noch etwas sagen, schrie, ein Lichtblitz zuckte – dann zeigte sein Bildausschnitt nichts als Quecksilber.

Idi Farun und Demiurg sanken in ihren Sesseln zusammen. Die Herrin von Menoit trank schicksalsergeben Wein aus einem verzierten Becher. Faruns Augen waren Monde, die in seinen noblen Zügen schwammen, so wässrig wie Bergseen.

»Was ist es?«, schrie der Herr von Argas. »Was geht im Wildbann vor?«

»Das ist Eure letzte Frage, Rashoud? Damit wollt Ihr Eure letzten Augenblicke auf Thetis bekümmern?«, höhnte Fennek. »Ihr enttäuscht mich. Ich hatte Euch mehr für einen Lebemann gehalten. Ich glaube nicht, dass ich Euch die Antwort geben werde. Ihr bürdet Euch nur etwas auf, das Ihr auf die andere Seite mitnehmt. Und wer weiß, vielleicht macht Ihr mir dort damit ja noch Scherereien.«

Fennek stand auf und ließ die beiden Schlüssel baumeln. »Doch ich habe eine andere Anekdote für euch beide. Wisst ihr, das ist schon eine interessante Sache. Wenn man sich für einen Augenblick vom Luxus des Regierens verabschiedet, sich die Hände schmutzig macht und einen Blick hinter die Fassade eines Arkanums wirft – irgendeines Arkanums in irgendeiner Penta –, findet man etwas ungemein Nützliches.«

Fennek prostete Demiurg zu und gab Ozelot ein Zeichen, die Anlage zu deaktivieren. Er musste nicht sehen, was jetzt geschah.

»Was ist es?«, fragte Demiurg, die ganz ruhig geworden war.

Fennek lächelte nachsichtig. »In einer Welt, in der die Arkanisten die einzige Zunft darstellen, die Artefakte erschafft, weiß man genau, wo man jemanden findet, der einem Nachschlüssel für die verbotenen Kerker *aller* Zitadellen anfertigen kann …«

23. Solus

»Du nimmst das Ganze zu persönlich, meine Liebe«, keuchte Solus und warf sich beiseite, bevor ihn der Speerstoß ausweiden konnte.

Akashas Schwertspeer war rasiermesserscharf, und sie führte ihn mit einer Meisterschaft, die kein Sterblicher erreichen konnte. Die Klinge schoss nur eine Handbreit an Solus' Gesicht vorbei. Sein Zweihänder war keine Option gegen einen solch rasanten Stil.

Der Erste der Heimkehrer spürte die Macht von Feuer und Luft in sich pulsieren, begierig darauf, sich auch die Kraft des Wassers einzuverleiben. Solus hatte Duthric überraschen und überwältigen können – doch Akasha hatte sein Spiel durchschaut.

Er musste sie mit einer List aus der Reserve locken, damit sie ihre Deckung vernachlässigte.

»Sei ein gutes Mädchen und ergib dich in dein Schicksal«, spottete Solus. »Wenn der Fettsack das Ganze ohne zu wimmern zuwege bringt, kannst auch du es wie ein Mann nehmen!«

Er hatte gehofft, dass ein solcher Kommentar eine unüberlegte Handlung hervorrufen würde, doch Solus wurde enttäuscht.

Statt sich wütend auf ihn zu stürzen, nahm die rothaarige

Heimkehrerin eine Habtachtstellung ein, den Speer wie den Kopf einer Schlange zum Stoß bereit.

Schon die ersten Runden ihres Kampfes hatten den Raum arg in Mitleidenschaft gezogen. Dabei handelte es sich um die Turmkammer eines Leuchtturms, der in Wahrheit der oberste Ausläufer der Zinnen der alten Zitadelle Balors war. Nur wenige wussten um das Geheimnis, dass sich die wahre Zitadelle in den Tiefen des Meeres befand und nur der Teil aus den Fluten ragte, der der Penta seit jeher als Leuchtturm diente.

Es würde einige Zeit dauern, bis jemand hier oben wieder ein Leuchtfeuer entzünden, geschweige denn dessen Licht mit riesigen Hohlspiegeln auf das Meer lenken konnte.

Während die beiden in der Zinne ihren Kampf fochten, brannte unter ihnen die Stadt. Der Geruch war über Meilen hinweg wahrzunehmen und so stark, dass er das salzige Aroma des Meeres überlagerte.

Die Sklaven machten aus Gründen, die sich Solus entzogen, gemeinsame Sache mit den verräterischen Arkanisten. Heulende Mobs streiften durch die Straßen, töteten, was ihnen unter die Hände kam, und lieferten sich brutale Schlachten mit den Truppen der Penta. Das Gerücht ging um, dass sich Erzketzer aus dem Gefängnis der Zitadelle befreit und den Archonten von Balor getötet hatten.

»Wir haben einander geschworen, immer zusammenzuhalten«, fauchte Akasha. Ein weiterer, mit Bedacht geführter Speerstoß nach Solus' Hals begleitete die Worte.

Der Erste der Heimkehrer setzte ein Quäntchen der Windenergie der Titanin Menoit frei, die er gemeinsam mit Duthrics echtem Körper verschlungen hatte. Der Windschutz beflügelte seine Bewegungen, machte Solus schneller als selbst die Speerstöße seiner Kontrahenten.

Akasha hatte mit einem solchen Manöver gerechnet. Sie riss die Hand empor. Eine Lanze Wasser schoss mit gewaltigem Druck daraus hervor und traf Solus' Brust. Der Strahl war so mächtig, dass er den Ersten der Heimkehrer mühelos beiseitewischte und ihn an eine Wand nagelte.

»Du bist der Erste!«, klagte Akasha. »Du solltest uns einen, uns anführen! Stattdessen hast du uns alle verraten! Deine Brüder und Schwestern und die Meister!«

Zornig warf sie den Speer in die Höhe, fing ihn in der Waagerechten auf und schleuderte ihn mit aller Macht nach Solus.

Der Erste der Heimkehrer bündelte Feuer und Luft in sich, ließ die Macht aus seiner Handfläche schnellen. Der brennende Hauch lenkte den Speer gerade noch ab, und er bohrte sich neben Solus' Kopf in die Wand. Der Erste ließ sich davon nicht ablenken. Er setzte dem nicht nachlassenden Strahl elementaren Wassers gewaltige Hitze und Luft entgegen. Das Wasser verdampfte, sodass sich Solus aus dem Strahl befreien konnte.

Akasha raste auf ihn zu, bevor der Erste sich erholen konnte, und riss den Speer aus der Wand.

Solus trat nach ihren Knien, doch sie sprang über den Fußfeger hinweg.

»Verflucht sollst du sein, Betrüger!«, fauchte die Herrin des Wassers.

»Betrüger?«, keuchte Solus. »Ich kann mich nicht entsinnen, wann ich um die Rolle des Anführers gebeten hätte. Der Meister hat mir eure Gegenwart aufgenötigt. Jahrhunderte habe ich euer Geschwätz von Rache und Gerechtigkeit erduldet, während ihr euch noch im Tode von einem Erzmagus habt als Spielfiguren missbrauchen lassen. Wahrlich, ihr habt bekommen, was ihr verdient!«

Er deutete einen weiteren Schlag an, doch er ließ stattdessen Sturmwinde aus seinen Händen schießen, die Akashas zierlichen Körper fortwirbelten. Diesmal war sie es, die mit einem Schlag beiseitegewischt und an die Wand genagelt wurde. Solus hielt sie dort fest, doch sie hatte durch ihre Wasserlanze Unmengen von Flüssigkeiten im Turm gesammelt, und auf ihren Blick hin schossen die Fluten empor und gefroren zu einer Mauer aus Eis, die Akasha vor Solus' Luftstrom schützte.

Der Erste der Heimkehrer riss das Schwert aus der Scheide. Eisstaub flog ihm ins Gesicht, und Eis knirschte. Er parierte mit Mühe einen Speerstoß, der durch die Eismauer getrieben wurde und ihn beinahe aufgespießt hätte.

»Du hast es noch immer nicht verstanden, oder, Akasha?«, rief er. »Vielleicht hättest du deine Umgebung besser im Blick behalten, statt vor einem Spiegel zu posieren, dann wäre es dir aufgefallen. Man hat uns alle nur benutzt. *Er* hat uns alle nur benutzt.«

Das Eis zerfloss in einem einzigen Augenblick. Das Wasser floss über den Boden an Akashas wohlgeformtem Körper empor wie eine Boa und bildete eine klassische Rüstung aus der Zeit der Priesterkaiser. Ein Brustpanzer und ein Helm aus Wasser rauschten, wo gerade noch Kleidung und nackte Haut gewesen waren.

Solus nutzte die Pause und betrachtete sein Schwert. Was die Herrin des Wassers konnte, mochte auch ihm gelingen. Er ließ einen Hauch aus stürmischer Energie frei, der sich wie eine Schicht um den Zweihänder legte.

Die Waffe, für die Hände eines Heimkehrers alles andere als schwer oder klobig, war daraufhin mit der Geschwindigkeit eines leichten Säbels zu führen. Nun war ihr Kampf ausgewogen. Umtost von elementaren Gewalten standen sich das Raubtier und die wehrhafte Beute gegenüber.

»Wer hat uns benutzt?«, fragte die Heimkehrerin. »Was faselst du da? Denkst du, ich falle auf deine Lügen noch herein, Tuháth?«

»Der Tyrann von Khael. Er hat uns alle hintergangen. Du magst denken, die Titanen hätten ihre und eure Heimkehr geplant. Doch in Wahrheit hat er uns von Anfang an manipuliert. Uns alle. Jemand muss ihn aufhalten. Jemand, der die Macht hat.«

Solus machte einen Ausfall und ließ eine Serie von Hieben niedergehen, die Akasha mit dem Speer annahm und umlenkte. Ihre Waffen klirrten. Stahl ächzte, während er von zwei Kindern der Titanen bis an seine Belastungsgrenze geführt wurde.

»Und du denkst, du bist dieser Erretter?«, keuchte sie. »Du hast vollkommen den Verstand verloren!«

Akasha preschte vor, ließ den Speer wirbeln. Beide Kontrahenten hieben aufeinander ein, schneller, als ein menschliches Auge folgen konnte. Die Schläge erfolgten in einem solchen Tempo, dass die Treffer zu einem einzigen Laut verschmolzen. Metallsplitter sirrten durch die Luft, jeder Hieb schlug eine Scharte.

»War alles nur eine Lüge?«, fragte sie. »Ein halbes Jahrtausend in der Dunkelheit, und du hast uns alle hintergangen?«

Solus sprang zurück, landete einige Schritte entfernt, riss die Hand nach vorn, und ein Strahl aus Flammen traf die Kette, an der der eiserne Reif eines Lüsters an der Decke hing. Das Metall riss, und der Ring stürzte auf Akasha.

Bevor er ihren Schädel zertrümmern konnte, machte die Wasserhaut ihres Helms eine Bewegung, die an den Schlag einer Hand nach einem Insekt erinnerte. Das Element wischte den schweren Leuchter einfach beiseite. Er krachte in einen Schreibtisch.

»Ihr wart nur Mittel zum Zweck«, sagte Solus. »Nicht mehr.«

»Du hast sie geopfert«, antwortete Akasha. »Dochàthi, Ashavar. Was ist mit den Stäben? Warum hast du sie überhaupt gestohlen? Warum hast du uns ihr Geheimnis verraten? Den Weg, die Schilde der Pentae zu zerstören? Warum, wenn du uns ja doch verraten wolltest?«

»Eine Koinzidenz, mehr nicht«, sagte der Erste der Heimkehrer. »Es hätte dem Tyrannen genützt, wenn wir die Stäbe benutzt hätten. Letztendlich aber war es ihm egal – er hatte Vorkehrungen getroffen, die er auch mir nicht offenbart hatte.«

»Du bist sein Knecht! Nicht genug, dass du uns hintergangen hast – du hast es für einen unserer Väter getan! Für den Erzfeind!«

Akasha preschte vor und führte einen Hieb, der Solus enthaupten sollte. Diesmal wich er nicht aus, sondern riss den Zweihänder hoch und blockte den Stahl mit der Klinge. Wie erwartet hielt Akasha dagegen. Solus band Erdkraft in seiner Hand, ballte die Hand zur Faust und schlug zu, wobei er alle Macht in diesen Schlag legte.

Die Wasserrüstung konnte dem nicht standhalten. Mit einem Knirschen gruben sich gepanzerte Knöchel in den Solarplexus der zierlichen Schönheit. Sie faltete sich wie ein Klappmesser, stieß sämtliche Luft aus und ging zu Boden.

Bevor sich Akasha aufrappeln konnte, setzte Solus nach. Der Zweihänder durchstieß ihren Körper und nagelte sie am Boden fest. Schwarze Essenz spritzte aus der Wunde.

Sie bleckte die Zähne, strampelte und schlug um sich wie ein tollwütiges Tier. Er gab ihrer Kraft keinen Raum, um sich zu entfalten, und achtete darauf, außer Reichweite ihrer Gliedmaßen zu bleiben. Das schöne Gesicht war zu einer Fratze verzerrt.

»Ich wünschte manchmal, es würde einen anderen Weg geben«, sagte Solus. »Wirklich. Die ganze Situation ist eine einzige hässliche Affäre ohne Sieger. Kannst du nicht zumindest verstehen, dass ich daran etwas ändern will?«

Sie beruhigte sich, stellte ihre Gegenwehr ein. Solus sah an ihren Augen, dass es ein Trick war.

»Du hast noch immer nicht begriffen, dass es hier nicht um mich geht oder um dich, nicht wahr, Schwester?«, sagte Solus. »Wenn du jemanden des Verrats bezichtigen willst, jemanden der Willfährigkeit anklagen möchtest, dann bewahre dir deinen Zorn für unsere andere Schwester. Egidia und der Meister sind ein Gespann. Ob sie die Dienerin ist oder die Herrin, weiß ich nicht zu sagen. Das Herz des Wildbanns ist der Ort, auf den wir unser Augenmerk hätten richten sollen! Jetzt ist es zu spät. Jetzt muss ich dieser Sache allein Herr werden.«

»Ich kann dir helfen«, entgegnete Akasha. »Wir können den Tyrannen gemeinsam aufhalten.«

»Weißt du, meine Liebe, ein Menschenleben ist schon ausreichend lang, um zu erkennen, wann man von ehrlichen Leuten umgeben ist und wann jemand vorhat, einen zu hintergehen. Wir beide sind zu alt für solche Spielchen, findest du nicht?«

Solus konnte spüren, wie sich die Macht des Wassers in Akasha zusammenballte. Draußen toste das Meer, warf sich mit Wucht gegen den Leuchtturm. Der Templer-Heimkehrer ließ sich nichts anmerken. Es war offenkundig, dass sie auf den Moment schielte, da er seinen Fuß auf ihre Brust stellte, um sie zu köpfen, oder er Anstalten machte, ihr den Kopf zu zertreten. Dann würde sie angreifen.

»Ich verspreche dir eins«, sagte er. »Du wirst deinen Frieden haben. Damit hast du mehr, als ich von mir behaupten kann.«

Ohne den Druck auf den Zweihänder zu vermindern, ließ der Erste der Heimkehrer einen Windhauch um Akashas Schwertlanze wirbeln, die am Boden lag, und sie flog in seine Hand. Akashas Augen weiteten sich. Doch schon im nächsten Moment sauste die Klinge ihrer eigenen Waffe nieder wie ein Fallbeil, und der Kopf der rothaarigen Schönheit rollte davon. Sturzbäche schwarzer Melasse sprudelten aus dem Halsstumpf.

»Glaubst du wirklich, ich tausche einen Meister gegen den anderen?«, fragte Solus. »Dein Machthunger war legendär. Früher oder später hättest du mich hintergangen. Doch keine Sorge, die Erzmagi werden bezahlen für das, was sie ihren Kindern antaten. Der Tyrann wird bezahlen.«

Der Erste der Heimkehrer spürte, wie sich eine kaum greifbare Macht im Raum ausbreitete. Eine Vibration, die sich bis in jedes kleinste Teilchen fortsetzte. Subtil und doch allmächtig wie die Vorboten eines nahenden Sturms. Es war der Fetzen von Akashas Seele, der nicht in der Ritualkammer mit der Titanenseele verschmolzen war, sondern ihren Körper verließ und sich auf seine Rückkehr nach Scathach vorbereitete.

Solus wusste, dass er nur einen begrenzten Spielraum hatte, bis die Seele Akashas in den Tiefen der Unterwelt erwachen würde. Er musste zur Ritualkammer vordringen, bevor dieses Phantom dorthin gelangte, und die Macht des Titanen Balor an sich reißen.

Der Erste der Heimkehrer verschwendete keinen weiteren Augenblick. In aller Eile legte er seine Rüstung und die darunterliegende Kleidung ab, zog sich das Insekt aus dem Fleisch und legte es in den Krug, den er mit seinem Blut füllte.

Er warf noch einen letzten Blick in den Raum, dann stieg Solus Terbast nackt auf den Fenstersims des Turms, hunderte Schritte über den tosenden Fluten der Svartbucht. Unter ihm brandeten die Wasser gegen die Felsenküste, so wie hinter ihm die Flammen der Revolte gegen verzweifelte Soldaten anbrandeten.

Der Erste der Heimkehrer spreizte die Arme, umhüllte sich mit der Macht des Windes, die er Menoit geraubt hatte, und dem Bruchteil der Macht des Wassers, die der Tyrann ihm bei seiner Heimkehr verliehen hatte. Dann sprang Solus in die Umarmung der Fluten.

Etwa eine Stunde später entstieg eine einzelne Gestalt den Tiefen. Sie erklomm die Außenmauer des Turms mit der Geschicklichkeit eines Insekts, störte sich nicht an den Böen, die an ihrem nackten Körper zerrten, an der Glätte der Wände.

Knisternde Entladungen ungehemmter Macht glommen in den Augen des Heimkehrers, als er sich durch das Turmfenster zog. Er ging zu dem Krug. Der Parasit wand sich im Blut. Er war nicht nur quicklebendig, er war regelrecht erregt. Der Erste der Heimkehrer hob den Kopf. Wind, Wasser und Feuer röhrten in seiner Brust. Allmacht, die ihn eins werden ließ mit der Schöpfung und den Energien wahrer Magick.

Solus Terbast spürte sofort, dass etwas nicht stimmte. Der Wind hatte sich gedreht, das Tosen der Fluten beruhigte sich gegen jedes Naturgesetz, und das Brüllen der Menge in der Penta erklang seltsam gedämpft.

Das Ritual hatte begonnen, was immer es auch war. Solus musste sich beeilen, wenn er dem Totenkaiser sein parasitäres Geschenk rechtzeitig überreichen wollte. Wie erwartet hatte Vortigern gespürt, wie Solus die letzte Essenz, den letzten elementaren Anker der Titanen in dieser Welt in sich aufgenommen hatte.

Jetzt also begann das Ende. Der Meister machte seinen entscheidenden Zug.

24. Clach

Die Myrmidonen starrten die beiden Neuankömmlinge an. Es war offensichtlich, dass die Elite der Palastgarde sie sondierte, um herauszufinden, wer gefährlicher für ihren Archonten war, der nicht atmende Meuchler oder der Gigant mit dem Runenschwert.

Doch die Palastwachen konnten nichts gegen die Besucher unternehmen. Sie kannten den Totenkaiser, wussten, dass er in geheimer Mission für ihren Archonten die Stadt verlassen hatte. Clach wusste wiederum die Passwörter, die Greskegard ihm gegeben hatte, damit sie rasch und ohne Komplikationen in die Penta zurückkehren konnten.

Der Totenkaiser warf einen Seitenblick auf Ormgair. Er konnte nur mutmaßen, was in dem Barbaren vorging. Vor einigen Monaten war er gemeinsam mit anderen Almharach durch diese Gänge geschritten und hatte gegen Ashavars Steingolems gekämpft. Jetzt war der Alte ein Gast hier – wenn auch nicht gern gesehen.

Die Kiefermuskeln des Barbaren mahlten. Er streichelte Morvens Griff, murmelte unhörbare Schwüre. Der Totenkaiser brauchte die Worte nicht zu vernehmen, während sie über schwere Teppiche und unter Gemälden und Gobelins durch die Zitadelle schritten. Clach hatte auch so eine gute Vorstellung davon, was Ormgair beschwor.

Sie erreichten den Flügel, in dem Greskegards Schreibstube lag. Die Wachen waren verstärkt worden, und die Entourage, die mit ihnen die Korridore hinuntermarschierte, wuchs immer weiter an. Nach einigen Minuten standen sie vor den Türen zu Fenneks Schreibstube.

Die Wachen öffneten ihnen die Türen, und Ormgair und Clach traten ein. Der Raum wirkte wie immer. Keine Mauer aus Myrmidonen versperrte die Sicht auf den Schreibtisch, keine magischen Barrieren flimmerten in der Luft.

Greskegard saß hinter dem Möbel, reich gewandet und für seine Verhältnisse gepflegt, und schenkte dem Totenkaiser ein säuerliches Lächeln. Für einen Augenblick wirkte es sogar, als wolle sich Greskegard erheben und den Barbaren mit einer Grußformel willkommen heißen. Da sank er in seinen Lehnstuhl zurück.

Das Gesicht des Letzten der Tanleigh war versteinert. Jede Falte, jeder Altersfleck über den Bartzöpfen war zu einer Maske aus Fels erstarrt.

Neben Fennek ragte Gram auf. Der Hauptmann war angespannt, bereit, sich gemeinsam mit seinen Männern auf sie zu werfen. Clach zweifelte nicht daran, dass dies der Tod des Soldaten wäre.

Auf der anderen Seite stand der Nekromant hinter dem Holzthron wie ein zweiter Schatten. Ozelot Urdith lächelte freundlich und vermittelte den Eindruck eines Mannes, für den alles, was um ihn herum geschah, nichts als ein Spaß war. Dem Attentäter entging nicht, dass die Amtsnadel des Priors der Arkanistengilde die schwarze Seide von Urdiths Robe schmückte.

Schweigen erfüllte den Raum. Der Totenkaiser hörte Herzen pochen. Einem der Myrmidonen lief eine einzelne Schweißperle über die Nase. Jemand knirschte mit den Zähnen. Ein Mann schluckte dermaßen heftig, dass es für alle Anwesenden hörbar war.

»Da wären wir«, brach Greskegard das Schweigen. Er lächelte nervös.

Ormgair antwortete nicht.

»Ich habe das Angebot überbracht, Fennek«, sagte der Totenkaiser. »Es wurde angenommen. Reiten wir nicht darauf herum.«

Der Hauptmann der Myrmidonen, Gram, machte Anstalten, etwas zu sagen. Er wollte Clach offenkundig für die Anrede des Archonten rügen. Doch der Mann war klüger, als der Attentäter angenommen hatte. Er verkniff sich den Kommentar im letzten Moment.

Fennek deutete kommentarlos auf die Stühle, die vor ihnen am Schreibtisch standen.

»Wir saßen einander schon auf Stühlen gegenüber, Schlange«, sagte der alte Barbar. »Erinnerst du dich, was ich dir damals in dem Lagerhaus versprochen habe? Du weißt schon, an dem Ort, an dem sie starb. Ich erneuerte meinen Schwur, als ich dich aus der Mitte deiner unfähigen Krieger riss und in die Kanäle unter deiner Stadt zog.«

Der Hauptmann öffnete den Mund zu einer Entgegnung, doch Fennek brachte ihn mit einer Handbewegung zum Schweigen.

»Doch das hat Zeit«, sagte Ormgair überraschend sanft und nahm tatsächlich auf einem der Stühle Platz. Breitbeinig und vulgär thronte er in seinem Kilt gegenüber dem Archonten und genoss es, Fennek vor seinen Männern auf diese Weise vorzuführen.

Der Totenkaiser wusste, dass das keine gute Idee war. Greskegard vergaß keine Schmähung, er war der rachsüchtigste Mann, den Clach kannte. Doch er war berechnend.

Vorerst hatten sie ihren Pakt, solange Ormgair die Nerven bewahrte.

»Kommen wir zu dem Grund, aus dem wir hier sind«, sagte der Archont. »Solus Terbast wird ebenfalls zu uns stoßen, er hat sich angekündigt.«

»Wir haben die Flüchtlinge gesehen«, sagte der Totenkaiser.

»Beileibe nicht alle Menschen haben Fomor verlassen«, entgegnete Greskegard. »Ich konnte die meisten davon überzeugen, dass die Penta sicher ist.«

»Wir haben Gerüchte vernommen, du hättest Krieg gegen deine Hexer geführt, Schlange.« Ormgair grinste. »Merkt dein Volk allmählich, dass dir zu vertrauen bedeutet, einen Skorpion in der Tasche zu tragen und nicht zu wissen, wann er zusticht?«

»Der Skorpion waren die Arkanisten, Steinviper«, entgegnete Fennek. »Und ich darf dir versichern, dass ich ihnen den Stachel gezogen habe. Ich habe ihr Kapitel erstürmt und das Arkanum, das Ordenshaus ihrer Gilde in dieser Stadt, ausgeräuchert. Ich ließ etliche Verräter erschlagen und viele gefangen setzen. Doch ich habe in der Tat längst nicht alle in die Finger bekommen.«

»Uns sind die Kuppeln aufgefallen, als wir die Penta betraten«, sagte der Totenkaiser. »Nicht alle davon funktionieren.«

»Ich habe die meisten Steine in kritischen Gebieten konzentrieren lassen, um das Volk und vor allem meine Soldaten zu schützen«, antwortete Greskegard.

»Was soll das heißen, du hast nicht alle gefasst?«, hakte Ormgair nach. »Laufen diese Hexenmeister noch in der Stadt herum und tun, was sie wollen?«

»Mitnichten«, antwortete der Archont. »Das Gegenteil ist der Fall. Sie haben Fomor verlassen. Dutzende von ihnen sind in religiöser Verzückung im Schutz ihrer Steine in den Nebel aufgebrochen und wurden nie mehr gesehen.«

»Aber die Richtung kennst du?« Clach hatte eine ungute Vorahnung, wohin die Arkanisten auf dem Weg sein konnten. »Sag nichts. Sie sind in den Wildbann aufgebrochen.«

»Woher wisst ihr davon?«, fragte Greskegard. »Sind euch etwa welche begegnet?«

»Ich denke eher, sie haben herausgefunden, dass der Meister seine Pläne im Herzen des Wildbanns verwirklicht«, ertönte es hinter ihnen, und Solus Terbast trat ein. Er stellte sich zwischen den Totenkaiser und Ormgair und legte beiden eine gepanzerte Faust auf die Schulter. »Ich grüße euch. Unser Bund hat gerufen, und hier bin ich«, sagte er mit einem schiefen Grinsen.

Clach war sich nicht sicher, was gerade passierte, doch er spürte ein leichtes Ziehen, ein Kribbeln auf der Haut. Da war eine Kraft, die durch den erkalteten Leib des Heimkehrers floss, die tosenden Energien der Schöpfung. Wie es aussah, hatte sich Solus die Essenzen der Titanen einverleibt, wie der Totenkaiser befürchtet hatte.

»Berühr mich noch einmal ungefragt, Kreatur«, presste der Attentäter durch die Zähne hervor, »und Bündnis hin oder her, es wird das Letzte sein, was du tust!«

Auch Ormgair knurrte und befingerte Morven.

Betont langsam nahm Terbast die Hände von seinen Mitstreitern. »Schon gut, schon gut. Ihr braucht nicht gleich zu beißen.« Er ergriff einen Stuhl und setzte sich mit deutlichem Abstand zu den beiden. »Ich dachte, wir wären hier alle Freunde. Was seid ihr heute empfindlich.«

»Wir sind die besten Kameraden, die man sich vorstellen kann«, sagte der Archont. »Freunde, die durch widrige Umstände zusammengeschmiedet wurden und einander brauchen. Es kann keine loyaleren Genossen geben. Jemand wollte mir gerade erklären, warum sich meine Arkanisten auf den Weg in den Wildbann gemacht haben. Im Übrigen nicht nur meine. Den anderen Archonten steht das Wasser scheinbar bis zum Hals, denn auch ihre zaubernden Handwerker sind von dieser Wanderlust erfasst worden.«

»Das Herz der Pläne des Tyrannen liegt im Wildbann«, erklärte Solus. »Entgegen euren Erwartungen bin ich nicht eingeweiht, aber es kann keinen Zweifel geben, dass dort der Ort liegt, an dem der Meister seine Gottwerdung vollziehen will.«

»Das Gleiche haben wir gefolgert«, sagte Clach. »Der Tyrann hat unsere Überlegungen in dieser Richtung als so gefährlich empfunden, dass er einen Bürgerkrieg unter den Barbaren angefacht hat, kaum dass wir diese Worte geäußert hatten. Es stimmt, was der Templer behauptet. Der Tyrann beobachtet uns, wenn er kann.«

»Hier kann er nicht«, entgegnete Greskegard. »Da ich eine Art Erzmagier zu sein scheine, verhindert meine Aura, dass er uns belauscht. So zumindest hast du es mir damals im Gefängnis erklärt, Terbast.«

Solus nickte knapp.

»Ich bezweifle, dass sich die Verräter der Brachenvölker damit zufriedengeben werden, alle auf dem Thingplatz abzuschlachten«, gab Ormgair zu bedenken. »Diese Narren streben nach den alten Wegen, den Wegen von Raub und Mord, merken aber selbst nicht, dass sie bloß Knechte sind.«

»Und Städte, denen die Arkanisten weglaufen, sind weitaus schlechter vor Angriffen zu schützen«, ergänzte Solus Terbast, »so ganz ohne jemanden, der sich um die Schutzartefakte und die Mauern kümmert.«

Clach sah, wie ein verstohlenes Lächeln über Greskegards

Gesicht huschte. Der frühere Inquisitor wusste mehr, was die politische Situation der Pentae betraf, doch wie üblich bewahrte er seine Geheimnisse.

»Ja, normalerweise würden sie leichte Beute bevorzugen«, sagte der Barbar. »Doch jetzt wissen wir, dass diese Verräter dem Erzhexer folgen.«

»Der sich im Übrigen denken kann, dass wir uns nach Fomor begeben werden«, ergänzte Clach.

»Vor allem, da er seit einigen Tagen weiß, dass ich ihn hintergehe«, stimmte Solus zu. »Er ist mir irgendwie auf die Schliche gekommen, und sein Verdacht ist zur Gewissheit geworden.«

»Wollt ihr damit andeuten, ein Heer von Barbaren aus der Brache ist euch auf den Fersen und wird meine Enklave angreifen, bevor wir Vortigerns Plan im Wildbann vereiteln können?« Fennek war halb aufgestanden und starrte Gram an.

Mehr Aufforderung benötigte der Anführer der Myrmidonen nicht. Er bellte einige Befehle, deutete auf ausgesuchte Offiziere und sandte sie aus dem Raum, um die Stadtmauern und die Milizen in den Alarmzustand zu versetzen.

»Ich würde es begrüßen«, presste Greskegard hervor, »wenn ihr mich in Zukunft zuerst über solch unwichtige Details wie die bevorstehende Vernichtung eines Zentrums der Zivilisation aufklären würdet. Vielen Dank.« Er setzte sich mit solcher Heftigkeit und ergriff einen Bleikelch mit Wein, dass ihm die Flüssigkeit über die Handschuhe schwappte. Der Archont stieß einen Fluch aus. Er entschuldigte sich knapp und verließ den Raum.

Sie warteten in eisigem Schweigen. Jeder hing seinen Gedanken nach. Clach ließ Solus Terbast keine Sekunde aus den Augen. Deutlich konnte der Totenkaiser die Präsenz

Ormgairs hinter sich spüren, bereit, jederzeit an der Seite des Attentäters zuzuschlagen. Die Myrmidonen waren noch angespannter als zuvor, doch Solus lächelte nur.

Unbewegt erwiderte der Nekromant das Lächeln und betrachtete die Anwesenden voller Neugier, bis Ormgair einen tiefen, tierhaften Laut von sich gab. Daraufhin schien Urdith interessantere Aspekte im Raum entdeckt zu haben.

Als sich die Tür öffnete und Fennek eintrat, trug er das gewohnt heruntergekommene Kettenhemd mit dem Kutschermantel darüber. Er führte wieder sein altes Schwert mit sich, und die Pistolenarmbrust steckte wohl auch in ihrem versteckten Holster unter der Achsel, wie Clach annahm.

Schwer ließ sich der Archont wieder in seinen Lehnstuhl fallen, nachdem er das Schwert auf den Tisch vor sich gelegt hatte. Wie durch Zufall zeigte die Spitze auf Ormgair. »Die Mauern sind vorerst gesichert, die Wachmannschaften wurden verstärkt. Doch ich befürchte, mit all den Verlusten, die uns die Auferstehung des Titanen eingebracht hat, fehlt es uns an Mannstärke, ein Heer der Riesen aus dem Amboss aufzuhalten.«

»Wir wissen doch alle, dass hier mehr auf dem Spiel steht als Fomor, nicht wahr?«, fragte Solus.

»Ich sage das nicht gern, alter Fuchs«, erwiderte der Totenkaiser, »vor allem, weil diese Stadt der Ort war, an dem ich geboren und zu dem Mann geformt wurde, der ich bin. Doch der Erste der Heimkehrer hat recht, wir müssen Fomor aufgeben.«

»Meine Penta aufgeben?«, begehrte der Archont auf. »Wo denkst du hin?«

»Hör auf den Attentäter, Fennek Greskegard«, sagte Solus. »Das, was der Meister plant, muss das größte Ritual sein, das man sich vorstellen kann. Es findet im Wildbann statt.«

»Er kontrolliert die Macht der Titanin des Lebenselements. Vorausgesetzt, du hast sie nicht auch bereits verschlungen«, sagte der Totenkaiser.

Solus sah ertappt aus, ging aber nicht auf den Vorwurf ein. »Das bedeutet, dass er über eine schier endlose Kraft an magischen Energien gebietet, so unerschöpflich wie das Leben.«

»Außerdem ist der Wildbann voller Bestien, die dem Geheiß des Tyrannen folgen«, fügte Clach hinzu.

»Wir brauchen also Soldaten, wenn wir nur die geringste Hoffnung haben wollen, bis zu Vortigern vorzudringen«, sagte Greskegard mit tonloser Stimme. »Was wiederum heißt, dass ich die Enklave aufgeben muss, um eine Streitmacht zu formen, die den Wald erstürmt. Welch wunderbare Aussichten.«

»Habt ihr eine Vorstellung, wofür der Tyrann die Arkanisten brauchen könnte?« Beim Klang der seidenweichen Stimme Ozelot Urdiths zuckten einige der Anwesenden zusammen. Sie hatten ihn beinahe vergessen. »Ich meine, dienen sie ihm als Akoluthen, als Helfer für das Ritual, oder steckt mehr dahinter, wenn man fragen darf?«

Clach musste zugeben, dass er beeindruckt war. Der Nekromant hätte einen guten Assassinen abgegeben, so wie er es vollbrachte, in einem Raum voller Leute vergessen zu werden.

Solus schüttelte den Kopf. »Das vermag ich nicht zu sagen. Der Meister schätzt es, wenn seine Geheimnisse Geheimnisse bleiben.«

»Es kann ihm nicht nur um ihre Seelen gehen«, sagte Clach. »Wir haben gemeinsam mit der Todesbotin herausgefunden, dass die Pentae eine Art magischen Sog bilden, dessen Zentrum das Herz des Waldes ist. Eine Falle, die unter den richtigen Umständen die Essenzen aller verschlingt, die der Nebel berührt. Nicht nur Heimkehrer, auch normale Menschen.

Die Lebenskraft eines Kontinents, beschworen durch einen Mann, der sich zum Gott krönen will.«

»Und dort wird es enden«, grollte Ormgair. »Dort wird *er* enden. Der Tyrann wird für alles bezahlen.«

»Wo ist das alte Mädchen eigentlich?«, fragte der Erste der Heimkehrer. »Die Todesbotin, meine ich?«

Clach und Ormgair antworteten nicht.

»Ich nehme an, sie wurde eines der Opfer in einem Krieg, der noch zahllose weitere fordern wird«, sagte der Archont.

»Wie viel Zeit bleibt uns, Wirker?«, fragte Clach an den Totenbeschwörer gerichtet.

»Das lässt sich schwer abschätzen, mein Herr. Eine Woche, vielleicht zwei. Oder auch nur wenige Tage.« Er hob resigniert eine Hand. »Wahre Magick galt als tot, ich kann nicht in ein Kalendarium blicken und erkennen, ob wir eine günstige Konstellation haben. Ein solches Ritual übersteigt alles, was wir uns vorstellen können.«

»Ja«, sagte der Erste der Heimkehrer. »Was immer es ist, Magick mit solch umwälzenden Qualitäten braucht ihre Zeit, um zu funktionieren. Nicht nur eine Sternenkonstellation, sondern Paraphernalia und Helfer.«

»Nur bei einem können wir uns sicher sein«, meinte Ozelot Urdith. »Der Maßstab des Ganzen ist gewaltig. Unfassbar. Und die Kraft, die es benötigt, ebenso.«

»Kurz: Wir kennen nur gewisse Eckpfeiler und verlassen uns ansonsten auf ein paar vage Vermutungen«, resümierte der Totenkaiser. »Wir brechen besser gestern als heute in den Wildbann auf, wenn wir das Schlimmste verhindern wollen.«

»Die Pentae.« Solus tippte mit dem Finger auf den Tisch. Das Geräusch von Stahlblech auf poliertem Holz hatte etwas Endgültiges, ein Zeitmesser bis zum Jüngsten Tag. »Die Titanen wollten den Pentae ursprünglich die Schilde nehmen, damit der Nebel die Menschheit verschlingt und so das magische Niveau auf ein Maß hebt, dass sie in ihre Körper zurückkehren können. Für diesen Plan stahlen wir Heimkehrer den Zauberstab aus dieser Zitadelle und ebenso die Zutaten, um vier weitere Artefakte zu fertigen, mit denen man die Schilde zerstören kann.« Als er die fragenden Blicke der anderen sah, holte er weiter aus: »Denkt daran, man benutzte die Kinder der Erzmagier, um die Seelen der Titanen an die gigantischen Körper zu fesseln. Wenn sie nun genug magische Energie erhalten, können sie durch die Ritualkammern in die Körper einfahren, in denen ihre Heimkehrer ruhen. Die Titanen können sie auf diese Weise bewohnen.« Solus stand auf und tigerte im Raum umher. »In seinem ursprünglichen Plan hätte ihnen der Meister nach ihrem Erwachen die Energie entrissen, so wie Clach es im Endeffekt getan hat, als er Fomor verschlang. Die Titanen hätten das Fünfeck in der Landschaft nicht verlassen können, ähnlich wie es beschworenen Geistern ergeht, wenn ein Magier sie in ein Pentagramm pfercht.«

»Dieser Plan wird nicht mehr funktionieren. Ich habe mir Fomor einverleibt, doch die anderen Energien ruhen noch in den Titanen und wurden nicht durch die verfütterten Seelen der Menschheit zum Leben erweckt«, log Clach. Der Totenkaiser studierte Solus' Gesicht auf ein verräterisches Zeichen hin, als er die Essenzen der anderen Titanen erwähnte. Doch der Templer-Heimkehrer verzog keine Miene.

»Also ist dies ein Ausweichplan?«, folgerte Ozelot. »Daher hat der Tyrann bereits in der Vergangenheit die Arkanisten auf ihren Einsatz vorbereitet.«

Der Totenkaiser begriff. »Ohne Stäbe und da die Heimkehrer gescheitert sind, werden nun eben die Arkanisten die Schilde senken. Der Brodem wird die Pentae verschlingen, wenn der Putsch der Wirker gelingt.«

»Beim Thron des Lichtfürsten! Du hast recht!«, sagte Fennek. »Ich muss die anderen Herrscher warnen, wenn wir hier fertig sind! Nicht auszudenken, wenn Vortigerns Plan gelänge.«

Der Totenkaiser musterte den Archonten. Fennek war gut darin, sich zu verstellen, aber nicht gut genug für ein Geschöpf, das seit den ersten Tagen auf der Straße vom Stehlen, Lügen und Morden lebte und das ihn noch dazu so gut kannte. Der Inquisitor verbarg etwas. Es konnte Greskegard beim Befragen der Arkanisten kaum entgangen sein, dass sie einen solchen Plan mit seiner Stadt verfolgten.

Unerheblich. Wann hat der alte Fuchs je kein eigenes Spiel getrieben?

Clach betrachtete Solus Terbast. Falls der Templer etwas an Fenneks Mienenspiel sonderbar fand, ließ er sich das nicht anmerken.

»Ein Grund mehr, dass wir uns beeilen«, sagte Ormgair. »Schlange, du kannst zeigen, ob dieser Bund eine Zukunft hat. Wir brauchen Krieger. Viele und gute Soldaten, wenn wir uns den Prüfungen des Gemiedenen Waldes stellen wollen!«

Fennek schürzte die Lippen und ließ sich tiefer in das Leder seines Lehnstuhls sinken. Angestrengt dachte er nach. Clach entging nicht, wie Ormgair Morvens Griff zwischen den Fingern rollte.

Gerade als der Archont den Mund öffnete, um etwas zu sagen, trat jemand durch die Tür. Einer von Greskegards Herolden ging mit gesenktem Haupt zum Schreibtisch und legte eine Depesche vor Fennek ab. Die Hände des Höflings zitterten, und Schweiß perlte auf seiner Stirn. Was immer der Inhalt der Nachricht war, der Mann kannte ihn und war äußerst besorgt.

Fennek erbrach das Siegel. Seine Augen huschten über das Pergament, und seine Lippen wurden zu einem dünnen Strich.

Er blickte auf, sandte den Mann mit einer Handbewegung davon. »Was wir befürchtet haben, ist eingetroffen«, sagte der Archont mit Grabesmiene. »Ein Heer aus Ambossriesen ist auf dem Weg in Richtung der Penta. Die Kundschafter und Späher der Penta-Wacht melden, dass uns bestenfalls ein Tag bleibt, bis sie vor unseren Toren stehen.«

Das Schicksal der Welt stand so unleugbar im Raum, als hätte es die Schreibstube in voller Rüstung betreten, und Clach bemerkte, dass die gesamte Tragweite der Ereignisse Fennek und seinen Leuten in genau diesem Moment bewusst wurde. Ihr Begreifen war beinahe komisch anzusehen. Einige der Myrmidonen stöhnten. Das Ausmaß des Grauens war größer als jede Ausbildung, die sie erhalten hatten.

Greskegard knirschte mit den Zähnen. Er räusperte sich, musste einen Schluck Wein trinken. »Hauptmann Gram!«

»Euer Majestät?«, sagte der Myrmidone und salutierte zackig. Er hatte sich schnell wieder im Griff.

»Mobilisiert die Penta-Garde. Wir brauchen ein Regiment. Die besten Soldaten sollen sich marschbereit machen. Proviant für zwei Wochen, kein Tross, keine Belagerungsmaschinen. Leichte Ausrüstung. Gebt Befehl aus, dass Freiwillige und Veteranen bevorzugt werden. Kein Mann, keine Frau unter fünf Jahren aktiver Kampferfahrung. Doppelter Sold, doppelte Rationen.«

»Majestät, es dürfte schwer werden, ein ganzes Regiment solcher Veteranen zu finden«, wandte Gram ein. »Die Garde stellt vor allem Verteidigungstruppen …«

»Nehmt so viele, wie Ihr bekommen könnt. Auch die, die den aktiven Dienst verlassen haben. Wer echte Kampferfahrung nennenswerter Art aufweist und eine Klinge halten kann, ist willkommen. Sucht nach Templern ohne Beschäftigung, nach Straßenwächtern, Hexenjägern und Kriegspriestern des Lichtordens. Alle, die von der Klinge leben und ohne Aufgabe sind. Kriminelle erhalten Pardon. Ich werde selbst ein oder zwei Züge Schwerverbrecher beisteuern.« Es war eindeutig, auf welche Weise sich Greskegard die Loyalität dieser Elemente versichern würde.

»Es ist meine Pflicht, Eure Majestät darauf hinzuweisen, dass die Penta mit zwei verbliebenen Regimentern ohne aktive Kampferfahrung und ohne Offiziere nicht optimal verteidigt werden kann«, wandte Gram ein.

»Zur Kenntnis genommen«, sagte Fennek und schnaubte. »Aber die Truppen müssen die Penta auch gar nicht halten.«

»Nicht?«, fragte Ozelot Urdith.

»Nein«, sagte Clach. »Sie müssen nur die Horden der Barbaren lange genug beschäftigen, damit wir den Wildbann lebend erreichen.«

25. Ormgair

Er schlief gut in jener Nacht. In einer Aneinanderreihung von Tagen, die aus nichts als Schmerzen, Wut und verbittertem Rachedurst bestanden, war das mehr, als er verlangen konnte.

Der Teil von Ormgair, der den archaischen Glauben an den ruhmreichen Tod in der Schlacht noch nicht aufgegeben hatte, war voller Vorfreude. Dieser Teil von ihm, der die alten Helden und Legenden verehrte, sah der Hitze des Gefechts mit Ungeduld entgegen.

Er würde seine Schwüre wahr machen und im glorreichen Kampf für eine Sache ein langes Leben würdig zu Ende bringen. Er würde die bestrafen, die sein Volk betrogen und seinen Stamm ermordet hatten – oder in dem Wissen sterben, dass der Cyning der Toten sie vernichtete.

Er konnte in dem viel zu kleinen Bett in diesem Flügel der Zitadelle nicht schlafen, also hatte er sich auf den Boden gelegt. Morven lag griffbereit, ihre Gegenwart linderte die Pein in seinen Knochen. Noch dazu war er im Haus der Schlange. Schlangen bissen, wenn man es am wenigsten erwartete, selbst dann, wenn sie einem ein Schwert gegeben hatten. Wer wusste das besser als der Mann, den sie seit seiner Jugend »Die Steinviper« nannten?

Ormgair sank in einen Schlummer. Er wusste sofort, dass sein alter Körper einmal mehr über die Grenze zwischen

Leben und Tod gegangen war, als er sich auf der Heide wiederfand. Inmitten des Windes und des würzigen Geruchs. Er war oft hier gewesen in letzter Zeit. Irgendwann würde es kein Zurück mehr geben.

»Er wird euch hintergehen, das ist dir klar, oder?«, fragte Morven. Sie stand inmitten der sommerlichen Heide, und ihre rabenschwarzen Haare wehten. Die Farbe des blühenden Krauts umgab die gerüstete Frau mit der bleichen Haut. Mehr denn je glich sie den Baen'sidhe, die manche Stämme auch »Erwähler der Gefallenen« nannten.

»Der Tempelritter oder die Schlange?«, sagte Ormgair, der neben sie trat. »Wenn du mich fragst, werden sie es beide tun.«

»Solus. Er ist eine gequälte Seele«, sagte Morven. »Aber es gibt etwas in ihm. Einen Funken, einen Splitter aus Mitgefühl und einer vergessenen Absicht, das Richtige zu tun.«

»Das ist der Grund, warum ich ihn dulde«, sagte Ormgair. »Er hat dich befreit und vor weiteren Schändungen bewahrt.«

Der Letzte der Tanleigh verspürte den Wunsch, Morven zu umarmen, ihren Kopf gegen seine Brust zu legen und ihr Haar zu streicheln. Ihr zu sagen, dass alles gut werden würde, und wenn nur, um es sich selbst einzureden.

Doch dies war ein Traum. Sie waren beide nicht stofflich – und gut werden würde es nur, wenn er und Clach vereitelten, dass ein von Machtgier zerfressener Erzmagier zum Gott aufstieg und dabei die Welt opferte.

»Kannst du etwas für mich tun, bevor es endet?«, fragte Morven.

»Alles«, sagte Ormgair feierlich.

»Sprich mit ihm. Erinnere ihn daran, dass er mich befreit hat. Lass ihn nicht ziehen, bevor er Erlösung findet.«

»Was mache ich, wenn er verloren ist?«, fragte Ormgair.

Der Traum blieb ihm die Antwort schuldig. Er erwachte.

Das trübe Morgengrauen füllte den Raum. Er fühlte sich so alt, wie er war, und verspürte den Drang, sich zu erleichtern.

Der alte Karstlöwe stand auf. Kurzerhand hob er den Kilt und urinierte aus dem Fensterloch der Klause, die man ihm zugeteilt hatte.

Während er so dastand und der Natur ihren Lauf ließ, kam Ormgair nicht umhin zu glucksen. Es war schon eine seltsame Wendung, die sein Leben genommen hatte. Er stand im Palast des Cynings der Stadtlinge und schiffte auf alles, was darunterlag. In gewisser Weise waren seine Träume, seine Schwüre wahr geworden.

»Nur dass ich mir statt reicher Beute einen Krebs eingefangen habe«, sagte Ormgair in den diesigen Morgen. »Und statt einer echten Tochter habe ich eine Maid, die in einem Schwert haust, und einen Wiedergänger als Begleiter!«

Kriegstrommeln erklangen. Rufe drangen aus den entfernten Straßen bis in die obersten Bereiche der Zitadelle empor. Die Stadtlinge begriffen, dass der Tag dämmerte, an dem das Ende an ihre Pforte klopfen würde.

Vor einigen Monaten hätte Ormgair Steinviper über ihre Furcht frohlockt. Weil ihre dekadente Kultur bekam, was sie verdient, so hätte er gesagt. Doch seit er begriffen hatte, was er alles verloren hatte, spürte er nichts als Bedauern für die Menschen der Penta. Die nächsten Stunden, die nächsten Tage würden ein Prüfstein werden, dem nur die wenigsten gewachsen sein mochten.

Andererseits hatten ihn die Menschen, Stadtlinge wie Almharach, verblüfft, wenn seine Zweifel am größten waren. Es war nicht gesagt, dass die Penta Fomor fiel – vielleicht besannen sich die Einwohner der Stadt auf ihre Stärke. Er hatte in der Enklave einige kennengelernt, die ebensolche Überlebenskünstler waren wie er.

Ormgair gürtete die Schwertscheide und verstaute Morven auf dem Rücken. Die Nähe der Schneide wärmte seine Knochen. Sein Magen knurrte. Der Nebeljäger blickte auf einen Teller mit Gebäck und Früchten.

Er ließ ihn stehen, ebenso wie den Wein und das Trinkwasser, die ein Lakai gebracht hatte. Wer wusste schon, ob sich die Schlange seiner nicht auf bequeme Weise entledigen wollte? Stattdessen trank er das abgestandene Schneewasser aus seinem Schlauch.

Heute war ein Bluttag. Wenn Ormgair Steinviper eines wusste, dann, dass kein Mann mit einem trägen Bauch in den Kampf ziehen sollte. Von Verletzungen der Eingeweide bei vollem Magen ganz zu schweigen. Wenn er krepieren sollte, gab es keinen Grund, länger als nötig zu leiden.

Der Barbar stieß die Tür auf und stellte fest, dass die Wächter, die man ihm wie Kettenhunde zugeteilt hatte, nicht mehr davorstanden. So stapfte er ohne Aufsicht die Treppen hinunter.

Immer wieder kam er an Trauben aus verängstigtem Burgpersonal vorbei. Das Gesinde lungerte in den Korridoren herum, die Gesichter fahl vor Angst und Schlafmangel und die Blicke leer. Einige ergriffen bei Ormgairs Anblick die Flucht. Sie mussten annehmen, dass Barbaren in die Zitadelle eingedrungen waren.

Ormgair hatte gemutmaßt, einer der Ersten im Innenhof der Feste zu sein. Er hatte sich geirrt. Er betrat ihn als einer der Nachzügler.

Die Myrmidonen standen in vier Verbänden auf dem Innenhof und wurden von ihren Truppführern und Gram inspiziert. Ihre Panzer spiegelten sich im falschen Sonnenlicht des Nebelschilds. Rüstungen und die Bastardschwerter der Elite des Archonten waren auf Hochglanz poliert.

Lärm drang an Ormgairs Ohren. Das Regiment versammelte sich auf dem Exerzierplatz vor der Zitadelle. Der Morgenwind trug bereits das Knattern von Wimpeln, Befehle und Tadel in den Innenhof.

Greskegard stand neben einem Rappen von der Farbe reifer Kastanien, sein Schatten Ozelot Urdith an seiner Seite. Solus Terbast schien kein Pferd zu besitzen. Er hockte auf dem Rand eines Brunnens neben einigen Zielscheiben aus Stroh und schärfte seinen Zweihänder. Neben dem Templer-Heimkehrer lag ein langes, in Leder eingeschlagenes Bündel. Vom Cyning der Toten war nichts zu sehen.

Ormgair ging auf den Ersten der Heimkehrer zu. Er hielt respektvollen Abstand zu dem Geschöpf, das seine nichtmenschliche Natur besser verbarg, als es der Totenkaiser für gewöhnlich tat. Bis auf die fehlende Atmung und eine schwarze Narbe an der Kopfseite sah der Templer Zoll für Zoll wie ein perfekter menschlicher Krieger aus.

»Ich weiß nicht, wie dein wahrer Name ist, Solus Terbast, doch ich danke dir«, sagte Ormgair und legte sich eine Hand aufs Herz.

Der Blondschopf des Heimkehrers hob sich. Er blinzelte mit toten Augen in die Sonne. »Ich bin ein wenig im Hintertreffen, Barbar. Was könnte ich getan haben, für das du mir Dank schuldest?«

»Alles«, sagte Ormgair. »Du hast Morven gerettet, ich habe sie gefunden – und sie hat mir einen anderen Weg aufgezeigt. Mein Leben neigt sich dem Ende, doch es hat an diesem Tage mehr Sinn als in vielen Monden und Jahresläufen davor.«

»Ist das so?«, fragte der Erste der Heimkehrer.

»Das ist so«, antwortete Ormgair. »Ob du ihn annehmen willst, bleibt dir überlassen, doch mein Dank gilt dir.«

Der Templer hielt inne. Seine Hand mit dem Wetzstein verharrte auf der Schneide des Schwertes, und sein Mienenspiel verriet Ormgair, dass das Geschöpf darüber nachdachte, ob er es verhöhnte.

»Es ist lange her, dass sich jemand aufrichtig bei mir bedankt hat, alter Mann«, murmelte Solus Terbast.

»Vielleicht ist es an der Zeit. Morven ist überzeugt, dass du uns hintergehen wirst«, sagte Ormgair freiheraus. »Doch sie ist sich auch sicher, dass es in dir einen letzten Funken eines Mannes gibt, der sich gegen das stemmt, was er geworden ist. Ich soll dich auch ihres Dankes versichern.«

»Tja, wer weiß schon, was er geworden ist«, sagte Solus mit einer Miene, in der nichts als eine Traurigkeit lag, die ganze Zeitalter überdauert hatte. »Nicht jeder trifft auf Männer wie uns.«

»Männer wie uns?«

»Du, der Totenkaiser, der Archont oder ich. Selbst die junge Morven. Wir sind seltene Geschöpfe in einem Universum, das den Verstand verloren hat.« Solus zog den Stein wieder über die Klinge und linste zu Ormgair empor. Als er dessen fragenden Blick bemerkte, erklärte er: »Damit meine ich, dass wir genau wissen, wo wir stehen. Jeder von uns kennt seinen Platz in diesem letzten Akt, nicht wahr? Die Geschichte hat ein anderer geschrieben, und sie gefällt uns nicht, also schreiben wir sie um. Niemand außer uns hat die Stärke dazu, darum ist es unsere Pflicht. Die Motive spielen keine Rolle.«

Der alte Karstlöwe war sich nicht sicher, was er auf diese Bemerkung erwidern sollte. Also schwieg er zunächst.

»Hast du mir sonst noch etwas zu sagen?«, fragte Solus. »Oder sind die Bekehrungsversuche beendet?« Er stand auf und verstaute den Zweihänder. Dann deutete er in Richtung der Feste.

Der Cyning der Toten kam nach draußen. Greskegard und Urdith gingen ihm entgegen. Sie trafen sich in der Mitte des Platzes. Wie von Zauberhand erschien auch Gram in der Nähe seines Archonten.

»Ich weiß nicht, was ich von deinen Worten halten soll, Solus Terbast«, gestand Ormgair schließlich. »Ich höre dich, aber ich sehe dich nicht, wie man bei meinem Volk sagt. Lass mich dir dieses mitgeben: Ich habe Achtung vor dir, aber fällst du uns in den Rücken, ziehe ich dich zur Rechenschaft.«

»Ich würde nichts anderes erwarten«, sagte Solus mit einem Lächeln. Er ließ den alten Barbaren stehen und hielt trotz seiner Vollplatte und der sperrigen Waffe leichtfüßig auf den Archonten und Clach zu.

Ormgair kam sich vor wie ein Idiot. Er hatte an den Funken in dem Ersten der Heimkehrer appelliert, von dem Morven gesprochen hatte. Zumindest hoffte er das. War es am Ende doch nur ein seltsamer Traum ohne echte Bedeutung gewesen?

Er folgte dem Ersten der Heimkehrer zu Greskegard und dem Cyning der Toten. Die Nähe zu dem Archonten genügte, damit Ormgair von Abscheu schier übermannt wurde. Alles in ihm drängte danach, Morvens Mörder mit dem blanken Stahl das Grinsen aus dem Gesicht zu wischen und ihm die Därme auf die Füße prasseln zu lassen.

»Mein Hauptmann berichtet mir, dass wir in Kürze abmarschbereit sind«, sagte Greskegard.

»Wie steht es vor den Toren?«, erkundigte sich Solus Terbast.

»Knapp. Es wird ein Wettrennen gegen die Horden. Jede Penta ist seit Jahrhunderten auf einen Belagerungsfall durch die Almharach, die Diadochen oder die anderen Fünfstädte vorbereitet – dementsprechend konnten wir rasch mobilisieren.«

»Wir werden uns den Weg freikämpfen müssen«, sagte Gram, der zum ersten Mal, seit Ormgair ihn sah, einen Schaller trug. Der Helm war mit Drachenschwingen aus Gold verziert. Es war dem Offizier sichtlich unangenehm, dass er und seine Truppen den Archonten ausstachen, was ihr Erscheinungsbild anging. Greskegard trug seinen abgewetzten Mantel über dem Ringpanzer, dazu das altgediente Langschwert.

»Gibt es noch etwas zu sagen?«, fragte Solus.

»Zu viel, als dass uns dazu Zeit bliebe. Alles Weitere klären wir auf dem Weg«, antwortete der Archont. »Wo sind eure Pferde?« Er deutete auf Clach und den Templer.

Die Heimkehrer antworteten mit einem Achselzucken.

Sie ritten zu den Toren der Zitadellenfeste hinaus. Die Myrmidonen auf schwer gepanzerten Destriers und mit Reiterhämmern bewaffnet, flankierten Greskegard und Ormgair. Der Cyning der Toten und der Erste der Heimkehrer liefen an den Flanken des inneren Zirkels, so nah sie sich getrauten, um die Pferde nicht scheu zu machen. Ormgair pfiff anerkennend durch die Zähne, als er die versammelte Heerschar erblickte.

Im Morgenlicht waren an die zweitausend Mann versammelt. Der Platz stank nach Menschen und Pferden. Die Banner der einzelnen Verbände flappten in der Morgenluft, Wappentiere schienen sich aufzubäumen. Konventionelle Soldaten der Miliz mit dem Wappenrock der Stadt trugen Schwert und Schild, Piken oder Hellebarden. Die Hälfte von ihnen war als Plänkler bewaffnet, Armbruster und Bogenschützen waren in Einheiten organisiert.

Söldner mit verschiedenen Waffen aus allen Pentae oder den Diadochenreichen hatten sich in losen Banden zusammengefunden. Die Schätze des Archonten hatten ihre Kampfkraft erkauft.

Heerhaufen von Kriminellen, die auf Absolution hofften, wurden von erfahrenen Sergeanten diszipliniert. Die Verbrecher waren leicht bewaffnet und gerüstet, damit sie auf ihre bevorzugte Weise kämpfen konnten. Ormgair bezweifelte, dass diese Narren in einer Schlacht gegen die Riesen aus seinem Volk nur eine Minute bestehen würden.

Anders als die Gruppe auf der rechten Seite: vernarbte Veteranen und Versehrte, deren Augen bei der Vorstellung loderten, aus der Welt des Friedens, in der sie nur Bettler waren, auf das Schlachtfeld mit den vertrauteren Regeln zurückzukehren.

Ormgair sah frühere Straßenwächter. Er erblickte Weiberhaufen aus Söldnerinnen, denen Leid von der Hand der Barbaren widerfahren oder die durch die Almharach zu Soldatenwitwen geworden waren. Sie musterten den verhärmten Riesen an der Seite des Archonten mit unverhohlenem Hass. Er musste sich vor diesen Frauen auf dem Feld der Ehre in Acht nehmen, um keinen »Unfall« zu erleiden.

Schwer gepanzerte Kürassiere auf Destriers oder den leichteren Rennern stapften auf den Platz. Sie salutierten dem Archonten mit ihren Lanzen, an denen Wimpel flatterten, und fanden sich an den Flanken der Armee ein.

Hier und dort schritten Priester und Priesterinnen des Lichtordens mit weihevoller Miene einher, die das versammelte Heer salbten oder ihre Waffen mit den Segensformeln des Lichtfürsten der Menschheit besprachen.

Ormgair bezweifelte, dass dieser Gott die Gebete seiner Städte vernehmen würde. Wie die Titanen war auch er nur eine erdachte Lüge, die Hoffnung gab, den nächsten Tag zu überstehen. Wie sollte ein Gott Kriegern Mut für eine Schlacht verleihen, wenn er nach Meinung der Stadtlinge doch der war, der die Welt im Nebel sich selbst überlassen hatte?

Fennek ritt an der Spitze auf einen Verband aus Ungerüsteten zu. Männer und Frauen lungerten wie Puppen am Rand des Exerzierplatzes herum, die Blicke leer und von der Idiotie der willensbrechenden Magick des Archonten gezeichnet. Auch wenn Ormgair sich nicht mit den Gepflogenheiten der Stadtlinge auskannte, so war er überzeugt, dass diese Gestalten die erwähnten Hexer waren. Auf Greskegards Geheiß hin taumelten die Knechte in ihrer Winterkleidung vorwärts. Welche Macht sie wohl entfesseln mochten, wenn der Wald erst einmal erreicht war?

Der Kerntross um Fennek und seine Myrmidonen nahm eine Gruppe von einem Dutzend gefesselter Arkanisten auf Packpferden auf und überquerte den Platz. Das Heer jubelte und schloss sich dem Zug an.

Das Kopfsteinpflaster und die Dachschindeln erbebten unter den Schritten des Heerzugs. Teile der Bevölkerung hatten sich entlang der Hauptstraße versammelt. Frauen winkten, vielen schimmerten Tränen in den Augen. Mädchen streuten Blumen aus Stoff vor die Reiterei und die Fußtruppen. Junge Burschen starrten neidisch auf die Gerüsteten. Kinder jubelten. Es lag eine verzweifelte Hoffnung in den Augen der Menschen.

Die Soldaten erwiderten die Grüße. Befehl war ausgegeben worden, die Geheimhaltung dieser Mission unter Androhung der Todesstrafe nicht zu brechen, so machten sie gute Miene zum bösen Spiel.

Ormgair begriff, dass die Stadtbewohner annahmen, dass die Armee auszog, um sich der Bedrohung vor den Toren zu stellen. Sie ahnten nicht, dass die, die sich in diesem Heer befanden, egal, ob zu Fuß oder zu Pferde, der Penta den Rücken kehrten und sie sich selbst überließen.

Sie zogen aus dem Südtor der Stadt durch den Nebelschild, und augenblicklich flammten Tausende persönliche und mittelgroße Schutzkuppeln auf.

Kleidung, Waffen, Rüstungen und Regimentsbanner sowie die Pferde der Offiziere erstrahlten. Greskegard hatte Befehl ausgegeben, alle Steine, die die Penta entbehren konnte, zur doppelten und dreifachen Absicherung seiner Truppen an das Heer auszugeben. Mehrere Nebelschilde überlappten, damit der Schutz im Chaos einer Schlacht gewahrt blieb.

Auf der nordöstlichen Ebene, außer Sichtweite, war die andere Armee, wie Ormgair wusste. Die Bauernopfer, die Greskegards Heerzug mit ihren Leben die Zeit erkaufen sollten, die Reise gen Süden in den Gemiedenen Wald anzutreten.

Sie waren erst einige Schritte weit gekommen, als sie das anschwellende Geräusch aus dem Osten hörten. Die Pferde wurden als Erste nervös, dann spürten die Menschen die Vibrationen.

Der Cyning der Toten schloss neben Ormgair gehend die Augen und konzentrierte sich. Der alte Karstlöwe wusste, dass Clach sein Pferd rief. Er hatte dies auf ihrer gemeinsamen Reise schon erlebt.

Der Himmel goss Schneeflocken über sie aus und verwandelte die Schwaden des Brodems in einen Albtraum, in dem man die Hand vor Augen kaum sehen konnte. Innerhalb des Schilds, der auch die meisten Flocken abhielt, konnten die Soldaten kaum dreißig Schritte weit blicken.

Aus den Vibrationen, die von einem Punkt hinter ihnen ausgingen, wurden echte Erschütterungen. Eiskristallwolken tanzten in einem fernen Donner auf dem verharschten Boden der Straße. Der Grund bebte so stark, dass Ormgair es durch die Beine seines Brachenriesen bis in das Leder des Sattels spürte.

Am Horizont hinter ihnen schwollen tausende Stimmen zu einem Choral an, der jeden Zweifel hinwegfegte. Ein Wall anderer Stimmen antwortete dem Gebrüll. Die Almharach des Tyrannen hatten Fomor erreicht und stürmten auf das Stadtheer zu.

Fennek gab Befehl, mit aller Eile weiterzuziehen, während die Soldaten eine Meile hinter sich im Nebel dem Tod ihrer Kameraden in der Schlacht zuhören mussten. Ormgair konnte nur hoffen, dass der Archont daran gedacht hatte, ihre Armee nicht aus Männern und Frauen zusammenzustellen, die noch geliebte Menschen in Fomor wussten.

Befehle wurden in Fenneks Heer leise geäußert, seine Anordnungen setzten ihren Weg durch die Kolonne fort. Pferde schnaubten unruhig. Die Soldaten an den Flanken blickten von der gleichen Nervosität erfasst in den Nebel.

Auch Ormgair sondierte ihre Flanken, während die Kolonne vorrückte. »Ich werde mich umsehen«, sagte der Nebeljäger an den Archonten und seine Begleiter gewandt. »Es ist davon auszugehen, dass der Tyrann mit unserem Plan gerechnet hat und uns Krieger in die Seite fallen, wenn sich die Gelegenheit ergibt.«

»Dafür dürfte es etwas spät sein«, raunte Solus, der in den Nebel neben der Straße spähte. »Lasst besser aufmarschieren, Fennek. Da ist eine mächtige Vorhut aus Almharach, zu Fuß und zu Pferde, und sie halten so direkt auf uns zu, das kann unmöglich Zufall sein.«

Der Cyning der Toten nickte. »Er hat recht. Da ist ein zweiter Keil, der nur auf uns gewartet hat. Uns bleiben allenfalls fünf Minuten.«

»Woher wisst ihr …«, hob der Archont an, schloss den Mund aber, als ihm aufging, dass beide keine Menschen mehr waren. Stattdessen wandte er sich an Gram: »Wir haben uns vorbereitet, Hauptmann. Ihr wisst, was zu tun ist. Keine lauten Befehle mehr. Lasst flaggen.«

»Flaggen, aye, Euer Majestät.« Der Hauptmann salutierte und gab den Befehl mit Handzeichen nach hinten weiter. Männer und Frauen auf Pferden erhoben sich an kritischen Punkten des Heerwurms und wedelten mit Fahnen, bis trotz des Schneegestöbers sicher war, dass alle Trupps ihre Order kannten.

Kurz darauf kam der Tross zum Stehen. Fußtruppen lösten sich aus dem äußersten Gürtel der Miliz und gruben sich auf der verschneiten Straße mit ihren Lanzen und Piken ein, um den berittenen Barbaren eine tödliche Überraschung zu bereiten. Zugleich eilte die schwere Reiterei an den Flanken vorwärts die Straße herunter und verschwand im Nebel vor ihnen.

»Das wird nicht genügen«, sagte Solus. »Während wir uns wappnen, werden uns ihre Plänkler in Stücke schießen. So viele Nebelschilde können wir niemals verbergen.«

Greskegard nickte. »Wir binden sie hier, ein Stück von der Penta und der Hauptschlacht vor den Mauern entfernt. Meine Reiterei wird auf Grams Hornsignal hin zu uns stoßen und ihre Bogenschützen zermalmen, wenn sich ihre Fußtruppen an unseren Flanken aus Infanterie aufreiben.«

Ormgair nickte. »Den Stämmen mangelt es nicht an Mut, doch als Strategen sind sie nicht bekannt. Für lange Konfrontationen fehlt meinem Volk die Geduld! Es kann funktionieren, wenn sie nicht weitere Überraschungen in der Hinterhand haben. Was denkst du, Cyning der Toten?«

Clach antwortete nicht. Ormgair blickte die anderen an. Der Attentäter war verschwunden. Der Nebeljäger war sich sicher, dass der Heimkehrer eine weitere böse Überraschung für ihre Feinde bereithielt.

Einer der Kundschafter kam über die Brache aus dem Nebel, vom gedämpften Licht eines speziellen Schilds eingehüllt. Sein Pferd rollte mit den Augen und war von dem kurzen Ritt durch den Tiefschnee erschöpft. Der Kundschafter erstattete Gram Rapport, der sich daraufhin an Fennek wandte.

»Sie sind auf dem Vormarsch«, fasste Greskegard die Lage zusammen. »Gram, wie besprochen: Lasst einen Schildwall an der neuen Ostflanke aufmarschieren, Pikeniere und Speerträger ins zweite Glied. Die Plänkler sollen ihre Pfeile bis zum letzten Moment zurückhalten. Wir wollen diese Tiere fürstlich empfangen. Sollen sie denken, dass sie uns kalt erwischen.«

Gram salutierte und gab die Befehle an seinen Flaggoffizier weiter.

Ormgair blickte zu Solus Terbast, der im Gegensatz zu Clach noch bei ihnen war. Der Erste der Heimkehrer wickelte das Bündel aus, das er seit Anbruch des Morgens mit sich führte. Er ließ das Leder achtlos in den Schnee fallen, nachdem er einen gedrechselten Stab zutage gefördert hatte, der mit einer Schlange aus schwarzem Stein verziert zu sein schien. Dem Nebeljäger entging nicht, wie sich die Augen des Archonten bei dem Anblick weiteten.

»Ist das etwa …?«, hob Greskegard an.

»Der Türöffner, mit dem ich den Schild von Balthus' Penta vernichtet habe, um Fomor zu erwecken«, antwortete Solus. »Ja, Fennek, das ist der Stab aus dem Besitz des Archonten Cisarian, den dieser einst einem Meisternekromanten abnahm, um eine Rückversicherung gegen die anderen Pentae zu haben.«

»Der Schildbrecher«, raunte Fennek. »Was soll er dir hier nützen?« Die Miene des Archonten verfinsterte sich.

»Der Tyrann und ein Lakai unterhielten sich vor einiger Zeit in meiner Gegenwart darüber, dass das Ritual etwas mit dem Nebel macht«, erklärte Solus Terbast, »ihn verändert.«

»Die Kreen«, raunte Ormgair. »Sie hatten Steine. Schon in den Tagen, als ich Morven – das Schwert meine ich – noch nicht gefunden hatte. Und als die Verräter den Thingplatz überfielen, waren sie von Schildkuppeln umgeben. Ich dachte, es wäre eine List, um einen Angriff der Stadtlinge vorzutäuschen.«

»Alles andere als das«, sagte Solus. »Ihr Almharach seid nicht länger immun gegen den Hunger des Nebels, wenn er alles Leben verschlingen soll. Also tragen die auserwählten Verräterstämme Steine.«

»Die wir mit dem Stab vernichten werden«, folgerte Fennek. »Ausgezeichnet!«

Solus neigte das Haupt und lächelte.

Im Norden, hinter dem Heer, ertönten Donner und Sturm, als viertausend gepanzerte Leiber vor den Toren Fomors aufeinanderprallten. Todesschreie zerfetzten das Heulen des Windes und das winterliche Idyll. Der weiße Traum fand sein Ende in Lärm und Blut. Kriegsmaschinen auf den Mauern der Penta entluden mit einem Ächzen strapazierten Holzes ihre Fracht, die durch die Luft pfiff. Männer brüllten. Stahl und Fleisch umarmten einander im ältesten Tanz, den die Menschheit kannte.

Ormgair begleiteten all diese Geräusche durch ein Leben des Konflikts. Es konnte keinen Zweifel geben, das Sterben hatte begonnen. Das Signal war gegeben.

Krieg.

Der Nebeljäger besah sich die Soldaten aus Greskegards Streitmacht. Er sah angespannte Gesichter, doch äußerste Disziplin beherrschte den Heerwurm, soweit es der alte

Karstlöwe bei der Witterung mit nur einem Auge erkennen konnte. Flaggoffiziere und Melder gaben die Befehle Grams weiter. Die Myrmidonen schickten sich auf ihren Kriegspferden an, einen undurchdringlichen Schild um Fennek und seine Begleiter zu legen.

Ormgair stieg von seinem Pferd und reichte einem Adjutanten die Zügel. Solus stapfte neben dem Nebeljäger durch den Schnee. Morvens Runen flammten im eisigen Zwielicht auf, als der Barbar die Klinge zog. Der Erste der Heimkehrer beäugte die Zeichen und hielt respektvollen Abstand. Beide Krieger verließen den Ring der Palastwache, nicht gewillt, sich in einer Schlacht hinter anderen zu verstecken.

Ormgair verlor Greskegard hinter seiner Mauer aus Stahl schon bald aus den Augen. Der alte Karstlöwe und der Erste der Heimkehrer hielten auf das hintere Glied der Infanterie an der Ostflanke des Heeres zu.

Zwei Reihen Pikeniere hatten ihre überlangen Lanzen wie Armbrustbolzen in die Schilde der Männer im ersten Glied eingelegt. Sie verankerten sie im Eisschnee unter ihren Füßen oder stemmten sich zu zweit in je eine Waffe. Vor ihnen waberte der Nebel. Der Boden erzitterte, und ein leichtes Glühen war trotz des Brodems am Horizont zu erkennen. Nebelschilde hielten auf die Flanke des Heerzugs zu.

Neben sich hörte Ormgair, wie Solus Terbast herunterzählte. Der Heimkehrer hielt den Zweihänder mit nur einer Hand, als wäre der Gassenhauer nicht mehr als ein Breitschwert. Mit der anderen umklammerte das Geschöpf den Stab. Seine Augen waren schwarz wie Teersümpfe.

Ormgair beschloss, Terbast nicht aus den Augen zu lassen, sofern das in einem ausbrechenden Handgemenge überhaupt möglich war. Mit diesem Stab konnte der Heimkehrer alle Anwesenden vernichten. Ob Morvens Runen den Nebeljäger schützen würden, wenn sich der vertraute Nebel für seinesgleichen als ebenso tödlich erwies wie für die Stadtlinge?

Noch zwanzig Herzschläge.

Ormgair meinte, das Öl und den Tran zu riechen, mit denen die Stämme ihre Waffen und Rüstungen im Winter einschmierten. Terbast hob sein Schwert und murmelte etwas. Ein Wind, der keinerlei Geräusche machte, umwehte ihn und Ormgair von einem Moment auf den anderen, umhüllte sie wie eine Kugel. Fragend hob Ormgair die Augenbraue, doch Solus ignorierte die unausgesprochene Frage. Hinter ihnen wurden Befehle gebellt. Die Stimme klang zittrig.

»Durchhalten, Männer!«, rief ein Truppführer.

»Hiiiiieeevt an!«, befahl ein berittener Leutnant.

Die Speere wurden in die Höhe gerissen, Schilde lautstark verkeilt.

Noch fünfzehn Herzschläge.

Ein Pfeifen in der Luft. Die Barbaren hatten ihre riesigen Pfeile abgeschossen. Die gefiederten Geschosse hatten den Zenit ihrer Flugbahn überschritten, befanden sich im Sturzflug, eine schwarze Wolke im endlosen Wirbel des Schnees.

Hinter dem Nebeljäger nockten die Soldaten ihrerseits Pfeile auf Bögen. Es klickerte hundertfach. Sehnen und Kernholz ächzten. Dann ein Flüstern wie aus aberhundert Kehlen. Pfeile schossen in dem Moment in die Höhe, als die Geschosse der barbarischen Plänkler wie ein Hagelsturm aus dem Nebel in den Heerwurm einschlugen. Holz traf auf Fleisch und Eisen. Soldaten brüllten vor Schmerz, Pferde wieherten. Jemand jubelte, weil er um Haaresbreite verfehlt worden war.

Neben Ormgair bohrte sich ein Pfeil in den Boden. Solus und er blieben in ihrer Windkugel unbeschadet. Der Templer grinste breit.

Noch fünf Herzschläge.

Ormgair umklammerte Morvens Griff mit beiden Händen. Die Soldaten versteiften sich, muskelharte Arme spannten sich.

Da brachen sie aus dem Nebel: in Pelze gehüllte, gigantische Albträume, die Waffen und Schilde erhoben. Sie rollten mit den Augen und fletschten die Zähne, um ihre Feinde in Angst und Schrecken zu versetzen. Das Licht der Nebelsteine hob jede Kontur, jedes Haar ihrer bärtigen Fratzen hervor. Mit der blauen Kriegsbemalung aus Färberweid auf ihren Gesichtern sahen sie wie Dämonen aus. Ormgair hätte nie gedacht, seinem eigenen Volk je auf solche Weise im Kampfe gegenüberzustehen.

Die Ambossriesen stürmten wie toll vorwärts, hinein in den Wald aus gedoppelten Lanzen, der von Tropfenschilden und erfahrenen Kämpen stabilisiert wurde. Die Riesen pfählten sich, spießten sich zu Dutzenden auf.

Die hinteren Ränge der Almharach nutzten die Körper der Toten als Kletterhilfe. Sie sprangen über die Schultern des Walls, stürzten in die Lücken zwischen den Pikenieren. Veteranen der Stadtlinge mit Kurzschwertern fielen über die her, die nicht schnell genug auf den Beinen waren, und rammten Saxe oder Stoßschwerter in die Riesen.

Ormgair stieß einem Barbaren, der im Begriff war, eine Axt auf einen Offizier zu schleudern, Morven durch das Gesicht.

Weitere Almharach brachen durch. Statt aufzustehen, hieben sie im Fallen wie im Liegen mit Äxten und Schilden nach den Beinen ihrer Feinde. Sie schlugen Soldaten den Stahl durch die ungeschützten Kniekehlen. Andere warfen sich, Stadtlinge mit sich schleppend, deren Klingen in ihrem Fleisch steckten, von hinten auf die Verteidiger und rissen Löcher in den Wall.

Ormgair sprang hinzu und hieb die Ambosskrieger nieder, wo sie standen. Der Barbar war hin- und hergerissen zwischen dem Hochgefühl des Kampfes, dem Jubilieren in seiner Brust und der Qual, gegen Verräter seines Volkes zu kämpfen. Gegen Barbaren, die alles hinter sich gelassen hatten, um dem Tyrannen zu dienen.

Terbast empfand keine Skrupel, das war offensichtlich. Er fuhr unter die Invasoren, die den Schildwall durchbrochen hatten, und sein Gassenhauer hielt Ernte wie eine Sense. Giganten, anderthalbmal so hoch und breit wie der Templer, wurden von den Hieben zerteilt. Das Heimkehrer-Monstrum watete durch Blutfontänen und trennte Körperteile von Rümpfen. Es zerhackte jeden, der töricht genug war, es herauszufordern.

Binnen Herzschlägen tobte der Kampf. Das Scharmützel an der Flanke des Heerwurms hatte den Schnee in dampfenden Matsch verwandelt. Männer und Frauen stolperten, Soldaten stürzten, um sich nie wieder zu erheben.

Pfeile wurden abgeschossen, und Pfeile gingen nieder. Brennendes Pech an den Spitzen ließ die Fellträger in Flammen aufgehen. Fettqualm wogte, und der Geruch verbrannten Fleisches und aufgeschlitzter Innereien verpestete die vorher so saubere Winterluft.

Ein Barbar riss eine der Witwen-Söldnerinnen vom Exerzierplatz neben Ormgair am Unterarm in die Höhe. Der Nebeljäger trieb dem Riesen Morven bis zum Heft in die Rippen und trat ihn um. Er wollte der Kriegerin aufhelfen, doch sie war bereits im Getümmel verschwunden.

Über die Reihen der Stadtlinge hinweg sah der Nebeljäger die nächste Welle aus Lichtkugeln durch den Brodem heranrasen. Sie waren viel zu schnell für Fußtruppen. Barbarische Reiterei!

Der Deich brach, und Krieger ergossen sich hindurch, die todbringende Hiebe nach allen Seiten austeilten. Für die Kaltblutpferde und ihre Reiter schien der Wald aus Piken nicht zu existieren. Sie pflügten eine Schneise durch die Infanteristen. Soldaten verschwanden unter dem Schlamm, Schädel und Glieder zermalmt. Andere wurden beiseitegefegt, Rippen und Organe vom Aufprall der gigantischen Rösser zerquetscht. Vom Pferderücken aus war die Wirkung der Äxte und Hämmer der Almharach verheerend.

Ormgair spürte, dass der Angriff der Berittenen der Moral ihres Trupps einen Schlag versetzt hatte. Es stand deutlich auf den Gesichtern der Überlebenden, die verzweifelt versuchten, eine Verteidigung gegen die berittenen Giganten zu errichten. Wie sich ein Wetterumschwung in Knochen bemerkbar machte, setzten sich die Folgen des Angriffs bis ins Herz des Heerzugs fort.

Der Geruch von Blut und Tod wurde schier unerträglich. Ein aufgeschlitztes Pferd wälzte sich auf einem Flaggoffizier, der im Blutschlamm zu ersaufen drohte. Flehend streckte der Mann die Arme aus. Ormgair stemmte seine sehnige Kraft gegen das Tier und zog den Stadtling darunter hervor, als die Hand des Soldaten erschlaffte. Ein gefiederter Schaft steckte auf einmal in seinem Rücken.

Der Nebeljäger ließ die Hand des Toten los. Er verstümmelte einen Barbaren, der zu Fuß unterwegs war, mit zwei kreuzförmigen Hieben, bevor er seinem Feind kurzerhand den Kopf abschlug und sich so etwas Raum erkämpfte. Er hielt nach Solus Ausschau und erspähte den Heimkehrer schließlich.

»Terbast!«, brüllte Ormgair und deutete auf die Reiterei. Solus hob den Kopf, sondierte die Lage und nickte. Mit einem Wirbel aus Hieben verschaffte sich der Erste der Heimkehrer Luft. Die Almharach hielten respektvollen Abstand, als er zweien von ihnen die Hände abhackte.

Ormgair arbeitete sich durch das Getümmel auf den Templer zu. Der Nebeljäger hieb nach links und rechts, wehrte Angriffe ab, und Morvens Schneide biss sich unterschiedslos durch den minderwertigen Stahl der verfeindeten Stammeskrieger, durch Holzschäfte und Knochen.

Irgendwo hinter Solus, an einer zweiten Front, sah Ormgair vereinzelte Lichtkugeln erlöschen. Dort, wo die Lords und Jarls der Stämme fochten, schien etwas die Anführer der Barbaren niederzumachen. Der Cyning der Toten hatte seine Ziele gewählt und war dabei, sie auszuschalten.

Ormgair erreichte Terbast, und gemeinsam machten sie drei Gegner nieder, die sich auf den Templer warfen, indem Ormgair ihnen in die Seite fiel.

Solus nickte dem Nebeljäger zu. »Halt mir den Rücken frei, alter Mann!«, rief der Erste der Heimkehrer.

»Was habt ihr wandelnden Leichen nur immer?«, blaffte Ormgair. »Ich höre hier immer nur ›alter Mann‹!« Er schmetterte einem Angreifer den Schwertgriff in die Zähne und brach dem Barbaren dabei das Genick. Ormgair verbiss sich den Schmerz, als das Axtblatt des Barbaren über sein Kettenhemd schrammte. Von vielen kleineren Treffern war sein Körper beinahe taub.

Solus rammte Zweihänder und Stab neben einem toten Streitross in den Boden, dann packte er den Tierkadaver an der Stelle, wo die mächtigen Nackenmuskeln in den Körper übergingen. Ormgair sprang beiseite, als der Erste der Heimkehrer das Tier wie ein Hammerwerfer im Kreis über den Schnee schleifte. Gegner und Verbündete hielten inne, als sie das Unfassbare sahen. Der Templer wirbelte den Kadaver immer schneller im Kreis und drehte sich dabei um die eigene

Achse, dann ließ er den Brachenriesen los. Der Kaltblüter wog so viel wie fünf Mühlsteine. Er flog etliche Schritte, bevor er in ein Kontingent berittener Barbaren einschlug und wie eine Sturmramme durch ihre Reihen schlitterte. Das Krachen des Einschlags war ohrenbetäubend, der Treffer ließ Dutzende Kämpfer zu Boden gehen. Der Kadaver zermalmte die barbarische Reiterei nicht einfach, er wischte sie hinweg, zertrümmerte einem halben Dutzend Artgenossen die Knochen und verwandelte ebenso viele Almharach in einen roten Schmierfilm.

Solus Terbast nahm Schwert und Stab wieder an sich. Endlich tauchte Greskegards Reiterei aus dem Nebel auf. Die Kürassiere preschten an der Ostflanke des Heerwurms entlang und fielen den Barbaren in die Seite. Nun waren es die Ambosskrieger, die dem Ansturm nichts entgegenzusetzen hatten.

»Das bringt nichts!«, rief Solus jedoch über den Lärm hinweg. »Fennek, das bringt nichts, da kommt Verstärkung!«

Ormgair wunderte sich, dass der Archont den Heimkehrer über das Getümmel hinweg hörte. Die Schlange richtete sich in ihren Steigbügeln auf und blickte wie Ormgair in die Richtung, in die Solus deutete. Zwar sah keiner der beiden dort etwas, aber Fennek nickte.

Einige Schritte entfernt nahm ein Ambosskrieger mit seinem Wurfspieß Maß. Er war tödlich verwundet, doch willens, den Cyning der Stadtlinge mit ins Grab zu nehmen.

Ormgair sprang vor. Er fiel dem Werfer in den Arm und trieb ihm Morven durch die Rippen. »O nein, Bürschchen! Dieser Tod gehört mir!«

»Wir müssen weiter!«, brüllte Solus dem Archonten zu. Einige der Barbaren waren bis zum Kern des Heerwurms vorgestoßen.

Die Flaggoffiziere setzten Befehle um. Wie vereinbart ließ der Heerzug eine »Schlangenhaut« aus äußeren Gliedern hinter sich, um die Barbaren zu binden. Die Kavallerie des Archonten kämpfte sich den Weg frei und wendete, um den Tross zu schützen.

Solus hob den Stab und murmelte Formeln. Mit einem Knistern entflammte das Artefakt an seiner Spitze, Schlangenkiefer und Augen loderten in blauweißem Feuer. Wie ein Strahl Wasser ergossen sich die Blitze über die Überreste der Reiterei der Barbaren. Mit einer gezielten Woge spülte Solus die Kavallerie und die Kundschafter des Amboss unter kollabierenden Nebelkuppeln hinweg.

An der Flanke erloschen gleich Dutzende Schilde derer, die den Heimkehrer umkreist hatten. Der Brodem schwappte über ihnen zusammen, als platzten Seifenblasen. Ormgairs Verdacht bestätigte sich. Die Barbaren waren nicht mehr immun! Grässliche Schreie drangen aus dem Grau, in dem der Templer verschwand.

»Clach!«, rief Ormgair. »Wir können ihn nicht zurücklassen!«

Solus antwortete nicht. Er blieb im Zwielicht verschwunden.

»Bah! Dann eben ohne dich, Erster der Heimkehrer!«, knurrte Ormgair. Er spürte, dass ihm die Kälte den Atem raubte. Morven verlieh ihm gewaltige Kräfte, doch die Klinge war nicht allmächtig. Sein greises Herz raste, sein Atem ging stoßweise. Alles in seinem Mund schmeckte nach saurer Milch und Kupfer.

Doch die Feinde ließen nicht nach. Es war, als würde er durch einen Sumpf aus Händen und Waffen waten. Der Nebeljäger wandte sich der Stelle zu, wo der Kampf am heftigsten tobte. Dort hatten die Anführer der Stämme persönlich den Keil in der Flanke des Heerwurms geführt, und dort gingen keine Lichtkugeln mehr zu Boden. Ormgair konnte nur annehmen, dass der Cyning der Toten geflohen war – oder seiner Hilfe bedurfte.

Er drehte sich zu ihrer Armee um. Der Heerzug hatte seinen Kern weitergeschoben, während die Flanken zurückgeblieben waren. Plänkler sicherten nach hinten ab und erschossen jeden Riesen des Amboss, der sich an die Verfolgung machte.

Auch an Ormgair sirrten Pfeile gefährlich dicht vorbei. Man schoss auch auf ihn, weil er aussah wie seinesgleichen und nicht mehr eindeutig zu erkennen war, an welcher Front er kämpfte. Es sah Solus ähnlich, Clach und ihn zurückzulassen. Ormgair waren die Blicke nicht entgangen, mit denen der Cyning der Toten den Ersten der Heimkehrer gemustert hatte. Andererseits brauchte er sie noch, um Vortigern zu vernichten.

Oder?

Weitere Pfeile rauschten heran. Einige schlugen knapp neben Ormgair ein. Er begriff, dass Fenneks Plänkler nur noch auf die Ränder der Schlacht zielten, da sie aus dieser Entfernung nur Kuppeln statt Männer im Nebel ausmachen konnten.

Ein schrecklicher Verdacht keimte in Ormgair auf. Was, wenn der Cyning der Toten von Solus verschlungen wurde, sodass dieser sich seine Essenz und somit Fomors Macht einverleiben konnte? Clach hatte erwähnt, dass er selbst es konnte, und ein Monstrum, das Pferde warf, verfügte womöglich über ähnliche Kräfte.

Der Nebeljäger traf seine Entscheidung. Er kehrte dem Heerwurm den Rücken, und das Getümmel schloss ihn in seine Arme.

26. Clach

Clach fand sich umringt von Feinden. Sie drangen von allen Seiten auf ihn ein. Jeder der Barbaren wusste, wer das Geschöpf in ihrer Mitte war, und der Totenkaiser zweifelte nicht daran, dass Vortigern seinen Knechten reichen Lohn versprochen hatte, wenn sie seiner habhaft wurden.

Er hatte das Getümmel der Schlacht unterschätzt, das allgegenwärtige Chaos. Der Totenkaiser war eine Kreatur des Kampfes, keine Kreatur des Krieges. Er hatte versucht, der Spitze des feindlichen Angriffs den Kopf abzuschlagen, aber dabei nicht bedacht, wie sehr solch ein Schlachtfeld seine Mobilität einschränken konnte.

Er hieb den Talwar über eine Handvoll Pfeilschäfte, die aus Stilles Rumpf ragten und den Ambosskriegern perfekte Handgriffe boten, um das Nebelross zu erklimmen. Clach spürte dumpfe Schmerzen, wo einer der Pfeile ihn getroffen hatte, eine Schwertwunde klaffte in seiner Brust, sein kostbarer Umhang, erst Tage alt, war zerfetzt.

Er war unnatürlich stark, ebenso wie das Nebelross. Doch die Almharach waren Riesen – und die Masse der Angreifer hatte ihn festgesetzt und eingekesselt, bevor er sich in den Nebel hatte zurückziehen können.

Sie bildeten einen Ring um ihn. Clach lenkte sein dampfendes Ross in ihrer Mitte von hier nach dort. Er hielt sich mit den Schenkeln fest, ließ Krummschwert und Dolch wirbeln.

Der Totenkaiser spielte mit dem Gedanken, eine steinerne Gestalt anzunehmen, wie Ashavar es getan hatte. Doch dann war an Reiten und eine Flucht nicht mehr zu denken. Dieses Mittel wollte er sich für den Moment aufsparen, wenn alle anderen Optionen erschöpft waren.

»Kommt schon, ihr Vieh! Wer ist der Nächste?«, brüllte der Attentäter. Ein Pfeil raste als Antwort auf ihn zu. Clach hieb das Geschoss aus der Luft. Einige der Barbaren wichen bei dieser Zurschaustellung übernatürlicher Fähigkeiten zurück.

Doch egal, wie flink der Totenkaiser war, er war den Gegnern zwanzig zu eins unterlegen. Er wusste es, und sie wussten es. Er konnte seine Augen nicht überall haben. Sobald er einen Fehler beging, war es um ihn geschehen.

Von Stilles Rücken aus sah er über die Köpfe der Feinde, wie sich der Heerwurm davonschob. Als Heimkehrer konnte er nicht in die Schilde blicken, doch er sah, wie sich die Kuppel der Hauptstreitmacht entfernte. Ihm entging auch nicht, dass es Solus mit Telepathie durchsetzte Stimme war, die Fennek zu diesem Manöver animierte. Ein Zufall? Jetzt, da der Totenkaiser hier festsaß? Clach bezweifelte es.

Ein erneuter Angriff, diesmal aus zwei Richtungen. Er musste den Axthieb eines Barbaren blocken. Zugleich stieß ein anderer von der gegenüberliegenden Seite mit dem Speer zu. Nur mit Mühe konnte Clach beide Attacken abwehren, doch sie brachten ihn aus dem Konzept.

Darauf hatten seine Gegner gewartet.

Eine Handvoll Barbaren warf sich gegen Stilles Flanke. Selbst lebend und bei vollem Gewicht hätte der kaltblütige Muskelberg, der das Ross gewesen war, solch einem Ansturm nicht standhalten können, und als Eismumie hatte das Pferd der Attacke dieser Oger nichts entgegenzusetzen.

Das Nebelross kippte um, und Clach ging hart zu Boden. Um ihn stob Schnee auf, raubte dem Attentäter die Sicht. Sie wussten um seine Gefährlichkeit, drangen schnell und hart auf ihn ein.

Der Totenkaiser lenkte Erdkraft in seinen Körper, doch sie waren überall. Ein Hagel aus Hieben und brutalen Fußtritten ging auf ihn nieder. Clach warf sich zur Seite, parierte hier Hiebe, wich dort Tritten aus. Aber der hohe Schnee verlangsamte ihn. Klingen fanden ihr Ziel, und ein Hammer erwischte ihn im Kreuz. Knochen brachen, und er wurde erneut beiseitegeschleudert.

Aus dem Augenwinkel sah der Attentäter, wie drei Riesen Stilles Körper mit Speeren im gefrorenen Boden verankerten. Die Männer waren Kreen, und sie erinnerten sich wohl noch daran, auf welche Weise Clach sie das letzte Mal genarrt hatte.

»Das ist der Dank dafür, dass ich euch verschont habe!«, knurrte der Heimkehrer.

Sich zu heilen erforderte Ruhe. Ruhe, die der Totenkaiser nicht hatte. Die Serie der Angriffe ließ nicht nach. Einer der Anführer, die noch immer zu Pferd um das Geschehen kreisten, befahl etwas. Ein Ambosskrieger erschien, der ein Bündel schwerer Seile und ein Netz bei sich trug.

Clach fauchte. Wenn er seinen Körper versteinerte, würden sie ihn fesseln und gefangen setzen. Tat er es nicht, hackten sie ihn in Stücke, bis er keine Gegenwehr mehr leisten konnte. Seine übernatürlichen Kräfte nützten nichts gegen diese Übermacht von Riesen. Er stand auf einer schneeumtosten Ebene im Nirgendwo des Nebels und doch mit dem Rücken zur Wand.

Der mit dem Netz gab den anderen ein Zeichen. Ihr nächster Angriff würde zeitgleich erfolgen, von mehr als zwei Handvoll Kriegern, die ihre Waffen in ihn bohrten. Clach blieb keine Wahl, als seinen Leib zu versteinern.

Einer der Barbaren schrie. Ein gellender Laut, gefärbt von Qualen. Die Almharach wirbelten herum, doch da war ein weiterer Ambosskrieger bereits unter ihnen. Seine Klinge zog eine Schneise aus roter Glut durch die Eisluft – sie zerhieb unterschiedslos, was immer sie traf. Adertau aus dem Leib ihres Kameraden bedampfte die Almharach, als Ormgair Steinviper an dem Todgeweihten vorbeistürmte, der auf Knien versuchte, seinen klaffenden Körper zusammenzuhalten. Der Nebeljäger machte einen Satz, ließ Morven zweihändig auf den verdutzten Barbaren mit dem Netz niederfahren und schnitt ihm durch das Schulterblatt das Herz entzwei.

»Brauchst du eine Einladung?«, brüllte er Clach an.

Der Totenkaiser erwachte aus seiner Erstarrung, ließ den Talwar auf einen der überrumpelten Barbaren niedergehen und trat einen anderen Gegner in den Schnee, um sich Luft zu verschaffen.

Der Nebeljäger hackte mit Inbrunst auf seine Widersacher ein, offenbarte dabei ein solches Geschick im Umgang mit der Klinge, dass Clach sich fragte, ob Ormgair besessen war. Das verbliebene Auge des alten Wolfs loderte im Eisfeuer des Hasses. Doch die Haut des Letzten der Tanleigh war grau, die Züge eingesunken. Der Kampf zehrte ihn auf.

Der Totenkaiser arbeitete Ormgair zu. Er tauchte unter einem Hieb ab und preschte vorwärts, wobei er zwei Gegnern die Oberschenkel aufschlitzte. Die Barbaren schlossen den Kreis dichter um sie. Clach lehnte sich mit dem Rücken an das Kreuz des alten Wolfs. Er spürte Ormgairs Puls durch das dürre Fleisch, hörte das raspelnde Luftholen des Nebeljägers.

Die Ambosskrieger hatten zu viel Respekt vor beiden. Sie hatten sie gefangen gesetzt, griffen aber nicht an.

Noch nicht.

Der Totenkaiser sah einen Mann nach dem Horn an seinem Gürtel fingern. Die Kreen und ihre Verbündeten wollten Verstärkung herbeirufen.

»Wir müssen hier raus!«, knurrte Ormgair.

»Erzähl mir was Neues«, entgegnete Clach, »bis wir die hier erschlagen haben, raffen deine Wunden dich dahin, oder die Unterstützung trifft ein!«

»Was also schlägst du vor?«, fragte der alte Wolf.

»Ich habe eine Idee, doch sie könnte dein Ende bedeuten.« Dem Totenkaiser war klar geworden, dass Ashavar und Dochàthi mehr mit ihren Kräften anstellen konnten, als nur ihre Körper zu verwandeln. »Ich lasse ihre Schilde in sich zusammenfallen.«

Der Barbar schnaubte und wehrte einen unmotivierten Angriff ab. Ein Ring siegesgewisser Fratzen umgab sie, der sich langsam weiter zuzog.

»Ohne Solus' Stecken?«, fragte der Nebeljäger.

»Kann sie dich vor der Macht des Nebels schützen? Morven, meine ich?«, fragte der Totenkaiser, statt ihm eine Antwort zu geben. Ihm war nicht entgangen, dass vorhin an der Heeresflanke Schilde kollabiert waren und Ormgair noch lebte.

»Wenn nicht, ist es auch egal«, entgegnete der Nebeljäger. »Wir sind so oder so verloren!«

»Das war dein glorreicher Plan, alter Mann?«, fragte Clach mit einem Grinsen. »Du stößt zu mir, wenn die Lage aussichtslos ist, und wir sterben gemeinsam? Erinnert mich irgendwie an unsere erste Begegnung.«

»Leck mich«, grollte Ormgair. Clach spürte die Vibrationen aus der Tiefe des Körpers des Alten emporsteigen, und der Totenkaiser begriff, dass der Nebeljäger lachte. »Ich war noch nie für meine Vernunft bekannt. Also mach, ehe ich an Altersschwäche krepiert bin, Cyning!«

»Wenn es nicht klappt ...«

»Das habe ich schon beim ersten Mal verstanden, Bursche! Wenigstens werde ich eine Menge Verräter sehen, die mit mir draufgehen werden. Vergiss nur dein Versprechen nicht!«

»Das werde ich nicht. Ich brauche Konzentration«, sagte Clach. »Du musst sie mir also vom Leib halten.«

»Cyning?«

»Ja?«

»Du bist ein größerer Mann, als du annimmst.«

Ormgair stieß ein Kriegsgeheul aus. Die Pause hatte ihm gutgetan, so viel war klar. Clach hörte, wie der Barbar hinter ihm auf seine Landsleute einhieb.

Der Totenkaiser konzentrierte sich. Er blendete die nahende Gefahr aus, versank in seinem Inneren, suchte nach der Macht. Die Gerüche des Todes, die Geräusche der Schlacht, selbst die Almharach ... all das war unwichtig. Er umgab sich mit der Schwärze seines Unterbewusstseins, spürte nur beiläufig, wie sein Körper instinktiv erste Hiebe parierte.

Das Element des Erdtitanen in ihm reagierte auf Clachs Macht. Auf die des Heimkehrers, auf die des Nebelmachers, des Nachfahren des Tyrannen. Magick. Der Attentäter suchte, und die Dunkelheit in seinem Geist wurde von einzelnen Lichtpunkten erleuchtet. Es waren alle Steine in der Umgebung.

Da war der Stein, nach dem er getastet hatte. Da waren sämtliche Juwelen, nach denen er gesucht hatte. Sie schwebten in der Finsternis um ihn wie Sterne. Er griff mit Händen aus geistiger Kraft zu und schlug im selben Moment die Augen auf.

Sie standen jetzt nebeneinander, der Nebeljäger und der Nebelmacher. Ormgair blutete aus oberflächlichen Schnitten, Clach allerdings hatte einiges abbekommen. Da waren zwei neue Pfeile in ihm. Einer der Barbaren hob die Axt über den Kopf, um Clach den Schädel zu spalten.

Der Totenkaiser blickte das Kleinod an, das der Almharach an einer Schnur um den Hals trug. Clach schnalzte mit der Zunge. Ein Knacken erscholl, Licht blitzte. Das Geräusch übertönte die Kampfeswut und den Gesang des Stahls. Kreen und andere Verräter wandten sich ihrem Kameraden zu, der fassungslos den Stein auf seiner Handfläche betrachtete. Der Nebelstein. Er war zerbrochen und sein Licht erloschen. Der Mann stand noch im Schutz der sich überlappenden Schilde seiner Kameraden.

Noch.

Schockiert drehten die Ambosskrieger, Fußsoldaten wie Berittene, den Kopf und starrten den Totenkaiser an.

»Renn zu dem da, wenn es beginnt«, flüsterte der Totenkaiser an Ormgair gewandt und deutete verstohlen auf einen der Barbaren. Der Attentäter steckte die Waffen weg und hob die Hände vor die Brust.

Begreifen trat in die Augen der versammelten Ambosskrieger. Sie hatten den Zusammenhang zwischen dem Blinzeln und dem zerborstenen Kleinod hergestellt.

Zu spät. Viel zu spät.

»Stein bleibt Stein«, sagte Clach. Der Totenkaiser klatschte in die Hände, und im Umkreis barsten mit einem Schlag die Nebelsteine ihrer Gegner. Alle Nebelkristalle bis auf einen. Der Brodem schwappte über ihnen zusammen.

Der alte Wolf war bei Clachs Klatschen losgerannt. Der Attentäter sah, wie der Nebeljäger in der einzigen verbliebenen Lichtkugel im Umkreis verschwand. Eine Faust traf ein nicht weniger mächtiges Kinn, eine lederne Schnur riss, und ein Sohn des Amboss flog aus der Lichtkugel in den Nebel. Doch es war nicht Ormgair.

Wohin sich der Totenkaiser wandte, hörte er das Kreischen, das Zischen kochenden Körperfetts. Er sah die Männer und was der Nebel mit ihnen anrichtete, während er sich wie Säure in ihre Leiber fraß. Der Geruch zerrte an seinen Sinnen, Essig und Kohle und reine Lebenskraft.

Clach riss die Speere aus Stilles Leib, und das Ross erhob sich. Das nicht-tote Pferd wirkte unbeeindruckt von den tiefen Verletzungen. Es qualmte stärker als vorher, das war alles.

»Machen wir, dass wir wegkommen«, hörte Clach Ormgair sagen.

Sie ließen das Sterben hinter sich und schlugen einen Bogen, bevor sie dorthin zurückkehrten, wo Fichten und Schilder den Verlauf der Reichsstraße markierten. Fenneks Heerzug war fort, doch sie konnten ihn einholen.

Nach der Schlacht gab es viele herrenlose Pferde, und Ormgair nahm sich eins als Ersatztier, das hinter ihm hertrottete.

Clach musterte seinen Begleiter verstohlen. Der Alte hockte zusammengesunken im Sattel und schlürfte Met aus einem Schlauch. Der Nebeljäger hatte die Schnitte des Barbaren mit Wein gewaschen und notdürftig verbunden, dennoch befürchtete er, dass das Feuer des Nebeljägers bald erlöschen würde. Einzig die Glut der Rache nährte es, doch der Körper des Alten war beinahe aufgezehrt.

»Meinst du, dass es Absicht war?«, fragte der Totenkaiser. »Dass Solus dich zurückgelassen hat, meine ich?«

»Schwer zu sagen«, antwortete Ormgair. »Ich bin überzeugt, dass auch dieses Geschöpf sein eigenes Spiel spielt.«

»Es sind seltsame Tage, in denen jemand wie ich dir aufrichtiger vorkommen muss als die meisten anderen, was?«, fragte Clach.

»Hm«, brummte Ormgair und schloss das Auge. Er schaukelte leicht im Sattel, sein Körper pendelte im Rhythmus des Hufschlags hin und her.

»Ich danke dir für die Hilfe«, sagte der Totenkaiser, dem jedes Wort vorkam, als strampele es auf der Zunge. Er fühlte sich wie ein unbeholfener Idiot, doch aus irgendeinem Grund war es ihm auf einmal wichtig, dass der Barbar dies erfuhr. Es war verstörend.

»Bah«, sagte Ormgair nicht unfreundlich und winkte ab, ohne das Auge zu öffnen. »Das war nichts. Ein Bündnis geht in zwei Richtungen.«

Clach zuckte mit den Achseln.

In diesem Moment spürte der Totenkaiser die Macht. Sie war allumfassend und legte sich wie ein Tuch über alles, über die ganze Welt. Sie war mehr als nur eine Woge aus den widersprüchlichen Emotionen, die er bis gerade empfunden hatte. Dies war echt. Etwas geschah.

Seinem nicht-toten Leib war körperlich übel. Unfassbare Energien schwollen an und ebbten ab. Sie waren so mächtig, dass Clach sich einbildete, der Himmel zucke wie windgepeitschtes Speergras. Das Licht wurde schwächer, obwohl der Abend noch entfernt lag. Nein, nicht schwächer. Falsch.

Den Totenkaiser verließ seine Kraft. Als wäre er ein Sterblicher, dem das Leben aus einer Wunde rann. Dann versank die Welt in Schwärze. Alles legte sich auf die Seite, so schien es, als der Attentäter von Stilles Rücken fiel.

Es gab nur noch das Nichts.

Als der Totenkaiser die Augen öffnete, hatte er keine Ahnung, wie viel Zeit vergangen war. Langsam setzte er sich auf. Ormgair hockte neben ihm und grinste bis über beide Ohren. Clach begriff, dass der Nebeljäger auf diese Weise seine Anspannung überspielen wollte.

»Da bist du ja«, sagte der Barbar. Clach sah, dass er Morven in den Schnee gerammt hatte. Die Klinge steckte in etwas Faustgroßem. In etwas, das schwarze Essenz blutete. Clachs Essenz.

»Als mir Fahlsang Immunität gegen den Tod und absolute Allmacht versprach, hat er nichts von der dauernden Besinnungslosigkeit erzählt«, brummte der Totenkaiser.

Er stemmte sich in die Höhe. Erst da ging ihm auf, dass etwas nicht stimmte. Er brauchte einige Sekunden, um zu begreifen. Stille lag auf der Seite im Schnee. Kein Nebel drang aus seinem Körper.

»Was zum ...?« Clach ließ den Blick schweifen und sah die Umgebung mit den Augen eines Heimkehrers, in Abstufungen von Grautönen. Noch etwas hatte sich verändert. Etwas fehlte.

»Wo ist der Nebel? Wo ist das ... das Wetter?«, fragte Clach. Er drehte sich im Kreis, horchte auf Vögel, auf das Krächzen der Raben, das Heulen ferner Winde. Nichts. Die Situation war selbst für ein Geschöpf wie ihn zu viel.

»Ebenso dahin wie alle Tiere und alles andere«, sagte Ormgair. »In dem Moment, da du von deinem Pferd gefallen bist, wurde der Nebel hinweggesogen. Als atmeten die Götter ein, rauschte es über den Himmel davon in Richtung des Gemiedenen Waldes.«

Clach sah zum Himmel. Er war wolkenlos, doch selbst ohne Farbsicht erkannte der Totenkaiser, dass etwas damit nicht stimmte. Die Kontraste, der Ton, in dem sich alles darbot, waren ... falsch. Clach sah Abstufungen, die er zunächst für Rot hielt und dann wieder nicht. Sterne blinkten kraftlos, ferne Lichtlein auf einem Leichentuch aus fahlem Purpur und Schwarz.

»Das ist schon länger so. Seit mindestens einer Stunde«, sagte Ormgair.

»Wo … wo ist die Sonne?«, fragte Clach.

Der Nebeljäger zuckte mit den Schultern. Clach nahm an, dass Ormgair nicht zu intensiv über das Thema nachdenken wollte. Die Tragweite der Konsequenzen konnten einen Menschen um den Verstand bringen – ganz gleich, ob er ein nichttoter Stadtbewohner war oder ein Barbar.

»Wie lange war ich ausgeschaltet? Und vor allem: Was ist das?« Der Totenkaiser deutete auf das durchbohrte Geschöpf unter Morvens Spitze.

»Das«, sagte Ormgair, »ist der Grund, warum du ohnmächtig warst.« Er hob Morven an, sodass der Attentäter die Kreatur betrachten konnte. Es war ein Insekt und sah aus wie ein Hundertfüßer, der sich überfressen hatte. »Ich sage dir besser nicht, wo ich die Wanze herhabe«, grinste Ormgair. Er zwinkerte anzüglich und wirkte zum ersten Mal, seit Clach ihn kannte, wie der alte Mann, der er war. Wie ein Greis, der einen dreckigen Witz gerissen hatte und um Beifall heischte.

»Ich bin nicht sicher, ob ich dein Gezwinker begreife, alter Mann«, sagte Clach. »Seit du dich für das Aussehen eines Gesetzlosen entschieden hast, Augenklappe und all das, ist deine Miene für einen Gefühlskrüppel wie mich noch schwerer zu deuten.«

Der Barbar lachte nur und deutete auf die Stelle an Clachs Körper, von wo die Wanze angeblich stammte.

»Oh«, machte Clach.

»Jep«, sagte Ormgair.

»An meinem Körper?«, fragte der Totenkaiser. »Dort?«

»Jep.« Das Grinsen des Nebeljägers bekam etwas wirklich Widerliches. »Als es losging, als ich dachte, dass das Ende der Welt gekommen wäre, und der Nebel, die Wolken und alles Leben sich auf die Reise machte, bist du von deinem Gaul gefallen.« Er zeigte auf den Haufen Eisfleisch, der Stille gewesen war. »Oder … na ja, genauer gesagt ist er unter dir weggesackt.« Ormgair gluckste. Selbst Clach begriff, dass die Geschichte eine höchst unpassende Wendung nehmen würde. »Deine Hose fing an zu qualmen. Besser gesagt, der kleine Dreckskerl da auf meiner Klinge schwoll an. In deiner Hose. Ein Anblick für die Götter.« Der Nebeljäger rang um Kontrolle. »Dann schoss Nebel aus deinem Körper. Nun ja, aus diesem Drecksvieh.«

»Also hast du nachgesehen?«, fragte der Attentäter ungläubig.

»Aye. Ich wusste nicht, was ich sonst machen sollte. Morven hat wie verrückt gebrummt, die Runen haben gestrahlt, auf einen Schlag sind die Tiere verstummt. Ich nehme an, dass sie alle tot sind. Und das da«, er deutete zum Himmel, »ist mit der Welt passiert. Da verstand ich, dass deine Kraft dir durch dieses Drecksvieh irgendwohin abgesaugt wurde. Sie floss dem Nebel nach. Also musste ich handeln.«

»So hast du mich einmal mehr davor bewahrt, vernichtet zu werden. Das wird langsam zur Gewohnheit«, sagte der Totenkaiser ernst. »Ich bin niemandem gern etwas schuldig.«

»Bah, schon in Ordnung. Sagte ich vorhin doch. Unsere Zeit ist noch nicht gekommen, Cyning der Toten. Doch dafür naht unsere Stunde. Ich frage mich nur eines. Warum hat es sich … na ja, dort festgebissen? An deiner Rute, meine ich?«

Nervös befingerte der Totenkaiser seine Ausrüstung und prüfte den Sitz seiner Kleidung, nur um sicherzugehen und damit seine Hände etwas zu tun hatten. Es war absurd. Die Welt starb, und er machte sich Sorgen um seine Würde, weil ihm ein anderer Mann die Hose runtergezogen hatte.

»Es macht Sinn«, sagte Clach. »Aus okkulter Perspektive auf jeden Fall. Wo liegt die Kraft eines Mannes, wenn man die Seher fragt?«

»In den Haaren, im Schwertarm und … oh.« Ormgair begriff. »Aber wo kommt es her? Hast du es dir irgendwo eingefangen?«

Clach dachte nach. Er erinnerte sich an das, was in Fenneks Schreibstube geschehen war. Als jemand seine Hand auf die Schulter des Totenkaisers gelegt hatte, die kurze Schwäche und die Illusion von Schmerzen in seinen toten Nerven, gepaart mit leichter Übelkeit.

»Terbast«, sagte der Totenkaiser. »Ihm verdanke ich dieses Geschenk. Mir fällt zumindest niemand ein, der es sonst gewesen sein könnte.«

»Du meinst, er ist noch immer der Lakai des Erzmagiers?«

»Wenn diese Kreatur die Macht aus dem Leib eines Heimkehrers saugen kann, profitiert doch vor allem einer davon.«

»Der Tyrann«, sagte Ormgair.

»Ganz genau. Er hat seinem verräterischen Knecht Solus dieses Vieh untergejubelt, und der hat es entdeckt. Terbast hat die Macht der anderen Heimkehrer in sich konzentriert, die Macht der Titanen. So wie ich Fomor verschlang. Daher wollte er mich aus der Stadt haben. Daher seine Zustimmung, mich allein mit dem Schwert zu dir zu senden.«

»Das Blut der Titanen, die Seelen, an die ihre Kraft geschmiedet sind. Das ist die Macht, die Vortigern für sein Ritual braucht«, folgerte Ormgair.

»Ganz genau. Solus dachte, er könnte mich aus der Gleichung nehmen – wahrscheinlich wollte er nur sichergehen, dass ich nach der Vernichtung des Tyrannen kein Hindernis mehr für seine Pläne darstelle.«

»Ich wusste, dass man dieser Kreatur ebenso wenig trauen kann wie der Schlange Greskegard«, brummte Ormgair mehr an sein Schwert gewandt als an Clach. »Wir werden sie einholen, und dann werden wir ihn vernichten.«

»Ich habe eine bessere Idee«, sagte der Totenkaiser. »Geben wir ihm doch, was er will.«

Ormgair hob fragend eine Braue.

»Du wirst bald verstehen«, sagte Clach. »Komm, wir müssen uns beeilen, wenn wir den Heerzug einholen wollen. Ich bezweifle, dass eins deiner Pferde mich tragen würde.« Er drehte sich in Richtung Süden. Die Wälder am Horizont waren für seine Augen überdeutlich zu erkennen. Hinter sich hörte Clach, wie der Barbar mit einem Ächzen den Rücken des Reittiers erklomm.

Sie eilten davon, hinein in eine Welt, stiller als ein Grab.

27. Clach & Fennek

Sie hätten schneller reisen können, selbst im Schnee war die Ausdauer des Totenkaisers unerschöpflich. Doch der Nebeljäger war am Ende seiner Kräfte. Ein weitaus jüngerer Mann als er hätte nach solchen Kämpfen Ruhe gebraucht. Er hing im Sattel, schlief und schreckte immer wieder hoch.

Gegen Ormgairs Wunsch entschied Clach, dass sie eine Rast einlegten. Sie lagerten abseits der Straße im Schutz einiger Bäume. Der Totenkaiser hatte ein Feuer für den alten Wolf entzündet.

Auch auf das Risiko hin, dass etwaige Verfolger es bemerkten. Zu seiner Verwunderung waren die Flammen ebenso blass und kraftlos wie das Licht der Sonne und verbreiteten wenig Wärme.

Als Clach Ormgair auf den Umstand hinweisen wollte, war der Alte unter einem Haufen aus Decken und Pelzen eingeschlafen. Der Totenkaiser hätte sich nun unbemerkt auf den Weg machen und den Nebeljäger zurücklassen können, doch er tat es nicht.

Hier waren sie, am Ende aller Tage in einer Welt aus Schummerlicht, in Vortigerns Tag- und Nachtgleiche, die kein Ende fand. Obwohl Zeit der entscheidende Faktor war und alles in Clach danach schrie weiterzueilen, blieb er, denn er wollte den Barbaren nicht zurücklassen. Er war das erste Individuum, der erste Mensch, der ihm gegenüber loyal gewesen war, und diese Loyalität unterlag keinen Bedingungen.

Früher hätte der Totenkaiser einen Mann, der Loyalität ohne Gegenwert, ohne Ausgleich erbrachte, misstraut. Clach hätte einem solchen Menschen schlicht nicht geglaubt, weder auf der Straße noch in den Gefilden des Tempels. Der Starke blieb allein und überlebte.

Doch Clach konnte nicht mehr zählen, wie oft sich der alte Barbar in den letzten Wochen als treuer Gefährte erwiesen hatte. Sie ergänzten sich sowohl im Kampf als auch in den Widersprüchen ihres Naturells. Ohne Ormgair hätte sich Vortigern die Macht Fomors einverleibt, und das Ritual wäre längst vollendet.

Kurz, der Totenkaiser mochte den Mann, wirklich und wahrhaftig – und das überforderte Clach.

Endlich ging ihre Reise weiter. Ormgair saß im Sattel, und Clach lief einige Schritte vor oder hinter ihm. Der Attentäter hatte jedes Zeitgefühl verloren, und dem Barbaren erging es nicht besser.

Die Welt war eine Einöde, in der es keine Geräusche mehr gab. Die Pferde verhielten sich nicht anders als sonst, die Nebelsteine hatten sie scheinbar vor dem Schlimmsten bewahrt. Doch Clach und sein Begleiter sahen weder Tiere noch Menschen, hörten keine Geräusche außer denen, die sie selbst hervorriefen.

Die Welt war frei von Nebel und schien ebenso alles Leben verloren zu haben. Sie siechte unter dem bleichen Unlicht kalter Sterne vor sich hin.

Clach bekam eine Vorstellung, wie die Zukunft von Thetis aussehen mochte.

Wenn dies nicht bereits die Zukunft ist, flüsterte eine Stimme in Clachs Hinterkopf. *Vielleicht sind der alte Wolf und du die einzigen*

Geschöpfe, die es auf dem Kontinent, auf der ganzen Welt noch gibt. Sollte das stimmen, würde es in wenigen Tagen nur noch ihn geben, sobald die Krankheit und das Alter Ormgair hinweggerafft hatten.

Nach einem Zeitraum, der ebenso eine Stunde wie einen Tag umfasst haben mochte, bekam der Totenkaiser seine Antwort auf die Frage, ob sie allein waren. Ormgair erspähte den Heerwurm. Sie blieben stehen, bevor die Spähposten sie ausmachen konnten.

Die Streitmacht lagerte am Rand des Wildbanns, die Wachfeuer blakten so kraftlos wie Clachs Lagerfeuer. Männer und Frauen patrouillierten am Rand des Lagers. Der Rest des Heeres biwakierte in Unterkünften, die im Kreis um Fenneks Feldherrenzelt errichtet worden waren.

Hinter dem Lager, im Herzen des Waldes, erhob sich eine urgewaltige Macht in den Himmel. Ein Turm, eine Säule aus Energien in allen Farben, die in den Weiten des Firmaments zu verschwinden schien. Sacht drehte sich die Energiesäule um sich selbst. In ihrem Zentrum aus fahlem Violett züngelten Strudel aus Seelenkraft umeinander wie Schlangen. Lichtbögen zuckten in Entladungen, wanden sich um den Seelenvortex.

Alles dreht sich um diese Säule wie um eine Radnabe, dachte Clach. Die Gesamtheit von Vortigerns Plänen rotierte um diese Achse aus reiner Magick. Der Totenkaiser war überzeugt, die Herkunft dieser Energien zu kennen. Er wusste, dass sie die Pentae – zumindest alle außer Fomor – nur noch als entvölkerte Geisterstädte vorfinden würden. Selbst wenn sie gegen den Tyrannen gewannen, mochte es für die Menschheit zu spät sein.

So verwaist der Kontinent sein mochte, auf den Wildbann traf das nicht zu. Gigantische Laub- und Nadelhölzer ragten auf wie die Pfeiler der Welt. Myriaden glühender Punkte schienen in der Dunkelheit unter dem immergrünen Dach zu schweben. Die Stimmen hunderter Geschöpfe erfüllten die Luft.

»Denk dran, was wir besprochen haben«, sagte Clach zu Ormgair.

»Ich weiß Bescheid.« Der alte Wolf verzog das Gesicht. »Ich kann nicht behaupten, dass mir solche Listen schmecken. Ich bin ein miserabler Lügner.«

»Ich bezweifle, dass du dich erklären musst«, entgegnete der Totenkaiser. »Brumm auf die Fragen nach meinem Verbleib irgendetwas Unverbindliches.«

»Reiten wir doch zusammen in das Lager und machen den Verräter einfach kalt«, schlug der Barbar vor.

»Das wäre töricht, und das weißt du«, sagte Clach. »Ich weiß nicht, ob wir beide dazu noch in der Lage sind – Solus hat sich unfassbare Mächte angeeignet, die Seelen mehrerer Titanen, wenn ich nicht danebenliege. Außerdem …«

»Brauchen wir ihn noch, um dem Tyrannen eins einzuschenken«, fiel Ormgair ihm ins Wort. »Ich weiß. Mich juckt es trotzdem in den Fingern.«

»Überlass Terbast mir, wenn seine Stunde gekommen ist. Bis dahin muss er uns unterschätzen. Er muss mich für vernichtet halten. Meine Stärke waren und sind die Schatten. Ich nütze unserem Plan mehr, wenn ich unentdeckt bleibe, wenn Fennek, der Templer und der Tyrann denken, ich sei tot.«

»Ich werde mein Bestes tun, sie zu überzeugen. Aber mir muss diese List nicht gefallen«, sagte Ormgair.

»Schon in Ordnung. Denk einfach daran, dass sie alle deine Feinde sind. Welche Besudelung deiner Ehre stellt es schon dar, die zu belügen, die du ohnehin verachtest?«

Ormgair dachte einige Herzschläge lang nach. Dann nickte er.

Sie verabschiedeten sich, und der Totenkaiser stahl sich davon. Er umrundete das Lager in weitem Bogen, bevor er auf die Ansammlung aus Zelten, Pferden und Soldaten zuschlich. Dabei setzte er die Techniken aus dem Repertoire eines erfahrenen Meuchlers ein.

Er blieb in den Schatten und spielte mit den Erwartungen der überreizten Spähposten, indem er durch Schneeballwürfe und abgehende Wechten in den Bäumen am Rand des Lagers für Ablenkung sorgte. Auf diese Weise gelangte er zwischen die Zelte.

Clach war der Ausdruck auf den Gesichtern der Wächter ebenso wenig entgangen wie die Inhalte der Gespräche. Die Soldaten, die an einem Kessel Schlange standen, um sich ihre Rationen abzuholen, sahen blass und verhärmt aus. Die, die nicht lustlos Wassersuppe löffelten, stierten mit ermatteten Blicken ins Leere. Das Ende der bekannten Welt ging auch an diesen Leuten nicht spurlos vorbei.

Auf dem Bauch kriechend, drückte sich Clach unter einer Plane hindurch, um aus der Vorderseite, verborgen durch die Lederlappen des Eingangs, das gegenüberliegende Feldherrenzelt zu beobachten. Zwei Myrmidonen standen am Eingang, die Kiefermuskeln unter den Schallern arbeiteten. Aus dem Zelt war Ormgairs Stimme zu hören und übertönte die der anderen.

Clach wartete einen geeigneten Moment ab, um zwei Patrouillen zu umgehen, dann pirschte er zur Rückseite von Greskegards Zelt. Er presste sich in die Schatten der Unterkunft und horchte, was im Inneren vor sich ging.

»Er ist einfach umgefallen?« Solus' Stimme.

»Hmhm«, brummte Ormgair. »Der Nebel hat ihn umgebracht. Weiß nicht, wie, aber er ist ausgeblutet.«

»Das ist schlecht. Sehr schlecht. Der Totenkaiser war eine

Waffe im Kampf gegen den Tyrannen, wie es keine zweite gibt.« Greskegard.

»Wir werden eben umdisponieren müssen«, sagte Solus.

»Es sind viel weniger Männer, als ich in Erinnerung habe«, sagte Ormgair. »Haben euch die Barbaren noch einmal angegriffen, nachdem du uns im Stich gelassen hast, Schlange?«

»Ich weiß nicht, was du mir da unterstellen willst, Barbar. Ich habe niemanden mit Absicht zurückgelassen – entgegen der landläufigen Meinung meiner Mitarchonten bin ich kein Idiot. Denkst du, ich nehme solche Mühen auf mich, dir dein Schwert zu bringen und den Totenkaiser auf meine Seite zu ziehen, wenn ich euch hätte tot sehen wollen? Denk ein einziges Mal in deinem haarigen, unkultivierten Dasein nach, bevor du andere verurteilst, Kiltträger!« Fenneks Stimme überschlug sich fast, während er dies brüllte. Es war deutlich, unter welcher Anspannung er stand.

»Etliche der Steine sind unter dem Druck der frei werdenden Seelen ihrer Träger zerplatzt«, sagte Solus. »Solche minderwertiger Qualität. Vielleicht waren sie auch durch den Meister sabotiert. Ich weiß es nicht zu sagen.«

»Den Barbaren erging es weitaus schlechter.« Die Stimme gehörte Fenneks Haustier, Ozelot Urdith. Der frischgebackene Prior einer nicht mehr existierenden Arkanistengilde klang amüsiert wie immer. Doch es war offenkundig, dass er sprach, damit sich der Archont und der alte Barbar nicht an die Gurgel gingen. »Der Großteil ihrer Lichtsteine brannte aus, sie wurden zu tausenden mit in den Schlund des Nebels gerissen, als die nächste Phase des Rituals begann. Sie sind jetzt Teil der Energien, die der Tyrann verwenden wird.«

Clach hörte ein leichtes Schaben von Stein auf Metall und Ormgairs schweren Atemzug. Offenbar dachte der Barbar das Gleiche wie Clach: Hätte er sich für einen anderen Nebelstein entschieden, wäre auch der Nebeljäger ein Opfer des Brodems geworden. Aber stimmte das? Hätte das Schwert ihn nicht beschützt? Ganz abgesehen davon war sich der Totenkaiser nicht sicher, ob er den Kristall für Ormgair zufällig auserkoren hatte. Die Macht des Erdelements, mit der er die Nebelsteine der Barbaren hinweggefegt hatte, hatte mit Sicherheit einen Nebelstein ausgewählt, der seiner Kraft standhielt. Was im Umkehrschluss bedeutete, dass es Clach so leichtgefallen war, die anderen Kleinodien zu sabotieren, weil der Tyrann seine Barbaren hintergangen hatte. Ihr Schutz war minderwertig gewesen, damit auch sie das Ritual mit ihrer gewaltigen Lebenskraft speisten.

»So haben die Verräter bekommen, was sie verdienen«, sagte Ormgair und klang zufrieden.

»Ja und nein«, entgegnete Solus. »Jede Seele, die gefallen ist, nützt dem Meister.«

Heuchler, dachte Clach. *Die Macht Fomors wäre nun sein, hätte dein Plan funktioniert.*

»Ausgehend von der Größe dieses Mahlstroms aus Seelen, der sich im Herzen des Waldes erhoben hat, müssen die Opferzahlen gewaltig sein«, warf Urdith ein.

»Umso wichtiger, dass wir ebenso rasch wie entschlossen handeln.« Die Stimme gehörte Gram, dem Hauptmann von Greskegards Myrmidonen.

»Wann also schlagen wir los?«, fragte Ormgair.

»Sobald es geht«, antwortete Fennek. »Ich bin überzeugt, dass sich das Ritual des Tyrannen seinem Höhepunkt nähert – aber noch fehlt ihm etwas. Ich kann keine Taube nach Fomor schicken und Auskunft verlangen – die Viecher sind durchgedreht. Aber ich bin mir sicher, dass meine Penta noch steht und es dem Erzmagus daher an Seelen fehlt, um zu vollenden, was er begonnen hat.«

»Noch«, stimmte Solus zu.

Clach spürte deutlich, dass Ozelot Urdith noch etwas sagen wollte – der Nekromant holte Luft für eine Äußerung. Er hegte wohl Zweifel an dem Gesagten, doch schien er es sich noch einmal anders zu überlegen.

»Wir brechen in einer Stunde auf«, sagte Fennek. Der Totenkaiser vernahm ein Schaben von Metall auf Holz und ein feines Rieseln. Der Archont hatte eine Sanduhr umgedreht. »Macht euch abmarschbereit. Ich bezweifle, dass wir das Schlimmste schon hinter uns haben.«

Clach hatte genug gehört. Es hieß, Geduld zu haben. Sobald sich der Heerwurm in Bewegung setzte, würde er in den Schatten folgen und einen Weg suchen, den Tyrannen zu überraschen. Doch wie überraschte man ein Geschöpf, das im Begriff war, zu einem Gott zu werden und die Weitsicht eines halben Jahrtausends hatte?

Der Totenkaiser lächelte. Es gab nur einen, der einer solchen Aufgabe gewachsen war. Er war in seinem Element.

Fennek Greskegard saß auf dem Rücken seines edlen Rappen. Ihm war speiübel. Sein Magen krampfte sich in unregelmäßigen Abständen zusammen. Schwindelanfälle suchten den Archonten heim. Fennek befingerte den Griff seiner Armbrust, um sich zu beruhigen.

Er hob den Blick. An seiner Seite ritten Gram, Ozelot sowie die Myrmidonen, an den Flanken und hinter ihnen das Heer. Die Gesichter der Soldaten waren bleich, doch sie wirkten entschlossen.

Fennek hatte den Offizieren klargemacht, was an diesem Tag auf dem Spiel stand, wofür die Truppen kämpften. Er hatte überlegt, eine Ansprache zu halten, hatte sich aber dagegen entschieden. Ein falsches Wort mochte die Furcht seiner Truppen über den Bruchpunkt treiben.

Der Wald ragte vor ihnen auf, ein Schlund aus Schwarz und Grün, das Tor zu einer Hölle, die sie jede Minute verschlingen musste. Eine Vielzahl von Gerüchen umhüllte die Armee. Sie lullte die Gedanken mit einer idyllischen Vertrautheit ein, kein Stück echter oder weniger surreal als die verstummte Welt vor den Toren des Wildbanns.

Hier gab es noch Nebel. Er hing in Fetzen zwischen den Baumriesen oder stand auf dem Boden, schwappte in Kniehöhe über Wasserlachen und Sumpflöchern. Es war echter Dunst, wie die Menschen ihn aus der Zeit vor dem Titanensturm gekannt haben mussten. Das Licht der Steine ließ ihn unberührt, was die Soldaten noch nervöser machte.

»Das also ist es«, sagte Greskegard.

»Majestät?«, fragte Gram.

»Das Ende der Welt«, antwortete Fennek. »Es ist seltsam, findest du nicht, mein guter Gram? Poeten und Barden beschreiben die Ewigkeit, die Heiligkeit der Liebe. Bis zum Ende der Welt würden sie angeblich für ihre Herzensdamen gehen – bis ans Ende aller Tage würden sie ihre Holde vergöttern. Und da sind wir jetzt.«

»Da, Majestät?«, fragte der Hauptmann.

»Seine Majestät meint das Ende der Welt«, sagte Urdith, und sein Tonfall ließ keinen Zweifel daran, dass die Abneigung des Hauptmannes gegen ihn auf Gegenseitigkeit beruhte.

»Man nimmt an, dass der Tod ein schlimmes Schicksal ist, weil mit einem die eigene Welt endet«, sagte Fennek. »Doch das hier ist etwas anderes.«

»Verzeiht, Majestät, doch das sehe ich nicht so«, sagte Gram.

Fennek starrte ihn an. Hatte ihm der Hauptmann widersprochen? Hinter ihnen pfiff der Nekromant durch die Zähne. Der Archont und sein Prior tauschten einen überraschten Blick. »Erleuchte uns, mein guter Gram«, sagte Fennek.

»Das Ende ist erst dann gekommen, wenn kein Mensch mehr steht und sich widersetzt. Wenn niemand mehr kämpft, weil alle entweder tot sind oder aufgegeben haben. Doch wir stehen noch, wir können noch eine Waffe führen. Noch können wir es aufhalten.«

Zustimmendes Gemurmel der Myrmidonen war die Antwort. Fennek nickte, doch fühlte er nichts von dieser Zuversicht. Das Unterfangen war Wahnsinn – unvorbereitet in das Herz der Finsternis zu reiten, um einen wiedergeborenen Erzmagier aufzuhalten, der den Tod überlistet hatte und sich zum Gott aufschwingen wollte.

Aber wie sah die Alternative aus? Hätte er sich hinter Schilden und dicken Mauern in Fomor verkriechen sollen? Hätte er das Angebot des »Listigen«, wie der Barbar den Besucher aus Fenneks Träumen nannte, annehmen sollen?

Nein, zumindest in diesem Punkt war Greskegard sicher. Vortigern wollte keine Welt beherrschen – er wollte eine Welt *ermorden*. Sich ihre Leben, all ihre Seelen einverleiben, sich verpuppen und als etwas gänzlich anderes auferstehen.

Doch was, wenn sie etwas übersehen hatten? War ihnen, selbst dem Totenkaiser und Solus, etwas entgangen? Das Herz des Wildbanns, die Lebensmagie der Titanin Gawr … Alle Instinkte des einstigen Inquisitors schrien Alarm, wenn er über diese Punkte nachsann. Es gab einen Zusammenhang, den sie noch nicht erkannt hatten.

Während er in seinem Prunksattel schaukelte, spürte er Solus Terbasts forschenden Blick auf sich. Auch der Templer suchte nach den letzten Teilen, um das Rätsel zu lösen. Mehr und mehr ging ihm auf, wie wenig er seinem Meister bedeutet hatte, welche Geheimnisse Vortigern vor ihm verbarg.

Die Waldgrenze kam stetig näher und mit ihr ein urtümliches Grauen, das den ältesten Regionen des menschlichen

Gehirns entstammte. Greskegard spürte die Furcht als Ziehen in den Eingeweiden, als Sog aus Schwärze im Hinterkopf, der jede Hoffnung erstickte. Kalter Schweiß brach ihm aus, und Fenneks Herz begann zu rasen. Das Grauen fuhr ihm in die Glieder.

Ja, es fährt mir in die … in die Glieder!, dachte der Archont.

Da wusste er es. Es stand mit absoluter Klarheit vor ihm, in dem Moment, als sie in das smaragdgrüne Dämmerlicht eintauchten. Die Geräusche und Gerüche der Quelle allen Lebens hüllten sie ein, doch Fennek hatte keinen Blick für die Schönheit.

Reinkarnation, dachte er. *Es ging immer nur um jene, die in die Hüllen anderer einfahren. Heimkehrer besetzen Tote, laut Solus besetzt Vortigern den Leichnam eines seiner Nachfahren. Dazu die Dinge, die Clach berichtet hat: gestohlene heilige Dolche des Todeskults, ein Hochtempel der Todesgöttin … das seltsame Zwielicht, in dem die Sonne weder auf- noch untergegangen ist …*

»Natürlich! Wie konnte ich so töricht sein! Die Zeichen lagen doch auf der Hand!«, stöhnte Greskegard.

»Euer Majestät?«, fragte Gram, unendlich weit entfernt, doch Fennek ignorierte den Hauptmann. Aus dem Fluss seiner Gedanken war eine Springflut geworden, die keinen Platz für andere Dinge ließ. So bemerkte er auch nicht, wie Solus ihn aufmerksam musterte.

Die Steinchen des Mosaiks hatten die ganze Zeit vor Greskegard gelegen, bereit, ihren Platz einzunehmen: die Todesbotin, die außerhalb ihres Tempels keine Macht gehabt hatte; ein Tempel, der Sharis geweiht und lange vergessen. Was sollte die Macht der Titanin der Lebenskraft an einem solchen Ort der Todesgöttin Sharis bewirken? Es konnte nur eine Antwort geben. Die Furcht davor, recht zu behalten, krampfte Fennek die Eingeweide zusammen. Er musste verhindern, dass Terbast auf dieselben Gedanken kam.

Ein Soldat schrie, jemand anders rüttelte an Fennek. Er brauchte einige Sekunden, um ins Hier und Jetzt zurückzufinden. Verwirrt blickte er sich um, sah in Urdiths Gesicht.

»Wir haben Besuch«, sagte der Nekromant. Er deutete auf die äußeren Flanken. Sie kamen aus den immergrünen Tiefen, brachen aus dem Unterholz. Farne schwankten, und Laub raschelte.

Sie mochten einst Menschen gewesen sein, den zerfetzten Roben nach Arkanisten. Doch jetzt waren sie etwas anderes, Mischwesen aus Affen und Wölfen. Riesig wie Ambosskrieger mit Körpern, die vor Muskeln grotesk angeschwollen waren, die straffe, von Venen durchzogene Haut von Fellfetzen bedeckt. Glühende Augen, Hornkrallen und Reißzähne in den Fratzen. In kürzester Zeit spie das Unterholz Dutzende der Mutanten aus.

Sie jagten in einem bizarren Gemisch aus aufrechtem Gang, Hüpfen und Laufen auf allen vieren heran. Andere sprangen von Bäumen und landeten auf den Rücken der Kürassiere. Schreie, Pferdewiehern und der Klang brechender Knochen erfüllten den Wald. Männer und Frauen wurden von behaarten Pranken aus Sätteln oder den Reihen ihrer Einheiten gezerrt. Die Speere der Verteidiger gingen auf und nieder, Pfeile sirrten. Die Körper der Bestien widerstanden Stahl und Holz. Beigebrachte Wunden heilten in Augenblicken. Ein Speerkämpfer wurde von einem der Mischwesen in zwei Teile gerissen.

Fennek tauschte einen Blick mit Terbast. Wohin sie sahen, brachen Soldaten in Panik aus, als sie erkannten, dass ihre Waffen gegen diese Spottgeburten nutzlos waren. Leute wurden von Klauen zerfetzt oder von der überlegenen Muskelkraft der riesenhaften Gestalten in den Boden geschmettert.

Fennek verspürte eine Vorahnung. Seinem Instinkt folgend suchte der Archont das Blätterdach ab und erhaschte eine Bewegung. Eine der Bestien hatte sich verborgen gehalten. Sie sprang ab, landete nur Schritte entfernt zwischen den Myrmidonen und tötete zwei Palastwächter mit ihrem Körpergewicht. Bösartige Intelligenz funkelte in den Augen der Kreatur, als sie sogleich auf den Inneren Zirkel zuhielt, zu schnell, um von Fenneks Elite noch gestoppt zu werden. Panisch riss der Archont die Armbrust aus seinem Mantel.

Da schob sich Steinviper mit einem Zorngebrüll in den Weg des Mutanten. Die Bestie trommelte herausfordernd auf ihren Brustkorb, doch bevor sie zum Angriff übergehen konnte, war der Barbar bei ihr. Morvens Klinge zog eine Spur wie ein Glühdraht durch das Halbdunkel, und der Kopf des Monstrums rollte über den Boden.

»Wir müssen weiter!«, brüllte der Nebeljäger an Fennek gewandt, während zwei der Bestien die ohnehin ausgedünnten Reihen der Verteidiger durchbrachen. Sie eilten auf Greskegard und dessen Begleiter zu. Es konnte keinen Zweifel geben, dass dies in Vortigerns Auftrag geschah.

Fennek warf einen Blick auf sein zusammengeschrumpftes Heer. Wohin er blickte, erbrach das Buschwerk Monstrositäten, die einst Arkanisten gewesen waren. Er wusste, dass der Barbar recht hatte, doch er würde diese Menschen – seine Leute – nicht aufgeben und im Stich lassen. Nicht aus Mut oder Loyalität, sondern weil er es leid war, dass andere ihm nahmen, was er sich hart erkämpft hatte.

Der Archont wandte sich an Gram. »Den Ring um uns geschlossen halten und mir nach!«, befahl er. Mit diesen Worten preschte Fennek auf seinem Rappen vorwärts.

Nach Augenblicken hatten sie eine Einheit aus gebrochenen Gestalten vor sich, die einst Wirker gewesen waren.

Die Ketzer reagierten erst, als Fenneks Stimme ihren Stupor durchbrach.

»Tötet sie – und nur sie!« Greskegard deutete auf die Kreaturen. »Nutzt eure Fähigkeiten!«

Leben fuhr in die Masse der Zauberwirker. Sie setzten sich in Bewegung, stolperten vorwärts. Die Luft knisterte wie vor einem Gewitter, als die Hexer ihre Kräfte entfesselten. Die Mutanten, bei ihrem Kampf gegen gewöhnliche Soldaten in einen Blutrausch geraten, reagierten erst, als es zu spät war.

Pyromanten beschworen Lanzen aus Feuer herauf. Pflanzenwirker begruben die Kreaturen unter Bergen von Würgeranken, die ihre Beute zermalmten. Ein Wasserwirker tötete einen der Mutanten, indem er dessen Lunge mit Meerschaum flutete, sodass die Beste im Stehen ertrank. Jene, die Telekinese beherrschten, stemmten der Muskelkraft der Bestien die Gewalt ihres Willens entgegen, brachen Knochen und ließen Organe reißen. Solus Terbast stapfte in Ormgairs Richtung, und sie gingen zu zweit gegen die Bestien vor.

Doch die Gegenwehr der Verformten war ungebrochen. Sie fielen über jene Wirker her, die zu langsam oder zu schwach waren. Fäuste von der Größe und mit der Wucht von Katapultfelsen schleuderten gebrochene Leiber ins Unterholz. Reißzähne verankerten sich in Fleisch, manche Bestien rissen die durch die Gefangenschaft ausgezehrten Körper der Wirker wie Spielzeug entzwei.

Fennek spürte ein Hochgefühl aufsteigen, denn sein Einsatz erzielte trotz allem die nötige Wirkung. Als die konventionellen Truppen sahen, wie die Wirker einige der Bestien töteten, dass diese Monster nicht unbezwingbar waren, hob sich die Moral. Gruppen von Speerträgern pinnten die sich regenerierenden Mutanten an Ort und Stelle fest, während

Plänkler ihnen Dutzende Pfeile in Augen und Hirne trieben. Söldner mit Großschwertern und Zweihandhämmern verstümmelten die Kreaturen, die von Kürassieren unter gepanzerten Hufen zertreten wurden.

Ebenso rasch, wie der Kampf begonnen hatte, war er auch vorüber. Greskegard und die Mitglieder des inneren Zirkels blickten sich um. Wohin sie auch sahen, lagen entstellte Leichen oder Schwerverletzte. Zerbrochene Waffen und zerrissene Rüstungsfetzen bedeckten den Waldboden und kündeten von der Kraft der Monstern.

»Ein mächtiger Gegner«, sagte Urdith, der sich während des Kampfes im Hintergrund gehalten hatte. »Dieser Angriff kam uns teuer zu stehen.«

»Das war kein Angriff«, sagte Terbast, der seinen Zweihänder am Umhang eines leblosen Soldaten abwischte. »Das war eine Probe, mehr nicht.«

»Eine Probe?«, fragte Ormgair.

»Ja. Haie reißen ihrer Beute mit Hautzähnen kleine Stücke aus dem Fleisch, weil sie wissen wollen, ob sie schmeckt und wie wehrhaft sie ist. Dirth, der Knecht des Meisters, hat Gawrs Macht entfesselt und einige Arkanisten in diese Dinger verwandelt. Doch letzten Endes war dies nur eine Geschmacksprobe, ein Betasten, um zu sehen, ob wir zubeißen, wenn man uns reizt. Der wirkliche Angriff steht uns noch bevor.«

»Wenn das nur die Probe war, stehen wir keinen richtigen Ansturm durch.« Urdith ließ den Blick über ihre deutlich geschrumpften Reihen wandern. Die Hälfte ihrer Soldaten war bei der Schlacht im Süden Fomors gegen die Barbaren getötet oder verstümmelt worden. Auch hier hatten sie zahlreiche Verluste hinnehmen müssen.

»Papperlapapp«, entgegnete Fennek. »Wir wussten, dass es hart werden würde, und haben die Nerven behalten. Hätten wir unseren Weg fortgesetzt und Truppen zurückgelassen, wären uns die Bestien in den Rücken gefallen.«

Gram nickte. »Wir sollten zufrieden sein – aus taktischer Sicht ist so ein Angriff auch für den nützlich, der ihn überstanden hat. Nun wissen wir, was uns erwartet.«

»Oder nehmen es zumindest an«, sagte Ozelot. »Aber ich weiß, was Ihr meint, Hauptmann.«

»Lasst antreten und abrücken. Wir müssen weiter«, befahl Fennek.

Innerlich konnte der Archont nicht die Ruhe aufbieten, die er nach außen verströmte. Ihre Feinde waren deutlich in der Überzahl, und sämtliche Vorteile lagen auf ihrer Seite. Die Streitmacht rannte geradewegs in ihr Verderben. Doch welche Wahl hatte ein Mann, der so mit dem Rücken zur Wand stand wie Fennek Greskegard? Er konnte sich schlecht in einer sterbenden Penta einmauern und hoffen, dass das Unheil an ihm vorbeizog. Nicht, wenn tatsächlich das im Herzen des Waldes auf sie wartete, was er befürchtete.

Fennek gab Urdith ein Zeichen, dass er ihn sprechen wolle. Der Prior ritt heran. Selbst unter diesen Umständen vollbrachte der Nekromant das Kunststück, zugleich amüsiert und unbeteiligt zu wirken.

»Euer Majestät?«, fragte Ozelot.

»Die Toten«, flüsterte Fennek, sodass selbst Gram und die Myrmidonen ihn nicht hören konnten. Der Archont deutete auf die Körper seiner Soldaten und ihrer Feinde, die von den Lebenden nach verwertbarer Ausrüstung durchsucht wurden. »Kannst du sie erheben? Als Verstärkung unserer Truppen?«

Statt über die Ungeheuerlichkeit eines solchen Vorschlags zumindest Überraschung zu heucheln, lächelte Ozelot Urdith. Auf seinen Zügen lag Nachsicht, wie man sie einem Kind entgegenbringen mochte. Fennek schwor, dem Totenbeschwörer diese Gönnerhaftigkeit beizeiten auszutreiben.

»Nein, Euer Majestät. Seht Ihr den Vortex, den Strudel?«, fragte der Nekromant.

»Wie könnte ich nicht. Behandle mich nicht, als wäre ich ein Zurückgebliebener, Prior. Ich habe deinesgleichen gejagt und bin in dem Wirken niederer Magie profund unterwiesen worden«, sagte Fennek. »Von meiner Erfahrung einmal ganz zu schweigen.«

»Der Sturm besteht aus reiner Essenz«, fuhr Urdith im Plauderton fort. »Aus Soma, der Magick des Lebens.«

»Die sich mit deinen Kräften überlagert«, schloss Greskegard, »und das falsche Unleben, das du Leichen verleihen könntest, unterbindet und neutralisiert.« Das Grauen packte ihn, während er durch das dichte Blätterdach die Säule aus Licht und Energien betrachtete. Eine ganze Kompanie Treiberameisen focht Schlachten auf seinem Rücken und seinen Unterarmen aus. »Was denkst du, hält die Säule stabil?«

»Eine unfassbare Macht, Herr«, kam es zurück, kaum dass Fennek die Frage ausgesprochen hatte. Urdith hatte sich seine eigenen Gedanken gemacht.

»Gawr?«, fragte der Archont. »Ist es die Titanin des Lebens, die diesen Vortex stabil hält, wenn sie doch zugleich die Geschöpfe des Waldes und sämtliche Pflanzen hier kontrolliert? Oder ist es gar nicht ihre Macht, weil die Titanin bereits vernichtet ist? Was meinst du?« In Greskegards Magen ballte sich eine kompakte Kugel aus Sorgen und dunklen Vorahnungen.

»Nein, Majestät«, antwortete der Nekromant. Er holte tief Luft, nicht aus dramatischer Effekthascherei, sondern weil er sich sammeln musste. »Es muss etwas sein, das weitaus mächtiger ist als all das.«

Fennek antwortete nicht. Der Wald drehte sich. Ohne jede Contenance übergab sich der letzte Archont der Welt auf den Rücken seines Pferdes.

28. Solus & Ormgair

Sie drangen in den Wildbann vor, nachdem die Angriffswelle der Missgestalteten überstanden war. Solus Terbast musterte den Archonten, wann immer sich die Gelegenheit für einen verstohlenen Blick bot. Um die Pferde nicht zu verschrecken, hielt er sich am Rand des inneren Zirkels auf.

Was wusste Fennek? Solus hatte dem Blick des einstigen Inquisitors entnommen, dass dieser sich einer Tatsache bewusst geworden war, die ihn bis ins Mark erschütterte. Doch was war es? Der Erste der Heimkehrer schwor, dass er sich dieses Wissen aneignen würde, sobald sich die Gelegenheit ergab. Vorerst wollte er den Schutz der Armee nicht verlassen – in der Sekunde, da er sich preisgab, würden ihn der Meister und Dirth mit aller Macht angehen.

Solus wollte sich die Überraschung für Vortigern aufsparen. Den Moment, wenn dem Meister aufging, warum die Energien der Titanen nicht Teil des Rituals geworden waren. Er wollte das Gesicht seines Peinigers sehen, das Gesicht Dirths, wenn er beide mit der Macht der Elemente in seinem Körper hinwegfegte. Bis dahin verhielt er sich ruhig, folgsam und nützlich.

Es war bedauerlich, dass der Totenkaiser vernichtet war. Doch Clachs Opfer bedeutete für Terbast, dem Machtsog des Meisters entgangen zu sein. Aus dem Augenwinkel betrachtete der Erste der Heimkehrer Ormgair Steinviper. Die Miene des Barbaren war ebenso konzentriert wie ausgezehrt. Es steckte nur noch ein Lodern von Lebenskraft in dieser Hülle, nicht mehr als ein Funke, der darauf wartete, noch einmal aufzuwallen, bevor er verlosch.

Andererseits … lebten Totgesagte nicht länger? Der Gedanke führte Solus zu Clach. Hatte der Barbar am Ende gelogen? Er war listiger, als es den Anschein machte. Bewahrte er ein Geheimnis für den Totenkaiser? War das Ableben des Attentäters nur vorgetäuscht? Solus verwarf den Gedanken. Der Barbar wusste etwas, das ein Außenstehender nur wissen konnte, wenn er es mit eigenen Augen gesehen hatte. Er hatte berichtet, dass das Leben aus dem Totenkaiser als Nebel herausfloss. Er musste gesehen haben, was Vortigerns Parasit dem Nebelmacher angetan hatte.

So blieb nur noch Fennek Greskegard als unsicherer Faktor. Solus war überzeugt, dass der Archont begriffen hatte, was sich ihm noch immer entzog. Der Mann war nicht nur ein Magus mit dem Blut des Meisters in den Adern – er war der geborene Ermittler.

Der Erste der Heimkehrer spürte den Druck, bevor er die Stimme hörte. Der Chor rief. Hatten etwa einige Heimkehrer Vortigerns Nebelsog überstanden? Es war anzunehmen. Sie waren eine Brut, die sich notorisch weigerte, zu sterben oder tot zu bleiben. Solus beschloss zu antworten – was immer nach dem heutigen Tag geschah, den Zugriff der Titanen durch die Hand seiner Geschwister konnte er guten Gewissens von der Liste seiner Sorgen streichen.

Was wollt ihr?, pulste er in die Dunkelheit.

Ein hohles Echo war die Antwort, das Solus Terbast in dieser Form niemals erwartet hätte. Er spürte das Fehlen körperlich und begriff dann, dass er selbst es gewesen war, der für die Leere mitverantwortlich war. Er hatte den Großteil der Kathedrale ihrer gemeinsamen Gedankenwelt entvölkert. Die Vernichtung der Pentae-Titanen hatte unzählige Wesen untergeordneter Elemente vernichtet, Heimkehrer wie auch niedere Gottriesen, die beim Verlöschen der Pentae ebenfalls vergangen waren.

Es war nur noch eine Stimme hier, die er sofort erkannte.

Egidia, sagte Solus.

In etwa, erklang die Antwort. Die Stimme war die der Heimkehrerin, doch die Klangfarbe war falsch. Solus hätte sie unter Zehntausenden erkannt.

Meister, hauchte er gegen seinen Willen, statt den Peiniger beim Namen zu nennen.

Du hast mir den Rücken gekehrt, Knecht. Habe ich dich so schlecht behandelt?, fragte der Tyrann mit der Gedankenstimme der Heimkehrerin.

Es ist das Wahrzeichen der Unterdrücker, dass sie jene, die sie niederhalten und vernichten, nach dem Grund ihrer Revolte fragen müssen, obwohl diese ihnen doch egal ist, stieß Solus hervor.

Sprechen wir darüber, sagte der Meister.

In der wachen Welt, in der sein fleischlicher Körper Seite an Seite mit einer Kolonne schritt, die sich mit Haumessern den Weg durch das Unterholz bahnte, schnaubte Solus spöttisch, sodass einige der Männer noch respektvolleren Abstand zu dem Ritter-Monstrum mit den schwarzen Augen hielten.

Oh, seid gewiss, Vortigern. Wir werden sprechen. Ich werde sprechen, und Ihr werdet verstehen, bevor ich Euch das tote Herz aus der Brust schneide, sagte Solus.

Beende diese Torheit, Knecht. Deine Gefühle, dein Stolz sind ohne Relevanz. Nicht nur für mich, sondern auch in Bezug auf meine erhabene Unternehmung an diesem letzten aller Tage der alten Ordnung, sagte

Vortigern. Die Stimme des Erzmagiers war salbungsvoll, jedes Wort, jede Silbe troff vor Vernunft und Geduld.

Oh, wie Solus diesen Tonfall verabscheute. Das Monster hatte ihm das Leben geraubt, um ihn in diese Scheinexistenz zurückzusenden, todlos und vereinsamt. Es hatte Millionen in einem Krieg vernichtet, der etliche Menschenalter zurücklag, nur um in dieser Zeit Hunderttausende seinem Hunger nach Macht zu opfern.

Ihr werdet für diesen Kataklysmus zahlen!, knurrte Solus. *Für mich! Für die anderen Nicht-Toten! Für die Menschheit!*

Oh, bitte! Plattitüden! Verschone mich mit deiner angeblichen Sympathie für die Sterblichen oder die Heimkehrer. Das ist so theatralisch, dass es sogar für deine Verhältnisse lächerlich ist, Knecht. Du hast sie alle gehasst seit dem Tag, da dein Dorf deine Familie aufknüpfte. Ich muss es wissen, sagte Vortigern.

Was soll das heißen!?, fragte Solus, den ein ungutes Gefühl überkam.

Das soll heißen, dass du Teil meines Plans warst. Von Anfang an. Denkst du, ich überlasse die Wahl meines Stellvertreters in der Welt einem Zufall? Denkst du, ich mache die Geburt eines Zeitalters wirklich davon abhängig, dass ich durch blanke Koinzidenz an einem Dorf vorbeikomme, das just in dem Augenblick dabei ist, ein paar Schäfer zu richten?, fragte Vortigern.

Solus stolperte und konnte sich gerade noch fangen. Er ballte die Hände zu Fäusten in einer dunklen Vorahnung. Die Soldaten um ihn herum suchten das Weite und ließen sich auch durch den Protest ihrer Truppführer nicht beirren.

Ihr, knurrte Solus in Gedanken. *Ihr wart es. Ihr habt die Gier der Dörfler geweckt, damit sie nach dem Land meiner Familie schielten. Ihr habt sie angestachelt, uns für Dreck und ein paar Herdentiere zu ermorden. Meinen Vater! Meine Mutter! Die Geschwister!*

Selbstverständlich, du Narr! Deine Fähigkeiten, dein Talent – du warst der ideale Kandidat unter Zehntausenden. Ich erwählte dich, doch war mir klar, dass ich erst deinen Sinn für das Weltliche austilgen musste, um dich zu den Sphären zu führen, die du für mich erobern solltest. Deine Menschlichkeit, dein Mitgefühl, diese Dinge mussten aus deinem Denken entfernt werden für den hehren Zweck, dem du geweiht werden solltest! Du siehst nun, wie lächerlich deine Possen sind. Sei folgsam und füge dich, sagte der Tyrann.

Ich habe das Dorf niedergemacht, als ich ein Magier wurde! Um mich zu rächen! Mit Eurer Hilfe!, antwortete Solus. Seine Stimme verlor den gepressten Klang. Sie wurde vollkommen ruhig, leise und bedacht. *Ihr habt den Kontakt zu allem Menschlichen lange verloren, bevor der Titanensturm begann. Der Barde hatte von Anfang an recht.*

Menschliche Emotionen sind ohne Belang, gab Vortigern ungerührt zurück. *Fahlsang der Barde ist ohne Belang. Sieger schreiben die Geschichte. Die Menschen sind Säugetiere, ihren atavistischen Instinkten und den Rudimenten unterworfen, die sie aus dem Urschlamm mitbrachten.*

Genau da irrt Ihr. Ihr selbst wart ein Mensch, doch Ihr glaubt dieses Dasein hinter Euch, Vortigern. Ein Irrweg, der Euch vernichten wird. Denn es gibt zwei Konstanten, die so mächtig sind, dass sie die Welt aus den Angeln heben können, das habe ich nach einem halben Jahrtausend der Qual begriffen. Jedes Tier, jeder Kettenhund versteht, was Euch auf ewig verschlossen bleibt, »Meister«.

Welche Konstanten sollten das wohl sein? Erleuchte mich, forderte Vortigern.

Die Liebe und der Hass. Die zwei Seiten der Medaille. Nacht und Tag, Licht und Dunkel. Ihr seid es doch, der den Dualismus der Dinge aus dem Gleichgewicht gebracht hat. Eigentlich müsstet Ihr das verstehen. Mir habt Ihr die Liebe ausgetrieben – und unwissentlich habt Ihr gestärkt, was mich antreibt. Ich bestehe nur noch aus Hass. Aus Abscheu wider Euch, wider die Lebenden und meinesgleichen.

Mein guter Solus …, hob Vortigern an, doch der Erste der Heimkehrer ließ ihn nicht zu Wort kommen.

Hass auf diese Welt. Hass auf die Kreatur, die ich geworden bin. Doch am Ende kulminiert alles in einem Daseinszweck: Hass auf Euch. Ich werde Euch vernichten. Ich werde Eure Pläne zum Scheitern bringen, was immer sie sein mögen, und an Eurer statt herrschen, hauchte Solus in den Chor.

Dein lächerlicher Feldzug gegen das Unvermeidliche ist das Strampeln des Todgeweihten gegen die Geschwulst, die an seinen Eingeweiden zehrt und ihn vergehen lässt. Du bist keinen Deut besser als dieser Barbar, Solus. Erkenne deinen Irrweg. Kehre zu mir zurück – bringe mir, was du mir geraubt hast. Die Essenz der vier – vollende an meiner Seite die erhabene Unternehmung. Sei besser als diese Sterblichen. Wir werden die Sterne beherrschen. Wir werden im Kosmos lustwandeln, für alle Zeit eins mit der Macht der Logik und einer Vernunft, die Zeitalter wie Staubkörner erscheinen lassen wird.

Was ich Euch geraubt habe? Wir würden diese Unterhaltung nicht führen, wäre Euer Plan gelungen. Ihr hättet mir die Essenzen entzogen – meine Vernichtung, meine »Ernte« war Teil Eures Plans, leugnet nicht. Ihr versteht nichts von den Menschen oder denen, die einst welche waren. Ihr beleidigt mich, beleidigt meine Intelligenz. Haltet Ihr mich für so töricht, auf Knien angekrochen zu kommen, nur damit Ihr mich vernichten und mir nehmen könnt, was ich im Kampf errungen habe!?

Du wirst dich fügen, Knecht. Oder ich werde dich vernichten. Es klang nicht wie eine Drohung, sondern wie eine Feststellung. Noch immer verströmte Egidias wohlbekannte Klangfarbe nicht die geringste Emotion.

Gebt Euer Bestes, Vortigern. Denn wisset: Haltet Ihr mich nicht auf, haltet Ihr uns nicht auf, werden wir Euch hinwegfegen, sagte der Erste der Heimkehrer.

Du wirst den Preis deiner Hybris zahlen, Tuháth, sagte Vortigern.

Tuháth ist tot. Er wurde von manipulierten Menschen und ihrem Puppenspieler an einem Baum aufgeknüpft, sagte Solus. *Geblieben ist ein toter Mann, der nach einem Zweck hungert – und ihn in Eurer Vernichtung gefunden hat, Vortigern. Ihr müsst von Hochmut faseln, »Meister«! Ihr wollt ein Gott werden – und begreift doch weniger als ein Wurm von dieser Welt. So sei es. Dann werdet Ihr eben auch krepieren wie ein Wurm!*

Du wirst diese Worte noch bereuen, verkündete Vortigern, nach wie vor unbewegt. Solus spürte, wie Egidia den Chor verließ.

Die Essenz der Vier, dachte Solus. *Er denkt, dass ich alle vier Titanenseelen mein Eigen nenne, außer der von Gawr, die er über Egidia kontrolliert. Was nur eins bedeuten kann.*

Der Totenkaiser war noch dort draußen. Fomors Essenz, die Clach sich einverleibt hatte, war nicht in Vortigerns Ritualkreis abgeflossen. Der Erste der Heimkehrer musste auf der Hut sein – wie alle seines Standes war der Attentäter dann am gefährlichsten, wenn er aus dem Verborgenen heraus zuschlug.

Der Erste der Heimkehrer richtete den Blick nach außen – in die wache Welt oder das, was davon übrig war. Solus spürte die Veränderung in der Luft sofort, den Vorboten des Sturms – und wusste, dass es ein Fehler gewesen war, den Erzmagus auf solche Weise zu reizen.

Die Zeit für Worte war vorbei.

Ormgair schreckte hoch. Seit er dem Krankenlager entkommen war, geschah es öfter, dass er einnickte. Etwas, das für ihn vor einigen Monden noch unvorstellbar gewesen wäre. Er wusste, was es bedeutete, spürte jedoch keine Furcht vor dem nahenden Ende. Selbst an diesem bizarren Tag, der kein Ende und keinen Anfang kannte. Der Nebeljäger hatte einen Zweck, ein Hier und Jetzt. Bis er getan hatte, was er tun musste, würde er nicht gehen.

Er bemerkte, wie Greskegard ihn musterte, und grinste wölfisch zurück. Die Schlange würde sich nicht davonstehlen. Da erst ging ihm auf, dass Fenneks Blick keineswegs die Hoffnung ausdrückte, dass Ormgair vor seiner Zeit sterben mochte. Der Archont musterte gar nicht den Nebeljäger, sondern die Soldaten hinter ihm.

Unter den Truppen verbreitete sich nervöse Unruhe. Die Luft, die bislang unbewegt gewesen war, kam in Wallung. Ferner Donner grollte, obschon das Wenige des Himmels, das Ormgair durch das Blätterdach erkennen konnte, wolkenlos war. War das eine Herde?

Der alte Karstlöwe spürte ein vertrautes Kribbeln im Rücken. Die Instinkte eines Mannes, der sein Leben in der Wildnis und unter Tieren verbracht hatte, erwachten. Ihr Heer wurde beschlichen. Von Raubtieren beäugt, daran konnte es keinen Zweifel geben.

»Etwas kommt«, knurrte der Nebeljäger über seine Schulter zu Greskegard, ohne den Blick von den sie umgebenden Farnen und Baumriesen zu lösen.

Fennek schnaubte höhnisch, und Ormgair erkannte, dass er nur das Offensichtliche ausgesprochen hatte. Selbst die armseligen Instinkte der Stadtlinge bemerkten, dass sich etwas anbahnte.

Egal wohin man blickte, war das Unterholz in Bewegung. Massige Körper stapften heran, der Geruch von Dung und nassem Fell breitete sich aus, Bäume schwankten. Trippeln und Fiepen schwollen anderswo mit jedem Herzschlag zu einer Lautstärke an, die bald unerträglich wurde.

Dann verstummte der Wald mit einem Schlag. Die Soldaten tauschten verunsicherte Blicke. Ormgair spürte Schweißperlen in seinen Nacken und über seine Stirn rinnen. Er wollte Greskegard mitteilen, dass diese Stille einem Angriff vorausging, dass die Natur das Nahen des Jägers auf diese Weise ankündigte. Doch er brachte keinen Ton heraus.

Selbst Solus Terbast stand wie angewurzelt da, die Hand am Griff seines Gassenhauers. Die schwarzen Augen des

Heimkehrers verrieten, dass er bereits erlebt hatte, was sich hier anbahnte. Es war ein uraltes Schauspiel, das sich in der Wildnis tagein, tagaus wiederholte. Jeder kannte seine Rolle in diesem Drama. Selbst der Mensch.

Das Unterholz erwachte mit einem Brüllen, das Trommelfelle zerreißen konnte. Wo gerade noch Grün geherrscht hatte, ertrank der Wald in einer Flutwelle aus Fell. Trompeten, Blöken, Brüllen erfüllte die Luft, aus so vielen Kehlen geschmettert, dass die Temperatur schlagartig anstieg.

Da waren sie: Wölfe, Füchse und Marder. Bären und Vielfraße, Rehe und Hirsche, massige Keiler. Eine Woge aus Fell, Muskeln, Hörnern, Fängen und Klauen stieg aus heiterem Himmel an und schlug über den Truppen zusammen.

Dazwischen wankten Kreaturen mit der Masse von Belagerungsmaschinen, in Jahrhunderten unter dem Einfluss der Magick des Lebens zu grotesken Dimensionen aufgebläht. Avatare des Tier-Seins, in denen sich die Merkmale Dutzender Arten vereinigten.

Wo die Soldaten nicht von diesen Giganten zermalmt, von Fleischfressern angefallen oder von Paarhufern überrannt wurden, verschwanden sie unter dem Gewimmel aus Kleintierkörpern, ertranken in Eichhörnchen, Wieseln oder Feldmäusen.

Farne raschelten und spien Pollen, Ranken senkten sich aus den Bäumen und rissen Kürassiere in die Höhe, um sie zu erdrosseln. Giftpilze sowie Samenkapseln, die in der Erde schlummerten, spien Sporen aus. Eine Söldnerin neben Ormgair lief binnen eines Herzschlags schwarz an. Schwärme von Insekten brachen unter Baumrinden hervor, bedeckten Münder, krochen in Augen und Nasen.

Auf diese Welle folgten die domestizierten Tiere. Kriegshunde und Schlachtrösser, ihren Herren seit Jahren in treuem

Dienst verbunden, rebellierten. Kürassiere und Kundschafter wurden abgeworfen, Meutenführer von ihren Mastiffs und Wolfshunden zerfleischt.

Das Chaos obsiegte. Die Schreie der Sterbenden waren kaum zu ertragen. Die Moral selbst der Veteranen brach, hinweggefegt vom Sturm der Schöpfung, die ihren Zorn über die Willkür und Machtgier der Menschen über denen ausgoss, die so töricht waren, hierherzukommen.

Die Schlange bewahrte die Nerven. Greskegard hatte die Augen geschlossen, konzentrierte sich und hinderte mit seinen Mächten die Pferde des inneren Zirkels daran, sich gegen ihre Herren zu wenden. Mit einem Ruck wandte der Archont den Kopf, warf einen Blick zu seinen versklavten Hexern und entfesselte sie: »Tötet! Tötet das Getier!«

Einmal mehr löste sich die Kolonne der Beherrschten, einmal mehr setzten sie ihre magischen Kräfte gegen einen Feind frei, den der Wald ausgespien hatte.

Die Urbestien, die wie Pfeiler in dem Gewimmel aufragten, ließen sich davon nicht beeindrucken. Röhrend fegten sie zerbrochene Leiber mit Prankenhieben durch die Luft oder nahmen Gruppen auf die Hörner, durchbohrten sie mit Stoßzähnen. Eine der Kreaturen, die etwas von einem Centauren hatte, trug eine grimme Sammlung von Toten in ihrem Geweih spazieren.

Der Stadtling, der Gram genannt wurde, Fenneks Huskarl, ließ den Blick über das Gemetzel schweifen und kam zu demselben Schluss wie Ormgair. »Wir müssen weiter, Majestät! Wenn wir noch eine Chance haben wollen, dann jetzt!«, rief er.

Neben Ormgair hieb Solus Terbast dem Streitross eines Kürassiers den Zweihänder über den Kopf, als dieses gegen jeden Instinkt den Heimkehrer angriff. Das Tier brach mit gespaltenem Schädel in die Knie, die Augen rollten. Das ganze Elend des Lebens lag in diesem Blick.

»Er hat recht!«, brüllte der Heimkehrer. Er atmete ein und spie unter Ormgairs ungläubigem Blick eine Lohe Feuer über ein Rankengeflecht, das sich zu ihm herabgesenkt hatte. Wie die Finger einer Hand, die sich verbrannt hatten, zogen sich Tiere und Schlingpflanzen aus Terbasts Reichweite zurück.

»Gib Befehl aus, dass die, die noch kämpfen können, Feuer nutzen!«, rief Ormgair Fennek zu. »Und dann nichts wie weiter. Wenn wir hier scheitern, scheitern wir auf ewig!«

Greskegard erkannte den Sinn in den Worten des Nebeljägers. Er gab den Befehl über seinen Huskarl weiter. Doch in den Augen des Archonten lag ein gequälter Ausdruck. Sah Ormgair dort etwa Mitgefühl mit den Männern, die die Schlange zurücklassen musste, wenn ihre Mission gelingen sollte?

»Wir können unsere Männer nicht aufgeben, Sanftleben«, sagte Fennek.

Hatte Ormgair sich gerade verhört? Oder hatte Fennek den Mann wirklich mit dem Namen seines einstigen Vertrauten angesprochen?

»Majestät?«, fragte der Hauptmann, der ebenso verwirrt schien.

»Gram, meine ich natürlich. Gram. Wir können sie nicht zurücklassen! Nicht so. Sie sind Fomor! Sie sind alles, was ich … was *wir* noch haben!«

»Jeder, der sich einschrieb, wusste, worauf er sich einlässt!«, rief Solus und ließ sein Schwert einen Kreis beschreiben. Eine Meute Wölfe wich jaulend und Urin verspritzend vor dem Ersten der Heimkehrer zurück. Sie sammelten sich und bleckten die Fänge, grollten, trauten sich aber nicht an das Monster heran, das so viel gefährlicher war als sie selbst.

»Majestät, wenn wir jetzt nicht aufbrechen, war alles vergebens!«, rief Gram.

Die Schlange nickte. »Tut es«, sagte Greskegard resigniert. »Wir rücken ab!« Er fügte hinzu: »Tötet jeden, der uns aufhalten will.«

Die Myrmidonen trieben auf Greskegards Kommando einen Keil durch die Front von Fenneks Streitmacht. Sie drängten die vorderen Teile der eigenen Truppen mit ihren Schlachtrössern ebenso beiseite wie die tierischen Belagerer. Der Archont und sein innerer Zirkel schoben sich im Zentrum vorwärts, während sich Solus an der Flanke durch alles hackte, was töricht genug war, seinen Weg zu kreuzen. Seine Rüstung war schwer verdellt, Überwurf und Haare mit Blut, Harz und Streu verklebt.

Die Myrmidonen trieben ihren unaufhaltsamen Keil durch Tiere und Pflanzen. Ormgair blickte über die Schulter. Hinter ihnen schloss sich der Ring um den Rest ihrer Armee. Hilfesuchende Gesichter verschwanden in der Flut, Veteranen schüttelten die Faust in Richtung des Archonten, der sie im Stich ließ. Die Soldaten, die bei Verstand waren und die Nerven behielten, türmten Leichen oder gingen hinter Pferden in die Hocke, um ein Mindestmaß an Deckung zu haben.

Die Schöpfung war wie tollwütig. Unzählige Tiere starben im Pfeilhagel, unter Speeren und Klingen – doch der Ansturm gewann eher an Stärke, als dass er nachließ. Langsam rückte die Schlacht hinter ihnen außer Sicht.

Sie wurden deutlich langsamer, weil die Tierhorde begriff, dass sie zu entkommen versuchten. Etliche Raubtiere fielen die Kriegspferde der Myrmidonen von der Seite an, schnappten nach Knöcheln und Schenkeln. Pferde stiegen und zertraten Schädel und Kiefer, während die Reiterhämmer der Elite des Archonten blutige Ernte hielten.

»Wahnsinn«, murmelte Ozelot Urdith. Zum ersten Mal hatte die Miene von Greskegards oberstem Hexer ihren überheblichen Zug verloren. Seine Augen waren riesig und auf einen Punkt zu ihrer Rechten gerichtet. Bäume brachen dort entzwei. Etwas stapfte hindurch. Die Luft stank nach Harz und nassem Fell. Der Moloch war an den Schultern hoch wie vier Männer. Er bleckte gebogene Reißzähne, von denen eimerweise der Geifer troff. Er war irgendetwas zwischen Wolf, Bär und Echse. Viel zu viele hungrige Augen glommen auf den inneren Zirkel herab.

Ormgair hatte in seinem Leben so viel erlebt, dass er sich unempfänglich gegen Furcht wähnte. Der Nebeljäger wurde eines Besseren belehrt. Beim Anblick dieses Kolosses sank selbst sein Mut. Trotz der Macht von Greskegards Zauberkunst brach der Wille der Pferde. Sie stampften, rollten mit den Augen und spien Schaum.

Ein Myrmidone trieb sein Kriegspferd voran und kicherte wie von Sinnen. Lachend schmetterte er dem Monstrum den Hammer aufs Knie.

Die Bestie zuckte nicht einmal. Sie schnappte so blitzartig zu, dass das Auge kaum folgen konnte. Im Sattel des Palastwächters blieb nur noch ein Paar Beine zurück. Zugleich zuckte die Tatze der Bestie vor. Ormgair stieß einen Warnschrei aus und duckte sich. Es war, als wollte man einem fallenden Baumstamm ausweichen. Männer purzelten durcheinander, Pferde gingen zu Boden. Ein Rupfen, und Ozelot Urdiths Kopf fehlte von einem Augenblick auf den anderen. Der Körper saß noch im Sattel, während das Pferd zusammenbrach. Irgendjemand lachte hysterisch. Jemand anders schrie nach seiner Mutter. Es war egal, wer. Es gab nur noch die Masse – und die Masse explodierte vor Furcht.

Solus Terbast rang um Beherrschung. Er brüllte etwas und

schlitzte der Kreatur mit einem Hieb das Bein auf. Sie legte den Kopf in den Nacken und röhrte Schmerz in den Himmel, den sie Jahrhunderte nicht gekostet hatte. Dann brach sie in die Knie. Sie wälzte sich nach vorn, um den zu zermalmen, der ihr diesen Schmerz bereitet hatte. Doch Solus war längst unterwegs und sprintete tiefer in den Wald.

Ormgair gab seinem Brachenriesen die Zügel und grub ihm die Fersen in die Flanken. Der Nebeljäger war kein begabter Reiter, doch das Tier verstand, weil es fortwollte. Es trug den Barbaren mit einem Satz vorwärts, hinaus aus dem Sumpf der Sterbenden und Toten. Mit den Hufen zerschmetterte es Wölfe und anderes Getier, das seinen Weg blockierte.

Dicht an den Sattel gepresst, stürmte Ormgair vor der Bestie davon. Greskegard, Gram und die Myrmidonen, die noch im Sattel saßen, folgten. Neben ihnen rannte Solus Terbast. Sie flohen vor einem Albtraum, der kein Ende nehmen wollte, gehetzt von einer Meute, die toll war vor Hass. Etwas sagte Ormgair, dass das, was vor ihnen lag, kaum besser war.

29. Drei

Sie drangen tiefer in den Wald vor, jagten durch Farne und unter Baumriesen hindurch. Fennek wusste, dass es an Selbstmord grenzte. Ein tief hängender Ast mochte ihm jederzeit das Gesicht zerschmettern oder sein Pferd stürzen und er sich den Hals brechen. Der Schweiß des Rosses tränkte die Hosenbeine des Archonten.

Terbast rannte gegen jede Möglichkeit an der Seite ihrer Pferde. Der Erste der Heimkehrer murmelte arkane Worte. Wind kam auf, fuhr von hinten heran und trieb die Gruppe mit Macht vorwärts. Er kühlte die verschwitzten Pferdeleiber, klärte den Verstand. Die Wolfsmeuten und das andere Viehzeug fielen hinter dem Archonten und seinen Begleitern zurück und gaben die Verfolgung schließlich auf.

Doch die Verteidiger Fomors waren noch nicht in Sicherheit. Der Wald blieb ihr Feind. Die Erde bebte. Sie buckelte wie ein aufsässiges Maultier, grollte und warf sich hin und her. Hier und dort barst sie in gigantischen Schollen auseinander, die sich emporschoben und sich zu Terrassen auftürmten. Säulen aus vor Gewürm wimmelndem Humus fuhren in die Höhe. Bäume kippten um, und ihre Wurzeln, seit Unzeiten miteinander verflochten, bildeten Netze, die sie nach den verzweifelten Menschen auszuwerfen schienen.

Der Zorn der Erdtitanin war entfesselt. Es konnte keinen

Zweifel daran geben, dass Vortigern über ihre Macht gebot. Gawr war im Titanensturm gefallen und zu diesem Wald, dem Wildbann, geworden. Jetzt war sie erwacht, Sklavin des Tyrannen, und die Macht der Schöpfung richtete sich gegen Fennek und seine Begleiter.

Doch ebenso schnell, wie das Beben begonnen hatte, war es vorbei. Die Landschaft hatte sich vollkommen verändert. Sie glich nichts, was der Inquisitor je gesehen hatte. Terrassen und Tafelberge, schwebende Teile, die in Wurzelnetzen hingen. Glühende Brocken lumineszierender Erde, die in Wolken aus magischer Kraft schwebten, und gigantische, leuchtende Pilze, die aus dem Erdreich hervorgebrochen waren.

Es konnte keinen Zweifel geben, dass sie sich im Mittelpunkt des gewaltigsten Rituals befanden, das die Welt je gesehen hatte. Dieser Ort war fremdartig, getränkt mit Magick. Fennek war nicht mal sicher, dass sie sich noch auf dem Kontinent Aehve befanden. War dies eine Brücke zwischen den Welten, zwischen Leben und Tod?

Wie sollten sie weiter solchen Mächten trotzen? Was konnten Muskeln und Stahl gegen diese Kräfte ausrichten? Fennek spürte Verzweiflung in sich aufsteigen. Etwas in ihm schrie danach auszuruhen, Schluss zu machen. Er wollte sich hinlegen, die Augen schließen und warten, bis die Wölfe kamen und alles vorbei war.

Doch da war auch Wut. Wut darüber, benutzt worden zu sein. Wut darüber zu verlieren, was er errungen hatte. Das hier war seine Welt. Sein Wald! Er hatte gelitten und geblutet für dieses Eigentum. Unzählige waren gestorben, um eine Welt zu errichten, die zu beherrschen sein Schicksal war. Wer waren diese Toten, die sich anmaßten, die Lebenden zu ermorden und zu bestehlen! Ihre Zeit war vorbei! Sie sollten in ihre Gräber zurückkehren und endlich den Lebenden das

Feld überlassen! Fennek das Feld überlassen! Dem Archonten. Dem Pentarchen. Dem Herrn der Welt!

Hinlegen und aufgeben? Er würde ihnen allen zeigen, dass sie ihn gewaltig unterschätzt hatten!

Er schlug die Augen auf, als sie hielten. Der Weg wurde für die Pferde unpassierbar. Erdschollen hatten sich zu zyklopischen Gebilden aufgetürmt, die an aufgerissene Schlünde erinnerten. Zehntausende gespannte Wurzeln sangen über ihren Köpfen, knarrten, als hätte jemand eine Unzahl straffer Hängebrücken errichtet.

Vor ihnen, so nahe, dass Fennek sich einbildete, die Seelen schreien zu hören, wälzte sich der Energiesturm in den Himmel. Sein Flackern erhellte die Luft wie ein Gewitter.

Greskegard stieg ab. Er musste seinen schmerzenden Körper mit unbändigem Willen zwingen. Jeder Muskel tat weh. Der Archont ließ den Blick über seine Streitmacht schweifen. Gram, der Barbar, Terbast und eine Handvoll von Grams Männern. Urdith war nirgends zu sehen. Wahrscheinlich hatte er das Weite gesucht. Etwas anderes war auch von einem Erzketzer und Nekromanten kaum zu erwarten!

»Wir sind alles, was von Fomor übrig ist«, sagte der Archont schließlich. Seine Stimme kam ihm ausgehöhlt und kraftlos vor. Wie matt musste sie erst für andere klingen. »Wir sind Fomor.«

Solus schüttelte den Kopf. »Das ist zwar wahrscheinlich, aber nicht gewiss.«

»Wir atmen noch und halten das Eisen«, sagte Ormgair. »Das ist weit mehr, als ein Mann von diesem Leben verlangen kann, Schlange.«

Der Archont wollte ein verächtliches Schnauben ausstoßen, besann sich dann aber. Was hatte er davon, die wenigen Alliierten in diesem Kampf noch zu verhöhnen? Er beschloss, sich zusammenzureißen – und sei es nur, um sich dadurch von diesen Leuten und ihren kleingeistigen Vorstellungen abzuheben. So nickte er.

»In Ordnung. Was tun wir?«, fragte er.

»Die Männer brauchen eine Rast«, sagte Gram. »Selbst für Krieger wie uns Myrmidonen ist dieser Wald zu viel. Wir müssen uns sammeln, unsere Moral wiederherstellen.«

»Dafür bleibt keine Zeit«, widersprach Solus. Er deutete auf den Strudel aus Energien. »Der Meister mag sich die Titanenseelen nicht einverleibt haben. Doch sein Wald fordert mit jeder Sekunde weitere Leben derer, die wir zurückgelassen haben. Jeder tote Soldat geht in den Vortex dort ein. Was immer der Tyrann plant, es lässt sich bald nicht mehr aufhalten. Wir müssen aufbrechen!«

»Meine Männer …«, hob Gram an.

»Sind ohne Belang«, sagte Solus. »Das, was uns hinter diesem Gebirge erwartet, wird den Verstand ungeschützter Sterblicher so oder so verheeren. Wenn sich Eure Elite nützlich machen will, Hauptmann, soll sie uns bis zum Tempel begleiten und uns dort den Rücken freihalten!«

Die Myrmidonen wohnten der Unterhaltung mit unbewegten Blicken bei. Diese Männer, so gut sie auch gedrillt und innerlich abgehärtet worden waren, hatten zu viel gesehen. Fennek betrachtete sie und kam zu dem Schluss, dass Solus recht hatte. Wie immer es enden sollte, diesen Weg mussten sie allein beschreiten.

»Majestät, ich habe gelobt, Euch mit meinem Leben zu schützen«, sagte Gram.

»Nein.« Greskegard wusste genau, was geschehen würde, wenn er den Mann mitnahm. Er würde auch ihn sterben sehen, und trotz der Unzahl von Menschen, die in diesem Krieg ihr Leben gegeben hatten, all der Toten, die Greskegard selbst durch sein Handeln verursacht hatte, wollte er nicht auch noch diesen treuen Diener dem Grab überantworten. »Keine Widerrede. Wir werden unseren Weg fortsetzen. Du wirst mit den Männern nachrücken, sobald ihr könnt, Gram. Eure Mission ist simpel: Bezieht Position bei dem Tempel und haltet uns den Rücken frei.«

Grams Mund schloss sich. Er erkannte das Eisen in Fenneks Blick. »Wie Ihr befehlt, Euer Majestät«, sagte er. »Es war mir eine Ehre, Euch dienen zu dürfen.«

Fennek wusste nicht, was er erwidern sollte. Die Welt war zerbrochen, alles hatte seinen Sinn verloren, so schien es – es gab nichts außer dem Weg, der klar vor ihm lag und den er selbst gewählt hatte. Er tat das Erste, was ihm in den Sinn kam. Er salutierte vor dem Myrmidonen und seiner Garde.

Dann wandte er sich ab. Er hatte das Gefühl, einmal in seinem verpfuschten Dasein eine Entscheidung getroffen zu haben, mit der er leben und schlafen konnte. »Es ist lange her«, murmelte er.

Fennek sah, dass der alte Barbar ihn ohne sein übliches Lauern betrachtete. Da war ein zaghaftes Nicken in seine Richtung, ein Minimum an Respekt. Sie waren weiterhin Todfeinde, doch da lag Achtung im Blick des Ambosskriegers.

Der Blick schmerzte den Archonten mehr als jeder Hass, jede Schmähung, die Ormgair ihm sonst angedeihen ließ. Ein anderer Almarach hatte Fennek so betrachtet, als er ihn aus einem Sumpfloch gerettet hatte. In einem anderen Leben, das hundert Jahre zurückzuliegen schien. Seine Kehle schnürte sich zu, und ihm brannten die Augen. Was war nur aus ihm geworden? Es war ohne Belang.

Mit einer Hand krallte er sich in der Krume des Schollengebirges fest. Er konnte nur hoffen, dass sich die Erde nicht auftat und ihn einfach verschlang. Andererseits, wäre das so schlimm gewesen? Er hörte, wie die beiden anderen ihm folgten. Sie erklommen die zerklüfteten Schlünde, zwischen denen sich Wurzelwerk erhob. Fennek schnaufte, aber es war einfacher, als er es sich vorgestellt hatte.

Als sie oben angekommen waren, im Schatten einer einzelnen Kiefer, die wie eine Trauerweide in einem romantischen Gemälde vereinsamt auf der Spitze des Erdpfeilers stand, setzte Greskegards Verstand aus.

Der Sturm aus Energien schoss in pulsierenden Kaskaden in den Himmel. An seiner Basis stand der Tempel – ein schwarzer Basaltblock mit Minaretten aus angelaufenem Messing. Der Großteil des Gebäudes war von Flechten und Moosen überwuchert. Erdbrocken klebten an den Flanken. Die Unzahl von Schädelreliefs wurde durch die Lichtsäule in ein schauriges Schattenlicht getaucht. Die Reihen grinsender Fratzen traten überdeutlich hervor.

Es gab keinen Zweifel daran, dass dieser Ort einst ein Heiligtum der Todesgöttin gewesen war. Doch der Tempel stand nicht ebenerdig – er war den Tiefen der Welt entstiegen, und Fennek und seine Begleiter kannten jetzt den Grund, warum sich die Landschaft ringsum derart aufgetürmt hatte.

Das Gebäude lag in einer Klaue, die so groß war, dass es jedes Begriffsvermögen überstieg. Die ausgestreckten Finger der Titanin Gawr, bedeckt von Bäumen, Wurzeln und Tümpeln, ragten in das Firmament, dick wie die Energiesäule, die zwischen ihnen entsprang. Auf der gewaltigen Mischung aus Hand und Tierpranke, zu Füßen des Tempels, wimmelten Gestalten. Die roten Roben verrieten sie als Arkanisten.

»Das ist das Ende«, raunte Fennek. »Solche Mächte! Wie sollen Sterbliche gegen solche Mächte bestehen? Ein Toter, ein Todgeweihter und ein König ohne Volk, der nichts als ein rostiges Schwert trägt?«

»Wir können jetzt nicht aufgeben«, sagte Ormgair. »Nicht so kurz vor dem Ziel.« Sein Atem kam rau und stoßweise, die kurze Klettertour machte ihm bereits zu schaffen. »Wie sollen wir dort hochkommen? Wir haben mit Mühe die Erdsäulen geschafft. Wie also willst du eine solche Säule erklimmen?«

»Ich muss, also wird es gelingen«, sagte der Barbar.

Greskegard wollte noch etwas entgegnen, doch Solus fiel ihm ins Wort: »Der alte Mann hat recht, Fennek. Jetzt ist nicht die Zeit für Zweifel. Wir sind nur noch Minuten von der Kulmination entfernt – der Tyrann hat sein Tun bald vollendet.«

»Minuten! Wie sollen wir binnen Minuten diesen Turm von einem Arm erklimmen?«, fragte Greskegard. Er spürte Zorn in sich aufsteigen.

»Gar nicht«, sagte Solus. »Die Macht des Windes ist mir untertan. Mein Wille zwingt das Element, mir zu dienen. Wir werden auf dem Wind hinaufreiten.«

»Wir sollen fliegen?« Fennek spürte, dass er am Rand eines mentalen Abgrundes stand. Noch ein Schritt, und er würde ebenso zerbrechen wie der Myrmidone, der sich lachend in seinen Tod in den Klauen der Bestie geworfen hatte.

»So in etwa«, sagte Solus ruhig. »Es ist eher wie ein Speiseaufzug. Nur hebt uns Luft empor, nicht Seile oder Ketten. Doch wir werden mit unserer Ankunft auf dem Plateau keinen Augenblick der Ruhe mehr haben. Der Tyrann wird diese Macht spüren und alles tun, um uns aufzuhalten.«

»Wir könnten einen Eingang in die Adern der Titanin suchen, so wie bei Fomor«, schlug Greskegard vor, obwohl er es besser wusste. Sie hatten keine Zeit mehr.

»Ich werde gehen. Begleitet Ihr mich, oder wollt Ihr hier stehen und Maulaffen feilhalten in den letzten Minuten Eures Daseins? Ich für meinen Teil würde gern entscheiden, wie ich abtrete. Denn glaubt mir, zu sterben ist kein Zuckerschlecken.«

»Da ist was dran«, sagte Ormgair. »Bringen wir es endlich hinter uns.«

Greskegard antwortete nicht. Was sollte er auch noch sagen? Er lud seine Armbrust und zog das Schwert.

Sie verfielen in einen leichten Trab. Nach kurzer Zeit standen sie am Fuß der Säule. Tausend Männer konnten den Arm nicht umspannen, wenn sie einander an den Händen hielten. Fennek vermied es, nach oben zu blicken. Er wollte etwas Geistreiches sagen, das er dem Irrsinn der Ereignisse entgegenwerfen konnte.

»Ach, verdammt«, schnauzte er stattdessen. »Macht schon, Terbast.«

Doch Solus hatte längst begonnen. Wind frischte auf. Der Boden blieb unter ihnen zurück, während sich eine Kugel aus Luft um sie und unter ihren Füßen formte. Wie schwerelos stiegen sie empor. Sie schwebten – und doch war dies mit das Normalste, was an diesem Tag geschehen war.

Fennek wollte die Augen zukneifen, nicht nach unten blicken. Doch etwas erregte seine Aufmerksamkeit. Während sie emporstiegen, sah er auf halber Höhe etwas höchst Eigenartiges. Ein nackter Mann hing in einer der Baumkronen, die Gawrs Arm wie Haare bedeckten.

Der Leichnam war frisch. Durch den Sturz war er in einem üblen Zustand. Fenneks Ermittlergespür sog die Details auf, wenn auch nur, um sich von seiner Angst vor der Höhe abzulenken – und davon, dass sie lediglich auf einem Luftpolster standen. In der nackten Brust des Toten klaffte eine dreieckige Wunde, und seine Kehle war durchtrennt. Die Tätowierung am Unterarm sah verdächtig nach der eines Arkanisten aus.

Da waren sie vorbei und stiegen höher. Doch Fennek Greskegard brauchte weder weitere Hinweise, noch musste er den Toten näher betrachten, um zu wissen, was er wissen musste. Diese Art zu töten, die Präzision ebenso wie die bevorzugten Methoden, kannte er. Der Totenkaiser war keineswegs vernichtet. Einer der Arkanisten dort oben war also einer der gefährlichsten und fähigsten Mörder aller Tage. Und er war auf dem Weg, den Tyrannen von Khael zu beseitigen. Fennek fasste Mut.

Sie kamen oben an, landeten auf Bodenhöhe der Festung einige hundert Schritte von den Mauern entfernt. Der Strom aus Energien empfing sie, der die Tempelanlage umtoste wie die Geburtsstätte eines Wirbelsturms. Ormgair straffte sich sichtlich, und etwas von der Gesichtsfarbe des Barbaren kehrte zurück.

Auch Fennek fühlte sich erfrischt, als sie in die Lebenskraft eintauchten. Ein Machtgefühl ergriff von ihnen Besitz. Die drei Männer, jeder auf seine Weise ein Knoten übernatürlicher Macht, tauschten einen Blick. Ormgair grinste wölfisch.

Da stürmten bereits die Arkanisten auf sie zu. Sie waren noch menschlich, doch ebenso von Sinnen wie ihre mutierten Artgenossen im Wildbann. Ohne Rücksicht auf sich selbst griffen sie das Trio an. Die Macht des Seelensturms hatte sie in größenwahnsinnige Irre verwandelt.

Grinsende Gesichter und erhobene Opferdolche, wohin Fenneks Blick auch fiel. Er zögerte keine Sekunde, legte an und schoss dem Erstbesten einen Armbrustbolzen mitten ins Gesicht. »Friss!«, knurrte er und spürte, wie gut es ihm tat, sich abreagieren zu können.

Ormgair und Solus wateten in das Gefecht. Die mit Dolchen bewaffneten und von Selbstüberschätzung getriebenen Scholaren hatten ihren Schwertern nichts entgegenzusetzen. Es war kein Kampf, es war ein Schlachtfest.

Zum ersten Mal, seit sie den Wald betreten hatten, hatte Greskegard das Gefühl, dass sie die Kontrolle über ihr Schicksal in Händen hielten. Der Archont schöpfte Hoffnung. Vielleicht mochten sie das Verhängnis noch abwenden. Mit brennenden Armmuskeln und blutbefleckter Klinge erreichten sie den Eingang des Tempels und ließen Tote und Sterbende zurück.

Sie erklommen die Stufen der alten Hochanlage und drangen ins Innere ein.

Sie traten durch einen Narthex. Die rechteckige Vorhalle wurde von maroden Wandteppichen eingerahmt, ebenso nachtfarben und düster wie die Halle. Obschon hinter ihnen der Energiesturm tobte und dieser auch den Mauern des Tempels entsprang, konnte man hier kaum die Hand vor Augen sehen. Die nachtfarbenen Steine schluckten alles Licht.

Fennek blieb hinter Ormgair und Solus, von wo aus er beide im Schimmer von Morvens Runen im Auge behalten konnte. Vor ihnen gähnte eine Doppeltür, die wie das Antlitz der Sharis gearbeitet war. Die silbernen Türflügel standen offen. Fennek trat näher und betrachtete sie. Die eine war geformt wie das halbe Gesicht eines Kindes, die andere wie das einer alten Vettel. Der Künstler hatte meisterhaft das Grinsen des Schädels herausgearbeitet, das hinter beiden Gesichtshälften lauerte. Das Versprechen, das auf jeden Menschen dereinst wartete.

Ein dröhnender Singsang drang aus dem Hochtempel in den Narthex. Es gab keine Gänge hinter der Doppeltür, nur einen einzigen kolossalen Raum, der, wie Fennek annahm, von Meditationsgängen und geheimen Kammern umgeben war. Einige Dutzend Stimmen murmelten Formeln. Die verbliebenen Arkanisten, die Vortigern als Helfer bei seinem Ritual dienten. Ein fliederfarbenes Aufglühen begleitete den an- und abschwellenden Singsang.

Doch da war noch etwas. Greskegard hörte ein Geräusch, das er nicht zuordnen konnte. Es klang, als schabte eine Vielzahl von Ästen oder Gehölzen aufeinander.

»Was ist das?«, zischte der Archont.

Er erhielt keine Antwort. Terbast und der alte Nebeljäger schienen nicht vorzuhaben, subtil vorzugehen. Sie stapften durch das Tor, der verhärmte Riese und der Ritter in seiner Plattenrüstung. Greskegard überlegte für einen Augenblick, ob er nach draußen gehen und sich eine der Arkanistenroben überwerfen sollte, verwarf den Gedanken jedoch. Er bezweifelte, dass er seine Macht vor Vortigern verbergen konnte, immerhin war er kein Assassine. So blieb ihm nur zu hoffen, dass der Totenkaiser wusste, was er tat, und den Tyrannen überraschte.

Das kurze Innehalten für die Überlegung hatte ihn hinter dem Barbaren und seinem nicht-toten Begleiter zurückfallen lassen. Sie waren in die Halle getreten. Vorsichtig folgte Greskegard dem Duo.

Die beiden standen da, als wären sie gegen eine Wand gelaufen. Für einen Moment nahm der Archont an, es läge an dem Anblick, der sich ihnen bot. Die Quelle des Geräuschs war jetzt gut zu erkennen.

Das Zentrum der Halle wurde von einem massigen Gebilde eingenommen. Es sah aus wie eine Knospe, ein verschlungenes, doppelt mannshohes Nest von Ranken, Ästen und Trieben, die sich um etwas von der Größe eines Körpers schlossen. Sie bewegten sich konstant wie die Finger einer Faust, die einen Käfer umschlossen hielt, aber darauf bedacht war, ihn nicht zu zerquetschen.

Von dem Holzkokon gingen mannsdicke Triebe aus und hatten sich in die Hallendecke gegraben. An ihnen hing der Kokon. Ranken verteilten sich im Raum, an denen Blüten von obszöner Größe wucherten. Sie waren die Quelle des Lichts, pulsierten und wiegten sich in unsichtbaren Strömungen. Das Ganze erinnerte den Archonten an einen Baum, den jemand umgedreht hatte – seine Frucht hing im Zentrum des Raums, die Wurzeln entsprangen der Decke.

Der Kokon befand sich im Inneren des Energiestroms, doch Fenneks schlimmste Befürchtungen bewahrheiteten sich. Vortigern lag nicht darin, sondern stand mit dem Rücken zu ihnen im Zentrum des Seelenwirbels. Zumindest nahm Fennek an, dass die Mumie in der purpurnen Robe der Tyrann war. Ein eigentümlicher Kampfstab schwebte neben ihm in der Luft. Geometrische Körper kreisten wie Monde um die Spitze des Zauberstabs.

Greskegard hatte die Teile des Rätsels zusammengesetzt. Er wusste, was in dem Kokon war, gebunden durch die Macht der Lebenstitanin und perfekt im Gleichgewicht gehalten. Die Erkenntnis rüttelte an seinem ohnehin angegriffenen Verstand. Er wollte auf die Knie fallen vor denen, die in dieser perfiden Falle ruhten. Die ein halbes Jahrtausend entmachtet in Vortigerns Knechtschaft darauf geharrt hatten, dass der Tyrann sie verschlang.

Der Erzmagus riss einmal mehr die Arme in die Höhe und intonierte Formeln, die Greskegard eine Gänsehaut bescherten. Ein Ring aus Arkanisten umgab die bizarre Szenerie. Die Akoluthen des Erzmagus wiederholten die Formeln, kaum dass sie ausgesprochen waren. Ein besonders fettes Exemplar machte den Vorbeter. Das musste dieser Dirth sein, den Clach erwähnt hatte.

Unvermittelt hielten sie wie auf ein unhörbares Signal inne.

Erst da registrierte Greskegard den wahren Grund dafür, dass sich Solus und Ormgair nicht bewegten. Es lag ein haarfeines Flimmern in der Luft um das Ritual, ein Vorhang von

Sporen, den er jedoch deutlich erkennen konnte. Er wusste nicht, woher er sein Wissen bezog, konnte es nur auf sein Erbe schieben. Die Schwebeteilchen kamen träge von den riesigen Blüten an der Decke gesegelt, und jedes von ihnen war magisch geladen. Sie hielten den Nebeljäger und den Templer-Heimkehrer gefangen wie Insekten, die sich in Leimfäden verfangen hatten.

Der Tyrann wandte sich um. Obschon er nicht mehr war als ein vertrocknetes Gerippe in einer Robe, vermittelte seine Körpersprache eine Überlegenheit, die an das Göttliche grenzte. In seinen Augenhöhlen brannte ein unheiliges Feuer. Das Knochengesicht unter der Kapuze vollbrachte irgendwie das Kunststück, Hohn zu verströmen.

»Wir haben Gäste«, sagte der Tyrann. »Ungeladen und doch erwartet. Dachtet ihr tumben Narren wirklich, ihr würdet hier hereinspazieren und meine Unternehmung, das große Werk, mit euren Kindereien stören?«

Weder Solus noch Ormgair konnten antworten, denn ihre Kiefermuskeln waren ebenso gelähmt wie der Rest ihrer Körper. Fenek hob die Armbrust und trat einen Schritt vor, in der Hoffnung, dass es bedrohlich aussah.

Es verfehlte seine Wirkung.

»Ah, einer meiner geschätzten Nachkommen«, höhnte das Wesen. »Ich grüße dich, Archont Greskegard.«

»Tyrann!«, stieß Fennek hervor, da ihm nichts Besseres einfiel.

Sein Blick fiel auf das Rankenbündel, und er sah die Strahlen aus Licht und Dunkel, die vereinzelt durch Lücken hervorbrachen. Wenn es ihm irgendwie gelänge, die zu befreien, die in der Umarmung des Holzes gefangen waren …

»Ah«, machte Vortigern. »Wahrlich, Ihr seid von meinem Blute, Archont. Ich sehe, Ihr habt begriffen.«

Fenneks Mut sank, falls das noch möglich war. Er hatte also recht. »Das sind sie, nicht wahr? Das ist, worauf Eure Falle abzielte, Vortigern. Ihr habt sie beide damals gefangen. Das war von Anfang an Euer Plan. All die Opfer, die Menschen, die Erzmagi, der ganze Titanensturm … all das sollte Euch nur den Weg zu dieser Stunde ebnen.« Greskegard wählte jedes Wort mit Bedacht. Er wollte Solus nicht mit der Nase darauf stoßen, was sich seiner Meinung nach in dem Kokon verbarg. »Die Energie, der Seelensturm, all die Toten, die Macht der Titanen, die Ihr Solus gewiss gleich zu entreißen gedenkt … sie war nie dazu bestimmt, direkt verschlungen zu werden, nicht wahr?«

»Beeindruckend«, sagte der Tyrann.

»Ihr habt sie nur gesammelt, Erzmagus. In Eurer magischen Falle gesichert, indem Ihr die Titanen und ihre Diener unterwandert habt. Durch die Titanen und ihre Ränke konntet Ihr all die Lebensenergie aus dem Krieg und den Jahrhunderten danach konzentrieren. Die Titanen waren Eure Gefäße, nicht mehr als Weinamphoren.«

Vorsichtig kam Greskegard näher. Er achtete sorgfältig darauf, nicht in den Pollenvorhang zu geraten, sondern blieb einen Schritt hinter Solus und Ormgair stehen, sodass sie ihn hören konnten. Währenddessen forschte der Blick des Archonten nach dem Totenkaiser. Er musste unter den Akoluthen sein, wartete auf den perfekten Moment.

»Ihr braucht diese Energie nicht, um ein Gott zu werden. Nicht direkt, zumindest. Ihr braucht sie, um die noch mächtigeren Energien derer zu zügeln, die in dem Kokon stecken. Wie ein Mann, der einen Deich baut, damit ihn die Flut nicht fortreißt. Ein Knüppeldamm, der aus einer Sturmflut eine Lagune macht, sozusagen, damit Ihr sie in Ruhe leertrinken könnt, ohne Euch an dieser Macht zu verschlucken.«

»Fürwahr, Fennek Greskegard«, sagte der Tyrann. »Mein Respekt vor Euch wächst mit jeder Minute – Ihr habt es begriffen. Da Ihr erkannt habt, welche Mächte ich zügeln will, seht Ihr auch ein, dass jedweder Widerstand vergebens ist. Legt also das lächerliche Spielzeug von einer Waffe beiseite und erfüllt Euer Schicksal. Schließt Euch mir an – es soll Euer Schaden nicht sein.« Er machte eine einladende Bewegung mit seiner Mumienhand.

Der Gedanke war verlockend. Der Archont war ein Überlebenskünstler. War es so falsch, auch dieses Mal einen Weg zu wählen, um die eigene Haut zu retten?

Er traf seine Entscheidung, neigte den Kopf wie in tiefem Gehorsam.

»Haltet euch bereit, meinem Befehl zu folgen, wenn es beginnt«, flüsterte Greskegard so leise, wie er nur konnte, zu Solus und Ormgair. »Ihr habt nur diese eine Chance, seine Magie ist zu stark.« Er hoffte, dass ihn der Tyrann nicht hören konnte.

»Ich wäre kaum mehr als Euer Lakai, Vortigern«, antwortete er lauter. »Welche Verwendung könnte ein Gott wohl haben für einen einfachen Magier?«

»Ihr wärt mein Seneschall«, sagte der Tyrann. Er schwebte leicht empor, der Stab flog in seine mumifizierte Hand. Mit baumelnden Fußknöcheln schwebte das untote Monstrum durch den Wirbel auf Fennek zu und blieb dann einige Schritte vor ihm in der Luft stehen. »Mein Truchsess. Ihr seid ein Mann, der die Bürde der Herrschaft versteht, und würdet an meiner statt die Tagesgeschäfte erledigen.«

»In einer leeren Welt? Welche wären das wohl?«, fragte Greskegard ungläubig. »Nein, sagt es mir nicht. Was schert Euch diese Welt, Thetis? Mit der Macht, die Euch zu eigen wird, könnt Ihr die Feuer des Kosmos bändigen.«

»Eure Einsichten sind beeindruckend.« Die Mumie neigte das knochige Haupt. »Ein Mann wie Ihr ist an dieses Zeitalter vergeudet, Archont. Ich trachtete einst danach, Euren Körper zu rauben. Als dies misslang, wollte ich Euch vernichten. Ich sehe ein, dass beides unbedacht gewesen wäre.«

»Wisst Ihr, es ist noch nicht lange her, dass ich eine ähnliche Unterhaltung führte«, sagte Fennek. »Damals war ich in Eurer Position und der Mann mir ausgeliefert.« Er setzte alles auf eine Karte, wohl wissend, dass sich Vortigern nicht mehr für menschliche Belange, für die Nuancen ihrer Sprache und Mimik interessierte. Der Archont hoffte, dass dies dem Erzmagier zum Verhängnis wurde. Wenn der Totenkaiser nicht hier war, nicht handelte, war alles verloren.

Die brennenden Seelengruben des Monstrums musterten den Archonten, doch es schwieg.

»Doch, doch, es stimmt«, sagte Greskegard. »Es war mit einem Eurer Knechte. Einem der Arkanisten in diesem Raum.«

Mit einem Knarren von verdorrtem Fleisch wendete die schwebende Mumie den Kopf und betrachtete die Versammlung ihrer Untertanen, bevor sie den Blick wieder auf Greskegard richtete.

»Eure Entscheidung«, sagte Vortigern. »Wollt Ihr mit den anderen fallen oder Euer Erbe antreten? Euer *wahres* Erbe?«

Da streckte Fennek die Rechte vor, hielt dem Tyrannen von Khael die Hand hin, während die Linke in der Tasche seines Mantels verschwand.

»Ausgezeichnet«, sagte Vortigern, der die Geste ignorierte und dem Archonten den Handschlag verwehrte. Das Wesen wandte sich um. »Folgt mir, Magier. Wir haben zu tun.«

»Interessiert es Euch nicht, was ich dem Mann in meinem Kerker sagen wollte?«, fragte der Archont.

Vortigern drehte sich wieder um. Er betrachtete die dargebotene Hand, die er zum ersten Mal zu bemerken schien. »Ist es von Belang für die große Unternehmung?«

»Ich habe diesen Mann belogen, wie wir es im Laufe unserer langen gemeinsamen Zeit oft taten«, sagte der Archont. »Ich erzählte ihm, es gäbe keine Hoffnung für diese Welt, die Tempel seien vernichtet, die Götter seit langem tot. Ich habe mich geirrt, wie Ihr sehr wohl wisst. Ich sagte zu diesem Mann, dass ein Tag kommen würde, da ich wieder Verwendung für ihn haben würde. Dass wir gemeinsam mehr erreichen könnten, so wie Ihr es eben zu mir sagtet.«

Vortigerns Augen flammten auf, als er begriff. Er wirbelte herum, als hinter ihm die Menge der Akoluthen in Aufruhr geriet.

»Dieser Tag ist jetzt!«, rief Fennek.

Aus dem Schutz der Menge seiner Knechte schoss ein Arkanist in der unmittelbaren Nähe auf den Erzmagier zu. Er warf im Sprung die Robe ab wie eine Schlangenhaut, Krummschwert und Dolch des Totenkaisers gruben sich in den Körper des Tyrannen.

Fennek riss die Linke nach vorn. Der Tiegel, den er dort verborgen hatte, traf den Erzmagier in den Rücken und zerbarst. Magiehemmendes Harz aus dem Kerker spritzte auf Vortigern, traf Solus und Ormgair. Ein leichtes Zucken lief durch ihre Körper.

Fennek bündelte das seltsame Talent, das ihm zuteilgeworden war, in einem einzigen Strom aus unbändiger Kraft. Er schloss die Augen, streckte geistige Fühler aus und klinkte sich in den Strom des Lebens, der Seelenenergie ein, die draußen um den Tempel wirbelte. Er hatte das Gefühl, in einem nicht enden wollenden Orgasmus aus Blitzschlägen zu stehen. Sein Körper fühlte sich an, als stünde er in Flammen, mächtig genug, Berge zu spalten.

Unvermittelt schlug Fennek Greskegard – Zoll für Zoll ein Magier, durch Blutrecht und Macht, nicht durch Ausbildung – die Augen auf.

»Durchbrecht den Vorhang und tötet«, befahl er.

Solus und Ormgair erwachten aus ihrer Erstarrung und warfen ihre Ketten ab.

30. Gottesmörder

Der Totenkaiser warf die Kutten des Akoluthen ab und schoss dicht am Boden vorwärts. Seine Beine katapultieren ihn mit der Macht von Schmiedehämmern vorwärts. Eine günstigere Gelegenheit als die, für die Fennek Greskegard gesorgt hatte, gab es nicht.

Der untote Erzmagier mochte vor Macht bersten, doch er war langsam. Als er sich dem Totenkaiser zuwandte, war Clach längst bei ihm. Der Heimkehrer sprang ab und versenkte seine Waffen in Vortigerns vertrocknetes Fleisch. Clach stach zu, versuchte, einen guten Punkt zu finden, der es ihm erlaubte, den Untoten zu köpfen. Doch Vortigern wehrte sich. Er war nicht stark, aber äußerst gelenkig. Er wand sich unter den Angriffen, während seine Augenhöhlen brannten.

»Durchbrecht den Vorhang und tötet«, befahl Fennek, und sowohl Terbast als auch Ormgair erwachten aus ihrer Starre. Blinzelnd machten sie einen Schritt durch den Vorhang und waren wieder klar. Im selben Augenblick fiel eine Meute kreischender Arkanisten mit Feuerstäben und Dolchen über sie her.

Clach hatte den Punkt gefunden, den er brauchte. Er nagelte Vortigerns Mumie mit den Knien an den Erdboden und hob den Talwar für einen blitzschnellen Hieb. Die Kapuze des Erzmagiers rutschte zur Seite. Der Anblick ließ den Totenkaiser für einen Augenblick zögern.

Hermodes?, dachte er, als er die Züge in dem erstarrten Fleisch wiedererkannte.

Vortigern genügte das Wiedererkennen. Er sprach ein Wort der Macht, und die Welt ging in Lärm und Licht unter. Eine Druckwelle traf den Totenkaiser, er wurde fortgeweht wie ein Blatt und segelte davon. Hart schlug sein Körper auf. Als er sich berappelt hatte, erkannte der Attentäter, dass sich Vortigern erhoben hatte – und dass sie Dutzende Meter voneinander getrennt waren. Solus, Fennek und Ormgair standen in einer Flut aus Arkanisten und kämpften.

»Egidia, höre deinen Meister!«, rief der Erzmagier. »Vernichte den Assassinen! Entfessle Gawr gegen das Ungeziefer!«

Über sich hörte Clach das Knirschen von Holz und Ranken. Die Bahnen unter der Decke teilten sich, die Blüten erschauerten, und ein Monsun aus Pollen rieselte herab. Von zwei Ranken gehalten wie eine Theaterschönheit auf einer Bühnenschaukel senkte sich eine nackte, junge Frau in die Tiefe. Sie setzte mit ihren Füßen auf den Steinplatten auf. Clach fand sie unscheinbar. Sie war blond, knochig und nur wenig weiblich.

Die Kurzhaarige musterte den Attentäter und verzog die Lippen. »Du also bist Ashavars Mörder. Ich hatte mehr erwartet.«

Sosehr Clach eine gute Retourkutsche schätzte, die Zeit für Geplänkel lag weit hinter ihnen. Er hörte eine Bewegung über seinem Kopf und ließ seinen Körper zu Stein werden, statt zu antworten. Ranken barsten aus der Decke, wollten sich um ihn legen, um ihn zu zerquetschen, doch sie konnten der Marmorhaut des Totenkaisers nichts anhaben.

Clach ließ den Krummsäbel wirbeln und zerhackte Nester aus Grün. Dicklicher Pflanzensaft spritzte umher. Kaum dass er zu Atem gekommen war, ließ der Totenkaiser die Steinkraft fallen und schoss auf Egidia zu.

Die Heimkehrerin blies Wolken aus Sporen nach ihm und verfeuerte Dornen aus ihren Fingernägeln. Doch der Totenkaiser wich mühelos aus. Er tanzte durch den Hagel ihrer Pflanzenkräfte und war binnen eines Herzschlags bei ihr. Dolch und Säbel fanden ihr Ziel.

»Du bist nicht bei der Sache, Mädchen«, sagte Clach, während er Egidias Rumpf über Kreuz aufschlitzte, um ihr darauf mit dem Talwar den Arm vom Körper zu trennen. Klebriges Harz schoss statt der schwarzen Essenz aus ihren Wunden. »Liegt es an dem, was in dem Rankennest dort oben ist? Musst du zu viel Kraft darauf verwenden, es weiter gefangen zu halten?«

Sie blieb mit gesenktem Kopf auf seinen Waffen stecken. Ungläubig musste Clach mit ansehen, wie Wunden, die er oder Solus kaum heilen konnten, sich ebenso schnell schlossen, wie er sie geschlagen hatte. Der Arm wuchs nach.

»Aus meinen Augen!«, knurrte die Heimkehrerin, riss ruckartig den Kopf hoch und traf Clachs Brustbein mit einem doppelten Fauststoß, in dem die ganze Macht steckte, die es Baumwurzeln gestattete, Felsen zu spalten. Sie zertrümmerte ihm die Rippen und schmetterte den Totenkaiser in die Steinplatten des Bodens.

Drohend ragte die Heimkehrerin über Clachs Körper auf. Hinter ihr erkannte der Totenkaiser, wie sich überall Ranken herabsenkten und in die Körper der Arkanisten bohrten. Säfte flossen in die Körper der verwundeten oder sterbenden Wirker – und die erhoben sich, um Solus, Ormgair und Fennek noch stärker zuzusetzen. Vortigern schwebte über allem. Der Tyrann schickte sich an, zerstörerische Zauber auf das Trio niedergehen zu lassen.

Clach wusste, dass ihm nur eine Chance blieb – vernichten konnte er die Heimkehrerin auf diese Weise nicht. Mörderische Tierpranken brachen aus ihren Händen und Füßen hervor, um den Totenkaiser zu zerfetzen. Sie hob die Rechte zum tödlichen Schlag, spannte zugleich das linke Bein an, um seinen Kopf zu zermalmen.

Clach bog den Rücken im Liegen durch wie eine Katze und legte die ganze Macht des Erdelements nicht in seinen Körper, sondern nur in die Füße. Ihr Schlag kam. Er stieß sich mit den Armen ab und trieb ihr beide versteinerte Füße in den Rumpf.

Jetzt war es Egidia, die so wie Clach nach Vortigerns Manöver durch den Raum flog. Zugleich sandte Clach mit aller Macht einen Gedanken in Richtung Solus Terbasts, dass sie die Quelle des Rankenangriffs war. Der Totenkaiser kam auf die Beine. Er schleuderte ein Wurfmesser, und es bohrte sich in Vortigerns Seite, der über dem Ganzen schwebend ein leichtes Ziel bot. Zornig riss der Tyrann den Kopf herum. Er zog das Messer aus seinem Körper und betrachtete es, bevor es in seinen Händen aufglühte und flüssig wurde. Die Finger, die vernichtende Zauber woben, richteten sich auf den Totenkaiser.

Sie standen umringt von Feinden. Die Arkanisten, die sie niedergestreckt hatten, erhoben sich wieder, durch Ranken mit der Lebenskraft der zentralen Knospe vollgepumpt. Greskegard schoss einem Mann seinen vorletzten Armbrustbolzen ins Auge, doch die Wunde heilte sich einfach und stieß das Geschoss aus. Fenneks Langschwert vergrub sich in der Schulter, und der Arkanist ging vorerst zu Boden.

Neben dem Archonten schnitten Terbast und der Nebeljäger mit ihrem Stahl durch die von Pflanzensäften, Blut und

Pollen geschwängerte Luft. Unter jedem ihrer Hiebe verwandelten sich die wie besessen kämpfenden Wirker in blutige Ruinen, doch wo einer fiel, standen zwei wieder auf, die Wunden geheilt.

»Das stehen wir nicht lange durch«, keuchte Greskegard. Sein Schwertarm schmerzte, die Armbrustpistole war blutverschmiert, weil er sich an der Stahlsehne die Haut abgeschmirgelt hatte.

Ormgair grollte etwas, schlug einem der Wirker den Kopf von den Schultern und hieb unmittelbar darauf mit Morvens Runenschneide die Ranke durch. Sie wurde schwarz und zog sich wie ein verwundeter Fangarm in die Decke zurück.

Terbast atmete Feuer. Wie ein Drache aus den Legenden spie er eine Lohe über drei ihrer Feinde und deren Marionettenfäden aus Ranken. Kreischend wälzten sich die Wirker auf dem Boden, entzündeten die Kleider ihrer Kameraden. Doch hinter dem Trio brachen weitere Arkanisten von draußen durch die Pforte.

»Da ist irgendwo ein Nest von diesen Wichten!«, blaffte Solus.

»Es müssen noch welche auf der anderen Seite des Tempels gewesen sein«, knurrte Ormgair, während er einen Messerangriff blockte und einem ihrer Gegner mit einem Fausthieb das Gesicht einschlug. Über sich spürte Fennek, wie Vortigern Macht in sich sammelte wie ein Schwamm. Jede Sekunde würden sie in einem Regen aus Feuerbällen vergehen. Da riss Solus abrupt den Kopf herum. »Archont! Rasch, macht Euch bereit!«

Fennek wollte sich gerade erkundigen, wozu, als der Körper der Heimkehrerin Egidia durch die Reihen der Arkanisten katapultiert wurde. Greskegard begriff. »Haltet mir den Rücken frei!«, bellte er seinen beiden Begleitern zu. Ormgair und Solus mobilisierten ihre letzten Kräfte und schnitten eine blutige Schneise in die Reihen ihrer Feinde.

Fennek blickte in die Augen der benommenen Frau, deren Wunden sich gerade schlossen. »Du wirst mir dienen!«, befahl er mit ruhiger Stimme, ein Fels in der Brandung des Getümmels. Er spürte, dass sie seit langer Zeit darauf konditioniert worden sein musste zu gehorchen, wie leicht es war, ihren Willen zu lenken, so als lege man nur einen Schleusenhebel um. Da war ein innerer Widerstand, doch der kam von Vortigern – und der Tyrann war gerade beschäftigt. »Gib die Arkanisten frei. Stärke stattdessen uns! Attackiere den Tyrannen!«, befahl der Archont.

Er warf einen Blick nach oben – und sah zu seiner Verwunderung, dass der Tyrann sein Ziel gewechselt hatte und nun Clach attackierte.

Heilsame Wellen von Energie gingen in diesem Moment von der Decke nieder. Erfrischt und von neuer Kraft belebt, verdoppelten Solus und Ormgair ihre Bestrebungen, während an etlichen Stellen Arkanisten grässlich verwundet zu Boden gingen – die Ranken rissen ihnen das Fleisch aus den Körpern und nahmen dabei Sehnen, Gefäße und Knorpel mit sich. Das Blatt hatte sich gewendet.

Ormgair fühlte sich wieder so lebendig und jung wie an dem Tag, als er Fahlsangs Schwert aus den Tempelruinen geborgen hatte. Er ließ Morven kreisen und hieb die schwächlichen Arkanisten in Stücke, die es wagten, ihn zu behelligen.

Plötzlich juckte das Zahnfleisch des Nebeljägers, und all seine Haare richteten sich auf. Er blickte nach oben und sah, wie Vortigern gleißende Lichtblitze aus seinem Stab heraufbeschwor und auf den Cyning der Toten abgab.

Clach duckte sich, schlug Haken und rannte vor dem

Ansturm davon. Er flitzte durch die Salven vernichtender Energien, die hinter seinen Fersen einschlugen und eine Spur aus glühendem Gestein hinter ihm erblühen ließen. Dann sprang Clach ab.

Ormgair hörte Vortigern erschrocken aufschreien, als ihm aufging, dass Clach ihn genarrt hatte – doch zu spät. Eine der Lichtkugeln schlug in das Rankenherz ein, das im Zentrum des Raums hing. Holz explodierte, flammende Bruchstücke schossen umher, und der Seelensturm flackerte. Das Rankenherz krampfte. Neben Ormgair schrie die Heimkehrerin, in deren Augen sich Fenneks Blick gebohrt hatte.

Die Ranken im Raum peitschten umher, eine traf den schwerelosen Erzmagier und schleuderte ihn beiseite. Greskegard heulte auf. Sein Arm brach, als er durch die Reihen der Arkanisten über den Boden rollte. Zauberwirker wurden von armdicken Lianen geköpft oder gepackt und in Stücke gerissen.

Etwas traf Ormgair in den Rücken und schleuderte ihn zu Boden. Er schlug mit Morven wild um sich, zerteilte Ranken. Neben sich sah er Terbast, der wie ein Wahnsinniger mit offenem Mund inmitten des Chaos stand, einen begreifenden Ausdruck in den Augen. Der Erste der Heimkehrer starrte auf das Rankenherz.

Der Nebeljäger folgte seinem Blick und sah, dass ein Gemenge aus schwarzem und weißem Licht aus der Wunde troff, sich wie riesige Schlangen bei der Paarung wand. Dann ruckte der Kopf des Ersten der Heimkehrer zu Egidia herab, die sich aufzurappeln versuchte.

»Das also hat der Tyrann mit deiner Hilfe verborgen«, zischte Terbast. »Das war das Geheimnis, der letzte Faden, der sich mir entzog.« Unfassbare Gier tränkte den Blick des Ersten der Heimkehrer, und er leckte sich die Lippen. Unter der Decke verheerte Vortigern die Ranken mit Lichtblitzen. Er richtete den Stab auf einen Punkt am Ende der Halle.

Ormgair sah, dass Clachs Körper dort lag, sich müde regte und halb in Flammen stand. Seine Haut war aus Stein, sie und die Waffen des Cynings der Toten glühten. Vortigerns nächster Angriff würde den Gottesmörder töten. Es gab keinen Weg, an den Tyrannen heranzukommen – und keinen, rechtzeitig zu Clach zu gelangen.

Ormgair wog Morven in der Hand, betrachtete die Runen. Alle Zeit aller Welten schien auf diesen einen Moment zusammenzuschrumpfen, sich in ihm zu konzentrieren.

»Du hast dich zum letzten Mal in meine Belange eingemischt, Kreatur«, zischte der Erzmagier in Clachs Richtung, und eine Korona aus alles vernichtender Energie umspielte ihn. Sie leckte über verdorrtes Fleisch und Roben, die wie Schwingen im Energiesturm flatterten.

»Es muss einen Sinn haben, dass ich dich gefunden habe, wo mein Leben nichts als einsamer Kampf war«, flüsterte Ormgair, während er Morvens Klinge umklammerte. »Stehst du mir bei? Gehen wir gemeinsam in den Nebel der Ungewissheit?«

Er spürte nichts als tiefen Frieden und die Vollkommenheit eines Zwecks in sich. Er war der Letzte der Tanleigh. Er war der Nebeljäger. Zeit, mit den anderen zu ruhen. Rache an ihrem Peiniger.

Ormgair Steinviper spannte jeden Muskel und preschte los. Mit seinen Schultern schmetterte er die verwirrten und verängstigten Arkanisten beiseite, tauchte unter peitschenden Ranken ab. Er spürte Dolche schneiden und Stäbe sein Fleisch treffen und stürmte doch durch die Halle, als wären die Gegner nicht mehr als Luft.

Er musste nicht weit rennen. Er war ein Almharach, größer als jeder Mensch der Städte. Er sah den Winkel genau, in dem Vortigerns Stab sich senkte. Der Nebeljäger riss Morven empor. Die Luft stank nach Ozon und wurde heiß, so unendlich heiß – und dann kühl, so wunderbar kühl.

Terbasts Kopf ruckte herum, als erst das Licht und dann der Donner den Tempel erschütterten. Fassungslos beobachtete der Erste der Heimkehrer, wie ein Lasso aus hundert Blitzen, umrankt von gleißenden Bahnen aus Feuer aus Vortigerns Stab schoss. Es wurde von Morven angezogen, als wäre das Schwert ein Blitzableiter, legte sich um die Klinge. Steinviper schrie, Haare und Fleisch verdampften, seine Zähne platzten im Feuersturm – und doch lächelte der Barbar in jenem tiefen Frieden, der Solus stets verwehrt gewesen war.

Der Nebeljäger ließ Morvens Schneide vorzucken – und die Gewalt der Kettenblitze wurde auf Vortigern zurückgeschleudert. Ein Band aus Erzzauberei, die Bergseen verkochen konnte, umspielte beide – Erzmagier und Barbar standen in Flammen. Der Schrei der Frustration seines Meisters war der schönste Laut, den Solus je vernommen hatte.

Ormgair Steinviper brach als kokelnde Parodie eines Mannes in sich zusammen. Der Meister erreichte den Boden nie, sein mumifizierter Körper wurde von seinen Energien verschlungen und verging in Ascheflocken. Der Stab wurde von den eigenen Kräften zerrissen und explodierte. Solus stemmte sich mit Macht gegen die Schockwelle, welche die Arkanisten von den Füßen riss.

Greskegard rutschte gegen eine Mauer. Er schlug mit dem Hinterkopf dagegen, verdrehte die Augen und lag still. Egidia wand sich noch immer in Krämpfen, war nicht mehr bei Bewusstsein. Teile des Rankenherzens standen in Flammen. Auch der Totenkaiser lag irgendwo und schwelte vor sich hin. Von Dirth war nichts zu sehen.

Es wurde still. Der Seelensturm des Rituals toste stumm um den Tempel, doch im Inneren herrschte nichts als Ruhe. Solus konnte sein Glück kaum fassen.

Jeder, der sich seinen Zielen in den Weg stellen konnte, war vernichtet oder ausgeschaltet. Ausgerechnet jetzt, da Solus begriffen hatte, wer diejenigen waren, die Vortigern vor einem halben Jahrtausend mit der Macht der Titanen in eine Falle gelockt hatte.

Das war der Titanensturm gewesen. Nicht mehr als ein Ritual. Eine Falle. Eine Herausforderung an die Schöpfung selbst, den Blasphemien der Erzmagier ein Ende zu setzen. Leimpapier für die Energien zweier Wesen, die allmächtig waren.

Solus ging auf das Rankenherz zu. Schräg dahinter qualmte der Totenkaiser vor sich hin. Sollte er ihn vernichten? Der Erste der Heimkehrer verwarf den Gedanken. Der Sieg war sein. Dies war der gerechte Lohn für alles, was er durchlitten hatte. Er erklomm die Empore, ergriff die qualmenden Ranken und riss sie mit übermenschlicher Stärke beiseite.

Licht und Dunkelheit strömten aus dem Raum unter den Ranken, der einst Egidias Ritualkammer gewesen war. Dahinter ruhte nicht nur der Körper der Heimkehrerin der Titanin Gawr. Wie schlummernde Föten schwebten dort zwei Gestalten, die eine aus dem Gleißen der Sonne, die andere aus dem dunklen Schlummer des Todes selbst geformt.

»Götter«, sagte Solus. »Sharis und der Lichtfürst. Welch unerwartete Ehre.«

Was außer den Blasphemien der Erzmagier und ihrer Titanen hätte die Götter dazu zwingen können, sich zu zeigen? Wie hätte die Göttin des Todes zulassen können, dass der Lichtfürst in der Welt wirkte, ohne dass sie, die sie sein Gegenstück war, selbst aktiv wurde? Es ergab jetzt Sinn. Dieser Hochtempel der Sharis … Dass geweihte Dolche der Göttin einst benutzt worden waren, um das Ritual der Titanengefäße zu vollenden … Vortigern hatte die Götter durch sein Sakrileg in die stoffliche Welt gezwungen – und hatte die Macht der Todesgöttin Sharis benutzt, um die Energien des Lichtfürsten auszuhebeln.

Hunderte Legenden der Menschen berichteten, wie der Gott aufgetaucht war auf dem Höhepunkt der letzten Schlacht des Titanensturms. Wie er mit seiner Macht die Titanen niedergestreckt und die Schlacht beendet hatte. Doch der Sonnengott hatte die Welt nie mit dem Zwielicht verflucht. Vortigern, der Tyrann von Khael, hatte den geschwächten Lichtfürsten und sein dunkles Schwesterweib gefangen genommen und damit beide verschwinden lassen.

Damit sie sich nicht befreien konnten, hatte er sie in das sich ewig heilende Herz der Lebenstitanin gebannt, das sie einschloss wie das Fleisch einer Auster die Perle. Egidia jedoch hatte dies vor ihrer eigenen Gottriesin verheimlicht. So hatte Vortigern beide Götter fangen und für den Moment seiner Rückkehr aufbewahren können. So hatte er Sharis selbst vor dem suchenden Blick ihrer eigenen Todesbotinnen verbergen und deren Macht auf die Tempel der Todesgöttin beschränken können. Sein Äquinoktium, eine Welt im Zwielicht, die auf seine Rückkehr, die Vollendung seiner Pläne wartete.

Jetzt lagen sie alle drei vor Solus Terbast, seinem Willen ausgeliefert: die Göttin des Todes, der Lichtfürst und Egidias Essenz. Er konnte vollenden, was sein Meister vorgehabt hatte – sein Lohn für all die erlittenen Qualen. Ein einfacher Schäfer, der von einem geknechteten Magier und Nicht-Toten zu einem Gott wurde, in dem sich die Macht von Leben und Tod vereinte.

Die Ironie war köstlich. Solus Terbast legte den Kopf in den Nacken, und sein schallendes Gelächter erfüllte die Halle. Er wiederholte die Worte, die sein Meister zu Anfang gesprochen hatte. Die arkanen Silben ließen den Seelensturm anschwellen und brachten mit den letzten Klängen das Ritual zur Vollendung. Die Macht des Wirbels erfüllte den Ersten der Heimkehrer, schwoll in ihm zu einem Gefühl der Allmacht an. Er kleidete sein Inneres mit den Seelen aus, panzerte seine eigene Essenz dagegen, vom Licht der Sonne und der Dunkelheit des Todes einfach hinweggefegt zu werden. Dann tat er einen Schritt in die Kammer.

Er umarmte das Trio, und alles wurde eins.

Fennek Greskegard schlug die Augen auf. Sein Schädel klingelte wie nach hundert durchzechten Nächten. Seine Glieder waren bleischwer. Er ließ den Blick durch die verwüstete Halle schweifen, erfasste, was geschehen sein musste.

Er sah hin zu der Rankenfaust – zu den Göttern, die darin eingeschlossen waren. Terbast lehnte erstarrt im Inneren, pulste in einem Licht von solcher Intensität, dass es dem Archonten die Tränen in die Augen trieb. Irgendwo ganz hinten in der Halle schwelte der Totenkaiser vor sich hin.

Mit gequälten Lauten kämpfte sich Greskegard auf die Beine. Unerträglicher Schmerz schoss durch seinen Arm, als gebrochene Knochenspitzen übereinander schabten. Alles, was er brauchte, war das Runenschwert, das bei den Überresten des verhassten Barbaren glomm. Er würde es durch Terbast und den Totenkaiser treiben. Er würde die Welt heilen und die Fehler wiedergutmachen, die sie alle begangen hatten. Er war der Pentarch. Fennek Greskegard, der wahre Herrscher. Alles würde einen Sinn haben, kein Opfer vergebens gewesen sein. Ja, die Vorstellung gefiel ihm. Fennek Greskegard rettete die Menschheit – und damit seine eigene Menschlichkeit. Er lächelte versonnen.

Als er schließlich über den Überresten des Barbaren stand, tat der ihm beinahe leid. Derart zu verkohlen, dass das verbliebene Auge verkocht und geplatzt war wie Eiklar in einer Pfanne, das Fleisch nur noch Asche und Holz – was für ein Schicksal.

»Zu schade, dass du deinen Schwur nicht mehr wahr machen konntest, alter Mann«, sagte Fennek. Doch ihn überkam ein seltsames Gefühl. Er räusperte sich, um die Wellen abergläubischer Furcht niederzukämpfen. Es war lächerlich, der hier war nur eine Brandleiche mehr. Er sollte sich lieber freuen, den Nebeljäger endlich los zu sein.

Sein Blick fiel auf Morvens Griff. Noch immer krallten sich Ormgairs Finger darum. Fennek hob sein eigenes Langschwert, um die Hand am Gelenk abzuhacken. Es gelang mühelos. Das Schwert polterte auf die Steinplatten neben der Leiche. Ein schwacher Strom vor Hitze gelb verfärbten, gekochten Blutes rann aus der Wunde am Arm des Toten.

Angewidert löste Fennek die Hand mit der Schwertspitze von Morvens Griff und trat sie weg. Dann steckte er sein eigenes Schwert weg. Er ging in die Hocke und legte die Finger um Morvens Gebinde. Es war kühl. Keine Hitze hatte es versengt, noch setzte sich die Rotglut der Klinge durch den Griff fort.

Fennek lächelte. Da spürte er ein Ziehen im Hals. Einen Griff wie von zwei Händen, die zupackten, sich um seine Kehle legten. Schlanke Frauenhände. Der Traum. Wie in seinem wiederkehrenden Albtraum.

Das Lächeln auf dem Gesicht des Archonten erstarb. Die Macht war zum Greifen nah, doch er bekam kaum Luft, konnte nicht atmen. Fennek Greskegard, der betrogene Sohn eines ausgelöschten Hauses, versuchte, die Runenklinge fallen zu lassen. Doch seine Hand gehorchte ihm nicht.

Neben ihm raschelte etwas wie altes Papier. Wie versteinert musste Fennek dabei zusehen, wie sich das blinde Brandopfer in die Höhe stemmte. Ormgair hatte die Klinge in der Hand behalten, als die Magie ihn verbrannte, und Morven hatte ihm einen letzten Wunsch gewährt und ihn am Leben erhalten. Die verkohlte Hand grub sich in Greskegards Kehle und drückte zu. Sterne tanzten vor Fenneks Augen. Verzweifelt rang er nach Atem, versuchte sich zu bewegen.

Das ist nicht gerecht!

Das war nicht gerecht! Es konnte nicht so enden. Der Unglauben schlug über dem Archonten zusammen wie eine Woge über dem Ertrinkenden.

»Ich. Habe. Geschworen. Nicht tot … bevor … du … stirbst«, röchelte der verkohlte Nebeljäger so leise, dass es wie ein Lufthauch klang. Dann riss der Barbar mit einem letzten Aufbäumen der Macht an Fenneks Hals, während ihm die geisterhaften Hände seiner ermordeten Nichte den Atem stahlen. Greskegard spürte das Knirschen in seiner tauben Gurgel nicht mehr als Schmerz, nur noch das Auseinandergleiten von Knorpelschollen, welches das Ende dieses Lebens besiegelte. Die Dunkelheit senkte sich wie eine Decke über den Archonten und seinen Mörder, als sie zusammenbrachen.

Mit dem letzten Herzschlag in diesem Leben schleuderte Fennek Morven von sich, auf den Totenkaiser zu. Zumindest einer sollte bekommen, was Greskegard ein Leben lang verwehrt worden war.

Erfüllung.

Clach sah, wie Solus Terbast seine Arme ausstreckte. Aus dem Blickwinkel des Totenkaisers verschwand der Erste der Heimkehrer im Inneren des Rankengebildes.

Im Inneren der Ritualkammer Gawrs, wie Clach jetzt begriff.

Er wollte einschreiten. Sich in die Höhe stemmen, seine Kräfte mobilisieren und kämpfen. Doch ebenso wie Egidia lag er gelähmt da, von der Schockwelle bei Vortigerns Ableben gelähmt, von Zaubersprüchen verheert. Einmal mehr war der Zustand, der ihm die Macht verlieh, seine größte Schwäche.

Vor Clachs Augen starben Fennek und Ormgair. Der älteste Feind, den er je gehabt hatte, und ein Barbar der Brachen. Doch waren beide auf ihre Weise auch seine einzigen Freunde gewesen. Der Anblick ließ etwas in ihm zerreißen. Hatte der Totenkaiser geglaubt zu wissen, was Einsamkeit war, so wurde er nun eines Besseren belehrt.

Morvens Stahl spie Funken, als er über das schwarze Gestein schlitterte und nur zwei Schritte entfernt von Clach zum Liegen kam. Das Schwert hätte auch in Argas liegen können.

Der Totenkaiser bezweifelte nicht, dass Morvens noch immer glühende Klinge ihm Kraft schenken und ihm helfen würde. Doch er konnte sich nicht regen. Etwas in ihm *wollte* sich nicht mehr regen. Verzweifelt und allein die Welt durchwandern, falls er hier obsiegte.

Die Erde erbebte ein letztes Mal. Der Seelensturm kam zum Erliegen. Abrupt lag die Welt still. Clach sah, wie Egidias Körper von einer Sekunde auf die andere einfach stilllag – zweifelsohne hatte Terbast im Inneren der Kammer gerade ihre Essenz verschlungen.

Dann barst das Rankenherz. Die Schöpfung hielt den Atem an. Lanzen aus Licht schossen in die Welt, so hell, dass sie Clachs Augen auszubrennen drohten. Die Ritualkammer gebar eine neue Sonne. Einen Bringer von Licht und Tod.

Terbast hatte sein Mahl beendet.

Was aus der Kammer schritt, glich auf verstörende Weise dem jungen Templer, doch war die Gestalt doppelt mannshoch und erglühte in jenem Nimbus, der bisher der Sonne der Wüsten vorbehalten gewesen war. Seine Rüstung, seine Augen und seine Haare loderten in Weißglut wie zehntausend Schmiedefeuer. Schwingen aus Feuer krönten den Rücken des Geschöpfs. Der Lichtfürst war verschlungen, und an seine Stelle war ein Herrscher getreten, der Tod und Leben in sich vereinte. Unter den Füßen des Gottes brannte die Schöpfung, schmolz der schwarze Fels des Tempels der Sharis wie Eis zu Wasser.

Der schwarze Fels! Stein!

Clach wusste, dass er nur eine Chance hatte, wollte er nicht von Terbasts endlosem Hunger nach allen Elementen verschlungen werden. Schon richtete sich der Blick der Sonnenaugen auf ihn, schien direkt in sein Innerstes zu blicken. Wer war er gegen ein solches Geschöpf? Nichts. Ein Niemand. Dies war ein Gott.

Dies war *der* Gott.

Die letzte Grenze. Die ultimative Herausforderung. Hatte Fahlsang es nicht so bezeichnet?

Der Totenkaiser richtete die Macht der Erde in sich aus, spürte die Gier des Wesens, das einmal Solus Terbast gewesen war, nach diesem letzten Schlüssel zum Gleichgewicht der Schöpfung. Mit einem Wort der Macht ließ Clach den Fels neben sich bocken wie ein Tier. Morven rutschte in die Hand des Attentäters.

Er schloss seine Linke um den Griff der ungewohnten, viel zu großen Waffe.

Die Lähmung fiel von Clachs Körper ab.

»Du Wurm«, sagte der Gott, und die Schöpfung dröhnte wie tausend Glockenschläge.

Der Totenkaiser blieb ruhig. Eine Begebenheit fiel ihm ein, die er in Ormgairs Zelt nicht hatte einordnen können, damals, als die Todesbotin gestorben war.

»Du weißt, was wir vereinbart haben. Nur du kannst ihm Freiheit schenken. Nimm deine Bürde an«, hatte die Todesbotin gehaucht.

Sie hatte weder Ormgair noch Clach gemeint.

»Sie sprach mit Morven«, rief der Totenkaiser. »Mit Fahlsangs Schwert!«

Gottesmörder.

Die Titanen waren nie von Belang gewesen. Auch nicht für Fahlsang, wie Clach in diesem Moment begriff. Sie hatten nie eine Rolle gespielt.

»Es ging nie um die Titanen. Oder um mich«, murmelte Clach. »Und schon gar nicht um dich, Terbast.«

Der Gott ballte die Hände zu Fäusten, und ein Schwert aus Sonnenglut wuchs in seiner Hand empor, um das die schwarzviolette Verheißung des Todes rauschte.

»Ich werde es genießen, dich auf diese Weise zu vernichten, Totenkaiser«, sagte der Gott. »In meiner Welt ist kein Platz für deinesgleichen. Mörder, Verräter – sie alle werde ich läutern und hinwegbrennen, bis nur die Reinheit meiner Herrschaft den Puls dieses Kosmos bestimmt!«

»Es gibt niemanden wie mich«, spie Clach hervor und preschte nach vorn. Er spürte, dass er augenblicklich in Flammen aufging, doch es war ohne Belang. Die Macht Morvens und der Todesbotin durchflutete ihn.

Der Gottesmörder sammelte seinen Willen. Er spürte, wie die Klinge in seiner Hand, in der Hand seiner Bestimmung, zu etwas anderem wurde, zerfloss und sich neu formte.

Er brauchte nicht zu sehen, was er da umklammerte. Es war eine spezifische Waffe, von Anfang an geschmiedet für einen speziellen Zweck von einem Mann, der weitsichtiger gewesen war als sie alle.

Clach machte sich nicht die Mühe auszuweichen. Er war sich sicher, was von ihm erwartet wurde. Er versank in der Klarheit, der Reinheit der Jagd.

Schmerz explodierte in seinem Oberkörper, als er absprang und sich wie eine Sau auf den Speer des Jägers warf. Er hing auf einem Strahl aus Glut, Tod und Sonnenlicht, stand lichterloh in Flammen – und konnte doch nicht sterben.

»Den Tod hast du verschlungen – und die Titanen gibt es nicht mehr. Vergessen, Solus?«, rief Clach in das blendende Weiß hinein. »Wohin also sollte meine Seele wohl gehen, wenn ich sterbe? Ich bin todlos!«

Der Gott verzog das Gesicht, als er begriff.

Clach schlug mit Morven zu.

Das Blatt der Sense grub sich in die Brust des Gottes. Ein Licht, heller als alles, was der Totenkaiser je gesehen hatte, brannte sich aus dem Inneren seinen Weg in die Welt hinaus.

Die Runen auf der Klinge verloschen.

»Ich bin der Gottesmörder«, sagte Clach. Er spürte, wie Morvens Seele verlosch, um die Klinge zu leeren. Er spürte, wie das Innere des Schwerts wieder hohl wurde und dann eine Seele suchte, die es füllen würde.

Das Gleißen wurde schwächer und verebbte.

Neue Runen glommen auf der Sensenklinge. Ein anderer Name, wo einst der Fahlsangs und später der Morvens gestanden hatten. Der Name Tuháth prangte auf dem schwarzen Stahl. Der wahre Name des Wesens, das sich Solus Terbast genannt hatte.

Das Gesicht des Gottes wurde leer. Mit einem Laut der Qual glitt Clach von der Klinge aus Sonnenfeuer.

Er kam auf seinen Füßen auf, einen flammenden Krater in

der entfleischten Brust, die Sense in der Hand, und betrachtete das Wesen vor sich. Den Gott, in dem sich alles vereinte. Das Strahlen des Lichtfürsten. Sharis, die das gnadenvolle Ende brachte, um einem Neubeginn Platz zu machen. Feuer, Wasser, Luft und Soma, das Element des Lebens.

Ein letzter Baustein fehlte noch. Ein letztes Element. Der Totenkaiser griff danach, forschte in sich und spürte die pulsende Macht der letzten Elementseele, welche die Erzmagier in ihrem Hochmut geraubt hatten. Er gab die Energien frei. Der Körper des Gottes, der noch immer tumb dastand und sich nicht bewegte, sog auch diese Macht in sich auf.

Clach fühlte sich leer und erschöpft. Er spürte den Widerwillen Tuháths in der Sense. Der Erste der Heimkehrer wollte Clach seine Macht verweigern.

Es war einerlei.

Die Schneide würde ihr Werk ohne den Willen ihres Bewohners verrichten. Fahlsang hatte die Runenklinge für genau diesen Zweck geschaffen.

Mit zwei Sprüngen erklomm der Totenkaiser eine der herumliegenden Ranken, damit er die richtige Höhe für seinen Hieb hatte. Er wollte nicht, dass sie litten.

Das taten sie nie, wenn er tötete.

»Ein neues Zeitalter«, raunte Clach. »Sicher nicht so, wie ihr euch es vorgestellt habt, Vortigern oder Solus. Aber ganz sicher besser als alles, was ihr euch erträumen konntet oder geplant habt.«

Der Totenkaiser tat einen letzten, bewussten Atemzug, ließ Luft durch seine zerstörte Hülle fahren, bevor er wieder ausatmete.

Kontrolle. Disziplin.

Die Sense des Gottesmörders fuhr herab.

31. Epilog

Der Todesbote saß auf dem Rücken seines fahlen Rosses und betrachtete die Welt, die sich vor ihm auf der Ebene erstreckte. Die Sense ruhte auf seiner Schulter, die Runen darauf glommen kalt.

Die Sonne erstrahlte hell, doch die Herrin hatte dem Todesboten einen Mantel aus Schatten angelegt, den kein Sonnenstrahl durchdringen konnte. Niemand konnte sagen, dass die Herrin undankbar war. Sie schätzte ihre Freiheit sehr und hatte ihn reich für seine Dienste belohnt. Es gab nur eines, das sie ihm nicht gewähren konnte. Denn sosehr es den Todesboten nach den langen Jahren auch nach einem guten Ende für sich verlangte, so blieb es ihm verwehrt.

Der Todesbote brauchte das Auge des Lichtfürsten nicht zu fürchten. Er genoss, wie sich das Licht wie Sirup über eine Welt ergoss, die seit den Lebzeiten des Todes nur Nebel und Zwielicht gekannt hatte. Weiße Wolken zogen gemächlich wie Flöße am Auge des Sonnengottes vorbei, an einem Himmel, der so blau war, dass man mit einem unvorsichtigen Gedanken darin ertrinken und sich vergessen konnte.

Der Wind strich sanft und warm durch die Bäume. Das Laub sang sein Lied in den Kronen. Herdentiere blökten munter an diesem Nachmittag. Auf der abseits gelegenen Straße rumpelten zwei Karren über die Steine. Die Fahrer kauten auf Grashalmen und lüpften zum Gruß ihre Mützen, als sie einander passierten.

Der Todesbote betrachtete das Haus, in dem die Nachfahren derer lebten, die in den Tagen nach dem Neubeginn zurückgekehrt waren. Sattgrüne Wiesen umfriedeten das Häuschen und die Scheune. Doch war es immer noch dasselbe Haus, in das er einst eingekehrt war und darüber nachgedacht hatte, was ihm in seinem Leben verwehrt geblieben war.

Der Todesbote fand es passend, dass sie sich hier trafen, einige Menschenalter nachdem es geschehen war. Er hatte erst eine Wegkreuzung wählen wollen, doch letztendlich war ihm das zu prosaisch vorgekommen.

Der Todesbote war stets ein pragmatischer Mann gewesen. Er war zwar kein Mann mehr, aber manche Dinge änderten sich nicht. Wer sollte das besser wissen als er.

»Du hast es herausgefunden«, sagte die Stimme hinter ihm. Sie hatte immer noch denselben enervierenden Klang.

»Schon damals«, sagte der Todesbote. »Als ich erwachte und deine Leiche nirgends finden konnte.«

»Man wird mit der Zeit unvorsichtig«, sagte die Stimme.

»Du, Barde?«, antwortete der Todesbote und lächelte. »Niemals!«

»Willst du dich rächen, weil ich dich benutzt habe, Clach?«, fragte Fahlsang.

»Bitte nenn mich nicht so«, sagte der Todesbote. »Wir wissen beide, dass Clach tot ist. Er starb mit der alten Welt. Mit einer Welt, die ebenso wenig Gnade kannte wie er selbst. Meine Aufgabe ist eine andere.«

»Hast du mich herbestellt, weil du mich vernichten willst? Nach so langer Zeit?«

»Nein, Barde. Das hätte ich jederzeit gekonnt. Ich war nur zu beschäftigt.«

»Und jetzt?«, fragte Fahlsang.

Der Todesbote schüttelte den Kopf und lauschte dem Rauschen der Blätter, dem Knarren der Äste. In der Ferne lachten Kinder. »Ich habe nur eine Frage«, sagte er dann. »Zwei, um genau zu sein.«

»Ich bin ganz Ohr«, ermunterte ihn Fahlsang.

»Als Ormgair das Schwert in den Totenkaiser stieß, wurdest du frei, und Morven nahm deinen Platz in der Klinge ein. Mir ist klar, dass du an einem Zeitpunkt danach in deinen neuen Körper gefahren sein musst. Ich wundere mich nur, ob du schon er warst, als er mich gefoltert hat? Oder geschah es im Turm von Vortigern, als du mir erschienen bist?«

Fahlsang trat neben den Todesboten. Dirths Körper war weit weniger fett, als der Todesbote ihn in Erinnerung hatte. Er trug eine saubere Robe aus blauer Kammwolle und einen Stecken aus weißer Esche. Auf seinem Rücken ruhte eine Laute. »Vortigern war nicht der einzige Erzmagier, der Nachfahren hatte. Ich habe Clach damals geholfen, in Vortigerns Turm zu gelangen. Ist es nicht das, was am Ende zählt?«

Der Todesbote nickte langsam. »Wahrscheinlich. Doch du weißt, ich bin neugieriger, als gut für mich ist. Vortigern hat nie etwas geahnt? Dass seine linke Hand ihn ebenso verraten würde wie Solus Terbast? Dass sie alle manipuliert hat?«

»Du weißt, dass er nur um sich selbst kreiste. Ein Universum, in dem ihm andere einen Schritt voraus waren, kam für den Tyrannen von Khael nie infrage.«

Die Gruppe der Kinder kam angerannt. Sie trieben Holzreifen mit Stöcken vor sich her. Ein Mischling rannte mit wehender Zunge neben ihnen über das Gras. Die Kleinen blieben unvermittelt stehen und fröstelten. Der kleine Hund kläffte und sträubte das Fell. Einige blickten in die Richtung des Todesboten und seines Begleiters, sahen dort aber nichts.

Der Wind frischte auf, und sie verzogen sich in eine andere Richtung.

»War es wirklich die Rettung der Welt, die dich antrieb, Barde?«, fragte der Todesbote. »Oder war es der Ehrgeiz, die anderen an ihre Fehlbarkeit zu erinnern?«

Auf Dirths Zügen erblühte ein freundliches Lächeln, das der Todesbote in dieser Form dort nie erwartet hätte. Fahlsang verbeugte sich. Er zückte seine Laute, drehte sich um und ging gemessenen Schrittes davon, während er einige Akkorde anzupfte.

Nach einigen Schritten blieb Fahlsang stehen und wandte den Kopf über die Schulter. »Du warst in Vortigerns Erinnerungen dabei, als wir uns stritten – ich und die anderen Erzmagier. Du kennst die Antwort bereits«, sagte Fahlsang. »Es gewinnt der, der als Letzter übrig ist.«

Der Todesbote nickte und ließ den Erzmagier ziehen. Er betrachtete den Hof und die spielenden Kinder, während der Barde hinter dem Horizont verschwand. Der Anflug eines zufriedenen Lächelns huschte über die Züge des Todesboten. Der Wind spielte mit dem Umhang aus Schatten.

Als die Dunkelheit hereinbrach, zog der Todesbote die Kapuze über den Kopf und wendete sein fahles Ross. Er wusste, was in dem Haus an diesem Abend geschehen würde. Ein Feuer würde im Kamin prasseln, und der Vater würde den Seinen eine Geschichte erzählen. Die dunkle Geschichte eines noch dunkleren Mannes, der in einer Zeit des Zwielichts und unendlichen Blutvergießens das Richtige aus seinen eigenen Gründen tun würde, sein Name Legende.

Unter einem Ozean aus Sternen wurden der Todesbote und sein fahles Ross eins mit der Nacht.

ISBN 978-3-7341-6119-3

ISBN 978-3-7341-6120-9

Wahnsinnige Magier, grausame Mörder, machtgierige Adelige – und niemand kann sie aufhalten.

864 Seiten. ISBN 978-3-7341-6101-8

Gavin Guile, der ehemalige Lord Prisma, sitzt in einem Kerker, in dem Albträume wahr werden – und den er selbst geschaffen hat. Sein Sohn Kip, der alles tun würde, um seinen Vater zu befreien, weiß nicht einmal, dass Gavin noch lebt. Stattdessen bricht Kip mit seinen Gefährten auf, um dem schrecklichen Farbprinzen gegenüberzutreten. In diesem Kampf wird sich herausstellen, ob Kip wirklich der prophezeite Lichtbringer ist. Doch ist der Farbprinz der wahre Feind? Denn der Orden des gebrochenen Auges bringt sich bereits in Stellung, um die Macht im Reich an sich zu reißen.

Lesen Sie mehr unter: **www.blanvalet.de**